LA RUEDA DE LA FORTUNA

LA RUEDA DE LA FORTUNA

Alejandro Pohlenz S.

Para realizar pedidos de este libro, contacte con:
Palibrio
1663 Liberty Drive
Suite 200
Bloomington, IN 47403
Gratis desde EE. UU. al 877.407.5847
Gratis desde México al 01.800.288.2243
Gratis desde España al 900.866.949
Desde otro país al +1.812.671.9757
Fax: 01.812.355.1576
ventas@palibrio.com
812799

ÍNDICE

Capítulo 1

CIUDAD NEZA Y BOSQUES

Victoria contempló la casa antes de entrar como si fuera la primera vez. Bosque de Arrayanes 33, Bosques de las Lomas: Ciudad de México. Venía acalorada de tanto viaje. Unas perlitas de sudor en la frente. Tediosa humedad en la axila. La odisea de todos los días, desde la calle Oro, en la colonia Quinto Sol 1, ciudad Neza, Estado de México.[1] De lunes a viernes, la misma hazaña: Metro Olímpica a San Lázaro, por la línea *B*. Luego, el trasbordo a la línea 1, hasta Tacuba. Después, Tacuba-Auditorio, por la 7. Al final, un microbús y, todavía, caminar cuatro cuadras hasta Arrayanes.

Victoria acababa de cumplir cuarenta años. Era morenita, chaparrita, pero muy bien formada: cinturita de Verónica Castro en sus buenos tiempos; senos de buen tamaño y consistencia, y unas caderas que se mecían graciosamente como la marea (de asfalto), y que jalaban las miradas (y atraían las manos) de todo hombre (heterosexual) de dieciséis a setenta años.

Ese día, un señor que se veía muy seriecito, pero tenía cara de sacerdote pederasta, se le acercó y se la trató de tortear (es decir,

---

[1] **Nezahualcóyotl** es una ciudad y uno de los 125 municipios del Estado de México. Se localiza al oriente de la Ciudad de México y en la región oriente del Estado de México. Posee una población de 1,109,363 habitantes (2010); cada kilómetro de superficie alberga 17,537 personas, la densidad de población más alta del país. *Wikipedia*.

quiso manosearla aprovechando el movimiento del Metro). Sin
éxito, porque Victoria había respingado como yegua asustada por
un alacrán, había desatado el catálogo completo de insultos del argot
de Neza y, si el burócrata no se hubiera agachado, le hubiera tocado
un sopapo directo a su acongojada cara. El pobre individuo, bajo la
mirada reprobatoria de todas las féminas presentes en el vagón, salió
en la siguiente estación con la cola entre las patas: aullando como
perro atropellado.

Victoria recordaba esa anécdota, casi con una sonrisa, mientras
veía la casa construida en una barranca, pintada de color mamey y
con balaustradas por todos lados. Su casa de la calle Oro, cabía unas
veinte veces dentro de la residencia de los Santibáñez. Tenía cuatro
pisos y un muro de contención (volado sobre el vacío de la barranca)
que le había costado a don Hernán Santibáñez más que todas las
casas de la colonia Quinto Sol 1.

Victoria sacó un *Kleenex* de su bolsita de mano y se secó las
esferitas transparentes que caminaban como víboras entre esas dos
maravillas provocadoras de las miradas esquivas, discretas, como-
que-no-quiere-la-cosa, de don Hernán Santibáñez, el patrón; y
causantes de la ira de doña Carolyn Galicia, la señora de la casa, la
mera-mera, la güera de rancho, siempre peinada de salón y repleta
de joyas –aunque, a juicio de Victoria, con muy mal cutis–.

Una vez seco el valle del esternón, Victoria sacó sus llaves y entró
por la puerta de la calle. Eran las nueve de la mañana y, para ella,
ya había pasado medio día: había abierto los ojos en la oscuridad, a
las cinco y media de la mañana. Había despertado a Kate, se había
echado un *round* con esa insoportable y puberta hija (como todos los
días), urgiéndola a irse al *CCH (Colegio de Ciencias y Humanidades*; la
preparatoria); había hecho el desayuno, había platicado con Aurelia,
su hija mayor y había salido, llena de prisa, experta sobre sus tacones
de aguja, a cruzar la ciudad de oriente a occidente; trayecto que le
llevaba poco más de dos horas.

Ya para esa hora, pues, había soportado las irreverencias de su hija
adolescente (Kate), había besado cariñosamente a su marido (Pepe),
había conversado con su maravillosa primogénita (Aurelia) había

hecho de desayunar para todos, había sido manoseada y zarandeada y, al fin, entraba a la residencia color mamey, suspirando, secándose el sudor, agitada, checando el relojito de pulso (que su marido le regaló en su aniversario número diez y que, seguramente, era pirata o robado) y ajustándose un poco la pegadita falda para desarrugarla.

En el sobrecargado hall había una reproducción de una pintura de Rubens. Victoria no entendía por qué alguien había querido pintar mujeres gordas desnudas. ("Igual antes las gorditas eran guapas" –caviló–). Pensaba en eso, cuando se topó de frente con don Hernán. Adusto como su tocayo de apellido Cortés. Olía a loción carísima y Victoria se dio cuenta de que su patrón trataba, deliberadamente, de que ella no se diera cuenta de que, lo primero que había hecho al verla entrar, había sido escudriñar su escote. Todo ese juego de disimulos y miradas había durado menos de un segundo, antes de que Hernán sonriera con sinceridad y le diera los buenos días a la cocinera y ama de llaves de la casa de Arrayanes: Victoria Ramírez de Pérez (aunque a ella no le gustaba eso de ser *de-alguien*). Ella sintió la honestidad en la mirada de su patrón –cuando la miró a los ojos, claro– y trató de sonreír. Él preguntó, como siempre, por su salud, por su familia, por sus hijas. Ella contestó lo tradicional: "todos bien" y Hernán miró su reloj (de oro, que brillaba como con luz propia); se despidió amablemente y siguió hacia la puerta principal, tratando de resistirse a la tentación de verle las nalgas a Victoria, que eran exactas, proporcionadas y duritas. Ese día, la falda de Victoria como que estaba más pegada y don Hernán había acumulado testosterona en exceso, porque Carolyn había tenido una larga, muy larga migraña (de semanas… o ¿meses?).

Hernán no se contuvo y, al tiempo que Victoria se encaminaba a la cocina, reviró, giró la cabeza como periscopio y le echó un flashazo a los firmes glúteos de la cocinera-ama de llaves. Victoria no se dio cuenta y cada uno caminó para rumbos distintos: Hernán, hacia su despacho en el *Centro Comercial Bosques* y Victoria hacia la cocina.

La cocina en la casa de los Santibáñez tenía más superficie que toda la casa de una sola planta de los Pérez en la colonia Quinto Sol 1. Se podía jugar futbol de salón y aun así tener espacio para el público y las cámaras de televisión. Carolyn Galicia rara vez se paraba por ahí a pesar de que, cuando se construyó la casa de Arrayanes, la rubia (artificial) había pedido expresamente una cocina grande, con mucha luz: la estufa en medio, como una isla; un refrigerador gigante, totalmente plateado y con acceso a internet.

Victoria encontró a Mari llorando como heroína sufrida de telenovela mexicana. Mari era una jovencita, muy menudita ella, de no más de veinte años, que se dedicaba a la limpieza general de la casona de Bosques. Era parte de la extensa planilla de trabajadores de la mansión. Además de Mari y Vicky, ahí trabajaban: Alicia, la encargada de la ropa; el jardinero, el alberquero, los vigilantes y los guaruras de cada miembro de la familia. Es decir, había 18 empleados de los Santibáñez, que eran cuatro: mamá, papá, Billy y Valeria. Victoria era la jefa de toda esa banda de empleados y era a quien Carolyn se dirigía cuando necesitaba algo. Pero casi nunca lo hacía, ya que Vicky tenía el Palacio Santibáñez funcionando como reloj suizo.

El llanto de María, en momentos, parecía como el sonido de alguien vomitando, mezclado con el de una hiena en celo y una chachalaca-macho. Era peor que un concierto de Shostakovich tocado por una sinfónica desafinada en una caverna con mucho eco. Victoria se alarmó puesto que, normalmente, Mari era muy alegre, aunque bastante despistada y desmemoriada. Mari ya moqueaba como caracol en sal y, a juicio de Victoria, estaba a punto de quedarse pasmada. Vicky, entonces, corrió a auxiliar a la esbelta muchacha nacida en el heroico estado de Querétaro, famoso por *La Corregidora*[2] y por el fusilamiento del Emperador Maximiliano (en el Cerro de las Campanas, en 1867).

---

[2] María Josefa Crescencia Ortiz Téllez-Girón, mejor conocida como *Josefa Ortiz de Domínguez* (Morelia, 8 de septiembre de 1768, Ciudad de México, 2 de marzo de 1829), fue insurgente de la Independencia de México y esposa del corregidor de Querétaro, Miguel Domínguez, siendo una de las primeras participantes en la conspiración de Querétaro y pieza clave para el inicio de la lucha que encabezó el cura Miguel Hidalgo y Costilla en Dolores Hidalgo. *Wikipedia.*

Pero, antes de que la queretana despepitara su dolencia, se escuchó un grito infernal, como si la esposa de Pazuzu hubiera sido herida de muerte y berreaba desde el inframundo; o como un marrano en el matadero que se resistía a morir. A Mari se le quitó la congoja en un instante y Victoria voló hacia fuera de la cocina con alas de angustia. Mari se quedó ahí, mirando hacia el infinito con ojos de batracio.

Victoria alcanzó la estancia a la velocidad de la luz y los gritos seguían. Era doña Carolyn en un ataque nunca visto (y eso que Vicky había visto muchos). También se escuchaba la estridente voz de la *niña bien*, Valeria, masticando un camote caliente mientras trataba de darle explicaciones a la mujer que sufridamente la parió.

Vicky tuvo el impulso de subir para evitar que a la patrona le diera un accidente vascular del coraje, pero prefirió refrenarse. Se quedó en el hall escuchando el griterío con estupor. También Mari salió de la cocina, con pies suaves y ojos rojos. Le preguntó a Victoria que qué pasaba y Victoria solo le hizo una seña como diciendo: "para la oreja".

Pronto la queretana y la cocinera-ama de llaves se dieron cuenta de que Carolyn había encontrado una prueba de embarazo debajo del colchón de la niña-Valeria. No era posible. ¡Solo tenía dieciséis años! ¿Con quién se estaba acostando? ¿Se había aplicado la prueba? ¿Estaba embarazada? ¿Quién era el padre de la criatura? Y, de nuevo, más gritos histéricos.

Carolyn no concebía que su niña hubiera perdido-la-honra. Valeria, harta de las vociferaciones de su madre, solo le dijo que desde hacía tiempo se había esfumado su himen y que, éstos, eran otros tiempos: las niñas empezaban a tener relaciones sexuales desde los quince años o antes.

Carolyn la amenazó con decirle todo al padre de la criatura, cosa que a Valeria ni la despeinó (el progenitor, don Hernán Santibáñez, era como un desconocido que solo iba a dormir a la casona). La niña aclaró que ella era *consciente* y que se cuidaba, exigiendo que su pareja usara condón cada vez que copulaba. A juzgar por los silencios y los nuevos maullidos de la patrona, la adolescente, con su irreverencia, no hacía más que empeorar las cosas.

Estos ataques de ansiedad no eran una novedad: la señora de la casa, a veces, sufría de opresión en el pecho, dificultad para respirar, *váguidos* (vahídos) y espasmos, vista nublada y vómitos ácidos, y mandaba llamar a la ambulancia de *Médica Móvil*. Los paramédicos le inyectaban dosis de caballo de alguna benzodiacepina del repertorio y todo volvía a la normalidad.

Pero, en este caso, *la niña* había admitido ser sexualmente activa. Además, decía Carolyn, si todas sus relaciones sexuales eran protegidas, ¿por qué tenía miedo de estar embarazada? ¿Para qué comprar la dichosa prueba? Esa pregunta sí dejó a Valeria balbuceando como a un secretario de estado compareciendo ante los diputados federales de oposición. Tuvo que admitir que, en efecto, había tenido una relación sin protección, porque ella y su *novio* (así, en cursivas), no habían podido contenerse más y se le había *pasado* ponerse el condón. Carolyn, la mujer de las cirugías plásticas, el cuerpo con demasiadas cicatrices, la piel tostada y el peróxido en el cabello, después de esto, estuvo a punto de perder la consciencia. Se escuchó un silencio y el taconeo de Valeria corriendo hacia abajo donde estaban las criadas, quienes miraron a esa muchachita realmente hermosa, demasiado maquillada, con minifalda, tacones, blusa ombliguera, un diamante en el ombligo, una sonrisa cínica y un aire de superioridad −como si perteneciera a la realeza−.

Victoria entonces consideró necesario subir a socorrer a Carolyn. Valeria traía las llaves de su *Audi A-3* en las manos y salió sin mirar a las sirvientas. A los pocos segundos, Mari recordó su pesar y el llanto de nuevo se posesionó de todo su cuerpo. Corrió a la cocina con las manos en la cara, contorsionándose como cirquera.

La puerta de la recámara de la niña-Valeria estaba abierta y Vicky entró, preocupada. La señora Carolyn yacía sobre la cama de su hija, inmóvil: muerta de varios días. Vicky se acercó a sacudir a la patrona para despertarla, pero ésta, en efecto, parecía un cadáver añejo. Vicky exclamó un "¡Jesús!" y tentoneó el maquillado rostro de Carolyn para medir su temperatura corporal, como si fuera su hija −con el anverso de la mano−. Vicky percibió cierto frío, pero no como se sentiría un difuntito. Colocó su dedo en el cuello para verificar que el corazón de la patrona sí estaba bombeando. Vicky resopló y corrió al botiquín del baño, sacó una botella de alcohol, vertió un poco en un algodón y regresó para ponérselo en la nariz a Carolyn.

La señora de Santibáñez empezó a reaccionar.

—No me siento bien. Estoy mareada, Vicky.

—¿Quiere su güisquito, jefa?

—¿Cómo ves que la niña...? —Carolyn se interrumpió para tragar como delfín. —¡Se acuesta con mediomundo! ¡Dios mío! ¡Me quiero morir!

—Péreme... no tardo, señora.

Vicky corrió por el *Chivas* y un trapito mojado y subió, de nuevo, a toda velocidad para aplicarle compresas de agua en la frente a la perturbada y falsa señora de la casa. Una vez que el whisky hizo su efecto en el sistema nervioso central de Carolyn y que ella se hubiera semi incorporado, decidió llamarle a su esposo.

La recesión mundial, causada por la avaricia del hombre blanco y barbado: por el imperio de la codicia de los *brokers* y los *traders*; por la *burbuja inmobiliaria* de los Estados Unidos de América; por empresas con nombres como *Lehman y Goldman,* había arrollado a *Invertrade* como una aplanadora al grado de que Hernán había tenido que inyectarle a su empresa dinero propio para evitar la bancarrota. Pero, al parecer, el truene de *Invertrade*, compañía de intermediación financiera fundada por don Hernán Santibáñez (con el dinero de su padre) y su amigo del colegio *Cumbres*, Xavier Torres-Landa, era tan inevitable como la extinción del homo sapiens-sapiens. La corporación, con unas modernas oficinas en Bosques de las Lomas que desafiaban la gravedad y que habían sido construidas sobre uno de los precipicios de la zona (como la casa de Arrayanes), amenazaba con quedarse sin un quinto, en el caso de que todos los inversionistas, al mismo tiempo, pidieran su dinero constante y sonante.

Todo el mundo estaba en recesión. Agustín Karstens, gobernador del Banco de México, había dicho varias veces que estábamos tocando fondo, pero, al parecer, los fondos eran cada vez más profundos; eran pisos que se hundían, que colapsaban. Caíamos a otro fondo y así sucesivamente. Todo esto; la devaluación del peso mexicano, el temblor en *General Motors* y los gritos de auxilio de *AIG*[3], la contracción de los mercados y la quiebra de Grecia (e Irlanda e Islandia) habían sido, para *Invertrade* de Santibáñez-Torres-Landa, como el huracán Stan y Wilma juntos. La tormenta perfecta. Torres-Landa, por su parte, no había puesto un quinto de su dinero en el rescate de la empresa: su plata estaba bien guardadita en Panamá, lo que había generado una bronca gigante entre los socios —para acabarla de amolar—.

En esos vericuetos y marometas financieras se encontraba este hombre de cuarenta y tantos, caucásico, bisnieto de españoles, hijo y nieto de millonarios, esposo de la bella Carolyn; padre de Guillermo (Billy) y de la ya citada, la aparentemente promiscua Valeria, cuando la secretaria le pasó la llamada de su esposa, en calidad de urgente.

Hernán hizo una pausa y formuló una pregunta esencial en su contexto de vida: "¿por qué sigo casado con Carolyn, si no siento un carajo por ella —que no sea repulsión—?" Acto seguido, tomó el teléfono y escuchó, en voz débil, acongojada, lastimera, la crónica de los encuentros eróticos de su hija, de la prueba de embarazo, del desmayo y demás. Carolyn le dijo a Hernán que lo necesitaba más que nunca y le pidió que fuera a la casa de Bosque de Arrayanes lo antes posible. Hernán, por supuesto, le dijo que no podía, que los problemas en la oficina requerían de toda su atención y que en la noche verían el asunto de *la niña*. Carolyn, esta vez, no levantó la voz en absoluto, solo fingió que le daba un soponcio otra vez y dijo, con su voz de moribunda que, quizá, en la noche, él la encontraría muerta o, mínimo, en el hospital —agonizando como ballena varada en la playa—. Hernán colgó el teléfono después de decirle a su esposa que no se iba a morir, por supuesto, y que descansara, se tomara un té o fuera al *espá* a recibir un *shiatsu* de emergencia.

---

[3]   American International Group, Inc., también conocida como AIG, es una corporación multinacional estadounidense de finanzas y seguros con operaciones en más de 80 países. *Wikipedia*.

Hernán en cambio sí estaba tocando fondo. En serio. No. Tal vez todavía estaba en caída libre, descendiendo a 9. 81 metros por segundo al cuadrado, por un pozo oscuro, húmedo, profundo y negro como la muerte. *Invertrade* había recibido varias estocadas y sangraba por todos lados, retorciéndose del dolor, como toro flaco de la *Plaza México* mortalmente atravesado por un orgulloso matador. Su socio y amigo de la prepa, estaba con un pie en su avión privado para huir a Australia.

Hoy en día para Hernán, estar con su esposa Carolyn –que hacía veintitrés años era como Heidi Klum, Megan Fox y Nicole Kidman fusionadas– era como tener hemorroides, como una uña infectada en el pie, como una urticaria supurante, como tener comezón en el glande (y no poder rascarse).

Él la había conocido en una disco en los años ochenta y se había enamorado al instante, al verla bailar como Afrodita en el Olimpo. Era una estrella, una maravillosa supernova que llamaba la atención de todos y que parecía inalcanzable. Finalmente, Hernán conquistó a la Malinche y adquirió lo que los gringos llaman una *trophy wife* (es decir, una esposa para presumir; como cuando uno se pavonea porque ha comprado un reloj Cartier de oro y diamantes). Hernán acababa de graduarse de la universidad y su papá le había dado dinero para fundar *Invertrade*. En el sexenio del presidente Carlos Salinas y, hasta antes del llamado *error de diciembre* (en 1994)[4], Hernán había prosperado como la espuma: había logrado tener utilidades verdaderamente celestiales. Carolyn había vivido con su marido ese esplendor. Tuvieron a Billy y ejercieron el nivel de vida más derrochador, fastuoso y envidiable. *The whole enchilada*: viajes, aviones, autos, servidumbre, casa en Cancún y en Coronado, California (cerca de San Diego): Mercedes Benz, autos-escolta con tumbaburros, viajes de un día a Las Vegas. Todo. Este repentino torrente de dinero había mareado a Carolyn que, al tener a Valeria, había decidido reparar

---

[4]   La crisis económica de México de 1994 fue una crisis iniciada en México de repercusiones mundiales. Fue provocada por la falta de reservas internacionales, causando la devaluación del peso mexicano durante los primeros días de la presidencia de Ernesto Zedillo. *Wikipedia*.

sus pechos, enmendar las estrías, la celulitis y el exceso de grasa y, de una vez, darse una restiradita de todos lados. Carolyn había enloquecido con el dinero, la cirugía y el mundillo de la vanidad y la superficialidad de la aristocracia de la ciudad de México.

No es que tuviera mucha inteligencia en un principio —pensó Hernán, en medio de este análisis desde el vértigo—, pero el dinero la había transfigurado en un cliché ambulante: en una ridícula, prepotente, estúpida, neurótica y artificial nueva-rica. Por fuera parecía una muñeca de pilas: de hule y circuitos electrónicos. Por dentro, no había nada. Relleno como un oso de peluche, quizá.

Hernán se había dado cuenta de esto hacía algún tiempo, pero no se había atrevido a salir de su zona de confort. Primero que nada, Carolyn era digna de presumir en todas las reuniones, en el club, en el campo de golf, en la marina de Coronado. Era como traer un *Porsche* o un traje *Armani* de 10 mil dólares. Un adorno; un objeto que dejaba a sus cuates sin aliento (y con una erección). Porque Carolyn (en especial en sus épocas pre-cirugía) era un cromo, un viejorronón, un masaje a la retina, un éxtasis contemplativo. Todos querían estar encima de ella y Hernán se sentía el rey del lugar.

Y Carolyn le fue fiel (pensaba Hernán) y, por lo menos eso, ya era una virtud. Porque había hombres más jóvenes, más atractivos y, sobre todo, más adinerados que el propio Hernán. Aunque a estas alturas de la espiral descendente, de la vorágine infernal, de la caída inminente, Hernán ya no sabía ni qué pensar. ¿Le habrá pintado Carolyn los cuernos alguna vez? ¿Acaso importaba eso ahora?

El sexo en los últimos cinco años había sido un trámite quincenal y, en tiempos recientes, mensual (con suerte). Aquellos acostones que habían sido apoteóticos cuando se conocieron, en la luna de miel y en el primer año de matrimonio, parecían tan lejanos como la Edad de los Metales. Aquéllos habían sido revolcones muy memorables. Ahora, Carolyn tenía la pasión de una *Barbie* y Hernán se había hecho adicto a la pornografía; siempre leal, siempre disponible, siempre segura: las mujeres se desnudaban con una mirada y nunca tenían migraña ni se hacían del rogar.

Pero en este instante, pensó Hernán, si *Invertrade* se iba por el Drenaje Profundo hasta el Río de los Remedios, la esposa-talismán no le iba a servir de mucho, porque no habría fiestas ni viajes ni club ni *shiatsu* ni nada y el problema ya no sería la sexualidad y el vacío de Carolyn, sino la ruina, la pobreza, la desgracia, la deshonra.

En cuanto a la sexualidad de la caprichosa, igualmente superficial, insufrible y neurótica de su hija Valeria, Hernán recordó que su relación con ella había sido desde siempre nula. Hernán no la conocía: no podía platicar con ella sin que le irritara ese tono de híper-soberbia, ese aire de prepotencia y ese problema de articulación de las palabras (de ahí el *camote caliente* antedicho). Trataba, aplicando el amor más profundo e incondicional, de comprender a su hija; pero siempre fracasaba. ¿Qué iba a pasar ahora? La muñeca inflable presionaría a Hernán para que éste, a su vez, hablara con la escuincla. Pero ¿qué le iba a decir? "¿No cojas, porque tienes dieciséis años? ¡Te prohíbo que tengas relaciones sexuales! ¡No puedes salir de casa en dos años, cuando ya cumplas los dieciocho y puedas sacar tu credencial del IFE!" [5]

Hernán sacó de un cajón de su escritorio una botella de vodka y se sirvió medio vaso. La catástrofe general se avecinaba. El huracán se veía a lo lejos. Sonaba la alerta sísmica. La sirena anunciaba el bombardeo.

Le dio un trago kilométrico al líquido transparente y sintió cómo se cauterizaba su úlcera, lo que era gozoso. Miró la fotografía de sus padres, ya difuntos y admiró a la única persona con la que se podía comunicar: su hijo Guillermo, que posaba en una fotografía tomada en el aire por otro paracaidista. Billy, cayendo al vacío, como ahora Hernán lo hacía (solo que sin paracaídas).

Billy recorría Reforma-Lomas en un Mercedes de la serie *SLK*, plateado, convertible. A su lado, Nadia: veinte años, piel lisa, suave; ropa carísima, reloj *Rolex*; el cabello dorado, danzando caprichosamente con el aire, como una anémona de mar.

---

[5]   Instituto Federal Electoral.

Miró a su novia perfecta, sin darse cuenta de que estaba siguiendo el molde de su padre: tener a la mujer perfecta, resplandeciente; una novia para impresionar a los demás; una pareja de envidia.

Pero en esos momentos Billy no estaba pensando en su semejanza con su papá. Estaba viviendo una vida *normal* para un muchacho que pertenecía a la punta de la pirámide, a la élite. Estudiaba en *La Ibero* (Universidad Iberoamericana) la carrera de finanzas; tenía muchos amigos, era fan de los deportes extremos y viajaba constantemente a San Diego: más específicamente, a la casa de *dady* en Coronado, una península que formaba el Golfo de San Diego. Lugar de excelente nivel económico, a solo 17 kilómetros de la frontera con México. La casa estaba en medio del campo de golf y a unos metros estaba la marina, donde descansaba un velero de sesenta pies, también propiedad del licenciado Santibáñez.

Billy y Nadia iban muy seguido a Coronado, a la casa de *Monterey* (así, con una ere) *Avenue* a jugar golf, dar una vuelta en el velero y reventarse con los cuates. Eran la pareja perfecta y casi nunca tenían problemas. Normalmente, Billy decía lo que había que hacer y Nadia asentía, obediente. Tenían una vida sexual activa, que se ejercía sobre todo en la casa de *Monterey Ave.* en cuyo jardín exterior hondeaba una bandera de los Estados Unidos de América.

El motor del Mercedes *SLK* bramó cuando Billy rebasó a un *Dart-K* '82, que emitía una enorme nube de gases tóxicos. Billy le dijo a la flamante Nadia que no entendía por qué se permitían las carcachas en la ciudad: solo contaminaban y generalmente se descomponían y estorbaban la circulación. "¿Por qué no toman el Metro o el camión? ¿Qué necedad de andar en un trasto viejo contaminante, estorboso? ¡Nacos!"

Para llegar de la Colonia Quinto Sol 1 a la Universidad Nacional Autónoma de México (UNAM), había que salir dos horas antes. Era necesario tomar la línea *B* del Metro hasta Oceanía; trasbordar a la línea cinco con dirección a Pantitlán. Trasbordar a la línea nueve, hasta Centro Médico; trasbordar a la línea tres, hasta Universidad. Fin de la ruta. Curioso, en línea recta eran 26 kilómetros desde la casa de Vicky a la UNAM; pero por tierra era algo muy distinto. Ríos interminables de personas, calor, músicos improvisados, limosneros, pregoneros, vendedores ambulantes, carteristas, empujones, fajes, rechinido de frenos, el metro detenido varios minutos, la alarma de la puerta: un viaje por las tripas de la ciudad.

No obstante, Aurelia lo tomaba con *filosofía* —así dicen—. El contacto con la gente, con la realidad, era parte de su carrera, de su sueño, que era el periodismo. Por eso, todos los días se despertaba temprano y viajaba por los intestinos de la urbe fijándose en todos los detalles; en el comportamiento de la gente, de las hormigas, de la marabunta… del *pueblo*.

Aurelia no había heredado las redondeces de Victoria Ramírez, su madre, sino más bien la estructura ósea de Pepe, su padre, que era más bien tirando a flaco, aunque de estatura estándar para Latinoamérica. Sus ojos eran negros, grandes y muy vivos. Aurelia no vestía como su hermana Kate ni mucho menos como Valeria o su propia madre. Más bien, usaba falda larga, de lana, blusa bordada, morral, huarachito: "soy, totalmente UNAM", decía ella (en alusión a la campaña publicitaria de *El Palacio de Hierro*, una tienda de lujo en la ciudad).

Ese día, Aurelia tenía examen de *Géneros Periodísticos* y trataba de estudiar mientras se agarraba del tubo del Metro con una mano y sostenía sus apuntes con la otra. Crónica, artículo de fondo, reportaje, noticia… ¿Por qué quería Aurelia, hija de un hojalatero y una cocinera (que ascendió a ama de llaves), que vivía en ciudad Nezahualcóyotl, ser periodista? Aurelia despegó la mirada de sus apuntes para ver las luces del túnel que pasaban como estrellas fugaces frente a la ventana del vagón. Quería ser periodista para mejorar a su país. "Se dice fácil —pensó— cuando al pobre México lo aquejan tantas enfermedades que parecen terminales".

Ella había crecido con carencias. Hacía veinte años, ciudad Neza no era lo mismo que ahora. No tenía los servicios básicos; no había llegado el *Mac Donald's* ni el *Costco*. No había Metro y, cuando ella nació, la calle donde vivían era de tierra y el techo de su casa era de lámina de asbesto. Aurelia recordaba cómo se colaba el agua al único cuarto-recámara-estancia-cocina que tenían.

Luego, ya se mudaron a su casita de la colonia Quinto Sol 1, al borde de la urbanización, donde finalmente el gobierno construyó el flamante *Circuito Exterior Mexiquense* (una autopista de cuota que bordeaba ciudad Neza y el municipio de Ecatepec, hasta llegar a la autopista México-Querétaro), cuyos ruidos eran escuchados (e ignorados) por todos los habitantes de la casa de la calle Oro, construida con base a un crédito que les había conseguido el PRD (Partido de la Revolución Democrática), cuando obtuvo, por primera vez, el poder del municipio, en 1997. En ese entonces, Aurelia tenía ocho años y había sido testigo de cómo su familia al fin podía vivir en una casa de dos recámaras, con patio y techo de cemento, por donde no se metía el agua durante los eternos aguaceros del verano. La calle era de asfalto, había luz eléctrica y más tarde, cerca de ahí, la estación *Olímpica* de la línea *B* del Metro.

Mucho había cambiado la ciudad desde que Neza fue construida sobre la cama desecada del lago de Texcoco. Hoy en día tenía casi millón y medio de habitantes: más que la ciudad de Estocolmo y cuatro veces más poblada que Islandia. Era una ciudad dentro de otra ciudad.

Aurelia había crecido, se había convertido en mujer, había tenido su primera relación sexual, había ingresado a la UNAM y su terruño era ya una urbe en sí misma: un brazo de la ciudad de México, un icono popular y también cuna de delincuentes, secuestradores, narcomenudistas —más lo que se acumule—.

Pepe, el papá de Aurelia, había abandonado la escuela cuando ni siquiera había terminado segundo de secundaria. Victoria, ejemplo para Aurelia, sí había terminado la secundaria en su natal Ixmiquilpan, Hidalgo, pero tuvo que dejar sus estudios cuando sus padres, como muchos, emprendieron el éxodo a la ciudad de México, en-busca-de-un-mejor-futuro.

Aurelia se identificaba más con su madre que con su padre; por su capacidad de lucha, su entereza, su sentido del humor (aunque no en su forma de vestir y lucir sus *curvas*). Vicky siempre impulsó a su hija a estudiar y a superarse, mientras que Pepe pensaba que, con que Aurelia se consiguiera un buen marido, podía salir adelante. Estaba guapilla y flaca, así que no sería tan difícil —a juicio del hojalatero—.

Aurelia había sido una alumna excelente; había obtenido su pase directo del *CCH* [6] a la *UNAM* y contaba, en su segundo año de carrera, con calificaciones sobresalientes.

Mientras el Metro avanzaba a ochenta kilómetros por hora sobre sus llantas de hule por debajo de la megalópolis, Aurelia pensaba en las discusiones que tenía con Pepe: siempre, con el mismo tema; el idealismo de la joven.

—Este país no cambia ni aunque vuelva a nacer.

—Todos podríamos ayudar a que cambiara, papá. Lo que pasa es que no ponemos de nuestra parte.

—Hijita: pon los pies en la tierra. México es el país de la transa, la mentira y el agandaye. Camarón que no es gandaya, se lo lleva la chingada.

—¡Ésa es la actitud fatalista que me desespera, papá!

—No sé qué *quedrás* decir, hija… el caso es que, las cárceles están llenas de pobres y los policías son unos muertos de hambre que ganan la mitad que tu mamá… Mi amor, ¿cuándo vas a entender que México es un país de piratas?

—Pues me vale lo que digas, yo sí quiero ayudar a cambiar al país.

—¿Con los periódicos, hija? Uy, mi amor, los periódicos son para los de arriba. Nosotros, el pueblo, cuando mucho leemos el *Estadio* o el *Ovaciones*… Además, ¿a poco crees que con palabras se puede hacer algo?

—¡Mucho, papá! ¡Mucho! —Aurelia siempre salía de la casa enojada y Pepe le subía de nuevo al volumen del futbol.

Por andar pensando en la-manga-del-muerto, Aurelia no se había dado cuenta de que ya estaba en la estación *Ceú*, la última parada de la línea.

---

[6]   Colegio de Ciencias y Humanidades.

Aurelia salió junto con las hordas aztecas y miró el reloj con ansiedad: se le hacía tarde para su examen y le tenía que meter velocidad. Rebasó como pudo a las hormigas que querían salir del hormiguero y corrió hasta la Facultad de Ciencias Políticas y Sociales, a su salón, en la carrera de Ciencias de la Comunicación, base a partir de la cual se especializaría en Periodismo. Debido a que nunca apareció el autobús de la *UNAM* ni había taxis, corrió casi dos kilómetros y llegó, barriéndose en *home*, cuando el maestro repartía los exámenes. Miró a Ricardo Plascencia, su eterno enamorado, que suspiró como niño frente a una dulcería y se sentó a recibir el examen del maestro (un hombre que también se saboreaba con la cercanía de Aurelia). El maestro le sonrió −coqueto-él−, y sus gruesos lentes se le empañaron (vapor de agua condensada por la excitación del catedrático). ¿Cuántas veces fantaseó el maestro Salgado, mejor conocido como *El Taco*, con tener en sus brazos a Aurelia (sin ropa, por supuesto)? Salgado tenía una barba negro-azabache, casi siempre con restos de comida y ceniza, y un cutis que parecía la superficie de la Luna, balaceada desde hacía cinco mil millones de años por toda clase de cuerpos celestes. Ricardo, en cambio, era un muchacho moreno a más no poder, lampiño, de zapatos de gamuza y suéteres tejidos por su mamá (que no se quitaba ni en los bochornosos días de mayo).

Dos horas después de correr por toda la ciudad, Aurelia, la idealista, la redentora, la heroína, la misteriosamente bella, la jovencísima, la que rompía corazones, la nezahualcoyotlense, miraba el examen y preparaba su pluma como duelista de esgrima, como espada de caballero de la mesa redonda.

Pepe era un ser simple, de fórmulas elementales y, como el personaje de *Gringo Viejo*, con el miembro siempre semi erecto. Listo, pa'lo que se ofreciera: al-pie-del-cañón. Experto en abollones, fascias, rozones, descuadradas, lámina, *primer*, pintura, lija de agua y pulido y encerado, también era conocido por ser sumamente *folklórico*. Nacido en Iztapalapa (al oriente de la ciudad), experto en el arte del albur y el dicharajo; trinquetero, piropero, chistín, cabuleador, glotón, Pepe se abría paso en la vida a través del sentido del humor, la astucia y la precisión en cada martillazo y en cada recorrido de la pistola de pintura y buenas dosis diarias de cerveza *Tecate*.

Aficionado también al ron *Bacardí*, al futbol, a la Virgen de Guadalupe, a las carnitas los domingos, al *San Lunes*, al sexo (*principalmente* con Vicky), a Vicente Fernández y *Gigante de América*, y a las películas de los hermanos Almada. Chambeador, audaz y afecto al dominó, Pepe amaba profunda, verdadera y eternamente a su esposa, envidia de sus cuates y sobre todo de Arcadio, su vecino en la calle Oro, que hubiera perdido una mano con tal de poder siquiera besar a su cachondísima vecina Victoria.

Pepe no era dueño del taller de hojalatería y pintura ubicado en Avenida Central y con el original nombre de *La Central*. El mero-mero era un hombre que rara vez hacía su aparición por el local. Debido a las grandes ausencias del dueño de *La Central*, Pepe se creía prácticamente el mandamás del changarro, tomando las decisiones más importantes para el futuro del próspero negocio. En tiempos de recesión, la gente no compraba coches nuevos, sino que trataba de reparar los viejos y Pepe era experto en dejar las unidades como nuevas a precios *populares*.

La Central tenía como empleados a dos chalanes (uno con tatuajes como de la *Mara Salvatrucha*), un maestro pintor y una secretaria, coquetísima, que Pepe se *hojalateaba* de vez en cuando a pesar de sus mozos veinticinco años. La secre estaba de buen ver, de cinturita de avispa y pechitos de niña, pero, a la hora del sexo, tenía el defecto de gritar como si la estuvieran torturando. Así que era *un poquito imposible* hacerle el amor *discretamente* en algún rincón del taller: Leticia hubiera gritado tanto que los empleados de *La Central*, seguramente, pensarían que la estaban asesinando y le hablarían a la policía. Así que normalmente esperaban a que todo mundo se fuera y hacían el amor adentro de alguno de los coches que los clientes habían dejado en el taller para ser reparados (con las ventanas y puertas cerradas, para que no se escucharan los rebuznos de la joven).

Alguna vez Leticia le había pedido a Pepe que dejara a su mujer y se casara con ella, pero el hojalatero le había dicho que él no abandonaría a Vicky ni aunque alguien lo amenazara con cortarle su *atractivo*; de manera que la pecosita de Lety se conformaba con esos arrimones esporádicos adentro de los coches de otros.

Luego, Pepe llegaba a su casa de la calle Oro y miraba a Vicky, dándose cuenta de que, a pesar de sus cuarenta años, su mujer estaba bastante mejor que la Lety. Una incomodidad, una sutil culpa lo asaltaba por un rato, lo que provocaba que se le antojara aún más tener relaciones con su esposa, que no sospechaba que su marido se aventaba esos *rounds* con la muchacha de las pecas y los pechitos que atendía las llamadas y las citas de *La Central*. Quizá, hasta Vicky lo habría agradecido, puesto que Pepe estaba más fogoso, más caliente y con su miembro perfectamente funcional. (Una *virtud* de Pepe era su irrefrenable potencia y apetito sexuales).

Carolyn, pálida como papel de China, yacía en su cama gigante, quejándose con amargura del hecho de que a su esposo le hubiera importado poco el drama de la desvirginización de Valeria. La señora se quejaba de la migraña que no se le quitaba con nada; de retortijones en el colon descendente y de cólicos en la matriz. Vicky la atendía eficientemente como enfermera del *Hospital Inglés*, llevándole su té de cuachalalate para los intestinos y sus *Flores de Bach*, para sus nervios. A veces Vicky hubiera querido romperle el cuello a su patrona (era más que desesperante), pero no podía hacer nada: ese trabajo era muy importante para ella y su familia, y la verdad es que los Santibáñez le pagaban muy bien: quinientos pesos al día.

Las amigas de Carolyn no eran sinceras realmente. Muchas de ellas la envidiaban porque tenía mucho dinero. Así que, paradójicamente, su única amiga sincera era el ama de llaves.

Vicky se sentaba en la orilla de la cama a escuchar los lamentos de la patrona con la paciencia de un velador de terreno baldío. Carolyn sabía que Victoria tenía dos hijas; que Aurelia, era la hija-pródiga, pero que la otra, Kate, era una *fichita* −como Valeria−. Carolyn le preguntó a rajatabla, si Kate ya había pecado carnalmente. Vicky tenía entendido que no, pero no podía saberlo de cierto, puesto que su hija la chica no hablaba con ella y cuando lo hacía usaba monosílabos,

quejidos, groserías e interjecciones. Y ¿hablar con su papá? Menos.
Si Pepe se enterara de algo relacionado con la sexualidad de su hija
la chica, iría a matar al susodicho con su martillo de hojalatero,
abollándole el cráneo a chingadazos.

Carolyn y Vicky, mientras caía la tarde, confirmaron que a pesar
de sus enormes diferencias sociales, económicas y culturales, tenían
hijas adolescentes bastante parecidas: siempre a la moda, siempre
comunicándose con toda una comunidad de galanes, siempre con
la hormona a flor de piel, y siempre rebeldes, contestonas, insolentes
y voluntariosas. Kate quizá compraba su ropa en algún tianguis de
Neza y Valeria en *Horton Plaza*, en San Diego; pero, en el fondo, eran
como dos gotas de agua. Ambas con una enorme necesidad de afecto,
de pertenecer y en una búsqueda frenética (y quizá mal orientada)
de su verdadero ser.

Así que, a través de las hijas, la hidalguense de la calle Oro y la
rubia de cutis de plástico y la piel restirada como hule, recibieron el
ocaso del día, encontrando un vínculo —que no habían descubierto
antes—. Se rieron de algunas *locuras* de las dos adolescentes, se dieron
consejos mutuamente, se compadecieron una de la otra y concluyeron
que la culpa la tenían la televisión, el internet, las redes sociales,
la globalización, el libertinaje; el cambio de una educación rígida,
religiosa, dura, a una liberal, *blandita*, demasiado tolerante.

Al fin, Vicky se dio cuenta de que ya era noche y le dijo a
Carolyn que tenía que emprender el larguísimo viaje de regreso a
Neza. Carolyn no hubiera querido que se fuera, pero, ni modo, se
quedó sola y optó por prender la televisión en el canal de chismes de
espectáculos, *E-Entretainment*, que estaba transmitiendo la verdadera
historia de Drew Barrymore; desde su debut en *E. T.*, hasta *Los Ángeles
de Charly*, pasando por toda una pesadilla de drogas y alcohol.

Vicky se despidió de María sin saber el motivo de su llanto crónico
e incontrolable: ya no tenía tiempo de dilucidarlo. Iba saliendo por
el hall, cuando se topó (de nuevo) de frente con Hernán Santibáñez.
Victoria se impactó: el señor se veía verdaderamente mal. Estaba tan
demacrado que parecía que estaba agonizando, y olía a destilería.
A Hernán le dio mucho gusto ver al ama de llaves: hubiera querido

correr a abrazarla y decirle que ella era la única alma sensata en la casa de Arrayanes; que su sabiduría era más grande que cualquier doctor en sociología y antropología; que su bondad natural trascendía la santidad y que estaba buenísima.

Hubo unos segundos de silencio, en los que Hernán Cortés le clavó la mirada a la Malinche, como queriéndosela comer. Para Vicky fueron como horas ahogándose en un cenote maya. Al fin, él se dio cuenta de que estaba incomodando a la hidalguense y sonrió, nervioso.

—Perdóneme, Vicky.

—¿De qué, patrón?

—Me le quedé viendo como si no la conociera, —agregó nervioso y caminó hacia la estancia, pasando al lado de Vicky, quien sintió el tufo del alcohol y la congoja.

—¿Todo bien, señor? —Preguntó Victoria cortésmente.

—No, Victoria, todo mal, todo mal… pésimo, —repitió Hernán, dando grandes pasos hacia la cantinita de la esquina de la estancia.

Victoria sintió el pesar y la tristeza del patrón como si le hubieran caído encima varios costales de azúcar (llenos). Una gran virtud de la cocinera era la empatía, así que en esos momentos ella había absorbido el fracaso, la depresión y la ruina de su jefe en menos de un minuto. "¡Qué día! –pensó– primero la señora, luego el patrón. ¿O, será parte de lo mismo?" Victoria no podía dejar las cosas así. Tenía una necesidad intrínseca, irrefrenable de hablar con su jefe. Después de todo, hacía unos meses, gracias a él, había conservado el trabajo, cuando la patrona la había corrido después de algún altercado por algo nimio. Vicky le guardaba afecto a Hernán. Así que, la mujer respiró hondo y se dio media vuelta para acercarse al patrón, quien ya se servía cantidades irracionales de vodka en un vaso grande y se derrumbaba en uno de los sillones que daba a la barranca, desde donde se veían las casas de Bosques de las Lomas, suspendidas como esferas de Navidad, con las uñas, en las laderas de esta zona pequeñoburguesa del poniente del valle de México. Vicky, tímida, sencilla, se acercó al patrón.

—¿Puedo ayudarlo en algo, patrón? —susurró Vicky con suavidad aterciopelada.

—Al menos que sepas de finanzas, Vicky —contestó el señor Santibáñez con un rictus macabro.

—Uy, no, yo *de'so* no sé nada, señor. Digo, que no sea por el negocito de cremas rejuvenecedoras que tengo y que usted me ayudó a poner. Por cierto, todavía le debo lana.

—No te preocupes, Vicky.

—No me preocupo, *me ocupo*: —enfatizó Victoria —neta que le voy a pagar, señor.

Hernán la miró sonriendo; parecía que estaba a punto de llorar. Vicky nunca había visto al señor así. Él era normalmente un poco serio, pero jamás se deprimía. Manejaba las cosas (Carolyn, inclusive) con paciencia, prudencia y lógica. Casi nunca lo había visto enojado —que no fuera como consecuencia de una rabieta insolente de Valeria—. Pero eso no contaba. Con esa niña hasta el Papa perdía la paciencia y ningún psicólogo había aguantado más de dos sesiones con ella —ni ella con él—.

—¿De verdad no necesita nada, señor?

—Uy, Vicky: ¡si te dijera lo que me hace falta!

Hernán bebió el vodka a grandes y ruidosos tragos, y se quedó en silencio. Vicky se dio cuenta de que poco podía hacer por el jefe y prefirió salir de ahí, en silencio. Hernán todavía tuvo ánimo para voltear la cabeza y seguir el ritmo de sus caderas, como siempre.

Kate apareció sin tocar en la recámara de Aurelia, que tecleaba vehementemente en su laptop del año del caldo. Ya las teclas estaban despintadas y, en una esquina de la pantalla, había una especie de arcoíris. Estaba vestida —a juicio de Aurelia— con muy poca ropa y preguntó: "¿cómo me veo?" Aurelia estaba perpleja, viendo a su hermanita en el filo entre la moda y la putería. Kate tenía quince años, pero ya se había desarrollado plenamente. En contraste con Aurelia, Kate sí había heredado las curvaturas de la madre. Los jeans de Kate estaban tan embarrados que la niña caminaba como con ganas de ir al baño. Además, se había puesto unos tacones de veinte centímetros y eso provocaba que la hermana de Aurelia caminara como los hombres con zancos en el circo.

Kate hizo cara de fuchi, puesto que su hermana no le dio de inmediato la respuesta que quería; es decir, "te ves muy bien, hermanita". Aurelia, en cambio, empezó a hablar de la moda, de lo efímero, de lo superficial; de cómo los pequeños-burgueses gringos y europeos imponían modas que llegaban al tercer mundo en forma de marcas piratas y/o contrabando masivo de ropa *made in China*. Kate solo movió la cabeza negativamente, diciendo, enojada, "¿para qué le pregunté?" y salió caminando como la prostituta de *Taxi Driver* (que hizo la espléndida Jody Foster).

Ya *calientita*, Kate se dirigió a la estancia, donde Pepe miraba la señal pirata de un *Barcelona Vs. Deportivo La Coruña*. Le dijo a su papá que saldría a una fiesta en una casa cerca de ahí y Pepe, sin dejar de ver la televisión y dándole un largo sorbo a su cerveza *Tecate*, le contestó que tendría que esperar a su mamá (que era la respuesta de cajón y la forma mediante la cual el papá evadía sus responsabilidades paternales). Kate taconeó y estuvo a punto de provocar que la casa se derrumbara con el azotón de la puerta de su recámara. Pepe conocía los berrinches de su hija *teen* y se los atribuía a la edad-de-la-punzada, así que siguió imperturbable viendo al F. C. Barcelona, y al héroe de México, Rafa Márquez.

Aurelia se había quedado con resquemor después de ver a su hermanita vestida como las suripantas de la Calzada de Tlalpan y se acercó a su papá.

—¿Viste cómo estaba vestida mi hermana?

—No, hija. Estoy viendo el fut —dijo, como dejando en claro que no quería ser molestado.

—Parecía una golfa, papá.

—Chale, hija, ¡cómo te gusta echarle crema a tus tacos! Además, como tú te vistes como…

—Olvídalo; —interrumpió Aurelia —mejor espero a que venga mi mamá.

—¡Tira! —Le gritó Pepe a la pantalla, para incentivar a que Messi metiera gol en la cabaña de los gallegos.

Aurelia ya no dijo nada y regresó a su recámara, preguntándose por qué su mamá, que era una mujer excelente, se había casado con ese patán de proporciones bíblicas.

En el Metro había lugares para sentarse, así que Vicky había logrado descansar sus piernas y viajar montada sobre el caballo alado de sus pensamientos. No sabía por qué se sentía tan preocupada por don Hernán. Es decir, parecía francamente una exageración. Después de todo, no era su amigo ni su compadre ni su hermano ni su primo; era un señor rico en cuya casa trabajaba y con el que no tenía una relación cercana –aunque él le había ayudado un par de veces–. No podrían tener una correspondencia: pertenecían a planetas distintos y ambos estaban casados. Aunque –Vicky lo pensó mejor– siempre *sintió* las puntuales miradas de Hernán. Es decir, ninguna mujer puede hacer caso omiso de esa mirada: cuando el macho se siente atraído por la hembra. Era una mirada inequívoca y Vicky la experimentaba en carne propia todo el tiempo. Claro, en algunos casos, la mirada reflejaba una lascivia cruda y primitiva (quizá en la mayoría de los casos, en el micro, en el Metro, en las calles de ciudad Neza). Pero Hernán la miraba, sí con resquicios de eso (lascivia elemental) pero también con algo más. "Admiración –pensó Vicky– pero ¿cómo me puede admirar un señor como don Hernán? ¡No manches, Vicky, no te hagas bolas!"

En todo caso, esa noche ella había sido testigo de una devastación inédita en la persona de don Hernán Santibáñez. También le perturbaba la respuesta del patrón en cuanto a las finanzas. Vicky llegó a su parada: la estación del Metro *Olímpica*, de la línea B. Era muy tarde y ella todavía tenía que caminar dos kilómetros hasta su casita de la calle Oro, construida con el esfuerzo de Pepe y de ella y con un empujoncito (sote) del PRD.

Gracias a Dios, encontró abierta todavía la papelería donde, todos los días, compraba con quince pesos un *Chispazo Multiganador*. La *bolsa* en esos momentos era de 20 millones 800 cincuenta mil pesos. La señora que atendía la papelería (prácticamente hundida en una cueva de cartulinas, plantillas, pegamento, papel lustre y papel de china), era una viejita que no veía bien, pero que reconocía a la gente por la voz. Sabía qué hora era y se dio cuenta de que Vicky iba tarde (ya que se *veían* todos los días). Ambas comentaron el punto, la política y el futbol y, como siempre, Vicky habló de lo que haría si se ganara el *Chispazo*. Sueños guajiros.

Caminó por la calle de Sagitario –que era su signo–, saludando a algunos conocidos. Se sobresaltó cuando escuchó el claxon afónico de un *Valiant* destartalado: era su vecino y compadre, y Vicky tuvo ganas de vomitar. Arcadio era de aquellos *lascivos primitivos* que Vicky había mencionado dentro de su cabeza, cuando pensó en las miradas de don Hernán. Pero Arcadio era mucho más obvio (vulgar y asqueroso). Varias veces, incluso, mitad en broma, mitad en serio, le había propuesto pintarle los cuernos a Pepe y a la comadre. Vicky, obviamente, jamás había accedido, pero tampoco le había dicho nada a Pepe, porque sabía que éste entraría a casa de los vecinos con un AK-47 y vaciaría el cargador en forma de cuerno de chivo en la humanidad del compadre. Mejor, así las cosas. "Calladita estoy más bonita", –pensó la Vicky–.

Arcadio le ordenó a Vicky que se subiera al carcachón, que iba-pa'la-casa y que le daba un *rai* (es decir, un *ride...* que la llevaba, pues). Vicky tuvo que aceptar y al subirse el compadre no perdió detalle de las morenas, torneadas y tersas piernas de la comadre. Vicky trató de jalar un poco la falda, para que el perverso de Arcadio no tuviera una eyaculación precoz y batiera las vestiduras de vinil, ya despanzurradas por el sol y el uso y enseñando el hule espuma –como Arcadio, en ese momento, enseñaba el cobre–.

Al dejarla en su casa, Arcadio todavía le hizo a la cocinera hidalguense la propuesta de siempre –por no dejar–. Vicky le dijo que ella amaba a Pepe, que no lo traicionaría nunca. Ella aprovechó para arrojarle al compadre un dardo envenenado: le dijo que dudaba que estuviera tan *dotado* como Pepe; al contrario, por lo que había oído de la comadre, Arcadio era más bien *chiquito*, que se necesitaba lupa para verlo (o microscopio) y que aquello no se erguía ni con el Himno Nacional; o, si se ponía firme, de plano pues no se vislumbraba. Vicky entró rápidamente a su casa en la esquina de Boro y Oro, y Arcadio agarró filo para hablar con su mujer y reclamarle el que le hubiera contado a Vicky que tenía micropene.

Lo único que provocaba que Pepe dejara todo lo que estuviera haciendo (incluso ver el fut) era Vicky. Su presencia en la casa llenaba todo de luz y cualquiera que estuviera viendo la escena se podía dar cuenta de que el hojalatero amaba a la cocinera como-a-nada-en-el-mundo, a pesar de sus devaneos eventuales con la secre del taller y otras desconocidas. Pepe brincó del sillón para abrazar a Vicky, diciéndole que era tarde, que estaba preocupado; que siempre que viajaba de poniente a oriente de la ciudad, él sentía que algo podía pasarle. Vicky recibió ese abrazo como quien recibe una bendición, una inyección de *Complejo B* y una bocanada de oxígeno. Ella también quería al macho, cervecero, futbolero, (infiel) y tragón de Pepe.

En esos momentos hubo una fusión maravillosa; un paréntesis, un silencio. Se formó una cápsula protectora alrededor de ellos, un cascarón invulnerable, impenetrable y ellos se sentían seguros en su fortaleza de abrazos y besos. El encanto se rompió cuando Kate hizo acto de presencia y mostró sus carnes ante los ojos pasmados de Vicky.

—Voy a una fiesta ma'.

—No. Así no.

Pepe sabía que la casa se iba a incendiar. Kate y Vicky eran como las dos Coreas, como Israel y Palestina; como los sunitas y los chiitas.

—¿Cómo *así*? —Preguntó, desafiante, la hija.

—Pareces puta, hija. Ve a cambiarte y, entonces, te vas a donde quieras.

—Tú sales a la calle, todos los días, con un escote que se te ve hasta el alma; y yo no te digo que eres una puta.

—Si me dijeras eso, te quedarías sin dientes. Y yo tengo cuarenta años, soy mayor de edad y nunca salgo a la calle vestida como puta… pero ¿para qué discutimos?, es muy sencillo: no te cambias, no sales.

Aurelia salió de su recámara, después de escuchar los estridentes berridos de su insoportable hermana. Kate por su parte, desafiante, se dirigió a la puerta de la calle.

—Pues me voy y ya.

—Bueno, pero entonces no regreses.

—No regreso.

Kate, sin más ni más, abrió la puerta. Vicky miró a Pepe, quien dio dos grandes pasos y tomó a Kate del brazo, jalándola con energía. Kate hizo un tango como de futbolista; como si Pepe le estuviera dando choques eléctricos o como si sus dedos fueran clavos al rojo vivo. Pepe se la llevó hasta su recámara, mientras ella gritaba que los odiaba a todos y usaba un lenguaje de albañil veracruzano. Pepe le dijo que, ahora, se quedaría encerrada ahí en su recámara hasta nuevo aviso. Afortunadamente, no había ventanas al exterior, puesto que la recámara de Kate daba a la barda que dividía a la colonia del Circuito Exterior Mexiquense. Kate mentó madres. Improperios terribles y grotescos invadieron el espacio sonoro de la pequeña sala de los Pérez. Aurelia, Pepe y Vicky se miraron como en un funeral. Aurelia quiso romper el silencio, preguntándole a su madre si quería merendar. Vicky no contestó.

Billy llegó a Bosques de Arrayanes a las once de la noche, después de cenar con Nadia y dejarla en su casa, cerca de ahí. Enfiló su Mercedes en la cochera y, antes de abrir la puerta con el control remoto, se quedó pensativo. Todo parecía estar bien, meditó, mientras se admiraba en el espejo retrovisor. Era un muchacho muy atractivo de veintiún años, estaba estudiando lo que él quería (finanzas) para, tarde o temprano, heredar *Invertrade* de su padre, casarse, quizá con Nadia y así emparentar con una familia burguesa; heredar las casas de Coronado y Cancún; tal vez vivir en Estados Unidos la mayor parte del tiempo; o poner una sucursal de *Invertrade* en San Diego o en Europa.

Todo estaba bien. La vida de Billy era una fantasía maravillosa vuelta realidad. El universo estaba al alcance de la mano de este muchacho. ¿Qué más podía pedir este guapo, bronceado, joven rico, novio de la mejor chava del orbe, con buenos amigos que reían con él y lo admiraban, con un papá inteligente, accesible, con sentido del humor, con el que se podía hablar? Claro, Carolyn amaba casi enfermizamente a su crío y lo trataba como si tuviera doce años, pero, eso era lógico —según Billy—. Yocasta y Edipo se llevaban bien ya que, a todas luces, éste era el consentido de mamá (la pobre Valeria no era consentida de nadie —ni del perro—). Carolyn era melosa a más no poder y quería estar tocando a su hijo todo el tiempo, cosa que, a veces, empalagaba al joven, que tenía que salir huyendo a los brazos de Nadia: la niña perfecta. Los tocamientos de Nadia claro, no le molestaban en absoluto; aunque, Billy a veces se quejaba consigo mismo de que fuera demasiado sumisa (eufemismo para *pendeja*; es decir, sin nada en el cerebro). Sin embargo, algo que jamás se atrevía a confesar frente a sus amigos o su familia es que Nadia era absolutamente estúpida y tan superficial como un charquito evaporándose en el desierto. Pero la inteligencia no era una virtud que Billy buscara en una mujer (o ¿sí?): su madre no era especialmente coherente y su hermana, aunque sí era brillante, era una pesadilla.

¿Pero qué inquietud estaba escondida en ese rincón oscuro del sistema emocional del *joven maravilla*? ¿Qué resquemor había formado ampollas en esa esquina escondida de su cuerpo? ¿Qué culpa, qué frustración, que vacío? Quizá Billy, en el fondo, no quería encontrar esa mácula, ese estorbo, ese hoyo negro. ¿Qué le hacía falta para iluminar ese agujero oscuro? ¿Cómo podía quejarse, si la vida le había ofrecido todo en una bandeja de platino?

El *SLK* subió la rampa y entró, ronroneando como gatito persa, a la cochera, donde descansaban toda clase de autos del año; entre ellos el *Porsche* 911 de Hernán y la *Escalade* de Carolyn.

Billy apagó el motor y su inquietud iba creciendo como tumor en el cerebro: se retroalimentaba a sí misma, porque, al no encontrar respuesta (o al rehuirla), el joven se angustiaba más; se sentía ingrato con la vida, porque no era justo echarle nada en cara. Ingrato. Desgraciado. Malagradecido. Miserable. "¡¿Cómo te atreves, Billy Santibáñez?!"

La verdad es que su vida, su relación con Nadia, su amistad con sus cuates, su interacción con su madre y su hermana, eran totalmente intrascendentes, triviales, baladíes, vacías. Sí, eso era. Nadia era la *Venus* de la *Ibero*, pero su relación con ella no era gratificante para su espíritu; era insuficiente, como consumir sustituto de azúcar o café sin cafeína. El vínculo de Billy y Nadia era muy parecido al que el muchacho tenía con su *Mercedes Benz*: es decir, era nuevo, era hermoso, era convertible, jalaba durísimo, pero finalmente era una máquina. Nadia era tan fría, tan obediente y tan imbécil como esa máquina.

Billy se estremeció y se preguntó si amaba más a su *SLK* que a Nadia. Patético. Escalofriante. Ergo, su vida era una sucesión de acontecimientos que solo le llegaban a ras de piel. Nada (ni Nadia) lo conmovía, nada penetraba su corteza.

Billy de pronto se dio cuenta de que anhelaba mucho más. Cuando caía desde cuatro mil pies de altura, acelerando, con el aire zumbando en sus orejas; cuando todavía no había abierto su paracaídas, en instantes, se sentía pleno, total. Y se sentía tan bien que, muchas veces, había tenido la tentación de no jalar el hilo, de no sacar el paracaídas y seguir así, cayendo, hasta despanzurrarse en el piso como huevo crudo.

Flotar en el aire, mirando el lago de Tequesquitengo abajo; viendo las parcelas, las personitas y los cochecitos; estirar los brazos y sentir el aire golpeando; dar piruetas en el espacio, sentir que no hay gravedad, que Dios te sostiene con un dedo. Eso era quizá lo único que podía sacudir a Billy: el peligro, la cercanía de la muerte, la proximidad con los ángeles de las nubes; el vértigo de la caída libre; la ebriedad del suspenso.

Pero abajo en la Tierra, nada. El obediente sexo con Nadia; los siete segundos de placer al eyacular y después el *gusanito* se volvía hoguera y Billy sentía la necesidad de volver a saltar desde la avioneta y esperar más, cada vez más, para abrir el paracaídas. Nadia no daba muestras de satisfacción ni de dolor ni de placer ni de nada. Quedaba tirada en la cama, lánguida como un tapete y Billy tenía ganas de salir corriendo, subirse a su Mercedes e ir por la carretera a 240 kilómetros por hora.

Esa noche especial (por lo que estaba por venir), Billy comprendió que *el resquemor*, que el minúsculo foco de malestar no era tan pequeño. Al contrario: era el problema más importante de su vida. La pregunta era ¿cómo llenar ese hueco sin fondo? Tendría que separarse de Nadia; cuestionarse con rigor cuáles de sus amigos serían *verdaderos*; acercarse más a su padre; decirle a su madre que no lo tocara; poner a su hermana en su lugar, cambiar de carrera y estudiar lo que siempre quiso, que era ciencias de la comunicación y saltar de más alto: cada vez más...

A Billy le flaquearon las piernas cuando salió de su auto. Entraría a la estancia de su casa sin saber que estaba entrando a la cueva de un monstruo hambriento; el dragón de las pesadillas.

Aurelia, Pepe y Vicky cenaban pan dulce, chocolate y un silencio incómodo. Aurelia lo cortó con la tijera de su crónica: habló de su examen de géneros periodísticos, de sus eternos enamorados: Ricardo Plascencia y *El Taco*; y del tema que le encantaba: el mexicano. Se cuestionaba por qué la característica y mundialmente famosa astucia del mexicano no era utilizada por éste para fines positivos, constructivos. ¿Por qué el mexicano aplicaba esa astucia siempre de manera egoísta; es decir, para beneficiarse a sí mismo y no a los demás? ¿Por qué era una astucia canalizada a la transa, a desobedecer las reglas? ¿Por qué violar la ley era un valor positivo, reconocido por los demás, en lugar de ser un antivalor? El que defrauda al Gobierno, el que paga una mordida, el que se roba la luz, el que se te mete a la brava con su coche, el que no sigue las reglas, es admirado por la comunidad. El tramposo es un *chingón*. Se parece al macho que está casado y tiene muchas amantes: mientras más mujeres, más hombre, más apreciado y admirado por los amigos, más potente. ¿No es ésa la raíz de todos nuestros males: el valor que se le atribuyen a las reglas de la vida en sociedad? ¿No es el egoísmo el problema fundamental de este país? Curioso, en uno de los países más católicos del mundo, se viola flagrantemente el Segundo Mandamiento (entre otros): "amarás a tu prójimo como a ti mismo". En México, el Segundo Mandamiento, dice: "te amarás a ti mismo" (punto); o "te aprovecharás de tu prójimo lo más posible..." Y, el Primer Mandamiento: "serás gandaya y Dios te premiará".

Aurelia fue tan elocuente que incluso conmovió a Pepe, que era más difícil de convencer que una piedra. Pepe era el prototipo de lo que había estado diciendo la incipiente antropóloga. "Yo soy pobre y, por lo tanto, soy una víctima de la sociedad (y de los poderosos). Por eso tengo derecho a desobedecer las reglas y de obtener (ilegalmente) todo lo que pueda: lo merezco, porque sufro y no es mi culpa. Es mi venganza contra los ricos y los políticos. Lo merezco, porque mi pobreza me duele y ellos tienen la culpa. ¿Por qué he de pagar la luz, por qué no ponerle un chip a mi sistema de televisión para ver todos los canales, por qué no cobrarle a mi cliente de más?"

Luego, tocó el turno a Vicky, quien necesitaba hablar de Valeria, de Carolyn y de lo mal que vio al patrón, a don Hernán. El tema de Hernán le generaba a Pepe una alergia inmediata: su piel se llenaba de ronchas como si hubiera comido camarones echados a perder y su rostro se inflaba como pez-globo. Pepe había visto dos o tres veces a Hernán y lo odió desde el primer momento. Era el prototipo de la oligarquía sin escrúpulos que ha hecho su fortuna con base a la miseria del pueblo. Pero ése quizá no era el problema sino que estaba guapo y, sobre todo, le sonreía a Vicky, **su** mujer, de una manera *encabronante* (otra palabra para decir que te desquicia).

Así que Aurelia y Vicky, cómplices, se miraron y sonrieron al ver la hinchazón en la faz (y el orgullo) del hojalatero y hasta tuvieron ganas de hacerlo enojar más: a ver si así se le bajaba lo macho.

No lo hicieron. Lo cierto —dijo Vicky— es que el señor Santibáñez estaba muy mal anímicamente, como nunca lo había visto y eso le preocupaba sobremanera. Pepe prefirió ponerse de pie y buscar en la tele algún juego de la liga italiana (en repetición). Así, Aurelia y Vicky pudieron hablar más íntimamente, más entre mujeres (sin que oyera Pepe, que ya se había abierto una lata de cerveza). Vicky admitió que Hernán era atractivo y que ella lo había descubierto mirándola varias veces. Dijo que su relación con él era como de cuates —obviamente sin desaparecer las jerarquías—, porque ella nunca le había dado *entrada*. Lo cierto era que algo muy malo estaba pasando con él.

A Billy le sorprendió encontrar a su papá en la sala de la casa, con un vaso de vodka en la mano, los ojos como caleidoscopio; desaliñado, la camisa de fuera, la corbata sin nudo y murmurando como loco de manicomio. Billy, preocupado, se acercó a él y quiso saber lo que estaba pasando. Hubo una larga pausa. Billy se sirvió lo mismo que su papá. "¿Mi mamá está bien? ¿Valeria? ¿Qué pasa?"

—*Invertrade* está en quiebra —gritó Hernán desde el planeta en el que se encontraba. Luego, agregó en muy buen español: —nos va a llevar la chingada.

Pepe repasaba los más recientes resultados del futbol italiano, mientras Aurelia y Vicky alzaban lo de la merienda y no paraban de periquear. Obviamente, Kate era un grave, gravísimo problema. Primero, era más que evidente que tendría que hacer unos cuantos exámenes extraordinarios y que la escuela no era precisamente su fuerte. Pero sobre todo estaba el problema de la sexualidad: Kate la tenía a flor de piel y había descubierto el poder del cuerpo femenino como instrumento para manejar a los muchachos como maestra titiritera. Ellas no estaban seguras si Kate había otorgado ya el *favor supremo*. Aparentemente, no, pero era difícil saberlo. Esa niña no se comunicaba con ninguno de los miembros de la familia y, cuando lo hacía, todo terminaba en Waterloo como hacía un momento.

La manipulación de los hombres era un arte que había que aprender. Las mujeres tenían una tendencia natural a hacerlo, pero ésta debía de ser perfeccionada. La carnada tenía un límite. Es decir, llegaba un momento en el que el galgo quería comerse a su conejo. Y a veces lo tomaba sin preguntar. Salir a las calles de ciudad Neza, con el atuendo que traía Kate era una invitación del león a comerse a la gacela –aunque no tuviera derecho–. Además, los muchachos, a esa edad, estaban hirviendo en testosterona y la niña era un bocadillo suculento para cualquiera de ellos.

Con todo: –comentaban madre e hija– ¿cómo se le puede hacer para frenar esa tendencia de Kate por *tentar* a los chavos; por vestirse como puta de la calle Sullivan? "Hasta que no le peguen un susto –dijo irresponsablemente Aurelia–. "Que la boca se te haga chicharrón" –repeló Vicky–.

Sin embargo, era verdad. Los chavos más grandes, de veinte en adelante, ya no se chupaban-el-dedo y Kate en el fondo, a pesar de su cuerpo, seguía siendo una niña: el lobo se podía comer a la Caperucita de un bocado. Alguno de esos muchachos de la colonia Quinto Sol 1, le doraría-la-píldora a la escuincla, le hablaría bonito, al oído, le bajaría las constelaciones. Entonces, Kate caería, sería desflorada y el muchacho en cuestión le contaría a todo el barrio que la niña *prextaba*: o sea, que se entregaba con facilidad. Entonces, los chavos ya no se acercarían a ella por su valor intrínseco, sino por su *soltura* en cuanto al sexo. Ella se sentiría usada, pensaría que lo único que buscaban los hombres en ella era quitarle la ropa y su autoestima bajaría. Ante eso, solo le quedaría seguir cogiendo en serie como para tratar de mejorar la percepción de sí misma; y se formaría un clásico círculo vicioso; una espiral descendente sin fondo.

Toda esa cadena de acontecimientos parecía inevitable. Por más que la encerraran ahí en la casa a-piedra-y-lodo, estaba la escuela. Aurelia había visto cómo Kate doblaba la falda del uniforme para convertirla en minifalda. Los compañeros de clase se masturbaban con la imagen de las piernas y los pechos de la quinceañera y, los de prepa, ya andaban como zopilotes alrededor del cadáver.

—Bueno, hay que irnos a dormir. Mañana será otro día —remató Vicky, entre bostezos.

—Yo acabo aquí con la cocina, ma'.

—¿Segura?

—Segurísima —dijo, contundente, la candidata a periodista, revolucionaria y redentora de la sociedad mexicana.

Vicky se llevó de la mano a Pepe, que ya tenía micro sueños y Aurelia se quedó pensando en la posibilidad de ayudar a su hermana, de orientarla, de meterla de nuevo en su carril. Parecía un trabajo titánico, porque Kate era muy difícil y Aurelia no tenía paciencia; "pero lo voy a intentar" –se dijo con poco entusiasmo–.

Aurelia se fue a su recámara de dos por dos, al lado de la de Kate; es decir, con la ventana hacia el muro de la autopista. El gruñido de los torton no cesaba, pero Aurelia ya se había acostumbrado. También a escuchar a lo lejos los quejiditos de su madre, gozando de lo lindo las piruetas de Pepe: inagotable rejoneador, rey de la potencia, mago del orgasmo.

Aurelia recordó sus escasísimos encuentros sexuales: aquel que tuvo con un cuasi-porro, un fósil de la facultad, que la sedujo con Manuel Acuña y Jaime Sabines. Cogieron en casa de él: un departamentito de una sola recámara en la colonia Roma. Fue espantoso. Dolió como el Diablo y aquel compañero del nuevo *CGH* (Consejo General de Huelga), después del acto, se encendió un churro de mota y se la pasó *viajando*, desnudo, casi delirando (como si ella no existiera), hasta que Aurelia corrió al sitio de taxis y tomó un carro que le cobró una fortuna hasta la calle Oro. Luego se supo que el *activista* se había ido a Colombia, con los de las FARC. Quizá murió desintegrado por las bombas de Uribe.

La segunda danza sexual de Aurelia fue con un chavo de Neza, al que amó sin límite. Era un buen muchacho, trabajador, que no había terminado la prepa. Era generoso, aunque melancólico. Cuando hacían el amor, el joven trataba a Aurelia como una princesa. Después de eyacular, lloraba como heroína de telenovela venezolana. Lo mataron en la glorieta de Pantitlán y Adolfo López Mateos: veintisiete puñaladas. Nadie supo por qué.

Aurelia quiso leer un poquito, a pesar de las variaciones de voltaje. Lo hizo mientras escuchaba a Natalia Lafourcade en su I-Pod-Nano. "Quiero regalarte las estrellas o la luna entera… quiero y quiero tantas cosas y te quiero a ti…"

En el poniente generoso de la ciudad de México la casa de Bosque de Arrayanes se asomaba a la barranca, haciendo equilibrio y malabares, sostenida en un muro de contención de concreto de doce metros. La banda sonora estaba solo habitada por los grillos y los murciélagos que vivían en las cuevas junto con los indigentes.

La sala tenía dos niveles y un ventanal de unos seis metros que daba al jardín, de quinientos metros cuadrados, y a la barranca. Más allá, hacia el oriente, había más casas enormes, con bardas gigantes. La mayoría de los inquilinos de éstas ya estaban durmiendo.

Billy le dio la espalda a su papá y miró hacia la barranca. Su quijada se había trabado y sus cuerdas vocales no alcanzaban a vibrar lo suficiente como para producir algún sonido articulado. Pasó de: "me estás cotorreando, ¿verdad, papá?", a la negación. Luego, la ira y finalmente el desconcierto total.

—¿Qué quieres decir exactamente con "nos va a llevar la chingada", papá?

—¿Necesitas que te explique qué significa? —Replicó Hernán con una sonrisa de hemipléjico.

—Quiero saber qué va a pasar —increpó Billy, girando y mirando a su padre con ojos de asesino serial.

—Los clientes están pidiendo su dinero —empezó a explicar Hernán con una tristeza infinita. —Yo ya no puedo cubrir los depósitos.

—Y ¿tu socio?

—Seguramente en Sídney.

—¡No mames!

—El Gobierno se va a ir sobre las propiedades para cubrir parte de los pasivos.

—¡Pero ¿cómo es posible que dejaras que pasara esto?!

—Culpa a la avaricia de los gringos. Los mercados cayeron al piso y los clientes se apanicaron; como te digo, la empresa no tenía suficiente dinero para garantizar todos los depósitos. Aunque yo he puesto de mi dinero, obviamente, eso no cubre ni el cinco por ciento. Voy a declarar la bancarrota.

—¿Por qué?

—Porque prestamos más de la cuenta, porque la cartera vencida era gigante, porque se retrajo la demanda, porque cientos de miles de personas se quedaron sin trabajo.

—¡Pues cóbrales a los que te deben!

—Sí, hijo, pero, por lo pronto, hay cero liquidez y el Gobierno va a querer sangre… Se va a ir sobre la casa de aquí, la de Coronado y la de Cancún; los coches, el yate: ya sabes. Y ni así se va a cubrir la totalidad de los pasivos. Gracias a Dios que hay algunas cosas a nombre de tu mamá, que, si no, nos quedábamos en la calle.

—¡Es increíble! ¿Todo el dinero del abuelo y el que teníamos y…?

—No va a quedar nada —interrumpió Hernán, tambaleándose a la cantina para abrir otra de vodka.

—¿Ya hablaste con mi mamá? —Billy lloraba.

—No. Ella lo va a resentir más que cualquiera de nosotros —dijo Hernán ya con más calma, abriendo la botella y dispuesto a servirse otros doscientos mililitros de vodka genuino de Suecia.

—Me *cai* que no lo puedo creer.

—Pues velo creyendo, —dijo Hernán tratando de que la realidad desapareciera a fuerza de beber vodka. —Mañana voy a ver a los abogados, para ir esbozando la estrategia de la bancarrota.

—O sea, ¿de verdad no hay nada qué hacer?

—¿Crees que te daría la noticia si todavía quedara algo qué hacer? —Preguntó Hernán, ahora con nostalgia y miedo al futuro.

En efecto, el negocio del padre de Hernán, que había construido en los años sesenta, se había perdido en unos cuantos meses de crisis global y malas decisiones de Hernán. El papá de Hernán empezó vendiendo paletas heladas. Gracias a Dios que ya era un montón de cenizas guardadas en una caja en un nicho helado de la Iglesia del Pedregal; si no, estaría retorciéndose en la tumba.

Un problema inmobiliario en Estados Unidos, una cartera vencida tan grande como el Producto Interno Bruto del continente africano; un error del capitalismo moderno, una abundancia de transacciones con documentos sin valor real y la negligencia de don Hernán Santibáñez, que se hizo de la vista gorda, que no encaró el problema, que no demandó a su socio a tiempo, que pensó que solo les iba a dar un *pequeño resfriado*, habían convertido a la empresa, a la familia, en un enorme número rojo.

Valeria venía del antro. Un galán de prepa le había dado un aventón hasta *Bosques*. Eran las dos de la mañana de un miércoles. Valeria entró, mirándose en el espejo gigante del hall y gustándose mucho; rectificando uno que otro cabello rebelde. Ya iba a subir ágilmente por la gran escalinata central, cuando vio a Hernán y a

Billy, que parecían ahogados de la playa *Revolcadero* (en Acapulco): hinchados, como muertos, balbuceantes, salivantes y con la facha de un lumpen del Centro Histórico de la ciudad de México con síndrome de abstinencia. Valeria se extrañó mucho al ver a su papá y su hermano perdiendo totalmente el estilo. Nunca los había visto así. Hernán y Billy siempre habían sido impecables: sobre todo para su ropa y su arreglo personal. Aquello era una arruga sobre otra. El cabello de Hernán, bastante delgado y escaso, había caído como moco de guajolote en su rostro y dejaba ver una pequeña calvita a la altura del copete. Billy tenía los ojos inyectados, reventando en cientos de venitas carmesí. El pantalón de lino era ya el mapa de un tesoro escondido. Había un *cadáver* (una botella vacía) de vodka y la otra botella estaba por terminarse. Valeria se aterró. Ese impacto visual era suficiente para producir pánico en ella. Se acercó de puntitas, pero dispuesta a saber qué estaba pasando.

—¿Qué onda, eh? —Preguntó con su habitual tono de papa caliente en la boca.

Hernán y Billy la miraron: sus ojos turbios, sus muecas macabras.

—Despídete del *Colegio Sierra Nevada*, hermanita, —dijo Billy, acompañando las palabras con una carcajada forzada y lúgubre.

Valeria se le quedó viendo como quien mira a un demente o un bisonte en el zoológico.

—Estás hasta atrás, hermanito. Y mi papá también. ¿Qué pasa? —Preguntó cada vez más inquieta porque claramente se podía deducir que algo muy grave estaba sucediendo; algo irreversible y trágico. —Me están asustando —agregó con voz temblorosa, mientras se sentaba en una sillón individual de altísimos descansabrazos.

A Hernán en esa noche ya no le preocupaba lo que pudiera pasar con su hija: después de todo era una niña egoísta y manipuladora; una tirana. Valeria era la ecuación perfecta; la combinación más exacta de la adolescencia y la burguesía, del mercantilismo, de la aristocracia y el estrógeno. Estaba desbocada y no iba a detenerse. Claro, esto era antes de la bancarrota. ¿Qué pasaría ahora, con esa niña en el *país de las maravillas* (burguesas), cuando tuviera que cambiar de vida radicalmente? Hernán no tenía la lucidez para pensar en un futuro tan lejano.

—Hija… hay un problema —dijo Hernán, tratando de conservar el equilibrio y no tirarse al piso a hacer una pataleta.

—¿No me digas? —Exclamó la niña con ironía. —*Obvi*, —agregó en el argot de *niña-bien*. —No soy idiota.

—Perdimos todo —resumió Billy para no hacer la historia más larga.

Pero Valeria no entendió así, de botepronto. ¿Qué perdieron? ¿La dignidad? ¿Perdieron dinero en el hipódromo? ¿Perdieron la decencia? Hernán supo que Valeria tardaría mucho en comprender lo que estaba pasando y sus consecuencias.

—O sea: no entiendo. —La papa caliente dentro de su boca, estaba hirviendo y Billy se rio al darse cuenta de que su hermana era un cliché de la niña de Las Lomas, Bosques, Tecamachalco, Interlomas y demás barrios pequeñoburgueses de la ciudad de México. —¿De qué te ríes? —cuestionó, desesperada.

—Voy a declarar la bancarrota de mi empresa, hija, y nos vamos a quedar sin nada.

—¿Cómo "sin nada"? Y ¿el coche que me ibas a comprar?

—Mi papá habla de *todo*; o sea, de *nada*, —balbuceó Billy, riéndose de su propio contrasentido. —O sea —imitó el joven a su hermana, —nos vamos a quedar en la calle: sin casa, sin casa en Coronado y Cancún, sin yate, sin coches, sin chofer, sin guaruras.

—¡No manches, Billy, eso no es posible! ¡Me estás cotorreando y así!

—Mira, hija, mejor lo hablamos mañana, si quieres, —dijo Hernán, tratando de ponerse de pie y lográndolo finalmente, aunque pareciéndose a un trompo de juguete. Trató de caminar sin tropezarse, pero se veía demasiado tieso: un Pinocho, un robot que daba pasos calmos y poco flexibles, por las escaleras, hasta la recámara principal. Billy optó por exprimirle a la botella *las gotas de la felicidad*, ante la severa mirada de Valeria.

—Ya en serio, Billy.

—Es muy "en serio", Val —dijo Billy poniendo una cara ad-hoc a las palabras y bebiéndose el restito de la botella. —Mi papá está en la ruina. Se acabó todo. Se terminó nuestro nivel de vida. De verdad, neta, que en poco tiempo vamos a terminar en la calle.

Billy intentó ponerse de pie y no pudo. Mejor se acurrucó entre los almohadones de la sala importada de Francia. Valeria se había quedado trabada. Invadida de ansiedad, se acercó a su hermano para sacudirlo y gritar:

—¿Qué vamos a hacer, Billy?

Billy caminaba por el pantano de ese pegajoso sueño del vodka, el miedo, la desesperación y la tristeza. Soñaba que alguien lo sacudía, pero lo único que quería era que lo dejaran en paz.

Hernán soñó con su luna de miel en Bora-Bora, pero Vicky era la esposa —no Carolyn—. Iban a pasear en un yate y el capitán era Pepe. Carolyn bailaba hawaiano. En la vida real, la mujer ya llevaba dormida varias horas, producto del eficaz Valium, en coctel con Prosac y escocés solo.

La casa de Arrayanes se hundió en el silencio.

En Neza, Vicky también soñó con Hernán.

Capítulo 2

LA VIDA TE DA SORPRESAS…
SORPRESAS TE DA LA VIDA…

Vicky ya estaba despierta cuando sonó el molesto bip electrónico de su despertador made-in-China. Estaba muy preocupada por Kate: no veía más que hollín en el futuro de la adolescente. Vicky, normalmente muy segura de sí misma, asertiva, optimista en su efímero devenir por el siglo veintiuno, en el caso de su hija, no sabía qué hacer. Ni la menor idea. Eso fue la que la mantuvo despierta casi toda la noche (salvo el momentito que soñó con don Santibáñez): pensando sin pensar. Tratando de racionalizar lo que estaba pasando con la niña, pero sin lograr *aterrizar* (como dicen en el lenguaje empresarial) nada.

¿Por qué había salido así la niña? Vicky había tratado de suministrar todos los elementos para que el desarrollo emocional de Kate fuera más o menos adecuado y el resultado había sido una muchacha intransigente, insolente, rebelde, irreverente y, últimamente, medio-*ligera de cascos* (como decían en las telenovelas antiguas). El papá, en efecto era perezoso, disperso, macho y folklórico, pero a juicio de Victoria esa variable no pesaba tanto.

"Seguramente –pensó Vicky, mientras se incorporaba para mirar por la ventana–, la culpa es de la escuela". En las secundarias públicas de algunas zonas del país, incluso, vendían drogas y últimamente, no solo afuera de la escuela, sino dentro del salón. Es decir, había compañeros de Kate que ya tenían una carrera consolidada como narco-menudistas –y/o drogadictos–. Vicky rogó a Dios que su hija no estuviera metida en drogas… todavía.

Pero después de todo para Victoria era muy difícil mantener el control de la niña: trabajaba todo el día, incluyendo sábados. Pepe por su parte pasaba una buena parte del tiempo en el taller de hojalatería y pintura. Aurelia en la UNAM. Esto le daba a Kate toda-la-libertad-del-mundo. En las tardes la muchacha podía hacer exactamente lo que le diera la gana: no había quien la vigilara (y ni modo de encadenarla).

Vicky recordó su infancia y adolescencia en Ixmiquilpan, estado de Hidalgo, en el campo, a principios de los años ochenta. Allá, en la miseria del campo de ese estado, al lado de sus hermanos, viviendo en una casa de techo de lámina, encima o debajo de toda su familia, no había oportunidad de salir con los muchachos del pueblo ni de vestirse como Kate: ni siquiera había televisión en su casa –mucho menos piso de cemento–.

Kate ahora tenía una posición infinitamente mejor que la de Vicky treinta años atrás. El piso de la casa de la calle Oro era de cemento, había luz eléctrica, televisión (con una señal pirata), pantalla plana, agua caliente, recámaras para todos, calles asfaltadas. Todo eso para Kate era algo *normal*, automático: no lo era así para Victoria, que se cuarteó las manos trabajando en la milpa con su padre, que vivía en una casa sin drenaje; de hecho, sin escusado (había que ir al campo a hacer sus *necesidades*).

La civilización, el desarrollo, las marcas piratas, la televisión, la libertad habían echado a perder a Kate. Pero entonces la pregunta era ¿por qué Aurelia era tan buena muchacha? ¿Genética?

Vicky se metió a bañar. Gozó, como todos los días, el agua potable calientita que salía de la regadera inequívocamente, gracias a la cisterna con la que contaban y que garantizaba el suministro constante del preciado líquido (en Ixmiquilpan el baño era a jicarazos, calentando el agua en una estufa de carbón).

Aurelia escuchó la regadera y se estiró como cachorrita. De inmediato pensó en el pobre de Ricardo Plascencia y en la crueldad de la vida: amar y no ser correspondido. Aurelia se permitió especular. Teoretizó sobre la posibilidad de hacerle caso a su fan número uno (al *incondicional*, como canción de Luis Miguel). Quizá sería feliz a su lado. Por lo menos, sabría que Ricardo la querría sin cortapisas. "¿Por qué no?" –pensó–.

Pepe roncaba dulcemente como oso canadiense, mientras Vicky se transformaba frente al espejo. Luego, buscando las llaves de la casa dentro de su bolsa de mano, vio el boletito de *Chispazo Multiganador* y se dijo a sí misma que obviamente jamás ganaría el premio, porque "uno nunca se saca nada".

Hernán Santibáñez durmió por momentos. Ahora, miraba el amanecer por la ventana de la recámara, sintiéndose peor que la noche anterior. Las gigantescas dosis de alcohol le habían provocado indigestión y náuseas; y claro una sed irrefrenable. Además, los problemas en esa mañana diáfana en las barrancas del poniente (que parecían tentáculos de un pulpo gigante hecho de tierra y tepetate) se veían como fieras a punto de atacar; como una aplanadora acercándose lentamente hacia él; como la onda expansiva de una bomba nuclear arrasando todo a su paso.

Hernán miró a Carolyn que portaba su antifaz para dormir, inmóvil como cadáver en el congelador. Él sonrió imaginando la reacción que tendría la neurótica, artificial y estúpida de su mujer, al saber de la ruina de la familia. Pero debía tener cuidado: Carolyn tenía dinero a su nombre que, posiblemente, significaría la salvación de todos. O, por lo menos, una tablita a la mitad del océano.

En todo caso, Hernán tenía una junta a las nueve de la mañana, en las oficinas de *Invertrade* con un pánel de abogados. Ahí se determinaría la mejor estrategia para declarar la bancarrota de la empresa y para saber cómo lidiar con los inversionistas que, seguramente, levantarían demandas en contra de Hernán–para tratar de recuperar su dinero–. En la reunión estarían presentes también sus contadores y el subdirector de la empresa. Quizá hasta haría falta que se apersonara el médico de la familia —porque la posibilidad de una falla coronaria era inminente—.

Hernán nunca creyó en Dios: ni siquiera porque su madre, doña Ofelia Benavides, había sido una mujer católica hasta el tuétano; de golpe de pecho, misa todos los días y plagada de miedos y culpas ("dichosos son los que temen a Dios"). Hernán creía en sí mismo. *Creía*, porque ahora toda su fe se había desvanecido, junto con los fondos de la empresa.

En ciudad Neza, Aurelia y Vicky se encontraron en la cocina. Victoria, como siempre, perfecta: sus chapitas, la falda clásica, ajustada; el peinado, el perfume y la sonrisa. Aurelia, también como siempre, lucía su falda larga, ampona, su maquillaje nulo, sus huaraches y su blusa holgada, para que no se viera nada: el uniforme de intelectual-de-izquierda aderezado con morral de Oaxaca y pañoleta roja como de guerrillera de los años setenta.

Desde hacía mucho que Vicky ya no le decía a Aurelia cómo arreglarse o qué ponerse. Sabía que su hija tenía ideas firmes y que, intervenir en su arreglo personal, solo acarrearía fricciones innecesarias.

Aurelia y Vicky —todavía estaba oscuro— hablaron de Ricardo Plascencia y del amor, mientras tomaban cafecito y un poco de cereal *Fitness* con leche ultra pasterizada. De tiempo en tiempo, Vicky tocaba a la puerta de la recámara de Kate para conminarla a que se levantara para ir a la escuela, pero Kate solo gritaba que el mundo se fuera al Diablo o en su defecto a la *chingada* —que estaba más lejos que todo—.

Aurelia y Victoria platicaban sobre el tema más viejo y recurrente de la humanidad (después de la Muerte): el amor. Velada y sutilmente, Aurelia le preguntó a su madre cómo era posible que siguiera enamorada de Pepe. Victoria le contestó a su hija que su padre en el fondo era una buena persona; un hombre de familia muy trabajador. Él la amaba mucho.

—Eso es justamente lo que me he puesto a pensar, mamá. Ricardo me adora: ¿no será eso suficiente para que la relación funcione?

Victoria le aclaró que su caso era distinto, porque ella también amaba a Pepe. O sea el amor era recíproco –no como en el caso de Aurelia–. La joven mostró un gesto que quería decir: "no lo entiendo". Victoria precisó que el amor era inexplicable.

—Perdóname, mamá. Me da mucha pena decírtelo, pero creo que tú eres mucha mujer para mi papá.

Vicky no se enojó, sino que sonrió, afable, agradeciendo el comentario de su hija. Aclaró que Pepe daría la vida por ella y su familia y que eso era lo importante. Cuando Vicky se fue (desistiéndose de la titánica labor de lograr que Kate se levantara para ir a la escuela), Aurelia se quedó con la sensación de que su madre no amaba a su padre: por lo menos no de esa manera absoluta, total, contundente, trascendente. Claro, habían pasado más de veinte años y el amor, después de todo ese tiempo, se transformaba en otra cosa –por lo menos, eso había oído decir, porque, en realidad, ella nunca se había enamorado–.

Vicky emprendió la cotidiana jornada de oriente a poniente. Eran las siete y cuarto de la mañana y ya clareaba cerca del aeropuerto, cuando Vicky llegó a la estación *Olímpica* para dirigirse a la casona de Bosques de Arrayanes, en su travesía diaria a través de La Gran Tenochtitlan; de las márgenes pobres de la urbe, hasta las grietas y montañas del rico poniente. Todos los días, lo mismo: las mismas miradas (hombres que veían los pechos de Victoria como si no los hubieran amamantado de pequeños), los intentos de faje, el hombre que vendía las plumas de imitación; el dizque ciego que cantaba; los mismos cuatro y pico millones de personas, desplazándose, quién sabe a dónde, montados en el *STC-Metro*. Una masa, una manada gigante, una jauría, caminando, corriendo, abriéndose paso como escarabajos. Cuatro millones de personas –casi la población total de Costa Rica– respirando bióxido y monóxido de carbono, olor a electricidad, hule, humanidad y gases intestinales: cuatro millones de alientos y placas dento-bacterianas; cuatro millones de personas conviviendo, viajando, pero la mayoría sin dirigirse la palabra: solo esas miradas casi tristes, de tedio, de calor, de rutina, de hartazgo y pobreza.

Ya no alcanzó a don Hernán. Hubiera querido verlo, para preguntarle si se encontraba mejor, si las cosas ese día se veían más bonitas, si el cielo había escampado. Llegó hasta la cocina, donde Mari estaba un poco más repuestita, pero con cara de máscara de Halloween. Vicky se disculpó porque el día anterior no había podido hablar con ella ni consolarla en ese llanto telenovelero que fue interrumpido por los gritos de Carolyn y las insolentes palabras de Valeria. Luego, la tristeza de su patrón. Mari le dijo que no importaba: es que, lo que pasaba es que ella estaba embarazada. Vicky apretó los ojos para huir un segundo de la realidad. Mari no tardó en decir que el tipo, de nombre Jesús, había huido en cuanto supo de la preñez. "¡Qué novedad!", exclamó Vicky, despotricando lo clásico: "¿por qué no te cuidaste? ¡Qué bruta eres!", etcétera. Luego, vino el debate sobre el aborto, en el contexto de que ya era legal en el Distrito Federal y resultaba ser un trámite relativamente sencillo y más o menos seguro. Mari se persignó cuarenta veces y le dijo a Vicky que eso era pecado y que ella no iba a matar a una criatura.

—Pero coger con un tipo antes del matrimonio, ¿no es pecado?

—Eso es algo muy diferente —aclaró Mari. —Además, yo lo… lo quería mucho… —Entonces, empezó a llorar de nuevo, encharcando la cocina. Vicky obtuvo la paciencia necesaria y le dijo que, si tenía al bebé, su vida cambiaría por completo. En primer lugar, porque la patrona Carolyn la iba a mandar de-patitas-a-la-calle (o sea la despediría); porque no iba a aceptar una *chacha* embarazada y mucho menos a un bebé berreando. ¿Qué iba a hacer entonces? ¿Quién la iba a recibir con un bebé? Mari se quedó pensando y Victoria también: ¿qué tal si a Kate le pasara algo semejante? ¿Le diría, también que abortara? Probablemente sí.

Carolyn, ataviada con una bata de *Victoria's Secret* de trescientos dólares, entró sin tocar a la habitación *high-tec* de Billy. El cuarto olía a vodka (que dicen que no huele, pero es mentira) y el joven estaba dormido, con la boca abierta, babeando y vistiendo solo un short. Carolyn lo miró un momento: sus pectorales bien formados, gracias al deporte que practicaba con regularidad (además del paracaidismo, jugaba futbol americano, iba al gimnasio y nadaba). La madre se sentó al lado de su hijo, sobre la cama y le acarició el cabello con… ¿amor? En todo caso Billy no hubiera despertado ni con el terremoto del '85, así que solo se volteó y gimió un poquito, como león flojeando sobre la rama de un árbol. Carolyn le dio un beso. Le dijo suavemente "te quiero" y salió hacia la recámara de Valeria, a la que también entró sin tocar.

La niña también dormía. Carolyn se desconcertó, puesto que ya eran las diez de la mañana y la niña habría tenido que ir a la prepa. Enojada, la madre zarandeó a la joven, instándola a que se despertara para ir a la escuela. Valeria miró a Carolyn con lagañas y odio. La güera artificial, le empezó a tirar un rollo y Valeria se desconectó. El reventón de la noche anterior había estado magnífico y del antro se había ido a casa de su galán. Habían entrado sin hacer ruido a la recámara del muchacho y habían hecho de todo hasta la madrugada. Después ella regresó a su casa para toparse con el extraño cuadro de su papá y su hermano en la estancia, borrachos e incongruentes.

Al fin, Carolyn se dio cuenta de que la sacrosanta adolescente no estaba escuchando nada y su ira creció hasta el espacio sideral. Valeria, siempre con el tubérculo en la boca, se incorporó tantito y solo le dijo una cosa que provocó que la esposa-trofeo de Hernán (el trofeo ya bastante cascado) sufriera de una hemorragia cerebral, un aneurisma y un trombo —todo al mismo tiempo—. Le dio, pues, el muy mexicano *patatús*.

—Ya nada importa porque nos quedamos en la ruina. —Dicho lo cual, Valeria se puso de pie y se fue desnudando para ir al baño, tirando la ropa como si le quemara.

Los párpados de Carolyn vibraban estroboscópicamente; sus piernas se convirtieron en arena y una opresión terrible estrangulaba su pecho como boa constrictor. Acto seguido, rectificó: pasó del pasmo a la duda. Se puso de pie como pudo y deteniéndose de las paredes llegó al baño color de rosa de Valeria donde ella se estaba metiendo a la regadera.

—A ver, a ver, a ver —cacofoneó la madre, —¿c-cómo… q-qué quieres decir… con *la ruina?*

—Ayer llegué a la casa y mi papá y mi hermano estaban hasta atrás. Mi papá me dijo que iba a declarar la bancarrota y así, y que tipo-nos íbamos quedar sin nada. Lo que significa que me van a sacar de la prepa del *Sierra Nevada* y me van a mandar a una pública y, desde ahorita te digo que, primero muerta que ir a *Bachilleres.*

Carolyn hizo cara de profunda reflexión, balbuceando en voz baja: "¿por qué no me dijeron nada a mí?" Valeria seguía bañándose como si nada y Carolyn tuvo que sentarse sobre la tapa del escusado, para recuperar la cordura (si es que eso era posible). Valeria la miraba a través del cancel y del vapor ahora con cierta compasión. Sabía que su madre se iba a ir de picada como avión sin alas. Carolyn vivía de las apariencias, de las marcas caras, del *bluf,* de la presunción, las joyas, los viajes en primera clase. Si desvestías a Carolyn, si la alejabas de todo eso que le daba significado a su existencia: ¿qué iba a quedar? Nada. Un cascarón: piel, órganos y ya, como un empaque sin su contenido neto; una envoltura sin chocolate.

Valeria era rebelde, consumía mucho alcohol, era promiscua y no pensaba más que en la fiesta y el sexo, pero no era tonta. Mientras veía a su mamá jalarse los cabellos como loca de patio y el agua caliente recorría su cuerpo perfecto, Valeria imaginó lo que pasaría con su madre y tuvo miedo. Quizá la perdería para siempre; su familia se desintegraría, todo se vendría abajo. (Aunque, pensándolo bien, su familia ya estaba desintegrada desde hacía mucho tiempo).

Apagó las llaves del agua, tomó una toalla y miró a su madre cuyo rostro se contorsionaba.

—Mamá: vamos a hacerla, vas a ver. —Valeria dijo esto sin convicción.

Carolyn no contestó. Se puso de pie y corrió a su recámara. Valeria tuvo más miedo.

En la lujosa sala de juntas de *Invertrade* predominaba el negro, el cuero y el cristal. Había más de quince personas de traje, vociferando, tomando nota, hablando por el teléfono fijo y por el celular, enviando documentos a través de laptops, escaneando, faxeando, mensajeando; desanudándose las corbatas, yendo al baño, bebiendo agua como camellos y, algunos, a pesar de la prohibición, fumando como volcán activo. Entraban a veces señoritas con documentos; salían y entraban abogados, papeles, actas, estados de cuenta. Era un circo de tres pistas, con payasos (tratando de llamar la atención), magos (apareciendo dinero donde no lo había), malabaristas (enviando dinero de aquí para allá y de regreso) y claro, animales: elefantes (lentos y pesados), leones (dispuestos a devorar todo a su paso) y hábiles changos que brincaban de un bando a otro. Había dos o tres políticos también. Pero el maestro de ceremonias, don Hernán Santibáñez, sentado en la cabecera, estaba pensando en Vicky, en su sueño, en estar con ella en una isla desierta en el Caribe, frente a un mar transparente color turquesa. Ambos desnudos mirándose sin más preocupación que variar la forma de besarse o crear un nuevo método para amarse. Hernán y Vicky se metían al tibio mar, de la mano, como náufragos, como los últimos humanos de la Tierra. Luego, él la cargaba a ella, ayudado por la resistencia del agua y la falta de gravedad.

En la vida real, (o ¿qué era más *real* en esos momentos?) las hienas, los buitres, las lechuzas, los lobos; ladraban, gemían, reían, se amenazaban, computaban, balanceaban, cazaban, mataban, rugían, en medio de una nube de humo que trataba de escaparse a través del insuficiente sistema de ventilación. La selva era un ruidajo también de insectos y parásitos; víboras y ranas de piel ponzoñosa. "A río revuelto, ganancia de pescadores": y había muchos *pescadores* ahí con anzuelos, unos; otros con redes y lanzas, y unos más con dinamita.

La secretaria de Hernán le susurró al oído que su esposa estaba en la línea y que se oía muy mal. Tuvo que levantar la voz, porque el financiero estaba soñando con la isla desierta y la desnudez de Victoria: su piel morena, brillante con el sudor y el sol. Hernán le dijo a su gentil secretaria que no tomaría la llamada, pero ella repitió que su esposa se escuchaba muy alterada. "Menos así, Rebeca" –dijo Hernán como exhortando a la asistente a que se fuera de ahí y lo dejara continuar con su fantasía caribeña–. Rebeca hizo una mueca, porque sabía que la señora Carolyn era, como decían las mamás, *neurasténica*: es decir, neurótica e histérica (en todo caso, *neurastérica*).

La carnicería, el destazamiento de su compañía seguiría hasta entrada la noche, así que Hernán se preparó para seguir imaginando a Vicky e incluso crear una trama. Vivirían en una cabaña rústica, pescarían y freirían los pescados, harían el amor todo el tiempo; se bañarían en un río frío y transparente.

Pepe ya estaba desarmando la fascia de un *Beetle*, agachado, cuando vio unos tacones de quince centímetros. Siguió la mirada hacia arriba, recorriendo unas piernas flacas, una minifalda, unos pechitos subdesarrollados y al fin el rostro de Leticia, pintarrajeado más de lo de costumbre. "Me dan ganas de comérmela" —dijo Pepe para sí mismo, en sus adentros—.

—Hay una señora que quiere que le arregles la salpicadera —dijo Lety con voz de actriz porno.

—¿La tiene muy dañada? —Preguntó Pepe, siguiendo el doble sentido.

—No sé, pero tiene cara de mamona.

—No importa, yo le reviso la carrocería, —remató Pepe ñerísimo (es decir, muy vulgar).

Lety se puso celosa y no le sonrió. Se dio la media vuelta y caminó hacia la oficina, contoneándose, como para que Pepe viera lo que se perdía (que no era mucho). Pepe se excitó más, aunque eso no era nada excepcional: él era un hombre que vivía estimulado sexualmente todo el tiempo y que estaba listo para dispersar su semilla en cualquier momento. Terminó de desensamblar la fascia, se limpió las manos y se dirigió a la oficina, donde encontró a una mujer cuarentona, toda de negro, con medias caladas y tacones aún más grandes que los de Lety. Lety la miraba como soldado gringo a un talibán.

—Pepe Pérez, a sus órdenes, señora —gritó, servil, haciendo una reverencia, pero moviendo los ojos mágicamente para no dejar de ver los senos de la señora, que tenía una blusa negra, transparente, de manga larga y un brasier de varilla, gigante, que se veía a través de la prenda. De cara era una mezcla entre Lyn May y Lucía Méndez, tirándole a Janet Jackson (pero cuando eran jóvenes). Es decir, de labios gruesos, pómulos grandes y nariz minúscula.

—Me acaban de pegar y necesito un presupuesto para ver cuánto le cobro al idiota que se pasó el alto.

—Con todo gusto, señora. ¿Dónde está su unidad?

—Aquí afuera.

—Y ¿quién fue el… *idiota* que se pasó el alto?

—Un tal Arcadio Benavides.

—¡Virgen Santísima! —Exclamó Pepe con ojos saltones.

—¿Lo conoce?

—Desgraciadamente, señorita: es mi vecino. ¡El mundo es un pañuelo!

La señora de negro se le quedó viendo a Pepe, esperando su actuar. No sabía si Pepe iba a desistir de la *valuación de los daños* por un clarísimo conflicto de intereses.

—¿Desgraciadamente?

—Sí, señora, la neta es que no me cae muy bien.

—¿Va a revisarme el golpe?

—Yo no le veo ningún golpe, señorita —dijo Pepe, mirándola y queriéndose hacer el chistoso. La señora levantó las cejas. Se veía a leguas que era la esposa de algún picudo de Neza: de preferencia, relacionado con el narcotráfico o con la política (que casi siempre es lo mismo). La erección de Pepe se consolidó aún más. Lety lo sabía y decidió pintarrajear una hoja de papel, al tiempo que veía de reojo cómo, la esposa del presunto narco y el hojalatero salían a revisar el trancazo. Lety atravesó la hoja con la punta del lápiz, como apuñalándola.

En la calle había un *Lincoln*, de modelo reciente, con un golpe muy fuerte en la salpicadera trasera-izquierda. Cerca de ahí, el *Valiant* de Arcadio, sin un solo raspón (adicional a los que ya presentaba).

—¡Compadre! —gritó el vecino, feliz de verlo y anticipando que la valuación del golpe que haría Pepe estaría a su favor. Pepe lo saludó con menos efusividad.

—¿Qué onda, compadre? Que ¿te pasaste el alto?

—Chale… p's, neta, sí, pero es que no vi a la señora.

—¡Cómo no la vas a ver! —Aclaró Pepe casi señalando al portento de vieja que estaba parada, junto a su *Lincoln*, muy derechita ella y mirando todo y a todos desde arriba, desde su nube de superioridad.

Arcadio se acercó para secretearse con Pepe, diciéndole que se alivianara, que le bajara al costo del daño, que eran vecinos, compadres y cuates. Entonces, la mujer dijo que mejor iban a otro taller, porque había un claro tema ético. Pepe le contestó que no, que él tenía que ser objetivo en su apreciación (esto lo dijo para que escuchara también Arcadio), puesto que él tenía que velar, sobre todo, por los intereses de su taller de hojalatería y pintura: había, pues, un prestigio que proteger. Arcadio cambió el rostro de inmediato y murmuró que su compadre ni siquiera era el dueño de *La Central*. Pepe estaba encantador y con desplantes donjuanescos frente a la mujer de negro y esto era muy peligroso, pensó Arcadio. Aunque ésta era información que podría utilizar a su favor.

Arcadio inventó toda una historia en su cabeza semivacía: la mujer de negro y Pepe tendrían una relación ilegítima; él sería testigo; le contaría la verdad a Vicky y ésta caería en brazos del vecino, diciendo: "¿nos vengamos, compadre?"

El pobre Arcadio despertó de su viaje, cuando Pepe dio el veredicto sobre el golpe del *Lincoln*: serían, mínimo, quince mil pesos. Arcadio miró a su vecino con odio y la señora de negro le hizo un gesto al propietario del *Valiant* del periodo precámbrico, como pidiéndole que le pagara esa cantidad. Arcadio le dijo que ni soñando ese golpe valía esa cantidad y que además él ni lana tenía. Diciendo esto, amagó con irse, cuando la mujer de negro le dijo que, si de casualidad conocía a su marido. Arcadio le contestó que no y que no le interesaba. La mujer enchuecó su boca y, mirando al vecino de soslayo, le dijo que su esposo era don Esteban Valdelamar, propietario de téiboles en la zona de Neza. Pepe y Arcadio se miraron, tragando saliva. De inmediato, Pepe le dijo a la mujer que él compondría el auto y que se arreglaría con Arcadio, que no se preocupara de nada. Todos en la amplia zona de ciudad Neza sabían que Esteban era un gánster conocido por destripar a sus enemigos con un puñal de pescador. La mujer sonrió cuando ambos hombres le besaron la mano. Arcadio le ofreció un aventón en su *Valiant* a dónde fuera y Pepe le dijo que estaba a sus pies. Ella, sin embargo, dijo que un chofer vendría por ella de un momento a otro. Arcadio se disculpó con Pepe, porque no quería que, en lugar de chofer, llegara un *brazo armado* de la organización-Valdelamar que los dejara como coladera con balas de alto calibre.

Pepe metió el *Lincoln* al taller, manejándolo como quien acaricia a una dama. La mujer de negro entró a pie y se miró de nuevo con Lety, que mascaba chicle y veía el programa *Hoy* en una tele con mala imagen, que recibía la señal aérea a través de un gancho de ropa. Lety no dijo nada y la señora de Valdelamar entró al taller, taconeando y jalando las miradas de los ayudantes de Pepe, quien no sabía cómo advertirles que esa mujer era la esposa del capo Esteban Valdelamar, alias *El Valde*.

Pepe se había puesto a trabajar en la salpicadera del *Lincoln* inmediatamente, bajo la amenaza de ser destripado por *El Valde* y su banda, cuando llegó la señora de negro.

—Me llamo Olga —dijo, suavemente, sintiendo las miradas de los ayudantes que abrían la boca como peces sin aire.

—Mucho gusto —titubeó Pepe, tratando de no mirarla y provocar con eso la ira de *El Valde*. —Perdón que haya mencionado a mi marido —agregó, acercándose, nerviosamente, a Pepe Pérez.

—Pero, al parecer, su amigo no quería pagar.

—No se preocupe.

—¡Háblame de *tú*! —Ordenó Olga marcialmente.

—Claro que sí, Olga: lo que usted… lo que *tú* digas…

Olga sonrió, coqueta, diciéndole a Pepe que jamás usaría a su marido para arreglar una querella de tráfico y que el hojalatero le había caído muy bien. Olga se le acercó lo suficiente como para que aquél oliera su perfume (carísimo) e incluso, las cremitas que la dama se ponía para verse lozana y fresca. Pepe no podía creerlo. Se preguntó, angustiantemente, "¿se me está lanzando? No, no, ¡no puede ser!" Pepe temió perder sus vísceras.

—Eh… ¿no van a venir por ti, Olga?

—No. De hecho, no quiero hablar con Esteban, mi marido, porque... tú sabes, puede haber un problema. Mejor espero a que termines.

—Híjole, Olga, la bronca va a ser conseguir la pintura... y, hay que igualarla.

—No importa, Pepe. Tengo tiempo.

Olga estaba con sus brazos en jarras, muy cerquita de Pepe que ya podía oler hasta las feromonas. El miembro del hojalatero estaba tan atento que dolía. Probablemente, Olga ya se había dado cuenta del abultamiento debajo del overol de Pepe, quien para despistar, empezó a martillar la salpicadera del *Lincoln* y sacar así el golpe. A cada martillazo, Olga parecía estimularse más, como deseando que Pepe se *la martillara* a ella. La erección de Pepe ya impedía el movimiento natural del resto de su cuerpo: con todo, éste siguió con su labor ya con el cerebro hecho añicos por la excitación. La testosterona aniquiló toda reflexión coherente e hizo lo suyo: evitar que pensara en *El Valde*, en Vicky, los riesgos, las posibles habladurías de Arcadio; pero, sobre todo, el destino de sus tripas.

Olga no dejaba de mirar el arte de Pepe (y su descomunal protuberancia en el bajo vientre). Su marido la descuidaba mucho; pasaba a veces días sin llegar a la casa y no le *cumplía*. Después de todo *El Valde* tenía un harem completo de dónde escoger, dado que él era quien reclutaba a las teiboleras y *revisaba*, puntilloso, que tuvieran todo en su lugar y que no les faltara o sobrara nada.

Al ponerse en cuclillas, Pepe vio a Olga en todo su esplendor y sus senos parecían más grandes y más destapados. Olga le susurró al oído:

—Mi marido no me *atiende*, Pepe.

Pepe casi se martilló los dedos al sentir la voz de Olga en su oído interno. Ya no podía más: había perdido la voluntad.

—Yo te-te-te voy a *atender*, Olga.

—¿Dónde?

—Ven conmigo.

Pepe tomó la mano de Olga y los asistentes miraron la escena, incrédulos. No podía llevársela a la oficina, porque ahí estaba Lety, siempre vigilante y eso produciría un desaguisado. Así que se fueron a la covachita del fondo, donde se guardaba la pintura, el compresor y algunas herramientas.

La covacha olía a *tíner* y otros solventes y la puerta no cerraba bien, pero Pepe y Olga estaban al borde de la locura, deseándose desmedidamente. Apenas se medio-cerró la puerta y Pepe ya estaba con las manos en los pechos de la esposa del mafioso y Olga metía su mano de largas uñas dentro del overol, para sorprenderse con el grueso y durísimo pene del buen Pepe.

Mientras tanto, a Lety se le hizo raro que la *tipa-ésa* con ínfulas de Princesa-de-*Mónica* (no de Mónaco) y chichis de plástico, hubiera entrado al taller y se hubiera tardado tanto con Pepe, así que pegó el chicle debajo del escritorio y se dispuso a averiguar qué estaba pasando. Caminó hacia el taller. Los ayudantes de hojalatería se alarmaron: iba a arder Neza, porque de inmediato Lety vio que no había nadie cerca del *Lincoln*. Tacho, uno de los ayudantes de *La Central* corrió a informarle a Lety que Pepe y la señora habían salido a comprar la pintura, lo que se le hizo raro a la flaca, puesto que no los vio pasar por la oficina, que estaba a la entrada del changarro. A Tacho le pareció extraño que nos los hubiera visto: seguramente estaba en el baño o leyendo *El Libro Vaquero*. Pero, Lety sabía que algo estaba podrido en Dinamarca (Neza).

En la covacha, entre la estopa, la pistola de aire, el calendario con nalgona desnuda, las herramientas y pedazos de fascias, salpicaderas, tableros y motores, Olga se montaba en la colosal torre de carne del hojalatero y gemía sin gritar. Ella estaba gozando sin fingir (no como la secre que gritaba como en agonía extrema). Pepe ya le había arrancado la ropa a Olga Valdelamar y lo que descubrió debajo era perfecto: una señora cuarentona muy cuidada, que hacía ejercicio, que se preocupaba por la exquisitez del cuerpo.

Explotaba la bomba en la covachita del taller de hojalatería y pintura de Avenida Central. Se cimbró la tierra: se sacudieron las placas tectónicas.

La clase de sociología-I, había estado como siempre plagada de polémica y de pleitos entre los marxistas más recalcitrantes y las posiciones socialdemócratas más modernas. Unos eran asiduos (y ciegos) partidarios del determinismo marxista que obedecía a leyes irrenunciables; otros, como Aurelia, pugnaban por la libertad humana como valor supremo. El materialismo, para algunos, planteaba un devenir prestablecido de la historia de las sociedades humanas: el liberalismo exaltaba el libre albedrío en la historia de la sociedad. Así, en el salón de clases, las cosas casi llegaron a los golpes: Ricardo quiso defender a Aurelia y un chavo de rastas y con facha de miembro de la *APPO* [7], se quería liar a golpes con el pretendiente de la joven. Aurelia dijo que la tolerancia debería de ser la base del progreso del ser humano y que no necesitaba que Ricardo la defendiera. Agradeció su caballerosa intervención, pero en esta carrera y en esta facultad, los debates se ganaban con argumentos, no a madrazos. El maestro de sociología dio por terminada la clase antes de tiempo y Ricardo salió volando de ahí: Aurelia se dio cuenta de que estaba a punto de llorar. Finalmente, ella y el tipo de las rastas y la gorra jamaicana hicieron las paces, apretándose las manos (el de las rastas mostrando una paupérrima higiene dental), y Aurelia decidió ir a buscar a Ricardo.

Lo encontró en los jardines cuadriculados de la UNAM, cerca de la torre de Rectoría, acostado en el pasto, buscándole formas a las nubes que volaban rápidamente sobre el valle de México. Era un día cristalino y la UNAM se veía majestuosa: la biblioteca y sus murales de Juan O' Gorman, los árboles y el deambular de alumnos de todo tipo, desde los de la Facultad de Veterinaria, hasta los de Ciencias Políticas y Sociales: investigadores, catedráticos, porros, fósiles, vigilantes, empleados administrativos; todo un mundo de más de trescientas mil almas: casi la población de la ciudad de Tel Aviv. Aurelia se acostó a su lado, para mirar al cielo e identificar también, jirafas, elefantes, viejos, autos, en el algodón de los cúmulos que flotaban sobre Ciudad Universitaria en aquel medio día de

---

[7] Asamblea Popular de los Pueblos de Oaxaca.

noviembre: el sol más sesgado, más hacia el sur; el aire poquito frío, fresquito.

—Perdóname —dijo Aurelia, a bocajarro, pero con voz de angora, de Kashmir: tersa, con electricidad estática. —Pero yo puedo defenderme sola del impertinente de *Lenin*.

—No te preocupes —dijo escuetamente Ricardo sin dejar de buscar a los ángeles entre las nubes. Hubo una gran pausa durante la cual Aurelia recordó lo que ella misma había pensado la noche anterior; lo comentado con su mamá en la cocina. "Quizá lo podría llegar a amar… es un chavo buenísima onda y me quiere… ¿por qué no?" Acto seguido, Aurelia deslizó su mano como araña sobre el pasto, hasta que encontró la de Ricardo. Enlazó sus dedos con los de él y Ricardo sintió un choque de adrenalina, como si le hubiera picado un *Cara de Niño*. Se puso de pie atléticamente, brincando hasta las nubes y escondiendo las manos atrás de su cuerpo. Aurelia se asustó con el salto de Ricardo, que le tumbó los lentes y logró conmover a su envaselinada cabellera. Ricardo sin lentes era peor que topo, así que Aurelia ya más calmada los tomó y se los dio.

—¿Qué pasó, Ricardo? —Preguntó Aurelia como si no supiera.

—Y ¿me lo preguntas a mí? —Balbuceó Ricardo, mientras se ponía torpemente los lentes y transpiraba como las cataratas del Niágara, sobre todo, porque traía como siempre su suéter tejido y sus pantalones de pana −como si viviera en Islandia y estuvieran contemplando la Aurora Boral, en lugar de las nubes del Altiplano−. Aurelia lo miró como quien mira a un bebé a través del vidrio del cunero del hospital.

—Siéntate… por favor, —ordenó Aurelia sin dejar de sonreír con ternura. Ricardo obedeció y se sentó a cierta distancia de Aurelia, como para que no le volviera a picar el animalejo venenoso.

—Ricardo: sé que sientes algo por mí.

—¡Eres adivina! —Interrumpió Ricardo con ironía e irritación porque Aurelia había subrayado lo obvio, lo que era vox pópuli, lo que él había tratado de comunicarle desde el principio de los tiempos.

—Quiero que lo intentemos, —dijo Aurelia después de respirar largamente.

Ricardo sintió que el jardín de la UNAM se volteaba de cabeza y que las nubes eran, ahora, el piso. Allá flotaban los cuadros de pasto y la Biblioteca Central y acá, el joven caminaba sobre las nubes. Aurelia tenía que amacizar la escena: precisarla, dar el paso. Se acercó a Ricardo y lo besó en la boca. Ricardo se volvió estatua, mientras Aurelia escabullía su lengua con enorme sutileza. El joven enamorado percibió los síntomas de un infarto al miocardio y una emoción que no había sentido jamás. Saborear la saliva de Aurelia, sentir sus labios y su lengua, su mano acariciándole la nuca (pasar los dedos por su cabello, era imposible: el gel lo impedía) era como un viaje de hongos alucinógenos o una comedia romántica de Hollywood. Ricardo, después de unos segundos, le declaró todo su amor a Aurelia con sus besos: se descongeló y se volvió un delicado amante, repitiendo, "te amo" en cada beso y, de vez en cuando, un "¡no manches, no lo puedo creer!"

Aurelia recibió por vía intravenosa toda la felicidad de Ricardo y se sintió contagiada. Durante ese irrepetible beso, Aurelia creyó que lo amaba.

Caminaron, con las manos enlazadas, hasta el Centro Cultural Universitario.[8] Ese maravilloso espacio, con la Sala Nezahualcóyotl, los teatros; el cine, el salón de danza. Ese increíble reducto de la cultura, en cuya plaza, había una obra de teatro gratuita y la gente rodeaba una escenografía improvisada. A su lado, varias odaliscas practicaban *belly-dance*. Aurelia y Ricardo se sentaron en una banca,

---

[8] El Centro Cultural Universitario de la Universidad Nacional Autónoma de México (UNAM) es un conjunto arquitectónico de recintos culturales, ubicado en el Pedregal de San Ángel, al sur de la Ciudad Universitaria de la UNAM. El complejo —construido entre los años de 1976 y 1980— se compone de la Sala Nezahualcóyotl, el Teatro Juan Ruiz de Alarcón, el Foro Sor Juana Inés de la Cruz, el Centro Universitario de Teatro, el Museo Universitario Arte Contemporáneo, el Espacio Escultórico, la Sala Miguel Covarrubias, la pequeña sala de música de cámara Carlos Chávez, las salas de cine Julio Bracho, José Revueltas y Carlos Monsiváis así como el edificio que alberga la Biblioteca y Hemeroteca nacionales, el Instituto de Investigaciones Bibliográficas y Centro de Estudios sobre la Universidad. *Wikipedia.*

rodeados de toda es actividad escénica. Él no paraba de hablar, de decretar su felicidad, de mencionar su esfuerzo, el premio a su tenacidad. Él ya no necesitaba nada más en la vida: solo ese momento, en ese círculo mágico, mirando los ojos negros de Aurelia, besándola y cumpliendo su más cara fantasía.

Pasaron las horas. No fueron a clases, pero cayendo la tarde empezaron a hablar de lo que a los dos los apasionaba: el ímpetu de cambiar al país a través del periodismo; usando la espada de la palabra. Modificarlo axiológicamente; mejorar la educación y sobre todo darle fin a la injusticia. Porque, gran parte de los problemas de su amado México tenía que ver con el enfermizo afán de unos cuantos de acaparar poder y dinero. Todos los ricos eran iguales. Todos los políticos eran iguales. Nada había cambiado con la alternancia. ¿Por qué teníamos en México al hombre más rico del mundo? ¿A costa de qué? De la ignorancia, la marginación, la explotación.

Aurelia expresó su apasionado odio contra los ricos. Habló de la trivialidad del dinero, del *Tener y Ser* de Erich Fromm, de la banalidad de acaparar oro, de no compartir. Desde la banquita Aurelia decretaba, bajo la admiración de Ricardo, que ella liberaría al pueblo de la tiranía de los partidos políticos y de los millonarios. La ilusión universitaria, el idealismo de los veinte años, se apoderó de ambos, que en esos momentos se querían convertir en Robin Hood y quitarles a los ricos de México, para darles a los cincuenta millones de pobres.

Ambos besándose, deseándose, renunciaban para siempre a la tiranía de la lana, a la corrupción del capitalismo, a los gringos. Así, firmaron su pacto de odio eterno a la prepotencia, la explotación, la alienación, la discriminación, los bienes materiales y la dictadura del dólar.

Carolyn irrumpió como rinoceronte a la sala de juntas de Hernán, que ya se había convertido en trinchera, ring de box, colisionador de hadrones y campo de ensayos nucleares. La mujer se veía más vieja que nunca. No se había maquillado, había llorado de ira, se había puesto esos pants rosas que tanto odiaba Hernán ("¿por qué se pone pants si no va a hacer ejercicio?"). Parecía un espectro; el espíritu doliente de alguna mujer del Romanticismo, una virgen cargando el cadáver de su hijo mártir; *La Piedad*, pero en feo (aunque igual de pálida que la escultura de mármol de Miguel Ángel Buonarroti). Carolyn le exigió a Hernán una explicación, en medio de los gritos de los concurrentes, que ni siquiera repararon en la presencia del fantasma (además, irreconocible). La asistente de Hernán había tratado de detenerla y en el proceso había recibido arañazos y una patada. Miró a don Hernán con un gesto de no-pude-hacer-nada y él le sonrió con cara de resignación.

Todo eso le parecía tan lejano al magnate. Él estaba en su isla, al lado de su amorosa Vicky: la piel, el mar y el sol. Carolyn habría necesitado una camisa de fuerza en esos momentos: había llegado hasta Hernán y lo había sacudido para despertarlo de su ensueño. Él no dejaba de sonreír, inmerso en su fantasía tropical.

—¡¿De qué te ríes?! ¡¿De qué te ríes, cabrón?!

Hernán no sabía qué contestarle (no le iba a contar su fantasía, por supuesto… o ¿sí?). Mientras, en segundo plano, se determinaba el destino de *Invertrade*, de los cuentahabientes, de los bienes de Hernán Santibáñez y se afinaban los detalles de la inútil demanda en contra de su socio, Xavier Torres-Landa (feliz en un departamento con vista al insigne edificio del *Opera House*). Hernán estaba en medio de la jaula de los leones, siendo devorado por todos ellos, pedazo a pedazo… La cereza del pastel era una mujer desaforada, roja, espumeante, a punto de desintegrarse.

Hernán volvió a reír, cuando se imaginó la cabeza de Carolyn explotando y su pequeño cerebro regado por toda la mesa de caoba; encima de los notarios, los abogados, los financieros, los actuarios (todos bañados en pedacitos de materia gris). Los ojos de Carolyn eran como de vidrio soplado; sus manos temblaban y su voz emitía unos muy hilarantes falsetes. Ya no tenía sentido lo que estaba diciendo. Parecía otro idioma, porque se mezclaba con el sonido del mar y las palabras de amor susurradas por Vicky (que Hernán tenía en su mente) y el barullo de los leones, los teléfonos, los celulares, los teclados, la tos; el chillido del fax.

Hernán le pidió a Carolyn que se fuera a la casa, que luego le explicaba con claridad. La mujer preguntó que si era cierto que lo perderían todo. Hernán le dijo que sí, que no quedaría nada, que su vida cambiaría radicalmente. Ella quiso saber por qué. Hernán dijo con toda claridad que la había cagado épicamente y que había sido arrastrado por la recesión internacional, pero que tuviera la amabilidad de dejarlo trabajar. Carolyn seguía hablando como poseída, de manera que Hernán tuvo que levantar la voz: gritarle que se fuera a la casa y que no estuviera chingando. Fue tal el grito que incluso los buitres dejaron de cacarear y voltearon a ver la escena, con los ojos muy abiertos. Carolyn salió llorando, ofendida, desquiciada, al borde de un ataque de nervios; de la desintegración. Parecía como pixelada, como si su imagen se estuviera dividiendo en un cuadro cubista. Después de la salida de la esposa de Hernán, las cacatúas empezaron a subir el volumen, hasta que todo volvió a la normalidad: *Invertrade* se deshacía como un *Alka Séltzer* en un vaso de agua. El dinero de Hernán y de su padre, desparecía en un vórtice de deudas, pagos, igualas, pasivos, mordidas, abogados e intereses.

Hernán pensó en Xavier (su amigo de toda la vida) y en cómo se encontraría en estos momentos, feliz, en Sídney, nadando con su amante de veinte años, en la alberca de una mansión. Ellos, que habían sido compañeros y hermanos; ahora, estaban separados por el eterno Océano Pacífico, por la traición (¿o fue más inteligente que Hernán?). El socio feliz, despreocupado, mirando el cuerpo de su amante joven, tostándose con el sol de allá, de *down under* —como dice la canción—. (Aunque pensándolo bien, si le sumaban quince horas, en Sídney sería la una de la madrugada del día siguiente). Hernán, en cambio, estaba en la ciudad de México, violenta, desmadrosa, sucia, soportando la demencia de su esposa, los espasmos de lo que quedaba de su empresa (sus estertores) y queriendo cogerse al ama de llaves en una playa solitaria de arenas blanquísimas.

Caía la noche, cuando el *Lincoln* de Olga quedó como nuevo y la mujer del teibolero de Neza se despedía de Pepe, de beso, desde adentro de su auto, ante la mirada celosa de Lety. En cuanto Olga salió, Lety taconeó hasta Pepe y lo cacheteó, con lágrimas en los ojos. A Pepe ni le dolió.

Vicky tuvo que cuidar a la señora Carolyn toda la tarde, hasta que se quedó dormida. Luego, se encontró con Billy, con el que tenía una buena relación. Éste se veía anémico y triste, pero le pidió de cenar. Vicky intuía que algo contundente pasaría con esa familia. Billy entró al antecomedor, arrastrando los pies (y el alma). No había querido tomar las llamadas de Nadia en todo el día. Vicky le había preparado unas quesadillas que Billy se comió sin ganas, mientras le platicaba a Vicky toda la historia de la ruina de su papá.

Victoria no dijo nada. Solo pensó "con razón" y se empezó a preocupar porque, a como iban las cosas, se quedaría sin chamba, lo que significaría menos ingresos y por tanto angustia, penuria, broncas, gastritis. Pero, siendo Vicky como era, le preocupaban más Billy y Hernán (sobre todo) y la señora Carolyn. ¿Cómo le haría esa mujer para vivir sin dinero?

Hernán escuchó voces en la cocina y entró directamente. Cuando Vicky lo miró, ya sin corbata, el patrón parecía un personaje de una película de Guillermo del Toro. Ella trató de fingir naturalidad; no quería evidenciar que Hernán era un trashumante, un muerto viviente de las películas de *Resident Evil*. Hernán trató de sonreír, saludó a Billy, se sentó a su lado y pidió quesadillas y una salcita verde. Se le antojaron las de su hijo. Vicky no hablaba: parecía que estaba en una sala de velación. Billy, por no dejar, preguntó cómo iban las cosas y Hernán describió cómo estaban destazando a la empresa y cómo cada quien quería llevarse la mejor, la más jugosa, la más nutritiva tajada (algunos se conformaban con un cachito –una libra de carne–; otros, no).

Hernán le confesó a su hijo que, mientras las hienas le arrancaban pedazos de carne, él estaba pensando en otra cosa. Hernán miró a Vicky, que preparaba las quesadillas con queso de Oaxaca y la descubrió más hermosa que nunca (más hermosa incluso que la fantasía de la playa desierta del Caribe). Ella no decía nada y evitaba mirar a los dos hombres a los ojos.

Entró Valeria a la cocina y Hernán y Billy la vieron, por primera vez en la vida, preocupada por algo: la trivial niña-bien, de manera inédita, se sentaba con su padre y su hermano, confesándoles la angustia que sentía por su mamá. Mamá sin dinero moriría después de una corta pero dolorosa agonía.

Ricardo tenía un *Vocho* (Volkswagen Sedan) del año noventa, color azul metálico y se ofreció llevar a Aurelia a su casa, en la colonia Quinto Sol 1. Aurelia le advirtió que su casa estaba lejos, muy lejos; que mejor la dejara en el Metro. Ricardo no lo aceptó y tomó Calzada de Tlalpan, hacia el norte, para después desviarse al flamante Circuito Bicentenario, obra gubernamental *suma-cum-laude* (e inconclusa). Aurelia, al ver las flores de los camellones, pensó que era muy fácil para un gobernante firmar cheques de dinero que no era suyo. Muchas flores muy bonitas y la gente muriéndose de hambre.

De hecho, ahí, arribita de Calzada de Tlalpan, esquina con Taxqueña, vivían una buena cantidad de jóvenes adictos a los inhalantes que se habían acomodado dentro de paredes de cartón, protegiéndose del frío con periódicos (qué ironía para los aprendices de periodismo). Pero eso sí: los jardines del Circuito Bicentenario eran de un verde imposible y las flores recién plantadas ofrecían un espectáculo de primer mundo, mientras Aurelia se preguntaba ¿dónde defecaban los *niñosjóvenes*-de-la-calle?

Ricardo derramaba piloncillo por todos los poros: era completamente feliz y no estaba fingiendo. No era una alegría forzada, sino absolutamente natural. Se sentía el hombre más orgulloso, llevando, al amor de su vida, en su *Vocho* destartalado, ruidoso y contaminante.

El Volkswagen Sedán recorría distancias infinitas con sus llantas lisas lamiendo el concreto hidráulico tipo *freeway*, rumbo al oriente; luego, al norte, hacia el aeropuerto. Al tiempo que escuchaba el rugido del motor de mil 600 centímetros cúbicos, enfriado por aire, Ricardo tomó la mano de Aurelia y suspiraba como aspiradora *Koblenz*. Ya era de noche y la mitad de las luminarias del Circuito

Bicentenario, misteriosa, inexplicablemente, no servían (quién sabe por qué, si todo era nuevo; o, tal vez, justamente por eso). Aurelia y Ricardo ya hablaban del examen de Teoría de la Comunicación II y de *El Taco*, el maestro al que se le salían los ojos como la Rana René cada vez que veía a Aurelia entrar a clase. Ellos creían que *El Taco* era un depravado; seguramente un pederasta o travesti. Ambos se rieron imaginándolo de *loca*, desfilando y haciendo aspavientos desde un carro alegórico con motivos multicolores en el malecón de Veracruz. Lo cierto, confesaba Aurelia, es que *El Taco* sí la incomodaba y cada vez que tenían clases ella prefería ponerse un cuello de tortuga.

El *Vocho* se deslizó sobre Río Consulado y Ricardo sentía que ya no necesitaba nada más en la vida.

Hernán quiso acompañar a Victoria a la salida —algo que llamó la atención de Billy y Valeria—. Ya en el vestíbulo, Hernán le dijo a Victoria que haría lo posible porque ella conservara su trabajo. Vicky repitió que no se preocupara, que ya le había ayudado bastante con su negocio de cremas. Además ahora lo último en lo que él debería pensar era en la servidumbre.

—No, Vicky, su futuro me preocupa mucho. De verdad.

—Ay, patrón, pues no se angustie. Ya veré qué hago. Ahora, mejor, dedíquese a su familia, a su esposa, que anda muy mal.

—Vicky: usted es muy importante para mí —dijo Hernán, clavándole la mirada. Vicky se arrugó todita. ¿Qué significaba esa mirada del señor Santibáñez? ¿Por qué había dicho eso?

Vicky no resistió y miró el cuadro de las gordas de Rubens.

—Eh... ya es tarde. Mejor me *pinto de colores*.

Vicky dio grandes pasos hacia la puerta, pero Hernán la alcanzó.

—En la sala de juntas, viendo cómo desaparecía mi empresa, estaba pensando en usted, Victoria.

Victoria, el nombre completo. La mano del patrón sobre su antebrazo. Una descarga de endorfinas, un relámpago, una conmoción, una aplanadora.

—... Pensaba que usted y yo...

—¡Mejor me voy! ¡Con permiso!

Vicky abrió la puerta y salió corriendo sin voltear. Estuvo a punto de tropezarse y de perder un tacón como la Cenicienta, pero salió del atolladero con la dignidad de una patinadora olímpica. A partir de ese momento caminó rápido, como marchista, y desapareció por la puerta de la calle. Hernán no podía creer que, pese a todo, se sentía bien. Sospechó que ya se había vuelto loco.

Pepe veía la lucha libre, pero no podía dejar de pensar, de sentir, de oler a Olga. La mujer de las medias negras; la esposa del mafioso lo había dejado *enculado*. Todavía sentía los latidos enérgicos en las cavernas de su pene, como si quisiera detonar, abrir el cierre y dispararse como cohete hacia la vagina de Olga. En esas condiciones, reviviendo una y otra vez el coito de la covacha; repasando cada acción, cada tocamiento, cada posición, apareció Kate, en uniforme escolar. No le dirigió la palabra a su padre quien de todas maneras lo único que veía frente a sus ojos era a Olga. Kate fue a la cocina por una Coca-Cola, al tiempo que Aurelia entraba seguida por el fiel Ricardo.

Aurelia se acercó a su papá, lo saludó y le presentó a Ricardo: lo presentó como su *novio*, así que Pepe cambió repentinamente. Dejó de mirar hacia la tele, se puso de pie y asumió una actitud de padre grave y celoso, mirándolo como quien revisa un auto chocado. Kate salía de la cocina con la Coca y también miró a Ricardo. Ella con desprecio, como quien contempla un camión de basura.

—Ay, hermanita: ¡qué gustitos! —Dijo la insolente, antes de desaparecer hacia su recámara. Aurelia tuvo un espasmo de ira, pero se calmó de inmediato con una respiración zen.

—¿Desde cuándo son novios? —Preguntó Pepe levantando la ceja como Corleone y revisando al muchacho como cuando checa uno de esos rayones que hacen los vándalos con una corcholata en todo el costado del coche.

—¡Hoy nos hicimos novios, señor! —Exclamó orgullosísimo Ricardo, acto en el cual, debido a su entusiasmo, casi pierde los lentes (y se le sale un gas).

Pepe miró a su hija, pensando: "¿por qué mi hija se habrá pescado a este pendejo?". Aurelia entendió la mirada y contestó, también con el pensamiento: "es buena gente, papá". Ricardo no comprendía el mensaje telepático de ambos, pero sí se dio cuenta del movimiento de los ojos y del silencio, mismo que intentó romper (con una perogrullada).

—¿Qué está viendo, señor? —Dijo, torpe, el joven con suéter tejido, mientras señalaba hacia la televisión, donde aparecían claramente imágenes de la triple *A*. Luchadores profesionales, lanzándose del ring o cayendo uno encima de otro.

—La ceremonia de los Óscares —dijo Pepe con ironía y con la intención clara de burlarse del pendejo.

—¡Papá! —Exclamó Aurelia recriminándole sin ganas.

—Ay, hija, tu pior-es-nada se puso de pechito… Es como esas gentes que dicen: "ya llegué" y los estás viendo enfrentito a ti.

—Perdón, señor —dijo Ricardo bajando la cabeza como niño regañado, —solo quería hacerle conversación.

Pepe, arrepentido de haberse burlado del pobre buey, lo palmeó con fuerza y le dijo, con esa amabilidad muy mexicana: "vamos a echarnos un tequilita para *limar asperezas*, Rogelio".

—Ricardo —corrigió el susodicho.

—Por eso, —agregó Pepe, mientas iba por los caballitos y el tequila.

—Siéntate, vamos a ver los *Óscares* juntos. —Y, se carcajeó.

Ricardo miró a Aurelia, quien se encogió de hombros como diciendo, "gajes del oficio" y el joven se sentó frente a la televisión, al tiempo que ella sonreía, feliz de someter a su *nuevo* novio a los trámites de rigor (como convivir con el pintoresco suegro). Ella fue a la cocina a servirse agua de limón y Pepe regresó al sillón con los caballitos, el limón y la salecita, para sentarse a beber y ver las luchas con el idiota del novio de su hija.

Pero, Pepe, al ver la televisión y tomarse el tequila, solo veía a Olga y bebía sus jugos. No se sentía parte de este mundo. Ricardo estaba sentado, derechito como tabla y le daba sorbitos al tequila, tratando de controlar sus muecas. *Yuriko, Pasión Cristal y Polvo de Estrellas* contra *Gato Eveready, Atomic Boy y Pimpinela Escarlata*... ¿Quién ganará?

Vicky venía en calidad de cadáver, pero no quiso dejar de pasar, como todos los días, a la papelería a comprar su *Chispazo Multiganador*, con la esperanza de todo mexicano. Saludó, como siempre, a la viejita ciega que la reconoció por la voz. Antes de comprar su siguiente boleto, comparó, sin ganas, los números de su boletito anterior, con los números ganadores. Eran cinco números, del *Chispazo* –a secas– y otros cuatro del *extra*.

Victoria estuvo a punto de destruir el boleto, cuando se dio cuenta de algo que provocó la cocción de su cerebro, el surgimiento de un vértigo incontrolable y la pérdida del equilibrio. Sus piernas mutaron a aire, su cabeza tenía vapor, humo y mugre: había cinco números coincidentes. Cinco números iguales que implicaba haber ganado el premio máximo: ¡veinte punto ochenta y cinco millones de pesos!

Victoria gritó como Tarzán y la viejita saltó de su silla –casi se cae–. Luego, Vicky ahogó un grito, como si estuviera soñando una pesadilla. Después, volvió a verificar cada número con cuidado, aunque la mano derecha le temblaba y su vista se había nublado. La viejita, tratando de tantear, se puso de pie pensando que habían asaltado a Vicky, que había entrado un violador o que estaba pariendo. Preguntó que qué pasaba, si todo estaba bien. Vicky no podía hablar: de hecho, trató de decir que había ganado veinte millones de pesos, pero lo que salió de su boca fue servo-croata, sánscrito o alguna lengua muerta. La viejita estaba realmente preocupada. Vicky tuvo que buscar dónde recargarse. La viejita preguntó si había alguien más ahí, si tenía que marcar el cero-sesenta y seis. Vicky al fin, con voz suave, dijo que le había atinado a los cinco números del *Chispazo Multiganador*. La viejita de la papelería adquirió, repentinamente, una nueva juventud y quería saltar y bailar con Vicky (y como que veía todo con más claridad).

Arcadio, el vecino que quería cogerse a Vicky (a pesar del micropene), la esperaba en la esquina, cerca de la estación del Metro, para darle un aventón e insistir, una vez más en su afán de meterse al *sobre* con la bella cocinera. Quería contarle a Victoria lo que había pasado ese día con Pepe y la mujer de negro (aunque Arcadio no conocía los *violentos* hechos acaecidos en la covacha), pero tenía que ser cuidadoso. Desde su carcacha observó cómo Vicky salía de la papelería brincando de alegría, gritando como loca, llamando la atención de todo mundo, con el boleto ganador en la mano. Arcadio, intrigado, bajó del *Valiant* (la puerta tronó) y se acercó a Vicky, que tenía ojos de desquiciada y seguía sin poder hablar correcto español. Arcadio quería saber qué había pasado y su amada Vicky al fin le dijo que se había ganado veinte millones de pesos.

En años recientes la familia Santibáñez-Galicia no se había reunido: ni siquiera para comer los domingos. Casi siempre, Valeria no estaba o no quería *convivir* con su familia (para ella, deleznable, aburrida, hipócrita. La pura palabra *convivencia* le causaba vómito espontáneo). Carolyn estaba ocupada en otras cosas y Billy saltaba desde cuatro mil pies de altura, mientras Hernán descansaba de una semana de mucho trabajo o se iba a jugar golf.

Esa noche, el patriarca, el fracasado jefe de familia, el derrotado ex dueño de *Invertrade* (o dueño de la ex *Invertrade*) convocó a su disfuncional prole y a su plástica mujer, a reunirse en la estancia gigante de la casa de Bosques de Arrayanes. La última en llegar fue Carolyn que parecía calaca de José Guadalupe Posada. Había llorado y sus ojos eran semáforos en alto. Estaban tan hinchados que parecían dos ronchas con pus. La piel, amarillenta, apergaminada, áspera. Carolyn seguía con sus pants rosas y caminó arrastrándose hasta la estancia, donde Hernán, Valeria y Billy se miraron. En efecto, esa mujer estaba a punto de morir o de desvanecerse en el aire, como si estuviera hecha de polvo; como un castillo de arena desbordado por una ola. Hernán, Billy y hasta Valeria bebían coñac. Todos se quedaron en silencio durante un buen rato. Hernán tenía la sensación, como durante todo el día, de que él era una cámara y que, lo que estaba viendo, era un *reallity* sobre una familia decadente que lo había perdido todo.

—Todos saben lo que pasó —dijo Hernán con una voz de locutor del *History Channel*.

—¡Yo no entiendo por qué pasó… lo que pasó, Hernán! Y, ¡¿por qué no me lo dijiste antes?! —Cacareó Carolyn.

—No es el momento de recriminaciones. Si me equivoqué… pues, me equivoqué, y ya no hay nada qué hacer.

—¡Pero no es posible que nos quedemos sin nada! ¡Sin nada!

—Mamá, ¡bájale a tu histeria! ¿No? —Exclamó Valeria entre dientes. —¡Ya nos chingamos, y ni modo!

—¡Es que, es que, es que…! —Carolyn se trabó como disco de acetato de setenta y ocho revoluciones que había sido arrastrado en el piso de granito.

—No nos quedamos sin nada —aclaró Hernán. —Nos queda el dinero que está a tu nombre, Carolyn.

Valeria reaccionó. De inmediato captó que ahora estarían en manos de su demente madre.

—¿Qué? —Preguntó, confundida, Carolyn.

—Hay siete millones de pesos en una cuenta que está a tu nombre, mi amor. Nadie puede tocar ese dinero.

—¿Siete millones? —Preguntó Billy como diciendo que eso es lo que se gasta en un verano en San Diego. —Y… ¿las propiedades, papá?

—Ya lo hablamos, hijo. Hay que vender todo: solo así evito que me metan a la cárcel.

—¡Eso es lo que te mereces! —Reventó Carolyn. —¡La cárcel!

—Mamá, te juro que si no le bajas… —amenazó Valeria con ganas de estrangular a la muñeca de hule —…yo no sé qué voy a hacer.

—Mañana se van a poner a la venta las propiedades. Empezando por esta casa, la de Coronado y la de Cancún. Un intermediario va a vender los coches y el yate. Mis cuentas de banco ya están congeladas.

—Bueno, pero ¿qué vamos a hacer, papá? —Preguntó, tímidamente, Billy.

—Cambiarnos de casa, obviamente. Yo necesito buscar un trabajo. Claro, ya no puedo trabajar en el mundo financiero, porque nadie me va a querer contratar y perdí mi licencia de *bróker*. —Hernán hizo una pausa y miró con amor a sus hijos. —El problema grave van a ser las colegiaturas, hijos.

Valeria y Billy se miraron, aterrados; pero, antes de que pudieran replicar, Carolyn interrumpió:

—¿Los vas a sacar de la escuela? ¡No, Hernán, eso no lo voy a permitir!

—¿Quieres decirme cómo vamos a pagar la colegiatura de la prepa del colegio Sierra Nevada y la de la Universidad Iberoamericana? ¿Sabes cuánto dinero se paga mensualmente por esas escuelas?

—¡Se pueden pagar con **mi** dinero!

—Ese dinero apenas va a alcanzar para comprar una casa más o menos digna y para sobrevivir, mientras consigo trabajo.

—¿Y mis cursos de arte? ¿Y mi espá? ¿Y los viajes? ¿Y…?

—¡Entiéndelo, mamá! ¡Todo se terminó! ¿Por qué no te cabe eso en la cabeza? —Valeria señaló su propia cabeza con odio y se fue a servir más coñac. —La vida, como la conocíamos, se acabó. ¡Cáptalo, mamá!

Billy y Hernán se miraron. No esperaban tanta madurez en la insolente, rebelde y superflua de Valeria. Carolyn se llevó las manos a la cara, se tapó los ojos como para esconderse de la realidad y empezó a sollozar como perrito recién nacido buscando la ubre de su madre. Hernán tenía ganas de aplastar su rostro contra la pared y exprimir su cerebro con un extractor de jugos; pero, por ahora, Carolyn era indispensable: era la fuente de los únicos recursos que realmente podrían utilizar.

Ricardo ya estaba mareado de tanto tequila, cuando entró Vicky como tormenta tropical, gritando, haciendo aspavientos, balbuceando, brincando, abrazando a Aurelia, besando a Pepe y a Ricardo (al que había visto dos o tres veces antes). Tocó a la puerta de Kate y le dijo que saliera de su ostra, porque eran ricos: ¡eran ricos!

Kate salió con los ojos muy abiertos y por primera vez no tenía esa mueca de haber olido un perro atropellado, sino un rostro que reflejaba curiosidad. Vicky estaba irreconocible: brincaba como ardilla en brama por toda la casita de la calle Oro y, Aurelia, Kate, Pepe y el borroso Ricardo la miraban como quien mira una serpiente de dos cabezas o el osito panda.

Después de unos minutos de danzar y gritar, Pepe la interceptó en alguna pirueta, la tomó de los brazos, le clavó su mirada de rey azteca y le pidió que se calmara y les dijera, con la mayor claridad posible, qué es lo que estaba pasando. Vicky, sonriendo como niño, solo dijo que se habían ganado 20.85 millones de pesos. Se hizo un duro, denso, gélido silencio. Acto seguido, Pepe se rio, reclamándole a Vicky por estarlos cotorreando. Pero Vicky se puso seria y repitió la información; grave, profunda, atravesando a Pepe con su mirada. Llegando hasta el cuerpo calloso, el hipocampo y el núcleo caudado. Aurelia, que conocía a su mamá, confirmó que estaba diciendo la verdad. Kate miraba la escena todavía incrédula. Ricardo se pasaba otro tequila por la garganta y ya no sentía los dedos de los pies. Vicky sacó el boleto del *Chispazo* y, blandiéndolo, exclamó, repetitivamente y a voz en cuello, a pesar del crónico ruido del Circuito Exterior Mexiquense, que eran ricos, que los Pérez-Ramírez eran total y absolutamente ricos.

Pepe perdió las inhibiciones (y la cordura) y echó un grito de jefe de manada de lobos, mezclado con mariachi y *Speedy González*. Abrazó a Vicky, apretándola y girando con ella como lavadora automática. Kate todavía los miraba con mueca de igual-es-una-broma, pero su cabecita adolescente ya estaba computando todas las posibilidades: ya no tendría que ir a escuela pública, tendría chofer, podría comprar su ropa en los centros comerciales de *Santa Fe* o *Antara*, ya no habría necesidad de juntarse con la gente de ciudad Nezahualcóyotl. Ahora, tendría amistades finas, iría a antros de Polanco o Las Lomas. Una emoción incontrolable empezó a inundar el cuerpo de Kate, llenándola de una alegría casi histérica. Ya enloquecida, Kate, con lágrimas en los ojos, repetía: "¡qué buena onda, qué buena onda…!" Y Aurelia temió que su hermanita sufriera un síncope. Ricardo, a pesar del tequila, tuvo una fantasía trágica. Mirando a Aurelia, compartiendo la felicidad de su familia, el muchacho imaginó a su novia mirando a las personas de arriba hacia abajo, como dominando al mundo, hablando un lenguaje extraño, cantado y confuso; vestida con ropa *exclusiva* y (continuó la fantasía) sacando una moneda de su bolsa *Prada* para dársela como limosna (Ricardo tocaba el acordeón en la calle para juntar un poco de dinero). Tambaleándose, el muchacho fue saliendo de la casa sin ser visto, mientras la familia Pérez-Ramírez se unía como nunca, formando un *team-back*, todos abrazados, dando saltitos y gritando a todo pulmón. Aurelia, la precavida, la racional, le preguntó a su mamá si estaba segura, si había checado bien los números, si era cierto que habían ganado veinte millones de pesos. Vicky ya no le hizo caso: la euforia era gigante, desbordante, efervescente. Pepe sirvió tequilas para todos, llorando, riendo, besando a todos. Dentro de una unión que no se había visto jamás, todos empezaron a hacer planes, mientras se terminaban la botella de tequila. ¿Dónde vivirían? Kate, cambiaría de escuela, por supuesto. (Aurelia no dejaría la UNAM jamás). Ya no haría falta que Pepe trabajara en el taller de hojalatería ni que Vicky fuera más a Bosques de Arrayanes a satisfacer los caprichos de una familia decadente. Todos serían felices, cumplirían sus sueños. Al fin dejarían ciudad Neza; cesarían las tediosas y eternas jornadas en el Metro, los camiones y los microbuses. La vida les sonreía al fin de manera increíble, como un cuento de hadas. Dios había hecho justicia. Dios había bendecido a la familia: su rayo luminoso y benévolo había caído desde el cielo hasta la colonia Quinto Sol 1. Nadie se sacaba nada nunca y ellos jamás habían conocido a alguien que obtuviera algún premio. Ahora eran ellos mismos.

Con el tequila, la felicidad, los gritos, las danzas, todos empezaron a sentir que estaban dentro de un sueño.

Esa noche Pepe olvidó la piel y los jugos de Olga y le hizo el amor a Vicky como nunca, presa de una libido como de gorila y conejo. Kate se mensajeó con su mejor amiga y le pidió que no le dijera a nadie lo que había pasado. Aurelia tardó mucho tiempo en darse cuenta de que Ricardo se había ido de la casa sin decir palabra. Le marcó al celular y Ricardo le contestó desde *El Torito*. Había sido detenido al ser revisado por los policías de la campaña *conduce sin alcohol*. Lo había *atorado* el alcoholímetro. Aurelia le preguntó si necesitaba algo y Ricardo dijo que su arresto era de veinticuatro horas y que, ni modo, así eran las cosas. Aurelia lo notó áspero, lo que no era nada sorprendente tomando en cuenta que su novio estaba en el Juzgado Cívico, en una celda que olía a vómito, orines, humedad y soledad.

Billy, Valeria y Hernán se impusieron una misión: acabar con todo el alcohol que había en la casa. Ellos también estaban en un sueño perturbador. Ellos también se veían a sí mismos desenfocados, como a través de un cristal empañado. Ellos también estaban unidos (con la excepción de Carolyn, que se había tomado doble dosis de *Valium*, se había puesto su antifaz y estaba como muerta, en la posición de Jesucristo, abarcando toda la cama, en coma profundo −con baba, ronquidos y todo−).

La madrugada caía en Neza y Bosques de las Lomas. Los Pérez y los Santibáñez, alcoholizados o drogados, se preparaban para el futuro, para el paradigma de sus vidas, la mutación a una nueva existencia que los cambiaría para siempre, que los transformaría, que los sacudiría irremediablemente.

Capítulo 3

LOS QUE SUBEN Y LOS QUE BAJAN

Ese día los Pérez amanecerían con más dinero del que nunca imaginaron tener y, los Santibáñez, lo iniciarían con la inaplazable necesidad de vender todo, de rematarlo, de organizar ventas de garaje, de dejar a un lado los privilegios que antes eran su forma de vida.

Vicky y Pepe despertaron cuando ya había salido el sol, como enredaderas sin ropa. La recámara tenía el mismo olor que la jaula de elefantes del Zoo de Chapultepec y ellos estaban pegados con pegamento erótico.

Vicky se sobresaltó, porque por un segundo olvidó que era millonaria y pensó que se le había hecho tarde para el trabajo. Ansiosa, ya se había puesto de pie (mirando hacia abajo y dándose cuenta de que estaba desnuda), con una jaqueca terrible (por causa del tequila), cuando se acordó del *Chispazo Multiplicador* y sonrió, mirando a Pepe, tirado en la cama, boca abajo, mostrando un par de guangas y lampiñas nalgas. Estaba roncando y babeaba −peor que Carolyn con Valium− y abarcaba toda la cama con sus brazos extendidos, −igual que Carolyn, solo que boca abajo−.

Vicky se preguntó qué tenía que hacer para cobrar su premio. Por un momento se angustió y corrió a la sala a buscar el boleto ganador. Lo encontró en la mesa del centro, al lado del Lladró de mentiras, sobre la carpetita dorada y junto a la colección de elefantitos de distintos tamaños. Se tranquilizó, pero de repente se dio cuenta de que estaba totalmente desnuda en la sala y regresó a la habitación, afirmando que no se separaría de su boletito jamás.

Carolyn soñaba, como Ricardo, que estaba en la calle, cantando a capella para recibir unas monedas, cuando se despertó con un sobresalto, arrancándose el antifaz con violencia y mirando a su alrededor. También ella tuvo su momento de ilusión: era ese instante cuando despiertas, cuando olvidas que algo grave acaba de pasar en tu vida o que cometiste un error irremediable o que no se murió la persona que se murió. Pero, pasando el fugaz destello de ese delirio, Carolyn se arrojó en la cama a llorar y a repetir como oligofrénica: "¡somos pobres, somos pobres!"

Hernán se había quedado dormido en el sillón de la estancia y Mari se sorprendió al ver tantas botellas de alcohol vacías. Ella sabía que estaba pasando algo grave en la familia, pero no conocía los hechos con toda precisión. Además, tenía su propia tragedia griega —con eso del embarazo no deseado y la desaparición del papá de la criatura—. Prefirió regresarse a la cocina para inventar algo qué hacer. El ruidito de la puerta despertó a Hernán, que sintió que dentro de su cabeza había un bicho con tenazas y colmillos comiéndose su apetitoso cerebro. Se dio cuenta de que estaba vestido, que traía puesto su traje *Zegna* de diez mil dólares, que ya parecía una jerga exprimida. Caminó a la cocina para buscar algo para matar al bicho come-cerebros y se topó con Mari, mirando el noticiero de la mañana. Ella lo saludó y él masticó algo parecido a un *buenos días*, mientras buscaba los analgésicos. Su cerebro, aunque pastoso y coloide, ya estaba empezando a carburar, así que tomó su *Blackberry* y buscó el teléfono del agente de bienes raíces. Era urgente hablar con él para vender sus propiedades y conseguir una casa, aunque fuera rentada.

Aurelia estaba lista para ir a la universidad, con su falda larga, su chalequito de cuero, sus huaraches y el *look* de siempre. Se topó con su madre (ya se había puesto algo de ropa), cantando una canción sobre la buena fortuna y batallando con la cafetera.

—Hola, ma'.

—Lo primero que voy a comprar, hija, es una cafetera nueva, porque este vejestorio ya se desconchinfló.

Aurelia sonrió. Vicky la miro y se extrañó.

—¿A poco vas a ir a la universidad?

—¿Por qué no habría de ir?

—Porque somos millonarios, hija —contestó Vicky con una voz pituda e infantil.

—Pues sí, ma', pero no por eso voy a dejar de estudiar.

—Ahora podrías ir a una universidad más…

—No, mamá —interrumpió Aurelia —no pienso salirme de la UNAM. Además, no soportaría estar en una universidad con puro niño-rico.

—Hija. —Vicky sonrió aún más y tomó las manos de su hija —tú ya eres una niña-rica.

—No, ma': ¡eso nunca! —Exclamó Aurelia dejando ver en su tono que se sentía profundamente ofendida, como si su mamá la hubiera insultado.

—Es la verdad.

—*Niña-rica* es un término peyorativo que se usa para definir a aquellas jóvenes burguesas que hablan como si tuvieran algo caliente en la boca, agregan para todo las palabras *híper* y *tipo*, visten a la última moda, son triviales, banales y estúpidas y estudian una carrera solo para conocer, ahí, a su futuro marido.

—¿Qué es *peyorativo*, hija?

—Que tiene una intención de ofender o minimizar.

—Bueno… tú no eres una *joven estúpida* y no hablas así… Pero, en una universidad privada, hay como que mejor ambiente, ¿no?

—¿De verdad? —Se preguntó Aurelia con una mueca de incredulidad. —*Mejor*, ¿en qué sentido?

—Pa'empezar, es más segura. En la UNAM como que rasuran con hacha hija, y… —Vicky puso el freno en seco al ver el rostro reprobatorio de la intelectual-de-izquierda. —Bueno, ya veremos

—dijo Vicky como para no entrar en polémica en ése, su primer día de millonaria.

—Yo no me voy a cambiar de universidad, ma', de verdad —afirmó, categórica Aurelia, al tiempo que buscaba el cartón de jugo de naranja. Vicky bajó la mirada. Sabía que su hija era voluntariosa y decidida, y la admiraba, porque ella misma fue así (aunque sin el tema de la política).

Mientras Aurelia se servía un jugo demasiado anaranjado en un vaso, a Vicky le dio miedo: ¿cambiaría la lana la relación con su hija? Aurelia percibió la mirada de Vicky, descifró su tristeza repentina.

—¿Qué, mami?

Vicky no dijo nada; se acercó a su hija y le hizo una caricia suave y significativa. La tocó como un presagio. Ambas se miraron con ese amor inquebrantable, pero por primera vez Victoria tuvo un mal presentimiento.

—Te quiero, hija —dijo la ex cocinera y ahora millonaria y el amor viajó de polizonte sobre el sonido de las palabras —y nada ni nadie puede cambiar eso —remató conmovida.

Aurelia sintió la emoción hasta los dedos de los pies y miró a su mamá con admiración, con amor, con agradecimiento. Todo estaba ahí en los ojos marrón de Vicky.

Se abrazaron conjurando el futuro; prometiéndose, en silencio, amarse incondicionalmente, hasta la muerte; sosteniéndose una en la otra, en esa admiración mutua que ningún *Chispazo Multiplicador* sería capaz de deshacer.

María le abrió la puerta a un hombre chaparrito y pelón, de lentes, de edad indefinida que cargaba un portafolio ennegrecido por el uso, hambriento de un poco de jabón de calabaza que lo hiciera ver más joven (al portafolio). Era el señor Carcaño, que María anunció pomposamente, mientras aparecía Hernán con la boca seca, jaqueca y una depresión de horror, aunque recién bañado y con buena higiene dental. Hernán saludó a Carcaño indiferentemente, diciéndole que necesitaba primero que nada poner a la venta la casa de Arrayanes. Era urgente, así que el precio no importaba tanto:

habría que rematarla. Al mismo tiempo, era necesario conseguir una casa de máximo cuatro millones, de preferencia en una privada, en el sur de la ciudad de México. Carcaño dijo que, en cuanto a la residencia de Bosques, no había problema, que la pondría a la venta de inmediato, aunque no le garantizaba resultados rápidos, puesto que, por si no lo sabía, México estaba en plena recesión y se esperaba un crecimiento de menos-diez por ciento para ese año. A la luz de ese retroceso, el mercado inmobiliario estaba lento –por decir lo menos–. Hernán repitió que el precio no importaba tanto: la casa de Arrayanes costaba a valor real dos millones de dólares; Carcaño la podía vender en un millón o menos. La calva de Carcaño comenzó a sudar. Hernán le mostró fotografías de la casa de Cancún y la de Coronado que también tenían que ser vendidas a la brevedad. De hecho, los abogados de sus clientes le habían dado un mes para reunir la mayor cantidad de dinero posible: de otra forma, incautarían los bienes y Hernán sería detenido y encarcelado.

Carcaño resoplaba y sentía que le iba a venir un ataque de asma, así que mejor sacó los folletos de varias casas ubicadas en privadas *monas* (eufemismo para *feas y pequeñas*): por cuatro millones, ellos no podrían vivir en el *Pedregal* ni en *Jardines en la Montaña*. Era cosa de irse a los extremos de la ciudad o a barrios como San Jerónimo, Coyoacán, Tepepan… Hubo un folleto que le llamó la atención a Hernán: eran diez casitas tipo colonial-mexicano, agradables, de trescientos metros cuadrados (cuando la casa de Arrayanes tenía mil quinientos). Carcaño dijo que la privada era nueva y que todavía había dos casas disponibles a la venta: las señaló en el mapa. Si quería ir a verlas, podían hacer una cita y con una módica cantidad de 200 mil pesos se podría apartar una de ellas; aunque (repitió Carcaño), el efecto de la recesión era especialmente importante en el mercado de la clase media, en casas de uno a cuatro millones. "Los más amolados, como siempre, somos la clase media; porque, los pobres, van a seguir pobres", –aclaró Carcaño con *enorme* sabiduría y Hernán se dio cuenta de que, de ahora en adelante, él pertenecería a dicha *clase media* (si le iba bien)–.

Carcaño le preguntó a Hernán si no había visto el periódico esa mañana. El ex financiero dijo que no. El agente sacó un ejemplar arrugado del periódico *Reforma* donde aparecía en primera plana la historia de la quiebra de *Invertrade*, con una foto del mismísimo Hernán Santibáñez, sonriendo a la cámara.

Hernán pensó: "¿de qué se ríe ese pendejo?". Leyó la nota con poca atención y pensando más bien en su nueva casita en *La Florida*: la familia tendría que acomodarse en trescientos metros cuadrados; tendrían que vivir sin ir a Coronado o a Cancún; tendrían que vivir con lo *poco* que se podía comprar con el dinero de Carolyn.

Vicky habló por teléfono a *Pronósticos para la Asistencia Pública*, quienes le informaron del trámite a seguir y que se le retendría un porcentaje considerable en impuestos. Lo mejor era sacar una cuenta bancaria (si no la tenía) para hacer el depósito del cheque. Tenía que asistir ella personalmente en Avenida Insurgentes Sur 1397, colonia Insurgentes-Mixcoac. Pecata minuta, porque lo que quería Vicky antes que nada era ver casas. La prioridad era salir de la colonia Quinto Sol 1; alejarse para nunca volver de ciudad Nezahualcóyotl y vivir en el sur de la ciudad, donde "el aire se respira mejor". Vicky se quedó pensando un momento: recordó el piso de tierra de su casa de adobe y lámina en el estado de Hidalgo y se imaginó, de inmediato, una maravillosa casa de dos pisos, con alfombra, acabados de lujo y muebles nuevos. Sí, compraría muebles nuevos y regalaría todas esas porquerías que, aunque le habían durado mucho, eran horribles. Su cabeza se empezó a llenar de información y el sistema empezó a saturarse. Si Vicky ya no iba a trabajar; entonces, ¿qué iba a hacer? Claro, ampliar su negocio de cremas, poner un local; sucursales, quizá.

Eran las diez de la mañana y Vicky ya estaba agotada. Se sentó un rato en la sala y sonrió. Tendría sirvienta. Por primera vez en la vida no sería ella la gata: ¡tendría una criada para ella sola! Eso le produjo a Vicky un regocijo que no sentía desde que llegó el circo a Ixmiquilpan y ella tenía ocho años. Vicky se reía sola como loca de atar, cuando salió Kate de su cuarto, sonriendo también a plenitud

y diciéndole a su mamá que ella querría estudiar la prepa en una
escuela privada. Vicky le dijo que sí, pero que tenía que terminar
el año. Kate le dijo que no; que descansaría y empezaría de nuevo
cuarto de prepa, pero ya en una escuela que no oliera a nixtamal,
a humo, sudor, humedad y mota: donde no te ofrecieran droga a la
salida, donde hubiera niños blancos, con carros rápidos, que olieran
a *Calvin Klein* o *Cartier*. Ya estaba hasta la madre de los nopales, de la
raza, de la raspa, de los porros y de las cosas que le decían al caminar
por las calles de Neza en su uniforme verde con falda a cuadros.
Kate dijo que tiraría; no, que quemaría ese maldito uniforme en la
chimenea de su nueva casa.

Vicky estaba demasiado extasiada con la idea de tener una
sirvienta, como para darse cuenta de la vertiginosa metamorfosis
de su hija. Si sin dinero había tenido problemas con Kate que, una
vez que le habían crecido los senos se había dado cuenta de su poder
de atracción; ahora, si se convertía en una *niña-bien*, el resultado
sería algo monstruoso: Lindsey Lohan y Britney Spears fusionadas
exponencialmente, con un injerto de Mariah Carey. Vicky no coligió
en esos momentos, todavía aletargada por lo que había sucedido
tan rápidamente, que Kate se podía convertir en una golfita-nueva-
rica-insufrible. Ninguna de las dos podía pensar que también en el
colegio *Americano*, en *El Miraflores*, en el *Irlandés*, en el *Edron*, o en el
Alemán había drogas, depravación, deterioro, alcohol y violencia. La
diferencia solo era la ropita, el color de la piel, los autos nuevos: los
olores y los sabores; la ortodoncia, las rinoplastias de las niñas; las
mamás con choferes y guaruras, las casas en *Vista Hermosa*, *Bosques*
o *Lomas Country Club*. Eran solo diferencias de forma. En el fondo,
todos los adolescentes buscaban desesperadamente consolidar su Yo,
afianzar su Ser; conocerse, identificarse y pertenecer. Todos tenían
hormonas espumeantes, el deseo saliendo por los poros y la necesidad
de afiliarse y de destacar. Todos, inquietos, frustrados, buscando y
muchas veces no encontrando. No importaba si estaban en el *CCH*,
en la *Prepa 6* o en la *Escuela Moderna Americana*.

En lugar de observar todo esto, Vicky vio en ese momento una
oportunidad de acercarse a Kate, de comunicarse con ella. Quizá el

premio haría borrón y cuenta nueva y la relación entre madre e hija se restauraría. Vicky se acercó a Kate, la abrazó y solo dijo: "lo que tú digas, mi amor…" Kate se acurrucó en los generosos pechos de su madre y se sintió amada; vibró con el calor de su madre y se dijo a sí misma que, al fin, la vida iba a ser como siempre la soñó: "¡a la chingada con Neza! ¡Adiós, para siempre!"

Hernán le mostraba a Billy el catálogo con la casita que le había gustado y el muchacho comentó que tenía el tamaño de los cuartos de servicio de la residencia de Arrayanes. Hernán quiso preparar instantáneamente un discurso sobre lo que "verdaderamente importa en la vida", pero fue interrumpido por el timbre del celular de Billy. Él vio la pantalla y se dio cuenta de que era Nadia. La hermosa y espectacularmente estúpida novia de Billy lo había tratado de localizar el día anterior y aquél se había negado. "Ahora –pensó Billy– Nadia ya sabe lo que nos está pasando", puesto que ya había salido la noticia a ocho columnas en los periódicos.

Hernán y Billy intercambiaron una mirada relampagueante, hasta que el muchacho contestó el teléfono. Nadia lloraba y no se le entendía mucho lo que decía: sonaba a moco atorado; como si estuviera haciendo gárgaras. De hecho, Billy puso el altavoz para que su papá pudiera oír a la Magdalena descogotándose en un llanto que más bien parecía el sonido de una perrita Chihuahua cuando le pisas la cola. Nadia quería decir, entre gargajos y litros (o kilos) de viscosa mucosidad, que había leído la noticia, que se sentía muy mal por él, que qué iba a pasar. Billy le contestó que estaba bien, que no se preocupara. Sin esperar respuesta, Nadia le informó que iría para allá, porque en esos momentos tan terribles tenía que estar al lado de su amado. Gracias a Dios colgó y Hernán y Billy se volvieron a mirar: a Billy casi le da un ataque de risa y Hernán se empezó a contagiar. Sabían que Nadia era exactamente como Carolyn: una novia-trofeo, una joya para presumir; que no había sustancia, solo forma. Hernán le dijo a Billy que hacía veintidós años, Carolyn tenía la edad de Nadia, veinte, y que era el bombón más delicioso del mundo. Él tenía que conquistarla; Carolyn tenía que ser suya: suya-suya, de su propiedad. Así que la *adquirió*, como quien va a la agencia a comprar un *Ferrari*. Claro, la diferencia entre Nadia y Carolyn es que, la primera, sí provenía de buena familia; la segunda, no. Los orígenes de Carolyn eran harto inciertos (pero Billy no lo sabía).

Billy se sorprendió mucho. Accidentalmente, Hernán había revelado una información que el chavo desconocía. Billy creía que sus abuelos maternos habían muerto y que su madre provenía de una familia acomodada de Guadalajara: los Galicia. Hernán sonrió. Supuso que ya no tenía mucho caso ocultar la *verdadera verdura*.

—Y la verdad es que los orígenes de tu mamá son... por lo menos...dudosos —aclaró Hernán en un tono como de comedia musical.

—¿Cómo que *dudosos*?

—Algún día me interesó averiguar de dónde venía tu mamá; de qué familia... Pero desistí, hijo. —Hernán estaba mintiendo. Sí sabía la verdad. —Digo, ¿a poco importa? Además, ahorita es lo de menos. Al contrario: necesitamos de tu mamá. Ella tiene el poder sobre el único dinero del que podemos disponer.

—¿No es verdad entonces que es hija de un industrial de Guadalajara que...?

—Puros cuentos, hijo, —interrumpió Hernán —pero te digo: ¿qué importa ahora?

—¿Crees que no es importante que mi mamá...? —Billy se detuvo al ver que se acercaba Valeria recién despierta. Se sentó con cara de bulldog, con Hernán y Billy, preguntando si había algo de nuevo; si milagrosamente no iban a perderlo todo. Hernán contratacó preguntando si no iría a la escuela. Valeria le contestó que, número uno, ya no estaría en esa escuela y terminaría en quién sabe qué prepa de *peladitos*; y, número dos, no iba a ir a su escuela a ser víctima de las burlas de todos; porque el mundo entero ya se había enterado de que los Santibáñez eran unos muertos de hambre.

Hernán aclaró que no eran unos *muertos de hambre*, dado que tenían dinero suficiente para vivir en una casa como ésta (y le mostró el catálogo). Valeria apenas lo miró. Preguntó por su mamá y Hernán le dijo que seguía dormida, que se había tomado más Valiums que de costumbre y que despertaría hasta la tarde (aunque no aclaró de qué día, o mes).

Los tres se quedaron en silencio un gran rato, hasta que Hernán pidió las llaves de los autos de Billy y Valeria, ya que tendría que venderlos. Todos estaban a nombre del señor Santibáñez y le darían un buen dinero: sobre todo por el *SLK* (aunque cundía la sombra de la recesión mundial).

Pepe no entendía por qué Vicky quería ir a ver a los Santibáñez a Bosques de las Lomas. Victoria se arreglaba frente al espejo y se había puesto su falda negra, entallada, como de María Victoria y su blusa blanca de encaje con la cual Pepe se volvía loco, porque su esposa se veía espectacular. Además, se había arreglado más que de costumbre: un poco más de sombra, una pizca más de rubor; otro poco de rímel. Pepe estaba realmente celoso al ver a semejante cromo y sabiendo que caminaría así por las calles. Vicky sonriendo le dijo que esta vez no caminaría, sino que iría en taxi. Pero, en realidad, lo que a Pepe le producía cólicos era el hecho de que su mujer fuera a ver al *estiradito* de Hernán Santibáñez. "¡Pinche catrín de mierda!" –decía para sí mismo sin hablar–.

Vicky recordó lo que había pasado la última noche. Rebotaron en su cráneo, con eco y reverberación, las palabras de don Hernán: "En la sala de juntas, viendo cómo desaparecía mi empresa, estaba pensando en usted, Victoria". Pepe, como buen macho-hombre-masculino, no se daba cuenta de las sutilezas, así que no percibió el ligero cambio en el semblante de su Sofía Loren de Neza. Vicky dijo que Pepe no tenía nada de qué preocuparse. Aunque, en el fondo, pensaba: "¿o sí?"

Billy acariciaba su Mercedes *SLK* como quien acaricia a una niña; sintiendo el terso e impecable aluminio contra sus huellas dactilares; reflejando su rostro de dolor en la brillante carrocería, cuando apareció Nadia (en el reflejo del auto). Ojos rojos, expresión de compungimiento (como si estuviera sentada en el escusado, estreñida y pujando con jaqueca y cólico al mismo tiempo). Voló hasta los brazos de Billy, llorando de nuevo como si se le hubiera muerto su mascota (atropellada en la calle). Billy sintió que las secreciones nasales de su novia se enredaban en el vello de su pecho y fue atacado por una profunda e irremediable impaciencia, por lo que se separó de ella, casi con violencia y le dijo que las cosas cambiarían entre ellos puesto que, a partir de ese día, los Santibáñez-Galicia eran pobres, paupérrimos, muertos de hambre, jodidos, ratas de sacristía y miserables. Billy levantaba la voz sin darse cuenta de que Nadia −la tonta y hermosa Nadia− no tenía la culpa de la incompetencia de su papá ni de la debacle y humillación de los Santibáñez ni de la explosión de la *burbuja inmobiliaria* en los Estados Unidos de Norteamérica que arruinó a todo el mundo-mundial. Le decía, como de malas, como si ella en efecto tuviera la culpa, que se había acabado el *SLK*, la *Ibero*, los viajes a Coronado, las cenas en el *Café de París*, los regalos de *Nieman Marcus*, las idas a esquiar a Davos y el sexo en la alberca de la casa de Cancún o veleando en el yate en el Océano Pacífico. Todo iba a cesar, a acabar, a concluir, a finalizar. *Sanseacabó, finito, kaput.*

Nadia, recuperándose de las vociferaciones, aspavientos y refunfuñes de su novio, le dijo que, podía terminarse todo lo que él había mencionado, pero que un error financiero; un cambio de vida no iba a poder destruir el amor que ella le tenía.

Billy se quedó entumecido. La bruta de aparador; la hermosa e imbécil; el artículo decorativo, le había dado su primera lección-de-vida, en su primer día de *pobre-paupérrimo*. Y es que los ojos de Nadia, ahora ya transparentes y en su máximo verdor, no mentían.

Billy de pronto sintió que no era merecedor de ese amor. Ya no dijo nada y salió corriendo hacia el interior de la casa. Nadia lo siguió, atropellada, gritando y moviéndose como dando brazadas en la alberca… de la casa de Coronado.

En la clase de *Teoría de la Comunicación*, Aurelia y Ricardo vieron a Rovigatti y la *Tuba de Schramm*. Aurelia buscó la mirada de su nuevo-novio, recién salido de *El Torito* gracias a un *amparo*, pero nunca la encontró. Ricardo, ahora vestido con un suéter de rombos guindas y con los lentes empañados y llenos de grasa (de la celda del juzgado), se veía inquieto (más que de costumbre). No se acomodaba en la butaca. Recargaba un remedo de nalga y a los cinco minutos el otro. Sus ojos eran brazas de una fogata: rojos y volátiles.

Desde luego que, después de ver la *Teoría de la Aguja Hipodérmica* y el *Diagrama de la Cola Larga*, Ricardo salió como bióxido de carbono de una botella de *Sprite* agitada. Aurelia lo siguió y de nuevo lo alcanzó en los jardines cuadriculados (al parecer, convertido en lugar de conversaciones y sucesos de suma trascendencia). De hecho, tuvo que rebasarlo y pararse enfrente como *tacle* defensivo.

—¿Qué pasa? —Le preguntó, contundente, Aurelia.

—Eh... ¿pasar como de qué?

—No te hagas, Ricardo —exclamó la futura periodista blandiendo su huesudo dedo índice; —anoche te fuiste de la casa sin decir adiós y hace rato en la clase te estuve buscando la mirada y me evadiste.

—Bueno... eh... —Ricardo tartamudeó más que de costumbre —anoche ustedes estaban... en familia... festejando. Yo no venía al caso y... además, el tequila se me subió... Y ya ves que me agarraron los del alcoholímetro.

—¿Por qué no me miras a los ojos? —Preguntó Aurelia tomándolo de la barbilla con fuerza.

—Es que, es que, es que... —Repitió Ricardo con voz de niño dislálico —pues, tú ya eres rica y yo...

—¡No mames! —Gritó Aurelia, con un desplante de vulgaridad pocas veces visto en ella. —¡No seas melodramático, Ricardo, por Dios!

Ricardo tuvo ganas de llorar. Se sentía peor que cuando su mamá lo regañaba por idiota, por quitarse el suéter cuando hacía frío y por baboso (literal).

—¡Somos novios! O ¿no? —Vociferó Aurelia, atrayendo las miradas de los universitarios que estaban a cien metros a la redonda.

—Pues sí —dijo Ricardo en tono de *Caltzontzin Inspector.* [9]

---

[9]   *Caltzontzin Inspector* es una sátira política del director Alfonso Arau. Influenciado por la obra *El Inspector* de Nikolai Gogol, Arau concibió Caltzontzin Inspector como una fuerte crítica a la corrupción del sistema

—¡Entonces, no mames!

—Ya lo dijiste. Y tú casi nunca dices groserías…

—Es que no se me ocurre otra palabra… Es más, me dan ganas de… —Aurelia estrujó a Ricardo —de ponerte un madrazo.

—¡Aurelia, ¿por qué dices majaderías?!

—¡Es que me desesperas, Ricardo! —Dijo Aurelia moviendo la cabeza como si tuviera epilepsia. *Richard* contestó el ataque con chantaje:

—Ya lo sé. **Soy** desesperante.

Aurelia cerró los ojos. En ese momento sabía que había sido un error mayúsculo lo de acceder a ser *novia* de ese chantajista-imbécil, acomplejado, que se auto flagelaba. Pero Aurelia Pérez era un ser bueno y generoso, incapaz de matar una mosca y mucho menos hacerle daño a ese pobre muchacho de bigotito incipiente y brazos mecánicos.

—Perdón, Ricardo. Mira, el hecho de que mi mamá se haya sacado el *Chispazo* —dijo Aurelia con calma fingida —no quiere decir que tú y yo nos… nos tengamos que separar. Nuestra relación no tiene nada que ver con el dinero. Además, tú me conoces, yo no voy a cambiar por veinte ni por doscientos millones de pesos.

Aurelia le acarició el rostro, primero con una suavidad impuesta, artificial; pero luego con cariño auténtico.

—Te quiero —dijo Aurelia casi en susurro y abrazó a Ricardo, al que ya le estaban saliendo lágrimas.

Aurelia sabía, sin embargo, que ese "te quiero" era una mentira gorda y apestosa: tan sebosa como el pelo de Ricardo.

Pepe quería sacarse de la cabeza (y de las venas y los testículos) a Olga; la mujer de negro, la esposa del empresario del *téibol*. La imagen de la covacha, de los pezones puntiagudos como dagas, la vagina que era un río; los sonidos, los gemidos, el perfume, el olor perfecto a sexo, a crema, a sudor, tíner, pintura automotriz y aceite;

---

político mexicano y la restricción a la libertad de expresión que imperaba en el país. *Wikipedia.*

nada de eso podía desaparecer de la mente (ni de la nariz) de Pepe, a pesar de que ahora, gracias a su esposa, era un hombre rico, que ya no tendría que trabajar en el taller de hojalatería; que haría lo que siempre quiso hacer, que era…

No, en realidad no sabía qué quería hacer exactamente. Su sueño era tener dinero para comprar una pantalla de plasma gigante, una *Hummer* negra con rines plateados, un *surraunt*, un sillón que daba masajes; para poder viajar a los Estados Unidos (legalmente); visitar Disneylandia y andar en el trenecito empinado de San Francisco.

Pepe se dio cuenta de que no tenía sueños más que aquéllos; más que lo material, lo tangible, los objetos del deseo, los que se ven la tele y en el cine.

Le pasó por la mente Olga (de nuevo) y pensó que con dinero, podría llevarla en su Hummer a cenar todos elegantes (ella de nuevo con sus medias negras, con liguero, con su falda corta; él con una camisa de seda de flores negras, transparentes): claro, su alucinación no tomaba en cuenta el *pequeño* detalle del marido −un gánster-destripador conocido y reconocido−. Se llevó la mano al vientre, como para comprobar que sus vísceras seguían en su lugar.

Pepe, en ese momento, a pesar de ser veinte millones de pesos más rico, no se daba cuenta de que Olga se había convertido en una obsesión, en una compulsión, en una necesidad inaplazable, irrenunciable: su némesis, su perdición y quizá su desollación y su ulterior disolución en ácido.

Hernán no esperaba la visita de Vicky. No pudo resistir mirarla largo rato, desde el copete azabache, hasta los zapatos de charol. Además, Hernán notó un brillo especial en sus ojos y que se había arreglado más y mejor que usualmente. Vicky, en cambio, vio al patrón apagado, fundido como foco: el filamento roto, la bombilla ahumada y derretida.

Obviamente, las palabras de Hernán de la noche anterior danzaban frente a las miradas de ambos, como *Campanita* −la de *Peter Pan*−. Hernán se puso de pie de inmediato para saludar a esa mujer que sonreía, tímida, y estiraba la mano para estrechársela al jefazo.

Hernán sintió la cálida mano de Vicky y se quemó, también, con su chispeante mirada. Le preguntó por qué estaba tan contenta, tan luminosa y Victoria le soltó la neta de una vez. Había ganado veinte millones de pesos en el *Chispazo* que, en realidad, eran como catorce millones −quitando los impuestos (claro, tendría que darse de alta en Hacienda, sacar una cuenta de banco, en fin)−. Hernán no podía creer la ironía de lo que estaba pasando y se rio. Relajado, invitó a Vicky a sentarse a la sala, pero ésta, tímida, rechazó la oferta en primera instancia. Hernán insistió: "¡es más, te tomas una copa conmigo!" −ordenó el patrón−. Vicky dijo que no era correcto, que la señora Carolyn podría objetar. Hernán fue a servir los coñacs (o *coñaques*), mientras le decía a Vicky que la señora se había *empastillado* y que no saldría de su viaje astral hasta mucho más tarde (ya no dijo que él prefería que no regresara nunca). Hernán casi obligó a Vicky a sentarse, le dio una copa generosa de coñac, vio cómo la ex ama de llaves cruzaba la pierna y le dijo que la vida era increíblemente paradójica: él había perdido todo y ella había ganado millones. Hernán le dijo que tenían que brindar, para festejar. Vicky y Hernán chocaron las copas. Ella le dijo que ya no trabajaría en esa casa. Hernán contestó que esa casa ni siquiera existiría, puesto que ellos se irían a vivir a una casita mucho más pequeña. Hernán le mostró el folleto de la privada. Vicky, al mirarlo, se enamoró instantáneamente del lugar. Hernán le explicó que estaba en la colonia *La Florida* y, al ver la felicidad de Vicky, le dijo que había dos casas disponibles. Vicky ya solo escuchaba un barullo lejano; una voz indistinguible. Ella quería esa casa. Se imaginó los muebles que compraría: todo nuevecito. Hernán le aclaró que las casitas tenían un jardín muy bonito. Él ya tenía en la mente su plan; pero, para que Vicky no sospechara, Hernán le dijo que él había visto varias alternativas y que todavía tenía que consultar con su familia: lo más probable es que no optaría por una casa en esa privada.

Vicky salió de su sueño y le dijo que ella le debía dinero a Hernán y que, una de las razones por las que había ido a la casa de Arrayanes era para prometerle que, en cuanto cobrara el cheque de *Pronósticos*, liquidaría la deuda. Gracias a aquel préstamo, Vicky había echado a andar su negocio de cremas antiarrugas y humectantes; cosa que agradecía profundamente. Es más, si él se encontraba en una situación difícil, ella le prestaría dinero.

Hernán volvió a sonreír con la ironía: "¡ahora el ama de llaves me va a prestar dinero!" (Esto claro solo lo dijo en la privacidad de su cráneo). En unos cuantos días la realidad había cambiado y eso era, francamente, increíble para el financiero que antes ganaba cada semana la cantidad equivalente al premio de Vicky. Ahora, se tenía que conformar con el dinero de Carolyn; su prestigio se había destruido y tendría que trabajar en un giro totalmente distinto, donde nadie lo conociera (aunque acababa de salir su fotografía a ocho columnas en el periódico, así que ya era más famoso que Justin Bieber).

Pero, al ver a Vicky dándole sorbitos a su coñac (era una botella que había comprado Hernán en Lyon y que le había costado mil 500 euros), se dio cuenta de que nada de eso era importante. Luchó durante veinte años por amasar una fortuna gigantesca; se desvivió por salvar *Invertrade*; perdió el tiempo casándose con su esposa-momia y tuvo dos hijos que quizá nunca se podrían adaptar a su nuevo estilo de vida de *pobres*. ¿Para qué? Toda esa fortuna se había perdido en un día, en un nanosegundo. Claro, él se había salvado de ir a la cárcel —por ahora—. En esos momentos, en los que el gran Hernán Santibáñez miraba los ojos enormes de su ex sirvienta y la deseaba más que nunca, él no tenía un centavo: nada. Solo el dinero que estaba a nombre de Carolyn, a la que seguramente, con la debacle, ya se le había botado la canica y ya era candidata a electroshocks, una camisa de fuerza y vivir en cuarto blanco acolchonado. Pirada, lurias, loca, demente, fuera de sí, tocada, chiflada, maniática. Y, lo peor del caso, tendría que lidiar con ella; porque ella era la intermediaria del dinero. Si a Carolyn no se le daba la gana firmar los cheques o autorizar las transferencias, Hernán (y sus hijos) se quedaría literalmente en la calle.

Vicky sintió el afecto de Hernán, que no dejaba de sonreír como si tuviera trabada la mandíbula. Era prácticamente un éxtasis que puso muy nerviosa a Victoria. Sin embargo, no había que desdeñar que el patrón era guapetón —como ella misma decía—. Tenía un aire a *Yorch Cluni* —le explicaba a su hija Aurelia—: ése que salía en la película donde robaban un casino en Las Vegas. Aurelia, alguna vez, le había preguntado para molestarla si no querría andar con el patrón. Vicky le había contestado que no había más hombres en su vida que Pepe. "Pero, un taco de ojo no es pecado, mamá" … "Bueno, sí: puedes ver el menú, pero hasta a'i". Ese día, ellas también habían hablado de la posibilidad de que Pepe le hubiera sido infiel a Vicky; misma que ella negó por completo. Mientras tanto, Victoria miraba de reojo a *Cluni* y recordaba esa conversación con Aurelia y ni siquiera podía imaginar lo que realmente estaba pensando Pepe en esos momentos. Él no estaba pensando en el *Chispazo* o en la *troca* (camioneta) cuatro por cuatro, negra con rines brillantes: estaba imaginando que Olga tocaba a la puerta y entraba y le arrancaba la ropa para cogérselo vigorosamente, montándolo como en el rodeo. Tampoco Pepe podía imaginarse que don Hernán Santibáñez estaba editando en su cerebro su propia película porno protagonizada por Vicky, continuando con su historia de la isla desierta en las Bahamas, la desnudez, el tibio mar y sus cuerpos inseparables.

Billy bajó de recámaras, acompañado de Nadia, quien casi se desmaya al ver a la criada sentada en la sala, bebiendo coñac con su suegro. Vicky instintivamente se puso de pie. No se sentía cómoda: en esa casa, siempre fue la *chacha* (apócope de *muchacha* que, a su vez, es eufemismo de sirvienta). Saludó a Billy con gran afecto y asintió para darle los buenos días a la señorita Nadia que apenas la miró. Hernán, feliz, orgulloso, le informó a su hijo que la vida les había impuesto una más de sus parodias: mientras ellos habían sido degradados, Victoria había ganado un premio de millones de pesos. Billy pensó que era una broma (motivada por el coñac de Lyon), pero Vicky lo confirmó, diciendo que de hecho solo había venido a agradecer sus atenciones, a despedirse y a ponerse a sus órdenes. Billy agregó en broma que la peor paradoja sería que Vicky les prestara dinero a ellos. Vicky, solícita, amabilísima, le dijo al joven-Billy que por supuesto, que la lana estaba a su disposición. Esto le cayó a Nadia como unos tacos de carnitas en el mercado: es decir, diarrea automática e instantánea.

Vicky avisó que a pesar de todo iría a despedirse de la seño-Carolyn. Hernán le reiteró que la *seño* estaba dopada, pero Victoria insistió y subió. Nadia, entonces, aprovechó para decirle a Hernán que ella podía hablar con su papá para que les prestara dinero. Hernán volvió a sonreír, informándole a la bellísima novia de su hijo que su papá había sido uno de los afectados por la quiebra de *Invertrade* y que de hecho había invertido muchísimo dinero en su financiera. De manera que en términos estrictos, ya le estaba prestando dinero, porque le había dado un plazo para retribuirle lo perdido. "Quizá con la casa de Coronado –agregó Hernán– voy a poder pagarle un setenta y cinco por ciento de lo que le debo, hija." Nadia se quedó fría como muñeco de nieve. De hecho, su papá tenía demandado a Hernán Santibáñez y solo retiraría la demanda al recibir el dinero (por lo menos, parte de éste). Con todo, Hernán agradecía el gesto de Nadia.

Vicky entró a la oscura habitación que olía a mal aliento y flatulencias. Carolyn parecía una figura del museo de cera de Madame-como-se-llame. Tenía puesto su antifaz y casi no respiraba. Vicky sintió una profunda lástima por esos despojos que se parecían mucho a Michael Jackson –en descomposición–.

Se sentó en el borde de la cama y con suavidad, movió a Carolyn y expresó unos sutilísimos: "¡señora! ¿Señora?" Carolyn despertó de inmediato, sobresaltada, como si todo lo que había pasado el día anterior, como si la noticia de la ruina de los Santibáñez hubiera sido solo una pesadilla. Tardó unos segundos en reconocer a Vicky y de inmediato dijo un, "¡qué bien te ves, Vicky!", pletórico de envidia. Vicky sonrió y le dijo que solo había subido para despedirse. Carolyn lo sabía: ya no tendrían dinero para pagarle, por supuesto. Vicky dijo que no era eso, sino que ella se había sacado un premio. Total, que agradecía sus atenciones y quedaba a sus órdenes. Vicky se fue y Carolyn envidió también sus caderas.

En la cocina Mari estaba ojerosa y pálida. Era el embarazo y la noticia de que sería despedida, lo que la tenía así. Al ver a Vicky,

Mari soltó la lágrima y se abrazó de ella como si fuera su madre. Le dijo que no sabía qué hacer, que se quedaría en la calle y que, con el chamaco, pues era el acabose. Vicky le dijo que no se preocupara: que ella le daría trabajo. Mari se ofendió: pensó que era una broma de su exjefa directa. Vicky le contó la historia del *Chispazo*. Mari no pudo cerrar la boca en varios minutos. Vicky le dijo que vivirían en *La Florida*, en una casita muy mona que acababa de escoger y que le fascinó: la traía loca. (De hecho, Vicky, previamente, se había guardado el catálogo de la privada en su bolsa de mano, así que lo sacó y se lo mostró a Mari, diciéndole que ahí iban a vivir).

La ironía de la vida y el irremediable paso del tiempo…

Vicky había elegido una sucursal de *Banco Santander* en *La Florida*, cerca de su nueva casa. Salió muy oriunda, como *La Patita* de Cri-Cri, orgullosa, con su chequera definitiva (y sus tarjetas de crédito y de débito) en la bolsa de mano, dispuesta a tomar un taxi y ver los últimos detalles de los interiores del novísimo hogar de su familia. Vestía como siempre una de sus entalladas faldas, tacones de pico de diez centímetros, medias, y uno de los brasieres que se había comprado en *El Palacio de Hierro*, en Plaza *La Florida*.

Sus rumbos eran ahora en el sur de la ciudad de México. La privada, de diez casas con jardín, estaba ubicada en la calle de Patricio Sanz, muy cerca del llamado *Circuito Bicentenario*. Faltaban algunos detalles decorativos cuando Vicky compró la casa, así que tuvo la oportunidad de elegir los pisos, el color de los baños, el mosaico de la cocina: un chorro de cosas. No dejó que nadie interviniera en el proceso: mucho menos Pepe que, desde que Victoria se había sacado el *Chispazo*, parecía como ausente, como metido en sí mismo y estaba bebiendo demasiado. Lo que Vicky no sabía es que Pepe estaba así, no por el premio y su repentino cambio de vida, sino por su enfermiza, crónica y patética obsesión por Olga.

Claro, Vicky se lo atribuía a que su querido semental estaba abrumado por el hecho de que había sido ella quien se había sacado el premio y era ella, entonces, quien tenía el control de las cosas.

Pepe, un macho clásico –pensaba Vicky– había sido vulnerado en su hombría, había perdido el mando y había optado por meterse en su concha como cangrejo ermitaño. "Ya se le pasará –pensaba Victoria– "ya se acostumbrará a su nueva vida, a vivir en *La Florida…*" Pepe pensaba que, ahora que era rico, seguramente sería más fácil que Olga le hiciera caso. El problema era: ¿cómo localizarla? Encontrar al marido (y por tanto una muerte segura) era fácil; pero ¿a ella? ¿Dónde? Aunque ya no tenía que trabajar en el taller de hojalatería, Pepe iba todos los días, con la esperanza de encontrarse con la cachonda, jugosa y tersa de Olga: soñaba con lamer su cuerpo de punta a talón y saborear sus jugos, que manaban como géiser de *Yellowstone.*

Vicky ni se las olía (es decir, no sospechaba que el cuerpo de su esposo había sido poseído por la adicción a la mujer de negro): estaba muy contenta, desde que había cobrado el premio, había abierto su cuenta de banco, había aprendido a hacer cheques y había firmado por la casa. Buscar el mosaico adecuado, el color exacto, el mueble de baño perfecto, había sido para Vicky casi como un orgasmo múltiple. Y lo necesitaba porque, desde el premio, el rendimiento de Pepe en la cama (otrora incansable) había decrecido preocupantemente.

El que estaba en primera fila para desvestir a Vicky y lanzarse sobre de ella, como salta el tigre, era el vecino y compadre: Arcadio. Claro, ya sabía que Vicky se había ganado veinte y pico millones de pesos, así que el atractivo de la vecina había aumentado exponencialmente. No solo era una mujer deseable al máximo, con todo en su lugar, con porte, con un caminar como *prota* de película de Fellini, sino que era rica (en todos sentidos: *era* rica y *estaba* rica). Arcadio aparecía en todos lados. Esperaba a Vicky en la puerta de su casa, dizque regando el pasto de la banqueta (que era, más bien zacate, mala hierba, basura y caca de perro). La veía bajar del taxi tratando de descubrir sus calzones de hilo dental, cuando ésta abría las piernas para descender de la unidad, y se acercaba a ella despidiendo un intenso olor a *Siete Machos* y enjuague bucal; colmándola de piropos, entregándole una flor que, según él, había comprado (aunque lo más seguro era que se la había encontrado cerca de ahí); hasta recitándole el poema de amor más famoso y más trillado de todos los tiempos: "pues bien, yo necesito decirte que te quiero…" del atribulado, suicida y despreciado (por Rosario) Manuel Acuña. Arcadio se sentía Manuel Acuña: recibiendo, cada noche, en cada encuentro, una bocanada de desamor. Vicky siempre lo trataba con una sonrisa y con amabilidad y así lo mandaba a la chingada, lo que provocaba en Arcadio una vertiginosa acumulación de testosterona que aliviaba con su mujer (gorda y con los tejidos expandidos gracias a cinco embarazos; con vejez prematura y mal aliento). La mujer de Arcadio se sentía en las nubes cuando éste imaginaba que el coito era con su vecina.

Con todo, Arcadio había sido legal y no le había revelado a Vicky lo que sospechaba que había pasado con Olga y Pepe. Claro, el vecino nunca supo lo que había sucedido después en la covacha, pero sí había notado la mirada de Pepe; su actitud, cuando Olga se hizo presente, después del incidente automovilístico con Arcadio.

Vicky entró a la casa de Patricio Sanz y el mosaiquero casi se infarta al verla, desde abajo (no por perverso, sino porque estaba colocando el piso). La casa ya estaba casi lista: faltaban unos detalles en la cocina que, para los estándares de Victoria, era enorme y, como le comentó a Aurelia, parecía la cocina de un restaurante. Aurelia, por cierto, no había ido a la casa nueva ni un solo día, aunque estaba ciertamente contenta de que sus travesías a la UNAM se reducirían en un 75 por ciento en el tiempo. Vicky le había dicho que le compraría un coche, pero Aurelia le había contestado que no lo necesitaba y que el *Vocho* de Ricardo los llevaba a todos lados y nunca se descomponía. Además, tenía la ventaja de que, en las inundaciones (muy frecuentes en la ciudad), el pequeño escarabajo flotaba.

Vicky imaginó su nueva vida en *La Florida*; pero, sobre todo, se preguntaba quiénes serían sus vecinos, ya que la última casa disponible todavía no había sido ocupada. Lo cierto es que la ex cocinera necesitaba algo qué hacer. No dejaría a un lado su negocio de cremas antiarrugas; perfeccionaría sus fórmulas, diversificaría su mercado, pondría una tienda. Es más, necesitaba una marca: *Vicky-cremas*. No, algo más atractivo, más sonoro… ¿*Kriky*? Ahí, en la cocina gigante, bajo la mirada del maestro de los mosaicos, que trataba de concentrarse en su trabajo, Vicky imaginó una vida maravillosa al lado de su familia. Ella dueña de una cadena de tiendas con toda clase de cremas para la mujer; todo en estupenda armonía. La felicidad había llegado gracias al *Chispazo*. Sí en efecto había sido como un chispazo que había detonado al fin una nueva vida. Vicky tuvo ganas de bailar, de brincar, hasta de besar al mosaiquero, que se había contagiado con la sonrisa y la alegría infantil de la señora de la casa. Vicky, incluso, tuvo que aguantarse las ganas de bailar con el albañil al ritmo de *Los Ángeles Azules*.

Lo último por vender era la casa de Arrayanes. Carolyn no había salido de su recámara en casi un mes, pero gracias a la habilidad negociadora y la tenacidad de Hernán, gran parte de sus problemas legales estaban en remisión. Con todo, había que salirse de esa casa, alejarse de Bosques de las Lomas y empezar de nuevo desde cero. Tenía que hacerlo de manera anónima, porque el prestigio del apellido Santibáñez, se había desplomado hasta el centro de la Tierra: había caído desde lo alto, penetrando la corteza terrestre y había llegado hasta el núcleo caliente del planeta. Su nombre se había mencionado miles de veces en todos los medios de comunicación masiva y su rostro salía en todos lados, al grado que en las calles la gente lo miraba como quien ve a un leproso o a una persona con alguna deformidad horrible. Era un leproso-famoso. La gente murmuraba cuando él pasaba; a veces, reía, cuchicheando y señalándolo. Otros, tenían casi irrefrenables impulsos de escupirle; unos más lo miraban como quien ve a un condenado a muerte. La mayoría decía: "¡qué bueno. Eso te pasó por avaricioso y ojete!"

Billy había interrumpido su carrera y estaba haciendo los trámites de revalidación para estudiar en la UNAM. Valeria de plano ya no iba a la escuela y se ocupaba en participar en los últimos reventones que podía dentro del círculo de lo más alto y selecto de la burguesía mexicana. En otras palabras: le estaba dando-vuelo-a-la-hilacha. Y con Carolyn en la cama, catatónica y Hernán trabajando dieciocho horas al día para salir del pozo negro y sin fondo, Valeria era libre de hacer lo que fuera: entre sus actividades se encontraba tener frecuentísimas relaciones sexuales con niños más grandes que ella, a los que de inmediato desechaba (después de llevárselos a la cama). Acto seguido buscaba a otro y a otro y a otro. El caso era realmente difícil: Valeria estaba tratando de llenar su vacío existencial con sexo, alcohol y música *dance*. Pero nada llenaba ese vacío, esa frustración de caer de un día para otro, catastróficamente, de la alta burguesía a la nefasta y desafortunada clase media.

Nadie se daba cuenta de la vertiginosa caída de Valeria, cuyo descenso aceleraba exponencialmente: derechito hacia la negrura, el vacío, la perdición total. Nadie percibía que quizá la degeneración de la adolescente, la decadencia, sería irreversible.

Billy, en cambio, estaba pasmado, como si le hubieran tomado una fotografía con flash: alumbrado, encandilado, viendo puntitos y con la boca cómicamente abierta. Todavía no asimilaba lo que estaba pasando: no comprendía que estaba obligado a vender su *SLK* (prácticamente, el amor de su vida) y a aceptar que Nadia pagara las salidas a cenar y al cine. Nadia se había convertido en su chofer: lo llevaba a la UNAM a meter los papeles; a la *Ibero* a obtener los certificados y demás; lo llevaba a vender algunos de los aparatos que ni siquiera iban a caber en la casa nueva: el surround, el *Blu-Ray*, el plasma de cincuenta y dos pulgadas; la computadora gigante; su colección de devedés, de juegos para el *X-Box 360* y el *Play-Station* e, incluso, algunas chamarras y trajes *Armani*, *Boss* y *Valentino*. En el camino hacia y de la UNAM, Nadia conducía su *Audi A-6* y Billy iba a su lado en absoluto silencio. Nadia trataba de buscarle conversación: hablaba de cualquier cosa; del clima, del calor, de la derrota de Tiger Woods (en los campos y en la vida) o de sus papás. Billy contestaba con monosílabos, con gruñidos, con interjecciones. A veces, ni siquiera contestaba: parecía niño autista, contando los postes de luz; haciendo sumas con los números de las placas de los autos.

Nadia tenía la paciencia de una enfermera en un psiquiátrico y empezó a tratar a Billy como si fuera un niño con una enfermedad terminal. A falta de Carolyn, Nadia se había convertido en la madre de Billy. Con el paso de los días, empezó a cambiar su tono de voz, hablándole a su novio como si fuera tarado o un bebé recién nacido ("a gugu-tata"). Lo quería ayudar a caminar, lo prevenía de los obstáculos en el camino, lo tomaba de la mano al cruzar la calle como invidente. Lo único que faltaba es que le limpiara la baba, le cambiara el pañal o lo ayudara a eructar después de tomar su mamila.

Billy, autómata, bebé, robot defectuoso, se dejaba llevar por su nueva madre, su nueva nana y realizaba todos los trámites necesarios para el cambio de vida, como si fuera una máquina, una computadora *Apple* de las primeras que salieron: un *Súper-Nintendo*. Billy era un recién nacido y un anciano y podía pasar un día entero sin pronunciar palabra: todo, acompañado de una pavorosa gastritis y dosis de caballo de antiácidos.

Nadia consideraba que tenía la obligación moral de apoyar a su novio en esos tiempos malos ("en las buenas y en las malas"); creía que eso era el amor: ayudar a tu pareja cuando más te necesitaba. Por eso, ejercía su oficio de enfermera geriátrica y pediátrica con gran abnegación y sentido de responsabilidad.

Billy y su padre apenas hablaban; Carolyn estaba en coma permanente y Valeria casi siempre en otro mundo o, más bien, en otra nube.

Hernán se sentía cansado todo el tiempo, como si cargara una loza gigante, como si arrastrara un Torton cargado con piedra volcánica con el freno de mano puesto; sin embargo, no dejaba de despertar en la mañana, bañarse, afeitarse e ir a su oficina a seguir depurando los detalles de la quiebra; a continuar toreando los embates legales y sobre todo vendiendo todo lo que alguna vez poseyó. Quizá el hecho de tener que deshacerse de lo material hizo que Hernán se purgara; la venta de sus cosas fue un cambio de piel. Como los que ayunan para expulsar todo lo tóxico: como los monjes tibetanos, desapegados de los objetos, o algún fraile que sí se tomaba en serio el voto de pobreza (y sencillez y humildad –de los que hay muy pocos–). Hernán luchaba desnudo, sin armadura, sin espada, pero con una voluntad que nunca pensó que tendría.

No dejó de pensar ni un solo día en Vicky. No dejó de soñar una sola noche con Vicky. La extrañaba. Le hacían falta sus consejos; quería ver esas faldas entalladas, mientras se imaginaba que ellos caminaban juntos por las calles de Praga y que dormían en el *Four Seasons* con vista al río Moldava.

Con Carolyn no había contacto alguno, más que de vez en cuando, en las noches, cuando la mujer, cada vez más parecida a un esqueleto, pedía que Hernán le trajera una hamburguesa de pollo de *McDonald's*. En esos días Mari ya se había despedido de la familia y la casa empezó a convertirse en un caos, hasta el momento en el que el agente Carcaño pudo venderla.

Hernán ya había logrado que Carolyn (ya bastante opaca y oxidada) firmara un cheque de su cuenta para comprar otra *casita*; pero el happening más difícil (casi cómico) fue cuando Hernán le informó que tendrían que dejar la casa de Bosques de Arrayanes.

Carolyn se transformó primero en personaje de cine mudo: gritaba sin voz y movía los ojos y la boca como actriz del Expresionismo Alemán. Luego, cambió a mujer-Hulk y se desgarró la ropa. Finalmente, lloró, histérica y sentenció:

—¡La única forma de que yo salga de mi casa, es en un ataúd!

—No sería mala idea —replicó, harto, Hernán. —Pero no tenemos dinero para el ataúd. Si quieres te compro uno de pino.

Carolyn volvió a acostarse en posición fetal y por las dudas se agarró del pilar de la cabecera de la cama. Nadie la sacaría de ahí: nadie la movería de su cama, de su casa, de su calle, de su amado *Bosques de las Lomas*.

Esto le preocupó grandemente al señor Santibáñez. Se lo comentó a Billy quien se encogió de hombros —mudo, como siempre—. Hernán consideró la idea de sedarla y sacarla cargando. Todavía tenían algunos días para desalojar y mientras Santibáñez podía ir a ver la nueva casa y pensar en los acabados y en los muebles que realmente cabrían ahí y los que era necesario vender.

Había logrado renegociar su deuda y el dinero de la casa de Bosques de las Lomas, había acallado algunas demandas judiciales. La paradoja (una más) fue que, gran parte del dinero de la casa de Arrayanes paró en la cuenta del papá de Nadia que quedó relativamente satisfecho con ese pago (y es que la casa de Coronado tardó más en venderse y al suegro de Billy le *urgía* el dinero). El millonario, desde la quiebra de la empresa de Hernán Santibáñez, ya no aprobaba la relación de su hija con Billy (recién convertido en zombi).

Hernán tenía otras preocupaciones en esos aciagos, decisivos y atribulados momentos de su vida. El descenso había sido vertiginoso, como caer desde el espacio exterior hacia la Tierra; quemándose con la atmósfera. El vértigo, la náusea, el desasosiego que sentía Hernán era el peor de su vida. Pero quién sabe qué fuerza lo mantenía aferrado a la existencia y dispuesto a reconstruirlo todo desde los cimientos. Incomprensiblemente, Victoria (¡el ama de llaves, por Dios!) aparecía crónicamente en la pantalla de su imaginación.

Hernán llegó una noche a casa, en calidad de títere, con una bolsa del Oxxo y una botella de tequila barato, pensando en que lo que le inquietaba era la idea de que en cualquier momento podría parar en el Reclusorio Norte acusado de fraude genérico y de evasión fiscal y que, estando preso, no vería a Vicky jamás.

Vicky (sobre todo la última vez que la vio, cuando ella venía tan luminosa y alegre) se había convertido, desde la debacle financiera, en una especie de diosa: una princesa náhuatl, una pieza hermosa de jade; emperatriz de obsidiana. Vaciando parte del contenido del tequila en un vaso normal, Hernán se daba cuenta de que había muchas razones para admirar a Vicky: no solo por sus armoniosas caderas, sino por su voz, su sabiduría y una bondad que el ama de llaves siempre sudó por sus poros y reflejó a través de la humedad de sus ojos. Hernán no solo se imaginaba a Victoria desnuda en una isla desierta de las Bahamas, sino a su lado, aconsejándolo, mirándolo con fascinación, esperándolo en la casa, con una cena maravillosa: recibiéndolo con esas chispas en la mirada, con esa alegría intrínseca, eterna.

Compararla con Carolyn era como poner a un *Lamborghini* al lado de un *Dodge Coronet*, 1972. Todo en Carolyn era artificial: hasta su pasado dizque noble. Todo en Victoria era natural, legítimo, auténtico. Carolyn solo podía hablar de trivialidades: de ropa, de envidia y de veneno. Victoria podía platicar de cualquier cosa. La cultura de Carolyn era apantalla-pendejos: eran frases aprendidas de memoria; la de Vicky era de verdad, sin disfraces, sin maquillaje, sin cirugía.

Llegó el momento en que Vicky habló con Pepe, Aurelia y Kate, para decirles que empacaran sus cachivaches, porque, al siguiente día, vendrían los de *Mudanzas Gou* para llevar las cosas a su casa nueva de Patricio Sanz. Kate dijo que no había mucho que empacar, puesto que toda su ropa era naca, fea, vieja y demodé y que pronto comprarían ropa que correspondiera a su nuevo nivel social. Aurelia, en cambio, se puso nerviosa y le dijo a su mamá que era muy poco tiempo para empacar todos sus libros. Pepe no dejaba de pensar en Olga.

Carolyn clavó las uñas en la cabecera de la cama y solo con la fuerza de Hernán y Billy pudieron desprenderla de su cama y cargarla hacia afuera de la casa entre gritos, patadas y las peores groserías que jamás habían salido de su boquita. Valeria no dijo nada. Finalmente, la familia se subió al único coche que habían conservado (un auto compacto que antes usaba uno de los choferes para los mandados). Billy tenía que controlar a su mamá y se subió con ella en el asiento de atrás, mientras repartía arañazos y mordidas. Hernán tuvo impulsos asesinos. Se contuvo. Los de la mudanza pudieron subir al camión lo último que faltaba, la cama de la recámara principal que ya olía a mortaja.

Valeria miró el palacio de Arrayanes, su barda gigante que era del tamaño de un pequeño edificio de diez pisos. De camino a su nueva casa, Carolyn se agotó y se desmayó –gracias a Dios– y la familia Santibáñez, en completo silencio, avanzó hacia el sur de la ciudad de México.

Vicky había rentado una *Suburban* con chofer para llegar a su nueva casa. Pepe todavía no se había comprado la camioneta de sus sueños pero Vicky y él ya habían hablado de ir a la agencia.

La *Suburban* se estacionó junto a la casa cuatro, en la calle privada y Kate salió como tormenta tropical a ver su nueva mansión. Pepe y Vicky se miraron con amor y una sonrisa que dolía, mientras Aurelia refunfuñaba diciendo que, aunque ellos ya tenían dinero, ella nunca iba a ser rica: seguiría su mismo estilo de vida. Esperaría a Ricardo y su *Vochito* y ambos se irían a la UNAM como siempre. Vicky y Pepe salieron del auto, después de varios "te amos" (Vicky, con lágrimas en los ojos), cuando vieron entrar un auto compacto que se estacionó justo detrás de la *Suburban*. A Vicky le pareció reconocer a la persona que conducía el auto. Pepe dijo que seguramente eran los nuevos vecinos, pero no los reconoció. Del auto salió Hernán Santibáñez, con la boca trabada y los ojos como un par de lunas (menguantes). Pepe empezó a hervir como huevo tibio. Y Aurelia, por primera vez en su vida, vio a Billy Santibáñez. Carolyn estaba agonizante en el asiento de atrás y Valeria no quería salir del auto.

Las miradas de Vicky y Hernán se enlazaron.

—¿Qué hace aquí, don Hernán?

—Vamos a vivir en la casa tres.

Pepe estaba a punto de tener un ataque con todo y espuma y convulsiones, y Billy, a pesar de ser un muerto viviente, se dijo a sí mismo, de inmediato, como primer pensamiento al ver a Aurelia: "esa niña está muy *cuero*" (otra palabra para *guapa*).

—¿Y, usted Victoria?

—Vamos a vivir en la casa cuatro.

Hernán sonrió. Ya lo sabía. Exactamente por esa razón había comprado la casa tres —con el dinero de Carolyn—. Pepe apretó los nudillos y preparó mentalmente un jab a la quijada de Santibáñez. Le borraría esa estúpida sonrisa al *estirado*. Aurelia sintió la mirada de Billy como un piquete de abeja, pero ella tampoco podía dejar de verlo.

La ironía de la vida: los Santibáñez y los Pérez, vecinos de la colonia *La Florida*.

Capítulo 4

LA MUDANZA

A Victoria le sorprendió mucho que entre Hernán y Billy tuvieran que sacar cargando a Carolyn del *Nissan Platina* de los Santibáñez. Quizá, más que sorpresa, era compasión y una tristeza infinita. Parecía una niña con parálisis cerebral, el rostro retorcido y la mirada en el cielo. Se veía pequeña como una muñequita española; su piel blanca como el Polo Sur. Carolyn ya no se resistía. Era un trapo, una jerga vieja y usada. Vicky se le acercó. Tenía ganas de llorar.

—Patrona —medio-dijo quebradamente, mirándola como a un vampiro que llevaba cinco mil años en la cripta.

Carolyn la vio desde un túnel: con una visión de endoscopio. La acción se quedó en suspenso. Billy y Hernán detuvieron su caminar de paramédicos y Vicky, al lado de su exjefa, lloraba sin poder evitarlo. Aurelia no soportaba la abyección de su madre, su actitud servil, después de haber sido explotada inmisericordemente por esa burguesa toda *cirujeada*. Billy miraba a Aurelia, se daba cuenta de su ira y no la entendía. Las dos adolescentes, Valeria y Kate estaban ya dentro de cada una de sus nuevas casas. Valeria, tomando posesión de la que sería su recámara (más grande que la de Billy, más chica que la principal) y Kate, bailando en el jardín como Janis Joplin (aunque no sabía quién era). Porque, había jardín, pasto, enredaderas creciendo, arbolitos. Kate se acostó en el tapete verde para sentir el sol picante y ultravioleta, al tiempo que Valeria se asomaba por su ventana, veía a su nueva vecina y no comprendía su felicidad.

Vicky se puso a sus órdenes: le dijo a Carolyn y a Hernán que, lo que necesitaran, que contaran con ella. Hernán sonrió, mostrando una legítima admiración por la mujer; misma que fue percibida de inmediato por Pepe quien trató de controlar sus celos. Y fue justamente Pepe el que rompió el momento, acercándose a Vicky y tomándola del brazo con tal fuerza que la ex cocinera sintió dolor.

—Quiero ver la casa, —ordenó Pepe como sargento. Vicky no entendió los celos. Estaba demasiado preocupada por la palidez de Carolyn y su aspecto de enferma de leucemia linfocítica. Pepe zarandeó a Victoria hasta su casa nueva. Aurelia los siguió sintiendo el peso de la mirada de Billy. Billy y Hernán se miraron. El padre se dio cuenta de que al hijo le había gustado Aurelia y sonrió.

—¿Qué? —Preguntó el junior dizque ofendido.

—No conocías a la hija de Vicky, ¿verdad?

—Obvi, no, papá. ¿Cómo voy a conocer a la hija del ama de llaves?

—**Ex** ama de llaves, —enfatizó Hernán sonriendo aún más.

—Ahora es nuestra vecina. —(Y remarcó cada sílaba).

—El dinero no te da la clase, —dictaminó Billy como si estuviera dando una conferencia ante la Asociación Mundial de la Burguesía.

—Ayuda bastante. Pregúntale a tu mamá dónde vivía antes de casarse conmigo.

Carolyn abrió grandes los ojos. Quería hablar: quería mentarle la madre a Hernán. Quería decirle: "naca-naca, pero gracias a mí tenemos esta casa". Pero prefirió desvanecerse. Hernán y Billy llevaron a su mamá hacia la casa como si ella tuviera ciento dos años. El chofer de la Suburban pareció reconocer a Hernán Santibáñez. "¿Qué no es ese buey el que tronó como ejote y casi meten al bote?".

Desde la calle las mudanzas se pelearon por entrar. Los choferes casi se agarran a golpes. Finalmente, la decisión la tomó el azar. Echaron un bolado y ganó la mudanza de los Pérez.

En la casa de los Pérez, Pepe contemplaba a Kate rodando en el pasto como marranito en el lodo: nadando en ese lago verde y fresco.

Vicky se acercó a él por atrás y lo abrazó: le dio un beso debajo de la oreja y le preguntó si le gustaba cómo habían quedado los acabados de la casa. Pepe contestó con un gruñido y Vicky extrañada le preguntó por qué estaba enfurruñado. Pepe le dijo que "por nada" y se fue de ahí, subiendo las escaleras, para ver la recámara principal. Vicky no pudo seguirlo, porque ya sonaba el timbre de la puerta: era la mudanza. Vicky gritó: "¡la mudanza!" y nadie le contestó nada.

En todo caso, estaba consciente de que todavía faltaban muchos muebles para la casa nueva. La mayoría del mobiliario de la casa de la Calle Oro había sido regalado. Solo se habían quedado con algunas cosas; lo mismo, los Santibáñez, que no solo habían tenido que vender casi todo, sino que habían tenido que comprar muebles que cupieran en la casa nueva, para lo cual, Hernán había explorado opciones en *Hermanos Vázquez* y *Viana* (pensando que su comedor anterior había sido traído de Italia y que Carolyn había mandado hacer su recámara con unos diseñadores españoles).

Entrando los mudanceros, Hernán de repente se dio cuenta de lo rápido que se había adaptado a su nueva situación. Se sentía aliviado de haber superado casi todos sus problemas judiciales y financieros; se sentía ligero, como madera de balsa, y bastante feliz. Auscultando sus emociones, se percató que estaba contento, porque le había salido bien la jugada después de que aquella vez le había mostrado *casualmente* el catálogo de la casa a Vicky y que había dicho que él no viviría ahí. El destino, con una ayudadita de Hernán Santibáñez, si bien antes lo había estrujado, exprimido y despedazado, ahora: ¡le había puesto a Vicky de vecina! Vicky y Hernán vivirían pared con pared. Hernán se carcajeó solo, como loco, y los de la mudanza se le quedaron viendo, moviendo negativamente la cabeza. Quizá, en efecto Hernán se estaba volviendo loco y estaba imaginándolo todo (como sus alucinaciones en Las Bahamas con Vicky). Tal vez, todo esto era una broma, una visión. Hernán despertaría en la sala de su casa de Bosques de Arrayanes; se daría cuenta de que su traje de miles de dólares, hecho a la medida, se había arrugado un poco, se pondría de pie, le daría un trago más al *Etiqueta Azul* y se iría a la recámara, subiendo la escalinata del palacio: se metería a la cama con Carolyn, que ya estaba bajo los efectos del Valium; vería un rato *CNN*, mientras cabeceaba y se quedaba dormido, de nuevo, acariciando las sábanas de seda y soñando con la casa de Coronado.

Pepe y los de Sky conectaron su novísima pantalla de plasma de cincuenta y seis pulgadas (cuatro pulgadas más de lo soñado por el hojalatero), con factibilidad para alta definición. Previamente, ya le había pedido a Vicky que hablara y pidiera todos los canales –todos, ni uno menos–. La pantalla estaba recién desempacada, lo mismo que un *box-spring*, *king size*, que ya estaba colocado en el mejor lugar de la recámara principal. Faltaba el *surraunt* y el *blurrey*. Vicky tendía la cama gigante con sábanas nuevas azul rey, mientras Pepe al fin podía ver la tele sin volarse la señal, sin que su cuate de la calle Platino, le vendiera un chip para poder ver todos los canales. Ese SKY era *legal*. Pepe despachó a los empleados y al sentir el control remoto azul, perfecto, limpio, que olía a hule nuevo, sintió el poder. Recorrió todo el espectro de la televisión: desde el Canal de las Estrellas, hasta los de música, pasando por los canales de Galicia, de Japón, la *Deutsche Welle*, el canal de telenovelas, el del Congreso, el de Ciencia Ficción, el de comida, los de deportes y el de religión. El mundo estaba frente a Pepe, en un rectángulo cuya diagonal medía 142 centímetros (casi metro y medio). Pepe era un niño queriendo tocar las imágenes: riendo de repente, como el loco de Hernán en la casa de junto y terminando en los canales quinientos y pico, con el futbol y el golf (de inmediato se propuso aprender ese deporte de ricos).

Vicky lo miraba, primero contagiada, pero después, con cierto miedo. Esa pantalla, ¿le quitaría a ella la atención de Pepe? Además, estaba pendiente el berrinche de su marido, la ley del hielo que le había aplicado desde que llegaron a la casa nueva: eso de que "no me pasa nada". Obviamente le pasaba algo. ¿Sería eso que Vicky había pensado antes –lo del control del dinero–?

Por lo pronto, Vicky se puso su piyama y empezó a apuntar los pendientes en un cuaderno cuya portada tenía un paisaje alpino. Había muchas actividades para el futuro: aprender a manejar era una de ellas, pero también empezar a echar a andar su negocio;

ver locales para la elaboración y la venta de sus cosméticos. Tenían que ir a comprar los muebles de la sala; por supuesto, el súper, un microondas, el centro de lavado (necesitaría un plomero). Tendría que hablar con Mari para ver cuándo iba a venir a trabajar a la casa; habría que contratar un jardinero. ¡Uf! Vicky de repente sintió que sus venas se llenaban de ácido que la hacía temblar y le ardía. De pronto, estuvo a punto de tener un ataque de pánico. Cerró la libreta y se acercó a un Pepe hipnotizado, deslumbrado, a dos metros de la pantallota, viendo un juego del Barza. Vicky lo besó en el cuello, dándose cuenta de que lo único que podría conjurar el ataque de ansiedad, era que Pepe conectara su enorme obelisco a su húmedo pasaje. Sin embargo, Pepe sintió los mojados besos de Vicky como una molesta mosca viscosa revoloteando y que había que aplastar. Vicky desistió: sabía que no podía competir con el plasma de metro y medio y decidió salir a tomar el aire.

En el camino hacia el jardín se topó con cajas y porquerías que debió haber tirado a la basura. Se regañó a sí misma por el hecho de haber acumulado tanto cachivache por tantos años: tanto elefantito-imitación-Lladró.

Salió al jardín y miró hacia el este, por donde una amarilla y gigante luna, emergía de la casa de su vecino como pelota de basquetbol. Era una bola gigante que deslumbraba aún más que la televisión *Sharp* de la recámara que se había posesionado de su esposo.

Vicky estaba descalza y el pasto estaba frío. No traía brasier y su piyama era bastante floja. Sintió como cosquillas, una extraña sensación y volteó hacia la casa del vecino: Hernán la veía desde arriba, desde la recámara de Valeria, bañada por la naranja-luna llena, sin arreglar, en piyama, pero más hermosa que nunca. Vicky sonrió nerviosa, haciéndose pequeña, apenada; marcando, con su gesto, que Hernán seguía siendo el patrón y ella el ama de llaves. Era como una reverencia, como un tarahumara mirando a un soldado español.

Hernán apenas se podía contener. Se sentía como adolescente: con la hormona en cada poro y una erección inédita. Hubiera querido bajar corriendo y hacer pedazos la piyama de franela a Vicky, para poseerla ahí mismo, en el jardín, bajo la luz de la luna.

Pero la realidad era que, en lugar de eso, Hernán tendría que acostarse al lado de la muerta viviente, en una cama mucho más pequeña que la que tenían y desaprovechar aquello que se abultaba dentro del pantalón. Sin embargo, la calidad de su endurecimiento ("firmeza cuatro", decían los comerciales de *Viagra*), provocó que Hernán se sintiera más joven y más hombre. Vicky no percibió nada de eso, pero sí se dio cuenta de que sus carnosos pechos estaban prácticamente al aire y que el frío airecito de la noche en la ciudad estaba provocando la parálisis de sus pezones. El patrón se daría cuenta de esta turgencia y era mejor meterse a la casa de-volada (o sea, rapidísimo). Vicky hubiera querido platicar con Aurelia, pero ésta se había ido con Ricardo lejos de ahí: a barrios más familiares, menos pequeñoburgueses. Es decir, habían regresado al oriente de la ciudad para cenar en un local de tacos que les gustaba mucho, detrás del aeropuerto. Con Kate no podía hablar, porque la niña tenía una lista gigante de requerimientos, como su propia pantalla de plasma, su equipo de sonido, su computadora, su I-Pod, I-Pad, I-Phone y todo lo demás que requiere una adolescente *bien* para funcionar.

Vicky entró a la sala sin muebles; olorosa todavía a cemento y pintura fresca.

Hernán se acurrucó junto a la catatónica y sintió sus huesos. Pensó en que Dios debería de ofrecerle el milagro de llevarse a la calaca al más allá. Hernán tuvo que contener la carcajada después de suplicarle al Jefe de allá arriba que desintegrara a Carolyn. Billy y Nadia hacían el amor en silencio, mecánicamente, en la recámara de junto. Pero Billy veía la imagen congelada de Aurelia, proyectada sobre la pared desnuda de su nueva recámara. Valeria caminaba como puma en una jaula: dando vueltas en su *minúscula* recámara como obsesiva-compulsiva, con ganas de comerse el yeso de las paredes, saltar por la ventana o simplemente dejar de respirar.

La luna llegaba al cenit, cuando Vicky al fin pudo dormir. Pepe seguía pegado al monitor, casi formando parte de los pixeles, convirtiéndose en una imagen de plasma.

La primera noche en sus nuevas casas de la colonia *La Florida*. Hernán soñó que estaba en una celda en la cárcel de máxima seguridad de Almoloya, y Vicky, que engordaba tanto que no cabía por la puerta.

Billy no tenía sueño. Ni siquiera hizo el intento de dormir en su nueva casa, en su nueva recámara de paredes desnudas; sin sus aparatos de antaño: solo una cama matrimonial, su escritorio high-tec y su laptop. Cajas de ropa y un caos dentro y fuera de su mente.

Había estado aletargado, narcotizado por los impactos emocionales de las últimas semanas. Nadia ya se había ido y el sexo no lo había tranquilizado —todo lo contrario— lo tenía alerta, como electrificado; como búho esperando a que apareciera un ratón en la negrura del bosque.

Pero ahora, en ésa, su primera noche en la colonia *La Florida*, la realidad se abría paso a pesar del letargo. Para desgracia de Billy, el estado de shock estaba finalizando, porque ahora las emociones empezaban a aflorar en los órganos, en los músculos, en las membranas, en las coyunturas, en los conductos, en los poros de su cuerpo; en las terminales nerviosas. Y eso le producía un desasosiego que no había sentido nunca en su vida.

Pensó en Nadia. Se dio cuenta de que su cuerpo perfecto, su piel tibia y sutil, su esbeltez, su figura de veinteañera, y su actitud maternal eran lo de menos. Billy no la amaba y menos ahora. A pesar de que Nadia había sido como enfermera de un anciano decrépito con Alzheimer; a pesar de que le había tenido una paciencia de monje Hare Krishna; que lo había mimado y que le había hecho el amor lo más placenteramente posible, Billy solo sentía ansiedad e impaciencia cuando la veía. Sobre todo ahora que estaba despertando de su catatonia. La mudanza era la prueba física, visible, sólida, de que los Santibáñez habían caído en desgracia; que habían descendido varios escalones. Billy no volvería a ver jamás a sus amigos de la Ibero; no viajaría a Coronado de fin de semana (ni ya de menos a Cancún), no saltaría en paracaídas, no iría a 260 kilómetros por hora en un Porsche alquilado en una autopista alemana. Tendría que terminar con los trámites para entrar a la UNAM. ¡La UNAM! Tendría que limitarse en cada aspecto de su vida. No tendría auto, por lo que estaría obligado a usar el apestoso, multitudinario y sucio sistema de transporte público de la *ciudad en movimiento*. Eso le aterraba enormemente. Todo le causaba pánico.

Salió de la casa hacia la calle privada para encenderse un *Marlboro Light*. Inhaló todo lo que pudo en la primera bocanada y sintió el clic nicotínico en los bronquios. Luego, un momento de placer: un orgasmito. Segundos después, la ola de angustia, como un ataque apocalíptico de langostas.

El episodio de pavor fue roto por la entrada de un auto. Billy se dio cuenta de que estaba tuerto (el auto) y que era un *Volkswagen Sedan* de los años setenta o por ahí, con *lunares* de distintos colores, haciendo explosiones en falso y con el mofle roto. El *Vocho* pasó de largo y se detuvo frente a la casa de junto. La casa cuatro, la de la *chacha*. Billy no perdió detalle. Un chavo flaco, con suéter de cuello de tortuga y facha de astrofísico o narco-menudista, salió del lado del conductor y le abrió la puerta a la hija de Vicky. Billy no se acordaba de su nombre: "¿Alicia, Alma, Asunción?" Se escondió un poco en el quicio, mientras Aurelia salía del *Vocho* pecoso de tantos golpes que le habían dado en su larguísima vida. Billy vio a la hija de Vicky en cámara lenta. Aunque las faldas largas nunca dejaban conocer la verdad sobre el cuerpo de Aurelia, Billy imaginó una figura carnocita –herencia de su madre–. De hecho, las nalgas de Aurelia eran de suficiente tamaño como para vencer la holgura de la falda y Billy observó un ligero y armonioso vaivén, cuando Aurelia caminó hasta la puerta de su casa, seguida por el cibernoide de suéter tejido y huarache con calcetín. Aurelia dio una graciosa vuelta y su sonrisa calmó a Billy en un instante. Ella se acercó para besar a Ricardo en la boca. El beso volvió a alterar a Billy, quien se imaginaba ser la otra boca, la otra lengua. Las manos de Ricardo se quedaron en la zona del lumbago de Aurelia, pero el beso acabó excitando a Billy (y seguramente a Ricardo también). Billy pensó que Aurelia era demasiada mujer para ese enclenque con facha de desnutrido o cocinero de metanfetamina.

Cuando Aurelia se separó de Ricardo y éste regresó al carcachón para irse, aquélla vislumbró a Guillermo Santibáñez, su nuevo vecino. Billy se percató de que ya era demasiado tarde para esconderse más o para huir. Era estúpido también intentar desviar la mirada, puesto que eran casi las dos de la mañana y las únicas personas en la privada eran ellos tres. Aurelia sonrió, más bien con amabilidad hipócrita, y se metió a su casa. Ricardo arrancó el *Vocho* en medio de explosiones y humo blanco y avanzó a la puerta de la privada. Billy pensó que, en otras épocas, a bordo de su *Mercedes SLK* convertible y todavía con su *Cartier* en la muñeca, Aurelia se hubiera dejado seducir en un instante. La hubiera podido deslumbrar, invitándola a Toluca a dar una vuelta en un avión privado: tomar champaña a treinta mil pies de altura. Aterrizar en San Diego; cenar en Coronado, en el muelle; llevándola en el yate de setenta y cinco pies por la bahía, veleando y escuchando música suave…

Pero, ahora ¿quién o qué era Billy? No era nada, porque no tenía nada (más bien "era nada, porque tenía nada"). ¿Cómo podría ligarse a una mujer como Aurelia en este punto del tiempo? ¿A dónde la podría invitar? ¿A la taquería *El Farolito*? Y ¿en qué irían a comer tacos? Tendría que pedirle prestado el compacto a su papá y un poco de dinero para los tacos. Sin embargo, Aurelia era demasiada mujer para salir con un baboso con una carcacha, pero también para un *nuevo pobre* sin siquiera esa carcacha. Aurelia no solo era hermosa, sino que tenía estilo. Su sonrisa no era mentirosa; su caminar era casi elegante, casi de ballet.

Aplastó el cigarro y respiró la noche. Su mente se parecía al anillo de asteroides entre Marte y La Tierra: un círculo de rocas informes, deformes. Estaba cansado, confundido, asqueado.

Antes de entrar de nuevo a su mínima casa de la colonia *La Florida*, Billy intuyó algo que todavía no había hecho consciente.

Tendía que reinventarse o morir.

Capítulo 5

VECINOS DISTANTES

Pepe roncaba, haciendo ruidos como un pelícano bajo el agua o como un monstruo japonés animado. Victoria sintió el sol en la ventana y volteó a ver a su esposo que por momentos dejaba de respirar como si padeciera de apnea. Luego, su boca vibraba como moco de guajolote. Se había quedado hasta quién sabe qué hora viendo su pantalla gigante. Al fin se había dormido, pero lejos de Vicky, volteado para el otro lado. Ella ya odiaba a la pantalla de plasma como si fuera *la otra*. Miró la lista de cosas por hacer: el cuaderno alpino se había quedado abierto sobre el piso alfombrado, pero Vicky no quiso repasar los pendientes por miedo a atascarse de nuevo. Se puso de pie y abrió la llave de la regadera: una lluvia abundante y vaporosa salió de la límpida y novísima *cebolla* (aspersor o como se llame el artefacto con orificios por donde sale el agua). El baño era más grande que la recámara que ellos habían tenido en la casa de la calle Oro. Tenía dos lavabos, tina con hidromasaje y un escusado con una forma extraña. Todo olía a pintura y cemento y Vicky cambió de opinión. Abrió la llave de la tina. Se tomaría un baño de tina, encendería los chorros hidráulicos y empezaría el día consintiéndose. Pensó que tendría que comprar algunas hierbas olorosas o espumas que florecieran en aromas exóticos dentro de la tina. Se quitó la ropa y se miró al espejo. Necesitaba asegurarse de que lo que había pasado en las últimas semanas (el premio, la compra de la casa, los arreglos, la mudanza) no había sido una alucinación esquizoide. El vapor empezó a cundir como cuando se empieza a extender la niebla allá por *La Cima*, camino a Cuernavaca. Ella se veía entre la bruma, pero sabía que era real; que ya no tendría que trabajar todo el santo día cocinando, disponiendo que los choferes fueran al mercado y al súper, metiendo los platos a la lavavajillas, trapeando la cocina, cuidando y tolerando a la señora Carolyn; viajando por más de cuatro horas, de lunes a sábado, de un extremo a otro de la ciudad gigante.

Probando la temperatura del agua de la tina con el dedo gordo de su pie pensó en los viajes en Metro; en las sacudidas dentro del micro, en los piropos crónicos de los hombres, en las restregadas de los perversos cuando el Metro estaba muy lleno; en las noches cuando regresaba caminando, muerta de cansancio a la Calle Oro. El agua estaba perfecta y Vicky suspiró con una sonrisa, dándose cuenta de que nada de lo anterior se repetiría. Ahora, vivía en la colonia *La Florida*, al sur de la ciudad: una comunidad de gente-*bien*, con calles limpias, habitantes que paseaban a sus perros y levantaban sus cacas, árboles, parques y camellones. El aire no olía a drenaje; no se escuchaban los autos, motos, tráileres y camiones del Circuito Exterior Mexiquense. No, en ese momento, cuando Vicky se metía a la tina y era envuelta por el agua calientita, no había más ruido que el del agua caliente cayendo y la respiración de Victoria. Pensó en Ixmiquilpan, también: en el piso de tierra, en el escusado a la intemperie; en los baños en el río; en la milpa y el anafre.

Vicky buscó con la mirada el interruptor del hidromasaje. Cuando logró accionarlo, gritó y casi salta hacia afuera de la tina como renacuajo. Los chorros de agua empezaron salir y el motor de la bomba ronroneaba. Vicky jamás en su vida había tenido esa sensación: el agua presionando su piel por todos lados. En su casa de piso de tierra, en Ixmiquilpan (Vicky recordó), cuando no podía ir al helado y sucio río, ella se tenía que bañar con una jícara que hundía en una cubeta destartalada con agua previamente calentada a la leña. Ahora, Vicky ahogaba unos grititos como de ratón, sintiendo que los chorros de agua la masajeaban por todos lados. Luego, empezó a reírse, como cuando Pepe le hacía cosquillas. Quería jugar en el agua como niño chiquito: salpicar con las palmas de las manos, hundirse y quedarse un minuto o más bajo el agua, oyendo el ronroneo del hidromasaje.

Hernán también despertó temprano, al lado del bulto, de la roca fría, del cadáver con el que había dormido. De hecho, tentó la cara de Carolyn para ver si no se había enfriado para siempre. Para su desgracia, Carolyn se movió un poquito. Dios no escuchó a don Hernán: la muñeca muerta, vivía. Hernán también recordó que ese día vería a un viejo empleado suyo. Se trataba de Juan Piña Soto que había sido, primero, mensajero en la empresa; pero que, poco a poco, fue ganándose la confianza de Hernán Santibáñez, hasta convertirse en una especie de asistente personal. Después de muchos años, Juan había ahorrado algo de dinero y había echado a andar una lavandería. Fue teniendo éxito con su empresa, la que fue ampliando, pero por lealtad no podía renunciarle a su patrón que lo había tratado tan bien y que siempre que podía le prestaba lana. Finalmente, Juan ya tenía cuatro sucursales de la lavandería y no tuvo más remedio que dejar a su querido jefe para dedicarse al *bisnes*.

Juan y Hernán se veían de vez en cuando, cuando el lavandero iba a visitar a su ex patrón y le llevaba cerveza, barbacoa, tortillas frescas y una salsa bravísima. Ellos platicaban un rato como viejos amigos, mientras Carolyn mentaba madres, reclamándole dramáticamente a su marido el que permitiera que nacos olorosos a aceite, monóxido de carbono y nixtamal, entraran a su mansión de bosque de Arrayanes. Debido a las indirectas y quejas de Carolyn, Juan dejó de ir a *Bosques* y él y Hernán se separaron por unos años.

Pero, en el evento de la explosión de la burbuja inmobiliaria en Estados Unidos, la quiebra de *Invertrade* y las demandas en contra de Hernán, el bueno de Juan lo había contactado, diciéndole que contaba con él; que le ofrecía todo el apoyo. Hernán primero lo había desdeñado; pero en los últimos días, se había dado cuenta de que paradójicamente, Juan Piña Soto, sería su única oportunidad.

El dinero de Carolyn se había esfumado en un ochenta por ciento y el resto no iba a alcanzar para mantener a la familia, aún a niveles para él precarios. Hernán, otrora un genio de las finanzas sabía que, lo peor que podía hacer, era *quemar* el capital. Tenía que hacerse de ingresos a como diera lugar.

Hernán se puso de pie y decidió echar a andar su nueva vida. Lo primero era levantar al bulto que estaba ahí en su cama. Hernán se sentó al lado de Carolyn y le dijo que tenía que asumir la realidad; que jamás regresarían a *Bosques*; que tendrían que empezar una nueva vida.

—¿Para qué? —Preguntó Carolyn pujando y susurrando al mismo tiempo.

—¡¿Cómo que para qué?! —Hernán se indignó. —¿Piensas pasártela el resto de tu vida tirada en la cama?

—Sí, —contestaron los despojos, tapándose la cara con la cobija.

—Y ¿tus hijos?

—¿Qué con ellos?

—¡Te necesitan! —Mintió Hernán.

—No me necesitan. Billy ya está grande y Valeria es ingobernable. Nadie me necesita.

Hernán tuvo la tentación de decirle que él sí; que la quería, que le *echara ganas*, que... Pero no podía mentir tanto. Era un pésimo actor. Al contrario, tenía el impulso de asfixiarla con la almohada o arrojarle una roca gigante en la cabeza. Pero no podía hacerlo, por supuesto. "¿Será posible que Carolyn muriera de inanición o tristeza o pobreza?" –Pensó Hernán, sonriendo–.

—Mira, Carolyn. La realidad es así. No hay vuelta de hoja. Tenemos que acostumbrarnos a vivir con lo poco que tenemos: es necesario resignarnos a que perdimos todo lo material.

—¡No lo *perdimos*: tú lo perdiste, Hernán, por imbécil!

Hernán recibió el impacto de la acusación de Carolyn como patada de yegua en celo en la zona de los bajos. Su rostro adquirió el color de la cereza y cerró el puño como para destruir la nariz operada de su esposa. Pero se controló. Solo dijo:

—¡Por mí, muérete, Carolyn! ¡Ésta fue la última vez que hablé contigo! ¡Chinga-tu-madre!

Hernán dijo lo anterior con una ira inédita. Bueno, después de todo, desde la debacle de su empresa, todo era *inédito*. Corrió hacia el baño y azotó la puerta, dejando la casa vibrando como diapasón. Carolyn brincó con el estruendo. El chinga-tu-madre hizo que la mujer abriera grandes los ojos y se medio- incorporara. Su marido nunca la había insultado de esa manera. Y las palabras eran lo de menos: el tono y el volumen, habían sido devastadores. Carolyn se asustó; repentinamente, se dio cuenta de que Hernán era otra persona; que ella misma había cambiado. La mentada de madre la sacudió: ¿perdería a Hernán? No, no, no. Perderlo significaría la muerte: peor que eso. Carolyn no podía imaginarse su vida sin él.

Vicky y Aurelia coincidieron en la barra del desayunador. No había gran cosa para desayunar. Además, todo estaba en cajas. Vicky abrió la alacena y se abismó. Era gigante: ¿cómo llenaría todo ese espacio? Aurelia había encontrado el café en una caja y bebía con sorbos chiquitos.

—¿Cómo te sientes, hija?

—Bien. Normal. ¿Por qué?

—Eh… ¿qué tal tu nueva recámara?

—¿Qué tiene de especial?

—Hija: ¿sí notaste que ahora vivimos en la colonia *La Florida*; que antier dormimos en la colonia Quinto Sol?

—Por supuesto que lo noté, mamá: no vivo en una nube como mi hermana, —contestó, molesta, irritable, poniéndose de pie como para evadir la mirada cálida y comprensiva de su mamá.

—¿Por qué estás de malas, mi amor?

—¡No estoy de malas! —Replicó Aurelia *de malas*.

—¿No te gusta la casa?

—Me da igual.

—¿Te da igual vivir al lado del Circuito Exterior Mexiquense y hacer dos horas a la universidad?

—Sí, ma'. De verdad, me da lo mismo.

—No te creo —frunció Vicky.

—Entonces, no me conoces, madre. A mí me da lo mismo vivir junto al Gran Canal, en el Bordo de Xochiaca, en Las Lomas o en un campamento zapatista. Porque lo importante no es el dinero ni los bienes materiales, sino los valores, el espíritu, el alma.

—¡Qué rollo! —Suspiró sonriendo la buena de Vicky. —Yo sé que lo importante está aquí, en el corazón, pero ayuda un baño de burbujas, un carro con aire acondicionado y una puerta del *garach* con control remoto ¿no?

—No ayuda en nada. Y tú misma te vas a dar cuenta de que el dinero no es la felicidad: al contrario, significa la corrupción, la frivolidad, la superficialidad.

—Hija: tenemos mucha lana, disfrútalo; —ordenó Vicky suavemente. —No por eso tienes que perder tus valores.

—Mamá: ¿qué no te das cuenta de que el problema fundamental de este país es la avaricia y el egoísmo?

—¿Te cai?

—Si el dinero… —Aurelia carraspeó y rectificó su sintaxis. —Si el valor más importante del mexicano fuera el amor a su país, al prójimo y no al dinero, México sería distinto.

Vicky se sirvió un poco del café que había dejado Aurelia en la cafetera.

—A ver, ¿por qué existe la corrupción?

—¿Porque somos transas?

—Porque queremos el dinero rápido, fácil. Y ¿para qué?

—¿Para comprarnos cosas? —Preguntó Vicky como en un salón de clases.

—Sí, mamá. Para consumir, consumir, consumir. Para comprar cosas que no necesitamos, para tener poder, para presumir, para acceder a un confort que es efímero.

—¿Qué?

—Efímero: que termina rápido, que se acaba luego-luego.

—Entonces somos corruptos, porque somos avariciosos… —Afirmó Vicky, orgullosa de haber entendido.

—¿Qué tal si nos importara más la justicia que la acumulación de riqueza? ¿Qué tal si valoráramos más la verdad, la naturaleza, el amor, que una pantalla plana, un coche de quinientos caballos de fuerza o un reloj de oro? No habría mordidas, mamá.

—Hija, estás soñando. Eso es una *otopía*.

—Utopía…

—Eso…

—Pues hay que soñar, ¿no, ma'? Pero el sueño debe ser el correcto. No soñar que vivimos en una casa gigante en la colonia *La Florida* y que mi papá va a andar en una *Hummer* negra con rines plateados. Soñar con un país pacífico, justo, honesto y equitativo.

—Chale, hija, suenas como a diputado… Lánzate de política…

—¡Esos son la peor calaña, ma'!

—Bueno, pero ¿por qué estamos hablando de todo esto, en lugar de hablar de… no sé, de tu novio, de los vecinos…?

—Porque tú crees que, de ahora en adelante, vas a ser feliz porque tienes veinte millones de pesos y antes no tenías ni cuatro mil pesos en la tarjeta *Pagomático*.

—Te digo: ayuda, hijita…

—No, Vicky. No ayuda. Al contrario. Escúchame lo que te digo: el dinero te va a cambiar; el dinero va a cambiar, sobre todo, a mi papá y a mi hermana. Los va a hundir.

—¡Que la boca se te haga chicharrón!

Aurelia se acercó a su madre y le acarició el rostro.

—Mamá: no pierdas el piso. Mantén los pies bien plantados en la tierra.

—Ay, hija, no es para tanto.

—Ten cuidado, jefa. Te quiero.

Aurelia se acomodó su larguísimo cabello negro, como siempre lo hacía cuando estaba nerviosa. Su dedo índice movió el copete hacia atrás y Aurelia salió de ahí, dejando a Vicky apretando los ojos como queriendo entender lo que había dicho su hija con sus palabras rete-rebuscadas.

Aurelia salió de la casa con su morral, rumbo a la UNAM. No pensaba cambiar su estilo de vida, así que estaba dispuesta a usar el transporte público (Ricardo no iba a pasar por ella esta vez). Claro, ahora estaba mucho más cerca de la universidad y solo tenía que llegar a la estación Coyoacán y tomar la línea tres directo a *ceú*.

Billy no había dormido. Por momentos tuvo algunos viajecitos astrales, pero vio la salida del sol. Y así, sin bañarse, con la barba a medio crecer, en piyama, una vez más, Billy Santibáñez fumaba sentado en una jardinera frente a su casa. Tenía los ojos hinchados y su cerebro estaba desbielado.

Pero cuando vio a Aurelia salir de la casa de junto, ajustarse el cabello azabache con esos dedos huesudos y hacer bailar a su falda larga con su caminar, el corazón de Billy se disparó atacado repentinamente por un desfibrilador. Billy sintió la adrenalina equivalente al ataque de un oso Grizzli. Con todo, dio un paso hacia Aurelia.

—Hola.

Aurelia estaba pensando en la Justicia y la Equidad, así que la voz de Billy la sorprendió —casi la asustó—. Ella dio un brinco, alejándose de Billy y, si hubiera sido más católica, se hubiera persignado. Pero ella creía en eso de que la religión era el-opio-del-pueblo.

Aurelia sabía perfectamente quién era Billy y qué representaba, pero tampoco era mal educada y de alguna manera sentía compasión por todo lo que les había pasado a los Santibáñez.

—Hola —contestó Aurelia con amabilidad, pero sin esa sonrisa característica que le había fascinado a Guillermo Santibáñez el día anterior.

—Soy Billy Santibáñez —dijo el susodicho, dando un paso hacia la niña y estirando el brazo, muy oficial, para darle la mano. Aurelia sintió el apretón de una mano suave y tersa; una mano cuyo único desgaste provenía de conducir el *Mercedes SLK*.

—Sé quién eres. Yo soy…

—La hija de Vicky —interrumpió Billy sonriendo, pero cuidándose de no arrojarle a Aurelia su mal aliento.

—Aurelia Pérez.

Hubo un momento de silencio, que Billy rompió con una de esas preguntas obvias que se emiten justamente para *hacer conversación*.

—¿Vas a la universidad?

—Sí —contestó Aurelia sin ironías.

—¿A qué universidad vas?

—Estudio Ciencias de la Comunicación en la UNAM. Me voy a especializar en Periodismo. —Ahora, el tono de Aurelia era muy uniforme, pero con una dicción demasiado perfecta. —Y ¿tú?

—Preguntó como si de verdad estuviera interesada.

—Estaba estudiando Finanzas en la Ibero…

—¡Claro! —Exclamó Aurelia, ahora sí, con sonrisa cínica y tono irónico.

—¿Por qué *claro*?

—¿Qué otra cosa podrías estudiar y en qué otra universidad que no fuera la *Ibero*?

—Pues sí, ¿verdad? Pero… como seguramente sabes, mi papá no tiene lana y estoy haciendo los trámites para inscribirme en la UNAM… justamente…

—¿Ah, sí? —Retó Aurelia, como preguntándose si un burgués como Billy aguantaría la UNAM.

Billy reconoció perfectamente los tonos de Aurelia; sus ironías, sus risitas burlonas, el movimiento de los músculos de su cara. Y en ese momento encontró el pretexto perfecto para acercarse más a Aurelia.

—De hecho, no se me hace tan mala idea estudiar Ciencias de la Comunicación. ¿Está padre la carrera?

—Padrísima. —Más ironía de Aurelia. —Bueno y la verdad es que ya me tengo que ir, porque voy a llegar tarde.

—Espérate —ordenó Billy ante la sorpresa de Aurelia. —Mira, es que… me quedé sin coche…

—¡Pobrecito!

—Y no tengo ni idea de cómo transportarme de otra manera en esta ciudad.

—No has de saber ni dónde está la UNAM…

—Sí, he estado yendo a hacer trámites, pero iba en coche… Eh… bueno… ¿Tú podrías… enseñarme? Digo… ¿qué Metro tomar y así?

Aurelia se quedó petrificada. Las dos emociones contradictorias estaban conviviendo al mismo tiempo: Billy en efecto se veía desvalido, perdido, manoteando para no ahogarse. Pero por el otro lado, ese muchacho representaba para Aurelia a la burguesía corrupta, la ambición, la avaricia, la decadencia: en parte por chavos como él es que había más pobreza e inequidad en el país.

—¿Qué onda? —Interrogó Billy, viendo que Aurelia ya estaba haciendo una disertación mental sobre las diferencias socioeconómicas.

—Eh… bueno, sí, claro. Cuando quieras.

—Ahorita.

Aurelia miró sus piyamas y su aspecto, e hizo un gesto.

—Me pongo unos jeans, rapidísimo. No seas mala onda. Dame dos minutos. ¡Espérame! —Billy se dio la media vuelta y entró en su casa sin dejarle a Aurelia la oportunidad de replicar.

Vicky, como siempre, con su falda entallada y su escote generoso, quiso salir sin hacer ruido de la recámara. Pepe había tomado posesión de la cama y, con los brazos extendidos, boca abajo, había mojado la almohada con algo viscoso. Pero ya estaba a punto de salir de la región fantástica de los sueños, cuando escuchó el taconeo de Vicky y abrió los ojos. Miró a su guapísima mujer y se sintió orgulloso. Esto duró solo unos instantes, porque en seguida Pepe se irguió para exclamar un celoso y machista:

—¿A dónde vas?

—Voy a ver a mi patrona y, después…

—Ya no es tu *patrona*, —interrumpió, orgulloso, Pepe.

—Bueno: voy a ver a la señora Carolyn y, después…

—…Y vas a ver al idiota de Santibáñez ¿no? —Volvió a interrumpir Pepe.

—No sé si esté en la casa, —aclaró Vicky detectando el tono de celos de su marido y concluyendo, en un segundo, por qué Pepe se había enojado el día anterior; por qué le había aplicado la medicina del desdén. —Por eso estabas enojado ayer ¿verdad? —Vicky se acercó a él, dulce. Se sentó a su lado, en la cama.

—No, —mintió Pepe apresuradamente. No podía admitir los celos, porque eso sería una señal de debilidad.

Vicky le acarició el cabello.

—No tienes por qué sentirte celoso, mi amor.

—¡No estoy celoso! —Afirmó Pepe como niño regañado.

—El señor Hernán...

—¡Tú le gustas, mi amor! ¿No checaste cómo se te quedó viendo?

—¡Claro que no, tesoro!

—Un hombre sabe cuando alguien anda detrás de su vieja.

—El señor Hernán no anda-detrás-de-mí, Pepe. ¡Cómo crees! —Vicky se había inquietado, pero sin que esto fuera perceptible. Ella sabía que don Hernán sentía algo. Recordó sus palabras... "estaba pensando en usted, Victoria..."

—Vicky: estás manguísimo y la vieja de ese estiradito parece difunta. ¡No hay comparación!

—Mira, Pepe —Vicky se puso seria y definitiva. —Jamás en la vida te voy a engañar. No sería capaz. Te amo y no puede haber ningún otro hombre. ¿Quedó claro? —Ahora Vicky sonrió, coqueta.

—¡Clarísimo!

—Ahora dame un beso.

Pepe la tomó de la nuca y la empezó a besar con cierto salvajismo. Vicky, casi como por arte de magia, perdió su ropa en dos centésimas de segundo y gritó.

Aurelia escuchó un aullido indistinguible y volteó a todos lados (porque no sabía de dónde había venido el sonido), en el momento en el que Billy salía, terminando de ponerse los *Toms* sin calcetines, mientras daba brinquitos.

—Listo, —exclamó sonriente y Aurelia empezó a caminar mirando su reloj de pulso. No iba tarde: lo que pasaba era que no había calculado todavía el tiempo de transporte, desde su nueva casa hasta la UNAM.

Salieron a la calle Patricio Sanz y tomaron camino hacia avenida Universidad. Billy se sentía extraño, vulnerable, caminando en las calles de la ciudad. Se dio cuenta de que antes rara vez caminaba en la calle. Solo, del auto, al restaurante, al antro, al salón de la Ibero. A veces, dejaba que Aurelia se adelantara un poco para perversamente verle las nalgas, que se columpiaban donairosamente. Aurelia caminaba con aplomo y cierta velocidad. De hecho, Billy empezó a agitarse: el cigarro le había restado condición física. Aurelia se dio cuenta de esto y apretó el paso, por maldad. Tenían que caminar un kilómetro, hacia el sureste, por el novísimo Circuito Bicentenario, hasta avenida Universidad. De ahí, tomarían el Metro en la estación Coyoacán y tres estaciones después estarían en la UNAM.

—¿Cómo está tu mamá? —Preguntó Billy para inaugurar este nuevo diálogo itinerante.

—Bien. Feliz, porque es millonaria.

—Es una… persona excelente. Me cae muy bien —dijo Billy con sinceridad. —Es la única persona que ha aguantado a mi mamá.

—¿Qué tiene tu mamá? ¿Por qué dices que la *aguantó*?

—Mi mamá es una *joya*, Aurelia.

—¿Está enferma?

Billy sonrió.

—Desde que perdimos todo… no ha salido de la cama.

—Sí, supongo que no puede vivir sin ir al *espá*, el café en *Altavista* con las amigas; sin su *Mercedes* blindado.

—Era una camioneta *Escalade*…Y tenía chofer… —Billy se rio con Aurelia, cómplice, como si ambos fueran del mismo bando y estuvieran hablando de aquéllos; de los ricos, de los burgueses insufribles.

—Y ¿tú, Billy? —Aurelia se frenó en seco y lo miró, acomodándose el fleco, de nuevo. —¿Puedes vivir sin todo eso?

—¿Sin mi *Ese-ele-ka*, o sea, *mi* Mercedes; sin ir a Coronado los fines de semana; sin la casa de Cancún, sin el yate de vela de setenta y cinco pies?... No lo sé. Supongo que no me va a quedar de otra.

—¡Vas a extrañar tanto la *Ibero*! —Dijo, burlonamente Aurelia, mientras cruzaba una de las entradas de la estación Coyoacán y bajaba las escaleras, sintiendo el olor tan característico del Metro: una mezcla de humanidad, metal, electricidad, calor y sobaco. Billy miró esa escalera, como quien está al borde de la *Cueva de las Golondrinas* en

San Luis Potosí y vislumbra el vacío de 400 metros de profundidad. El joven recibió el golpe; discernió los olores y vio a Aurelia bajando grácil, ligera (y excitante), las escaleras que conducían al Infierno. En el umbral de la puerta al Inframundo, había vendedores ambulantes y un puesto de remedios yerberos. En un descanso de la escalera, Aurelia se detuvo y miró hacia arriba. Su sonrisa burlona era visible desde arriba.

—¿No vas a venir? —Gritó Aurelia. —El Metro es aquí abajo —agregó, sarcástica.

Billy hizo una mueca como aguantando la respiración y empezó a bajar. Aurelia estaba oficialmente divertida. Parecía que Billy sentía que sus suelas se estaban contaminando con ese piso ennegrecido por el paso de millones de usuarios. Gente bajaba y subía. Gente con la que Billy jamás hubiera tenido tenido contacto si no hubiera sido por la avaricia de los gringos. Gente que le rozaba el hombro, que se le quedaba mirando como oso polar en el zoológico: secretarias, vendedores de seguros, lúmpenes, estudiantes de secundaria, oficinistas, albañiles.

Llegaron hasta el andén. Billy se paró al lado de Aurelia, quien no dejaba de sonreír.

—¿Qué te parece?

—Huele… raro, ¿no?

—Sí, Billy, no huele a coche nuevo ni a piso de madera de yate recién barnizado.

—¿Por qué te ríes?

—Perdóname, pero me encanta ver a un *niño rico* que al fin tiene contacto con la realidad. Que fue expulsado de su jaula de oro. Como Adán y Eva: ¡arrojado del Paraíso!

—¿Eres sádica?

—Sí, un poquito, Billy… Me hace sentir bien que haya justicia en este mundo.

Billy sintió el impulso del aire caliente que desplazaba el convoy acercándose a gran velocidad. El cabello de Aurelia voló como parvada: cientos de bailarinas revoloteando en el escenario. El tren se detuvo y Billy tuvo el impulso de entrar, tan pronto se abrieron las puertas. Aurelia lo detuvo.

—Antes de entrar, deje salir, —recitó Aurelia como si hablara con un imbécil.

Cuando hubo salido toda la gente, Aurelia le hizo una seña a Billy. Ya podían entrar. No había lugar para sentarse, así que Aurelia se agarró de un tubo. No dejaba de mirar a Billy que parecía animal asustado. Definitivamente estaba fuera de lugar; aunque ése iba a ser su lugar de ahora en adelante.

Kate tocó la puerta de la recámara y Vicky apenas pudo decir un: "voy". Se vistió rápidamente y miró a Pepe quien hizo una mueca. Se había quedado con ganas. ¡Cuándo no!

—¡Ábreme, ma'! ¿Qué están haciendo, eh?

—¡Ya voy, niña!

Vicky abrió la puerta y ahí estaba su hija Kate, vestida, como siempre con sus escasísimas y modernas prendas: más arreglada que nunca y completamente feliz.

—¿Qué onda? —Preguntó Vicky tratando de peinarse.

—Quiero ir de compras, ma'.

—Sí, hijita, pero no urge, o ¿sí?

Vicky se llevó a la adolescente del brazo, hacia abajo, hacia la sala, dado que Pepe se había quedado desnudo en la cama, con una erección pétrea y descomunal.

—Claro que urge. Necesito un chorro de cosas. Y también quiero que veamos escuelas, ma'.

—Está bien, Kate. Mira: quiero ir a ver a mi patrona y luego, nos vamos de *chopin*, ¿oquei?

—¡Sí, ma', pero apúrate! ...Quiero que me compres un *aifon* y una compu y...

—Sí, sí, Kate: ya sé todo lo que quieres. Me lo has repetido todos los días desde hace como tres semanas...

Billy estaba mirando un cartel sobre la violencia contra las mujeres, cuando un señor de unos cuarenta años, vestido de saco y corbata (aunque el pantalón y el saco eran de dos azules bastante distintos; con un nivel de deslavado diferente), y un portafolio negro, se acercó a Aurelia, mirándola con cara de camaleón hambriento. Le clavó la vista a sus pechos. Aurelia estaba leyendo el *Proceso* y no se dio cuenta de que el hombre del portafolio se fue acercando, hasta que no pudo contener las ganas de agarrarle las nalgas.

—¡Qué buena estás, mamacita!

Aurelia, primero, no pudo decir nada. Sintió la mano pesada y dura, en medio de sus dos nalgas y los dedos del señor casi dentro de su vagina. Pero en ese instante Billy había bajado su mirada para posarla sobre la hermosura de Aurelia, dándose cuenta de que un desconocido, con caspa en las solapas y dientes de fumador, le estaba metiendo mano. Billy dio dos pasos hacia la escena, al tiempo que ya Aurelia gritaba como si la estuvieran desollando con una daga caliente. Billy tomó al hombre del traje azul-bicolor, a la altura del hombro y lo jaló con todas sus fuerzas. Billy era un muchacho robusto y aplicó tanta fuerza que el hombre salió prácticamente volando y cayó al piso. La inercia lo hizo deslizarse, de espaldas, sobre el gris piso del vagón unos centímetros más. El portafolio debido al movimiento se había desprendido y había salido disparado. Estuvo a punto de golpearle en la cabeza a una pobre empleada de la Tesorería del D. F. Ésta pudo evitar el madrazo, pero el portafolio fue a estrellarse contra la ventana, abriéndose al impacto. Ahí, Aurelia se dio cuenta de que el portafolio no tenía nada adentro. Billy se sorprendió de su fuerza, como si hubiera sido *Supermán* de niño, cuando empezaba a conocer sus poderes. En ese momento, el convoy empezó a desacelerar. Estaban llegando a la estación Copilco. El hombre del portafolio, iracundo, con los ojos como supernovas, se empezó a incorporar. Se podía leer con claridad su intención de golpear a Billy. El convoy se detuvo completamente y se abrieron las puertas. Aurelia tomó del brazo a Billy y lo jaló hacia afuera.

—¡Vámonos! ¡Córrele!

Billy y Aurelia corrieron a toda velocidad hacia la superficie.

Hernán le abrió la puerta de su casa nueva a Vicky y se dio cuenta de que estaba espléndida; tanto que dejó al ex financiero sin palabras. Éste estaba listo para ir a ver a Juan Piña Soto, así que estaba muy aseadito y acicalado. Como siempre, Hernán trató de no mirar el escote de Vicky. Pero, no pudo superar la tentación: echó un vistazo y Vicky se dio cuenta. Momento incómodo para ambos.

—¿Cómo sigue la patrona? —Preguntó Vicky con el tono servil al que estaba acostumbrada y obligando a Hernán a mirar sus ojos cafés. El blanco de los ojos de Vicky era luminoso y sin imperfecciones. Su piel, con poco maquillaje, ligeramente oscura, aunque con algunas esporádicas pecas, formando constelaciones en su nariz espigada.

—Igual. Ya sabe, Vicky —contestó Hernán Santibáñez en automático; pensando más bien en esas pequitas y admirándose del blanco más blanco (como comercial de detergente) de los ojos del ex ama de llaves.

—¿Puedo pasar a verla?

—Claro, Victoria: está usted en su casa. —Hernán usó un tono que le sorprendió a Vicky. Su voz había cambiado: ahora Victoria era su *igual*: repentinamente, eran del mismo nivel. Esto le incomodó un poco a ella, tan acostumbrada a seguir las órdenes de todos los miembros de esa familia. Vicky entró siguiendo la señal de Hernán, quien cerró la puerta tras él. Miró el reloj de pulso y consideró que tenía unos minutos más, antes de ir a su cita con Juan Piña, en la colonia Roma. Vicky miró el desorden de cajas y tiliches a medio desempacar.

—Todavía no terminamos de desempacar todo.

—Igual nosotros. Además, necesito ir a comprar muebles.

—Como podrá comprobarlo, yo también los necesito, Victoria. El comedor de *Bosques* requería de una casa tres veces más grande que ésta.

—Dele gracias a Dios que consiguió esta casa y no paró en un departamentito de tres por tres metros... o en una celda de uno por uno... en el Reclusorio Oriente... —Vicky se rio y Hernán acompañó su risa, mientras ambos subían a la recámara principal. Hernán iba atrás de ella, por lo que pudo contemplar la curvatura que se formaba debido a lo entallado de su falda, ligeramente abierta de un lado.

Vicky entró a la recámara principal con una sonrisa y con un gesto maravillosamente compasivo. Carolyn no esperaba la visita de Vicky. No, después de tantos años de maltrato, de discriminación, de tratarla como lo que era: una *criada*. "Pero así es esa gente" —pensó Carolyn olvidando sus propios y turbios orígenes—.

—¿Cómo se siente, patrona?

—Ya no soy tu patrona, Vicky —aclaró Carolyn con un tono amable pero cavernoso.

—Ay, perdón —dijo Vicky mirando a Hernán —es que no me acostumbro.

—No es fácil adaptarse al hecho de volverse rico de la noche a la mañana... O, pobre, —agregó Carolyn con tristeza.

—Usted no es pobre, señora. ¡Cuántos no matarían por una casa así!

—Tú conociste la casa de Arrayanes, Vicky.

—Bueno, señora, pero ése era un palacio... como de cuento... ¡Su recámara de usted era casi del tamaño de esta casa!

—¡No me lo recuerdes! —Dijo Carolyn, lamentándose. Vicky se dio cuenta de que había cometido un error recordándole a su expatrona los tiempos de gloria, así que decidió cambiar de tema.

—Señora Carolyn... la verdad es que vine a ponerme a sus órdenes. ¡Somos vecinas! ¡Qué chistoso, ¿no?!... Bueno y, cualquier cosa que necesite, no dude en pedírmelo.

Hernán miró de nuevo su reloj de pulso: el tiempo estaba al límite.

—Perdón, pero yo me tengo que ir. Tengo una cita de trabajo.

—¡Qué buena onda, patrón! ¿Con quién?

—¿Te acuerdas de Juan Piña?

—¡Claro! —Respondió Vicky sorprendida. Sabía que había sido *ofis boy*, ayudante, chalán del patrón; y ahora ¿él iba a pedirle trabajo? Definitivamente la realidad se había volteado de cabeza. —Pero ¿a poco le va a dar trabajo Juan a usted? —Preguntó Vicky con incredulidad.

—¡Cómo es la vida! —Exclamó Hernán con una sonrisa sincera.

—Sí: —agregó Carolyn —ahora tu ayudante te va a dar trabajo, ¡y nuestra cocinera es nuestra vecina! Después de esto: ¿qué más puede pasar?

—Como dice Vicky: podríamos estar peor. —Dictando esta sentencia Hernán, un poco impaciente, se dio la media vuelta y salió, veloz.

—Acércate —le ordenó Carolyn a Vicky, como si siguieran siendo patrona y gata. Vicky obedeció y se sentó al lado de su exjefa. —No entiendo una cosa, Vicky...

—¿Qué, señora?

—¿Cómo es que, después de como te traté, vienes a verme y decirme que cuento contigo?

—Porque la estimo, señora —contestó Vicky con la máxima sinceridad, aunque omitiendo el hecho de que en realidad le tenía lástima. Vicky siempre comprendió a su patrona y por eso aguantaba los malos tratos, procuraba no enojarse y trataba de hablar con ella. Carolyn, muchas veces, no tenía con quien ser auténtica, con quien desahogarse, así que se confesaba con el ama de llaves, quien le daba sabios consejos sobre los verdaderos valores de la humanidad. —Y, comprendo perfectamente por lo que está pasando, señora.

—Ay, Vicky. Es muy diferente tenerlo todo y perderlo; que no tener nada y, de buenas a primeras, sacarse veinte millones. Tú no esperabas ese premio. Hubieras podido vivir en tu casa de tabicón y lámina en Neza, por el resto de tu vida. O ¿no?

—Sí, señora, la verdad, sí. Aunque mi negocito de cremas no iba tan mal. Y mi casa de Neza sí tenía techo normal.

—Quiero decir que jamás hubieras imaginado vivir en una casa como ésta; en una calle privada, en la colonia La Florida.

—¡Nunca!

—Pero yo... yo tenía todo aquí, en mis manos: chofer, viajes, joyas, roce con la gente rica, casa en San Diego y Cancún: ¡todo! Y ¡lo perdí! ¡Ahora no puedo ni darme un masaje, Vicky! ¡Ni ir al club, porque ni club ni coche ni nada! —Carolyn empezó a llorar.

—No, señora: usted no perdió todo. Porque, lo más importante en la vida es la familia. Dios no lo quiera, pero ¿qué tal si le hubiera pasado algo a Billy o a la señorita Valeria? Además, no se preocupe: el señor Hernán es bien picudo y, más temprano que tarde, va a volver a juntar lana y usted va a poder vivir como está acostumbrada.

Carolyn se quedó callada un buen rato: tiempo en el que dejó de llorar poco a poco: era como una ola que había reventado y ahora se acercaba a la playa lentamente.

—Ése es otro problema, Vicky.

—¿Cuál, señora?

—Creo que... —A Carolyn se le volvió a desquebrajar la voz; —creo que que Hernán ya no me ama.

Aurelia le señaló a Billy dónde se encontraban las oficinas de inscripción –aunque él ya había estado ahí, con Nadia– y le dijo que tenía prisa, porque ya iba tarde para su primera clase del día. Billy le dijo que él querría entrar de oyente a alguna de sus clases. Aurelia le contestó que eso no era problema. Cuando se despidieron, Billy esperaba que Aurelia le diera las gracias por *salvarla* del perverso que le agarró las nalgas, pero ella no dijo nada. Billy se le quedó mirando.

—¿Qué?

—Pensé que me ibas a dar las gracias.

—¿Por qué?

—Por salvarte de…

—Ay, Billy —interrumpió Aurelia —no es la primera vez que me pasa y créeme: sé defenderme.

Diciendo esto, Aurelia se alejó caminando rápidamente. Billy sonrió. A cada momento, Aurelia le gustaba más. Pero de pronto apareció Nadia en su cerebro; como si la novia de la tersa piel hubiera adivinado sus pensamientos y se hubiera colado en su cabeza, celosa. Billy se preguntó: ¿qué veía ahora Nadia en él? Es decir, antes era atractivo por el coche, la casa en Coronado, las visitas a los mejores antros y restaurantes; los viajes relámpago a París; porque era suficientemente valiente como para aventarse en paracaídas o pilotear un auto de carreras. Pero ¿ahora? ¿Qué atractivo podría tener? ¿De qué iban a hablar? ¿Qué podía ser interesante de Billy? ¿Por qué Nadia había sentido la responsabilidad de cuidarlo y soportarlo desde que supo de la debacle de su familia? ¿Por qué seguía con él a pesar de todo? ¿Lo amaba de verdad? No, no era posible. ¿Por qué lo amaría así porque sí? ¿Cuál era su mérito? ¿Era especialmente noble, caballeroso, gracioso, ingenioso? No, no lo era. De hecho, era todo menos noble y caballeroso, porque siempre sintió que lo merecía todo. ¿Por qué? Porque sí, porque era un muchacho afortunado, porque era un iluminado: *El Elegido de Dios* —como Andrés García—. Entonces, se preguntaba Billy, ¿qué podía atraerle ahora a alguna mujer de él? Billy sí tenía sentido del humor, pero, normalmente, lo usaba para burlarse de otras personas; sobre todo, de nivel más bajo que él o más tontas o torpes o incompetentes. Como todos esos estudiantes que caminaban de un lado a otro, en el jardín frente a Rectoría. De esos "nacos, mugrosos, muertos de hambre", Billy se había burlado toda la vida. Pero ahora él había llegado a la UNAM en Metro, acompañado de la hija de su ex cocinera y no tenía dinero ni para comprarse un hot-dog en la tiendita.

A Billy le parecía sospechoso el supuesto *amor* de Nadia por él. Porque ni siquiera creía en el llamado *amor verdadero*: es decir en aquel sentimiento que existe independientemente de las circunstancias. Billy no creía en la incondicionalidad y trascendencia del amor y por eso no entendía por qué Nadia seguía con él. Quizá era simplemente lástima o compasión. En esos momentos, en los que Guillermo Santibáñez se dirigía a las oficinas para ver cómo iban sus trámites para inscribirse a una universidad con 300 mil alumnos, él sentía en carne propia su minusvalía. Es decir: no creía en él. De hecho ni siquiera sabía quién era él. Pero tampoco era un idiota. Se preguntaba: "¿el dinero puede determinar tu vida de esa manera? ¿Yo no soy nada sin dinero? No, no es posible. Claro que soy alguien. ¡Soy alguien!... Pero ¿quién? ¿Cómo? ¿Dónde me busco a mí mismo? Y si cuando me busque… ¿no encuentro nada?".

Vicky consideró que para que se contentara completamente Pepe era tiempo de ir a comprar su *Hummer* negra. A pesar de que también era apremiante ir de compras con Kate, Vicky consideró que era prioritario su marido. Kate hizo puchero, pero Vicky le dijo que, después de ir por la camioneta irían a donde ella quisiera.

Cuando entró a la recámara, Pepe había descubierto el hidromasaje y tenía en sus manos al gigante de carne que sobresalía el nivel del agua. Vicky sonrió, al tiempo que Pepe la jaló a la tina, en medio de un grito. Terminaron creando tsunamis y marejadas, mientras gritaban de placer, se reían, caían al piso y se cachondeaban como antes, como siempre. Pepe no pensó ni un momento en Olga: la mujer que lo empujaría a la locura. Esa mañana empapada, en el baño nuevo, en la recámara nueva, en la casa nueva en la colonia *La Florida*, fue de orgasmos consecutivos, moretones y bramidos; salpicadas, espuma, charcos e inundaciones.

La *Hummer H2 Luxury* costaba 84 mil dólares (un millón 100 mil pesos de ese entonces). Había una preparada y lista para salir a la calle, color gris-rata. Tenía un motor de 393 caballos de fuerza, ocho cilindros, seis velocidades, automática. Pesaba cuatro toneladas.

Cuando Vicky y Pepe entraron a la agencia, abrazados, como recién casados, después del sexo pasado por agua, el vendedor los miró con recelo. Pensó que solo eran (como tantos otros), *bibacs*: o sea, clientes que veían la mercancía, la manipulaban, la llenaban de grasa y se retiraban al conocer el precio, diciendo que regresarían (*be-back*). Pepe vestía unas bermudas azules y una playera del *América*. Vicky, como siempre, perfecta.

El vendedor, un tal Fidel, jamás pudo ubicar bien a la pareja. Es decir, no podía clasificarla dentro de ninguno de sus patrones mentales. Se acercó a ellos, pensando que como todos los días ésta sería una pérdida de tiempo. La crisis había reducido la venta de *Hummers* al mínimo, además de que la *General Motors* había quebrado y había anunciado que ya no vendería esa marca. El futuro para Fidel era tan sombrío como el de toda la República Mexicana, Islandia, Grecia e Irlanda.

Con todo, Fidel ensayó una sonrisa (ficticia, acartonada) y se acercó a Pepe y a Vicky que ya habían abierto la puerta de la *H2* gris-rata. Pepe ya se encontraba frente al volante, sintiendo casi el mismo éxtasis que había tenido hacía una hora en el hidromasaje y sus alrededores.

—¡Está chingonsísima, vieja!

Fidel tragó saliva y trató de mantener su sonrisa.

—Buenos días —dijo, enseñando sus dientes pequeños como de piraña.

—Buenos días, —contestó muy amable Vicky. Fidel no pudo evitar escanear a Vicky desde el copete hasta los zapatos de charol. Esa mujer era un portento. "¡Qué suerte tienen los *nacos*!" –pensó el vendedor, mirando a Pepe y confirmando que era un prototipo de la vulgaridad–. "¿Qué le verá?" –se preguntó Fidel–.

—Quiero ésta —exclamó Pepe, jugando con el volante.

—Bueno, mire, el precio...

—¡Me vale madre el precio, joven! —Interrumpió Pepe. —Deme las llaves: me la voy a llevar.

Fidel se quedó congelado. Su conclusión era que Pepe era un narcotraficante. Solo así se explicaba su vulgaridad, la *vieja* que traía y el dinero.

—Eh... —balbuceó Fidel —necesitaría un... cheque certificado o un depósito por la cantidad de... —Fidel miró su lista. —Un millón cien mil pesos... más el costo de las placas, la tenencia y la verificación.

—¿O sea que no me la puedo llevar ahorita-ahorita?

El doble *ahorita* significaba *inmediatamente*.

—¿Cómo puedo hacer el depósito? —Preguntó, cortés, Vicky.

—Le doy un número de cuenta, señora y puede ir ahorita mismo a hacerlo. Luego, me manda por fax la ficha. Pero, le repito, si la quiere con placas, no se la puedo entregar hoy.

—Entonces, vámonos a donde sí nos la puedan entregar hoy, vieja —le dijo displicente Pepe a Vicky, bajándose de la camioneta. —Por lo visto, este cabrón no tiene ganas de vender.

Fidel vio frente a sus ojos la posibilidad de perder su comisión. Era su primera venta en un mes. No podía dejar pasar la oportunidad.

—¡No, por favor, señor...! Eh... no se vaya. Yo lo arreglo.

Pepe sonrió, saboreando por primera vez el poder del dinero; creciéndose como un pastel en el horno.

—Así está mejor.

—Yo me encargo de todo. Eh… si me da el cheque, señora, yo lo deposito en este instante.

—¿Traes la chequera, vieja?

—Claro, mi amor…

—Vamos a mi oficina. Por favor… —Fidel había empezado a temblar como máquina de masaje. —Pasen… señores…

—Pérez —completó Vicky —yo soy Victoria y mi esposo es Pepe.

—¡Tanto gusto, señores Pérez! Es un placer atenderlos. Soy Fidel Millán… Eh… Y, en cuanto llegue a mi oficina, hablo con un amigo mío que es gestor. Él nos puede conseguir las placas para hoy en la tarde. Pero si se quiere llevar la *Hummer*, señor Pérez, se… se puede ir con un permiso y yo me comprometo a llevarle las placas a su casa.

Pepe era ya un pavorreal; un pájaro de colores, en la selva, bailando para su hembra, mostrando el abanico de su plumaje tornasol.

Pepe aceleró todos y cada uno de los 393 caballos de fuerza, que tampoco eran tantos, tomando en cuenta que tenían que cargar esas casi cuatro toneladas. Pepe gritó un: "¡a toda madreeeee!" Y abrazó a su vieja, mientras rebasaba como loco a los autos de Avenida Revolución. Victoria se había contagiado y ambos gritaban como locos de manicomio, como chachalacas de Acapulco, como participantes de programa de concurso. Los Pérez eran absoluta, completa, totalmente felices en esos momentos. Si tan solo se hubiera podido tomar una fotografía del tiempo…

Tomaron la México-Cuernavaca, con todas las ventanas abiertas; el quemacocos también. Pepe, pisando al fondo: Vicky, fajándoselo y él cantando *El Rey* a todo pulmón. No había mayor felicidad que ésa…

¿Cuánto iba a durar?

Hernán entró al local de Juan Piña en la calle de Oaxaca, en la colonia Roma. Era una lavandería automática y Juan estaba hablando con uno de los empleados en la caja. Había una muchacha muy flaca; estudiante, al parecer, metiendo su ropa a la lavadora. Cuando Juan Piña vio a Hernán, dejó al empleado con la palabra en la boca y corrió hacia el señor Santibáñez, con los ojos húmedos de felicidad y gritando: "¡patrón!", como gritón de la Lotería Nacional. Los hombres se abrazaron ruidosamente, pero con cariño, no como Diputados Federales de partidos diferentes, sino como hermanos, *broders,* camaradas de sangre.

Después del papacho, las palmadas y las lágrimas de Juan Piña, éste miró a su ex patrón con un gesto de solidaridad infinita:

—Es injusto lo que le hicieron, patrón. ¿Por qué? ¡Chale: qué mala onda! ¡Cómo es la gente, ¿no?!

—Gracias, Juan, pero la verdad es que la cagué y fuerte.

Juan cambió la mirada: ahora era de sorpresa. Un hombre como Hernán Santibáñez no la podía *cagar*: era infalible.

—No medí los efectos de la crisis mundial —agregó fríamente Hernán —y, la avaricia, Juan… ¡La avaricia! —Remató el ex financista con gran convicción.

Juan Piña ya no halló más qué decir. El empleado de Juan creía reconocer a Hernán: sabía que lo había visto en algún lado, pero no se acordaba dónde (seguramente en un puesto de periódicos).

—Bueno, bueno, bueno, bueno —repitió cuatro veces Juan Piña —pero el pasado no existe. Ya ni modo ¿no, patrón?

—Creo que ahora tú vas a ser mi patrón, Juan.

—¡Eso nunca, *patrón*!

—Voy a trabajar para ti, ¿no? —Preguntó Hernán con mirada ingenua.

—P's, sí, pero, pero… —Juan trató de articular algo, pero no pudo.

—No te preocupes, Juanito. La verdad es que necesito el trabajo y estoy muy agradecido por…

—No, no, no, no, patrón: yo soy el agradecido —interrumpió, servil, el otrora mensajero de *Invertrade* y mozo, chofer, corre-ve-y-dile. —Yo no tendría nada de esto, sino fuera por usted.

—¿Cuántas sucursales tienes?

—Tengo cuatro, patrón, más una que tengo pensada para la *Anzures*.

—¡Te felicito, Juan: de verdad!

—Le digo que, si no fuera por usted…

—Ay, Juan: yo te di un empujoncito, pero el resto lo hiciste tú. Siempre fuiste muy emprendedor, muy creativo.

—Bueno, bueno, bueno y, ¿su vieja, patrón?… Digo —rectificó Piña: —y ¿su mujer?

—Uy, Juan, con esto de que nos quedamos sin dinero… se desmoronó. Quedó como un coche chocado. Pérdida total.

—Bueno, pus, ¿cómo no, patrón? Ella estaba acostumbrada a lo mejor…

—Pues ahora se va a tener que acostumbrar a vivir con lo mínimo.

—Uy, jefe, Dios no lo quiera, pero ojalá que no… se enferme o… le dé la depresión.

—Ya le dio —dijo Hernán sonriendo. —Pero bueno, Juan: ¿cómo puedo ayudarte en tu negocio?

—Ay, patrón, la pregunta es necia… digo, perdón… Pues con la administración. Ya con cuatro y van para cinco sucursales, a mí me cuestan trabajo las cuentas, los impuestos, los pagos, lo del banco… todo eso… Usted sería como el administrador general, de *Limpiaclean*… ¿cómo la ve? Digo, me da pena, porque usted es un *picudazo* y…

—Era un *picudo*, Juan. Ahora, no soy nadie —aclaró Hernán, pero sin tristeza. —Y tengo que empezar de nuevo.

—No le puedo pagar mucho. ¡Ay, qué pena, jefe!

—Págame lo que puedas, Juan. No te preocupes. Es más, yo te voy a aconsejar cuál sería el mejor sueldo para el administrador de *Limpiaclean*, de acuerdo con tus ingresos y tus utilidades.

Juan y Hernán se quedaron viendo. Para Juan era una situación muy rara. Ahora él le pagaría un sueldo a don Hernán: el hombre que lo sacó de la miseria, que siempre lo trató bien, que siempre le ayudó. El gran Hernán Santibáñez sería su empleado, su lacayo y Juan le pagaría, si mucho treinta mil pesos al mes: dinero con el que la familia Santibáñez tendría que vivir.

Una vez que terminó la *prueba* de la *Hummer* en la México-Cuernavaca, Vicky regresó a la casa. Casi de inmediato, Kate (recuperando su sonrisa) y Vicky se fueron con el chofer y la *Suburban* de *Servicio Diamante* a Santa Fe. Kate quería ir al centro comercial más fino y elegante de la ciudad. Ninguna de las dos mujeres había estado alguna vez en Santa Fe y Vicky la verdad se moría de ganas de entrar a *El Palacio de Hierro*. Tenía esa fantasía: de untarse todos los perfumes, de que le hicieran una prueba de maquillaje, que le hicieran *diseño de ceja*, de vestirse con la ropa de marca: de ver las joyas. Vicky quería ser *totalmente palacio* (como en los comerciales).

Mientras Kate y Vicky entraban, pomposas, soberbias, a *El Palacio de Hierro* de Santa Fe, Pepe tomó el Circuito Interior, hacia el norte: rumbo al aeropuerto. La fantasía de Pepe era entrar a ciudad Neza, con su *Hummer* último modelo y darle una vuelta a su compadre Arcadio. Visitar el taller de hojalatería y a Leticia, de la que ni siquiera se despidió.

Pepe estaba oyendo *La Puerta Negra*, con los *Tigres del Norte,* en las diez bocinas *Bose* a punto de explotar. En uno de los semáforos del inconcluso *Circuito Bicentenario*, en la Calle Añil, Pepe tuvo que detenerse. Se le emparejaron unas señoritas en un *Mini-Cooper*, convertible y Pepe les ofreció su mejor sonrisa, poniendo cara de seductor de *la alta*. Las jóvenes comentaron algo entre sí y se rieron. Pepe pensó: "ya la hice" y les preguntó si querían dar la vuelta. Se puso el siga y las muchachas le gritaron, arrancando a toda velocidad: "¡narco!" Pepe no supo ni qué hacer, hasta que sonó la sinfonía de cláxones y tuvo que arrancar.

"¿O sea que parezco *narco*?" –pensó Pepe–. "¿Por qué no puedo ser un empresario exitoso; un *Hernán Santibáñez*? ¿Por qué la gente me ve y, luego-luego cree que mi dinero es mal habido?"

Eso tenía que cambiar, reflexionó Pepe: "Necesito que la gente crea que de veras soy de la alta. Y por lo visto no basta una *Hummer 2*, nuevecita, color gris-rata."

Los aromas del *Palacio de Hierro* provocaban en Vicky y Kate un júbilo extático; una euforia incontrolable. Vicky quiso hacerse un tratamiento gratuito para su rostro (sobre todo, pensando en la empresa que quería echar a andar), mientras Kate recorría extasiada los módulos de ropa. Quería una bolsa *Louis Vuitton*; unos zapatos *Gucci*, ropa *Versace, Dolce & Gabbana*, ropa interior *Woman's Secret*. Kate lo quería todo y al fin lo iba a tener; al fin iba a poseer las marcas verdaderas, no las marcas pirata que vendían en Neza o *Pericoapa*: tendría todos los accesorios, el brasier, los zapatos, el reloj; compraría también su *I-Pod Touch*, el plasma para su recámara; los perfumes… quería un *Givenchy*, un *DKNY*, un *Bulgari*… No sabía a dónde caminar, dónde empezar. Su cabeza era una pirinola; una jaula de Faraday; las neuronas en una explosión de fuegos artificiales. Quería poseerlo todo, tocarlo todo, llevárselo todo. Las vendedoras y las clientas se le quedaba viendo; pero a Kate no le importaba. Necesitaba escoger todas aquellas prendas, accesorios, artículos de belleza, joyas y aparatos electrónicos que iban con su nueva *clase* social. Porque Kate Pérez ya no era pobre: ya no tenía que usar ese espantoso uniforme verde con gris de la escuela pública; ya no tenía que aplicarse perfumes adulterados ni usar su reloj marca *Patito*. Kate era ya una *niña bien* y como tal tenía que disfrazarse a la perfección: era necesario poner atención a los detalles; a lo que había visto en la tele, en las series gringas, en las revistas. Se vestiría a la moda, pero no sería una *naca*. No, no, no: ella sabría cómo combinar todo a la perfección para al fin *rozarse* con los de *la alta, la jai*. Todavía no habían decidido a qué escuela iría la adolescente, pero ella sabía que su mamá la metería a una secundaria privada, como aquella escuela donde mataron a la maestra, en la colonia Guadalupe Inn: el *Colegio Winston Churchill*, ("Constancia, Trabajo y Educación").

Pepe entró acelerando a todo a la calle Oro. Por la ventana abierta, observó su antigua calle. Parecía que hacía años no había estado ahí (sin embargo, realmente, se había mudado hacía unas semanas). En esa calle, había vivido por mucho tiempo, pero ahora le parecía un recuerdo lejano color sepia. Las casas se veían tan feas, tan mal pintadas, tan desordenadas. ¿Cómo pudo vivir en esa mugre por tanto tiempo? ¿Cómo pudo soportarlo?

Se detuvo frente a su antigua casa. Recordó cuando construyó el segundo piso; cuando él y su compadre Arcadio, trabajaron día y noche para poner las paredes y luego colar el techo. Él había edificado esa casa que ahora, sin embargo, mostraba toda su fealdad; el terco color del tabicón, las imperfecciones, los desniveles, la pintura verde descarapelándose; el tinaco, los desechos acumulados en el techo.

De pronto, cuando quería irse, alejarse de la colonia Quinto Sol para siempre y a toda velocidad, se sobresaltó con un ruido fortísimo: era la mano de su compadre Arcadio, que había golpeado con gran fuerza sobre el cofre de la *Hummer 2*. Pepe ardió como incendio de California. Ese golpe sobre la novísima lámina de su camioneta, lo irritó. Pero pronto se topó con la sonrisa artificial de su compadre, su hermano, su compañero de pedas, su ayudante de albañil: Arcadio.

—¡No mames con la nave, cabrón! —Dijo Arcadio en excelente español. —Bájate, buey: ¡deja darte un abrazo!

Era evidente que el júbilo del vecino era una falsificación bastante burda. También el abrazo estruendoso; las manos de dedos gruesos y morenos que golpeaban en la espalda de Pepe.

—¡Vieja! ¡Vieja! —gritó como si estuviera en el Estadio Azteca y la Selección Mexicana le hubiera metido un gol a Brasil. —¡Nuestro compadre vino a visitarnos!

Obviamente, Pepe no había ido a visitar a Arcadio y a su mujer. Había ido a la calle Oro a… ¿Para qué, si lo que quería Pepe era alejarse de toda esa mierda?

Arcadio se subió a la *Hummer* sin pedir permiso.

—¡Puta madre! —Exclamó, tocando el volante como si se estuviera fajando a su esposa. Al tiempo, Lucy salía de su casa corriendo como si estuviera sucediendo un ataque terrorista con ántrax.

—¡Compadre!

Lucy era una mujer baja de estatura, gordita, aunque bastante joven. Arcadio se había casado cuando ella tenía tan solo dieciséis años. Bueno, en realidad se había *jullido* con ella, porque sus papás se oponían a esa relación. Cuando Arcadio huyó con Lucy, ella era flaquísima y poseía la tersura de la piel joven. Siempre fue una mujer muy alegre, muy escandalosa y, según testimonios de Arcadio, una fiera en la cama. Arcadio le había confesado a Pepe que a veces él no podía con la energía sexual de su esposa y de plano se declaraba en huelga (no le decía que, al hacer el amor con su mujer estaba imaginando a Vicky).

Lucy, al ver la *Hummer* y a Pepe, se transformó en actriz porno. De repente, su compadre y su vecino, era el hombre más deseable del universo. Lucy le dio un abrazo a Pepe y le agarró descaradamente las nalgas. Arcadio estaba demasiado extasiado detrás del volante de la *Hummer*, haciendo ruidos de motor de Fórmula 1, como para darse cuenta de que su esposa refregaba su barriga contra la de su compadre. Pepe sintió los lánguidos pechos de la comadre, restregándosele y miró al compadre distraído, jugando a que iba hecho la madre en el Autódromo Hermanos Rodríguez. Pepe separó a la comadre suavemente.

—¡Ay, compadre! ¡Qué bien te ves! —Exclamó, jadeante Lucy, con los ojos casi en blanco. —¿Por qué no habías venido antes?

—Es que nos acabamos de cambiar, comadre.

—¡Híjoles, qué mala onda y ni un cafecito nos has invitado!

—Te digo, Lucy, todavía no nos instalamos.

—¿Dónde están viviendo?

—En la colonia *La Florida*.

—¡Guau! …Y, ¿la comadre?

—Bien, gracias. Está de compras —agregó para fastidiar más a la comadre.

—¡Vamos a dar una vuelta, ¿no, compadre?! —Gritó Arcadio desde la cabina de la *Hummer*. Pepe hizo una mueca de desagrado que Lucy notó.

—Mejor ven cuando no esté mi marido —susurró Lucy respirándole a Pepe en el oído —y nos damos la vuelta en la *jumer* tú y yo solitos, compadre.

Pepe estaba realmente sorprendido del descaro de su vecina gordita. Arcadio saltó de la camioneta y se acercó a Pepe.

—¡Ya sé! ¿Por qué no nos invitas a un restaurant de esos bien elegantiosos?

—¡Ay, sí! —Gritó Lucy. —¡Nomás deja me cambio!

Lucy corrió a la casa sin esperar la respuesta de Pepe. Arcadio empezó a analizar los detalles de la camioneta: revisaba los rines, quería ver el motor.

—¿Sabes qué, compadre? Déjame ir al taller y ahorita regreso por ustedes, ¿oquei?

—¿Vas a ver a Leticia? —Preguntó con picardía Arcadio.

—Es que me di cuenta de que ni siquiera me despedí de ella.

—Ya me contó, ¿eh? —Arcadio se acercó más a Pepe y asumió la actitud descarada de un chismoso, pero con mucha malicia.

—¿Qué?

—Lo que pasó en la covachita.

—¿Qué pasó en la covachita? —Fingió Pepe.

—No te hagas, cabrón. Leticia me dijo que te metiste con la señora ésa, con la que choqué: el bombón ése, vestido de negro; la de las medias.

—Le enseñé unas piezas para…

—¡Hey! Le enseñaste tu *pieza*, más bien ¿no? —Arcadio le dio un codazo a Pepe, como para que se hicieran cómplices. —Pero no te preocupes —aclaró Arcadio con toda la intención de inquietar a Pepe —mi boca es una tumba. La comadre nunca se va a enterar.

—No se puede enterar de nada, porque no pasó nada.

—Lety me dijo que estuviste como media hora encerrado con la vieja ésa.

—¡Lety es una pinche cuentera, compadre! —Exclamó Pepe, enojadísimo, mientras se subía a su camioneta.

—¡Regresas, ¿eh?! Aquí te esperamos.

Pepe ya no dijo nada: arrancó el coche y rápidamente, rechinando llantas, se dio vuelta en *u*, para alejarse a toda velocidad. Arcadio sabía que lo tenía en sus manos. La pregunta era, ¿cuánto dinero podría sacarle al compadrito?

Si Valeria tenía un problema de identidad antes de la ruina económica de su padre; ahora, sin dinero, la bronca era aún peor. Tenía dieciséis años y la vida, tal como se le había planteado todos esos años, ya no existía. En la prepa del *Sierra Nevada* su desempeño escolar había sido mediocre, pero el colegio era el perfecto centro de reunión y, para Valeria, se había convertido en un club social. Además, era el lugar donde ella podía elegir a sus compañeros sexuales; muchachos de la prepa, siempre blanquitos, bonitos, ricos, limpios, guapos, tostados de la piel. Ahora Valeria tendría que repetir el último año, en una escuela pública (o muy barata) lo que significaría que el club bajaría catastróficamente de calidad y los reclutas serían unos *nacos-de-quinta* (ésas eran sus palabras). Su existencia, pues, se había convertido en un paisaje de Dante Alighieri —solo que peor y real—.

El cambio de *Bosques* a *La Florida* era grave, pero no tanto. El problema era que el costo de la casa se había llevado gran parte del dinero que Hernán había puesto hace años a nombre de Carolyn. Hernán había dejado un poco de reserva claro, pero ahora tendría que trabajar y su sueldo se iría casi por completo a los gastos diarios de la casa. No había más dinero para escuelas privadas, coches o *espás*. Carolyn ni siquiera había contratado una muchacha de entrada por salida. No había nada en el refrigerador; la alacena estaba vacía y Valeria no podía ni siquiera comerse unos *Corn Pops* con leche. Tampoco tenía ganas de entrar a ver a su mamá y preguntarle qué iban a desayunar.

Valeria se sentía como si estuviera en una caverna llena de guano de murciélago; con víboras y alimañas acechando en la penumbra. Había despertado con un nivel de ansiedad que rayaba en el dolor; mirando su nueva recámara, una pequeña televisión que se había logrado salvar (aunque sin *Sky*), una cama individual y los burós de su recámara vieja. Lo único que le quedaba era su ropa, su celular (sin crédito), su *I-Pod* y su laptop (aunque no había internet).

Valeria no tenía relación alguna con su familia: su madre había sido una mujer ridícula que nunca estaba en casa. Ahora, era una enferma mental con depresión clínica, veinte kilos menos de peso y el aspecto de la máscara de *Scream*. Su padre, aunque sí había querido acercarse a Valeria en las últimas semanas, había sido rechazado continuamente por ella. En tiempos recientes la situación había empeorado: Hernán había estado ocupado tratando de salvarse de la zozobra y/o la cárcel. Con Billy los pleitos eran constantes.

El hermano mayor había asumido la responsabilidad de cuidarla (supuestamente) y esto irritaba a la adolescente.

Así que el cuadro era más que patético: una *teen-ager*, ex *niña-bien*, con tendencias ninfomaníacas; con una madre agonizante y un padre muy ocupado y atribulado. La joven, que había encontrado en el reventón, el alcohol y el sexo una forma de aliviar su ansiedad existencial, estaba ahora viviendo lejos de sus amigos, sin poder regresar a su escuela y sin un quinto en la bolsa. Valeria quería tirarse por la ventana, pero la caída no habría sido fatal.

Dando vueltas en su recámara (que era una cuarta parte de su cuarto en *Bosques de Arrayanes*), escuchó el ruido de la llegada de un auto; el sonido de las portezuelas y voces. Seguramente eran sus nuevos vecinos: la cocinera vivía en la casa de junto y eso le rompía aún más el hígado a la joven Valeria. Con todo, fue tentada por la curiosidad y bajó rápidamente; abrió la puerta principal y vio el cuadro completo.

El chofer (de nombre Casiano), un joven de menos de treinta años, moreno y con pectorales gigantes y brazos de Schwarzenegger (y un tatuaje de la Virgen de Guadalupe en el bíceps), bajaba de una *Suburban* negra, último modelo, todas las bolsas del mundo. Eran bolsas de *El Palacio de Hierro*. Valeria nunca había visto tantas bolsas juntas: ni siquiera cuando se daba vuelo en *Nieman Marcus*. Esto era increíble y Valeria no sabía si tirarse al piso de cabeza, carcajeándose hasta morir, o llorar sangre amargamente.

Valeria ya había visto a su vecina Kate −cuando la mudanza−, pero ahora, poco a poco, la miró con otros ojos. En su infinita maldad; en su total egoísmo, Valeria, en un microsegundo, elucubró un maléfico plan. Su mirada se llenó de luz y la angustia desapareció por completo. Era perfecto. ¡Los milagros existen!

Kate quería estrenarse todo al mismo tiempo: abrir la caja de la *Sony-Vaio*, de su *I-Phone*, de su pantalla plana: probarse la ropa, ponerse todos los perfumes. Parecía perrito Chihuahua, dando brincos, ladrando, yendo y viniendo; entrando y saliendo, mientras Casiano cargaba cajas, bolsas, forros. A Vicky le gustaba ver a su hija tan feliz y estaba contagiada hasta las lágrimas.

También habían ido al *Costco* a sacar su membresía ejecutiva y comprar comida a pasto; así que la *Suburban* parecía camión en la Central de Abasto. Valeria observó un momento más y se acercó a Vicky con una sonrisa espléndida, pero totalmente irreal. Vicky conocía a Valeria más que a su propia hija y podía especular con respecto al impacto que le hubiera podido producir la *pobreza* (que para ella era *riqueza*: todo es, como dicen, "cuestión de enfoques"). Sabía que, antes de la ruina, Valeria era prepotente, mamona, intransigente y con un aire de superioridad ofensivo. Ahora, al verla caminar hacia ella, trataba de asumir una actitud de humildad.

—Hola, Vicky, ¿qué onda?

—Hola, Valeria, ¿cómo estás?

—P's, ya sabrás: verde… —Dijo la adolescente ahora sí con sinceridad, aunque quedándose a medias: hubiera querido decir que se sentía muy mal, que su vida había terminado, que todo era una gran, apestosa y cáustica mierda. Pero se contuvo. No quería que se revelara su plan. —¡Échate unas compritas, ¿eh?! —Exclamó Valeria, mirando al pobre Casiano sudar.

—Sí. Eh… nos hacían falta un chorro de cosas y Kate prácticamente vació *El Palacio de Hierro*… Por cierto, no conocías a mi hija, ¿verdad? ¡Kate! Ven: mira, te presento a Valeria, la hija de mis patrones.

Kate dejó de saltar como chapulín y se acercó a ella.

—Ya no son tus *patrones*, ma' —aclaró Kate con gesto severo.

—No se me quita la costumbre, —pretextó Victoria.

—Hola —dijo Valeria con aún más humildad. —Soy Valeria Santibáñez.

—Hola —contestó Kate con cierto goce: la *niña-rica* era ahora más pobre que ella y eso le daba gran placer.

—Valeria es casi de tu misma edad, hija. Tiene dieciséis.

—Yo cumplo dieciséis en octubre —aclaró Kate.

—¿Qué compraste? —Preguntó Valeria sin perder la sonrisa.

—¡Uf! ¡Un chorro de cosas que me hacían falta! Una compu, ropa, maquillaje, una pantalla de plasma, un I-Phone…

—¡Qué buena onda! —Valeria le imprimió el mejor de los entusiasmos a su exclamación. Victoria fue a la camioneta por algunas cosas que se podía llevar a la cocina y Valeria y Kate se miraron un rato en silencio. Hasta que Valeria decidió dar el paso.

—¿Te gusta salir de antro?

—¡Qué pregunta! —Dijo Kate con una mueca. —¡Me encanta, *uey*!

—¡A mí también! —Exclamó Valeria, encontrando al fin una forma de conectarse con la hija de la cocinera.

—Pero aquí no conozco ningún antro… ni tengo amigos ni nada. Apenas voy a entrar al *Churchill*.

—¡Qué bien! Yo, estaba en la prepa del *Sierra Nevada*, —murmuró con tristeza legítima la hija de Santibáñez. —Pero, como sabes…

—Sí, qué mala onda —interrumpió Kate sin convicción.

—Pero eso sí, amiga: yo conozco todos los antros de México y sé dónde hay *gente-bien* y cuáles son chafísimos y así.

Esto para Kate era oro puro. En ese momento, perdió el aire de superioridad, la mirada despectiva, su nueva prepotencia. Valeria le había dado al clavo.

—¡Qué buena onda! —Gritó Kate, ahora sí, genuinamente feliz.

—Si quieres te doy un *tur*.

—¡Ay, sí, *uey*: qué de pelos! ¡Estoy mil-emocionada! —Kate ya hablaba como pequeñoburguesa del poniente de la ciudad. Lo había aprendido de *Antonella*, la villana de una telenovela infantil llamada *Atrévete a Soñar*. Valeria sabía que Kate era una nueva-rica: una *naca* de ciudad Neza, que había ascendido en la escala social en un minuto; que estaba fingiendo el tono de papa caliente, el cántico de las jóvenes ricas de la ciudad de México. Pero no dijo nada.

—¿Qué onda con el chofer? —Preguntó en voz baja, mirando los enormes brazos de Casiano.

—Se lo puedo pedir prestado a mi mamá, sin bronca. —Había un resabio populachero en su tono de voz; un vestigio de lo aprendido en la secundaria pública de ciudad Neza. Valeria podía identificar a los *nacos* (así llamaba a todos los que no fueran ricos) de aquí a Marte; y dentro del conjunto de los nacos el subconjunto de los nuevos ricos eran la peor especie. Pero tenía que echar a andar su plan y Kate era perfecta para eso.

—¿Salimos hoy?

—¡Chido!

—Te busco en la noche.

—¡Órale!

—Mucho gusto, Kate —dijo Valeria, dándole un abrazo apretadísimo a su nueva vecina. Valeria, sonriendo, pero ahora con ese filo, ese veneno que la caracterizó siempre, caminó de regreso a su casa, despidiéndose de voz de Vicky.

Lety vio a Pepe llegar en la *Hummer 2* y ahogó un grito como de orgasmo o como si se hubiera roto una uña. Pero en cuanto Pepe se bajó del vehículo ensayó un puchero de *Óscar* (o *Diosa de Plata*) y esperó a que se acercara. Pepe, como buen macho, fingió que no pasaba nada: que no se había *tirado* a Olga en el almacén de las pinturas, y que no se había olvidado de ella (de Lety) desde que su mujer se había sacado los veinte millones. Llegó partiendo plaza con su sonrisa de Pedro Infante, sobándose la panza como uno de los personajes de Héctor Suárez y, tomando a Lety de la nuca, le plantó un beso en la boca.

Lety siguió en su drama: Pepe tenía que sufrir un poco y Leticia no podía caer tan fácil.

—¿Qué onda, reina?

—¡Reina, madres!

—Ay, mi amor: ¡me encanta cuando haces puchero! —Pepe tomó el rostro de Lety con su manota y apachurró sus cachetes de plastilina.

—¡No me tienes nada contenta, desgraciado!

—¿Por qué, por qué, por qué? —Fingió Pepe. —¿A poco ya no soy tu rey?

—¡Te largaste sin despedirte! —Reprochó Lety, fingiendo que revisaba unas notas de remisión.

—Perdón, chula, es que he tenido mucho qué hacer.

—Eso, sin contar lo de la puta ésa que vino el otro día.

—¿Cuál puta, mi amor? —Disimuló Pepe.

—La golfa, la zorra ésa de negro; la que vino dizque porque tu compadre le había abollado el coche.

—Mhhh… —Pepe fingió que hacía memoria. —¿Cuál, tú?

—¡Te encerraste con ella en la covacha!

—¿Te cai?

—¡No te hagas, cabrón! —Remató Lety, dizque capturando datos en la computadora.

—Mi reina, mi tesoro: ¡tú eres la única!

—¡Mentiroso! Primero está tu vieja, luego la golfa de negro y al final, muy al final, ¡yo!

—¡Cómo crees, Letita de mi vida!

Pepe cruzó hacia el mostrador, donde Lety tecleaba tonterías en la computadora. Se acercó a ella.

—Estás muy bonita, mi amor: ¿quieres dar una vuelta en la *Jumer*?

—¡No! —Contestó de inmediato Lety, alejándose de Pepe.

—¿Segura?

—¡Te digo que estoy muy encabronada!

—Ya lo sé —dijo Pepe persiguiéndola por toda la oficina —pero una vueltecita en la *Jumer*, una parada en el bar que te gusta, una platicadita; otra vuelta en la *Jumer*… digo, igual se te quita lo encabronada, ¿no?

—¡No es tan fácil!

Pepe la arrinconó y se pegó a ella, arrimándole el *animal*. Lety quería escapar, pero no quería escapar. Además, la humanidad de Pepe era enorme y la secretaria de la hojalatería era bastante menudita. Ese día estaba muy coqueta, con su faldita a cuadros y su blusa pegadita. La cercanía a Lety calentó la caldera de Pepe que se repegó más.

—Una vueltecita.

—Ta' bueno —dijo finalmente Lety, sintiendo la dureza de la erección de Pepe, pero zafándose para hacerlo sufrir un poquito más.

—Déjame cierro —dijo, mientras caminaba de espaldas a Pepe de nuevo hacia el mostrador. Pepe recordó esas nalguitas redondas pero inmóviles y los pechitos de niña de Lety. Aquello ya era un asta bandera: un monolito de piedra. Pepe miró hacia abajo para hablar con su pene: "¿ves lo que me haces hacer?" –le dijo, riéndose–.

Billy logró encontrar a Aurelia después de más de dos horas. Estaba recargada en el regazo de Ricardo; quien le leía algo de Jaime Sabines. "Desde el oleaje de tu pecho en que naufraga lentamente mi rostro, te miro a ti, hacia abajo, hasta la punta de tus pies en que principia el mundo." Eso era lo único que Aurelia podía admirar de Ricardo: su sensibilidad poética. El joven de suéter tejido de cuello de tortuga, bufandas y el pelo grasoso, además de ser preciso en la elección de poemas, era un poeta maravilloso. Toda la belleza exterior que no tenía Ricardo había ido a parar en aquella región de la corteza cerebral responsable de las metáforas, el arte, las analogías, las figuras, las hipérbolas. Su pasión era gigante, pero solo en papel. En la realidad, era una especie de robot que vivía con su mamá y que besaba horrible… "Uno quisiera encender cuatro cirios en las esquinas de la cama, al levantarse, para velar el cadáver diario que dejamos…" Ricardo recitaba a Sabines como un verdadero romántico a punto de suicidarse con cicuta.

Antes de acercarse, Billy observó el cuadro. Llevaba ya los papeles necesarios para seguir el trámite de la UNAM. Veía a Aurelia realmente fascinada; como perrita frente a un bistec y no entendía por qué. Ricardo era de color amarillo –casi verde; semejaba un reptil y francamente era más feo que la chingada, que ya es decir–. "Además –pensaba Billy– esa ropa ya no existe… ¿Dónde se compran esos suéteres? ¿Se los tejió su mamá bizca?" Pero, a pesar de todo, ahí estaba Aurelia, acariciando ese cabello tan terso como un cepillo de alambre. A Billy le dio la sensación de que Ricardo no se lavaba el pelo jamás y que, debajo del suéter, había un maniquí (feo). "…Tu espalda como una llanura en silencio y el declive inmóvil de tu costado en que tratan de levantarse, como de un sueño, mis besos…" –Alcanzó a escuchar Billy mientras se acercaba, creyendo que aquella frase era autoría de Ricardo y que era lo más cursi que había escuchado desde que Nadia le dio una tarjeta *Hallmark* que hablaba sobre el amor incondicional, mientras tocaba electrónicamente *Feelings*—.

—Hola.

Aurelia veía a Billy hacia arriba y un poco a contraluz. Ricardo había visto a Billy en la privada de Patricio Sanz; pero esta vez se puso tenso (más que de costumbre). Aurelia se incorporó para reconocer plenamente a Guillermo Santibáñez.

—Hola, —contestó Aurelia, ya de pie y mirándolo. Billy confirmó la belleza de Aurelia y adivinó, de nuevo, las curvas debajo de esa falda larga estampada con motivos pakistaníes. —¿Cómo te fue?

—Tengo que ir a la *Ibero* por mis papeles que me faltó entregar.

—Ah… —Contestó Aurelia, mirando de reojo a Ricardo y observando cómo se hacía cada vez más pequeño, hundiéndose en el pasto de los jardines de la UNAM, camuflajeándose con el verde, integrándose, metamorfoseándose. Aurelia se empezó a irritar: ¿por qué Ricardo era tan acomplejado, tan poca cosa? Y ¿por qué ella era tan pendeja de seguir con él? No era precisamente por Jaime Sabines, sino por compasión. Esa conclusión afloró en Aurelia, mientras Billy buceaba en esos ojos negros como obsidiana.

—¿Estás bien? —Preguntó amablemente Billy con una sonrisa estúpida, clavado en las dos esferas azabache.

—¡Claro que estoy bien! ¿Por qué no habría de estarlo? —Repeló Aurelia de muy mal humor. A Billy le sorprendió la reacción de su vecina y dio un paso hacia atrás en automático, como con miedo de que Aurelia le recetara un *upper*.

—Eh…perdón…mejor me voy. Con permiso. —Billy sintió que era su culpa el genio de Aurelia y que había interrumpido algo, así que se dio la media vuelta y se dirigió hacia la estación del Metro, para volver a Patricio Sanz. Aurelia, en cambio, encaró a Ricardo. Tenía ganas de sacudirlo, de *zapearlo*, de meterle una aspiradora por la nariz y remover su materia gris.

—¿Qué te pasa? —Preguntó, bravísima como leona.

—¿Pasarme? Eh… como ¿de qué o qué? Estoy bien. ¿Por qué me ves así?

—¡Porque en cuanto llegó Billy te hiciste chiquito, te anulaste, te desapareciste!

—¿Por qué estás tan enojada?

—¡Porque no reaccionas, Ricardo: pareces una computadora!

—¿Cómo quieres que reaccione, Aurelia?

—¡Como si tuvieras sangre en las venas —no aceite multigrado—!

Ricardo se le quedó mirando sin entender nada.

—¿Querías que me pusiera celoso?

—¡Quería que...! ¡Ay, Ricardo, no entiendes nada!

—No entiendo por qué estás tan enojada.

—¡Por tus complejos! —Espetó Aurelia, arrepintiéndose de inmediato de lo que había dicho.

—Lo que no entiendo es... ¿por qué te desconciertas tanto si sabes cómo soy?

Aurelia se quedó congelada. Era verdad. Era la más absoluta verdad. Ésa era la naturaleza de Ricardo, ¿por qué quería cambiarlo? ¿No era ella la principal promotora de la tolerancia, el respeto, la empatía, la no-intervención, la libertad? Sin embargo, se estaba comportando como una mujer con complejo de mamá, tratando de corregir al hombre. Ricardo era así: pasivo, tímido; siempre con frío, la voz baja, la mirada baja. Ni siquiera se había atrevido a meter su mano en el escote de Aurelia; su máximo logro, había sido la pierna —pero siempre arriba de la falda—. "¿Tendrá erecciones? —Pensó repentinamente Aurelia—. ¿Tendrá deseo sexual? ¿Le gusto? ¿Ha cogido alguna vez? ¿Será hermafrodita?" Aurelia estaba tan enojada que no podía pensar claramente. Pero miró a Ricardo con compasión; le acarició el rostro y dijo:

—Perdóname, Ricardo. Yo soy la que estoy mal. Lo siento.

Y se fue volando como ángel del cielo, perdiéndose de vista junto a Rectoría.

Los fajes en la *Hummer* estaban más calientes que el motor de 393 caballos de fuerza. Lety tenía una enorme necesidad del calor solar de Pepe. No había conocido mejor amante que él. Ni siquiera los hombres de su edad, que se daban el taco de ser los mejores machos.

Pepe era un semental; un toro que no solo basaba su acto sexual en el tamaño de su quinta extremidad, si no en lo que les gustaba a las mujeres. Aún con una mano en el volante, Pepe sabía tocar a Lety de tal forma que, antes de llegar al estacionamiento del *Centro Comercial Ciudad Jardín*, la secretaria del taller de hojalatería y pintura gritaba como silbato de árbitro desesperado.

Las ventanas de la *Hummer* estaban polarizadas y Pepe se estacionó en un rincón del último sótano. La camioneta (alguna vez diseñada como vehículo militar) tenía suficiente espacio para que fueran posibles las piruetas y malabares de Pepe y Lety, quienes ya sin ropa se dieron placer, entre los aullidos de ella y los gemidos de cebú de él.

Algo tenía Lety –pensó Pepe– que lo ponía como loco. Quién sabe qué hacía la flaquita con piernas de espárrago, que el hombrote siempre volvía por más. Aún ahora, que él era millonario, que vivía en *La Florida*, que tenía su soñada camioneta, que se había quedado dormido frente a su pantalla de cincuenta y dos pulgadas; aún ahora que él ya era otra cosa se daba cuenta que estar con Lety era una adicción.

Pepe eyaculó como géiser, a pesar de que se había aventado el mañanero con su esposa. El volcán explotó y todo quedó salpicado en los novísimos asientos de cuero de su *Hummer.* Lety lo abrazó como no queriendo dejarlo ir. Estaba más enamorada que nunca. Pero un segundo después de su orgasmo, Pepe pensó en Olga, la *Mujer de Negro*.

Vicky recibió en la puerta a Mari, llorando y contrahecha. Traía una maleta color café en una mano y una caja de *Huevo Calvario* con más cosas, en la otra. Las soltó y se arrojó a los brazos de Vicky creando, instantáneamente, un dramón. Al mismo tiempo, Kate abría cajas, estrenaba aparatos, ropa, pantaletas, jeans, celular. No sabía ni por dónde empezar. También, planeaba redecorar su cuarto y abrir una cuenta para el *Messenger* (aunque no tenía amigos con quien chatear).

Kate se quedó pensando en la oferta de Valeria y sonrió: era la simbiosis perfecta. Valeria Santibáñez le presentaría a Kate a gente *bien*; la llevaría a los mejores antros; a cambio, Kate aportaría el dinero (y el chofer con camioneta). Kate sabía que tenía a su mamá en la bolsa, que Vicky no le negaría nada ahora que eran ricos. Sabía que estaban perdonadas todas las insolencias, las groserías, los azotones de puerta y las contestaciones agresivas. El dinero era el lubricante; el resanador; el barniz que cubría todo lo malo del pasado.

Vicky le sirvió una *Coca-Cola* a Mari, mientras la antigua mucama de los Santibáñez sollozaba espasmódicamente, salpicando mocos por todos lados, como una licuadora con la tapa abierta. Vicky, con mirada compasiva, le dio la *Coca* y se sentó a su lado, tomándola de las manos, mirándola, con la paciencia de una psicoterapeuta de niños hiperactivos.

Mari era una joven de no más de veinticinco años, de piel morena, muy flaquita, pero con un excelente *lejos*. Había venido a la ciudad de México, junto con sus cuatro hermanas, proveniente del estado de Oaxaca. La *Ciudad de los Palacios* la recibió cuando ella tenía catorce años. Mari empezó a trabajar, junto con su hermana más grande, en una casa del fraccionamiento *Tlalpuente*, al sur de la ciudad, donde el hijo del patrón, un muchacho de diecisiete quería acabar con su virginidad. Mari resistió, hasta que no pudo y terminó corrida. Toda una intriga de Yolanda Vargas Dulché: el muchacho la acusó del robo de un *Rólex*; los papás le creyeron a él y pronto Mari y su hermana estaban en la calle con sus bultos.

Mari siempre fue muy llorona, así que esa mañana que ella y su hermana salieron volando de la casa de *Tlalpuente*, la sirvienta de Oaxaca lloró y lloró hasta saturar las coladeras de la calle llenas de basura y de ratas del tamaño de canguros.

Después de algunos trabajos, Mari terminó en la casa de Arrayanes, con los Santibáñez. La patrona estaba loca, pero era más o menos soportable. Además, estaba Vicky, que era bien-a-todo-dar. Claro, todas tienen su corazoncito, así que un domingo, el vigilante de un centro comercial, le aventó el perro. Era bastante más viejo que ella, pero, según Mari, la trataba bien, era caballeroso, estaba soltero y se parecía a Jorge Negrete. La trató tan *bien* que Mari cedió a la seducción. El guardia terminó copulando con la oaxaqueña en la caseta de vigilancia. Una vez bastó para que la mujer quedara embarazada. El velador donde puso el ojo puso la bala.

Pero ¿por qué seguía llorando? Por el momento, no podía decirlo: los mocos y los espasmos se lo impedían. Vicky esperó pacientemente a que Mari se descongestionara, se acabara la *Coca* y al fin tuviera la posibilidad de hablar.

La verdad es que había perdido al niño (empezó a llorar de nuevo). Vicky se asombró. Por un momento pensó que el aborto había sido provocado por ella; pero se dio cuenta de que no; que Mari de la nada había empezado a sangrar y que, al acudir al *Hospital de Xoco*, le habían dicho que, aunque en efecto estaba embarazada, el *producto* no se había logrado. Era una bola de células que se habían organizado (desorganizado) sin ton ni son —como un tumor— (lo que era más o menos común en las madres primerizas). Después de dos días de espera y aún con el riesgo de infección, a Mari le fue practicado un legrado. Unas horas después había sido dada de alta y ahora estaba ahí, en la nueva *casota* de Vicky, llorando y tomando petróleo-negro-del-imperialismo.

Vicky le dijo que no se preocupara; que finalmente eran buenas noticias. Y que lo importante era que estaba bien. Mari lloró de nuevo: esta vez era un llanto infinitamente triste.

—¡Es que yo quería tenerlo, Vicky! ¡Quería a mi bebé!

Vicky se hizo de aún más paciencia y habló de la "voluntad de Dios", de que "no hay mal que por bien no venga" y que, ahora, la morenita de San Martín Tilcajete (tierra de los famosos *alebrijes*) estaría muy bien en casa de los Pérez, con todas las comodidades. Es más, ¿por qué no iban a ver el cuatro de servicio? Vicky todavía no lo tenía completamente acondicionado, pero Mari usaría la cama que tenía Kate en la Calle Oro. Lo mejor —por lo pronto, dispuso Vicky— era que Mari se acostara a descansar: todo iba a estar mejor, ahora que los Pérez eran millonarios. Todo iba a estar bien... Shhhh... tranquila... Los designios de Dios son misteriosos...

El sol se empezaba a ocultar y una luz amarilla, gris y naranja se colaba por las ventanas de las recámaras de Kate y Aurelia, (ambas daban al jardín de sus respectivas casas, al oeste). El sol hacía un efecto como de explosión, detrás del edificio del Teatro Insurgentes, cuando llegaron Pepe y los compadres, Arcadio y Lucy Benavides. *La Hummer* se detuvo frente a la casa, dando acelerones. Lucy iba en el asiento delantero, haciendo el amor con la vestidura y Arcadio salió de la camioneta para correr a ver a Vicky, no sin antes admirar la casa; ¡qué digo casa! ¡La mansión de sus compadres!

La puerta estaba abierta y Arcadio, Lucy y Pepe entraron. Pepe se paralizó como estatua de bronce. En la sala estaban Vicky y Hernán, platicando, muy-a-gusto. Ambos bebían algo color ámbar y Vicky se reía a carcajadas. Pepe, que se había pasado diez minutos limpiando su semen de la vestidura de la *Hummer*, hirvió. Su cabeza era una olla exprés; sus rodillas, flaqueaban, mientras que sus manos se apretaban y los nudillos se blanqueaban. Pepe estrujó los dientes hasta emitir un rechinido como de puerta mal lubricada. Imaginó que le aplastaba la cabeza a Hernán con la portezuela de la *Hummer*. Arcadio rompió el momento, sonriendo y mostrando sus incrustaciones dentales doradas y medio-oxidadas:

—¡Comadre!

Vicky saltó asustada, mientras que, con ojos grandes, miraba a Arcadio completamente eufórico, acercándose a ella, con los brazos abiertos.

—¡Felicidades! ¡Qué chingona casa, comadre!

Hernán se puso de pie caballerosamente y Lucy también se acercó a la escena. Nadie reparó en que Pepe secretaba algo verde de su boca: una sustancia gelatinosa que se le escurría por las comisuras y hacía burbujas. Arcadio abrazó a Vicky, quien le presentó a su ex patrón, Hernán, y Lucy se desvivió en halagos y lambisconeadas. Pepe estaba mareado; la ira lo estaba llevando a un viaje como de *speed*. Veía borroso. Solo había un punto enfocado: el rostro del pendejo-hijo-de-la-chingada-catrín-mamón-puto de Hernán Santibáñez.

Pepe dio un salto olímpico y tomó a Hernán de la nuca, jalándolo con sus gruesas manos y provocando que Santibáñez tirara el sillón y cayera a los pies de Pérez.

—Te voy a romper la madre, hijo de la chingada, —dijo Pepe con los ojos hundidos, color violeta, y listo para levantarlo de las solapas. Vicky, Arcadio y Lucy no esperaban esto, obviamente, así que, en un instante, se pasmaron. Tampoco Hernán supo de dónde había salido el trolebús. ¿Apuntaron las placas?

Pepe lo levantó. Estaba poseído por el demonio de Otelo: la adrenalina le daba la fuerza de levantar a un señor de setenta y cinco kilos. Preparó su puño que tomó la forma de una bomba de hidrógeno.

—¡Con esto vas a aprender a no acercarte a mi vieja!

Vicky vio el puño gigante de Pepe y gritó para tratar de impedir el impacto. Demasiado tarde. La nariz y la boca de Hernán se quebraron como cerámica de Tlaquepaque[10] y Santibáñez volvió a caer con la inercia del impacto, cerca de la puerta, deslizándose en el mármol del piso, como barriéndose en tercera base.

Vicky sufrió un ataque de ira.

—¡¿Qué carajos te pasa, Pepe?! —Gritó con una voz que ni ella misma reconoció y que asustó a Pepe. En esos momentos, Kate bajaba por las escaleras y veía cómo su madre se acercaba a Hernán que estaba tirado en el piso. Vicky, por su parte, no dejaba de mirar a su marido como quien ve a un secuestrador.

—¡Eres un idiota!

Vicky se puso en cuclillas, al lado de Hernán que sentía la cabeza como cuando le daban las migrañas o se había tomado medio litro de coñac.

—Estoy bien —balbuceó Hernán, mientras trataba de ponerse de pie.

—¿Qué hiciste, pa'? —Preguntó tontamente Kate.

---

[10] San Pedro Tlaquepaque es una ciudad y municipio del Estado de Jalisco, con una población de 608,114 habitantes, forma parte de la Zona Metropolitana de Guadalajara Es parte de la región del Bajío Occidente o Centro Occidente de México. *Wikipedia*

—A ver, te ayudo a levantarte.

Vicky tomó el brazo de Hernán y Pepe se sulfuró aún más. Cesó el dolor de los nudillos, pero se incrementó el mareo: la sensación de estar en un túnel de colores. Vicky estaba tocando a Hernán, ayudándolo a ponerse de pie.

—¡Suéltalo, Vicky! —Advirtió Pepe con tono militar.

La mirada de Vicky, en ese momento, fue peor que el puñetazo de Pepe.

—Vete-a-la-chingada, —ordenó Vicky con tono de *Poquianchi*.[11] Hernán, ya había recuperado gran parte de la lucidez y él mismo se zafó lentamente de la mano de Vicky.

—Estoy bien… —Luego, dirigiéndose a Pepe: —disculpe, señor Pérez. No fue mi intención perturbarlo. —Miró a Vicky: —Es mejor que me vaya.

Hernán sintió la sangre fluir de la nariz como un rojísimo manantial y se dio cuenta de que tenía una fogata en el labio. Con todo, sonrió –como pudo–, dijo "con permiso" y con una reverencia, muy educado, salió de la casa.

Vicky quería sacarle los ojos a Pepe con un picahielos al rojo vivo o, peor, quemarle los testículos con un soplete de soldador. Lo miró con más que odio. Hubiera querido meterle la mano en el tórax y sacarle el corazón.

—Nunca te voy a perdonar lo que acabas de hacer, —sentenció, con un tono más bien grave y rasposo. Vicky subió a recámaras a toda velocidad.

—¡Pues yo tampoco te voy a perdonar! —Gritó Pepe dando patadas de ahogado.

—¡Yo no hice nada, cabrón! —Gritó desde arriba la mujer, agitadísima.

—¿A poco piensas que mi mamá y Hernán andan, pa'?

—¡No *pienso*, Kate: estoy seguro!

---

[11]   *Las "Poquianchis"* es el sobrenombre y nombre mediático con el que se conoció a un grupo de asesinas seriales mexicanas activas entre 1945 y 1964, en el estado de Guanajuato. *Wikipedia*.

—Estás loco, —diagnosticó Kate, subiéndose a recámaras detrás de su acongojada madre.

Pepe no sabía qué hacer, así que Arcadio se acercó a él, palmeándolo.

—Olvídalo, compadre… Te propongo una cosa. Vamos por unas botellitas de coñac y hay que ponernos hasta las chanclas: ¿qué te parece?

Pepe no contestó. La voz de Vicky, diciéndole que nunca lo perdonaría, rebotaba, de un lado a otro, dentro de su enorme cráneo como juego de video de los ochenta.

Hernán recordó una escena en sepia, cuando estaba en la primaria y le sangró espontáneamente la nariz. Vio la cara de sus compañeros y sintió cómo el líquido fluía inconteniblemente. Observó cómo las gotas rojas, lilas, caían sobre su cuaderno. Recordó a la maestra, que le dijo que inclinara la cabeza para atrás y lo llevó la enfermería.

Ahora, treinta y cinco años después, Hernán hacía un cono con un *Kleenex* y se lo insertaba en la nariz, para detener la hemorragia. Se miró al espejo; vio el labio hinchado y el cucurucho de papel sobresaliendo por su nariz. Sonrió. Le parecía increíble que hubiera sucedido eso. Sentía que había sido la escena de una mala película mexicana y que la sangre era glicerina con colorante; que la hinchazón del labio era más bien una caracterización con maquillaje especializado.

Carolyn apareció en la imagen del espejo: parecía una faraona embalsamada: Nefertiti. Hernán no sabía si era una buena noticia que su esposa se hubiera levantado de la cama. Carolyn vio la sangre en el lavamanos y preguntó qué había pasado. Hernán no quiso decirle la verdad. Mintió, contándole que había tenido un altercado automovilístico; historia que Carolyn no le creyó, ya que sabía que su marido era pacífico e incapaz de participar en una pelea callejera. Pero todo había cambiado desde que habían sido degradados; desde que tenían que vivir en la colonia *La Florida*, en una casa diez veces más pequeña que la mansión de Arrayanes, cuya pura muralla de contención era cinco veces más cara que la residencia de Patricio Sanz.

—¿Estás bien? —Preguntó la esposa-trofeo sin convicción.

—Claro, —contestó Hernán con una sonrisa dolorosa. —Y ¿tú? Veo que ya te levantaste, lo que es buena noticia, —dijo sin creérselo en absoluto.

—La verdad… me pegó lo que me dijiste.

—Te menté la madre.

—Nunca lo habías hecho, mi amor.

—Me sacaste de mis casillas: algo que es bastante difícil. Y no es normal que no te hayas levantado de la cama en… no sé… ¿tres meses?

—Tienes razón: *no es normal.*

Carolyn miró a Hernán a través del espejo. Sin maquillaje, flaca como el demonio (cadavérica), color pergamino Mesopotámico; en bata de dormir y con el pelo con la textura del cabello de una muñeca chafa, Hernán no sabía cómo ni por qué se había *enamorado* de ella (así, en cursivas) y le había pedido que se casara con él. No podía recordar a la Carolyn de hacía más de veinte años: una jovencita hermosa, que no necesitaba maquillaje, que no tenía prótesis en los senos, porque sus pechos eran perfectos; no tan delgada, con un color de piel saludable y vestida maravillosamente, a la moda de finales de los ochenta: sexy, deseable, risueña, cachonda y con un caminar como de Naomi Campbell. ¿Qué había pasado en esos más de veinte años (a parte del tiempo)? Carolyn tenía ahora la piel de una víbora: es decir, se había transformado en una copia borrosa, en la placenta sin bebé, en un pellejo antiguo, en una estatua bañada en caca de paloma.

Y en efecto, el "chinga tu madre" de Hernán, la había sacudido como turbulencia aérea. Sabía que no tenía nada en la vida más que a su esposo: que nunca había tenido nada más que a Hernán Santibáñez. Su madre la había entrenado para cazar a un millonario y el plan había resultado: Carolyn se había casado con el mejor partido del país; con el soltero más codiciado; un hombre de buen ver que estaba camino a convertirse en uno de los diez hombres más ricos de México.

¿Qué había sido de los dos? ¿Quiénes eran en esos momentos, mientras miraban su reflejo: Carolyn con la cara de una anciana comatosa y Hernán con un cono de papel sangrante en la nariz y el labio con una bola color cereza? Carolyn no era nada sin el dinero. Había trabajado desde niña para saltar al mundo de la burguesía. *Teresa* y *Rubí* habían sido sus telenovelas favoritas (sin el trágico final… todavía).

Recordaba cómo, desde niña, su mamá la enseñaba a caminar, a tomar los cubiertos, a vestirse (a la moda del *Vogue*, pero con telas *La Parisina*); a hablar adecuadamente; a seducir, a atraer. Toda su vida se había dedicado a convertirse en la esposa-trofeo y lo había logrado, hasta hacía tres meses. Ahora, no era la esposa de uno de los hombres más ricos del país, sino de un fracasado que ya era el gerente general de una cadena de lavanderías automáticas; de un hombre estigmatizado, cuya foto había salido en periódicos y revistas; un paria, relegado, arrinconado, apestado, desacreditado, mancillado, manchado, denigrado, deshonrado… y pobre.

Adán y Eva habían sido expulsados del paraíso y Eva había perdido su identidad. Carolyn había vivido todo el tiempo con base a las apariencias: ahora, se habían caído las máscaras y el reflejo que Hernán veía era el de un personaje de *Zombieland*, infectado por el virus de la muerte-en-vida.

Carolyn arrinconó a Hernán contra el lavabo. Ellos no habían hecho el amor desde hacía milenios. Ni siquiera podían recordarlo. Carolyn quería tener sexo reconciliatorio, pero recordó que nunca había cogido por el placer de hacerlo. Su deseo sexual había sido reprimido desde adolescente con el propósito de poder manipular la libido de los hombres. Su madre le decía que ella no podía tener deseo sexual, porque perdería. Una mujer excitada pierde el control —mucho más que un hombre— y "no te puedes dar el lujo de perder el control, hija".

Nunca había tenido un orgasmo. La primera vez que hizo el amor con Hernán, Carolyn había aplicado toda la sabiduría aprendida de su madre por muchos años. La idea era mantener el control, para poder ser objetiva y otorgarle al hombre el mayor placer posible (y dejándolo con algo para después; con un suspenso, una necesidad crónica). Desde esa ocasión, hasta antes del embarazo de Billy, Carolyn había satisfecho a Hernán con creces. Hernán había caído en la telaraña de Carolyn (cuyo nombre de pila era, en realidad, Antonia Carolina). A cada coito maravilloso, entonces, correspondía un regalo para Carolyn. Era la negociación ancestral del hombre y la mujer: sexo por dádivas. Carolyn estuvo consciente todo el tiempo de dicha transacción, pero Hernán vivió muchos años convencido de que su esposa lo amaba y que gozaba del sexo tanto como él.

Más tarde, Hernán descubriría los tejes y manejes de la madre y el hecho de que Antonia-Carolina, era descendiente de una familia paupérrima de provincia. En esos años hubo un sisma en el matrimonio, mismo que fue conjurado con el nacimiento de su segundo hijo: Valeria, una niña aún más hermosa que la madre que fue declarada la consentida de papá.

Valeria se convirtió en una niña soberbia e insufrible, mientras Carolyn pasaba los años convenciendo a Hernán de que lo amaba verdaderamente y de que, si bien le había mentido en cuanto a sus orígenes supuestamente *nobles*, siempre lo amó. Durante algún tiempo Hernán lo creyó. Pero, en aquellos momentos en los que se habían caído los velos y ellos se veían al espejo tal como eran, a calzón quitado, Hernán ya no creía que su esposa lo amaba. Él tampoco la amaba a ella. Por eso presintió que la calaca le quería hacer el amor para reconciliarse, para replantear su relación y se escabulló, saliendo del baño sin decir palabra.

El pavor volvió al cuerpo de Carolyn. Las cosas tenían que cambiar: Carolyn debía reconstruirse, porque no podía perder a Hernán. Era mejor la muerte que perderlo.

Billy regresaba (papeles en mano), caminando desde la estación del Metro, hasta Patricio Sanz, por Río Churubusco. No tuvo problema alguno en su travesía de regreso desde la UNAM: solo algunas miradas de la gente como notando que ese muchacho estaba fuera de lugar. Billy conservaba su ropita de antes; era blanco y medía un metro ochenta, así que destacaba entre la muchedumbre del Metro.

Caminando por la banqueta de Río Churubusco hacia el poniente, se dio cuenta de que ésta era un peligro constante. Cada diez metros había un hoyo. En un punto, incluso, el agujero parecía no tener fin. La banqueta era irregular (por decir lo menos); en un tramo, las raíces de una jacaranda habían levantado varios bloques de concreto; en otro, alguien había construido una rampa hacia su casa; en uno más, había coches estacionados y éstos impedían el paso. Billy se acordó de las banquetas de Coronado y de San Diego: amplísimas, perfectas; realmente con la idea de que uno pudiera caminar sobre ellas. En eso venía pensando cuando escuchó una voz femenina diciendo su nombre: Guillermo. Billy se volteó. Era Aurelia que también venía de la UNAM después del altercado con Ricardo, su dizque novio robótico.

Billy sonrió y detuvo su caminar para esperar a Aurelia. Ella no sonreía: su rostro amplificaba una tristeza que a Billy le pareció muy extraña. ¿Qué motivo tendría Aurelia para estar triste? Era bellísima, inteligente y, para colmo, su mamá se había sacado quién sabe cuántos millones en no sé qué juego. Billy, en cambio, no tenía un clavo y, de la noche a la mañana, había cambiado su Mercedes *SLK*, por un apestoso, sucio y asfixiante vagón del Metro.

—Y ¿tu galán?

—Se quedó en la UNAM, ¿por qué?

—Aurelia… —Billy decidió cambiar radicalmente de tema. —Ya sé que te conozco muy poco y que no debería de meterme, pero…

—Si "no deberías de meterte", no te metas, Guillermo, —interrumpió Aurelia, mientras empezaba a caminar y a sortear la bombardeada banqueta.

—¿Por qué andas con el tal…? ¿Cómo se llama?

—Ricardo…

—Perdóname, pero eres un cuero y Ricardo es como…

—¿Cómo qué? —Aurelia detuvo su paso, dio una vuelta de tango y encaró a Billy. La tristeza se había convertido en mal humor y en efecto se sentía molesta por la intervención del ex *niño-rico*. Billy sintió su mirada: era de hielo seco.

—No, nada. Perdón —se arrepintió el joven Santibáñez. —Digo, sostengo eso de que "eres muy cuero".

—Gracias, —contestó marcialmente, tocándose el copete con esa gracia originalísima y emprendiendo la marcha de regreso a casa.

Billy arreció el paso para alcanzarla. Caminaron un momento en silencio, evadiendo los charcos y unas varillas que salían del piso como tentáculos. Billy había sido un niño malcriado, burgués, prepotente, soberbio y privilegiado, pero era inteligente y sensible: podía ver la congoja de Aurelia.

—¿Por qué estás triste? —Preguntó a rajatabla Billy.

—¿Qué sabes tú de la tristeza? —Contestó Aurelia sin mirarlo y sin detenerse.

—¿Te peleaste con Ricardo?

Aurelia caminó más rápido. No quería contarle sus cuitas al joven Guillermo: no lo conocía y le parecía un niño *mamón* (sinónimo mexicano de arrogante, altanero, soberbio). Durante mucho tiempo, el muchacho representó todo lo que Aurelia odiaba a muerte. Era un hijo-de-papi, un junior que vivía tirando el dinero que tanta falta le hacía al pueblo de México. Además, el dinero provenía de una casa de bolsa; es decir, de una institución que no producía riqueza real, que hacía transacciones de papel; con valores virtuales. ¿No habían sido los bancos, las casas de bolsa, las financieras y las aseguradoras las que, por su avaricia, habían arruinado al mundo entero? Mientras Billy pasaba un fin de semana en su casa en Coronado, al lado de Nadia, su novia de aparador, una familia en el estado de Guerrero tenía que caminar por cuatro horas para obtener una medicina: mientras él rentaba un *Gulfstream*, una familia entera de la delegación Magdalena Contreras perecía víctima de un alud de lodo.

—¿Puedo ayudarte en algo? —Preguntó Billy con auténtica, legítima, verdadera y bellísima compasión. Aurelia miró esos ojos y no podía creer que la estaban conmoviendo. Tragó saliva y, gracias a los ojos de Guillermo, la tristeza de Aurelia echó raíces y dio flores y frutos.

—No, Guillermo, gracias, —contestó cortésmente Aurelia, mientras ya daba la vuelta en Patricio Sanz, seguida por el joven, auténticamente preocupado.

—No entiendo, —dijo Billy con voz de niño —si lo tienes todo. Todo. ¿Por qué estás triste?

—Si te refieres al dinero que se ganó mi mamá…

—Además de eso. Eres un cuero.

—Es la tercera vez que lo dices, y…

—… Eres inteligente, guapa y…

—¿Por qué tantos piropos? —preguntó Aurelia, mientras esperaba a que se abriera la puerta de la privada, ya que la Suburban piloteada por Casiano se había enfilado para entrar.

—Es la verdad.

—No me conoces. Tú mismo lo dijiste.

—Hay cosas que son evidentes.

—Guillermo, mira, gracias, pero no estoy de humor.

—¿Por qué? ¿Qué te pasó?

Aurelia estuvo a punto de ceder a la tentación de soltar toda la sopa, de vomitar todos los contaminantes que se habían acumulado en los órganos y las venas de su cuerpo.

—Tienes razón. Se trata de Ricardo. —Aurelia ya no dijo más. Entró a la privada, seguida de Billy.

Desde la calle adoquinada se escuchaba la música. Aurelia se detuvo para detectar su origen. Era reguetón (lo escriben así: *reggaetón*). Billy se detuvo a su lado. La puerta eléctrica se cerró.

—¿De dónde viene la música?

—De mi casa —contestó Aurelia con una mueca. —Creo que no quiero ni llegar. —Pero, aun diciendo esto, Aurelia empezó a caminar. Debido a la Suburban, Billy no se dio cuenta que había un *Audi A-6* estacionado frente a la puerta de su casa. Él quería saber más; quería conocer más a Aurelia. Era una mujer fascinante, intensa, inquieta, rebelde, magnífica. La tomó del brazo suavemente.

—Aurelia, —dijo con una dulzura inédita.

Aurelia se volteó y lo miró.

—Eres una chava… realmente extraordinaria.

Aurelia se vio atrapada en los ojos azules de Billy, donde no había más que sinceridad: esos ojos eran puros, francos. Ellos se acercaron un poco a las casas de ambos sin darse cuenta de que, a cinco metros, Nadia abría la boca cómicamente. Había visto la mirada de Billy. Reflejaba una luz nueva, diáfana y deslumbrante. Lo peor del caso es que los ojos de Guillermo Santibáñez no estaban mirando a Nadia, sino a Aurelia: una desconocida.

Billy sintió la mirada de su novia y no pudo disimular los nervios y la culpa. Dio un paso hacia atrás; volteó a verla y trató de sonreír.

—¡Nadia! —Exclamó en un tono con muchos bemoles y se acercó a su novia. Aurelia identificó a Nadia de inmediato: vio el *A-6*, la ropa, el tostado de la piel, la perfección de sus uñas. —Mira, te presento a Aurelia, mi vecina.

Nadia asumió una actitud de infinita soberbia, levantando la barbilla, apuntando los globos oculares hacia abajo, como en picada. Necesitaba dejar claro que ella era de clase superior a *la vecina* de Billy (cuya historia de repentina riqueza ya conocía). "Los peores, son los nuevos ricos" –pensó Nadia dando un paso hacia adelante y extendiendo una mano chiquita, delicada, perfectamente manicurada–.

—Hola, —emitió Nadia, casi con la intención de que la *naca* ésa le besara la mano, como al Papa.

Pero Aurelia no se amilanó. No: todo lo contrario. Sonrió con cinismo, como burlándose de Nadia y le dio un apretón de manos como los que daba su papá, Pepe –de trailero–.

—Hola. Mucho gusto, —mintió Aurelia sin dejar de burlarse de Nadia con un pestañeo estroboscópico.

—Tú eres la hija de la cocinera de Billy, ¿no? —Preguntó Nadia resintiendo el apretón de manos y tratando de sacar su delicada mano de ahí.

—Ex ama de llaves, —dijo con gran énfasis en la *equis*, como echando mucho aire entre los dientes: "exxxxx"

—Por eso.

—Y tú, ¿quién eres? —preguntó Aurelia, rogando en silencio que ese apretón de manos le hubiera quebrado algunas falanges.

—La novia de Billy, —afirmó con entereza, zafándose al fin del yugo de Aurelia.

—No sabía que tuviera novia. Guillermo no me contó nada.

La guerra entre ambas mujeres empezaba en ese momento. Aurelia les tenía un odio ancestral, visceral, instintivo, a las niñas ricas y a ésta quería chingársela a toda costa. Nadia nunca debió haber elegido esa mirada, ese tono en contra de Aurelia. Billy se quedó impactado, porque parecía que él le interesaba a Aurelia; de otra forma, ¿por qué habría de entrar en una pelea felina con Nadia?

—Pues, sí. Sí tiene novia. Soy yo. Llevamos dos años.

—Se me hace raro que hayan seguido después de que Billy se volvió pobre; —precisó Aurelia, provocando que sus glándulas de veneno produjeran más y más ponzoña.

—*Obvi*: lo amo independientemente de su dinero.

Billy esperó un instante a la respuesta de Aurelia. Pronto se dio cuenta de que él estaba disfrutando de ese encuentro.

—¿Lo amas a pesar de que va a estudiar en la UNAM; de que ya no tiene coche ni dinero para invitarte a cenar al *Maxim's*?

—El amor es incondicional.

—Y… ¿es recíproco?

Aurelia miró a Billy afinando su sonrisa burlona. Con el tono y el gesto había implicado, claramente, que Billy le había confiado a Aurelia algo; que ambos tenían una relación que iba más allá de la vecindad. Nadia se empezaba a quebrar un poquito. Miró a Billy.

—Espero, —dijo poniendo la cara de una niña inocente. Billy se conmovió. Después de todo, Nadia había estado con él todo este tiempo desde los primeros días de la ruina y lo había cuidado como una enfermera a su paciente. Aurelia –una niña muy perceptiva y suspicaz– leyó cada gesto, cada pausa, cada elemento del lenguaje corporal de ambos. De inmediato descifró la compasión de Billy y la desesperación de Nadia.

—Ven, vamos adentro, —dijo Billy llevando a Nadia del brazo rumbo a su nueva casa. —*Bye*, Aurelia.

—*Bye*, —dijo la mujer sabiéndose triunfadora y observando cómo Nadia se le colgaba de los hombros a su novio. —¡Mucho gusto!

—Exclamó de nuevo mentirosamente, para cerrar la batalla con una estocada final. —*Vales mil,* —imitó casi para sí.

Billy y Nadia entraron a la casa tres, mientras Aurelia, se dirigía a la casa cuatro, de donde emanaba música de *Wisin y Yandel...* "Mírala bien... Eeeehh... Ella es la que rompe el suelo... Y no le importa con quién..." Aurelia pensó en los puertorriqueños con lentes oscuros, respiró hondo y entró a su casa.

Había varias botellas de coñac en la mesa del centro: una de ellas, vacía. La música estaba a un volumen indignante, como para que se escuchara hasta la Estación Espacial Internacional. Pepe, Arcadio y Lucy, estallaban en grotescas carcajadas y Aurelia estaba segura de que Lucy tenía su mano en una zona prohibida de la humanidad de su papá. Además, estaba frotando toda su gordura en el cuerpo de Pepe. Mientras, Arcadio estaba del otro lado, hablando de la amistad, de todo lo que quería a Pepe, de cómo ellos eran más que vecinos y compadres: eran hermanos de sangre.

Pepe vislumbró a Aurelia y les pidió a sus compadres, que se callaran de inmediato. Se incorporó, muy descompuesto, para abrazar a su hija, diciéndole que la adoraba, que era la razón de su vida, que era lo mejor que le había pasado, que la quería con todas las fuerzas de su alma.

—Estás borrachísimo, papá, —gritó Aurelia para compensar el volumen de la música.

Arcadio, también se puso de pie, aunque se tropezó con un tapete y, de milagro, no dejó sus dientes sobre el piso de mármol.

—¡Estás casi tan guapa como tu madre, Aurelia!

—Gracias, Arcadio: no sé si fue un piropo o qué.

Arcadio abrazó a Aurelia, quien percibió el tufo a azufre y charco de la calle que salía de la boca de su antiguo vecino. También sintió su manota morena sobre sus nalgas.

—Perdóname, compadre, perdóname, perdóname, pero tu hija está buenísima.

Aurelia retiró el guante de Arcadio de sus posaderas y se dirigió a las escaleras.

—Sigan con su fiesta.

—No te vayas, no te vayas, hijita… —suplicó Pepe tratando de mirar a Aurelia a través del esmog etílico.

Aurelia sonrió y corrió hacia el piso de arriba.

—¿Nos echamos otra, compadre?

—¡P's qué remedio, compadre!

—Siéntate aquí, compadre, junto a mí, —pidió Lucy, sirviendo la siguiente ronda. —Te conviene, —agregó, pícara.

Aurelia quería ver a su mamá. Tenía mucho qué contarle: de Billy, de la *mamona* de la novia. La puerta de la recámara estaba cerrada. Aurelia tocó.

—Soy yo, ma'.

—¡Pásale!

Aurelia entró y vio a su mamá desmaquillada, en piyama, viendo la telenovela *Sortilegio* en la pantallota gigante. Aurelia odiaba las telenovelas: le parecían tontas, reiterativas, exageradas e instrumentos perversos del capitalismo para enajenar a las masas y condicionarlas al consumo. Las heroínas siempre eran perfectas y no se desmaquillaban ni para ir a dormir; los héroes eran unos rubios, extranjeros, con acentos raros y cuerpos increíbles sin un solo pelo en pecho. Aurelia creía, de corazón, que la televisión debería y podría ser educativa, promover valores importantes para el crecimiento de México. Pensaba que las telenovelas eran resultado de la mezquindad de los empresarios de la televisión que no tenían imaginación para producir contenido más enriquecedor, más profundo, más *útil* para la sociedad.

Pero Aurelia no era tan idealista ni tan ingenua como para pensar que la televisión debería de ser manejada por el Gobierno (tradicionalmente ineficiente para administrar cualquier tipo de empresa). El Gobierno no haría más que convertir a la T. V. en un instrumento ideológico o partidista (y sería aburridísima). Sabía que la televisión era un negocio: de lo que se quejaba era del éxito fácil, de la falta de imaginación. Sabía que era posible transformar a los medios masivos en herramientas del desarrollo, sin que éstos dejaran de ser un negocio para alguien (de otra forma no se podrían financiar y desaparecerían).

Pero en realidad Vicky ni siquiera estaba viendo *Sortilegio*. Es decir, miraba hacia la pantalla sin registrar las imágenes ni la historia. Además, era casi imposible escuchar algo, puesto que la música que venía de abajo invadía todos los rincones de la casa —y ciudades aledañas—.

Aurelia se dio cuenta de inmediato que su madre estaba deprimida. Tomó el control remoto y apagó la pantalla. Vicky no protestó.

—¿Qué pasa, ma'? —Preguntó Aurelia con suavidad, sentándose en la cama, al lado de su madre.

—Tu papá se madreó a don Hernán.

Por un instante, Aurelia creyó que la telenovela continuaba ahí en la pantalla con su madre como heroína. La escena de Pepe y Hernán había afectado mucho a Vicky: sentía una ira incontrolable, que Aurelia podía captar de solo mirar los ojos de su madre.

—¿Por qué?

—¡Porque es un macho, hija; porque necesitaba marcar su territorio!

—¿En dónde pasó eso?

—Aquí, aquí… abajo. Don Hernán y yo estábamos platicando, cuando llegó tu papá con los compadres.

—Sí: los acabo de ver. Los tres están hasta las chanclas.

—¿Sabes qué, hija? —Vicky se puso de pie. —¡Vámonos!

—¿A dónde?

—Me voy a poner guapa y tú y yo nos vamos a ir a cenar a un lugar elegantioso. —Diciendo esto, Vicky caminó hasta al baño. Aurelia no tenía ganas de ir a un lugar *elegantioso*, pero su madre lo necesitaba, así que aceptó.

Billy no tenía el valor para decirle a Nadia que no sentía nada por ella. *Absolutamente nada* o *nada-de-nada* (*nichts*, *nothing*, cero). A pesar de ser un niño mimado y caprichudo, Billy era capaz de sentir culpa.

Nadia se había entregado incondicionalmente a él en los días más difíciles de su vida y deseaba sentirse agradecido.

Pero ¿de verdad la entrega de Nadia había sido incondicional? ¿Era amor verdadero lo que ella sentía por él o más bien una necesidad, una dependencia? ¿Era por vacío, por soledad, por incapacidad, por terquedad que ella seguía con él? O, acaso: ¿había seguido con él solamente porque era mal visto socialmente abandonarlo en esas condiciones?

Nadia sintió esa mirada con forma de signo de interrogación y le preguntó a su novio qué pasaba. El cerebro del muchacho, a pesar de la angustia que había sufrido a cada minuto desde que se enteró de la bancarrota de su papá, ahora, parecía funcionar mejor que nunca. El glamur, las casas, los aviones, la ropa eran velos que Billy había tenido frente a sus azules ojos. Ahora, cuando había percibido los olores del Metro; cuando había conocido a Aurelia (y la había *defendido* de un mañoso); cuando había recorrido los jardines de la UNAM, cuando había perdido para siempre su *Mercedes*, el joven había adquirido una lucidez, un sentido de la realidad que lo sorprendían. Los objetos, los símbolos de la burguesía habían sido frenos al pensamiento de Guillermo Santibáñez. Y es que para él todo había sido pre masticado, pre digerido (como los pájaros que alimentan a sus crías). La realidad de su ser le había llegado de golpe; como la bocanada de calor que percibió la primera vez que bajó a los túneles del transporte colectivo. En aquellos momentos, Billy no se había encontrado a sí mismo, no sabía quién era (pero, después de todo, ¿quién lo sabe de cierto?). Estaba seguro —eso sí— de que **no** amaba a Nadia y ahora, como Descartes, ponía en duda todo lo que había dado por sentado: más que nada el supuesto amor incondicional de Nadia.

El papá de Nadia había estado a punto de meter a la cárcel al papá de Billy: ¿no era, entonces, la culpa la que estaba dictando el comportamiento de Nadia? "Pobrecito de Billy: mi papá quiere meter a la cárcel a mi suegro; no puedo dejarlo desamparado".

Nadia había dependido siempre de Billy: de su liderazgo, de su impulsividad, de su osadía, de su creatividad para el desmadre, los viajes, la fiesta y la cama. Nadia había sido *feliz* (¿?) cobijada con la sombra de Billy. Pero gran parte de la capacidad creativa y la asertividad de Billy habían crecido en una proporción directa con su dinero. ¿Qué había quedado después de la convulsión?

Primero pensó que solamente horror y angustia. El miedo, consecuencia de haberlo perdido todo, era la emoción primigenia. Pero ahora el miedo iba cediendo poco a poco y Billy se había dado cuenta de que sí había quedado algo después del exterminio; de la Tercera Guerra Mundial. La curiosidad que sentía por Aurelia; la necesidad de conocerla más; la emoción de descifrarla, eran elementos que probaban la hipótesis de que Billy sí tenía sangre-en-las- venas, que no había perdido el alma.

Y no podía amar a un ser anodino, a un niña-rica-tonta, sin más ambición que casarse, tener hijos y vivir una vida burguesa *normal*. Billy, en esos momentos, se dio cuenta de que se rehusaba a volverse un *Kent*: un muñeco predestinado, de hule, sin más personalidad que la que le dieron los objetos, los símbolos de la clase triple-A.

—Llevas años viéndome y no dices nada, Billy. ¿Qué onda? —Preguntó, angustiada Nadia, mientras tomaba las manos de su novio con desesperación.

—¿De verdad me amas? —Preguntó, honestamente intrigado, Guillermo Santibáñez.

—¡Claro que te amo! ¡No manches! ¿Por qué me preguntas eso?

—Es que creo que no me amas. Que sigues conmigo, porque te da miedo de quedarte sola. Porque tu vida no tiene más... más contenido que el que depende de mí, de lo nuestro.

Nadia lo miró con una mueca como de chino leyendo sánscrito.

—¿Qué te pasa, eh? ¿Te movió el tapete la hija de la cocinera?

—Ella no tiene nada qué ver; —contestó Billy, dándose cuenta de que hablar con Nadia era como platicar con un oso de peluche parlante con las pilas bajas. Aunque tampoco era tan tonta como para no darse cuenta de que Aurelia había causado un efecto en el galán.

En todo caso, antes de que replicara Nadia, ya había bajado Valeria vestida de colegiala con unos tacones gigantes y dejando ver dos pechitos como cachorros de melón. Valeria se veía espectacular y claro, parecía de dieciocho años (lo que era indispensable para entrar al antro).

—¿A dónde vas? —Preguntó Billy frunciendo paternalmente el ceño. —¿Es el uniforme de la escuela nueva? —Agregó con dizque sentido del humor.

—Al antro.

—¿Con qué lana?

—Voy con Kate, mi vecina.

—Ay, hermanita, —sonrió Billy. —Eres…genial.

—Gracias, —coqueteó Valeria. — ¿A poco creías que me iba a quedar encerrada en esta casucha?

—Por lo visto —agregó Nadia tratando de ser ingeniosa —los vecinos han causado un gran impacto en esta familia.

—¿Por qué lo dices, Nadia?

—¿No sabes que tu hermano y… Aurora o como se llame…?

—Aurelia —interrumpió Billy.

—¿A poco…? —Preguntó, Valeria, curiosa.

—No, *síster*. No hay nada entre ella y yo. Nadia está alucinando.

—¿De verdad crees que estoy alucinando?

—Bueno, yo los dejo con sus broncas maritales. ¡*Bye*!

La mini-mini de Valeria voló como tutú, cuando ésta se dio graciosamente la vuelta sobre sus mega-tacones y salió por la puerta principal.

Vicky, guapa, orgullosa y renovada, se encontró con una Kate estrenando lo último-último de la moda juvenil. La ropa y los accesorios eran auténticos. Ya no necesitaba usar marcas pirata. Kate era el *real-deal*. No había detalle que no estuviera perfecto. Vicky tuvo el impulso de decirle a su hija que estaba muy despechugada, cuando ella misma miró hacia abajo y se dio cuenta de que la blusa negra que se había puesto tenía un marcado escote en *v*, (*v* de "se te *ve* todo"). Se contuvo. Ella y Kate ya habían hablado del antro; de que Casiano las llevaría (a Kate y a Valeria) a uno (o varios) "centros de entretenimiento para jóvenes". Vicky le había dado dinero, incluso.

Le dijo a su hija que pasarían primero a algún restaurante elegante, donde se bajarían Vicky y Aurelia y que, luego, Kate y Valeria podían ir a donde fuera (siempre con la supervisión de Casiano). Kate estuvo de acuerdo y, junto con Aurelia, decidieron salir lo más rápido posible de la casa, para que Pepe y los borrachísimos compadres, no empezaran con las necedades propias del consumo excesivo del etílico. Sin embargo, al salir, Pepe sí alcanzó a ver a las tres mujeres salir: las tres, realmente hermosas (Aurelia se había cambiado y se había dado una *manita de gato* para salir con su mamá). Quiso alcanzarlas, pero tropezó con la mesa del centro y solo alcanzó a preguntar: "¿a dónde van?". A la mesa del centro se le cayó una pata y los *París de Noche* que descansaban sobre la misma, se derramaron sobre el mármol y un tapetito blanco que había debajo. Los compadres se carcajearon y Lucy se ofreció a levantar a Pepe. No pudo y cayó encima de él, con todo y su peso completo. Los pechos de Lucy (del tamaño de sandías transgénicas súper desarrolladas) le quedaron a Pepe en la nariz. Arcadio estuvo a punto de orinarse de la risa, lo que hubiera completado el patético cuadro.

Aurelia miraba, como en un zoológico, a los *animales* que esa noche estaban en el *Hunan*: restaurante cantonés ubicado en Insurgentes y Altavista (al sur de la ciudad, no muy lejos de la colonia *La Florida*). El techo del lugar tenía una altura enorme y en el fondo había una selva tropical –quién sabe si natural o de plástico–. Una joven atractiva, guiaba a Aurelia y a Vicky hacia su mesa. Vicky era un imán de miradas. Los caballeros de edad madura torcían el cuello para mirar cómo la ex cocinera flotaba sobre el piso, sintiéndose Carlota, la esposa de Maximiano (sin la locura). Aurelia había decidido acompañar a su mamá no por conocer el *Hunan* ni probar las delicias de la comida china occidentalizada, sino para hablar con ella. Vicky había puesto especial cuidado en verse maravillosa (ayudada por las compritas de *El Palacio de Hierro*). Mientras ambas mujeres caminaban a su mesa, Aurelia se acercó a su madre y le dijo en secreto, sonriendo, orgullosa.

—¿Ya viste cómo se te quedan viendo los… *caballeros?* Y eso que son de alta-alcurnia… que, si no…

—Ésa es la idea, hija, —murmuró como gacela, Victoria, la de Ixmiquilpan.

La *hostess* señaló la mesa y el capitán les ayudó a sentarse.

—Bienvenidos al *Junans.*

—Gracias. Queremos champaña —ordenó Vicky a rajatabla.

—Con todo gusto… le traigo la carta del *champán,* —dijo el capi con toda propiedad, alejándose con una reverencia.

—¿La carta del champán? —Le murmuró Vicky a su hija. —Y ¿cuál vamos a escoger?

—No sé, ma'… ¿La más cara? —Preguntó, en broma, Aurelia.

—¡Claro! —Vicky se lo tomó en serio.

Un estallido alucinante de luces; explosiones de música y la fascinación de Kate. Embobada, pasmada, babeante, conmocionada del espectáculo de *La Cúpula:* un antro en el Centro, sobre un viejo edificio decó, con un pegoste de cúpula churrigueresca, un antiguo elevador de hierro y todos los *chavos-bien* del mundo.

Valeria miró a su *amiga* con una sonrisa burlona.

—¡Cierra la boca! —Gritó, en medio de una carcajada.

Kate obedeció: dejó de babear y empezó a sentirse como si le hubieran inyectado cuarenta mil kilovoltios.

—¡Vamos por algo de tomar! —Ordenó Valeria, tomando de la mano a Kate como a una ciega y llevándola a la barra, donde pidió dos *Bules* con *Absolut-Peach.*

—¿Qué pediste?

—¡Tú tómatelo y ya, Kate! —Ordenó Valeria. —Y paga, por fa'.

Kate se sorprendió por el precio de las bebidas, pero pagó con gusto e ingirió, junto con Valeria, por lo menos medio vaso de *Red-Bull* con vodka. Kate tardó en entender el sabor, cuando ya un chavo de unos veintidós años se acercaba, al tiempo que se levantaba un gigantesco copete de los años sesenta.

—¡Tú sígueme la corriente! ¿Eh? —Le susurró Valeria a Kate.

—¿*Oquei?*

Kate asintió, todavía con cara de niña asustada. —¡Y quita esa cara de mensa, *uey*! —Exclamó Valeria justo a tiempo, porque el copetón ya estaba frente a ellas en actitud franca de ligue.

Las dos adolescentes eran hermosas a más no poder y podrían haber emprendido fácilmente la carrera de modelaje, sino fuera porque ninguna de las dos pasaban del metro sesenta (sin los tacones que les daban quince centímetros más). Sin embargo, Kate, aunque ligeramente apiñonada, tenía los finos rasgos de Vicky y, sobre todo, sus redondos atributos.

El joven, de nombre Fran (más bien apócope), dirigió sus ojazos verdes a Kate, lo que provocó que Valeria echara chispas.

—Hola, me llamo Fran, —dijo el susodicho con el tono cantado de la burguesía chilanga. —¿Cómo te llamas?

—Kate, —contestó tímida la hija de Vicky, sonriendo a plenitud, porque Fran, a juicio de ésta, estaba guapísimo.

—¿Cuántos años tienes, eh? —Fran tenía que checar ese dato prioritariamente, antes de cometer estupro. Valeria se anticipó a contestar, empujando a Kate, como *linebacker* de los *Vaqueros de Dallas*.

—Dieciocho… y ¿tú, Fran? —Dijo Valeria, coquetísima, tratando de hacerle sombra a Kate.

—Veintidós. —Ahora, Fran buscó, de nuevo a Kate. —¿Tú también tienes…?

—Sí, sí —mintió Kate, asomándose sobre el hombro de Valeria. —Dieciocho, dieciocho, —insistió.

—¿Estudian o trabajan? —Preguntó en broma Fran.

—Ya sé quién eres, —interrumpió Valeria. —Francisco Téllez.

—Sí, ése soy yo; —dijo, casi apenado.

Con una mirada, Valeria impidió que Kate preguntara una perogrullada, como: "¿quién es Francisco Téllez?".

—¡Guau! …Tu abuelo es…

—Olvida a mi abuelo, por fa' —ordenó Fran, enojado de que siempre hicieran referencia al dueño de una de las cementeras más grandes del mundo.

—Es el nieto de uno de los hombres más ricos del país, —le susurró Valeria a Kate, casi rompiéndole el tímpano y llenándole la oreja de saliva y *Red-Bull*. Pero en ese momento Kate vio una mirada y un conjunto de rasgos en el muchacho que denotaban tristeza, soledad, sinceridad. Kate se conmovió por un segundo, cuando ya llegaba el amigo de Fran: Chano, un joven de pelo chino, con look desaliñado, la barba cuidadosamente a medio crecer, la camisa gigante, de fuera y huaraches. Llevaba una bebida en la mano.

—¿Qué onda, mi Fran? ¿Me presentas a las niñas?

—Kate y...

—Valeria... —Valeria omitió el apellido. Si decía "Santibáñez", todo se vendría abajo. El país entero sabía de la ruina y deshonra de Hernán.

Kate no dejaba de mirar los ojos turquesa de Téllez y de tratar de adivinar por qué estaba tan triste. Fran sintió esa mirada en la garganta y el intestino y, sin decir palabra, tomó a Kate de la mano para llevársela a bailar. Kate alcanzó a vaciar el contenido del *Vodkabull* o *Bullka* en su garganta y se dejó llevar por Fran. Mientras, Chano ya le aventaba la jauría a Valeria, aunque...

—Te me haces conocida, *uey*.

—¿Neta? ¿De dónde?

—No sé. ¿Vienes mucho a los antros?

—Sí. Seguro nos hemos visto.

—¿Quieres otro de lo que estás tomando?

—Sí: vodka con *bull*...

—Sale.

Chano pidió las bebidas, pagó y empezó a bailotear al ritmo de *Lady Gaga*, y su rostro de póquer.

—¡Me encanta esta canción!

Pero Valeria trataba de ubicar a Kate en la pista; fracasando, puesto que había muchísima gente y las luces intermitentes impedían reconocer los rostros.

—¿A quién buscas, *Vale*?

—A tu amigo Fran.

—¿Por qué? ¿Temes por tu amiga?... No te preocupes, Fran es inofensivo —aclaró Chano, al tiempo que, en su bailoteo, aprovechaba para tocar la cintura y los brazos de Valeria. —Estás muy cuero, *uey*,

—reconoció Chano, moviendo la melena china y mostrando unos dientes de un blanco imposible.

La champaña sabía a sidra un poco pasada —a juicio de Vicky, quien no entendía cómo una botella de *Cristal* podía costar lo que ella gastaba en un mes, en sus épocas de *asistente* de los Santibáñez–.

Aurelia no quería hablar de la sidra ni del precio de las burbujas, sino de lo que estaba pasando con su madre, con el matrimonio de sus padres, con el cambio radical de vida que habían tenido todos; así que, una vez que le dijeron al capitán que trajera "un poco de todo", Aurelia abrió el tema.

—Estás muy enojada, ¿verdad, ma'?

—¡Encabronadísima! —Dijo Vicky, arrepintiéndose al instante, porque estaba en un lugar con gente *finíiiisima*. Volteó a todos lados, como para verificar que nadie hubiera escuchado la palabrota. Un hombre de pelo plateado, de traje y con apariencia de banquero, le sonrió a Vicky, quien asintió educadamente.

—Nunca pensé que mi papá estuviera celoso de don Hernán.

—Es un pen… es un idiota, hija. Porque, una cosa es que estés celoso y otra, que te quieras ma… que le pegues a un señor –que ni la vio venir– porque estaba platicando conmigo.

—A menos… —empezó a decir Aurelia, formulando una sonrisa pícara —… que mi papá sí tenga razón de estar celoso.

—¡Aurelia! ¡Cómo crees! ¡Yo sería incapaz de faltarle a tu padre! ¡Ya lo hemos hablado!

—No te enojes, ma'… Lo que pasa es que, cuando llegamos a la casa nueva y nos encontramos con los Santibáñez, yo vi la mirada que Hernán…

—¡Ninguna mirada! —Interrumpió Vicky, aplastante, definitiva. —Fin de la plática.

—Perdón. Pensé que íbamos a hablar de mi papá.

—Ésa es otra cosa, hija… Pero, antes de hablar de Pepe, vamos a brindar.

Vicky levantó la copa de champán y trató de sonreír. Aurelia hizo lo propio.

—¿Por qué vamos a brindar?

Vicky se quedó pensando. ¿Por qué iban a brindar? ¿Por el amor? ¿Por la familia? ¿Por el *Chispazo*?

—¿Mamá? —Presionó Aurelia.

—¡Por la familia! —Exclamó en automático, Victoria Ramírez, del estado de Hidalgo: ex ama de llaves, ganadora de un premio millonario; madre de dos hijas, esposa de un hombre que acariciaba el cabello de Lucy (que se había quedado completamente dormida), mientras Arcadio fingía manejar la *Hummer* por una carretera de California, al lado de una gringa loca (aunque estaba acostado, en el mármol, boca arriba).

Aurelia percibió la mentira del brindis de su mamá que se estaba forzando a sí misma para estar contenta en esa noche, en la que estaban rodeados de gente *fina y elegante*, en el restaurante *Hunan*, donde dos meseros colmaban a Vicky y a su hija de platillos chinos: filete en salsa de ostión, cerdo agridulce, pato de Pekín, *eggrolls* y demás.

—Mejor cuéntame tú, hija. —Dijo Vicky, —porque, la neta, no quiero hablar de Pepe. Lo traigo atravesado. Vamos a hablar de Ricardo.

—¡Ay, no! —Reviró Aurelia sin pensar. Vicky se le quedó viendo sin decir nada.

—¿Ya te dije que…?

—Sí, ma': ya me dijiste que Ricardo es muy-poca-cosa para mí: que yo merezco más —dijo Aurelia con amargura. —Y ¿te digo una cosa? —Aurelia hizo una larga pausa en la que degustó el pollo almendrado. —Tienes toda la razón.

—Entonces, ¿por qué andas con él, hija?

—Quise intentarlo. Lo hablamos. Es que… ay, ma'… Me da… —Aurelia pensó mucho la palabra: barajeó varias en la mente, pero había una sola. —Me da lástima.

—Uy, hija: ¡ése es el peor sentimiento!

—¿No me digas? —Preguntó o afirmó Aurelia con ironía. —O sea, es lindo, inteligente: me trata bien, pero…

—No sientes nada —completó Vicky.

Aurelia miró el lejanísimo techo del restaurante. Se sentía mal consigo misma. Nunca debió haber accedido a la relación con el... el *ciborg*. Sobre todo por él; por Ricardo, que siempre estuvo enamorado de ella. No era justo que Aurelia lo hubiera ilusionado cuando ella ni siquiera lo amaba. Bastante pendeja para ser inteligente.

—Hoy en la mañana me fui con Guillermo Santibáñez a la UNAM, en el Metro, —dijo Aurelia como en taquigrafía, provocando que su madre abriera los ojos y emitiera una sonrisa destinada a desquitarse de la expresión de Aurelia cuando habló de Hernán.

—¡No pongas esa cara!

—¿Cuál cara? —Fingió Victoria.

—¡Te conozco, madre!

—Te volteo la tortilla, hija: Billy es un muchacho guapo que...

—Que no soporto, —interrumpió Aurelia.

—¿Porque es... rico? Bueno, *era*...

—En parte sí. No tiene lana, pero sigue igual de mamerto.

—No. No es verdad. El joven-Billy no es nada mamerto. Es un muchacho noble, generoso, lindo. Lo conozco muy bien, hijita: desde hace ocho años, cuando apenas era un adolescente. Billy heredó la nobleza de su padre. No es prepotente ni nada de eso. Digo, ahorita sí ha de estar sacado de onda, porque no sabe ni dónde puso el huevo, pero dale tiempo y se va a adaptar.

Aurelia tuvo un silencio, mientras se comía un taco de pato de Pekín, en tortilla de harina de trigo. Aurelia estaba disfrutando muchísimo la comida y, como siempre, se la estaba pasando muy bien con su madre.

—Cuando llegamos a la casa, hace rato, estaba su novia... ¿Nadia?

—¡Ay, hijita, esa pobre!

—¿Qué tiene?

—No rebuzna, porque no se sabe la tonada. Es bruta a más no poder.

—Está guapísima, ma': parece modelo.

—Todo lo que tiene de guapa, lo tiene de pen... —De nuevo, Vicky se contuvo, para respetar el santuario chino y a los pirrurris que los rodeaban.

—Pero entonces no entiendo, —dijo Aurelia, probando el arroz frito, combinado con bambú y cerdo agridulce. —Si Billy, como dices, es tan inteligente, ¿cómo es que anda con una *pen-tonta*, ma'?

—Es como el patrón, hija. Escogió a la señora Carolyn porque era muy, pero muy hermosa... eh... se casó con ella para usarla como... *adorno*.

—¡Híjole, mamá: qué gente!

—Pues, sí... Muchos hombres ricos andan con mujeres hermosas, nada más pa' presumir. Ahí está el ejemplo del esposo de Salma *Jayec*; el francés ése...

—Entonces, ¿Billy no quiere a la tal Nadia?

Aurelia volvió a sonreír. La pregunta de su hija tenía una intención clarísima.

—¿De qué te ríes?

—De que **no** te interesa Billy, ¿verdad?

—¡Claro que no!

—Pues, no, no la ama. Nunca la ha querido, hija. Billy está repitiendo el... ¿cómo se llama?

—Molde... esquema... modelo...

—...El *modelo* de su padre. Ahora, lo extraño es que la señorita Nadia siga con el joven Billy.

—¿Por el dinero?

—Exacto. Esa gente es así. No tienes lana, no eres nadie. Y el papá de Nadia es un señor con mucha lana y mucho poder.

—¿Sabes qué creo? —Se preguntó Aurelia sin esperar la respuesta. —Que, como Nadia siguió con Billy a pesar de que perdieron su posición económica, él está como que agradecido con ella.

—Chida teoría, hija... —Vicky sonrió al fin de manera sincera y volvió a brindar.

El *Red-Bull* y el Vodka *Absolut*, eran una curiosa combinación en el organismo de Kate. Se había tomado ya cuatro y su cuerpo estaba viviendo una disonancia endocrina. Ahí estaba, bailando con un chavo muy guapo, con todo el *varo* (dinero, plata, lana) del mundo, en un antro decó-churrigueresco-barroco-posmoderno, rodeada de *gente bien* y todo parecía un sueño. El cambio había sucedido demasiado rápido y, de las fiestas en la calle en ciudad Neza, al lado de chavos-banda; darketos-tenochcas-emos-chemos y música distorsionada, Kate había logrado llegar a la antesala del paraíso. Sentía que cada salto que daba era un brinco hacia el cielo, como si la pista fuera un *tumbling*. La música de Katy Perry y Britney vibraba en el pecho de la joven, como si proviniera del interior de su cuerpo. Sentía las manos de Fran que la tocaban, de vez en cuando, respetuosamente: pero cada roce era para Kate un frenesí. Las luces eran estrellas fugaces; el galán era un príncipe y estaban en la corte de los Reyes de España. Ella se había convertido en princesa: era *La Cenicienta*, moviéndose en medio de la pista, en brazos del consorte, ante la mirada de todos.

Valeria Santibáñez estaba en un sillón, sintiendo cómo la mano derecha de Chano estaba buscando su pequeño pezón: rosado y saltón. Ambos se besaban con todas las de la ley, pero Valeria tenía abiertos los ojos. Estaba mirando hacia la pista, donde Kate, más que bailar, nadaba como delfín en el mar. Y lo peor del caso: Fran estaba fascinado con ella. Ellos dos hablaban poco. Sonreían, coqueteaban danzaban cortejándose. Kate se acercaba, lo tocaba; se alejaba. El juego de la seducción era universal y se aplicaba en cualquier clase social.

Fran era un excelente muchacho —muy diferente a Chano, que nada más andaba buscando dónde inyectar su veneno (y creía estarlo logrando con Valeria)—, lo que había sido una casualidad positiva para Kate, en esa primera noche de reventón. Kate no lo sabía en ese momento, pero Fran era incapaz de siquiera besar a Kate en la primera noche. Había sido educado en la vieja escuela. Su madre le había enseñado que, dinero más o menos, era fundamental respetar a la mujer y que lo más importante era encontrar a alguien que lo quisiera a uno esencialmente: es decir, por lo que uno era, no por lo que uno poseía o representaba. Esas cursiladas, repetidas hasta la eternidad, habían echado raíces. Fran bebía muy poco, aunque sí le gustaba la fiesta. Claro, por ahí, andaban sus guaruras, siempre vigilantes. Abajo lo esperaba una camioneta *Range Rover*, blindada y un *Avenger* con tumbaburros de escolta.

Kate y Fran no habían platicado nada, pero había algo que le gustaba al joven Téllez; algo más que la evidente belleza de la niña. De manera que Fran se le acercó al oído y le dijo:

—Te invito a cenar.

Kate sintió que sufría un infarto masivo al miocardio, pero trató de disimular. Sentía un molesto temblor en sus manos y en sus labios que era producto de la cafeína y la taurina del *Red Bull*, pero accedió de inmediato.

—Déjame le aviso a Valeria.

Kate y Fran buscaron con la mirada a Valeria y se dieron cuenta de que Chano ya andaba acortando aún más la de por sí cortísima falda de la muchacha Santibáñez. Kate se acercó sin pudor y le dijo a Valeria al oído.

—Voy a cenar con Fran. Cuando quieras regresarte, háblame y yo le digo a Casiano que venga por ti. *Bye*, amiga. ¡Gracias!

Kate le dio un beso a Valeria y tomó la mano a Fran, jalándolo prácticamente –no se fuera a arrepentir–. El cerebro de Valeria estuvo a punto de salírsele por sus ojos: la envidia era incontenible. Se puso de pie, a pesar de que Chano ya estaba bien *calientito* y caminó hacia la barra. Chano se quedó frustrado un momento y luego la siguió. Valeria pedía un tequila… solo, triple.

Billy se encontró con Hernán en la recámara del primero. Hernán no quería estar con Carolyn. Sentía repugnancia, como si estuviera frente a una sopa de cebolla con pimientos y ostiones frescos. Estaba estudiando la contabilidad de las lavanderías, sentado sobre la cama de Billy. Billy venía de hablar con Nadia, quien había llorado y le había preguntado, a moco tendido: "¿ya no me quieres?" El corazón de Billy no soportó el drama y le dijo que sí la quería, pero que, como ella claramente lo sabía, estaba-pasando-por-momentos-difíciles. Nadia se fue más o menos satisfecha con la explicación, sin saber que Billy, no hacía más que pensar en Aurelia.

—¿Qué onda, pa'? ¿Vas a usar mi cuarto de oficina?

—Perdón, hijo; —dijo, culpable, Hernán, mientras recogía su tiradero de papeles.

—No te preocupes. Te estoy cotorreando… ¿por qué no estás en tu recámara?

—Francamente, no quiero estar con tu mamá.

—¿Qué te pasó? —Preguntó Billy al acercarse a su papá y ver la inflamación en el labio de su papá y el enrojecimiento de su nariz.

—Me golpeó el esposo de Vicky.

Billy no sabía si reírse o ser solemne. Optó por la risa; misma que se le contagió a Hernán.

—¡No manches, pa'! ¿Qué le hiciste a Vicky? —Preguntó entre risotadas Billy.

—No le *hice* nada: te lo juro. —Hernán ahora, tenía una voz parecida a la que resulta de inhalar helio.

Ambos se rieron juntos por primera vez en mucho tiempo.

—¡Ya, deja de reírte que me duele el labio, hijo! —Trató de balbucear Hernán, en medio de una incontrolable y muy placentera carcajada. La risa era la expulsión de los malos espíritus; el exorcismo de toda la ansiedad que se había acumulado desde que Hernán empezó a ver la caída de los mercados internacionales.

Padre e hijo se miraban y volvían a caer en la cascada de la risa, liberándose de las noches de insomnio, del miedo a terminar en la cárcel, de la angustia de perderlo todo. No podían detenerse, aunque lo intentaran, pero el abdomen ya les estaba doliendo.

En medio de esa catarsis milagrosa se materializó, en el umbral de la puerta, como un aparecido, Carolyn. Parecía *La Llorona* o la imagen clásica de la muerte mexicana, *La Catrina*: piyama negra, de seda; piel de una blancura ya irreal, cero maquillaje y la sensación de que no pertenecía a esa familia −ni a este mundo−, que era una entenada, una huérfana o una selenita. Mirando a su esposo y a su hijo reírse sin control, Carolyn se sintió más sola que nunca. De hecho, siempre estuvo sola; solo que antes la acompañaban las sirvientas, los masajistas, el chofer, los guardaespaldas, el peinador y las dizque amigas: la mamá de Nadia; la esposa de Téllez Jr.; *La*

Chiquis, La Cuquis, La Chata, La Nena… Amigas que desaparecieron del horizonte en cuanto salió la primera foto de Hernán Santibáñez en los periódicos.

¿Qué debía hacer Carolyn para recuperar a su familia? Debía seducir de nuevo a su marido: encantarle, como en los viejos tiempos; establecer una nueva relación con su hijo Guillermo. Conectarse con Valeria sería mucho más difícil.

Lo primero era dejar de parecer espíritu viviente: tenía que alimentarse, hacer ejercicio, recuperar su turgencia; arreglarse, peinarse, vestirse. Todavía tenía gran parte de su guardarropa. No podía seguir como alma en pena, como trashumante, como autómata. No importaba que ya no tuviera a *Joss Claude* que la peinara; ni a su maquillista, su manicurista y la que le pintaba el pelo. Ella podía hacerlo. Se volvería hermosa para su marido: lo seduciría de nuevo, como la primera vez. Luego, hablaría con Billy; se haría su amiga. Sí. Sí. Carolyn no podía hundirse en las arenas movedizas de la depresión, a pesar de que había fallado el proyecto que su madre le había diseñado desde su nacimiento. Sí, Hernán Santibáñez era el administrador de una cadena de lavanderías automáticas y ellos vivían en una colonia de clase media y ella no tenía ni chofer ni coche; sin embargo, tenía que hacer algo antes de ser deglutida por la tristeza, la soledad y la inanición.

Ahí, mirando por el filo de la puerta: viendo como Billy caía al piso, con espasmos de felicidad y Hernán lloraba de risa, Carolyn se dio cuenta de lo equivocada que estaba su madre.

Había tardado más de cuarenta años en comprender que lo importante no era el dinero, sino la familia. La conclusión era muy obvia, pero Carolyn la tenía que vivir desde dentro, a partir de las entrañas. Experimentar todo el proceso. El condicionamiento de su madre; el entrenamiento para parecer una princesa (cuando siempre fue una lacaya); la seducción de Hernán, la boda, el nacimiento de sus dos hijos; la trivialidad de una vida basada en las apariencias. Luego, la ira en contra de Hernán por haberle arrebatado todo. Después, la depresión, el hundimiento total; el fondo.

Ahora, que era una calaca de menos de cincuenta kilos; que sus rasgos faciales se habían pronunciado; que su piel era como papel de china; ahora, que había caído en un precipicio, tenía que salir adelante. Y lo iba a lograr.

Un caballero de barba blanca, vestido de traje, de unos sesenta años, con aspecto de embajador de la República Checa, le sonrió a Vicky al tiempo que el capitán de meseros le decía a la mujer que aquel hombre le había mandado otra botella de champán. Aurelia no perdía la sonrisa. La situación le parecía divertidísima. Vicky le sonrió al barbón y agradeció la botella con un gesto.

—Nos vamos a poner hasta las chanclas, hija.

—Está viejito, pero no está de mal ver, ¿eh? —Dijo Aurelia con picardía.

—¡Cállate! ¿Quieres que ponga un asilo de ancianos?

—Imagínate la lana que no tendrá ese hombre.

—¿Quieres dejar de reírte, Aurelia?

—Es que es inevitable, ma'… ¡Qué bruto, qué pegue tienes!

—¡No me interesa!

—Mamá: te pusiste muy guapa. Estás enseñando la mitad de las pechugas y tu falda es muy sugerente. ¿Cómo no quieres llamar la atención si estás guapísima?

—Ay, hija: ¡favor que me haces!

—Así son la mayoría de las mujeres: se ponen unos escotazos gigantes y, cuando los hombres se les quedan viendo a las bubis, se enojan. No entiendo.

—¿Ahora los vas a defender a ellos?

—A ver, ma': te pusiste atractiva, porque estabas enojada con mi papá. O sea, de alguna manera te quieres desquitar. Aunque él no te vea, tu venganza es que otros hombres te encuentren atractiva.

—Hija: ¡piensas demasiado!

—¡Tengo razón y lo sabes!... Además, déjame decirte que Santaclós viene para acá, —dijo Aurelia, discretamente, con una sonrisa maravillosa.

Vicky se volteó y se dio cuenta de que el *embajador* ya venía hacia la mesa, dejando a su amigo hablando solo.

—Buenas noches. Espero que disculpe mi atrevimiento, señorita, —dijo el caballero, mirando a los ojos a Vicky.

—No se apure, señor.

—Mi nombre es Armando Villaseñor.

—Mucho gusto: Victoria Ramírez. Ella es mi hija Aurelia.

—Un placer, —dijo el hombre besando la mano de Vicky y, acto seguido, la de Aurelia. —A sus pies.

Las dos mujeres se quedaron mudas. Era un caballero en toda la extensión de la palabra. El traje estaba perfectamente cortado: la barba era más blanca que la nieve del Everest y estaba recortada milimétricamente; su loción olía a importancia; sus manos estaban manicuradas a la perfección y sus uñas brillaban como con luz propia. Daban ganas de jalarle la barba para ver si era real. Ahora, las dos mujeres repararon en el gazné de seda y pensaron que al *embajador* le había dado tortícolis.

—Quisiera, sino les molesta, señoritas, poder departir unos minutos con ustedes. ¿Puedo sentarme?

—No. —Sí. —Dijeron al mismo tiempo Vicky y Aurelia, causando el desconcierto del señor-don Armando Villaseñor.

—Siéntese, —dijo Aurelia con autoridad. No le haga caso a mi mamá.

—Le agradezco mucho, señorita. —Armando se sentó y llamó al mesero para pedirle que abriera la botella de champán y la sirviera.

—Y, bien, doña Victoria, ¿a qué se dedica usted?

—Por lo pronto, a nada, señor —contestó rápidamente Vicky.

—La neta es que me saqué veinte millones en el *Chispazo Multiplicador.*

La barba de Armando se erizó.

Fran y Kate se sentaron frente a frente en una mesa del *Café de París*, en la calle de Campos Elíseos (la versión de la Gran Tenochtitlan, no la de París, obviamente). Kate trataba de disimular; intentaba fingir que ya había estado ahí, que toda la vida se había rozado con esa gente; que era una *niña-bien.* Pero era prácticamente imposible estar ecuánime, como si nada, en un restaurante carísimo, frente a Fran Téllez (guapísimo) y todavía bajo la influencia de los contradictorios *Vodka-Booster* o *Perlas Negras* (*¿Pedas Negras?*).

Esa noche había sido un bombardeo de luces, sonidos, olores; Kate fue acribillada por los estímulos y, a pesar de ser una adolescente con experiencia y colmillo; con sabiduría-de-la-calle, en los momentos en los que un capitán amabilísimo le preguntó qué tomaría, ella solo se le quedó viendo con los ojos perdidos. El capitán insistió y, finalmente, Fran le dijo que volviera más tarde.

—¿Te sientes bien, Kate?

—Sí. Bueno, no. No sé: —balbuceó Kate en una especie de castellano, más parecido al celta. Fran sonrió.

—¡Me quedó muy claro! —Exclamó con ironía, pero siempre con amabilidad, con esa bondad que mamó de su madre. Fran era un auténtico príncipe y Kate, una nueva rica, una advenediza, una oportunista que, además, le había mentido al joven Téllez en cuanto a su edad. Ahora, tendría que mentir en cuanto a todo: no le podía decir, así, de buenas a primeras, que tenía quince años (no dieciocho) y que, hacía unos meses, vivía en una casa de tabicón en la colonia Quinto Sol; que su mamá se había ganado veinte millones de pesos y que ésa era la primera vez que había ido a un antro como *La Cúpula*, que conocía a un chavo rico y que estaba sentada en un restaurante de ensueño.

Fran captó el temblor en las manos de Kate y la tocó con suavidad, como para controlar la vibración –como quien agarra el platillo de una batería para aplacar el sonido–. Kate sintió calor en la sangre y electricidad y los dedos suaves de Fran: también, la sonrisa, igualmente tersa.

—¿Estás nerviosa? —Preguntó, conociendo de antemano la respuesta.

—No. Creo que es el *Red-Bull*.

—¿Habías venido aquí?

—No, para nada. —Kate no quiso mentir. La hubieran agarrado en la movida.

—¿Qué quieres de tomar?

—Yo creo que agua sola, Fran. Todavía estoy mareada.

—¿Cuántos vodkas te tomaste?

—No sé. *Ene-mil.*

Fran llamó al mesero y pidió agua para los dos y las cartas.

—¿Tienes hambre?

—Un poquito.

—¿Quieres que vayamos a otro lugar?

—No. Estoy bien. Neta… Digo, de veras…

—¿Dónde vives?

—En la colonia *Florida.* Patricio Sanz… ¿Y tú?

—En *Bosques.* —Dijo Fran, y Kate pensó en aquella criada de Bosque de Arrayanes. Téllez se acercó cinco centímetros más y preguntó:

—¿En qué prepa vas?

—Eh… lo que pasa es que… todavía no decido a qué carrera voy a entrar… Y ¿tú?

—Entré a la *Ibero,* a la carrera de Arquitectura.

—¿Sabes qué? Tengo que ir al baño.

Kate se puso de pie rápidamente como si le hubieran colocado una chinche en la silla y se alejó de la mesa. Se confundió un poco, porque no sabía dónde estaba el baño. Un mesero le señaló. Fran no se perdió detalle. Sonrió. Esa niña era diferente. Tenía *algo*: no era como todas las niñas que había conocido y que, generalmente, hablaban de trivialidades, de autos, aviones, viajes, ropa y ciudades y *moles* en los Estados Unidos. Había en Kate un misterio; un secreto que develar, un acertijo que resolver y sobre todo, una autenticidad inédita.

Aurelia y Vicky salieron de la *Suburban* conducida por Casiano. Habían llegado a la privada de Patricio Sanz y Vicky le había dado instrucciones al chofer para que fuera al antro por Kate y Valeria. Ambas mujeres, mientras Vicky buscaba las llaves de la casa en su bolsa de mano, no paraban de reír, refiriéndose a la cara que había puesto el hombre barbado al escuchar lo del *Chispazo Multiplicador* y cómo Vicky le había hecho un recuento de su vida; desde su casa de piso de tierra en Ixmiquilpan, hasta el champán *Cristal* de esa noche.

Cuando abrieron la puerta, el cuadro era patético. La risa se les borró en el acto. Pepe, Arcadio y Lucy dormían en la sala, uno encima de otro. El recinto era un caos de botellas vacías, botanas, colillas de cigarro y, vómito. El olor era insoportable y el rostro de Vicky se tensó como cuerda de violín.

—¡Huele a madres!

Vicky no dijo nada más. Así, con el rostro de orangután, subió a su recámara y cerró con seguro: Pepe no entraría al cuarto esa noche. Aurelia solo suspiró largamente.

Valeria llegó a la privada más tarde con Casiano. Le había negado el favor supremo a Chano, porque estaba verde de envidia y celos: Kate se había ido a cenar con Fran Téllez y eso no se podía quedar así. Clásico tiro-por-la-culata.

Un rato después, el chofer de Fran se detuvo frente a la casa de Kate. Eran las dos de la mañana. Kate y Fran estaban en el asiento de atrás. Kate había logrado equilibrarse y temblar menos y no había revelado información en cuanto a la verdad de sus *orígenes*; su antigua casa en las márgenes norte de ciudad Neza. Durante la cena hablaron de música sobre todo; aunque, en el café, Fran habló sobre la fascinación que le tenía a su carrera, al diseño de espacios; al arte de los muros y los techos. Kate escuchó, embobada, la perorata de Fran sobre el *Art Decó* (refiriéndose al antro donde se habían conocido); sobre el *Bauhaus*, el *Art Noveau*, Barragán, Ramírez Vázquez, Teodoro González de León. Habló con tanta pasión que Kate decidió en ese momento estudiar arquitectura.

Ya en la camioneta, cuando llegó la despedida, Fran solo le dio un beso en el cachete, le dijo que le había encantado conocerla. Intercambiaron números celulares y Fran la acompañó hasta la puerta, donde le volvió a dar un beso en el cachete y le dijo que nunca había conocido una niña como ella. Kate suspiró: pensó, "¡si supieras!" y entró a la casa, para toparse con el olor a alcohol y vómito y padecer unas náuseas incontrolables.

Capítulo 6

DE AMORES Y DESAMORES

Mari había visto el desaguisado de la estancia, por lo que había decidido proceder con cautela, tratando de no hacer ruido en la cocina; pero cuando bajó Vicky y volvió a ver el patético cuadro etílico de la estancia de su casa —ya con la implacable luz del día—, le dijo a Mari que no tuviera miramientos. Es más, que harían ruido con la novísima batería de cocina. Además de ver a Pepe babeando encima de Lucy, lo que más coraje le daba era la presencia de los exvecinos y compadres. Sobre todo a Arcadio que siempre fue un convenenciero-lascivo, maleducado, lambiscón y pelado (es decir, irrespetuoso). Vicky siempre supo que la amistad de Arcadio y Pepe existía solo porque aquél le traía ganas a ella. Vicky reconocía la mirada lúbrica de Arcadio y por eso le repugnaba. Ahora, al interés de la posibilidad (imposible) de acostarse con Vicky, se sumaba el interés económico.

Vicky, entonces, hizo una orquesta con las sartenes, instando, con cara de *bulldog*, a que los compadres "ahuecaran el ala" (o sea que se largaran lo antes posible). Claro, Pepe los había traído desde la colonia Quinto Sol 1 en su *Hummer*, así que Victoria también despertó, a sartenazo limpio, al susodicho. Los tres despertaron casi tirándose al piso, pensando que habían sido atacados por Al-Quaeda o por secuestradores somalíes.

—Vecinitos, les ruego que se vayan a su casa, porque ya amaneció.

Arcadio de inmediato revisó las piernas desnudas de Vicky, que vestía una bata de seda que acababa de comprar en *El Palacio de Hierro*. Vicky se tapó como pudo y miró a su comadre:

—¿Te gustó tu *almohada-humana*, comadre? —Preguntó con ironía, refiriéndose a Pepe. —Un poco… babosa, ¿no?

—Híjole, perdón, comadre. Perdón. Neta, —aclaró Lucy sin convicción.

—¿Por qué corres a mis invitados? —Preguntó, desafiante, Pepe, inflándose para parecer más grande (como en la fábula del *Sapo y el Buey*). Pero Vicky no se amilanó: subió la barbilla y dijo calmadamente:

—Porque se empedaron en **mi** casa: vomitaron, babearon y quién sabe qué más… Y ya es el día siguiente.

—¿*Tu* casa? —Preguntó Pepe profundamente herido.

—Sí: o ¿la compraste tú?

Pepe sintió dolor en la médula de los huesos. Había sido avergonzado frente a los compadres. Por primera vez en su vida, Vicky lo había humillado públicamente.

—Vámonos, compadres, —dijo, seco, Pepe, ya sin mirar a su mujer: solo buscando las llaves del coche y tratándose de aplacar el gallo y de limpiar la baba emblanquecida de las comisuras de los labios.

Lucy fingía estar apenada y Arcadio imaginaba que le quitaba la bata de seda a Vicky.

—Perdón, Vicky… con permiso, —dijo Lucy, sintiendo una punzada en la cabeza, como si le hubieran metido un remache en el cráneo.

Arcadio, en cambio, se acercó a Vicky —mientras Pepe encontraba las llaves y se disponía a salir—.

—Te ves preciosa con tu bata de seda, Vicky, —susurró Arcadio. Vicky le contestó con una mueca de asco y le señaló la puerta al compadre.

—¡Quédate con tu pinche casa! —Remató Pepe, mientras salía con Lucy y le azotaba la puerta al compadre en las narices. Vicky enfureció aún más:

—¡Pinche borracho! —Gritó Victoria desde lo más hondo del pecho. Arcadio sonrió nervioso, porque casi había perdido la nariz y salió. Pronto se escuchó el motor de la *Hummer* y un rechinido de llantas como en la salida del Gran Premio.

—¡Pendejo! —Exclamó Vicky mientras sentía la mirada de Mari y se calmaba. —Hay que recoger este desmadre, Mari.

—Sí, Vicky. Ahorita lo arreglo, de volada.

Mari fue por los utensilios de limpieza y Victoria se quedó pensando; rectificando. Quizá sí se había visto mal restregándole a Pepe en la cara que la casa era de ella. Vicky sintió el remordimiento crecer desde el bajo vientre hasta la garganta. La culpa era un globo inflándose. Luego, se dio la media vuelta y subió a la recámara. Ese día quería empezar a ver el asunto de su negocio. Tenía que empezar checando locales. Sí, eso es lo que haría: trabajar, distraerse. Echar a andar su empresa de cremas.

Hernán oyó el rechinido de las llantas. Luego, entró a la cocina y se quedó sorprendido. No solo estaba puesta la mesa para el desayuno para toda la familia, sino que Carolyn estaba perfectamente vestida, peinada y pintada. Lo que sea de cada quien, Carolyn sabía cómo sacarse partido: su madre se lo enseñó desde niña y ella misma, ya casada, se había capacitado a través de los viajes, las revistas, los diseñadores de imagen y las otras mujeres de la *alta*. Hernán tenía que admitir que su mujer se veía muy bien; que tenía buen gusto, que no presentaba un exceso de maquillaje. Claro, todavía se veía excesivamente delgada, pero eso, como le dijo la propia Carolyn, cambiaría muy pronto. La mujer haría ejercicio, se alimentaría bien y tomaría el sol (aunque fuera en el jardín, porque no alcanzaba para las camas de bronceo, ni para las cremas de auto bronceo).

Carolyn había ido a la panadería cercana, había comprado bolillos; de ahí, había hecho parada en un *Oxxo*, para adquirir algunas cosas básicas: huevo, jugo, jamón, etc... "¿A qué hora se despertó, entonces?" –Se preguntaba Hernán–. Hernán sonrió. Tenía que confesar que le daba gusto ver a su mujer impecable, limpia, bella y trabajando en la cocina —lo cual era absolutamente insólito (como si México hubiera ganado el Mundial de Futbol)—.

—Siéntate. Te estoy haciendo unos huevitos revueltos. Y los bolillos todavía están calientes, —dijo, muy amable, muy solícita, Carolyn, sin dejar de sonreír, como porrista de los *Dallas-Cowboys*.

Hernán no quería romper el encanto, así que no dijo nada. No le preguntó a Carolyn a qué se debía ese sorpresivo desplante de ama-de-casa. Además, él lo podía colegir: Carolyn se había dado cuenta de que no podía hacer nada en contra de la repentina pobreza y cambio de estilo de vida, y que era mejor reinventarse. La-vida-sigue…

Pepe dejó a los compadres en la Calle Oro e inspirado por la rabia tomó una decisión: buscar a Olga, la dama de negro. Pero ¿cómo? ¿Dónde encontrarla? Repentinamente, tuvo una idea. En el taller de hojalatería y pintura donde trabajaba, pudieron haberle hecho una factura por la reparación de su coche, (finalmente, Olga sí pagó una parte de la reparación del *Lincoln*). Quizá Lety tendría la dirección. Claro, lograr que Lety le diera la dirección de esa mujer, era otro cuento. "Con dinero baila el perro" —pensó Pepe—. Y él tenía bastante dinero que le había dado su mujer para gastos, así que quizá Lety le dejaría ver el archivo con las copias de las facturas. Claro, eso si Olga efectivamente había pedido una factura.

En todo caso, Pepe estaba decidido y, cuando ese hombre se proponía algo, su tenacidad era ilimitada. Quería hacer el amor con Olga; primero, porque no había dejado de pensar en el evento de hace meses de la covacha; pero, sobre todo, para vengarse de Vicky. Cogiéndose a la dama de negro con vehemencia, Pepe se desquitaría de su esposa (aunque, en todas sus infidelidades anteriores, no hubiera necesitado del pretexto de la venganza).

El recuerdo, el deseo, el afán de venganza, la obsesión, convergieron en una asamblea que se instaló en los testículos, el pecho y la cabeza de Pepe.

Pepe decidió comprarle a Lety una réplica de *Rólex* en un tianguis cercano al taller. Luego, ya en el local, mientras Lety admiraba su *Rólex*, feliz, Pepe le pidió revisar las copias de las facturas, puesto que necesitaba entrar en contacto con un cliente de hace unos meses, para hacer un negocio. Con el dinero de su mujer, Pepe –dijo– quería poner un negocio para reparar autos de lujo; de gente rica: *Be-emes*, *Meches*, *Jaguares* y demás. Ahí estaba la lana. Lety creía que el *Rólex* era un símbolo del amor de Pepe, así que lo dejó revisar el archivo. Después de un rato, Pepe dio con la factura del Lincoln de Olga y apuntó la dirección. Lety, gracias al regalo, estaba querendona y le preguntó a Pepe si podían repetir la experiencia del día anterior, la de la *Hummer* en el estacionamiento del centro comercial. Pero Pepe le dijo que tenía que hablar con el cuate ése (el del *bisnes*) y que estaba muy ocupado. Lety se enfurruñó, pero no dejaba de mirar su reloj de dizque-oro. Pepe le había dicho que era auténtico y que tenía catorce quilates. Lety lo consideró casi como un anillo de compromiso. La pobre no se imaginaba que Pepe iría a buscar a Olga a su casa, sin pensar en el riesgo: con la mente fija en la venganza y las piernas de Olga.

La cruda, la ira, la excitación sexual y la ansiedad se compenetraron más, dando como resultado, un licuado muy poderoso: una bomba emocional. El pene erecto, la jaqueca y el rencor, habían convertido a Pepe en un hombre sumamente peligroso.

Pero cuando Pepe estaba buscando la casa de Olga, Arcadio, quien tenía que ir a trabajar, vio la *Hummer*. Él iba en su *Valiant* humeante y le llamó la atención que su compadre siguiera en ciudad Neza. Sobre todo, por rumbos más cercanos al aeropuerto. Arcadio decidió seguirlo. Pepe llegó hasta la casa de Olga: una residencia enorme, de cuatro pisos, aluminio dorado, balaustradas, puertas gigantes de cobre y terrazas con plantas. La casa destacaba al lado de las otras mucho más pequeñas y sin acabados. Aquí, la ostentación era clarísima: la casa estaba sobrecargada, como el Palacio de Versalles. A través de las ventanas se podían ver unas cortinas como del Castillo de Chapultepec en tiempos de Maximiliano; con galerías doradas y plateadas. Pepe se detuvo. No podía simplemente ir y tocar el timbre, así que decidió esperar. A una distancia prudente, Arcadio, bebiendo agua copiosamente, vigilaba al compadre. ¿Qué estaba haciendo

Pepe frente a esa casa tan grande y brillante? Si tenía una diligencia, ¿por qué no bajaba y tocaba el timbre?

Hernán salió de la casa, a la calle de la privada, vestido de traje, envaselinado y listo para su nuevo trabajo de administrador de lavanderías. Se dio cuenta de que no estaba la *Hummer* de Pepe, pero sí la *Suburban* con el chofer esperando mientras levantaba la cabeza, en señal de goce, después de una fumada inmensa de un cigarro marca *Faritos*. Hernán iba a entrar a su compacto, pero se arrepintió, acercándose e inhalando la bocanada de humo que exhalaba Casiano. A Hernán todavía le punzaba la nariz, como si amagara con sangrar.

—Disculpe. Buenos días.

—Buenos días, —dijo Casiano dejando salir de sus pulmones el humo que todavía había quedado ahí.

—Perdone, ¿va a llevar a la señora Victoria a algún lugar?

—Sí… no debe tardar en salir.

Hernán asintió y miró su reloj de pulso. No quería llegar tarde a su primer día de trabajo, pero quería, necesitaba ver a Vicky. Casiano notó la inflamación en el labio superior de Hernán. Como medio México, Casiano sabía perfectamente quién era Hernán Santibáñez: otrora millonario que cayó desde muy arriba. Al chofer le daba gusto que los ricos recibieran su castigo; porque ser así de rico en un país de tantos millones de pobres, era una mentada de madre.

Hernán notó esa sonrisa de superioridad de Casiano; ese gesto de triunfo: "al fin, La Revolución hizo justicia. Ahora nada más falta que caiga el tal *Eslim*, que, para colmo, es el hombre más rico del mundo… Pero no tarda, no tarda…" –pensó Casiano para sus adentros, intrínsecamente, él mismo, en su mente–.

Hernán se alejó un poco y de nuevo miró el reloj. Casiano se ocupó de su cigarro, escupió tantito tabaco que se le había quedado en los labios e inhaló como si tuviera enfisema.

Hernán sintió que ya era demasiado tarde y se dio la media vuelta para entrar a su auto, en el momento en el que salía Vicky de la casa y lo llamaba. Estaba apenada por el golpe que le diera Pepe el día anterior y se veía un poco más demacrada que otras veces. Como si no hubiera dormido bien. Vicky miraba el labio hinchado, enrojecido y se sentía aún más culpable.

—Lo siento tanto, patrón. ¿No le duele?

—Nada más cuando me río, —dijo Hernán, encontrando el mejor momento para ese lugar común. Y le ganó la risa, aunque el rictus feliz fue desplazado por un gesto de dolor.

—Ay, don Hernán: ¡no sabe cómo lo siento!

—Yo lo siento más, —dijo Hernán en tono de broma y señalando su labio y su nariz. —Aunque creo que no tengo roto ningún hueso.

—¡No es broma, señor!

—Vicky, no se preocupe. De verdad. No pasa nada. Estoy bien.

—¡Es que no puedo creer que mi marido lo haya golpeado, patrón!

—Yo sí lo puedo entender, Victoria.

Vicky se quedó congelada como mamut de Siberia.

—Yo también defendería a capa y espada a una mujer como usted.

Vicky tragó un buche de saliva ácida. Los ojos de Hernán chispeaban y revoloteaban como moscas.

—No estábamos haciendo nada, don Hernán. No era como para noquearlo —dijo, blandiendo el dedo índice. Luego, recordó, y suspiró. —Tuve una bronca durísima con él, porque, además, se botó la puntada de invitar a unos compadres a emborracharse en mi casa. Los tres se quedaron tirados, en mi sala, hasta la ma… —Vicky se contuvo en este punto.

—¿Por eso hace rato salió Pepe a toda velocidad, rechinando llanta?

—¡Es un idiota! —Exclamó Vicky, aunque, luego, sintió un ataque de remordimiento. —Aunque, le dije algo medio-feo.

—¿Cómo?

—Le aclaré que estaba en *mi* casa. Estuvo gacho, porque siempre hemos compartido todo.

—No se preocupe, Vicky, todo se va a arreglar… Ya sabe; lo mejor, es hablar las cosas.

—No se puede hablar con ese salvaje… Bueno, y ¿la señora Carolyn? ¿Cómo sigue?

—Fíjese que bien, Victoria. Hoy se despertó, fue al súper, me hizo de desayunar y se arregló.

—¡Guau! —Gritó Vicky sinceramente. —¡No sabe el gusto que me da!

Aunque la sonrisa de Vicky se desvaneció al ver el gesto de Hernán. A él no le daba tanto gusto. Porque con Carolyn siempre había que ser suspicaces. Todo podía cambiar en cualquier momento.

—Esa mujer no hace las cosas porque sí; y, usted lo sabe, Vicky. Algo quiere; algo necesita.

—A lo mejor lo que *quiere y necesita* de usted es un poco de cariño.

Hernán quedó desarmado con las acarameladas y precisas palabras de Vicky.

—Ha sido muy duro para ella todo esto. Tan acostumbrada a la vida de millonaria… —Agregó, explicativa, Victoria, tratando de suavizar el rígido gesto de Hernán.

—Hay algo que no sabe, Vicky —dijo Hernán, acercándose y bajando la voz. Vicky no entendía por qué su ex patrón había optado por contarle cosas íntimas. Tal vez ella misma había dado pie, relatándole lo que había pasado la noche anterior con Pepe y los compadres. —La señora Carolyn viene de una familia de clase media-baja.

Las palabras de Hernán eran pausadas y claras. Victoria, sorprendida, percibía un dejo de rencor y remordimiento en la narrativa de Hernán.

—Su mamá la educó con un solo propósito: casarse con un hombre adinerado.

Vicky tragó sosa cáustica a través de la saliva. Sentía que estaba en medio de *Mi Pecado*, una de las telenovelas de la tarde.

—¿Cómo? —Preguntó Victoria solo para llenar el silencio que había provocado Hernán al evocar el pasado.

—La *entrenó*. Juntas aprendieron cómo vestirse, cómo arreglarse, cómo caminar, cómo tomar los cubiertos. Durante años, la madre de *Antonia-Carolina* la aleccionó para seducir a un hombre de la *alta-sociedad*.

—¡Virgen Santísima!... *A-Antonia-Carolina*, —Balbuceó Vicky.

—Yo fui el que caí en las redes.

—Bueno, pero algo tenía ¿no, patrón? ¿A poco no se casó usted enamorado?

—No, Vicky —dijo, bajando la mirada, el ex financiero. —Me casé deslumbrado por su belleza.

—Eso sí. Yo vi fotos de su esposa de hace veinte años y, ¡qué bruto! ¡Parecía una muñeca!

—Me casé para presumirle a mis amigos, Vicky; para tener una mujer hermosa que despertara las envidias; que yo pudiera lucir en todos lados.

—Chale, señor. Ta-cañón, ¿eh? Perdón que se lo diga. O sea, usted se casó para presumir y ella se casó para subir de clase.

—Exactamente, Vicky.

—Y luego tuvieron hijos, pasaron los años; usted hizo más lana, luego la perdió… eh… no entiendo, don Hernán, p's, ¿qué los une?

—Nada, Vicky, —dijo en voz baja Hernán, profundamente arrepentido por haberse casado con Carolyn. —Bueno, sí, curiosamente, el dinero.

Vicky apretó los ojos. Durante años había interactuado con Hernán en términos coloquiales. Se veían casi diario; ella le preparaba su comida favorita; Hernán la piropeaba un poco; hablaban de los hijos, del clima, de política; de las playas en la ciudad de México (que los españoles desecaron) y la pista de hielo de Marcelo Ebrard, Jefe de Gobierno. Pero Hernán nunca se había sincerado con ella de esa manera.

Sintió que los ojos color miel de don Hernán lanzaban rayos luminosos que penetraban por la piel de Vicky, provocando su estremecimiento.

—¿El dinero?

—Hace tiempo yo le abrí una cuenta a Carolyn con algunos millones. Y ese dinero fue lo único que nos quedó. Era dinero que no podían tocar los abogados. Por eso nos salvamos y pude comprar la casa. Por eso no terminamos en la calle. Gracias a la cuenta de Carolyn.

—¡Uf! Ay, don Hernán: creo que se me está subiendo la presión... Usted no siente nada por la señora Carolyn, pero sigue con ella, porque ella es la que firma los cheques... ¿así es la cosa?

—La otra noche le dije a Carolyn que se fuera al diablo y creo que lo resintió. Si hoy se arregló y me hizo de desayunar fue porque no quiere perderme.

—¡Entonces sí lo quiere, señor!

—No, Vicky. Lo que pasa es que soy lo único que tiene.

—Y ¿sus hijos?

—Billy la quiere, pero ese muchacho ha cambiado mucho... y, Valeria: bueno, usted ya la conoce.

—Ay, patrón. Ta-grueso. Eh... y ¿qué piensa hacer?

—Necesito ponerme de pie, Vicky. Ésa es la prioridad. Ya tengo trabajo...

—¡Bendito Dios! —Interrumpió Vicky, con una sonrisa deslumbrante.

—Y, poco a poco...

Ambos se miraron un rato.

—Y, por cierto, se me hace tarde. ¿Me disculpa, Vicky?

—Claro, patrón.

—Y... gracias...

—¿Por qué?

—Por escucharme, Victoria... Con permiso, —dijo, dándole la mano y retirándose a su auto. Vicky respiró largamente, oliendo el humo del cigarro de Casiano y mirando a Hernán, yéndose en un coche pequeñito, usado y con el mofle a punto de caerse. Vicky suspiró. Luego, se dio cuenta de que había suspirado. Se volteó hacia Casiano:

—¡Tiene que dejar ese vicio, Casiano! ¡Huele a madres!

Casiano apagó la bacha como pudo y le abrió la puerta trasera a Vicky, que tuvo que abrir un poco las piernas para entrar. En la maniobra, la apertura de la falda dejó ver el bien formado muslo de

Vicky y la mirada de Casiano cayó irremediablemente atraída en esa parte del cuerpo de su patrona.

—¡Deja de verme las piernas, Casiano!

—Perdón, señora, —dijo Casiano, con el rostro enrojecido como cebolla morada.

—¡Vámonos! —Ordenó Victoria profesionalmente. Casiano se subió rápidamente a la camioneta.

Billy tocó tímidamente el timbre de la casa cuatro. Todavía le quedaba un frasquito de *Declaration* de *Cartier*, loción que se había aplicado generosamente. También se puso su playera *Lacoste* azul (porque Nadia le decía que el azul le quedaba muy bien) y unos pantalones *Gap* caqui, que –también según Nadia– hacían destacar sus nalgas. Aunque Billy no sabía muy bien si lo que le había dicho Nadia era verdad. La puerta fue abierta por Kate que estaba en el proceso de comerse una jugosa manzana.

Kate había visto a Billy el día de la mudanza y le parecía guapo, así que sonrió, con el jugo de la manzana escurriéndosele por el labio inferior.

—Tú eres Guillermo Santibáñez, ¿verdad?

—Billy...

—Yo soy Kate. Hola.

Kate le dio la jugosa mano a Billy y mostró toda su dentadura, pensando en lo guapo que era ese muchacho.

—Mucho gusto, Kate... Eh... ¿ya se despertó tu hermana?

—Oí que hace rato se estaba bañando —aclaró Kate sin dejar de sonreír y, luego, gritó: —¡Aurelia! ¡Aurelia! ¡Te hablan!

—¡Voy! —Se escuchó una voz en segundo plano.

—¿Quieres pasar? —Ofreció Kate, dándole otra sensual mordida al pecado.

—Gracias, —dijo Billy y caminó hasta la sala, donde Mari ya estaba aspirando el desmadre que habían dejado los beodos.

—Hola, Mari.

—¡Joven Billy! —Gritó Mari al ver a su ex patroncito y corrió a abrazarlo, como si estuviera en un funeral. Kate miró el cuadro con una mueca, cuando ya bajaba Aurelia, recién peinada y perfumada y ese día especialmente encantadora. Por primera vez, su blusa no era holgada (como era costumbre), sino más bien pegada de la cintura y con un escote más o menos sugerente –toda proporción guardada–.

—¿Mari? —Preguntó al verla prendida como lapa de Billy. Acto seguido, la mucama se despegó del joven, sonrió tímida, dio una reverencia japonesa y siguió aspirando.

—¿Qué onda, Guillermo?

Pero Billy ya no escuchaba la voz de Aurelia, solo su respiración. Obviamente no pudo evitar mirar que el atuendo de Aurelia era ligeramente distinto: que el contorno de su cuerpo se notaba un poco más.

—¿Qué estás viendo, Billy? —Dijo Aurelia como directora de escuela, sabiendo que su blusa había *pegado con tubo* (es decir, impactado favorablemente). Por supuesto: esa había sido la intención poco razonada de la aprendiz de periodista.

—Tu blusa… eh… muy bonita…

—¡Milagro que enseñas algo, hermanita! —Se burló la pequeña, caminando a la cocina.

Aurelia se ruborizó un poquito y Billy lo notó. Se dio cuenta de que todavía cabía el pudor y la inocencia en una joven, porque además ella hizo el ademán con el fleco que ya se había vuelto un auténtico clásico.

—¡Idiota! —Exclamó Aurelia casi para sí, refiriéndose a su hermanita. —¿Vas ir a la UNAM? —Preguntó Aurelia, mirando a Billy a los ojos y admirando su azul absoluto.

—No, de hecho, quería que… a ver si me podías decir cómo irme a la Ibero.

—¡Uy! ¿Santa Fe?

—¿Está muy cañón?

—Desde aquí… déjame pensar… ¿Metro Observatorio? Sí y luego hay que tomar una micro hacia arriba, por Constituyentes…

Aurelia se dio cuenta de que Billy estaba abrumado. Luego, miró su reloj de pulso y tomó una decisión.

—Te acompaño…

Billy sintió el flechazo de Cupido en el esternón. Esa flecha ya no podía ser extraída del pecho del joven Santibáñez: se había clavado para siempre.

Arcadio estaba cabeceando adentro de su *Valiant*, entre el sueño y la vigilia y alucinó que Vicky abría la puerta de la carcacha, se metía y le abría el cierre del pantalón, para…

Arcadio salió de su ensoñación cuando escuchó un ruido. Era la puerta de la *Hummer* de Pepe que se abría para encontrarse con… "No puede ser" −pensó Arcadio− ¿la señora de…? ¡Puta madre!"

Pepe abordó a Olga, que una vez más estaba vestida de negro, con medias caladas, tacones de un metro, falda recta, debajo de la rodilla. Arcadio se quedó un momento perplejo. Notó que Olga estaba muy nerviosa; que miraba hacia la casa. Pero Pepe, sin importarle que era la esposa del gánster de las encueratrices, la tomó de la cintura. "¡Esto es oro molido! −Pensó Arcadio, sonriendo a plenitud y mostrándole al espejo retrovisor sus dientes de oro−. ¡Cuando se entere la comadre!"

Olga quería zafarse de Pepe, angustiadísima, pero éste no la dejaba ir. Estaba más excitado que nunca y Olga, a pesar del peligro (o justamente gracias a él) ya tenía el estrógeno a flor de piel, como si fuera a sudarlo.

—¡Vámonos de aquí, Pepe! ¡Mi marido puede llegar en cualquier momento! ¡Además hay *pájaros en el alambre*!

"¡Claro! −Meditó Arcadio− ¡¿Cómo no lo pensé antes?! ¡Qué pendejo!" Meditando su pendejez profundamente, Arcadio sacó su celular y apuntó la cámara de este hacia la parejita. Pepe no soltaba a Olga y ya tenía su manota sobre una de las prominentes nalgas de la mujer de negro. Arcadio logró sacar algunas fotos de Pepe con la mano en la petaca y con la boca del compadre en el cuello de Olga −como si fuera vampiro−. Luego, vio cómo de la mano se dirigieron a la *Hummer*. Ahora, ella había puesto sus manos de uñas largas sobre las nalgas de él. Arcadio registró fotográficamente todo en una secuencia perfecta. Estaba tan emocionado que temía borrar las fotos o cometer alguna estupidez que eliminara sus pruebas. Esas fotografías eran una mina de platino: el camino a la redención y al éxito de Arcadio. Se quedó otros momentos más en el *Valiant*, pensando que no le diría nada a Lucy. No, por supuesto que no. Arcadio se miró al espejo y vio el rostro de un triunfador. Se imaginó todo lo que se iba a poder comprar; todo lo que iba a poder hacer con lo que había planeado. Sí, ¡su plan era maravilloso, padrísimo, increíble, chingonsísimo! ¡Había un Dios en el universo!

Aurelia y Billy iban de pie en un vagón de la línea tres, rumbo al norte. Tenían que llegar a la estación Centro Médico, para trasbordar a la línea nueve; luego, en Tacubaya, tomar la uno, hasta Observatorio. No había tanta gente, pero Guillermo Santibáñez estaba muy cerquita de Aurelia, usando de pretexto la supuesta protección que le podía ofrecer y el hecho de que había algunos hombres con miradas exploratorias dirigidas a la aspirante a periodista. Esto lo hacía pese al desencuentro provocado cuando empujó al lascivo del portafolio vacío.

—¿Qué onda con tu galán? —Preguntó Billy, sonriendo dulcemente.

—Nada. ¿Por qué? —Contestó Aurelia, seca, mirando el mar de los ojos de Billy.

—¿Nada?

—¿No lo hablamos ya?

—No realmente.

—Está bien: después de que te apareciste en los jardines de la UNAM, tuvimos una bronca.

—¿Por mi culpa? —Preguntó, hinchado de orgullo, el joven Santibáñez.

—No precisamente. Pero mejor cambiemos de tema.

—¿De qué quieres hablar?

Aurelia hizo una pausa reflexiva. Movió el copete de lugar. Billy se fascinó una vez más con su gesto característico.

—Se me hace raro que te hayas adaptado tan rápido.

—¿De qué hablas?

—Aquí estás, en el Metro, rozándote con la *chusma*, *embarrándote de nixtamal*, cuando hace unos meses ibas en tu *Mercedes* a la *Ibero*.

—La verdad es que no lo hubiera podido hacer sin ti, —dictaminó Billy con descarada coquetería.

Como se pudo demostrar con el inoportuno comentario de Kate, su hermana Aurelia tenía el problema de que se ruborizaba fácilmente. Era una muchacha de carácter duro, inteligente, crítica, cáustica; pero, poseía un pudor que se mostraba a la menor provocación. Y, Billy, claro, lo notó de inmediato.

—De todas maneras. —Aurelia agravó la voz, para despistar a Billy. —No ha de ser fácil para ti.

—No, Aurelia. Nada fácil —sentenció Billy, bajando sus ojos y mirando las pisadas en el suelo del convoy. —Pero no me queda de otra.

—Sí: podrías deprimirte. No hacer nada. No estudiar. Encerrarte en tu cuarto. No sé.

—Tengo que estudiar, Aurelia. Lograr una licenciatura, conseguir un trabajo y salir adelante...

—... Y lograr ser el dueño de alguna empresa... —Completó Aurelia.

—¡Ojalá! —Exclamó Billy inconscientemente.

—O sea que tu objetivo no ha cambiado.

—¿Cómo?

—Sí... tu meta... Finalmente lo que quieres es hacer dinero.

—¿Quién no?

—Yo, —dijo, orgullosamente Aurelia. —Lo que quiero es contribuir a que este país mejore, —aclaró, sin demagogia.

—Bueno, yo también —balbuceó Billy. —Lo que pasa es que... bueno...

—Estás entrenado; *condicionado* desde chiquito a que el éxito y la felicidad van en directa proporción a tu cuenta bancaria o la cantidad de propiedades a tu nombre.

Billy sonrió. El lenguaje de Aurelia era totalmente diferente al de las chavas de su edad que había conocido. No es que no entendiera (obviamente, sí lo hacía), sino que parecía demodé, extraño, como del siglo XIX; como si Aurelia fuera discípula del viejo Karl o de Engels. Aurelia notó la mirada de Billy.

—¿Qué pasa?

—Nada. Se me hace raro… eh… como hablas.

—¿Qué tiene de raro? —Aurelia se ofendió. Billy la estaba mirando como animal del zoológico o alienígena en el Área 51.

—Perdón. Olvídalo… Estabas hablando del condicionamiento…

—¿Sabes lo que significa?

—Sí. El *condicionamiento clásico* trata de un perro al que le tocan una campanita y…

—Exacto, —interrumpió Aurelia. —Estás entrenado, domesticado. Estudiar, tener un trabajo en una empresa privada, ascender en el escalafón corporativo, acumular dinero, comprar bienes y generar la admiración de los demás con base a la acumulación de **cosas**. Mientras más alto llegues en la jerarquía de la empresa, más dinero; por tanto, más éxito.

—Lo dices como si eso estuviera mal.

—El hecho de que acumules dinero no necesariamente beneficia a los demás ni es señal de éxito ni de felicidad.

—Normalmente sí. O sea: quizá esté de acuerdo en cuanto a lo del éxito y la felicidad, pero no en lo que se refiere al *beneficio social*. Si yo hago dinero, porque soy eficiente, la empresa crece; si la empresa crece, hay más empleo, se derrama más riqueza, hay más consumo, más impuestos y el pueblo se beneficia.

—*El Pueblo*: lo dices como si fuera una masa anónima, alejada de ti.

—¿Cómo le digo, entonces? ¿La *población*? ¿El *mexicano común*?

—Olvídalo.

—¡Es que no entiendo tu argumento!

—Mi argumento tiene que ver con tus valores.

—¿Qué tienen de malo mis valores?

—Una cosa es pensar en hacer el bien y que el dinero venga automáticamente y otra es hacer dinero y, quizá, casualmente, de pasadita, hacer el bien. Es un tema de propósitos, Billy. Tienes la actitud de un burgués, a pesar de que hayas perdido todo.

—¿A poco no estás feliz porque tu mamá se sacó veinte millones?

—Lo hablamos. Me da igual.

—¡No te creo! —Rio Billy.

—Entonces todavía no me conoces. —Los ojos de Aurelia produjeron algunas venitas y cierta humedad. No era tristeza; era ira. —Existe el mito de que el capitalismo se autorregula, que es el mejor sistema del mundo y que, si no fuera por la riqueza que genera, nadie tendría trabajo.

—¿*Mito*?

—Por dar un ejemplo: hace un año fue el capitalismo obstinado, crudo, desolador, el que produjo la crisis financiera mundial. La consecuencia: más de dos millones de desempleados en México. Desempleados que son producto de la avaricia de unos cuantos gringos que *solo querían hacer dinero.*

—Bueno, —titubeó Billy —¿cuál es tu propuesta?

—Ya llegamos a Centro Médico. Hay que bajarse.

En efecto, el convoy se detuvo y se abrieron las puertas. Aurelia tomó a Billy del brazo como si fuera invidente.

—Son muchas cosas, —dijo Aurelia, mientras ambos salían del vagón, —pero lo más importante está en nuestro esquema de valores. —Ambos se abrieron paso entre la gente. Eran las doce del día y el movimiento en la estación Centro Médico, con correspondencia a la línea nueve, era abundante. Con todo, Aurelia seguía hablando, como si estuviera dándoles un discurso a las oleadas de personas (de *pueblo*) que bajaban, caminaban, corrían, se empujaban. —No soy religiosa, pero hay un Mandamiento especialmente importante: "amarás a tu prójimo como a ti mismo".

Billy seguía a Aurelia, feliz, con su mano en el brazo. Con el paso de los segundos él se sentía cada vez más total-absoluta-y-verdaderamente enamorado de esa mujer, que era como un milagro que caminaba; un portento, una maravilla. Nunca se imaginó −aquel muchacho de Bosque de Arrayanes, de las casas en Coronado y Cancún, que bebía champán en el *Golfstream* que alquilaba su papá− que pudiera enamorarse tan estúpidamente de una mujer *rojilla*: comunista, perredista, de izquierda, socialdemócrata −o como se quiera llamar−. Aunque era una izquierda mucho más inteligente que la que Billy había podido percibir, de pasadita, en voz de otros.

Y ¿no era la base del bienestar de este país el amor al prójimo; conjurar el egoísmo; ser auténticamente patriotas (no solo para gritar "¡México, México!" en el Ángel de la Independencia, cuando el *Tri* ganaba contra la selección de Honduras o, para rasgarse las vestiduras cuando un lúcido Presidente decía que México era el traspatio de los Estados Unidos)?

Billy quería frenar su caminar en ese río de egoístas (del Metro), obligar a Aurelia a que se volteara, tomarla de la cintura y besarla en la boca. Y sin darse cuenta, lo que había pensado, era ejecutado, al pie de la letra, por su cuerpo. En medio del torrente de capitalinos; de esa corriente borrosa, Billy jaló a Aurelia con cierta fuerza y la besó en la boca. Aurelia sintió la lengua de Billy y, por un momento, hubo una erupción y un cisma en todos los órganos de su cuerpo. Le supo a nuez y miel, como la barra *Quaker* que se había comido Billy antes de salir.

Luego, operó la razón, la lógica. Aurelia se separó: miró el azul profundísimo de los ojos de Billy; vio su mirada de amor; movió la cabeza, negando y siguió caminando hacia la conexión con la otra línea. Billy la alcanzó y como si no hubiera pasado nada, le dijo:

—Y ¿qué piensas hacer tú para ayudar, Aurelia?

Aurelia no contestó: caminó hasta el andén que decía: "Dirección Tacubaya". Billy se saboreó el beso que le supo a brillo para labios. Se detuvo junto a ella, quien miraba hacia el túnel, esperando el convoy y provocó que los anversos de sus manos rozaran. Aurelia había cambiado de color como un camaleón (fingiendo ser una manzana), pero no volteó a ver a Billy.

—El periodismo puede ser un formador de conciencias, —dijo Aurelia como si fuera la voz de una inteligencia artificial. —Es mejor que no hacer nada, ¿no? —Se curó en salud, anticipando la crítica. Sin embargo, el beso de hacía unos segundos pesaba en medio de los dos, como un planeta.

Billy iba a replicar, pero empezó a sentir el aire caliente que desplazaba el tren. El cabello de Aurelia formó un abanico que ella trató de aplacar con su gesto particular. Ya no hablaron más.

Vicky necesitaba, antes que nada, un local, un recinto donde pudiera fabricar sus cremas. Las fórmulas de la crema antiarrugas, la crema para el cuello, la crema blanqueadora —estilo Michael Jackson— y la crema reductora, las tenía en la cabeza. Pero necesitaría de un lugar donde confeccionarlas. Requeriría, también, de una marca, una etiqueta, un diseño y luego, un local para venderlas. Eso era demasiado aún para la emprendedora de Vicky. ¿Quién podría ayudarla? Alguien que supiera de esas cosas y que fuera de confianza. Vicky, irremediablemente, pensó en Hernán Santibáñez. Él le podría echar la mano en sus tiempos libres; podría ganarse una lanita extra y Vicky así podría compensar un poco la ayuda que siempre le dio don Hernán.

Kate se había puesto una crema autobronceadora y se estaba estrenando su biquini, tomando el sol, en una tumbona nueva, en el jardín de su casa. Escuchaba a los *Jonas Brothers*, desde su *I-Pod-Touch* y pensaba en Fran: lo más cercano a un Príncipe Azul de carne y hueso. Jamás en su vida se había encontrado con un muchacho que no quisiera, a las primeras de cambio, meterle mano, lengua o algún otro miembro o extremidad. En las fiestas de ciudad Neza, los muchachos de quince o dieciséis años, se emborrachaban de inmediato y, sin importarles qué chava era, ellos intentaban lo que fuera. Los chavos llegaban hasta donde querían las chavas (como siempre), pero a veces, el alcohol, los inhalables o la mota, los enloquecían y todo terminaba mal.

Fran Téllez, en cambio, era un verdadero caballero. A lo más que se atrevió fue a tocarle las manos, porque le temblaban. Y, ¡qué sensación la de las manos del muchacho sobre las de ella, como cobijándolas, como protegiéndolas, como escondiéndolas de las miradas de los demás! Cuando la dejó en su casa, Fran le dio un beso en el cachete y le prometió llamarle.

Valeria miraba a Kate desde la ventana de su recámara, envidiando el biquini *Ed Hardy* y la cena de la noche anterior con el partidazo de Téllez. ¿Cómo una *naca* de Neza; una *india*, una *nixtamalera*, había podido ligarse a Fran? ¿Por qué Dios era tan injusto y le había quitado todo a Valeria y le había dado todo a la hija de la cocinera? ¡No era justo, no era justo!

La envidia era como ácido clorhídrico en las venas de Valeria: hubiera querido bajar a la cocina, sacar un cuchillo y destrozarle la cara a esa advenediza, a esa nueva-rica. Valeria corrió hacia la casa de los vecinos, dejando una estela color verde-morado en el camino.

Mari le abrió a Valeria; al verla reaccionó con aún más rabia: ahora la *gata* que trabajaba para ellos, en *Bosques de las Lomas*, era la criada de los *piojos resucitados* (todas éstas eran palabras que revoloteaban en la mente de Valeria). Mari la saludó amablemente, pero Valeria solo contestó con un gruñido y se siguió al jardín. Mari continuó sacudiendo el polvo con destreza, mientras tarareaba alguna melodía de los *Tigres del Norte*.

Valeria cambió la expresión y sonrió para saludar a Kate, que en un principio no la escuchó por los audífonos. Luego, Valeria se sentó en la tumbona y le sonrió aún más a Kate.

—¡Qué padre biquini, *uey*!

—Sí ¿verdad? Está chido…

—*Chido*, —repitió Valeria con una mueca como oliendo algo putrefacto.

—¿Qué onda?

—Lo mismo digo yo, ¿qué onda con Fran? ¿Cómo te fue?

—Híjole, manita…

—¿*Manita*? —Valeria, ahora, hizo la cara de haber probado algo muy amargo.

—Estuvo padrísimo… ¡no sabes qué chavo!

—¿Te besó?

—¡Claro que no! ¡Es un caballero, Valeria, un Príncipe! Apenas me tocó… Y a ti, ¿cómo te fue con Chano?

—¡Es un mega-imbécil!

—¿Por qué?

—Porque… olvídalo, ¿quieres? Mejor, cuéntame más sobre Fran… ¿qué le dijiste?

—Pues casi nada. No sabía qué decirle.

—O sea: no sabe que tienes quince y que, hasta hace unos meses, vivías en Nezahualcóyotl.

—¡Claro que no! ¡Cómo crees!

—Porque cuando se entere…

—Pero no se va a enterar, —afirmó Kate, mirando a Valeria.

—No tiene por qué enterarse, —insistió, clavándole la mirada a su vecina.

—Ay, no, claro que no. ¿Por qué me ves así? ¡Cómo crees que yo le voy a decir! Eres mi amiga, Kate.

Valeria no era tan buena actriz y Kate se había criado en las calles de ciudad Neza: no sería tan fácil tomarle el pelo.

—Claro, —dijo Kate sonriendo como modelo anoréxica-menor de edad —Somos amigas; *cuadernas*.

—Cuadernas…

Ambas engancharon sus meñiques y Kate le pidió a Valeria que la acompañara a tomar el sol. Valeria extrañó más que nunca la casa en Coronado y el sol de California (en comparación al sol de la ciudad de México; seguramente, cancerígeno).

Aurelia caminaba delante de Billy mirando con curiosidad científica, "los secretos encantos de la burguesía". Ya estaban en la Ibero (Universidad Iberoamericana), en Santa Fe (al poniente de la ciudad) y Aurelia quería a toda costa olvidar el beso de los andenes de la estación Centro Médico; pero, el sabor a nuez y miel de Billy estaba impregnado. Billy se acercó a ella.

—Aurelia, —dijo con suavidad. —eh… es para allá. Vamos a las oficinas administrativas.

Aurelia no dijo nada y cambió el rumbo, caminando como detrás del Oro Olímpico. A Billy le costaba trabajo mantenerle el paso. Peor aún, porque, de vez en cuando, se encontraba a alguien y lo saludaba. Sus conocidos lo miraban con compasión: ofrecían su mirada de funeral. Otros, veían a Billy como un discapacitado o como si tuviera parálisis cerebral. Pero nadie le ofreció ayuda. Había unos pocos que lo evitaban como si estuviera infectado de influenza *H1N1*.

Pero en ese momento lo que menos le importaba a Billy eran las miradas de los *pirrurris* o las hipócritas palabras (dizque) solidarias. El joven quería hablar con Aurelia; preguntarle sobre el beso subterráneo. Pero ella parecía mula en molino, caminando obsesivamente, dejando atrás a Billy. Quizá, pensaba Billy, Aurelia se había arrepentido. Tal vez estaba enojada.

Llegaron a *Servicios Escolares* y Aurelia se colocó frente a una señorita que la saludó amablemente. En ese momento, Aurelia se dio cuenta de ella no haría ningún trámite (obviamente), que había llegado hasta ahí en piloto automático; que todavía guardaba, encapsulada, en el pericardio, la emoción y el sabor del beso de Guillermo Santibáñez. Las tribulaciones eran contradictorias: había besado al burgués, al representante de la trivialidad, la explotación, el capitalismo y la prepotencia: había besado lo que más odiaba.

—Perdón —se rio nerviosamente Aurelia. —No es conmigo.

Aurelia se hizo a un lado y dejó pasar a Billy, que estaba agitado, como llegando a la meta del maratón. Aurelia evadió la mirada marina de Guillermo y se alejó. Billy buscó los ojos negros de la niña, pero ésta, a pesar de haber sentido la mirada, fingió observar unos avisos que había en el corcho. La amable señorita saludó a Billy, al que conocía de vista y del que, como todos, sabía la historia. La empleada de la Ibero vio a Billy con compasión, como si le fuera a informar que se había contagiado de VIH. Billy hizo una mueca y le dijo a la señorita que venía por unos papeles que faltaban, puesto que entraría a la UNAM. La señorita le dijo que, para emitir una historia académica de Billy, necesitaba su fotografía y que éste pasara a la caja. También tenía que llenar una solicitud. Billy la llenó y le dijo a la señorita que volvería al día siguiente con las fotos y el recibo de la caja. Billy se dio la media vuelta y la señorita quiso decirle algo así como: "lo siento mucho", o "échale ganas", pero se contuvo. Después de todo, su padre había recibido lo que merecía. La mezquindad había sido castigada. La empleada ganaba doce mil pesos al mes y tenía que atender, todos los días, a filas de *niños y niñas-bien*, que exigían, que no decían "por favor", que la veían con desprecio. "Ojalá todos los ricos recibieran su merecido" —pensó la empleada mientras daba trámite a la solicitud y Guillermo se acercaba a Aurelia—.

Aurelia, en cuanto sintió la vibra de Billy, volvió a huir.

—¡Aurelia! —Gimió Billy, hasta que le dio alcance y la tomó del brazo con excesiva fuerza. Aurelia apretó los ojos y Billy se dio cuenta de que se había pasado de energía. —Perdón, —suplicó con humildad. —Pero ¿por qué me huyes?

—¿Yo? —Fingió Aurelia con base a una pésima actuación. Billy sonrió.

—¿Qué onda?

—¿De qué? —Volvió a evadir la hija de Vicky. Billy sonrió de nuevo, al tiempo que Aurelia hacía un nuevo intento por correr. —Tengo que ir a la UNAM. Me urge.

Billy no la dejó. La acorraló contra la pared y se le acercó rápidamente. Aurelia sintió el color del aliento de Billy y olió su *Declaration*. Su corazón metió el *overdrive* y empezó a bombear con fuerza. Aurelia sintió la sangre rebotar, salpicar como una ola en las rocas, hasta el rincón más alejado de su cuerpo. De repente tuvo mucho calor. Billy pudo notar el enrojecimiento de su piel y, no solo en la cara, sino en el cuello y el esternón. Parecía una alergia o una intoxicación con mariscos.

—¿Qué piensas del beso? —Preguntó Billy, oliendo la piel dulce de Aurelia y sintiendo el corazón de ella sobre el estómago.

—Nada. ¿Qué quieres que piense, Guillermo? —Aurelia parecía enojada.

—¡Déjame salir! —Exigió, sofocándose.

—Aurelia: me gustas mucho, —dijo Billy acercándose a ella al grado de no poder enfocarla. Ahora, las orejas de Aurelia se habían convertido en foquitos de árbol de Navidad.

—Guillermo: ¡por favor!

—¿Qué?

—No quiero hablar de eso. ¡Me tengo que ir!

Aurelia se agachó y salió por debajo de uno de los brazos de Billy. Empezó a correr como si quisiera meter gol en la otra portería y desapareció. Billy se quedó gozando de la electricidad que esa mujer había dejado en el ambiente. No podía creer que se había enamorado en cuestión de horas.

Dudó. Quizá era un deslumbramiento. Posiblemente, estaba exagerando y eso que sentía no era amor, sino *encandilamiento*. Tal vez, todo era consecuencia de la intensidad de las vivencias de los últimos meses. Quién sabe.

Hernán se sorprendió al ver a Vicky entrar a la casa matriz de la lavandería automática, donde él estaba conciliando la contabilidad y aprendiendo a manejar *Microsoft Excel* (que antes operaban su asistente y sus ayudantes contables). Antes del pleito con Pepe, Hernán le había dado a Vicky el nombre de la lavandería de su cuate Juan Piña Soto *–Limpiaclean–*, y su ubicación aproximada. A Casiano no le había dado mucho trabajo encontrarla. Hernán sintió que la vista se le nublaba y las rótulas salían de su lugar.

—¿Cómo está, patrón?

—Sorprendido, Victoria. ¿Qué hace aquí?

—Venía a proponerle algo… Pero ¿no lo interrumpo? Si quiere vengo más tarde.

—No se preocupe, Vicky. Después de lo que yo tuve que manejar con *Invertrade*, esto es pan comido… eh… ¿qué me quiere proponer?

En la lavandería había un chavo como del túnel del tiempo: había viajado hasta 2010, desde los setenta. Lavaba sus *Atrevidos* acampanados y su camisa lila, mientras ajustaba su melena, usando la puerta de la lavadora como espejo. Por ahí, una señora de pants y tubos lavaba ropa con infinita flojera y leía la revista *Hola*.

—¿Seguro que no lo interrumpo?

—Victoria, no se preocupe. Mejor, dígame, ¿qué se le ofrece?

—¿Se acuerda de mis cremas?

—Claro, Vicky. Me platicó que usted misma elaboraba cremas para las arrugas y para bajar tallas.

—Ay, cómo le pregunto que si se acuerda, si hasta me prestó lana… Pues quiero lanzar mi propia línea… ¿me explico? Una marca, como… *Ponds* o *Avón* o algo así. Y luego poner un local donde venda las cremas. Pero… no sé ni cómo empezar. Necesito un nombre;

etiquetas... Ya vi algunos locales para fabricar las cremas y bueno usted que sabe de todo eso... Quiero que seamos socios. Claro, usted no aportaría lana, porque pus no tiene, pero sí su experiencia y luego, con las ganancias, le iría dando *dividiendos* —o como se llamen—... Claro, mientras, le podría yo dar una lana, como iguala. Sería en sus tiempos libres, porque no quiero que deje esta chamba. ¿Qué le parece?

Vicky había pronunciado el mayor número de palabras por segundo, como pregonero; como vendedor de remedios milagrosos ("¡lléveselos, lléveselos, son de a pesooooo!"). Le había costado trabajo pronunciar la palabra *socio*, porque, aún ahora, no podía considerar a don Hernán Santibáñez como su igual.

—Claro que aceptaría, Vicky.

Vicky se desconcertó por el tiempo verbal usado por su ex patrón.

—¿Pero...?

—Hay un gran *pero*: su marido... Si me pegó solamente porque nos vio platicando, ¿cómo va a reaccionar cuando sepa que somos *socios*?... Temo por mi vida... —dijo, mitad en broma, mitad en serio.

—Yo me encargo de él, don Hernán, no se preocupe.

—Vicky, usted sabe que yo... que, ayudarla es un placer para mí, pero de verdad...

—Le digo que no se preocupe: a ese potro, yo lo domo. Nada más dígame si acepta que seamos socios, —remató Vicky, estirando el brazo para darle la mano a su nuevo socio.

—¡Acepto! —Contestó Hernán, dándole la mano y sintiendo su tersura, su calor. —Y ¿sabe quién más nos puede ayudar? ¡Mi hijo Billy! Él es muy creativo y sabe manejar programas de computadora, para hacer los diseños.

—¡Perfecto, don Hernán!

Hernán, no pudo más y la abrazó. Victoria estaba emocionadísima por el pacto y por la sensación del cuerpo de su ex patrón pegado al de ella. Él sintió a Vicky, por primera vez, cerca de él (algo con lo que había soñado desde hacía mucho). Sintió sus pechos; olió su cabello, tentó su cintura. Recordó su viaje virtual al Caribe, la isla desierta, la desnudez que imaginó cuando el caos caía sobre él como la loza del Pípila.

Por un momento, Hernán tuvo el impulso de decirle a Vicky al oído que la necesitaba, que se sentía irremediablemente atraído a ella, pero se dio cuenta de que lo que estaba haciendo era impropio y se separó rápidamente, tratando de fingir naturalidad.

—Eh… ¿cuándo nos vemos y…empezamos a lanzar las primeras ideas?

—Cuando se desocupe, don Hernán. Si puede, hoy mismo en la noche… Mire, es que no quiero nada más gastarme la lana a lo pen… —Se contuvo. —¿Me explico? Quiero trabajar, quiero sentirme útil; y quiero que esa lana se multiplique.

—La entiendo, Vicky.

Era difícil disimular. Los ojos de Hernán le decían a Vicky, descaradamente, que esa mujer lo volvía loco. Aquello que Hernán le quería susurrar a Vicky al oído, ya lo estaban murmurando sus pupilas. Vicky evadió esa mirada, agradeció y se fue. Hernán trató de sonreír, pero el labio le seguía ardiendo y la nariz doliendo: era la herida de guerra; la consecuencia sangrienta de amar a Victoria. Finalmente, venció el dolor, se reacomodó la nariz y sonrió como un verdadero idiota. Se dio cuenta de que su sonrisa se había quedado congelada; que, en efecto, parecía un imbécil. Volteó a todos lados; pero el chavo demodé y la señora perezosa, estaban en lo suyo.

Arcadio siguió a la *Hummer* hasta el hotel *Camino Real* del Aeropuerto. Pepe se estacionó rápidamente y, él y Olga, salieron de la camioneta para dirigirse, con extrema urgencia a la recepción del hotel. Arcadio vio la mano de su compadre tratando de acaparar de nuevo las grandes nalgas de la mujer de negro, pero "el que mucho abarca, poco aprieta" —pensó el vecino, tomando con el celular unas fotos más para su acervo—.

A Valeria le costaba trabajo entender la imagen que estaba viendo: su madre estaba lavando los trastes. Después de unos minutos de observar aquello y comprobar que no era una alucinación, sacudiendo su cabeza como si tuviera el pelo mojado, decidió hablar con Carolyn, para comprobar que no hubiera sido poseída.

Valeria estaba en traje de baño: había entrado a la casa para cambiarse y tomar el sol al lado de su nueva *amiga*, pero había escuchado ruidos en la cocina y había decidido entrar a ver si había ratones o cucarachas en su nueva *residencia*. No, no eran roedores: era su madre. Una mujer que, hacía unos meses, no levantaba un tenedor por miedo a que se le maltrataran las uñas; que gastaba mil quinientos pesos en exfoliar el tejido de sus manos y otros mil en manicure.

—¿Qué haces, mamá? —Preguntó Valeria estúpidamente, sin poder salir de su enajenación.

—Lavando los trastes, —contestó Carolyn, mirando a su hija y sonriendo. —Y ¿tú? ¿A dónde vas vestida tan *elegantemente*? —Carolyn trató de ser graciosa, pero no tenía la menor gracia.

—Voy a tomar el sol con mi vecina Kate, la hija de la cocinera.

—¿Desde cuándo te llevas con ella?

—Desde que paga nuestras salidas al antro y su chofer nos lleva…

—Ah… es esa clase de *amiga*…

—Ma', obvi, es una *naca-de-quinta*. ¿Cómo esperas que sea mi amiga de verdad? —Dijo la adolescente con molestia, buscando beber un vaso con agua. —Pero, lo que no puedo creer, —agregó Valeria con un marcadísimo acento burgués, —es que estés haciendo quehacer.

—Si no lo hago yo, ¿quién, hija? —Contestó con el tono de *La Cenicienta*.

—¿Una *chacha*?

—¿Quién va a pagarle a la criada? ¿Tu amiguita Kate?

—¡El colmo es que Mari, **nuestra** gata, está trabajando en casa de la cocinera, ma'! —Gritó indignada, dándose cuenta de que no había agua en el refri: ni una *Coca*.

—Pues acostúmbrate a que los papeles cambiaron. El ama de llaves es millonaria y nosotros lo perdimos todo. —Carolyn dijo esto sin molestia, sino como un texto aprendido de memoria para recitar frente al salón de clases en la clase de historia.

—Parece que no te afecta mucho, ma'.

—Me di cuenta de que no me la puedo pasar tirada en la cama, lamentando que ya no puedo hacer mis compras en *Nieman Marcus*, —dijo Carolyn, secando con esmero los platos del desayuno.

—Además, tu papá… —Carolyn se contuvo. No quería decirle a su hija que ella temía que Hernán ya no la amara; que sentía que lo estaba perdiendo y que, sin él, ella no era nada. Valeria, claro, percibió la pausa; se dio cuenta de la obsesión de su mamá por secar un plato que ya estaba seco y vio los ojos húmedos.

—¿Qué onda con mi papá? —Valeria se acercó a su madre y la miró con toda seriedad (cosa rara en la niña).

—Nada, hija, —dijo Carolyn limpiándose la cara con el antebrazo.

—¿Se pelearon? —Cuestionó Valeria tímidamente sin poder disimular cierto miedo de que las cosas pudieran empeorar. "Somos pobres, mis papás se van a divorciar, somos vecinos de la cocinera, su hija de ciudad Neza está saliendo con el mejor chavo del mundo: ¿qué más puede pasar?" –Pensó Valeria–. Quizá recordó también al famoso Murphy (el de *La Ley* con su nombre: "si las cosas pueden empeorar: empeorarán.")

Carolyn estaba haciendo un esfuerzo titánico para disimular el pánico.

—Tu papá… —Dudó Carolyn. —Tu papá me dijo algo… algo *feo*. Me gritó. Me gritó groserías que nunca me había dicho.

—Bueno, —disculpó Valeria por primera vez extrañamente compasiva con alguien, viendo a su mamá desmoronada. —Ha tenido muchas presiones, —aclaró sin estar muy convencida y pensando: "si mi papá te deja, mamá, lo tienes bien merecido".

—Sí, ¿verdad? —Dijo Carolyn dándose ánimo sin lograr gran cosa. —Pero, por eso… por eso estoy echándole ganas, hija. Por eso me salí de la cama, me arreglé, compré cosas en el súper… estoy haciendo todo lo posible por… por evitar que tu papá… —La voz resquebrajada no la dejó seguir. Valeria se sintió incómoda. Había visto a su mamá enojada, deprimida (encerrada en su cuarto por varios días), drogada, indignada, prepotente, pero nunca llorando; nunca impotente.

—Ya, mamá. —Valeria se acercó tratando de tocar a su madre, pero sintiendo una fuerza repulsiva que se lo impedía. Jamás había tocado a su mamá. —No llores. Mi papá no te va a dejar.

—Y ¿si me deja? Y ¿si se quiere divorciar? —Preguntó Carolyn sollozando como nunca, desahogándose con su hija; con la única persona con la que podía expresar ese mar de lamentos, arrepentimientos, resquemores, rencores, frustraciones. Curioso, porque ella y Valeria jamás habían podido hablar sin irritarse, sin gritarse. —Él es todo para mí, —gritó Carolyn, implicando que sus hijos valían total y absolutamente madres (o sea, no importaban). —Si lo pierdo, yo no sé, yo no sé… —lloriqueó como si estuviera pidiendo limosna en la calle.

Billy caminaba por el estacionamiento de la Ibero, rumbo a la parada de microbús, mirando frente a él la imagen de los labios de Aurelia como una transparencia itinerante, cuando escuchó la voz de Nadia gritando como para ser escuchada en los límites del Universo: "¡mi amor!" Corrió como Scarlet en *Lo que el Viento se Llevó* y lo abrazó, emocionada-hasta-las-lágrimas. Billy no sabía si las lágrimas eran auténticas: lo cierto era que el entusiasmo, el grito, el avance espectacular, habían sido totalmente coreográficos, como comedia romántica de Hollywood de los años cincuenta.

En el microbús, zarandeada como vaca desnutrida, Aurelia trataba de volar en pedazos el recuerdo del beso de Billy con cargas de explosivos plásticos. Sin embargo, la mecha se apagaba; el mecanismo electrónico se trababa y de plano, las imágenes, las sensaciones, los sabores y olores de aquellos segundos, no explotaban, no se desintegraban, no se desvanecían. Al contrario, parecía que estaban formando un cáncer incurable.

—¿Qué haces aquí? —Preguntó Nadia mostrando un blanco polar en los dientes.

—Vine porque en la UNAM me pidieron más papeles…

Nadia lo miró con compasión. La UNAM, para ella, era como ir a estudiar a La Universidad Autónoma de Bangladesh.

—Lo siento. De veras. En buena onda.

—No tiene nada de malo estudiar en la UNAM, Nadia. Creo que está dentro de las cien mejores universidades del mundo —o, algo así—.

Nadia contestó con una mueca que decía: "¿estoy escuchando bien?". Acto seguido, disimuló.

—No, claro. No tiene nada de malo, —murmuró sin convicción.

Se miraron en silencio. Nadia traía puestos unos jeans que parecían mandados a hacer con el molde de su cuerpo. Su figura era lo más cercano a la perfección. Un metro setenta, piel tan blanca como su dentadura; cintura ridícula, pechos prudentes, sugeridos a través de un escote suficiente. La finísima ropa le quedaba como un dibujo y su piel de nieve, contrastaba con unos ojos café oscuro ligeramente excedidos en tamaño; casi como mujer afgana.

Mirándola, Billy patentizaba, una y otra vez, por qué era su novia. No había niña más decente, más educada y más perfecta. Billy recordó las veces que la había mirado desnuda y había buscado con lupa defectos en el cuerpo de Blanca Nieves. No los encontró. Recordó a Nadia, asomada por la ventana de la recámara de la casa de Coronado, completamente desnuda: atrás, la marina y los yates de lujo. Ella, a contraluz, de perfil: con su vello púbico café como sus ojos, recortado por alguna experta; depilado con regla y compás.

—¿Qué? —Sonrió Nadia, como adivinando el pensamiento.

—Nada, —mintió Billy, volviendo al aquí y ahora, y revalidando que no sentía nada por esa muchacha.

—Te quedaste trabado. ¿Qué onda? —Nadia acompañó sus suaves palabras con una caricia igualmente *light*.

—Nada. Lo que pasa es que tengo que ir a la UNAM y…

—Yo te llevo, —interrumpió Nadia.

—No, mi amor. —Billy no podía quitarse la costumbre de decirle "mi amor".

—Eh… seguro tienes clases y…

—Yo te llevo, —repitió Nadia, buscando las llaves de su *Audi* en su bolsa *Louis Vuitton.*

Billy no pudo decir nada.

—Aprovecho para hablar contigo, —dijo Nadia, por primera vez, con una seriedad desconocida para Billy.

Aurelia fue sorprendida por el maestro Salgado.

—¿En dónde está, señorita Pérez?

—¿Eh?

—¿A qué planeta viajó, señorita? —Preguntó *El Taco* con ironía magisterial.

Aurelia miró a su alrededor. Sus amigos –incluyendo Ricardo– la miraban con curiosidad.

—Pregunté quién es Walter Cronkite y usted estaba papando moscas —dijo, *El Taco,* en su clásica actitud catedrática (pero disimulando que se sentía atraído por Aurelia).

—Periodista y presentador de televisión nacido en Estados Unidos, en 1916, y que acaba de morir, en julio de este año. Y *papar,* según el Diccionario de la Real Academia Española, quiere decir "comer cosas blandas"... Papillas, pues. Aunque, yo también le puedo decir que usted está *papando* mi escote.

Hubo una estruendosa carcajada y *El Taco* tomó el color del uniforme de la Selección de Holanda.

—¡La voy a reportar, señorita Pérez!

—Yo también, profesor Salgado. ¿Cómo le caería a su esposa que le dijera que usted tiene una especial afición por mis tetas?

Carcajadas, aplausos y "uuus". El Salgado era color púrpura y, blandiendo el dedo, no ajustó más que a emitir unos quejiditos de cachorro mal herido.

—¡Esto no se va a quedar así! —Gritó, tomando sus papeles de la mesa y tirando la mitad. Su rostro se había transformado en el de Richard Nixon durante *Watergate.* Todos aplaudían y Aurelia agradecía con reverencias, recibiendo el *Óscar.*

—¡No se ha terminado la clase, profesor! —Gritó, envalentonada, Aurelia. Pero *El Taco* ya había salido con la cola entre las patas, mientras los compañeros de Aurelia la felicitaban como si hubiera metido una canasta desde el otro lado de la cancha de *básquet*. Ricardo también se acercó a ella y la miró con el amor más profundo y puro que se pueda tener.

—Por eso te amo, —murmuró sincero y desapareció como siguiendo a *El Taco*. Aurelia se conmovió.

Billy no era un hijo de la chingada (es decir, no tenía intenciones *malvadas*), pero tampoco podía seguir viviendo en la mentira. Se sentía culpable, porque, primero, Nadia había sido un objeto decorativo para Billy. Luego había sido su enfermera y, ahora, un dolor en el colon. Había aparecido en la vida del muchacho una mujer infinitamente más brillante; de personalidad firme, interesante y graciosa (aunque no era tan hermosa como Nadia). Además para Billy lo de menos era presumir: lo que necesitaba era una mujer *completa*. Estaba enamorado de Aurelia. Pero ¿cómo decirle todo esto a Nadia? No podía hablar con la verdad: no era tan sádico como para contarle a Nadia que, en las épocas boyantes, ella era un adorno; en los periodos desesperados, era una muleta y ahora... un cálculo renal.

Mientras Nadia conducía su *Audi A-6*, Billy buscaba las palabras correctas para no causarle tanto daño a Nadia. Pero eso sí, debía terminar con la fiesta de disfraces para poder emprender un cortejo serio para con Aurelia Pérez.

Nadia era bastante tonta, pero su intuición le decía (le gritaba ya) que algo andaba mal −desde la conversación en la privada de *La Florida*−. Claro, no era necesario ser mujer para adivinar que Billy estaba pensando profundamente en algo y que ese-algo no era *bueno* (para ella). Fingió que no pasaba nada por un rato, hasta que Billy rompió el silencio con una voz chiquita:

—Nadia, quiero... darte las gracias por todo lo que has hecho por mí. De veras, fue lindísimo que me hayas apoyado y acompañado todo este tiempo en el que... pues, no estuve bien.

Nadia sintió calambres en todos los músculos del cuerpo. El tono de Billy (como de perorata en el confesionario de *Big Brother*), conduciría, irremediablemente a un **pero** gigante.

—¡No sigas! —Ordenó Nadia, frenando en seco el *Audi* y provocando que los autos que estaban detrás de ella se amarraran y que sus conductores armaran un gracioso coro de cláxones. Billy miró hacia atrás; se desconcertó mucho. Nadia ya no podía ver claramente: sus ojos se habían llenado de bruma y de lluvia.

—¡Ya sé lo que vas a decir, Guillermo! —Gritó Nadia en el límite de la histeria.

—Cálmate, Nadia… eh… No puedes pararte aquí en medio de *Avenida Constituyentes*.

El concierto de bocinas iba en *crescendo*; algunos autos rebasaban el coche detenido de Nadia y los conductores volteaban a verla, indignados, recetándole todo el catálogo de leperadas mexicas.

—¡Nadia, muévete! —Exigió Billy, nervioso. Pero, Nadia se había llevado las manos a la cara.

—¡No, no, no, no! —Exclamaba golpeando el volante con el puño, ante el desconcierto de Billy. Éste, decidió salir del coche, caminar por delante del mismo y abrir la puerta del lado de Nadia. Las mentadas, gritos, señas y bocinazos, eran ya una alucinante cacofonía urbana.

—¡Muévete, Nadia!

Pero Nadia movía las manos como loca de manicomio. Usando cierta fuerza, Billy levantó a Nadia, para sentarla en el asiento de junto y se sentó detrás del volante. Nadia pegaba contra el vidrio de la puerta de su lado. Billy metió *drive* y aceleró el auto.

—¡Cálmate, Nadia, por Dios!

—¡Es que no me puedes hacer esto! ¡No me puedes mandar a la chingada después de todo lo que hice por ti!

Era la primera vez que Billy escuchaba una grosería en voz de la otrora impecable y decentísima Nadia.

—Espérate: ahorita platicamos, —dijo Billy mientras decidía bajar hacia la terminal de autobuses *Observatorio* (donde había estado previamente con Aurelia), para estacionarse en algún lugar y hablar con Nadia. Nunca imaginó, claro, una reacción tan extrema. Billy estaba realmente asustado: parecía que Nadia abriría la puerta y se lanzaría al asfalto con el auto en movimiento.

La explosión en la habitación 323 del hotel *Camino Real Aeropuerto* fue del doble de megatones que la de Hiroshima. La armonía sexual, el acoplamiento, la química entre Pepe y Olga, eran como los de dos engranes: embonaban a la perfección y uno producía el movimiento del otro. Ambos tenían una energía que hubiera podido llenar de luz a una ciudad mediana como Pachuca. No podían detenerse. No se cansaban; no podían dejar de tocarse, chuparse, penetrarse, como si estuvieran haciendo el amor sabiendo que un cometa chocaría con la Tierra; que la destruiría o como si fuera noviembre de 2012, cuando la Profecía Maya decía que el mundo se terminaría, convirtiéndose en un montón de cenizas flotando en la galaxia.

No se preguntaban por qué; pero Pepe parecía ser la llave que abría la cerradura de Olga. Tampoco pensaban en sus esposos (Vicky y el mafioso-descuartizador del *téibol*); es más, no pensaban: solo sentían, gritaban y tenían orgasmos intermitentes, como luces en la disco.

Fueron interrumpidos por el timbre del celular de Olga. Ella, a pesar de estar a punto de sufrir la-muerte-pequeña (por séptima vez), presintió que era su marido. No contestarle de inmediato el teléfono a su esposo, habría generado suspicacias en el gánster; así que Olga, quien estaba encima de Pepe, se hizo a un lado para buscar el celular en su bolsa y pedirle silencio al hombre con una erección de concreto hidráulico (ya seco).

Olga respiró y fingió en lo posible para parecer normal.

—Hola, mi vida, —dijo al celular, mirando a Pepe y su enorme bestia que no se agachaba a pesar del cese de la acción. —Aquí, de compras, ya sabes. Y ¿tú?...

Pepe se acercó de nuevo a Olga para tocarla. Le excitaba mucho más alborotar a Olga mientras ella hablaba con su esposo. Si *El Valde* supiera que Pepe estaba caminando con sus dedos por el terso chamorro de Olga, para llegar al tesoro lleno de rocío, lo habría matado, estrangulándolo lentamente (previa castración); luego, lo desmembraría, lo bañaría en ácido y, por último, metería sus restos (ya líquidos) en un tambo. Olga controló el gemido y miró a Pepe con gesto reprobatorio, solo para excitarlo más.

—¿A qué hora llegas a la casa, mi amor? —Preguntó, dulce como adolescente virgen, mirando su *Rólex* con incrustaciones de diamante. —¿Vas a llegar temprano?... Sí, claro... Te espero en la casa, mi vida... Te amo... —Olga le mandó a su esposo un beso tronado y colgó. —Me tengo que ir, —le dijo a Pepe, mientras se ponía de pie.

—¡No manches, mi amor! ¡Mira! —Gritó mostrando su orgulloso monolito.

—Perdón, Pepe, pero neta: tengo que estar en la casa ya, —agregó, preocupada, la dama de negro, corriendo hacia la regadera, dejando a Pepe con un punzante dolor entre las piernas.

Parecía un vicio, pensó Pepe: mientras más cogía con Olga, más ganas le daban. Vicky era una gran amante: era hermosa y sensual, pero Olga no tenía límite: era un río caudaloso. Vicky era el Amazonas: un río grande, ancho, plácido. Olga era las cataratas de Iguazú: ruidosas, imponentes, mortales.

Vicky (el Amazonas) circulaba por la avenida *Altavista* mirando por la ventana como turista; emocionada de ver las tiendas de ropa y muebles. Antes de llegar al restaurante *San Ángel Inn*, vio una plaza comercial, con las tiendas de *Louis Vuitton*, *Boss* y *Dior*, y un *Starbucks*. Se le antojó un cafecito y le dijo a Casiano que se metiera al estacionamiento.

La plaza era hermosa, aunque no había un alma. Entró por una puerta de cristal, pero, de inmediato, vio una escalera que decía *SPA*. Se detuvo un momento a pensar. Nunca había ido a un SPA, así que, se encogió de hombros, y subió las escaleras.

Arriba, el ambiente era totalmente distinto. Un oasis de música *New Age* y olores maravillosos que jamás había percibido la ex ama de llaves nativa de Ixmiquilpan. Todo estaba a media luz y dos jovencitas de blanco, maquilladas discretamente y de voz suave, le dieron la bienvenida. Vicky saludó, pero no sabía qué hacer, qué pedir. Las señoritas le ofrecieron un menú y Vicky dijo que no tenía hambre. Ellas rieron pensando que era un chiste, pero Vicky había hablado en serio. De inmediato captó la *regada* y se rio con las jovencitas de blanco. Vio el menú y no sabía ni de qué estaban hablando: ¿qué es un *shiatsu*? ¿Cómo es la *reflexología* o *reflejología*? Masaje reafirmante; tratamiento exfoliante, masaje sueco. Vicky no sabía qué elegir, así que de plano se declaró incompetente y les dijo a las niñas que quería un tratamiento para el rostro (cosa que le iba a ayudar mucho para su negocio), manicura, pedicura y un masaje que le hiciera olvidar sus problemas.

Ya en el vestidor le pidieron que se desnudara por completo, se pusiera su batita, sus chanclitas de toalla y nada más.

La señorita le había sugerido un masaje de piedras calientes. Vicky entró al cubículo y una amabilísima mujer ligeramente gordita le pidió que se quitara la bata y se acostara boca abajo, con el mentón en el hueco diseñado para eso y que se tapara con las sábanas. La masajista salió y Vicky se quitó la bata. La música era extraña, pero suave, armoniosa. El lugar estaba casi en penumbras y había un olor penetrante a algo que tenía la facultad de relajar a través de la nariz. Vicky se acostó boca abajo y se tapó con la sábana. Parecía que estaba en otro mundo, en un planeta sin gravedad, sin ruidos. La masajista entró y ya no habló más. Usando piedras color negro, suaves, sin bordes, lisas, la masajista comenzó el trabajo y Vicky creía que estaba flotando sobre las nubes rosas de un país maravilloso.

Entonces pensó: "¡ah, para esto es el dinero!" Luego, su cerebro, convertido en algodón de dulce, voló lentamente hacia otro mundo fantástico de colores y texturas. Vicky no quería que terminara: eran sensaciones inéditas, milagrosas. Ahí se dio cuenta de que lo que tenía que hacer como negocio era precisamente un SPA, donde aplicara, también, las cremas, los tónicos y los aceites de su creación. Reflexionó: "¿cómo me pude haber perdido toda la vida de esto? ¿Quién inventó esta maravilla?", mientras las manos y las piedras recorrían cada milímetro cuadrado de su cuerpo.

Cuando la masajista dijo, susurrando, que había terminado, no quería ponerse de pie: quería quedarse eternamente en ese país del éxtasis y la paz.

Vicky, quien antes decía (como su hija Aurelia) que no necesitaba el dinero, que vivía bien, que no le hacía falta nada, que la lana corrompía, que los ricos eran unos hijos de la chingada, se percató de que no. El dinero compraba el placer; el dinero te hacía viajar por universos alternos y, a todas luces, era indispensable.

En la humeante calle cerca de *Metro Observatorio*, Billy trató de razonar con Nadia, quien se había convertido en un manojo de conductas cuánticas. Lloraba, para luego dar paso a una ira incontenible, lanzándose a arañazos y cachetadas en contra de Billy: acto seguido, entraba en un silencio denso como el humo de los autobuses que salían de la terminal rumbo a Toluca, a Guadalajara, a Morelia. En otros instantes, se culpaba a sí misma; se auto flagelaba, pegándose en el pecho: "mea culpa, mea culpa, mea culpa".

Billy, sin saber cómo resolver esta situación (especialmente cuando veía las garras de la tigresa cerca de sus ojos), mirando los mil rostros de Nadia, le trataba de explicar que el problema no era ella, que él tenía mucho que agradecerle, que su relación había sido maravillosa, pero que ya no estaba funcionando. Billy trataba de evitar decirle que no la amaba; pero la conversación (si se podía llamara así), se dirigía directamente hacia ese punto, el último rincón sin salida: "no-te-amo".

Así que Billy descubrió la locura y el desequilibrio de quien fuera su pareja por dos años. Ella nunca había tenido que manifestar su demencia, su enfermedad emocional, porque no hubo razones. Billy normalmente decía qué se iba a hacer, cuándo y en qué circunstancias verse. El sexo era moderadamente satisfactorio y la relación se mantenía así, aséptica. Ahora parecía que Billy había logrado arrancarle la piel a Nadia. Debajo de esa epidermis había una bestia violenta y extraña que al joven Santibáñez le generaba pavor.

Por eso, Billy se encaminó a *Bosques de las Lomas* para dejar a Nadia en su casa, ya que ella no estaba en condiciones de manejar. En el camino, Billy tuvo que evitar chocar, cuando Nadia se le abalanzó, de nuevo, a jalarle los cabellos, diciéndole, "hijo-de-la-chingada, ojete, maldito, ingrato, eres una mierda" —entre otras muchas que es mejor olvidar—. Nadia se parecía más a *Chucky, el Muñeco Diabólico* que a la bella e insípida niña con la que había compartido tantos días y noches. Luego, se hizo pequeña, se metió en el hoyo donde van los pies, hecha un ovillo y llorando con gemiditos muy agudos: "me quiero morir, sin ti no soy nada, ¿qué hice mal?". Minutos después, solo el zumbido de su llanto; palabras en lenguas extrañas; murmuraciones, monólogos, silbidos, rechinidos.

Billy llegó a su casa y Nadia no quería bajarse del auto. Repetía la frase "me quiero morir". Billy tocó el timbre de la casa y salió la muchacha uniformada y el joven le explicó la situación. La sirvienta corrió por el patrón. El señor, asustado, salió a la calle, preguntándole a Billy, "¿qué le hiciste?" A la llegada del papá, Nadia se colgó de su cuello y aquél se la llevó hacia el interior de la casa, como cuando era niña y se quedaba dormida después de las nocturnas reuniones familiares. Billy alcanzó a decirle que ellos habían terminado y que ella lo había tomado mal, evidentemente. El señor no dijo nada más. Billy le entregó las llaves del Audi a la muchacha y se alejó de ahí caminando. Tenía que llegar a *Bosque de Laureles* y tomar un micro ahí, que bajara por el *Paseo de la Reforma*.

Caminó sobre aquellas calles que antes recorría en su convertible al lado de Nadia: su cabello volando, su piel de horchata. El desenfreno de Nadia lo había dejado entumecido, como si acabara de salir del cine después de ver una película de Wes Craven (el de la *Pesadilla en la Calle del Infierno*). No era Nadia la que lo cacheteó y lo arañó, la que se hizo ovillo en el piso del coche, la que lloraba como gorgoreando: era el reptil que surgió cuando a la hermosa joven se le cayó la piel. Sin embargo, ¿quién era realmente Nadia? ¿La conoció Billy esencialmente? ¿Había algo que *conocer*? ¿De qué platicaban en las épocas *felices*? De otros amigos, de los viajes, del auto que le iba comprar su papá, de la ropa que iba a usar en la boda de los Valtierra; de la universidad, pero en términos sociales: quién era novio de quién; qué amiga era una convenciera; cuál era una puta, cuál era fresa-chismosa-hipócrita-traicionera. Siempre hablaron de otras personas, de otras cosas: de objetos, de anécdotas. Jamás de lo que realmente vivía en el alma de ambos. Billy se daba cuenta de que, en el corazón de Nadia, habitaba un demonio, un loco, un monstruo, un extraterrestre: la criatura que salía del tórax de un astronauta del futuro.

Se compadeció de ella. Le hizo parada a un microbús, cuyo chofer no entendía muy bien qué pretendía un niño-bien dentro de su *unidad*. Billy pagó y se sentó atrás, sintiéndose triste como tronco hueco. Vacío y superficial. Había sido una relación sinsentido, decorativa, estética… inútil. Sin embargo, Nadia se aferraba a ésta como si hubiera sido la gran cosa. "¿Para Nadia lo que tuvimos lo es todo? —se preguntaba— ¿con eso se conformó? ¿Se conformó con nada? ¿Nada era todo?"

Pepe pensó que era un asaltante y se puso en guardia. Era de noche y Arcadio había aparecido de la nada en la privada de Patricio Sanz.

—Soy yo, compadre, no te espantes.

—¡Me sacaste un pedo, Arcadio!

—Es lo malo de andar en una *Hummer*, José. Es la tentación. ¿No dicen que "la ocasión hace al ladrón"?

Arcadio nunca se había referido a su compadre como *José*. Esto descompuso un poco al semental de Neza (ex). Arcadio notó la fruncida de ceño y rompió el silencio.

—¿No me vas a invitar a pasar a tu cantón, hermano?

—Híjoles, compadre, lo que pasa es que… apenas anoche nos pusimos hasta atrás y…

—Tenemos que hablar; —cortó Arcadio, tan serio como pudo.

Pepe pensó: "seguro me va a pedir una lana"; hizo una mueca y abrió la puerta de la casa. No había nadie en la sala.

—Siéntate, —ordenó Pepe, dirigiéndose a la cocina para preguntarle a Mari por la señora. Mari le contestó que no había regresado y Pepe volvió a la sala, mientras Arcadio revisaba las fotos que había tomado con el celular.

—¿Quieres algo? —Preguntó Pepe de compromiso.

—No, gracias.

—¿Qué es lo que *tenemos* que hablar, compadre? —Preguntó Pepe mientras regresaba a la cocina por una cerveza.

—¿Cómo te fue con la señora de negro? —Preguntó a rajatabla el compadre. Pepe, aterrado, regresó a la sala con la cerveza en la mano. Casi se le cae.

—¿Cómo sabes que fui con…?

—Te tomé unas fotos, —interrumpió Arcadio, poniendo cara de malo-muy-malo y provocando el silencio de Pepe.

—¿*Unas fotos*?

Arcadio decidió ponerse de pie y alejarse un poco, conociendo la explosividad de su exvecino y cómo había terminado Hernán Santibáñez (labio roto y nariz sangrante).

—Unas fotos de esa señora y tú… juntos. Abrazados frente a su casa-de-ella. —Arcadio manipulaba el teléfono para enseñarle a Pepe desde lejos las fotos que estaba mencionando. —También, en el estacionamiento del Camino Real del Aeropuerto. Tu mano en su nalga: tu lengua en su boca, tus dientes en su cuello como Drácula, je, je.

Pepe no entendía lo que estaba pasando. Le parecía imposible pensar que Arcadio fuera capaz de cualquier acto de maldad.

—¿Por qué me querías enseñar esas fotos, compadre? —Preguntó, ingenuamente Pepe, tratando de acercarse para verlas mejor.

—Quiero lana, compadre.

—¡Trabaja, cabrón! —gritó, más y más enojado, Pepe.

—¿Como tú? —Contestó el compadre con ironía, veneno y envidia.

—¿Cómo que *quieres lana*?

—Sí, compadre. Un millón de pesos. Si no, estas fotos las va a ver Vicky.

Pepe ya no dijo nada más. Puso la boca de la botella de la *Corona* en sus labios y vació el amarillo líquido en su cuerpo. Luego, eructó y el eructo le supo a pasto y pino y ajo.

Billy llegó directamente a buscar a Aurelia. Estaba lánguido, descorazonado. Cuando iba a tocar en la puerta de la casa 4, Arcadio salía a toda velocidad, perseguido por Pepe, quien le repetía que lo iba a matar. Arcadio pudo meterse en su *Valiant*, antes de que Pepe lo alcanzara, vociferando las amenazas más aterradoras (y obscenas) en contra de su compadre. Ante la mirada atónita de Billy, Pepe empezó a golpear el vidrio del *Valiant*, mientras Arcadio, pálido (que era decir mucho, dado su *bronceado natural*), arrancaba la carcacha que emitía una generosa nube blanca. Arcadio se dirigió a la puerta de la calle, siempre perseguido por Pepe (éste, a pie) que lo calificaba, repetidamente, como "traidor, mal-amigo, hijo de la chingada", –por decir lo menos–.

Carolyn se asomó por la ventana de la recámara principal, que daba a la calle de la privada y vio la escena. Arcadio tocaba el claxon para que el vigilante le abriera la puerta y Pepe golpeaba la cajuela, encolerizado y completamente fuera de sí. Al fin, Arcadio logró salir de ahí (con vida), pero Pepe todavía alcanzó a mentar más madres y persiguió la carcacha de Arcadio hasta la avenida *Río Churubusco*, donde ésta ya tomó cierta velocidad a pesar de sus flatulencias negras y blancas.

Pepe regresó haciendo aspavientos y gruñendo como toro en la Plaza México, mientras Billy tocaba el timbre para buscar a Aurelia, –misma que no había llegado a la casa, porque había sido citada en la oficina del director de la Facultad, por el incidente de *El Taco*–.

Carolyn observó cómo Pepe regresaba a su casa en actitud de bisonte encabronado. Pensó en la absoluta *naquez* (vulgaridad, ordinarez) de sus vecinos –especialmente del esposo de la cocinera–. "Más prosaico no se puede ser", reflexionó, mientras le sacaba brillo a la ventana con un trapito nuevo.

Billy le preguntó a Pepe por Aurelia, pero éste lo hizo a un lado sin decir palabra y entró, azotando la puerta. Billy se quedó con la puerta en la nariz; hizo un gesto y se dirigió a la entrada de su casa, ubicada a diez metros de la de los Pérez.

Entretanto, Aurelia le decía al director de la Facultad, que el profesor Salgado la miraba de una manera lasciva y fuera de lugar, y que él era quien había iniciado la bronca con sus ironías: "el que se lleva, se aguanta". No pasó a mayores, pero al salir de la oficina, Aurelia se topó con Ricardo quien la esperaba, pacientemente, en la puerta del despacho, preparado por si había que actuar en caso de que el director se pusiera agresivo. Ricardo miró a Aurelia con ojos solidarios, le preguntó cómo había estado la cosa y ella le dijo que no hubo problema: nada que no pudiera manejar Aurelia Pérez, luchadora de los derechos de la mujer; rebelde, crítica de la sociedad, analista cáustica de la realidad mexicana.

Tímido, Ricardo la invitó a tomar un café: tal vez en el *Starbucks* de Avenida de la Paz. Aurelia no podía con esa mirada de cachorrito de Ricardo y aceptó, aunque la imagen del beso con Billy en el Metro, no se disipaba de su mente: al contrario, se había grabado indeleblemente como un tatuaje neuronal. Aurelia quería ver a Billy y no quería ver a Billy: deseaba besarlo y no. Lo cierto era que Guillermo Santibáñez, a pesar de todo, la tenía temblando como hipoglucémica y con taquicardia crónica (y sudores, rubores y suspiros involuntarios).

La rebelde, la venenosa, la bolchevique, la perredista, la periodista, la crítica de la burguesía, la banalidad, el consumismo, los gringos y el capitalismo había sido tocada por... ¿el amor de un burgués venido a menos?

Vicky quería comunicarle a Hernán su idea de echar a andar un SPA que fuera punto de venta de las cremas de su hechura, pero, a pesar de que ya estaba en la privada el compacto de Santibáñez, también se encontraba la *Hummer* de Pepe y Vicky no quería más broncas con su marido.

Casiano estacionó la *Suburban* y preguntó qué se ofrecía: Vicky le dijo que habría que checar si Kate lo necesitaría, y bajó del auto. Todavía estaba bajo los efectos del masaje, la exfoliación y la reflexología: así que parecía un fantasma flotando graciosamente; una burbuja en suspensión.

Pepe estaba en la sala, caminando como juez de línea, refunfuñando en un florido español-mexicano-mexiquense. Al escuchar la puerta, disimuló. Era bueno para mentir: lo había hecho antes con todas las aventuras que había tenido. Desde la cajera de la *Comercial Mexicana* que le había hecho ojitos; hasta Olga, pasando por Lety (y otras-muchas-más). De hecho, la secretaria del taller de hojalatería y pintura había sido la amante más constante (valga la rima). Sin embargo, en dos o tres ocasiones (incluyendo la más reciente: la del *Camino Real-Aeropuerto)* le había sido infiel a la amante-de-planta. Algo así como infiel-al-cuadrado.

Pepe amaba a Vicky, pero para él la mentira no era un pecado especialmente grave. Estaba justificado: había que mentir para que Vicky no sufriera. Eran mentiras piadosas. Por otro lado, había elementos idiosincráticos en el asunto de la honestidad. En la escala de valores de Pepe la honestidad no era una prioridad. Para él, estaba permitido mentir y, si fuera descubierto, los demás no se deberían ofender demasiado. En ese sentido, Pepe no era muy diferente a la altisonante política del país (o del mundo), en la que el que no miente no existe. Para Pepe, como para el político mexicano, era aplicable la máxima cartesiana: "miento, luego existo".

Ahora: Vicky era una mujer realmente hermosa; no era fodonga, siempre andaba perfecta y su cuerpo seguía siendo sumamente deseable. Entonces, ¿por qué necesitaba Pepe a la cajera, a la secretaria, a la esposa del mafioso? "Porque el hombre no está diseñado para tener una sola mujer —justificaba Pepe—. Ella solo puede tener un hijo al año: nosotros trescientos sesenta y cinco (o más)". Por otro lado, había algo especialmente excitante en la aventura, en la conquista, en el riesgo y en la carne nueva (y joven: Lety no pasaba de los veinticinco). Claro, Olga ya era una mujer madurita, pero era algo especial. Ahí sí, ni Vicky hacía las cosas que la mujer de negro creaba en la cama.

Sin embargo, la ira no era un sentimiento que Pepe podía ocultar fácilmente. Después de lo de Arcadio, Pepe no había tenido tiempo de pensar qué hacer, así que, cuando Vicky entró a la casa y lo vio, sabía que algo estaba pasando (además de la bronca que ya traían desde el golpe a Hernán).

—¿Qué tienes? —Preguntó, directa, Vicky.

—Nada, ¿por qué? —Mintió Pepe defectuosamente.

—¿Estás enojado? ¿Sigues enojado? ¿Por qué eres tú el enojado?

—Vicky, he estado pensando en algo, que no sé cómo vamos a manejar.

Vicky depositó su bolsa de mano por ahí y se acercó a Pepe. Pensó que iban a hablar de nuevo de Hernán Santibáñez y eso provocó que la ex cocinera hiciera una mueca y desenvainara la espada.

—¿Cómo vamos a manejar lo de la lana? —Preguntó Pepe, sin mirar mucho a Vicky, para que ésta no descubriera su inquietud.

—¿Cómo que *cómo*?

—No me gustaría tener que estarte pidiendo cada vez que yo necesite dinero, —dijo Pepe pensando, obviamente, en el chantaje de su compadre. —Siento que es humillante. ¿Me entiendes?

—¿Qué propones? —Preguntó Vicky intuyendo que lo que quería su marido era una cuenta bancaria.

—Una cuenta de cheques para mí.

—Ya tienes la tarjeta de crédito. Con ésa puedes sacar dinero.

—Y cada vez que gaste en algo me vas a preguntar: "y ¿esto? y ¿aquello? ¿Por qué gastaste tanto en *no sé qué*?"

—Ah, quieres una cuenta de banco *secreta*, que yo no pueda ver; —aclaró Vicky como irritada: todas las bondades de las piedras calientes se habían esfumado.

—Exacto.

—Te molesta que una vieja controle tu lana, ¿no? —Vicky ya sabía la respuesta, pero quería bronca. Se preparó como gallito de pelea con espolones. —Eres demasiado macho para soportar la idea de que una mujer te mantenga.

—En realidad no me estás manteniendo. Te sacaste un premio: fue un churro. No has hecho nada para ganarte esa lana.

—Si "yo no hice nada para ganarme esa lana", tú menos. Yo, por lo menos compré el boleto del *Chispazo*.

—¡Soy tu marido! ...Y se me hace muy mala onda lo que estás haciendo.

—¿Qué-estoy-haciendo?

—Decir que esta es *tu casa*; que "tu dinero es tu dinero", cuando antes compartíamos todo. ¿Qué? ¿Tan rápido te cambió la lana? ¿Tan rápido ya se te subió? ¿Te trepaste al ladrillo y te mareaste?

Era un golpe en la boca del estómago para Vicky. Si algo sabía hacer Pepe era darle a Vicky donde le dolía. La paradoja era que Pepe venía de copular como conejo con Olga y todavía tenía el desenfado de calificar a Vicky de avara. De hecho, la acción con Olga no le producía a él la más remota culpa: por eso se sentía con derecho a reclamarle a Vicky su actitud (además, tenía que empezar a resolver el problema de Arcadio).

—Tienes razón, —dijo Vicky bajando la mirada. —Esta casa es tan tuya como mía y si quieres ahorita mismo te hago un cheque para que abras tu cuenta secreta. —Vicky sacó su chequera y se sentó ante la mesa del comedor: negra, laqueada, completamente demodé. —¿Cuánto quieres? ¿Un millón? ¿Dos?

—Dos está bien, —ordenó Pepe, mientras Vicky escribía enojada el cheque a nombre de José Pérez López, por dos millones de pesos. Vicky firmó, arrancó el cheque, se puso de pie y lo extendió hacia Pepe.

—¿Algo más?

—No. Así está bien. —Pepe tomó el cheque casi con violencia.

—¡Perfecto! —Expresó Vicky, mientras agarraba su bolsa de mano y se dirigía al piso superior.

—¡Me saca de onda que la ofendida ahora seas tú! —Dijo Pepe, doblando el cheque y guardándoselo en la bolsa.

Vicky giró atléticamente:

—Te madreaste a un amigo y no tenías por qué.

—Te apuesto que ese cabrón no se va a volver a aparecer por acá, —dijo, sonriente, Pepe: confiando en su rudeza y sobándose el puño con cara de campeón del *Consejo Mundial de Boxeo*.

—¡No estábamos haciendo nada!

—Por las dudas, —dijo Pepe, ahora más cínico, más macho que nunca.

—¡Me cai que eres un pendejo, José! —Sentenció Vicky, girando hacia la escalera.

—¡Y tú has cambiado un chingo!

—¡Ah, mira quién habla! —Gritó Vicky, mientras subía las escaleras y Pepe decidía seguirla.

—¡Tú no eras así!

Vicky llegó al descanso y frenó, rechinando llantas.

—¿Cómo?

—Avara, díscola, coda.

—Ya te pedí perdón por eso. Ya te dije que la casa es de todos: ya te di dos millones de pesos: ¿de dónde sacas que soy coda?

—¡Se te nota a leguas, mujer!

—¡¿Qué?! —Ahora sí Vicky no entendía nada. Percibió la presencia de Kate que había salido de su recámara y observaba la escena desde el piso superior. —¿Dónde se me nota, eh?… O sea, el hecho de que me encabrone porque le pusiste un madrazo a un amigo, es…

—¡Me encanta cómo dices *amigo*! —Interrumpió, celoso, Pepe. —¡Se te hace agua la boca, ¿verdad?!

—Ay, mira: ¡piensa lo que quieras, cabrón! —Dijo Vicky y aceleró el paso para llegar al piso superior. Pero la cresta de Pepe ya estaba alborotada. Vicky pasó al lado de Kate y caminó a la recámara. Pepe la alcanzó dando zancadas de purasangre.

—¿Qué hay entre tú y ese puto, Victoria?

Kate tragó saliva. Pepe se estaba poniendo violento y había acorralado a Vicky contra la pared del pasillo.

—¡No hay nada! —Gritó Vicky echando espuma de rabia y asustando aún más a Kate. Luego, bajó su entonación y miró a Pepe con ese reproche que duele más que una cachetada. —Te amo a ti, pero tú te empeñas en ver moros con tranchete. Allá tú. —Vicky cerró la conversación conmoviendo a Pepe y escurriéndose a la recámara principal, cerrando la puerta por dentro con seguro. A Pepe se le trabó la mandíbula. Miró a Kate y le sonrió. Kate hizo una mueca de desagrado y entró a su recámara.

"Lo que voy a hacer —pensó Pepe acto seguido— es matar al hijo de la chingada de mi compadre". Bajó las escaleras de dos en dos, tomó las llaves de su *Hummer* y salió con mirada de *Jason* —el de la peli *Halloween 1, 2, 3, etcétera*—.

Carolyn convocó a cenar y los miembros de la familia Santibáñez fueron apareciendo como gatos sigilosos, con los ojos bien abiertos, desconfiados, aunque sin ronronear. La mesa estaba puesta con unos individuales que la renovada ama de casa había comprado en Estambul.

Aparecieron, casi simultáneamente, Hernán, cansado después de un día pesado en *Lavaclean* (y considerando ya ideas para mejorar y expandir ese negocio y el de las cremitas); Billy, quien había vivido más experiencias emocionales en ese día que en toda su vida (el beso en la escalera del Metro, la visita a la Ibero, la evasión de Aurelia, el ataque psicótico de Nadia, los gritos de Pepe) y finalmente Valeria, (que no dejaba de pensar en la *naquita* de al lado y la *suerte* de haberse ligado a Fran Téllez).

Los tres se miraron; vieron el comedor, la mesa puesta —muy bonita, a pesar de la austeridad—, pero con una rosa medio-marchita que Carolyn había recolectado del jardín. Carolyn estaba en la cocina. Hernán, Billy y Valeria se sentaron, en mutismo, sin dejar de percibir esa extraña vibra. Solo en la Noche Buena se sentaban todos a cenar (junto con otras decenas de parientes, amigos y lambiscones). Era la primera vez que, en un día como cualquier otro, eran llamados por Carolyn a cenar. También era la primera ocasión en la que todos estaban en casa. Antes, en las épocas boyantes, nadie-estaba-en-casa-nunca. Parecía que la *pobreza* los había mantenido en el hogar y los había atraído a cenar, por primera vez en muchos años, como una familia.

Apareció Carolyn con un platón con sándwiches calientes. Una emoción la invadió como una llamarada al ver que su convocatoria había tenido éxito; que su familia estaba sentada frente a la mesa que había puesto con cuidado y buen gusto. Pero nadie dijo nada. Solo Carolyn:

—Voy por las rajas.

Cundió de nuevo la mudez. Valeria tomó uno de los sándwiches que, francamente, se veían deliciosos: el queso derretido pugnaba por salir y todo olía muy rico. Billy y Hernán la siguieron, al tiempo que Carolyn traía un platito con rajas de chile en lata, y se sentaba al lado de Hernán.

—Ojalá les guste, —agregó Carolyn, tomando uno de los emparedados.

Los cuatro tenían hambre. Billy recordó que ese día no había comido. Carolyn quería romper el silencio: imponer una conversación familiar, amable, *normal*. (*¿Normal?* ¡Si antes nunca conversaban!)

—¿Cómo te fue hoy? —Le preguntó, sonriente, a Hernán.

—Muy bien, la verdad.

—¿En qué trabajas, pa'? —Cuestionó Valeria con la boca llena.

—Soy el administrador general de una cadena de lavanderías automáticas que se llama *Limpiaclean*. Trabajo para Juan Piña: ¿te acuerdas de él?

—Claro que me acuerdo. Era tu *gato*, ¿no? —Replicó Valeria con su acostumbrado tono prepotente.

—Era mi empleado, —corrigió Hernán.

—Era tu *chalán*, pa', —continuó Valeria. —De veras que la vida es… no sé… La cocinera es nuestra vecina; la *chacha* trabaja para ellos y tu *asistente*, es tu jefe. ¿Alguien entiende algo? Digo, además, todo esto pasó en… no sé… ¿cuánto tiempo?

—En unos cuantos meses, hija, —aclaró, con calma, Hernán quien no pudo resistir decirle a Carolyn, con el entusiasmo de un niño: —¡están deliciosos los sándwiches, Carolyn!

Carolyn sintió otro flamazo de emoción. Se daba cuenta, por primera vez en su vida, que la felicidad consistía en instantes; se basaba en los eventos sencillos, cotidianos. La familia junta; ella cocinando y su esposo alabando su comida.

Repentinamente, Carolyn se sintió como un personaje en una feliz puesta en escena o en un *reality show*. (Se llamaría: *Cómo Sobrevivir la Ruina Financiera*).

—Gracias, Hernán. No es la gran cosa, —agregó con una humildad desconocida para todos; —pero los hice con mucho cariño.

Valeria miró a su mamá como un personaje de un comercial de *Maestro Limpio*. Billy detectó la mirada e intervino, antes de que su hermanita hiciera un comentario hiriente que rompiera con la *magia* (efímera y mentirosa) del momento.

—Terminé con Nadia, —descargó Billy sin previo aviso, ante la sorpresa de todos.

—¿Cómo? —Exclamó Carolyn sorprendida. —¿Por qué?

—Porque me di cuenta de que no la amo.

Hernán reaccionó, pero no por la sorpresa, sino porque se identificaba con su hijo con gran sincronía. Él también había dejado de amar a Carolyn hacía mucho tiempo (si es que alguna vez la amó *de verdad*).

—¿Cuándo te diste cuenta de eso? —Preguntó Carolyn francamente preocupada, porque le parecía que Nadia era un excelente partido para Billy. Especialmente porque era hija de un hombre de mucho dinero que había puesto al ex millonario en una silla, con la espada de Damocles pendiendo de un cabello de pelirroja.

—Cuando teníamos dinero, Nadia era como… como… O sea, la verdad es que andaba con ella, porque era muy guapa. Anduve con ella para *presumir*: ¿me entiendes, ma'?

Hernán se tragó las palabras de su hijo y le hicieron efecto de inmediato: amargas cápsulas de ansiedad. Pensó, con ironía: "¿dónde he oído eso?"

—Luego se portó lindísima, cuando… se acabó el dinero.

—Eso sí, hijo. Te apoyaba en todo…

—Me siento mal, porque Nadia nunca me falló. Pero, por más que lo intente, pues… no la amo. Así de fácil.

—Ay, hermanito: Nadia era nuestra única posibilidad de salir de esta pinche pobreza. —Comentó Valeria con amargura.

—Lo siento, hermanita. De todas maneras ella no nos iba a sacar de esta *pinche pobreza*.

—Ustedes no saben lo que es ser pobre, —dijo, solemne, Hernán. —Agradezcan que tenemos una casa de buen tamaño, en una colonia *decente*.

—Sí, pa', pero no podemos ir a la escuela que queremos, no tenemos coche, no nos podemos ir de vacaciones y tuvimos que vender casi todas las cosas que teníamos. ¿Cómo le llamas a eso?

—No nos vamos a pelear ahorita, hija, —concilió Carolyn con cierta desesperación porque el momento feliz se iba desvaneciendo como el humo de un cigarro en el aire. —Estamos bien: estamos vivos, sanos y tenemos para vivir en una casa bastante cómoda. Pobres son los que viven en Chalco o en las barrancas de Contreras. ¿No has visto el noticiero, hija?

—Ay, no, mamá, pero tienes razón: ¡olvídalo! —Dijo Valeria de muy mala gana y echándole el ojo a un segundo sándwich.

—Mejor hablemos de ti, hija, —pidió Hernán con suavidad.

—No hay gran cosa qué decir.

—Hay que ver lo de tu nueva escuela.

—Falta mucho para que empiecen las clases. ¡Ay, y me da una flojera tener que repetir cuarto de prepa!

—Si quieres, yo voy viendo ese asunto —se ofreció Carolyn con cara de ama-de-casa-desesperada.

—¡No quiero hablar de eso!

—¿De qué quieres hablar entonces, hermanita? —Preguntó Billy, imitando el hartazgo de su hermana.

—De nada y mucho menos con ustedes.

—¿Por qué "mucho menos con nosotros"? —Preguntó Hernán con cierta irritación.

—Papá: en la vida nos habíamos sentado a cenar todos. Nunca estábamos juntos y de repente quieres que nos volvamos la *familia feliz*: que olvidemos nuestras broncas y que seamos una *perfect family*.

—¿Qué tendría de malo? —Preguntó Hernán en un tono amable, contenido.

—¡Que no es *de verdad*! ¡Que es una ficción, una hipocresía! ¡Que todos estamos fingiendo!

—No tiene que ser así, —aportó Carolyn.

—Sí, Valeria: ¿por qué…asumes que es una ficción? ¿Por qué no puede convertirse en algo verdadero? —Dijo, entusiasmado, Billy.

—O sea…antes, no nos veíamos ni los domingos: cada uno tenía su onda. Mi papá no nos peleaba para nada, porque estaba muy ocupado haciendo el dinero que terminó perdiendo. Mi mamá, o estaba deprimida o drogada con Valium o de viaje o en un hospital haciéndose alguna cirugía plástica. Y, tú, Billy…

—Eso era antes, —interrumpió Hernán. —Ahora las cosas pueden ser diferentes.

—¿Por qué? ¿Porque perdiste todo nuestro dinero? ¿Porque mi mamá sabe hacer esto en la sandwichera?

—¿Por qué no, hija? —Reviró Hernán. —¿Pierdes algo intentándolo?

—Dime algo, hermanita, en este momento: ¿qué tienes en la vida aparte de tu familia?

Valeria estaba instalada en su rebeldía y su insolencia acostumbrada, pero la pregunta de su hermano Billy, la congeló. Era verdad: no tenía nada. Ella misma había decidido, por vergüenza, dejar de ver a sus amigas de antes. Ya no podía ir a la prepa del Sierra Nevada; ya no podía llevar a sus amigas a Cancún; ya no podía velear en el yate de su papá. Ya no tenía nada, más que un humillante pacto con la hija de la criada para ir a los antros.

El silencio de Valeria fue ocupado por el sonido del timbre de la puerta. Carolyn se levantó y abrió la puerta. En el umbral estaba el papá de Nadia, más pálido y ojeroso que de costumbre. Carolyn, de botepronto, se asustó: pensó que todavía existía un asunto legal pendiente con su marido.

—Buenas noches. ¿Está Guillermo?

—Sí, claro: pásale.

El papá de Nadia entró a la casa y no miró a su alrededor: su mirada se dirigió directamente hacia Billy que también se extrañó de la presencia de su exsuegro.

—Buenas noches, —dijo el papá de Nadia a todos.

Hernán lo miró con reservas, pero sí se percató de la palidez de su rostro y de las pronunciadas arrugas que semejaban los ríos sin agua de Marte.

—Perdón por interrumpir su cena, pero… Billy… Nadia está en el hospital —balbuceó el papá de Nadia con la voz quebradiza.

—Trató de quitarse la vida con pastillas.

Billy vio una nube negra frente a sus ojos: cargada de agua, relámpagos y hielo.

Pepe bebía del pico de una botella de coñac, mientras circulaba por el *Circuito Bicentenario* rumbo al oriente de la ciudad; de nuevo, dirigiéndose a la colonia Quinto Sol 1, a la Calle Oro ("la cabra jala al monte" –dicen–). El coñac perturbaba su mente y sacaba a flote sus instintos más elementales. Quería sangre: la sangre de su compadre, de su hermano, de su vecino, de su enemigo. Entraría a su casa, lo dejaría medio-muerto, buscaría el celular con el que había tomado las fotos comprometedoras y lo apachurraría como insecto (al teléfono y, posiblemente, al compadre también). Le diría a Arcadio, otrora compañero de borracheras, lamentos y confidencias, que no lo volviera a buscar jamás, que para él ya estaba muerto –si es que no lo mataba *antes* de amenazarlo de muerte–.

Pero eran las nueve de la noche y el tráfico estaba, como siempre, en palabras del propio Pepe, hasta-su-madre. No había forma de traspasar la barrera de lámina y monóxido de carbono, así que Pepe bebía y escuchaba la radio a todo volumen, pensando que su vida, repentinamente, se había vuelto una verdadera mierda. Con un empujoncito del coñac, Pepe ya daba por un hecho que Hernán Santibáñez fornicaba felizmente con su esposa. Por si fuera poco, su amigo lo había traicionado. La codicia se había impuesto sobre la amistad.

En un café bullicioso, Ricardo miraba a Aurelia como lo había hecho siempre: era Aquiles mirando a Patroclo. Pero en esta ocasión, por primera vez, Ricardo se había animado a hablar de su amor con toda seriedad, viendo a Aurelia con los ojos fijos, tratando de entrar por la pupila y conocer su alma desde dentro del cráneo.

Ricardo, sin hacerle caso a su grande-late-descafeinado, le decía a Aurelia que el amor por definición era incondicional y que, por tanto, uno jamás debería ni si quiera pensar en transformar la naturaleza del ser amado. Lo que amas *es* así y lo amas en su totalidad; lo amas siempre, lo amas completo. Decir *amor absoluto* es un pleonasmo.

La compasión de Aurelia era ya una laguna gigante y honda en su pecho y su vientre. Ricardo estaba verdaderamente enamorado de ella: sin ninguna duda y sobre todo, sin ninguna condición. Amor tan grande no se había visto en la historia de la humanidad.

Ricardo estableció que, aunque el amor debería de ser incondicional, el suyo era tan gigante que él cambiaría todo aquello que a ella le desagradaba. Habló del reclamo que le había hecho antes en cuanto a que no había actuado *correctamente* con relación a lo de Guillermo Santibáñez, cuando se encontraron en los jardines de la UNAM. Ricardo prometió estar más atento a esos signos y consideró que era perfectamente capaz de transformarse en lo que ella quisiera.

Aurelia entristeció más y le dijo que él no debería de cambiar, que debería ser auténtico; consistente con su naturaleza. Ricardo replicó que lo que lo definía (y lo había definido por mucho tiempo), era su amor por ella. Que eso era su motor, su gasolina, su esencia, su razón, su esqueleto, su cimiento. Si perdía eso; si la perdía a ella, se perdería a sí mismo. Por eso valía la pena cambiar, renacer, reconstruirse. Podía hacer un esfuerzo del tamaño de su amor (es decir, inconmensurable), por cambiar, por adquirir una personalidad más fuerte, más varonil. Podría cambiar la ropa, sus suéteres, sus hábitos, su tono de voz: todo.

Aurelia no tuvo valor de decirle que, hiciera lo que hiciera: así, en efecto, volviera a nacer, ella jamás lo amaría. No podía decirle que quien la había conmovido (muy a su pesar), quien la había zarandeado, era Guillermo Santibáñez. Ella sabía que Ricardo sería capaz de cambiar (y que lo intentaría hasta la muerte); también sabía que ese muchacho la haría feliz; se cortaría un brazo, se sacaría un ojo por ella.

Pero Aurelia no amaba a Ricardo.

"¿Por qué no? –pensó, de repente–. ¿Por qué no podría amarlo? ¿Por qué me niego a la posibilidad de amar a un ser tan noble, tan inteligente y que me ama tanto? ¿Por un deslumbramiento; por un beso en los pasillos del Metro con un odioso *pirrurris*?"

Nadia estaba en terapia intensiva en el *Hospital Ángeles del Pedregal* (hospital privado al sur de la ciudad). Billy llegó en el coche de su papá y subió de inmediato a la salita de espera de terapia intensiva, ubicada cerca del área de urgencias. Había una familia completa, llorando a cántaros y la mamá de Nadia, una mujer que, en sus tiempos, había sido realmente hermosa, hablaba, al ritmo de sus sollozos, con su hermana que la trataba de consolar. Al ver a Billy, la mamá de Nadia se convirtió en gárgola y se puso de pie, inyectándole a Billy su mirada de odio.

—¡¿Qué le hiciste a mi niña?! —Rugió como dragón herido.

—¿Cómo está?

—¡Como si te importara! —Replicó ella con ganas de pegarle con el puño, al tiempo que la hermana se acercaba para tratar de calmar la situación y el papá de Nadia entraba a escena más blanco que el Ártico. —¡¿Qué-le-hiciste?! —Repitió la mamá.

—Terminé con ella, señora, —aclaró Billy con un tono que significaba que Nadia había exagerado.

—¿Por qué?

—Cálmate, Fernanda, —dijo la hermana, tratando de llevarse a la mamá de Nadia lejos de ahí. —Lo hecho, hecho está. Ahora lo más importante es que mi sobrina se ponga mejor.

—¡Quiero saber por qué!

—Porque no la amo, —contestó Billy con una seriedad sepulcral.

—No tiene sentido esta conversación, —intervino el papá, apretando a Fernanda del brazo, para llevársela de ahí, aunque fuera a la fuerza.

—Lo siento, señora, —dijo, conmovido, Guillermo Santibáñez.

—¡Después de todo lo que hizo por ti cuando tu papá perdió todo! ¡Ingrato! ¡Desagradecido!

—¡Ya, Fernanda, baja la voz!

—Sí, señora, tiene razón: soy un ingrato. Pero en el corazón-no-se-manda.

—Billy se sorprendió de haber usado una frase hecha; pero ya era demasiado tarde para rectificar (además, era verdad: uno no elige el amor; *Él* te escoge a ti).

—¡No vengas con esa estupidez! —Espetó Fernanda con tono diabólico.

—¡Por Dios, mujer, basta!

—Voy a estar abajo, —le dijo Billy al papá de Nadia, bajando la mirada, —en la cafetería. —Dicho lo cual, Billy salió rápidamente del recinto, mientras Fernanda estallaba en un llanto que provocó que, entre su marido y su hermana, la tuvieran que llevar a las butacas, casi inconsciente: enferma de ira y de dolor.

—Es que si mi niña se muere… no, Dios mío, no por favor… no te la lleves —agregó dramáticamente la mamá, llevándose las manos a la cara a punto de arrancarse los ojos.

Pepe tocó el timbre de la casa de Arcadio sin despegar el dedo por varios minutos.

—¡Abre la puerta, hijo de la chingada! —Gritó, con todo el pulmón y toda la borrachera que produce medio litro de coñac. —¡Abre la chingada puerta o la tiro a putazos!

Dentro, Arcadio estaba haciendo una lista mental de lo que se compraría con ese millón de pesos, cuando escuchó los bramidos de su exvecino. De inmediato, aparecieron Lucy y los niños, inquiriendo sobre la situación. Arcadio, primero, fingió no saber nada, pero los gritos de Pepe y los golpes en la puerta de lámina eran tan evidentes (sobre todo, con la mención recurrente de las palabras "traidor-hijo-de-la-chingada") que Lucy (que no-se-chupaba-el-dedo), acorraló a su marido con preguntas. Éste despachó a los chavos para hablar con su esposa, en medio de los ruidos de un Pepe hirviendo, fuera de sí y dispuesto a todo. Arcadio temía que la puerta de lámina cediera ante los tamborazos de un enardecido compadre y se dispuso a soltar-la-sopa.

Arcadio le explicó a su esposa que estaba chantajeando a Pepe y que le había pedido un millón de pesos para no enseñarle a Vicky las fotos del exvecino con la *Mujer de Negro*. Primero, Lucy le reclamó a su marido que no la hubiera hecho cómplice de la genial maquinación; pero después lo felicitó: ahora serían ricos y se comprarían todo aquello con lo que siempre habían soñado.

Mientras tanto, Pepe advirtió, vociferando como Presidente Municipal de un pueblito en el estado de Tabasco, que abriría la puerta como fuera y Arcadio y Lucy escucharon el motor de la *Hummer*, unos acelerones y un rechinido de llantas.

Pepe estaba dispuesto a estrellar su *Hummer* contra la puerta de la casa de Arcadio. Arcadio se asomó por la ventana. Muchos de los vecinos ya habían salido de sus casas para ver la escena.

—¡Va a tirar la puerta con su camioneta! ¡Marca el cero-sesenta y seis, vieja! ¡En chinga!

Lucy obedeció y marcó la línea directa a la siempre eficiente, atlética y honesta policía municipal informándole a la operadora que un loco estaba a punto de romper la puerta de su casa con una camioneta tipo-militar. Justo en ese momento se escuchó un estruendo, como si estuviera rompiendo la ola de un tsunami y Lucy creyó que la casa de tabicón se iba a caer a pedazos. Se estremeció más que en el terremoto de '85.

Aurelia llegó a casa escuchando aún la melodía de las palabras de Ricardo. El muchacho era feo, tenía la piel como cuija[12] chiapaneca; usaba cuello de tortuga y calzones blancos de algodón; tartamudeaba y tenía acné, pero para las palabras era mejor que Rimbaud ("Desnuda, casi desnuda;/y los árboles cotillas/a la ventana arrimaban,/pícaros, su fronda pícara…") Sin embargo, al pasar junto a la casa de Billy, la poesía y las millones de definiciones de la palabra amor proporcionadas por Ricardo en el café, se disiparon como abejas en una nube de petróleo en combustión. El corazón aceleró y

---

[12]   Lagartija muy delgada y pequeña que habita en las regiones cálidas. *Wikipedia*

Aurelia recordó el terco beso del Metro. Se acercó a la puerta de la casa de los Santibáñez y, dudando un poco, tocó el timbre.

La puerta fue abierta por Hernán quien se sorprendió de verla en el umbral. Aurelia preguntó, casi inaudiblemente, por Billy. No dejó que Hernán respondiera, porque empezó a articular una lista de pretextos por los que ella estaba ahí preguntando por Guillermo Santibáñez. Cuando terminó su extenuante y confusa letanía, Hernán le informó a Aurelia que Billy estaba en el hospital, porque su novia Nadia (y aquí dudó, porque sabía que ellos habían terminado), había sido internada ahí. Aurelia se sintió como escarabajo moribundo; como la más idiota. Hernán notó el repentino rubor de la hija de Vicky, quien, sin decir palabra, corrió a su casa. Por el color del rostro de Aurelia y su reacción de infinito desconcierto, Hernán confirmó de inmediato que, entre Aurelia y su hijo había *algo* (Billy ya le había dado algunos datos, aquella vez que Hernán trabajaba en la habitación de aquél). Sonrió. Sería curioso que resultara cierto que, mientras que él se había enamorado de Vicky (o al fin había admitido ante sí mismo su amor por la ex ama de llaves), su hijo se hubiera enamorado de la hija-Aurelia.

Vicky estaba en la recámara de Kate tratando de sacarle conversación sobre la noche anterior: Valeria, el antro, los galanes. Estaba espiando cómo su hija se arreglaba maravillosamente para volver a salir, cuando escuchó la puerta principal emitiendo un estruendo geotérmico. Pensó que había regresado Pepe e hizo una mueca que Kate notó.

—¿Qué, ma'?

—Nada, hija. Es tu papá.

—Y ¿por qué pones esa cara?

—¿Cuál cara? —Fingió Vicky, sonriendo, como para evadir el tema relacionado con las fricciones que habían tenido con el progenitor de aquélla.

Pero antes de que Kate —quien se miraba al espejo y se delineaba el contorno de los ojos con un lápiz negro, finísimo, de *Revlon*— replicara, Vicky oyó unos pasos en la escalera que no eran los de

Pepe. Se volteó y vio a Aurelia caminando por el pasillo hacia su recámara.

—Hija... —Dijo, alcanzando a Aurelia entrando a su recámara.

—Hola, mi amor. ¿Cómo te fue?

Pero por la expresión de Aurelia, le había ido mal, sobre todo, en el último minuto. Vicky no sabía del beso en el Metro ni de la conexión entre Billy Santibáñez y su hija, así que empezó con las preguntas básicas.

—Te fue mal, —afirmó con compasión Victoria.

—Ay, ma'. Es que... bueno, si supieras —suspiró Aurelia, quitándose la chamarrita y prendiendo la computadora.

—¿Qué?

Aurelia hizo una larga pausa. Ella y su mamá siempre habían tenido una relación excelente y sincera así que no tenía nada de malo que le contara sobre Guillermo Santibáñez y todo lo que había pasado en los últimos días. (Claro que antes, en el *Hunan*, la joven aprendiz de periodista había negado todo posible vínculo con Santibáñez-Jr.). Sin embargo, en el momento en el que Aurelia empezaba a narrarle su caso, sonó el timbre de la puerta.

—¿Quién será? —Se preguntó Vicky con una mueca y mirando su nuevo reloj *Cartier*. Ambas aguzaron los oídos y escucharon cómo Mari abría la puerta. Escucharon la voz de un hombre, de un joven. Luego, los pasos de Mari y los toquidos en la puerta de Kate. Aurelia y Vicky, curiosas, al unísono, salieron hacia el pasillo, para encontrarse con Mari.

—¿Quién es?

—¡Un chavo cuerísimo! —Manifestó, en medio de un orgasmo demasiado obvio, la mucama de los Pérez.

—¿Un chavo? ¿Viene a ver a Kate?

—Sí, ¿tú crees, Vicky? ¡Y trae un ramo de flores!

Aurelia y Vicky se miraron, divertidas, curiosas, hambrientas de chisme.

—¿Cómo se llama? —Inquirió Aurelia.

—Fran Téllez.

Vicky no sabía quién era, pero Aurelia por supuesto que sí. Tenía perfectamente estudiados a todos los millonarios-explotadores-especuladores-codiciosos de este país.

—¿Tú sabes quién es, hija?

—Francisco Téllez es el dueño de *CEMEX*, la empresa de cemento más importante del país. Éste, ha de ser su hijo, o ¿su nieto?...

—¡Virgen Santísima!

Ambas se miraron, de nuevo, como jovencitas en una fiesta. Sabían qué era lo que tenían que hacer.

—¿Lo hiciste pasar?

—¡Claro, Vicky! ¡Ni modo de dejarlo afuera!

—¿Cómo es que mi hermana ya tiene galán?

—¡Sabrá Dios! —Expresó Vicky y decidió bajar, seguida de Aurelia y de la Mari.

Arcadio se escondió en el baño, abrazando celosamente el celular donde estaban las fotos comprometedoras de Pepe y Olga. Pepe había abierto un boquete con su *Hummer* en la casa de los compadres y subía las escaleras sin dejar de vociferar, dispersando su penetrante aliento alcohólico.

—¡¿Dónde estás, cabrón?! —Dijo, al llegar a su recámara, donde Lucy hacía de *linebacker*.

—Pepe, baja la voz. Están los niños.

—¡¿Dónde está ese hijo de la chingada, que le voy a romper la madre?!

—¡Estás pedísimo! —Diagnosticó la gordita, bloqueando el paso, con su inmensa humanidad, a un Pepe energúmeno.

—¡Hazte a un lado, comadre!

—Pérate, compadre, cálmate, vamos a hablar.

—¡Ni madres! ¡Voy a matar a ese cabrón!

Pepe hizo a un lado a la pobre comadre, que casi rueda como pelota de playa, y vio la puerta cerrada del baño. Se acercó a ésta y empezó a tocar como loco.

—¡Abre, cabrón! ¡Sé que estás ahí!

Arcadio abrazó aún más a su tesoro, a su millón de pesos.

—¡Voy a tirar la puerta a putazos!

Pepe preparó una patada voladora, en el momento en el que se escuchó la sirena de una patrulla de la Policía Municipal. Las luces azules y rojas se veían por la ventana y Lucy corrió a asomarse. Vio a decenas de vecinos alrededor de la *Hummer* incrustada en su casa.

—¡Aquí arriba! ¡Córranle, que va a matar a mi marido! —Gritó la gordita soprano.

El primer intento de patada de Pepe no logró mucho. La puerta rechinó y se hundió la parte donde impactó el zapato del enajenado de Pepe. Lucy recordaba un rezo moviendo las manos con un rosario imaginario: "…Dios te salve María, llena eres de Gracia…"

Los agentes de la corporación, ágiles, raudos y eficientes bajaron de su unidad y corrieron hacia dentro de la casa, metiéndose por el boquete, seguidos por una parvada de vecinos. Pepe preparó otra patada. Ésta sí logró quebrar el marco de la puerta. La patada fue acompañada con un sonido como de costillas rotas. Pepe, sin embargo, con la dosis de alcohol y la adrenalina, se desequilibró al dar la patada, así que terminó en el piso, de nalgas, pues. Lucy ahogó un grito. Arcadio vio a Pepe en el piso y corrió hacia afuera, saltándolo, abrazando el celular como ovoide de la NFL.

—¡No huyas, hijo de la chingada! —Gritó Pepe, incorporándose en el momento en el que los dos policías ya habían entrado a la recámara.

—¡Él es! ¡Él es el loco que hizo pedazos mi casa! —Señaló Lucy con la voz de temblorina.

Los dos policías tomaron a Pepe de cada brazo.

—Nos va a tener que acompañar a la delegación, —dijo el más rechoncho, maduro y experimentado.

—¡Suéltenme! ¿Qué les pasa? ¿Saben quién soy? —Dijo Pepe como si fuera un alto funcionario de La Federación.

Mientras tanto, Arcadio ya había salido como pedo de indio a la calle Oro y se había echado a correr como alce huyendo de un oso del Canadá. Los policías empezaron a batallar con Pepe quien, al gritar, dejaba el tufo a VSOP que estuvo a punto de anestesiar a los ágiles tiras.

—Sí sabemos quién es, señor. Pepe Pérez. Vivía aquí junto, hasta que su vieja se sacó no sé cuántos millones, —dijo el sabio policía con sobrepeso, agregando en su tono, resentimiento y un subtexto que decía: "ya no eres como nosotros; ahora, eres como ellos, los ricos".

—Así que, si se resiste al arresto, le va a ir peor, ¿eh? —Agregó en tono amenazante el *azul* de la panza pulquera que no permitía que el deshilachado chaleco antibalas cerrara adecuadamente.

—¡Me vale madre! ¡Sino me sueltan, voy a hacer que los corran! ¡Conozco a su jefe, —al pelón ése, como se llame! —Pepe manoteaba y no se dejaba pescar por los tiras, hasta que se dio cuenta de que Arcadio se había pintado de colores (es decir, se había dado a la fuga) con todo y evidencia incriminatoria. —¿A dónde se fue ese hijo de la chingada? —Preguntó, enojándose más, zafándose de los oficiales y corriendo hacia afuera, empujando a los tres hijos de Arcadio, que miraban la escena realmente divertidos y a Lucy, que ya estaba haciendo planes de lo que se compraría con el millón de pesos. Los policías se arrancaron detrás de Pepe. El oficial-líder, tomó su *walkie-talkie* y, al tiempo que corría bamboleando la panza, hablaba por éste, pidiendo refuerzos: "A todas las unidades…"

Pepe salió de la casa de los compadres, en la calle Oro, buscando con la mirada a Arcadio, quien ya había dado vuelta en otra calle para desaparecer. Los vecinos lo miraban como si fuera un narco detenido en la SIEDO[13]. Todos sabían que se trataba de Pepe Pérez y que su mujer se había sacado una lanota en el *Chispazo*, aunque desconocían la razón por la que el energúmeno había estampado la *Hummer* nuevecita en la casa de Arcadio, abriendo un túnel como del Chapo Guzmán, ni por qué, con ojos de Jack Nicholson en *The Shinning*, buscaba a aquél, para destriparlo.

El policía más joven llegó hasta Pepe y lo trató de detener. Pepe, sin embargo, se resistió repitiendo que él era muy picudo, que tenía mucha lana, que podía hacer que los corrieran de la corporación; que

---

[13] Subprocuraduría Especializada en Investigación de Delincuencia Organizada. Ahora es SEIDO.

conocía al jefe-pelón, a Ebrard, a *El Peje*, a Manlio Flavio y a Muñoz Ledo y que, en pocas palabras, se iban a arrepentir.

El jadeante panzón llegó hasta Pepe y trató de pedirle, de buena gana, que se subiera a la patrulla y que hiciera todas las aclaraciones pertinentes en la Agencia del Ministerio Público de Ecatepec de Morelos (la más cercana).

Cuando se trataba de ayudar a un colega, los policías del Edomex (Estado de México) se pintaban solos. A veces, cuando había un asalto bancario, llegaban tarde, pero todos juntos. De repente había catorce patrullas afuera del banco, cuando los asaltantes ya estaban tomando el sol en la Riviera Maya. Al llamado del panzón, acudieron cuatro patrullas que, con sus sirenas y sus torretas a todo vapor, taparon la calle Oro. Parecía una situación de película, como cuando unos malosos están dentro del banco y han tomado a los clientes como rehenes.

Pepe veía las torretas y creía que estaba teniendo una alucinación roja y azul, cuando sintió un toletazo en las rodillas y un fuerte dolor en la boca del estómago. El frenético-alcoholizado cayó al piso, de rodillas y luego de bruces, ante la exclamación de los vecinos y la reiterada referencia al poder de corrupción del dinero. Lucy sintió feo porque siempre quiso con Pepe y tenía miedo de que lo dejaran *subdotado*. Finalmente, entre varios, treparon a Pepe Pérez a la patrulla y arrancaron rumbo a la Agencia del Ministerio Público.

Fran tenía cara de niño, pero era un muchacho bien parecido. Vicky ya le había ofrecido una Coca-Cola y Aurelia empezaba a interrogarlo con relación a Kate: ¿dónde se habían conocido? ¿Cuáles eran sus intenciones para con su hermana? ¿Cómo es que ya le había traído flores?, etcétera. Fran, chavo bien; educado, decente y sencillo, contestó pacientemente a todas las preguntas, mientras sorbía de su bote de Coca-Cola y ya bajaba Kate verdaderamente hermosa, con su ropa nueva. Aurelia se sorprendió: su hermana parecía modelo del *Vogue* y evidentemente no se veía de quince –casi dieciséis– años. Vicky se acercó a Kate y le dijo que tuviera cuidado, que los mustios eran los más peligrosos. Kate no dijo nada, le sonrió a

Fran y agradeció las flores. Fran le dijo que se veía realmente guapa y que, con el permiso de su mamá, la iba a llevar a donde ella quisiera. Kate, hipócritamente, le pidió permiso a su mamá, quien –también como parte de una puesta en escena improvisada– le preguntó que a dónde iban a ir y a qué hora regresaban. Todo era una escena de una obra llamada: *La Comedia de la Familia Perfecta y Feliz* (en dos actos). Kate y Fran salieron y las tres chismosas (Vicky, Aurelia y Mari) se asomaron para ver el *Mercedes Benz* negro y blindado, un *Avenger* negro con tumbaburros y a los cinco guaruras. Las tres mujeres abrieron la boca, permitiendo la entrada a su cuerpo de varios bichos del tamaño de libélulas.

La que también se asomó desde la recámara fue Valeria. El cáncer de la envidia y de los celos empezaba a tomar proporciones mortales, cuando vio que Fran le abría a Kate la puerta trasera del *Mercedes* y el chofer y los guaruras se preparaban para salir de ahí.

—¡¿Por qué?! ¡¿Por qué ella sí y yo no?! ¡Cómo es posible: es una pinche gata venida a más! —Gritó sin voz.

Valeria tenía ganas de brincar por la ventana; caer encima del Mercedes y sacar a la *naca-de-quinta* por el quemacocos de los pelos; para, acto seguido, extraer su intestino delgado y ahorcarla con éste.

La comitiva se alejó por la calle privada hasta la puerta principal, mientras que Vicky, Aurelia y Mari sentían ya la boca seca por el tiempo en que había estado abierta. El ácido clorhídrico de sus estómagos ya había matado a los insectos que habían hecho entrada por el esófago.

Nadia despertó en terapia intensiva sintiendo mucho frío. Estaba sola y vio los aparatos, tubos y sensores a los que estaba conectada. Trató de recordar cómo había llegado ahí: es más, dónde estaba y por qué. Pronto, su organismo se llenó de la angustia y tristeza que habían provocado su intento de suicidio y buscó el timbre de emergencia, mismo que apachurró obsesivamente. A los segundos llegó una enfermera apurada, pero aliviada, al ver que la paciente había despertado y que los signos vitales eran normales.

—¿Cómo te sientes, Nadia? —Preguntó, amablemente, una chaparrita-morenita con pestañas insólitamente largas.

—¿Vino Billy? —Cuestionó Nadia oliendo su propio mal aliento.

—¿Quién?

—Mi novio, —contestó como si fuera algo obvio.

—Sé que vino tu familia.

—Quiero que venga Billy, —ordenó Nadia.

—Primero te tiene que ver el doctor, —dijo, diligentemente la chaparrita-pestañuda. —Lo voy a localizar, —agregó, alejándose.

—¡Exijo que venga Billy! —Gritó Nadia, provocando un sobresalto en la enfermera.

—En un momento; —evadió la morenaza, saliendo de ahí rápidamente.

—¡Oiga, no se vaya! ¡Háblele a Billy! ¡Que venga mi novio! ¡Exijo que venga, que venga, que venga!

La enfermera ahora lamentó que la paciente hubiera despertado.

En la agencia del Ministerio Público Pepe tuvo que ser encerrado en el calabozo, porque se había resistido al arresto, había estado vociferando que conocía personalmente al procurador de la ciudad; que eran compañeros de peda. Solo después de un rato, cuando se le empezó a bajar la borrachera y su cabeza amenazó con estallar, empezó a visualizar, en la pantalla I-Max de su cerebro, en alta definición y con sonido envolvente, todo lo que había hecho, desde que salió de su casa de *La Florida*.

Se sintió mal por haber destruido su novísima *Hummer*, pero no por haber ido a tratar de romperle-su-madre al traidor de Arcadio y haber confeccionado una perforación en la estancia de la casa del vecino. Ya había caído la noche a plenitud y Vicky, mirando a *Juan del Diablo* en la pantallota de la recámara, mientras empezaba a escribir algunos nombres para su *espá*, empezó a preocuparse por Pepe. Obviamente, no se podía imaginar que su marido había ido a tratar matar al compadre (por causa de las fotos comprometedoras) ni que estaba en los separos de un Ministerio Público en Ecatepec, Estado de México, reponiéndose de una mega-borrachera de coñac, bilis y adrenalina. Por lo que se veía, Pepe Pérez iba a pasar la noche ahí, puesto que se había comportado verdaderamente mal con los oficiales de la Ley y le había mentado la madre hasta al Presidente Calderón.

El cuartito grafiteado, olía a moho, meados, sudor y vómito en putrefacción. Pepe compartía la habitación de lujo con un muchacho que le había robado un reloj a un automovilista y que había sido detenido en posesión de varios *Cartieres y Rólexes*, junto con una 38 especial. Es decir, estaba frito. El joven, de no más de veintitrés años, estaba sentado en una esquina mirando hacia el piso. Pepe, en cambio, caminaba de un lado al otro: desde la puerta hasta la pared y viceversa, provocando, con la actividad, que el hígado metabolizara más rápido el alcohol.

Tenía ganas de vomitar; la jaqueca amenazaba con hacer estallar su cerebro y provocar que se batiera de gris toda la jaula —bañando, de pasada, al ladrón de relojes—. Imaginó la posibilidad de que las fotos que había tomado Arcadio con su celular llegaran a manos de Vicky, y sintió que caía en un hoyo negro; en una Singularidad del Universo.

Repentinamente, una avalancha de angustia lo aplastó por completo. Vicky estaría en la casa preocupada por su paradero y, en algún momento, él tendría que darle una explicación. Seguramente el chisme de lo de la *Hummer estacionada* en la sala de la casa de los compadres, llegaría hasta oídos de su esposa y… ¿qué pasaría? Tendría que inventar una historia, porque no podía hacer referencia a las fotos y a Olga.

Quizá por primera vez en su vida (con la cruda que había convertido su paladar en estepa), se sentía arrepentido por haber tenido relaciones con la *Mujer de Negro*. Todo se vislumbraba oscuro y sin futuro. La jaula del M. P. se veía aún más sórdida; olía, aún más feo, después de que la adrenalina había desaparecido de su cuerpo y había dejado solo sentidos cansados y un corazón arrugado (y los testículos en la garganta).

Mari había hecho unas enchiladas maravillosas. De relleno: cochinita pibil y, arriba, mucho perejil, cebolla y una salsa muy picosa de chile habanero. La guarnición eran unos frijoles negros. La horchata estaba fresca y trataba de mitigar el ardor provocado por la salsa casi imposible de comer.

Aurelia percibió la preocupación de su madre, quien miraba, como obsesiva-compulsiva, su brillante y carísimo reloj de pulso.

—Estoy preocupada porque tu papá no ha llegado.

—¿No que estabas enojada con él?

—El que esté encabritada, no quiere decir que no me preocupe. ¡Mira qué hora es!

—¿Hablaste con él antes de que se fuera? ¿Te dijo a dónde iba?

—Sí, hablé con él. Me dijo que le daba vergüenza pedirme dinero a cada rato. Que le diera dinero para que él pudiera abrir una cuenta *secreta* en el banco. Y no, no me dijo a dónde iba. Salió encabronado. Últimamente, o está pedo o está enchilado o está viendo la tele.

—Bueno, ma', tienes que pensar que no es fácil para él, de buenas a primeras, tener que pedirte *gasto*. En esta cultura machista eso va más allá de la vergüenza. Imagínate lo que van a decir sus cuates: que es un mandilón, que tú, al darle dinero, lo mantienes a raya, –disertó Aurelia, como conferencista *magistral*–.

—Sí, hija, lo entiendo y le hice un cheque por un par de millones.

—"Un par de millones" —repitió Aurelia con ironía. —Entonces, ¿cuál es el problema ahora?

—Insiste en que don Hernán y yo...

—¡Qué necio! —Interrumpió, Aurelia, enojada.

—Yo creo que... pensándolo bien... es parte de lo mismo. Todo esto de la lana, lo hace sentir inseguro, ¿no?

—Sí, —afirmó Aurelia, degustando la tortilla con cochinita pibil. —Pero todo tiene límites. Esto de... ser millonarios ha sido difícil para la familia. Él también tiene que ponerse en tu lugar.

—¡Huy, hija! Tu papá tiene muchas virtudes, pero ésa no. O sea, *¿ponerse en lugar de otra persona...?* ¡Ni soñando!

Aurelia hizo una pausa para masticar las delicias de Mari.

—¿Por qué lo quieres tanto? —Aurelia arrojó la pregunta dizque casualmente; pero sí tenía curiosidad y nunca había recibido una respuesta satisfactoria de parte de mamá.

—Me has preguntado eso muchas veces, hija y en un tono como de que… o sea, como que me lo estás echando en cara o como que no entiendes por qué quiero a tu papá.

—Eso fue lo que te he dicho, que no lo entiendo… De verdad, siempre he querido saberlo, —aclaró Aurelia. —Tengo mucha curiosidad.

—Tú crees que yo soy como una princesa y tu papá es un… no sé… un gañán.

Aurelia no dijo nada. Levantó las cejas como *no negando* lo dicho por su madre.

—¿Tú no quieres a tu papá? —Preguntó Vicky casi ofendida.

—Claro que lo quiero, ma'. Pero eso no quitaría que fuera un *gañán*, como tú dices.

—El caso es que lo amo, —dijo, tratando de ser contundente, Vicky, mordiendo un pedazo de enchilada. —Eso no tiene vuelta de hoja. Así es.

—El amor debe tener un por qué.

—¿Hay alguna razón por la que te enamoraste del joven-Billy?

A Aurelia se le atoró la cochinita en el cogote y abrió grandes los ojos, como si, de pronto, los focos de la sala se hubieran fundido.

—¡No estoy enamorada!

Vicky sonrió. Esa sonrisa decía: de-lengua-me-como-un-taco (en otras palabras, no-te-creo).

—El joven-Billy es lo contrario a ti: es lo que siempre odiaste. Es un niño-bien, un burgués venido a menos. Es un muchacho… ¿cómo decías? "Prepotente y mamón". Mas, sin-en-cambio…

—¡Además ya no quiero saber nada de él! —Interrumpió, contundente, Aurelia, dejando media tortilla en el plato.

—¿Qué pasó?

—Se fue *corriendo* a ver a su novia.

Vicky conocía perfectamente a Nadia: sabía de su banalidad, de su inconsecuencia y su estupidez, —amén de su evidente belleza—.

Había hablado con Billy muchas veces y nunca había visto el amor en sus ojos. Nadia era un adorno, una acompañante nada más.

—¿Pues y...luego?

—Mamá... —Aurelia bajó la voz. —Hoy, cuando íbamos a la Ibero, en los pasillos del Metro. Nos besamos.

Vicky sonrió con aún más emoción. Sabía que Billy era un buen muchacho; que, si era arrogante y prepotente, no era culpa suya, sino del dinero de su papá (mismo que había desaparecido; por lo tanto, era probable que también su soberbia se hubiera desvanecido).

—¡¿De qué te ríes?! —Reclamó, ácida, Aurelia, mirando a su madre con los ojos de una *Uzi*.

—Me da gusto.

—¿Por qué? —Aurelia seguía como ofendida.

—Porque el joven Billy...

—¡Es un imbécil! —Gritó Aurelia, clavando el tenedor en los frijoles, como para vengarse de ellos.

—Explícame: ¿ya terminó con Nadia?

—¡Aparentemente, no! —Exclamó Aurelia, celosísima. —Don Hernán dijo, textual, "se fue con su novia".

—¿Te besó, pero sigue con Nadia?

Por más que Aurelia quería exagerar para que quedara claro su odio al joven Guillermo, la verdad era otra. Se calmó un poco.

—Nadia está en el hospital.

—¿Qué le pasó? —Preguntó, azorada, Vicky.

—¡Ay, quién sabe! Fui a ver a Guillermo a su casa y... pues, no le pregunté a don Hernán qué le había pasado a la *princesa*, porque me puse verde... o morada... o naranja... Creo que el papá de Guillermo se dio cuenta de que quería tumbarle los dientes a su *hijito*.

—¡Y dices que no estás enamorada! —Dijo Vicky burlándose flagrantemente.

—¡No te burles, ma'!

—Uno puede enamorarse de su contrario, hija. Uno no manda en...

—... el amor, —completó Aurelia, enfatizando la cursilería televisiva. —El amor te manda a ti.

Billy fue conducido por una enfermera hasta la cama de Nadia ahora ya en terapia intermedia. Los químicos de los somníferos que Nadia había ingerido para, supuestamente, quitarse la vida (o llamar la atención) ya habían sido lavados de su sistema: solo quedaban algunos efectos como la somnolencia y la arritmia. Al ver a Billy, Nadia tuvo el impulso de brincar de la cama, pero no le alcanzó la energía. Además, estaba conectada al suero y a un sensor cardiaco y de presión arterial.

—¡Mi amor! —Exclamó con todas las fuerzas que le permitía su convalecencia.

Billy miró a Nadia y se veía fea (por primera vez en la vida). No estaba maquillada y, gracias al intento de suicidio, sus ojos se habían hundido, como si su rostro fuera de cera derritiéndose. Además, se veía excesivamente flaca, como si hubiera perdido los cachetes de la noche en la mañana.

—Quince minutos, por favor, —advirtió la enfermera-chaparrita con pestañas enormes, recorriendo una cortina y saliendo del lugar.

Billy no sabía qué hacer ni qué decir. Se sentía incómodo, como si tuviera pulgas en todo el cuerpo. Le caminaban en el cuero cabelludo, en los brazos, en las piernas, en los genitales. Quería rascarse, deshacerse de esos bichos irritantes. La situación era realmente sórdida, patética y difícil para el muchacho, quien, como decía Vicky, "era un chavo de buen corazón". Billy sentía infinita compasión por ese ser humano que se había zampado un frasco de benzodiacepinas y que había estado a punto de morir. Veía los ojos de ella iluminados al mirarlo y, su vez, auscultaba su nueva fealdad, su esbeltez y quería llorar.

—¡Billy, mi amor! ¡Viniste!

Nadia abrió los brazos como para que él la abrazara. Billy titubeó y la abrazó. Nadia quiso besarlo, pero Billy se alejó, suavemente.

—Nadia, no debiste… —Billy Empezó a hablar con inseguridad, pero fue interrumpido por ella.

—¡No puedo vivir sin ti, mi amor! ¡No quiero vivir sin ti! —Exclamó, como heroína del romanticismo francés.

—Claro que puedes, —dijo, tibiamente, Guillermo Santibáñez.
—No puedes basar tu vida en una persona.

—¡Te amo, Billy! —Nadia empezó a llorar como niña chiquita.
—Eres todo para mí. ¿Cómo quieres que viva sin ti?

Billy cerró los ojos. No tenía mucho caso discutir con una suicida-convaleciente, tirada en una cama en terapia intermedia del *Hospital Ángeles del Pedregal*. Billy se sintió mal, porque en su pantalla interior apareció la imagen del beso del Metro con Aurelia.

—*Oquei, oquei,* no vamos a hablar de eso ahorita, —dijo, contundente, Billy. —Tu mamá quiere verte.

Nadia desvió la mirada. Observó el líquido de las bolsas de suero y medicamento, decantándose por el tubo de plástico transparente que llegaba hasta una vena de su mano izquierda.

—Billy… de verdad… te amo. No puedo…

—Ya lo dijiste —interrumpió, Billy, casi enojado. —Pero, ahorita lo importante… —Billy moderó su tono de voz. Parecía un papá hablando con su hija —… es que te mejores.

—Tú eres mi medicina. —Nadia sonrió y tomó la mano de Billy para besarla. —Tú eres mi oxígeno.

Billy solo quería que pasaran los quince minutos que había dicho la enfermera chaparrita para largarse de ahí corriendo hacia los brazos de Aurelia y olvidarse de la psicótica que yacía, lánguida y moribunda, en una cama del hospital.

Se arrepintió del pensamiento que brincó, involuntariamente, sobre su corteza cerebral, como garrapata sobre una vaca. Las palabras: "ojalá se hubiera muerto", papaloteaban; eran moscas que volaban molestas sobre su materia gris. Moscas que no pudo espantar.

Ir en la parte de atrás de un *Mercedes* blindado, polarizado, con televisión satelital, al lado de un muchacho con el rostro de un héroe de la mitología griega (Perseo, digamos), era algo que Kate no se hubiera podido imaginar jamás. La otrora niña reventada de ciudad Neza; *ñera* de la Calle Oro, guerrera del Quinto Sol 1; que acudía a dudosas fiestas en la calle, que tenía relaciones sexuales con muchachos con aretes y tatuajes que olían a inhalantes; ahora, sentía la textura de las vestiduras de cuero y miraba pasar las luces de la ciudad, a la velocidad del sonido. Estaba al lado de un barón, de un marqués, de un príncipe que le sonreía, mientras un convoy cuasi-presidencial, volaba por avenida Insurgentes.

Fran reconocía la iluminación de los ojos de Kate que transpiraba una emoción que iba más allá de una comedia romántica.

—¿Qué piensas? —Preguntó sonriente Fran Téllez, admirado por el brillo de la mirada de Kate.

Kate no podía pensar: solo sentía choques eléctricos, magnéticos y nucleares en todos sus órganos. No sabía qué decir. Hubiera querido expresarlo todo: señalar que ella tenía quince años (no dieciocho), que hacía unos meses iba a una prepa pública y que tenía que comprar su ropa en el tianguis de cosas piratas, cachirulas, chafas; imitaciones *made-in-China*. Kate intuía tanta bondad, tanta pureza en Fran, que estaba segura de que el muchacho la comprendería.

—No pienso nada, Fran, —aclaró la niña con la voz de un ratón acatarrado. —La verdad es que estoy muy emocionada, —alcanzó a articular Kate casi sin emitir sonido.

—¿Por qué?

—Por todo. Por… ay, no sé… Es que… Fran, la verdad es que… —Kate se resistió al impulso de revelar la verdad, toda la verdad y nada más que la verdad. —Es que eres un chavo buenísima onda.

—Pero si ni me conoces, —dijo el joven Téllez con otra de sus sonrisas que derretían.

—Nada más de ver tus ojos… —Contestó Kate con una cursilería de la que se arrepintió de inmediato.

—¿Qué tienen mis ojos? —Preguntó, legítimamente ingenuo, el muchacho.

—No sé. Ay, Fran, ¡no me hagas hablar! —Protestó, Kate, desviando la mirada.

Fran se sintió bien. Al fin tenía a su lado a una chavita sin pretensiones: una niña sencilla, buena onda, sincera y con un pudor que las niñas-bien con las que había salido, jamás habían mostrado.

—¿A dónde vamos? —Preguntó, tímida, la hija de Vicky, todavía sin mirar a Fran.

—A mi casa, —contestó Fran, sin titubeos. —Pero, no te preocupes —se anticipó a aclarar el muchacho, —no es nada *malo*. Quiero que veamos una película y que…

—No hay problema, —interrumpió Kate, a la que no le importaba que fuera algo *malo*. En esos momentos, estaba dispuesta a ir con Fran hasta el infinito y más allá, hasta el núcleo de Andrómeda, hasta el hombro de Orión. Kate tomó la mano de Fran y éste sintió fiebre y conmoción. Kate, al fin, lo miró. Ambos se quedaron congelados, pero hirviendo.

Valeria rumiaba como *Grinch* en su (para ella) minúscula recámara, sin poder chatear con sus amigas (¿examigas?), sin poder desahogarse en el Messenger, con los ese-eme-eses, en el *Facebook* y en el *Twitter*, porque ya no tenía ni celular ni conexión a Internet. Así que tenía que tragarse el veneno; el odio infinito que había adquirido en poco tiempo en contra de la *naca*, *pioja resucitada*, *ñera*, vulgar y arribista de Kate que, seguramente, ya estaba revolcándose como puta de la Merced con el portento de Fran Téllez. Mientras eso sucedía; mientras la mugrosa, nixtamalera, india, de Kate gemía en brazos del bombón, Valeria no podía más que rebotar contra las paredes de su *pocilga* y maquinar qué es lo que haría para destruir a la nueva-rica.

Abajo, Carolyn trataba de descifrar, sin poder concentrarse mucho, una receta para hacer una cena un poco más elaborada que los sándwiches. Hernán, estoico, la miraba batallar con el texto, sabiendo que Carolyn no había leído jamás un libro completo. Carolyn se desesperaba, mientras Hernán le decía que no era necesario que se esmerara tanto. Pero Carolyn le contestó que sí, que sí era *necesario*, que ella se había propuesto ser un ama de casa perfecta. La casa estaba limpia, los trastes relucientes, las camas hechas.

Hernán podía notar el cansancio en los ojos de Carolyn, pero sabía que se había arreglado con esmero. Había adelgazado con la debacle y los meses en cama. Sin embargo, a lo largo de los años, había aprendido a tapar las imperfecciones discretamente (como zurcido invisible).

El problema no eran los signos de la edad, la delgadez, los pómulos salientes ni la palidez de Carolyn, sino la infinita tristeza que irradiaba. Tenía el rostro de una muñeca de trapo avejentada, tirada en un callejón lluvioso, pisoteada y esto le partía el corazón a Hernán, que se sentía culpable; que tenía un remordimiento gigante, porque él vibraba por otra mujer.

Carolyn, de hecho, no era nada sin las poses que le había enseñado su mamá; no era nada sin el dinero de Hernán Santibáñez, sin sus criados, sus choferes, sus estilistas y sus masajistas. En ese momento, a los casi cuarenta años, tenía que reinventarse, lo cual era extremadamente difícil para una mujer programada desde niña para seducir a un millonario. Tendría que reconstruirse de la nada, desde los cimientos. Pero, en efecto, ¿no había nada de la vieja Carolyn que se podía *salvar*? ¿Quién era la Carolyn anterior; quién era la niña a la que su madre le decía que no había otra cosa en el mundo que el dinero y la posición (y no solamente la *posición* en la cama)?

Hernán había visto el pavor en el rostro de Carolyn aquella vez que él la había agredido. Sabía que estaba dando patadas de ahogada y también que él no tendría la paciencia ni el amor ni el cariño para esperar a que esa mujer se rediseñara. Es decir, lo que estaba haciendo Carolyn era más inútil que la Cámara de Diputados.

Pensó en Nadia y su intento de suicidio, y se dio cuenta de que la historia de la novia de su hijo era muy parecida a la de su esposa-trofeo (aunque con la diferencia de que Nadia tenía veinte años y tendría más tiempo de reconstruirse).

Hernán supo que tenía que hablar con Carolyn y decirle la verdad, que no podía seguir así, teniéndole lástima y tratando de sonreír, evadiendo las relaciones sexuales y agradeciendo que fuera *La Cenicienta* (sin hada madrina ni príncipe).

—Siéntate, tenemos que hablar, —dijo Hernán con firmeza. A la muñeca fea, ya le faltaba un ojo y sus brazos estaban descocidos.

—Hernán: me estoy esforzando. De veras, —suplicó Carolyn, tomándolo desesperadamente de las manos.

—Yo lo sé, Carolyn, pero… mira, no creo que resulte.

Carolyn sintió que la sangre abandonaba sus piernas.

—¿Qué?

—Sé que le estás echando muchas ganas, que fue muy difícil para ti perderlo todo... La verdad, es que... no sé quién eres, —remató Hernán con la voz dubitativa.

—¡Yo tampoco sé quién soy, Hernán! Pero ésa es justamente la idea. Estoy... estoy buscándome... estoy encontrando lo mejor de mí para dártelo.

—¿Por qué? —Preguntó, seco, el ex financiero.

—¡Cómo que *por qué*! —Se desesperó Carolina. —¡Porque te amo!

—Eso no es cierto, —rebatió Hernán con la seriedad de un juez. —Yo sé que no me amas, que nunca me has amado, que te casaste conmigo porque tu mamá te entrenó para cazar a un millonario.

—¡Eso ya no aplica, Hernán!

—Obviamente que ya no aplica, porque ya no hay tal millonario.

—¡Bueno, entonces, ¿por qué crees que estoy haciendo todo este esfuerzo?! ¿Qué razón, que no sea el amor, puedo tener? —Carolyn estaba gritando con una voz muy aguda.

—Tienes mucho miedo de quedarte sola. Sin mí te quedarías sola. Ésa es la verdad, Carolyn, —cerró Hernán, respirando hondísimo.

—O sea que, todo lo que haces sigue siendo por razones egoístas. Son acciones desesperadas para evitar la soledad, el abandono y el fracaso total.

El argumento era tan brutalmente cierto, tenía tanto tino, que Carolyn solo apretó las mandíbulas como para quebrar sus amalgamas.

—Y, la verdad: —siguió Hernán —yo tampoco te amo.

Carolyn lo sabía perfectamente, pero escucharlo así, con esa crudeza, provocó que su pálido rostro cambiara de color (a más pálido).

—Me casé contigo para presumirte. Me casé contigo por tu belleza, —agregó Hernán.

—¡Misma que ya se acabó! ¡Entonces: ya me puedes botar, ¿no?! ¡Como estoy vieja es mejor desecharme!

—La vejez no tiene nada qué ver. Sigues siendo muy hermosa y no eres una anciana. —Hernán hizo una pausa para ver las lágrimas que vertía Carolyn sobre su escote y sobre la mesa. —Antes, cuando teníamos dinero, las cosas eran distintas. El dinero mantenía una ficción, una fantasía de matrimonio. El dinero era el combustible, la razón de nuestra unión. Sin dinero, no hay razón. Ya no tenemos la droga de la riqueza para evadirnos del hecho de que no nos amamos, de que nunca nos hemos amado.

—¡No entiendo nada, Hernán!

—Entiende esto: sé que quieres cambiar. Incluso, presiento que podrías lograrlo, pero yo no puedo esperarte. No tengo el amor suficiente, la paciencia para aguardar a que, algún día, te *encuentres a ti misma*; encuentres a la *nueva* Carolyn; la Carolyn **sin** dinero. Quizá puedas renacer y encontrar una nueva mujer en ti; pero **yo-no-te-puedo-esperar**... Yo mismo tengo que encontrar algo valioso dentro de mí y créeme que me está costando mucho trabajo.

Carolyn no dijo nada más. Recogió el vaso de refresco de Hernán, lo llevó a la cocina y desapareció. Hernán sintió alivio, como si le hubieran sacado un cálculo del riñón.

Kate no había oído hablar jamás del *Blu-ray*: su experiencia con los *devedés* había sido a través de las versiones piratas que vendían en la calle, descaradamente, expuestamente, por quince pesos. Algunas veces eran copias que se veían más o menos, pero la calidad era mediocre. Algunas películas las vio como si fuera un espectador, en aquellas versiones que se hacían en las salas de proyección, con una cámara de video clandestina.

La sala de televisión de Fran Téllez estaba llena de aparatos: un amplificador, seis bocinas ubicadas perfectamente para el surround-sound; el *Blu-ray* y una pantalla imposible de sesenta pulgadas. Frente al mueble con los aparatos y una colección infinita de *devedés*, *blu-rays*, libros y discos, había un sillón negro, de cuero. La sirvienta uniformada les había llevado refrescos y botanas. Fran le dio a elegir a Kate una película. ¿Terror? ¿Comedia romántica? ¿Drama? Kate no sabía qué escoger y Fran no quería arriesgarse a poner una película que pudiera inquietar a la joven. Eligió una de suspenso: *Echelon*. Una película emocionante donde la computadora del pentágono trataba de manipular al héroe para que el Congreso de los E. U. autorizara una ley en la que el Gobierno podía meterse flagrantemente en la vida de todos (como si no existiera eso de facto).

Kate no podía creer la calidad de la imagen en alta definición, el sonido que parecía salir de las paredes −adelante, atrás y en medio− y la perfección de Fran: la forma de tomar una papita y llevársela a la boca; sus manos finas, blanquísimas, tocando el control remoto; su voz, siempre suave; su actitud, siempre amable. Kate había perdido la noción de la realidad. No sabía si seguía soñando; si, pronto, despertaría en su recámara de la calle *Oro*, con el escándalo del *Circuito Exterior Mexiquense*, el olor a comida y su cama desvencijada.

Fran había dado el paso de tomarla de las manos y Kate aprovechaba cada momento emocionante de la película, para apretar las de Fran, hasta dejarlas más pálidas, sin sangre, a punto de gangrenar.

Vicky despertó a Aurelia, tocando a su puerta. Eran las dos de la mañana y no había llegado Pepe. Ni siquiera había llamado. Vicky temía lo peor. Aurelia notó que su mamá estaba realmente nerviosa y a punto de llorar. Trató de tranquilizarla: seguramente su papá estaba en una parranda, dijo. Vicky, sin embargo, presentía que algo malo había pasado.

Pepe, con la boca seca y ácida, pidió hacer una llamada. Él sabía que Vicky estaría parada de pestañas y pese a todo no era justo hacerla sufrir. Finalmente, él la quería… pensándolo bien, la amaba.

Recordó las malditas fotografías del compadre y en la fatalidad de pagarle la extorsión. No podía imaginarse la vida sin Vicky. Él sabía que, en el momento en el que su esposa se enterara de que él la había traicionado, la perdería para siempre. Nunca lo perdonaría. Para colmo, era ella la que tenía el control de las finanzas y era la dueña de la casa. Así que, conociéndola, Vicky lo expulsaría de la residencia para siempre. No había peor cosa para ella que la mentira y la traición, y Pepe lo sabía.

Aurelia le propuso a su madre que le hablaran a los compadres; a Arcadio y Lucy. Seguramente Pepe estaría con ellos en la borrachera.

A Vicky le parecía imposible que Pepe hubiera regresado a ciudad Neza a ver a Arcadio y su mujer. Aurelia le recordó que los compadres habían estado en la casa la noche anterior. Vicky no se sabía el teléfono de los vecinos de memoria, así que empezó a buscarlo.

A Pepe le fue concedido salir de los separos para hablar del teléfono público. Vicky contestó su celular de inmediato.

—¿Pepe?

—Mi amor.

—¡Bendito sea Dios! —Exclamó Vicky sintiendo un enorme alivio. Aurelia también respiró y vio cómo su mamá lloraba como lluvia tropical. —¿Qué pasó? —Preguntó Vicky, desde el chubasco lacrimoso.

—Choqué, mi amor, —dijo Pepe sin faltar a la verdad.

—¿Estás bien? —Preguntó, ansiosa, Vicky.

—Sí, Vicky, estoy bien. No te preocupes.

—¿Dónde estás?

—En el Ministerio Público de Ecatepec.

—¿Por qué?

—Es que… como había tomado un poco, me agarraron. —Pepe seguía sin mentir, aunque omitiendo gran parte de la historia. No le estaba contando a su esposa que él había estrellado, deliberadamente, la *Hummer* contra la puerta de la casa de Arcadio abriendo un túnel, como el túnel-del-tiempo.

—¡Dios mío, Pepe, me tienes con el alma en un hilo! ¡Son las dos de la mañana!

—No me habían dejado hablarte. *Aseguraron* mi celular, amor.

Hubo un silencio pesado, coloide, que angustió a Pepe sobremanera. ¿Habría ido el compadre a su casa a enseñarle las fotos a Vicky, después de lo que pasó en la calle Oro? No. Sería muy estúpido por parte de Arcadio: perdería el millón de pesos que había pedido a cambio de no mostrarle el *cuerpo del delito* a la susodicha.

—¿Gorda? —Dijo, con ternura, Pepe.

—Aquí estoy, mi amor. Lo que pasa es que… estoy muy sacada de onda.

—No pasa nada, Vicky.

—¿Sabes qué? ¡Voy para allá!

—No, mi amor, no hay tos. Neta. Me van a tener un rato aquí. Hay que pagar una multa y listo.

—¡Pero vas a dormir en los separos, mi amor!

—De veras. No hay bronca.

—¿Ya les ofreciste lana?

—Ya, pero no me han hecho caso. Estaban esperando a que se me bajara el cuete. Me quieren tener un rato aquí para presionarme y que suelte más varo.

—Pero ¿a qué hora te van a soltar?

—Ya mero. No te preocupes.

—¡Cómo chingaos no me voy a preocupar, cabrón! —Gritó Vicky por el teléfono proyectando la angustia acumulada como caldera de vapor. —¡Te vas encabronadísimo de aquí, te empedas y chocas la camioneta nuevecita!

—No pasó nada, amorcito. Es lo bueno.

—¿Seguro que no quieres que vaya? —Implotó Vicky.

—Seguro. Vete a dormir, por favor.

—¡Uy, sí, ahorita me duermo de volada! —Exclamó con ironía rencorosa.

—Buenas noches, amor, —dijo, en susurros Pepe, como si se estuviera despidiendo de su mamá, quien lo acababa de arropar y le había dado un beso húmedo en la frente. —Te quiero mucho. —Pepe, en ese momento, sentía que el amor por Vicky se ubicaba en sus lagrimales. —Te amo, —dijo, casi llorando, mientras terminaba la llamada.

Vicky se quedó mirando al vacío. Aurelia no quiso hablar, esperando a que su mamá hiciera tierra.

—¡Pendejo!

—¡Mamá!

—¡Me tenía tan preocupada el idiota!

—Bueno, pero está bien, ¿no? No le pasó nada.

—¡Gracias a Dios!

—¿Cuándo lo van a soltar?

—¡Quién sabe, hija!

Aurelia miró a su madre, confirmando, una vez más, que ella merecía a un hombre mucho mejor que el padre de aquélla. Pero ¡qué se le va a hacer!, parecía que los dos se amaban profundamente y eso se reflejaba en la mirada, la preocupación y la ira de su madre. Aunque, quién sabe. ¿Era amor o solo un profundo enojo por haberla hecho sufrir?

—Mejor vámonos a dormir.

—Nada más que llegue Kate, hija.

Cuando Kate sintió que la lengua de Fran Téllez entraba, con suavidad, con cuidado, con prudencia, por la abertura de sus labios, su corazón aceleró como un ventilador y una vibración extraña se empezó a escurrir desde su vientre, hasta los dedos de sus pies. Fran metió su lengua con sabor a menta sin violencia; no como la mayoría de los chavos de la colonia Quinto Sol 1. No, la lengua de Fran pedía permiso primero: tocaba a la puerta, despacito, para que Kate la dejara ingresar a jugar con la suya, con su paladar, con sus dientes. Las manos de Fran seguían firmes en la cintura de Kate, sin explorar las geografías secretas. Sus *amigos* de ciudad Neza, para ese momento, ya hubieran metido la mano en el brasier, sopesado sus senos, pellizcado sus pezones, para luego masajear más abajo, en el anhelado borbotón. El beso de Fran era sorprendente, porque, ¡era amoroso! Y eso no lo podía creer Kate. Jamás la habían besado así, sin lascivia. Siempre, el beso era el eslabón para lo demás: ahora, con Fran, el beso era un fin en sí mismo.

Kate solo pensó: "¿cuándo voy a despertar de este sueño increíble?".

Billy descubrió a su papá en la sala, con un vaso de whisky corriente en las manos, mirando hacia el jardín, con la puerta corrediza abierta, escuchando los grillos que gozaban del aire fresco de otoño. Billy, al fin se había zafado de la penitencia de Nadia, el *Hospital Ángeles,* terapia intermedia y la ignominiosa Fernanda, que no dejaba de culparlo por lo que le había pasado a su princesa.

Billy sabía que algo andaba mal, como aquella vez que llegó a la casa de *Bosques de Arrayanes* y su padre estaba tirado en el sillón, bebiendo vodka como si fuera agua de jamaica.

Billy fue por un vaso y se sentó al lado de su padre a servirse un poco del whisky chafa.

—¿Cómo está Nadia?

—Que Dios me perdone… hubiera sido mejor que… —Billy se detuvo. No quería desearle la muerte. No se lo merecía, aunque ¯no se cansaba de repetirse a sí mismo¯ una mujer capaz de intentar suicidarse *por amor* (sic), estaba loca y debería de ser internada en un hospital psiquiátrico. (Él había leído que los verdaderos suicidas rara vez fracasaban; que, los que no conseguían quitarse la vida, generalmente, solo querían victimizarse).

Ambos bebieron un rato en silencio, descifrando la sinfonía de los grillos y el agudo tono de los murciélagos. A lo lejos, sonaba uno que otro camión materialista, desde Río Churubusco; una moto con escape abierto; el lamento de una ambulancia.

—No sé qué hacer, pa'. Su mamá me culpa de lo que pasó y Nadia dice que "no puede vivir sin mí".

—Es un chantaje, hijo.

—¡Muy efectivo! ¿Te imaginas cargar con la culpa de algo así? O sea, si se muere y yo…

—Tú no tienes la culpa. La niña está loca: igual que su madre.

—Gracias, pa'… eso no me ayuda en nada.

—¿Te ayuda que te diga que vino Aurelia? —Dijo Hernán sonriendo y cambiando su posición para mirar a su hijo que suspiraba como sapo.

—¿Qué dijo?

—Preguntó por ti y le dije que habías ido al hospital a ver a Nadia.

—¡Me lleva la chingada! —Billy se puso de pie para intentar patear el sillón o aventar el vaso de güisqui contra un *Swarovsky* que sobrevivió el cisma financiero. Hernán, en cambio, sonreía divertido. Billy volteó la cabeza coreográficamente para ver a su padre.

—¿De qué te ríes?

—Cuando le dije a Aurelia que te habías ido a ver a Nadia, se puso roja y siento que tenía ganas de escupirme.

—"Se puso roja"… —Repitió Billy, conociendo el problema que tenía ella para controlar su rubor.

—Primero, la esperanza… deseaba verte. Luego, celos, hijo. Billy sonrió.

—¡Yo no podía creer que entre ustedes…! —Exclamó, Hernán, sonriendo.

—Nos besamos en el Metro, —interrumpió, Billy, ilusionado. —Fue un beso… padrísimo. Increíble. —Ahora, Billy hizo una pausa espectacular, como de actor de teatro. Bebió un trago de whisky. —Papá: creo que estoy clavadísimo con Aurelia.

—¿No me digas? —Preguntó, irónico, Hernán.

—¡Me encanta, pa'! ¡Me fascina!

—Y ¡yo sospecho que ella te corresponde!

—¿Me lo juras? —Preguntó, pujante, Guillermo.

—Eso es lo que percibí en un instante.

—Pero, pero… luego, ¿qué pasó?

—Contrólate, hijo.

—Se puso roja y… ¿después?

—Se dio cuenta de que se había ruborizado. Le dio pena. Quería disimular lo que sentía; hacerse la que no le importaba. Nada de eso funcionó. —Hernán estaba gozando enormemente con esta crónica.

Billy quiso apachurrar el vaso de vidrio y correr a la casa de sus vecinos; entrar y besar a Aurelia hasta que le salieran ampollas en los labios.

—Lo que me parece una ironía —siguió Hernán sin desdibujar su sonrisa tonta.

—¿Qué?

—Que tú estés enamorado de Aurelia y yo de Vicky.

Billy apretó los ojos, tragó saliva y se tuvo que sentar, para no desvanecerse.

—¡No manches, papá!

Hernán asintió obsesivamente, confirmando que estaba hablando con la más pura, absoluta y perfecta verdad.

—¿Sabes por qué compré esta casa, hijo? ¿Sabes por qué somos vecinos de Victoria?

—¡No me lo digas!

—Sí, hijo. Compré esta casa en cuanto supe que Victoria había comprado la de junto. No es una casualidad que seamos vecinos.

Billy tuvo que quitarle el aire al vaso de whisky. No sabía qué decir, pero ver el rostro iluminado de su padre era muy gratificante. Al fin, después de mucho tiempo, veía que Hernán Santibáñez era feliz y no podía creerlo.

—¿Así que compraste esta casa para estar cerca de Vicky?

—Es lo que acabo de decir. Ella vio el folleto de esta privada; ese día que fue a despedirse de nosotros. Luego, hablé con Carcaño, el agente de bienes raíces. Él me tuvo al tanto de todo y me avisó cuando Vicky compró la casa de junto.

—¡En efecto, se me había hecho mucha casualidad; pero, nunca pensé que…! ¡Papá!

—¿Qué?

—Bueno, pero… pero… ¿mamá?

Hernán bajó la mirada. Movió el vaso y se sintió profundamente culpable.

—No la amo, hijo. Lo sabes.

Billy no contestó.

—Se lo dije hace rato.

Billy se derrumbó en el sillón. Todo era demasiado confuso como para poder generar una abstracción válida, un análisis, una reflexión, una observación, una conclusión. Nadia casi se moría; intentó suicidarse quizá solamente para generar la compasión y la culpa en Billy. Aurelia fue a buscarlo y estaba celosa. Su papá estaba enamorado de la ex ama de llaves y le había dicho a su mamá que no la amaba; nunca la había amado.

—Ella tampoco me ha amado, hijo, —concluyó Hernán, para librarse de la culpa, saboreando un buchecito de whisky.

—Bueno, pero ¿qué va a pasar, papá?

Hernán arqueó las cejas.

CAPÍTULO 7

TRIÁNGULOS

Vicky durmió muy mal. Pasó gran parte de la noche en un estado de viaje astral incompleto: entre sueño y vigilia. Mitad soñando, mitad alucinando, mitad pensando (sin poder discernir entre las tres). Varias veces quiso tocar con el brazo a su eterno compañero de cama, sin éxito, porque el ex hojalatero, nuevo rico, víctima de chantaje, adúltero y encerrado en los aromáticos separos, no había aparecido por la casa de Patricio Sanz.

El olor a café, dispersándose desde la cocina, y las voces de Aurelia y Mari, provocaron que Vicky decidiera salir de la cama y darse un baño. A pesar de haber hablado con Pepe en la madrugada, sentía una ansiedad que debilitaba todo su cuerpo y le causaba indigestión. Lo único que quería era abrazar a Pepe, pedirle perdón y decirle que lo amaba; que, dinero o no, él era lo más importante de su vida (después de sus hijas).

En la madrugada se había topado con Kate, cuya sonrisa gigante, congelada, la hacía parecer al *Guazón*. Kate no había ajustado a decir palabra: estaba en éxtasis como Santa Teresa de Jesús repitiendo "muero porque no muero". Vicky le preguntó si estaba enferma y ella siguió, como trashumante, hasta su recámara, suspirando ridículamente, flotando y haciendo sonidos de gacela cansada.

Aurelia tenía clase a las nueve de la mañana y ya estaba lista para salir, desayunando *Corn-Pops* con leche y plátano y mirando el

268

café, mientras cotorreaba con Mari. La mucama le había preguntado por su novio ¬como se llame¬, ese flaco con facha de enfermo de tuberculosis. Aurelia le contestó que las cosas no andaban bien, puesto que ella no lo quería realmente; sin embargo, él estaba *locamente* enamorado de ella. Mari le dijo que, con-todo-respeto, ella merecía algo mejor.

Una cosa derivó en otra, hasta que cayeron *casualmente* en el tema de Guillermo Santibáñez. Mari lo conocía muy bien, puesto que había trabajado de sirvienta durante varios años en la casa de Arrayanes: lo había visto, incluso, en calzones y francamente estaba *buenísimo* (según palabras de La Mari). Aurelia estaba de acuerdo, aunque el problema era que al parecer él no podía separarse de su novia; quien, por cierto, era ridículamente bella.

—Sí, pero no tiene nada en la cabeza, Aurelia. En cambio tú…

—Tengo *demasiado* en la cabeza, —interrumpió Aurelia, haciendo una mueca y aplastando una burbuja de maíz con sus molares.

—P's, eso sí, —reflexionó Mari. —A los hombres, como les gusta mandar, no les laten las mujeres demasiado *vivas*.

—¿Ves? —Sonrió Aurelia.

—Pero el joven-Billy —insistió la mucama —ése es algo especial, Aurelia. Porque no namás es guapo… es…

—¡Es como todos los *niños ricos*, Mari! —Exclamó Aurelia haciendo caer la cuchara sobre la sopa de leche y sin estar convencida de sus palabras. —Prepotente y con la idea de que el dinero lo es todo en la vida o que, con la lana, se puede comprar lo que sea.

—La bronca es que ya no tiene lana… Y, te digo Aurelia: Billy no es así como dices. Ese chavo tiene algo especial.

—Sí, sí, mi mamá ya me tiró ese rollo.

Aurelia sabía que Mari tenía razón y prefirió seguir jugando con las bolitas de maíz. El juego y la reflexión no duraron mucho tiempo; como una invocación mágica, sonó el timbre de la puerta. Mari abrió y no pudo resistir decir: "hablando del rey de Roma". Mari, por supuesto, lo dejó entrar hasta la cocina (literalmente), donde Aurelia casi se atragantaba con una maíz hinchado y confitado.

—Hola, —saludó, dulce, Guillermo Santibáñez. La Mari se derritió como el hielo del Polo Sur con el calentamiento global.

Aurelia, como buena mujer, tenía que hacer su puesta en escena: denotar indiferencia y algo de enfurruñamiento. Por otro lado, Billy estaba realmente afectado con lo de Nadia. Había soñado toda la noche con ella, convertida en zombi y atacándolo, para querer comerse un pedazo de su cachete. Luego, lo contagiaba y ya él era un muerto viviente que quería destripar a su madre (de Nadia).

—¿Qué onda? —Preguntó Aurelia mirando su plato y contando las bolitas amarillas ya reblandeciéndose. Acto seguido, no pudo resistir. —¿Cómo sigue tu **novia**? —Preguntó sin mirarlo y tratando de esconder los celos que, irremediablemente, peleaban por salir a flote. Luego, se llenó la boca de comida. Billy detectó la actuación de Aurelia, pero estaba demasiado preocupado.

—Estoy bastante sacado de onda, —dijo Billy con sinceridad mirando rápidamente a Mari, quien le entregó una sonrisa coqueta.

—¿Qué le pasó a *tu novia*? —Preguntó, como desinteresada, Aurelia (aunque repitiendo "tu novia" y dándole un énfasis peculiar a las palabras).

Billy dudó. Lo que le había sucedido a Nadia era algo demasiado íntimo, demasiado doloroso, como para revelarlo, en la cocina, frente a Mari. Aurelia, al fin miró a Billy y se dio cuenta cabal de su dolor, conmoviéndose. Se produjo entonces un silencio viscoso como neblina en San Francisco. Aurelia tomó el plato de cereal y, saliendo, le dijo a Billy, con una seña, que la acompañara. Ellos desaparecieron, seguidos de otro suspiro involuntario de Mari.

Ya en el comedor, Aurelia miró a Billy como pidiéndole con los ojos que le dijera lo que estaba pasando; y, sobre todo, por qué estaba ahí, en su casa, en aquella mañana. Pero, Aurelia apenas conocía al joven Santibáñez y no podía empezar a interrogarlo como agente de la policía secreta. Por eso el silencio siguió cundiendo, hasta que Billy, con una vocecita casi electrónica le dijo:

—Me dijo mi papá que me fuiste a buscar.

—Sí: él fue el que me contó lo de Nadia.

Aurelia había perdido el apetito, contagiada del dolor que sentía Billy y la oscuridad en su mirada.

—Perdón por preguntarte por tu novia. No tengo derecho, porque ni siquiera te conozco.

—Terminé con ella.

Aurelia no sabía si era una buena noticia o si Billy estaba dolido por eso.

—No tienes que decirme nada, Guillermo.

Billy estaba en una encrucijada emocional; en medio de una batalla de emociones que se revolvían en el ojo de un tornado; de un tifón que no lo dejaba pensar claramente. En un instante, miró a Aurelia, pensó en el beso, en sus disertaciones sobre la inequidad. Luego, en los viajes con Nadia y, finalmente, en su patética imagen en el hospital ("no soy nada sin ti"). Pensó en Carolyn, en la cena de los sándwiches, en sus sueños de zombis. Después de ese remolino, alcanzó a articular algo balbuceante; algo que estaba más cargado de culpa, que de dolor:

—Nadia se trató de suicidar.

Aurelia se estremeció. Luego, Billy agregó compungido:

—Por mi culpa, —sentenció católicamente.

Billy se sentó. Aurelia no sabía qué decir.

—Hubo una escena… muy… difícil en el hospital, —siguió Billy con la voz quebrada. —Su mamá me echó la culpa y Nadia dice que no puede vivir sin mí. En pocas palabras, su vida depende de mí.

—Y-y… ¿Cómo está Nadia? Eh… ¿va a sobrevivir?

—Sí. O sea… digamos que físicamente está bien; en lo que cabe.

—¿Qué vas a hacer? —Preguntó, tibiamente, Aurelia sin dejar de mirarlo.

—No sé, Aurelia. No puedo decirle que la amo, porque no es verdad. Porque… nunca la amé. Pero si no vuelvo con ella, se muere… literalmente.

La escena se interrumpió con la entrada de Vicky, recién bañada, aunque con huellas de no haber dormido y de estar muy afectada por lo de Pepe.

—Hola, joven-Billy. ¿Cómo estás?

—Hola, Vicky. Bien, gracias, y ¿tú?

—Más o menos, —dijo Vicky abriendo la puerta de la cocina para buscar el café. —Detuvieron a Pepe, mi marido.

—¿Por qué?

—Por conducir en estado *inconveniente*... Tuvo un accidente.

—¿Está bien?

—Sí...

Vicky entró a la cocina por una taza de café y a saludar a Mari, mientras Aurelia y Billy se seguían mirando y sus miradas ya habían hecho una turbulencia en el aire. Vicky regresó con la taza de café y Billy, irremediablemente, pensó en la conversación de la noche anterior con su papá. La confesión que le hizo de que amaba a esa mujer y que había comprado la casa de junto para estar cerca de ella.

—¿Qué? —Preguntó Vicky al sentir la mirada pegosteosa de Billy.

—Ah, no, nada, —mintió Billy disimulando mal.

Vicky sintió la intensa vibra que había entre Billy y Aurelia.

—¿Qué pasa?

Aurelia volteó a ver a Billy como para preguntarle, sin palabras, si podía hablar del caso de Nadia. Billy asintió casi imperceptiblemente.

—Nadia intentó quitarse la vida, ma'.

Vicky conocía muy bien a Nadia; ellas habían hablado algunas veces, mientras la niña esperaba a Billy en el vestíbulo con el cuadro de Rubens, en la casa de Arrayanes, y Vicky le preparaba un café. Sabía que era una muchacha hermosa, que parecía una muñeca, que no era muy lúcida, pero, jamás se hubiera imaginado que fuera suicida.

—¡Santo Dios! —Exclamó Vicky, a punto de soltar la taza de café. —Pero... pero ¿está bien? ¿Está bien?

—Sí. Está en el hospital, en terapia intermedia.

—Pero ¿por qué lo hizo? —Preguntó, pensando de inmediato en el pecado, el infierno, el castigo de Dios.

—Es que... terminé con ella.

—¿Se quiso matar porque terminaste con ella? —Preguntó Vicky con un rostro de incredulidad total. —Híjoles, joven-Billy. No sé ni qué decir… Mejor me siento, ¿no?

Vicky se sentó, perpleja, sin atreverse a tomar el café que perdía su calor a cada segundo. Se dio cuenta de la congoja del *joven Billy*; supo que su preocupación y su dolor, eran reales. Aurelia también percibió verdad en los ojos celestes, ahora turbios del joven Santibáñez.

Esa mañana no había desayuno ni café ni nada. De hecho, Carolyn no estaba en la casa, lo que se le hizo raro a Hernán. Billy le había dicho a su papá que iría a ver a Aurelia a *aclarar* lo de Nadia. Hernán se sirvió granola y se preparó un café, mientras sonreía; esperanzado en que las cosas entre Aurelia y su hijo prosperaran. Imaginó a Carolyn fuera de la jugada; a Pepe quién sabe dónde y él con Vicky juntos, con Aurelia y Kate. Kate y Valeria eran buenas amigas y Billy y Aurelia novios, así que todo sería maravilloso.

Valeria bajó de muy mal humor, echando chispas como esmeril, pero eso no era raro. Su carácter había empeorado notablemente desde la ruina de los Santibáñez y eso preocupaba a Hernán, quien de por sí nunca había sabido cómo hablar con su hija. Hernán la saludó y ella gruñó. Preguntó por su mamá y Hernán le dijo que no sabía dónde estaba.

—¡Qué padre: un día es el ama de casa perfecta y al otro desaparece! ¡Genial! —Gritó, buscando una barra energizante y un jugo.

—Debes entenderla, Valeria, —dijo, conciliatorio, el ex financiero.

—¿Por qué? —Contestó-preguntó Valeria, contundente.

—¿Porque es tu madre?

—Ay, pa', siempre ha estado medio-loca y desde que somos pobres, peor. ¿Cuánto tiempo estuvo en la cama como cadáver?

Hernán bajó la mirada. Valeria tenía razón, pero, finalmente, él tenía la culpa. Había tolerado los caprichos de Carolyn, su derroche, sus cambios de ánimo, sus visitas al psiquiatra en busca de recetas de *Valium* y *Lexotán*. Sin embargo, Hernán siempre se sintió responsable por haberse casado sin amor. Esa culpa es la que alimentó las *locuras* de su esposa; la que hizo que tolerara las sandeces y actos pánicos; las depresiones de varios días y los viajes. También, esa carga de consciencia había hecho que Hernán tolerara que Carolina Antonia, en el fondo —a pesar del *entrenamiento* de su madre— fuera una mujer sin educación formal y francamente vulgar. Hernán era el culpable de que Carolyn hubiera abandonado a Valeria y la hubiera convertido en una niña narcisista, caprichuda e insufrible. Había estado demasiado preocupado haciendo dinero (que luego perdería en un instante) y jamás se acercó a su hija. El resultado era una adolescente inadaptada que sin dinero, se había convertido en un ser en eterna insatisfacción.

—Hija, ¿hay algo que pueda hacer por ti? —Preguntó Hernán, aproximándose a ella: tratando de tocarla.

—¿Puedo regresar a mi escuela? ¿El chofer me va a llevar al antro? ¿Puedo usar mi I-Phone? ¿Está listo el avión para ir a San Diego?

—Hijita, sabes que no, pero…

—Entonces no tenemos nada de qué hablar, —interrumpió la imberbe mirando con odio a su padre, como si hubiera abusado de ella a los doce años.

—Tenemos que salir adelante, hija: como familia, —suplicó Hernán, arrinconándola contra el refrigerador.

—¿Por qué? —Volvió a preguntar la niña.

—Porque la familia es lo más importante.

—¡No me vengas con jaladas, papá! ¿Desde cuándo ha sido importante para ti la familia?

—Desde ahora.

—¡Llegaste tarde! —Berreó Valeria, escabulléndose para salir de ahí.

—¡Dame una oportunidad! —Le gritó Hernán a su hija, mientras ésta corría a encerrarse en su cuarto. Hernán se estremeció con el portazo y sintió una infinita tristeza que se le embarraba, como miel de abeja, por toda la piel. Pensó en la tortura del viejo oeste, en el desierto; enterrado en la arena; solo la cabeza sobresaliendo y las hormigas subiendo por su rostro lleno de miel...

Aurelia había descubierto que era mucho más fácil caminar de *La Florida* a Avenida de los Insurgentes[14] y tomar el Metrobús hasta Ceú. Se lo comunicó a Billy, mientras ambos caminaban al poniente, rumbo a una de las avenidas más largas del planeta. Billy no dejaba de pensar en la responsabilidad que había adquirido, puesto que ahora estaba en sus manos la vida de una persona. Aurelia se compadecía de las tribulaciones de Billy, pero no podía intervenir. En realidad, ellos se acababan de conocer y, aquel beso en el Metro parecía cada vez más una obra de ficción que ambos habían leído tiempo atrás.

Mientras esperaban el impecable autobús *articulado* hecho en Suecia; en la cabaña de acrílico y publicidad construida en el camellón de Insurgentes, Aurelia pensó, de nuevo, en su *causa* y en lo mucho que estaba obligada a odiar a Guillermo Santibáñez. *Obligada* por un prejuicio y una generalización. Pero, viendo a Billy, se daba cuenta, como el título de una de las telenovelas más importantes de la historia, que *Los Ricos También Lloraban*.

Llegó el autobús *Volvo*, dividido por un acordeón y Aurelia llevó a Billy del brazo. Al poco tiempo, la nave con motor de combustión interna arrancó hacia el sur, deslizándose suavemente por el carril de concreto hidráulico, exclusivo del Metrobús. Billy dejó que Aurelia se sentara y él se quedó de pie, forzándose a proyectar en su mente las imágenes más felices de su relación con Nadia.

Aurelia y Billy, que, días antes, habían estado más unidos que nunca; ahora, por culpa de Nadia y de las eternas racionalizaciones de Aurelia, eran dos planetas lejanos. Aurelia, pensaba en por qué una mujer como Nadia, nacida en cuna-de-oro, tenía la desfachatez de renunciar a la vida. Esto incrementó aún más la obsesión de la periodista en cuanto a que los burgueses eran una *raza* aparte. Tenían

---

[14]   Se conoce popularmente como Avenida de los Insurgentes a tres avenidas continuas que forman uno de los principales ejes viales del poniente de la Ciudad de México, con una longitud combinada de 28.8 kilómetros atraviesa la mayor parte de la capital mexicana. *Wikipedia*

el mundo en sus manos, pero no les bastaba. ¿Por qué? Porque, al no tener privaciones materiales, carecían de la estimulación para luchar por la vida. Eso quería decir que ¿la pobreza era una energía vital, una lucha a muerte? Los ricos tenían muchos problemas emocionales y psiquiátricos, porque no tenían hambre. Siendo pobre no podías ir al psiquiatra, porque tenías que buscar el sustento y la guerra por la comida era extrema. Los ricos padecían problemas psicológicos porque tenían demasiado tiempo libre para pensar en estupideces, para regurgitar problemas mínimos o inexistentes.

Aurelia hizo una mueca, porque lo que estaba pensando no tenía ningún sentido. Habría que averiguar cuántos pobres se suicidan. Lo cierto era que Billy y Nadia eran perfectos, cuando los Santibáñez tenían dinero; ahora, la relación se había vuelto una locura que había estado a punto de arrastrar a Nadia a la muerte. Aunque Aurelia –sin sufrir como el joven Santibáñez de sentimiento de culpa– podía ver objetivamente el otro lado del asunto: todo esto del suicidio de Nadia olía a *drama*. Sabía que Billy no la amaba, así que fingió suicidarse para retenerlo a su lado. De aquí, Aurelia dejó volar el pajarito del pensamiento, hasta que éste se posó sobre Pepe.

Hasta hace poco, Pepe era un hombre trabajador, futbolero, cervecero, globero y guadalupano, que vivía tranquilamente en ciudad Neza. Un hombre elemental, pero que proveía y se preocupaba por su familia. Ahora, desde el *Chispazo*, los padres de Aurelia habían tenido quién sabe cuántos pleitos; Pepe había golpeado al ex patrón de su mamá y había terminado en una agencia del Ministerio Público por conducir ebrio su camioneta de un millón de pesos. La lana. La corrupta, nefasta, infecta, putrefacta, diabólica lana.

Desde luego –pensó Aurelia– los problemas maritales existían en todos los estratos sociales. Pensó en la felicidad; en el hecho de que, más allá de medir el Producto Interno Bruto, se debería de analizar el Índice de Felicidad Bruta (el IFB) –como lo sugirió un mandatario de algún país del Pacífico-sur–. ¿Eran los mexicanos felices a pesar de todo? ¿Cuál era el país más feliz del mundo? ¿Los Estados Unidos? Y si era el caso, ¿eran los Estados Unidos felices a costa de la felicidad de los demás países? Otra vez: ¿eran los (países) ricos felices haciendo infelices a los (países) pobres? ¿En Alemania eran felices, porque en Somalia eran infelices?

Billy vio la fachada del *Calígula* −un antro de desnudistas, en Insurgentes Sur−. Luego, su mirada coincidió con la de Aurelia. Billy emitió una sonrisita forzada. Acto seguido, rompió el viaje dialéctico de Aurelia, con un clásico:

—¿Qué piensas?

—En mi papá. En lo que pasó. En su noche en el Ministerio Público.

Billy se quedó pensando. Recordó el evento del día anterior en la calle privada: la persecución, las mentadas de Pepe. Aurelia exploró los ojos del joven Santibáñez con el cuidado de un optometrista.

—¿Qué? —Preguntó Aurelia con suavidad.

—Es que ayer vi a tu papá corriendo detrás de una carcacha.

—¿Dónde? —Inquirió Aurelia extrañada.

—En la privada. Iba recitando todo el catálogo de groserías.

—¿Una carcacha?

—Sí, un coche viejo… Era como un *Valiant* o algo así.

—¿Mentando madres?

—Sí. Estaba como loco y gritaba horrible. Le decía a un señor que no conozco que lo iba a matar.

Aurelia sabía que se trataba del auto de los ex vecinos de Neza, pero no podía saber lo que había pasado antes y después de esa escena.

Billy y Aurelia volvieron al silencio. Ya no se miraban y él decidió seguir viendo por la ventana, mientras sentía el bamboleo del autobús y pensaba en la moribunda Nadia.

Cuando el Metrobús se detuvo y Aurelia pudo ver el Estadio Olímpico Universitario, de un lado, y la Torre de Rectoría, por el otro, le hizo una seña a Billy, quien ya había llegado a una decisión.

—Aquí nos bajamos, Guillermo.

—Este camión, ¿llega hasta el Pedregal?

—Sí, hay una parada allá por *Perisur*… ¿por?

—Voy al *Ángeles* a hablar con el papá de Nadia.

—Oquei. Suerte.

Aurelia se bajó con gracia del Metrobús y Billy la miró. Cuando el *Volvo* se arrancó, Billy pudo ver cómo Aurelia caminaba hacia el paso peatonal y observó cómo el aire frío jugaba con su cabello —muerto de risa (el viento, no Billy)—.

Hernán salió de su casa con la esperanza de ver a Vicky. Sin embargo, al que vio fue a Pepe, entrando a pie, por la calle de la privada. Hernán se dio cuenta de que Pepe tenía facha de teporocho; que las ojeras eran profundas y violáceas, y que su cara era de Bulldog cruzado con hiena.

—¿Qué me ves? —Preguntó Pepe, de botepronto, con voz aguardentosa.

—Nada, —contestó Hernán, conteniendo la ira que le había brotado como cuando uno ataca un panal de abejas. Luego, agregó: —¿Tienes algún problema?

Pepe se detuvo frente a Hernán y le clavó su mirada llena de venitas. Hernán sintió el aliento a cloaca, placa dento-bacteriana, hiel y alcohol adulterado.

—Mi bronca eres tú, catrín; —replicó Pepe, ante las ganas de vomitar de Hernán quien, sin embargo, valeroso, se acercó al marido de Vicky, desafiándolo.

—¿Qué bronca tienes conmigo, Pepe?

—¿Quieres otro madrazo, estiradito?

—Como quieras, pero te juro que ya no me vas a agarrar desprevenido.

Vicky salió de la casa, después de escuchar la voz de su esposo y corrió hacia él como si hubiera regresado de la guerra de Afganistán.

—¡Mi amor! —Gritó, como sirena enamorada y se abrazó del hediondo de Pepe, cuya ira se disipó instantáneamente. Abrazando a su esposa sintió que ahí, en la guarida del cuerpo de Vicky, todo era calientito y pacífico, como cuando estaba nadando en el vientre de su madre.

Al ver ese abrazo, al darse cuenta de que su amada Vicky, en efecto, parecía amar a ese ser con aliento a dragón y educación de ayudante de albañil, Hernán sintió que le sacaban el corazón con un puñal de obsidiana, en el cenit de la Pirámide del Sol.

Sin decir palabra, se subió a su auto y se alejó en él. Vicky no se dio cuenta: solo tenía ojos, brazos, oídos, boca y cuerpo para Pepe: su amado Pepe.

—¡¿Cómo estás?! —Preguntó, mientras daba un paso hacia atrás, para revisarlo como si fuera su hijo que había huido de la casa. —¿Estás bien, mi vida?

Pepe sonrió.

—Ahorita ya estoy bien, —dijo, feliz; dándose cuenta de que no necesitaba de otras; que Olga y Lety no eran ni una cuarta parte de mujer que su Victoria. No se sentía culpable: lo de las otras viejas había sido un aprendizaje; habían sido los peldaños de la escalera para llegar a la azotea. Todas esas infidelidades habían sucedido para llegar a ese punto: a comprender, a cabalidad, que Vicky era el amor de su vida.

Vicky y Pepe entraron a la casa, abrazados y se dirigieron, directo y sin escalas, a la recámara. Aunque Vicky sí le pidió, antes, un baño y que se lavara los dientes. Pepe obedeció sin chistar. (El amor es incondicional hasta que llegas a casa después de una noche en los separos del Ministerio Público de Ecatepec).

A través de una amiga Valeria localizó el celular de Fran Téllez. Le llamó para decirle que tenía que hablar con él urgentemente. Tenía que decirle algo que no le podía comentar por teléfono: era necesario que se entrevistaran *físicamente*. Fran quiso saber de qué se trataba y Valeria le contestó que era algo de verdad muy importante en su vida: algo que le iba a abrir los ojos. Fran accedió a que se vieran en un café. Valeria sonrió como coralillo a punto de atacar y se avocó a arreglarse. El problema era que tendría que ir caminando de su casa al café y eran varios kilómetros. Todo sea por la causa —se dijo a sí misma—.

En la regadera pensó en su mamá y en lo que había dicho su papá durante el desayuno. "Tenemos que salir adelante... lo más importante es la familia..." Valeria, sin embargo, sintiendo el agua calientita recorrer su cuerpo, no tenía más que glóbulos de odio en la sangre. Las palabras de su padre eran hipócritas, extemporáneas, necias, vacías y estúpidas. Valeria odiaba a su madre, a su padre, a su hermano, a sus vecinos, a su destino, a su país, al mundo y a sí misma. Quizá a sí misma no tanto.

Se preguntó, neciamente, cuál era el sentido de su vida. Concluyó que no había tal; que su existencia era completamente innecesaria. ¿Para qué vivir en el dolor, el odio, la pobreza, el tedio, el vacío?

Antes era distinto: aunque tenía la indiferencia de su familia, también contaba con la fiesta y el sexo. A través del alcohol, la música *dance*, la moda, el poder de la seducción, Valeria había encontrado, sino un sentido a la vida, por lo menos, una forma de sobrellevarla, de mitigar el rencor contra todo; de suavizarlo y lubricarlo con dinero, etílico, metanfetaminas y placer. Era el poder que había adquirido utilizando su joven e impecable cuerpo como arma. Más que el sexo, era el dominio: el ver a los chavos prácticamente a sus pies, rogando por un centímetro de su piel; una molécula de su vagina. Los hombres, en la plenitud de su producción hormonal, frente a una niña perfecta y sensual, se volvían locos y prácticamente eran capaces de cualquier cosa por ella.

Claro, eran *chavos-bien*. Generalmente de dieciocho-veinte años, pero *blanquitos*, bañaditos y con dinero. En este momento, con la ruina de su padre, no tenía cara para ir a los antros de siempre y seducir a esos mismos chavos. Y lo peor, la única vez que había ido, la *naca-de-quinta*, le había arrebatado a Fran Téllez: un partidazo del que hubiera podido sacar casi cualquier cosa, porque, además, era bien *teto* (es decir, medio-baboso).

Hernán escuchaba el bamboleo de las lavadoras y secadoras y se limpiaba el sudor con un pañuelo. Pensó que era urgente instalar un aire acondicionado: los motores de las máquinas generaban mucho calor y el local tenía poca ventilación. En poco tiempo, Hernán ya había organizado la contabilidad de las lavanderías de Juan Piña Soto y ya estaba inventando una estrategia de mercado para atraer más clientes –sin gastar más–. Su trabajo podía hacerse en unas cuantas horas al día. Pero su mente no dejaba de crear: después de todo, había sido un hombre muy rico; un financiero que había dedicado la mayor parte de su tiempo a hacer dinero. Pensó que hablaría con Juan Piña para empezar a plantearle sus proyectos de expansión, de publicidad y de reducción de temperatura.

De inmediato, le vino a la mente la imagen (grotesca, vomitiva, nauseabunda) del abrazo de Pepe y Vicky. Sentía celos y no entendía cómo una mujer como Vicky era capaz de amar a Pepe Pérez. Claro –pensó– el amor platónico de Santibáñez por Victoria también era un desatino, una pifia, un traspié.

Hernán estaba meditando en que quizá ya era tiempo de decirle a Vicky que estaba loco por ella (que le gustaba desde hacía mucho tiempo), cuando entró la mismísima, blandiendo una sonrisa que claramente reflejaba emociones positivas. Vicky se veía plena, feliz y, como siempre, atractivísima (quizá ahora más que nunca).

Hernán tragó saliva como si Vicky hubiera podido leer sus pensamientos y lo hubiera descubierto en flagrancia. Sudó más y no eran las lavadoras y las secadoras. Ella notó el nerviosismo, pero estaba flotando en nubes optimistas, así que no reparó realmente en el temblor de las manos ni en la mirada esquiva de su expatrón.

Había ido a verlo conforme a lo lo que habían hablado brevemente por teléfono del SPA que echarían a andar juntos. Hernán le mostró varios números que había hecho la noche anterior y que reflejaban lo que costaría echar a andar el SPA desde ceros. Hernán le fue explicando cada rubro, mientras olía su perfume. Le comentó sobre el costo del local, los masajistas, el personal de contacto con el público, los administrativos, los empleados de la cafetería, los mozos de los baños, el personal de limpieza y sobre todo, las mujeres que venderían los productos de Vicky, cuya capacitación tendría que ser muy especial e intensiva. Habló de las necesidades físicas en cuanto al SPA y la fábrica de cremas. También le planteó el tema fiscal y la constitución de la empresa que operaría el SPA. La presentación del proyecto dejó atónita a Vicky. (Por supuesto que ése era el efecto que quería lograr Hernán). Todo estaba perfectamente expuesto, organizado, sopesado y calculado. Vicky no entendía cómo don

Hernán había logrado hacer todo eso en tan corto tiempo. Hernán omitió decirle que no había dormido en toda la noche.

El proyecto era excelente. Lo que faltaba era saber la ubicación idónea del local, para lo que, antes que nada, habría que contratar una agencia que hiciera el análisis de mercado. Las mejores zonas eran las áreas burguesas y pequeñoburguesas; pero justamente por ser las adecuadas, ya estaban bastante saturadas. Hernán le prometió a Vicky contactar con una compañía de investigación de mercado en la ciudad de México, que él conocía. Por otro lado, tendrían que ver el tema de las materias primas para la elaboración de las cremas. Vicky le recordó que le había pedido que pensara en una marca. Hernán pensó que *Vicky* era un buen nombre, pero que, quizá, también en este caso, habría que contactar a un experto (porque era necesario además registrar la marca). Él era un financiero que sabía de dinero, pasivos y activos y de cómo hacer prosperar un negocio; pero no era muy creativo en cuanto a publicidad y mercadotecnia. Hernán también tenía un amigo en el ámbito de la publicidad: hablaría con él y luego le pasaría a Vicky los costos.

Vicky le dijo que, si él ya había hecho todo el trabajo, ¿qué le tocaba a ella? Aparte de aportar el dinero —dijo Hernán— ella se encargaría de la manufactura de las cremas y, sobre todo, de la parte humana del SPA (para lo cual él era un cero a la izquierda). En cambio Vicky tenía lo mejor: era atractiva, simpática y daba confianza. Ella estaría en las entrevistas con el mercadólogo, el publicista y todos los demás.

En los minutos que duró la presentación de Hernán, Vicky se quedó encantada (como en el juego de *Los Encantados*). Casi no interrumpió y sus ojos reflejaban admiración.

—¡Con razón llegó tan lejos, patrón! —Exclamó ella, jubilosa.

—Sí, ¡muy lejos! —Contestó Hernán con ironía. —¡Mire dónde estoy! En una lavandería automática sin aire acondicionado. —Se rio amargamente.

—Todo fue culpa de los gringos, don Hernán.

—Sí, tiene razón, —sonrió Santibáñez, —¡Malditos gringos, ¿no?! —Exclamó, burlándose de sí mismo; porque él, junto con los gringos, había cometido el Pecado Capital de la avaricia y ya estaba recibiendo su castigo en el purgatorio.

—Y todos tuvimos que pagar el pato del egoísmo de esos cabrones, —dijo, contagiada, Vicky,—perdón, señor, pero así dice mi'ja. Que toda la bronca mundial, fue culpa de la codicia de ciertas personas, queriendo hacer billete fácil y de volada, sin importarles el resto del planeta.

Hernán ya no dijo nada. Solo la miró largamente, como si estuviera admirando a la Mona Lisa en esa jaula de cristal en el *Louvre*, rodeada de chinos con sus camaritas y otros turistas analizando, ¿por qué rayos tendría tanto éxito la pintura de una señora con una sonrisa como de náuseas de embarazada?

—¿Qué pasó? —Vicky frunció el ceño. En realidad había *pasado* mucho tiempo y Hernán no se había dado cuenta de que no dejaba de mirar a Vicky.

—¿Eh?

—Lleva horas viéndome, don Hernán, —exageró Vicky.

—Perdón… —contestó, desviando la mirada a la calle, al local, a los papeles y a sus zapatos. —Eh… y… ¿qué pasó con su esposo, Vicky? ¿Por qué llegó…?

—Iba borracho y chocó su *Hummer*. Lo detuvieron y lo metieron en los separos; pero, gracias a Dios, no pasó nada.

"Nada más eso faltaba —pensó Hernán— encima, alcohólico".

—Bueno, —cambió Vicky —le voy a hacer una lista de las materias primas.

—Y yo voy a hacer un estimado de cuánto podría costar el primer lote de producción.

—Bueno, sí, patrón, lo que usted diga… —Vicky sonrió y el corazón de Hernán empezó a sonar como reloj viejo de péndulo.

"¡Tienes que decírselo, Hernán! —Pensaba él— ¡Ya es hora! ¡Dile que la amas! ¡Dios mío, pareces adolescente! ¡Díselo ya!"

—¿Se siente bien? —Preguntó maternalmente la incipiente cosmetóloga.

—Vicky, ¿le puedo hacer una pregunta y no se ofenda?

—Para nada, señor. Usted puede preguntarme lo que sea.

—¿Quiere mucho a su marido?

—Sí, don Hernán: la neta es que lo amo. —Cuando Vicky lo dijo, desvió la mirada hacia la calle. —¿Por qué, don Hernán?

—No, nada. Curiosidad, Vicky. Me parece que... olvídelo. Además, creo que ya lo hablamos.

—¿Qué es lo que ya hablamos?

—Que usted es... no, de verdad. No quiero ofenderla...

—¿Por qué me va a ofender?

—¿Podemos olvidarlo? —Pidió Hernán, sintiéndose avergonzado y culpable o, quizá, hasta ridículo.

—No sé qué tenga que olvidar, patrón, porque no dijo nada.

—Por eso, —sonrió, tembloroso, Santibáñez. —Olvide lo que no dije.

—Bueno, como quiera —dijo, con cierta seriedad, la guapa Vicky. —Voy a olvidar que no dijo nada... ¿Nos vemos mañana para seguir viendo lo del negocio?

—Será un placer, —contestó Hernán con casi demasiado entusiasmo y volumen de voz.

Vicky le extendió la mano y Hernán la tomó.

—Gracias, don Hernán. Luego vemos lo de sus honorarios.

—No se preocupe, Victoria.

—Sí, me preocupo y me *ocupo*, porque usted necesita la lana y que yo le debo.

—Estoy bien, Vicky.

A todo esto, Hernán no le había soltado la mano a Vicky, así que ella sonrió y aplicó un poco de fuerza para zafarse.

—Muchas gracias, otra vez.

—De nada.

Vicky se dio la media vuelta y Hernán miró esas caderas de proporción áurea. Se insultó a sí mismo por no haberle dicho nada a esa extraordinaria mujer y ya no pudo dejar de pensar en ella (por el resto de su vida). Luego, entristeció. Vicky le había dicho, con esa luz en los ojos, que amaba a Pepe... Pero ¿por qué? ¡¿Por qué?! —pensaba Hernán— sin darse cuenta de que estaba descuartizando un lápiz.

El escote de Valeria era más que evidente y atraía la mirada del típico público de *Starbucks*: chavos con laptops; un hombre maduro con un viejo libro de Borges en la mano (*Ficciones*, deshojándose); dos señoras en pants que dizque habían hecho ejercicio (pero tenían el cabello perfecto) y una muchacha tipo Frida Kahlo, con morral, bufanda de Oaxaca, chongo (y su obligado bigote). Los pechos de Valeria eran más bien pequeños, pero su brasier los levantaba graciosamente haciendo maravillas. La minifalda como de animé, mostraba un par de piernas flacas, pero llamaban la atención: especialmente del hombre que ya no podía leer a Borges, por andar mirando a la adolescente que buscaba a Fran con la mirada. Los muchachos de las laptops se la imaginaron desnuda y fantasearon con un trío. Las señoras se pudrieron de envidia: ¡ojalá tuvieran ese cuerpo… y esa edad!

Fran no había llegado y Valeria no podía pedir ni un *grande-late-light-whatever*, porque no tenía un quinto. Así que se sentó por ahí y cruzó las piernas. Los chavos quisieron verle los calzones y la Frida Kahlo la clasificó de inmediato como niña-bien-frívola-insoportable; aunque, por dentro, también tuvo un ataque de envidia, que reflejó peinándose las nutridas cejas y delineándose el bigote.

Fran entró ágil al establecimiento. Los guaruras se quedaron afuera de la puerta de cristal en su típica actitud vigilante. El niño Téllez ubicó a Valeria quien le ofreció una sonrisa seductora y cambió el cruzamiento de piernas hacia el otro lado −al estilo de Sharon Stone−. Fran la conocía de aquella vez del antro, aunque Valeria alzó el brazo como porrista para llamar la atención. A Fran no le impresionaron ni el escote ni la minifalda: niñas como Valeria había a montones en su universidad y su ámbito de acción. Al contrario: al muchacho le daban mala espina las mujeres que exponían demasiada piel. Ésas seguramente querían algo. No como Kate.

Se saludaron de beso. Fran no se sentó: le preguntó a Valeria qué quería y él pidió un *frapuchino*. Los muchachos de la laptop se decepcionaron: "*the best women are taken*" −dijeron, siguiendo con el trabajo de química que tenían que hacer para la universidad−. El señor siguió con Borges y las señoras en pants, miraron a Fran, tratando de reconocerlo y deseándolo en secreto. También ellas imaginaron un trío.

Fran no quería perder el tiempo con Valeria, a la que ni siquiera miraba a los ojos. Con todo, tomó asiento. Valeria se dio cuenta de que su escote no había tenido el menor impacto en Fran y se enojó aún más.

—Dijiste que tenías que hablar conmigo… urgente.

—Sí… ¿le pusiste azúcar al café?

—No…

Valeria se puso de pie como para que Fran la viera, a plenitud, pero el joven escuchó un sonidito del celular y miró la pantalla. Era Kate que le estaba mandando un mensaje. Fran sonrió. Valeria, mientras tanto, le ponía azúcar de dieta a su café y miraba la sonrisa de Fran. Sabía que era la *Vulgarcita* de Kate, mensajeándose con el príncipe-bombón. Prendida aún más por la ira y los celos, Valeria regresó al lugar para sentarse junto a Fran.

—Quiero hablar contigo de Kate.

—Pérame, —cortó Fran, mientras tecleaba sobre la pantalla de su *I-Phone.*

—¡Kate no es la chava que te imaginas! —Gritó Valeria, jalando las miradas de los concurrentes. Fran dejó de mandar mensajes y miró a Valeria a los ojos frunciendo el ceño.

—¿Qué?

—En primeras, tiene quince años: no dieciocho, como te dijo.

Fran ya lo había sospechado. El pecado de mentir con la edad, para él, no era tan grave: todas lo hacían. Además, "es muy madura" –pensó, justificándose el muchacho–.

—¿Y? —Dijo Fran, encogiéndose de hombros.

—¿Cómo que *y*? ¡Te mintió! —Exclamó, indignada, Valeria.

—Como si tú no hubieras mentido con la edad. Todas lo hacen. ¿No me digas que tienes dieciocho?

—Claro que no. Pero eso es lo de menos, —dijo, Valeria, recomponiéndose y dejando lo mejor para el final.

—Sí, —respondió Fran, poniéndose de pie, dispuesto a irse, molesto con Valeria y convencido de que había perdido el tiempo.

—Pérate, Fran, —dijo, ansiosa, Valeria, tomándole la mano, para garantizar que no se fuera.

—¡¿Qué?! —Preguntó el hijo del millonario mexicano, quitando su mano de la de Valeria.

—Siéntate. Es importante. Por favor.

—No, Valeria: ya me hiciste perder el tiempo con una babosada.

—Te prometo que lo que te voy a decir, vale la pena.

Fran miró a Valeria con impaciencia. Tenía irrefrenables deseos de ir a *La Florida*, a casa de Kate, y besarla por la eternidad.

—Por favor, quédate.

Fran se sentó frente a Valeria, sin mirarla, moviendo los dedos con inquietud.

—¿Sabes dónde vivía Kate hace tiempo?

—Y ¿por qué crees que eso es importante?

—¿No crees que es importante saber que tu novia vivía en ciudad Neza?

Fran reaccionó, primero, con desconcierto; pero casi al instante, empezó a reírse.

—¡No puede ser, no puede ser! ¿Cómo puedes inventar una cosa así, Valeria? ¡Ciudad Neza! —Y, siguió riéndose ruidosamente.

—Es la verdad, —aclaró sin sonreír Valeria, buscando los ojos de Fran. —Su mamá se sacó los *Pronósticos* o el *Melate* o algo así.

—¡Ya, Valeria! ¡No la chingues! —Gritó Fran enojado, poniéndose de pie nuevamente y, esta vez, listo para salir corriendo. —¡Pareces villana de telenovela!

Fran empezó a caminar. Valeria, se levantó como haciendo el salto de altura en las olimpiadas y corrió hacia Fran.

—Vicky, la mamá de Kate era mi cocinera, Fran: ¡te lo juro!

Fran ya no le contestó: caminó, firme hacia la puerta de cristal, donde esperaban los guaruras.

—¡Kate es una *naca* y una mentirosa!

En sentido estricto no era una mentirosa-mentirosa. Kate y Fran nunca habían hablado del tema del dinero o del pasado de la hija de Vicky. Claro, Fran había asumido que Kate era una niña de clase media… *normal*.

Fran caminó hacia la camioneta, seguido de los guaruras. Valeria caminó un tramo más, detrás del muchacho.

—¡Ciudad Neza, Fran! ¡Hija de la cocinera de mi casa de Bosques! Fran se metió al coche y los guaruras le arrojaron a Valeria una mirada de no-te-acerques. El cortejo salió a la velocidad de la *Náscar* y Valeria sonrió como la bruja Cacle-Cacle. Todo había salido perfecto.

Claro que, en el fondo de su amargo y seco corazón, Valeria se sentía igual de mal. Hubiera querido que Fran se quedara con ella. Desde luego, era necesario esperar a que el cohete reventara para luego consolar al muchacho Téllez con un buen acostón. Aunque, pensándolo bien, él no sabía que Valeria era hija del fracasado financiero Hernán Santibáñez. Eso podría complicar las cosas...

Valeria se quedó de pie, en el estacionamiento, mascullando, como rumiante; sabiendo que su vida no tenía sentido; que era una gran mierda: fea, repulsiva y apestosa.

Cuando Hernán llegó a la privada de Patricio Sanz, ya había caído la noche invernal en la ciudad de México. Había pegado, como martillazo, el frente frío número doce y al salir del *Nissan Platina* Hernán se friccionó las manos, para entrar en calor. Sintió el golpe de la masa polar y se dio cuenta de que su casa estaba oscura como cueva. Antes de entrar, volteó a ver hacia la casa de Vicky: vio la *Suburban* y el chofer. Olió el humo del tabaco de los cigarros *Faritos* de aquél, que era como estiércol viejo en combustión. Deseaba tanto estar en brazos de Vicky. Tuvo el impulso de ir a tocar el timbre de su casa, pero lo pensó dos veces. Seguramente Pepe estaba ahí y se produciría otro altercado. "Quizá debería de tomar clases de Kick-Boxing o algo parecido —pensó Hernán—; ese imbécil no me vuelve a agarrar descuidado".

Mientras abría la puerta de su casa, Hernán hizo una lista pormenorizada de todos los insultos del argot mexicano dirigidos a José Pérez. Entró a la estancia oscura, pensando que, si Vicky amaba a ese pendejo, seguramente era por algo. Hace rato, en la lavandería, no se veía muy convencida cuando dijo que lo amaba. Desvió la mirada, como si siguiera la caótica ruta de una mosca. O, quizá, también, Hernán estaba fantaseando.

Sintió el vacío de su casa. No había nadie. La casa olía a soledad. Prendió la luz de la estancia, para ir a servirse un whisky. Pero, en la mesa del comedor había un sobre. Con la caligrafía de Carolyn, el sobre decía, "Hernán". Éste hizo una mueca (aunque nadie lo estaba viendo) y abrió el sobre. Dentro, había una carta, muy breve, y escrita con letra de molde y sin un solo tachón. Carolyn apenas había terminado la secundaria, así que la carta estaba llena de faltas de ortografía:

"Hernan: creo que nadie me quiere en esta familia. Tenia la esperansa de que volvieramos a empesar pero creo que no, por eso mejor me voy. Me yevo el dinero del banco porque es mio, la casa ni modo porque la pusimos a tu nombre, no me vas a volver a ver, diles a mis hijos que los quiero. Antonia Carolina".

Hernán se sintió personaje de una película de David Lynch. Volvió a leer la carta y *volvió a leer la carta*. No solo Carolyn se había ido y había abandonado a sus hijos, sino que se había quedado con el dinero sobrante. Junto con la casa, ese dinero era el único patrimonio para él y sus hijos. Sin eso, no había efectivo ni para comprar la comida del día siguiente. Faltaba tiempo para que llegara la quincena y para que Juan Piña Soto le pagara su sueldo.

Hernán cumplió la promesa que se había hecho de servirse un whisky y llenó un vaso completo, sin soltar la patética (y disléxica) carta de Carolyn. Santibáñez le dio un trago gigante al destilado (baratísimo) y sonrió. Es más, sentía que, con unos tragos más, soltaría la incurable carcajada. Esto era una farsa. El colmo. Ahora la mujer a la que le había dado vida de reina durante más de veinte años, no solo se ponía de *digna*, sino que se *robaba* todo el dinero de la familia. ¿Cómo no lo anticipó? Claro, tampoco esperó la caída de los mercados en el mundo, el año pasado, y la quiebra de *General Motors*, de *Lehman Brothers* o de *AIG*. Desde hacía un año, los acontecimientos habían bombardeado a Hernán como los dos Bushes a Bagdad; o más bien, dadas las circunstancias, como Truman a Hiroshima.

El otro trago de whisky impulsó a la risa. Ahí estaba, Hernán Santibáñez, otrora financiero, millonario, líder de opinión, aristócrata: chingonométrico, picudo, famoso (de portada de revistas); esposo del mango más forro; del culo más hermoso; de la vieja más impresionante, solo, en una casa casi sin muebles, en la colonia *La Florida*, sin un centavo partido por la mitad en su cuenta de banco; dependiendo del salario de un hombre que fue su mensajero y que ahora era su jefe y esperando que fructificara el negocio de su ex ama de llaves de la que estaba enamorado. Su hija Valeria no le dirigía la palabra y su hijo Billy seguía fielmente los pasos de su padre, enamorándose de la hija de la cocinera.

Sí, era para reírse a carcajadas: era como ser el protagonista del teatro del absurdo.

Mientras tanto, Billy buscaba al papá de Nadia por todo el *Hospital Ángeles*; Aurelia recibía toda la antipatía y odio de *El Taco*, Ricardo la miraba, enamorado; Fran pensaba en Kate y los infundios de Valeria, quien deambulaba como drogadicta por las calles de *La Florida*; Carolyn llegaba a casa de su mamá, llorando a mares y…

…Pepe miraba el cuerpo desnudo de su mujer, quien como maja estaba acostada, dándole la espalda, posando para Auguste Rodin o para Leonardo di Caprio en el Titanic. La línea de su cuerpo, en alto contraste, era perfecta: del hombro, partía esa maravillosa ladera que terminaba en el valle de la cintura; luego, la empinada cuesta de la cadera hasta la cima. Por primera vez en su vida, Pepe se sentía culpable: por primera vez, Pepe se daba cabal cuenta del valor de esa mujer. No solo por esas redondas serranías que estaba contemplando, sino por el alma perfecta y única de Vicky.

Desde que se había sacado el *Chispazo*, sin embargo, habían sucedido muchas cosas. Desde antes: desde la aparición de Olga con su auto chocado y aquella cópula en la bodeguita que, Pepe lo admitía, había sido una sinfonía de Beethoven. Sí: había sido la Quinta Sinfonía dirigida por Karajan (no que Pepe supiera de esto).

Rozando con la punta de su dedo índice el contorno del cuerpo perfecto de su mujer, Pepe pensó en esa escena (la de la covacha): ¿por qué había sido tan excitante? ¿Por qué le había producido, después, un síndrome de abstinencia, como si Olga fuera una cerveza? Olga era muy hermosa y extraordinariamente cachonda; pero Vicky le decía quítate-que-ahí-te-voy (o sea no era nada desdeñable). Claro, Olga había sido lo nuevo y a Vicky se la había cogido desde hacía una eternidad (aunque, con los años se había vuelto más experta y el sexo era mejor, más completo, más sincronizado). Y bueno, también estaba Lety: la piel joven, la ingenuidad, la ternura de una niña. ¿Por qué Pepe tenía que acudir a Olgas y Letys y a todas las demás si ahí a su lado tenía a la mujer más hermosa de todo el universo?

Pepe recordó el abrazo milagroso cuando llegó del Ministerio Público; la mirada llena de amor de su amada esposa.

Cuando Pepe se prometía a sí mismo que no lo volvería a hacer, que en ese momento, empezaba una vida nueva; que se dedicaría por completo a su amada Vicky, sonó su celular. Pepe se dio cuenta de que era Arcadio y no contestó la llamada.

—¿Quién es? ¿No vas a contestar?

—Es el vecino, —dijo Pacho, sin mentir —pero no quiero hablar con él ahorita. Estoy disfrutando de la vista panorámica, —aclaró, tratando de mitigar el trémolo de su voz.

Vicky sabía que su marido la miraba desde atrás y por lo mismo no se volteó: sonreía como la gorda de Rubens en Arrayanes. Pepe siguió acariciando las cúspides y los barrancos, cuando escuchó el timbre correspondiente a los mensajes SMS. Tomó su celular en las manos y vio la pantalla. En ésta aparecía una foto de él, besando a Olga, frente a su casa. Se veían las lenguas saludándose y los cuerpos pegados como con cemento.

Pepe sintió que la cama se movía como si fuera de agua y cerró la tapita del celular, queriendo matar una cucaracha que caminaba sobre la pantalla.

—¿Qué pasó? —Preguntó suavemente Vicky, cuando sonó de nuevo el timbre del SMS.

Pepe se puso de pie, diciendo, "nada… tengo que ir al baño" y se fue al baño. Vio, de nuevo, la pantalla que decía: "nesecito el dinero o esta foto va a parar al selular de Biki". Ya en el baño, Pepe quería arrojar el celular contra al espejo, imaginándose que éste era el desagradable rostro de Arcadio o echarlo por el escusado y jalarle (a Arcadio, claro).

Sonó el timbre de la puerta principal. Vicky aguzó los oídos y checó que la puerta de la recámara estuviera cerrada, ya que estaba en traje-de-Eva.

Abajo, Mari casi tuvo otro orgasmo múltiple al ver a Fran en el umbral. Pensó que ése sí le gustaba como para padre de sus hijos, aunque supo que jamás lo sería.

—¡Ahorita le aviso a Kate! —Dijo, con una voz infinitamente cursi y meneando las caderas, a ver si Fran reparaba en esa barcarola. Pero Fran traía cara de bulldog cruzado con Elba Esther Gordillo.[15] Mari corrió a la recámara de Kate y ésta bajó casi inmediatamente, abrazando y besando a Fran. El muchacho, sin perder el rictus al que me referí, caminó hacia la estancia, encaró dramáticamente a la niña y le dijo.

—¿Por qué no me contaste que vivías en ciudad Neza?

El campo visual de Kate se volvió una película sicodélica. Había esferas de colores y puntos azules y verdes que parpadeaban como pintura de Vasarely. No pudo contestar, porque su mandíbula se había acalambrado y le dolía mucho. No era tanto la pregunta de Fran, sino el rostro del muchacho. El odio de sus ojos, la boca hacia abajo, la posición del cuerpo, alejada; las manos señalando, castigando. Kate no supo que hacer y se puso de pie ⁻como pudo, porque sus piernas no respondían y solo dijo⁻: —Perdóname, Fran.

Corrió hacia su recámara a esconderse, a refugiarse, a darse cuenta de que lo de Fran había sido un sueño brevísimo; una visita fugaz al paraíso, una ilusión de un microsegundo.

Fran escuchó que, arriba, la puerta se cerraba y quedó mirándose en el reflejo del ventanal que daba al jardín.

Kate se arrojó dramáticamente a la cama, repitiéndose en la grabación de su cráneo que ella era una niña insignificante, de ciudad Neza; que no valía un quinto. ¡Cómo podía aspirar a un chavo

---

[15] Líder del Sindicato de maestros (STE).

como Fran Téllez! Claro que no, si ella era escoria, mierda podrida, porquería, bagaje, residuo, rebaba de la sociedad. En cambio, Fran era el gran héroe: oro, platino, maravilla, excelencia, rey del mundo. Esas historias (del príncipe y la mendiga), solo sucedían en los cuentos, en *La Cenicienta* o "María Mercedes pa' servir a usté'". Aunque Kate ya tenía dinero, nunca iba a dejar de ser *naca, ñera*, hija de la criada. "La cabra jala al monte"; "la mona, aunque se vista de seda, mona se queda"; "el que nace pa'tamal, del cielo le caen las hojas".

Kate lloraba lágrimas-amargas, cuando Pepe bajó a la estancia. Necesita hablar con Arcadio, para ponerse de acuerdo en la forma de pago de su pinche millón de pesos y que el vecino le entregara las fotografías comprometedoras.

En la base de las escaleras se topó con Fran Téllez. Ambos se sorprendieron. Pepe no esperaba encontrarse a un muchacho al que no conocía dentro de su casa. Fran tampoco lo había visto, por un lado; pero, por el otro, después de hablar con Kate, se había quedado pensando y preguntándose algo fundamental: "¿qué tenía de malo que fuera de ciudad Neza? —meditaba—, "si el problema no es ése, sino que me mintió... No, en realidad no me mintió. Nunca hablamos de eso. Solo me mintió en cuanto a la edad y, como le dije a Valeria, todas lo hacen. En realidad, nunca hablamos de eso —repitió—".

Pepe se dio cuenta de que Fran seguía dándole vueltas a un asunto muy en sus adentros.

—¿Quién eres tú? —Preguntó Pepe con un gesto desafiante.

—Fran Téllez, señor. Y usted, seguro, es el papá de Kate ¿no?

—Sí... Y ¿mi hija?

—Eh... subió a su recámara. Yo... ya me iba —dijo Fran, amagando con salir de ahí.

—¿Mi hija y tú son novios? —Preguntó Pepe, muy en actitud de suegro-celoso, Agamenón, macho-alfa.

Fran no sabía qué contestar y salió volando.

Pepe pensó en varias cosas que hubiera podido decirle al joven ése; cosas que acostumbran a decir los papás. No obstante, su mente estaba en el problema del pendejo-hijo-de-la-chingada de Arcadio.

Buscó la botella de coñac y se sirvió generosamente, mientras contestaba el mensaje SMS: "Como se que bas a borrar las fotos, cabron?" —Escribió Pepe, apretando las teclas del celular con fuerza, como si fueran los ojos de Arcadio—.

Fran se subió a su auto y los guaruras se prepararon para salir. No vio a Valeria, en el valle más negro de su depresión, que venía caminando por la calle de la privada, hacia su casa. Pero ella sí detectó el rostro acongojado de Téllez y sonrió como bruja de cuento. La procesión salió rápidamente de ahí y Valeria tuvo la tentación de ir a ver a su vecina Kate para regodearse en su victoria (pírrica, porque el objetivo último era que Fran llorara sus penas en los pechos desnudos de Valeria).

Pepe vio la pantalla de su celular. "Cuando me des la lana te doy el selular". Pepe tuvo ganas de asfixiar con una bolsa de plástico a su excompadre, exvecino, examigo. Luego, con dificultad, escribió: "Como quieres la lana?" Espera. "Me la depocitas en el banco —contestó—. Te mando el numero".

Pepe vio un número, seguido de la palabra *Bancomer* y la sucursal. "Cuando pase el depocito te mando el selular con las fotos acuerdate que es un millon de baros". "¡Como si se me fuera a olvidar!" —Pensó Pepe—. Luego, reflexionó aún más y escribió: "no confío en ti que tal sino me das las fotos?" Pepe saboreó el coñac y cerró los ojos. La señal de un nuevo mensaje cundió en el espectro electromagnético. "No te queda otra", leyó Pepe apretando las mandíbulas y rechinando los dientes. "Y no te estoy cobrando la pared de mi casa que isiste mierda". Acto seguido, apagó el celular y lo aventó contra el piso.

Billy localizó al papá de Nadia en el comedor del hospital. Comía solo y se veía derrotado, disminuido; pequeño, como hundido en la silla —como si la silla y él fueran la misma cosa—. Billy cerró los ojos un momento y se acercó. Emitió un "buenas tardes" áspero y el Señor Silla lo invitó a sentarse. Pidió un refresco y observó cómo el papá de Nadia rebanaba los chícharos uno a uno.

Nadia estaba bien, salvo que no dejaba de preguntar por Billy. El tono del papá de Nadia no tenía nada qué ver con el melodrama de la mamá, que no se había despegado de su hija –ni para ir al baño–. El papá de Nadia era un hombre de acción; un hombre que todos los días tomaba decisiones de millones de dólares, así que su actitud era más bien la de un ejecutivo. Le dijo a Billy que estaba consciente de que él no amaba a su hija. Que era difícil amar a una niña vacua e inconsecuente como Nadia. Con una precisión de microcirujano, el papá de Nadia le dijo a Billy que entendía perfectamente lo que había pasado. La relación de su hija y el joven Santibáñez, no había podido echar raíces, porque se basaba, solamente, en *pasarla bien*. Ir a los antros; observar cómo Billy se tiraba en el paracaídas… en fin. Cuando Billy había caído en la desgracia financiera, ya no había nada que los uniera. Nadia se había aferrado con desesperación a una relación de dos seres que se habían distanciado años luz.

No lo culpaba, pero sí lo quería lejos de la vida de su hija.

—Voy a mandar a Nadia a una institución especializada en Nueva York. Fernanda y yo tenemos un departamento en Central Park, donde vamos a vivir mientras Nadia se recupera.

Billy no entendía por qué sintió repentinamente un boquete en el cuerpo; como si una bazuca hubiera perforado sus intestinos. Sin embargo, al segundo siguiente, sintió un gran alivio: como un trago de Pepto-Bismol. El problema de Nadia ya no era de él. El papá de Nadia siguió cortando los chícharos a la mitad y llevándoselos, delicadamente, a la boca. Ya no dijo nada y ésa era la señal de que Billy se tenía que ir.

—No quiero verte nunca más, Guillermo. No te quiero cerca de mi hija. Olvídate de que existe —dijo enfocado en las fracciones de los chícharos.

Billy se puso de pie y miró al papá de Nadia, emitiendo un casi inaudible, "lo siento" y se retiró, casi corriendo y sintiendo un pequeño mareo. El papá de Nadia tomó el celular y marcó un número para dar la orden, incuestionable, de que Nadia sería enviada a Nueva York a la brevedad.

Saliendo del hospital, Billy se dio cuenta de que no tenía ni para el Metrobús. Caía la noche helada y no traía chamarra. Se encontraba, resistiendo el céfiro, mirando hacia el Periférico y los autos circulando a la velocidad de un viejo con artritis. Billy pensó en eso: en que la ciudad era un viejo con artritis y arterioesclerosis y sonrió. Empezó a buscar un puente peatonal para cruzar y caminar hacia el norte.

El frío empujó a Valeria a la casa. Se había quedado esperando, en la calle privada, en caso de que Kate saliera y ella pudiera gozar de su dolor. *Schadenfreude.*[16]

Cuando entró a la casa en semi penumbras vio a su padre en la sala con una carta en la mano. Hernán volteó a ver a su hija y, sin más trámite, hondeando la carta, dijo:

—Tu mamá se fue.

Valeria frunció el labio superior y se quedó de pie, frente a la patética imagen de su padre, a medios chiles, con un vaso lleno de imitación-whisky.

—¿A dónde? —preguntó, con displicencia, la niña-Santibáñez.

—No sé. Se llevó todas sus cosas. Me dejó una carta. —Hernán trataba de organizar su sintaxis a pesar del whisky. Le extendió la carta a Valeria. —Léela.

Valeria tomó el papel sin ganas y lo leyó. Hizo una pausa sin dejar de mirar la carta, de tratar de descifrar lo que su casi analfabeta madre estaba queriendo decir.

—¿"Nadie me quiere"? ¿Por qué dice eso la carta, pa'? —Preguntó, suspicaz, Valeria.

—Probablemente porque le dije que no la amaba, —contestó, seco, Hernán.

—¿Y, se sacó de onda por eso? Todo mundo lo sabía, —aclaró Valeria fingiendo indiferencia, mientras buscaba una Coca en el refri.

---

[16] Palabra del alemán que designa el sentimiento de alegría o satisfacción generado por el sufrimiento, infelicidad o humillación de otro. El término en español se traduce como regodearse o regodeo, definido por la RAE como "complacerse maliciosamente con un percance, apuro, etc., que le ocurre a otra persona." *Wikipedia.*

—Ella… no sé, tal vez, tenía la esperanza de que… todo esto que ha pasado iba a cambiar las cosas.

—¡Por supuesto que cambiaron las cosas! —Exclamó, indignada, Valeria, destapando la lata de Coca y arrojando la carta, que cayó flotando, al piso.

—Me refiero entre ella y yo.

—O sea que mi mamá creyó que… ¿cómo dice el dicho? O sea, pero al revés: "el del dinero y el amor…"

— "Cuando el dinero sale por la puerta, el amor se va por la ventana", o algo así, —recitó Hernán, recordando los dichos de Vicky.

—El dinero se fue y el amor nunca existió, —contestó la adolescente con la contundencia irreverente que la caracterizaba.

Hernán no dijo nada más. Jugó con su vaso; analizó su contenido contra la luz de la lámpara, le dio un traguito.

—En efecto, "el dinero se fue", —afirmó, amargamente, Hernán Santibáñez.

—¿Qué estás diciendo?

—Tu mamá se llevó el poco dinero que teníamos en el banco, el que estaba a su nombre; parte del cual usamos para comprar la casa y que, ahorita, nos servía para pagar la comida y los gastos.

Valeria ya no podía recibir más golpes en su corta vida. De por sí, estaba más deprimida que novia de pueblo plantada en la iglesia.

—O sea que, si antes no teníamos nada; ahora… ya no tenemos nada-de-nada.

—Cero. No hay dinero para comer, Valeria: digo, hasta que me paguen en la lavandería.

—¿Sabes qué deberías de hacer? Pedirle prestado a la criada-vecina-venida a más.

—¡Claro que no!... Y no le digas *criada*.

—¿Qué no le diste trabajo por no sé cuántos años? Digo, mínimo que te preste algo.

—No, hija. Yo voy a resolver esto. Ya veré qué hacer.

—Uy, papá, si esto queda en tus manos se lo va a llevar la chingada.

Oír esa palabra y esa sentencia de fracaso de su hija, fue como recibir una pedrada en la nariz. Hernán, ayudado por el alcohol, estaba perdiendo sus cabales y hervía como fritanga callejera en aceite.

—¡Más respeto, niña!

—¿Por qué te tengo que respetar?

Hernán se acercó a ella, desafiante.

—Porque si no, ¿te rompo la cara?

Valeria empalideció en medio segundo. La mano derecha de Hernán estaba cerrada, iracunda y su mirada era de rayo láser.

—*Whatever!* —Dijo la niña y volvió a salir de la casa dando pasos firmes y ruidosos. Hernán se sorprendió a sí mismo. De inmediato se dio cuenta de que no había sido él el que había amenazado a su hija, sino el *demonio etílico*. Había sido la disminución de inhibidores de la conducta la que había causado ese desplante totalmente innecesario. Valeria era una niña de dieciséis años, que acababa de perder todo y, no solo eso, sino que había sufrido el abandono de su madre, −nomás eso faltaba−. Hernán se sintió culpable. Tiró el resto del whisky en el lavadero de la cocina y se dio cuenta de que tenía que salir adelante. Primero que nada tenía que pedir algunos favores para salvar la contingencia. Tendría que hablar con Juan Piña para que le diera un adelanto de su sueldo y con Vicky para que también le anticipara algo del dinero que le pensaba dar por la asesoría para la apertura del SPA y la fábrica de cremas.

Pepe había olvidado todo el lío de Arcadio, porque estaba viendo la lucha libre en su pantalla gigante. Su atención se había volcado sobre la tele y Vicky lo había dejado un momento solo, para irse al comedor a pensar en los nombres de sus cremas y en el del SPA. Había una marca francesa de cremas *Vichy*, así que no podría usar ese nombre. También había una *cerveza Victoria*.

Ahora escuchó, lejanos, rítmicos, unos sollozos como de animalito herido. Vicky se acercó, siguiendo el sonido y se dio cuenta que los quejidos venían de la recámara de Kate. Tocó suavemente.

—¿Hija? —Pronunció con suavidad. Al no obtener respuesta, entró. Kate estaba desparramada en la cama, llenando la almohada de pintura y rímel corrido, como el chorro de petróleo crudo del *Deep Horizon* derramándose en el Golfo de México. Vicky se asustó; se acercó a su hija y le preguntó qué pasaba.

Lo que es la vida. Todos los silencios, las insolencias, los portazos, las groserías, las desapariciones de Kate habían quedado atrás. ¿El dinero había sido la medicina de esa adolescente? Rarísimo.

Con suavidad maternal y una sutileza armada de todo el amor que Vicky había acumulado durante la breve existencia de Kate; acariciándole los largos y castaños cabellos a la niña; la madre le volvió a preguntar.

Kate simplemente le dijo que se había enamorado, en una sola noche, loca, estúpida, irremediablemente de Fran Téllez. Vicky, entonces, inquirió a Kate con respecto a sus lágrimas. Kate le contó su nimia historia de amor que terminaba con la desgracia de que Fran se había enterado de la verdad; de sus orígenes (y de su edad; aunque, muy pronto cumpliría dieciséis).

Vicky no entendía cómo un muchacho como Fran se hubiera podido enterar de algo así. Kate estaba segura de que había sido Valeria Santibáñez. Vicky sabía que Valeria era perfectamente capaz de algo así (y más); lo que no entendía era el por qué. Kate le dijo a su madre que Valeria la envidiaba. Vicky sonrió, pensando en la ironía de la vida.

Vicky le reiteró su amor a Kate; le dijo que, dentro de toda esta tormenta de acontecimientos había sucedido un milagro: que su hija, al fin, había confiado en ella. Madre e hija se abrazaron, por primera vez en muchos años. Lloraron juntas, batiendo de lágrimas y mocos los hombros de cada una. Vicky la arropó en su cama, diciéndole que contaba con ella y que, si Fran Téllez la quería (a Kate), no le iba a importar si era de Neza, de Iztapalapa o de la Conchinchina.

Vicky bajó a la cocina para encontrarse con Aurelia leyendo la revista *Proceso*. Estaba feliz por haberse podido comunicar, por primera vez, con su hija Kate —lo que también sorprendió a Aurelia muchísimo—. Cuando se hubo asentado un poco el remolino, Aurelia le preguntó a su madre por su papá. Vicky le dijo que todo estaba bien, que se habían reconciliado, que Pepe estaba viendo la *Triple A*. Aurelia se acordó de lo que le había dicho Billy en el Metrobús: que había visto a Pepe correr detrás de Arcadio, aquí en la privada, diciendo todas las groserías del repertorio. Es decir, estaba muy enojado con el vecino, mas no sabía por qué. Vicky se extrañó.

—Tu papá no me dijo nada, —dijo Vicky, arrugando la trompita.

—¿Estás segura de que Billy…?

—Eso me dijo, ma': no tiene por qué inventar.

—O sea que el vecino lo hizo enojar. —Vicky también pensó en los mensajes de texto que había recibido Pepe y en cómo había reaccionado su marido, metiéndose al baño; ocultando algo.

—Billy dice que mi papá estaba como loco; que le gritó a Arcadio que lo iba a matar.

—Chale, hija, o sea que estuvo cañón, —dijo Vicky levantando las cejas, por supuesto, sin sospechar nada de lo que estaba pasando entre Arcadio y Pepe.

—Le voy a preguntar: a ver qué onda, —aclaró Vicky. Acto seguido le ofreció a Aurelia algo de cenar y le dijo que, mejor hablaban de cosas más agradables, como de… Guillermo Santibáñez. Aurelia hizo una mueca indefinida, diciéndole a su mamá que Billy estaba metido en un "rollo muy cañón".

El pobre Billy deambulaba como robot japonés, por las siniestras calles de la ciudad de México, tratando de llegar a casa, temblando de frío, agotado, deprimido; tan hundido como el Valle de México, como la economía de Grecia, como Nadia que ya volaba en un avión privado, a novecientos kilómetros por hora, sobre el ennegrecido Golfo de México... Golfo de Petróleo.

Valeria se encontró con su mejor amiga, Doris, en un antro en el Centro. Gracias a Dios, la vislumbró bajando del taxi, y le pidió dinero para pagar el viaje. Doris no la había visto desde la debacle y la mudanza. Se aprestó a pagarle al taxista. Doris iba con otras amigas del colegio que miraron a Valeria como si fuera un camello

herido o un cuervo recién nacido expulsado del nido por su mamá.
Valeria se dio cuenta y se llevó a Doris a un lado: necesitaba tomar y
coger. Necesitaba hacer algo para olvidar su pinche-vida-de-mierda.
Le contó, rápidamente, que su madre se había largado a quién sabe
dónde y que se había llevado el poco dinero que les quedaba. Doris,
dizque apenada, le dijo que ella no le podía dar dinero.

—¡No te estoy pidiendo dinero, buey! —Exclamó, Valeria,
irritada: —lo único que quiero es que me invites a entrar y unos
cuantos vodkas. De lo demás, me encargo yo. Sé perfectamente lo
que tengo que hacer para conseguir dinero, Doris. Nada más déjame
entrar contigo.

Doris miró a sus amigas y suspiró. En honor a su vieja amistad, la
muchacha aceptó, a pesar de las veladas protestas del resto del grupo;
las miraditas furtivas, las murmuraciones evidentes.

En todo caso, Valeria era una muchachita que atraía las miradas
al entrar a un lugar. Ella era bien conocida en ese antro y todo mundo
estaba al tanto de la bien publicitada historia de la ruina de su papá.
Doris la miró con compasión y trató de hablar con ella, entre los
tamborazos, el bullicio y la iluminación caótica. El antro olía a hielo
seco, alcohol, humedad y humanidad; con un lejano resabio a mota.
Mientras Valeria le contaba a Doris, rápidamente, la increíble y triste
historia de su vida; lo patético que habían sido estos días viviendo en
La Florida, sin ir a clases y con una recámara que era del tamaño del
cuarto de servicio de la residencia de Bosques de Arrayanes, Valeria
había sacado el periscopio y ya estaba analizando, como *Terminator*,
a los candidatos posibles. Casi todos, muchachos de buen nivel; hijos
de los políticos y de los empresarios de la ciudad.

Doris le ofreció su insincera ayuda. Estar al lado de Valeria
Santibáñez era, ya en sí, una vergüenza, como si aquélla tuviera
el virus de inmunodeficiencia humana. Pero algo las había unido
alguna vez: Doris era una niña más bien morena, chaparra y con un
cuerpo raro, pues (con las caderas muy amplias, los senos prominentes
y la cabeza hundida en los hombros); de manera que Valeria (blanca,
alta y considerada en ese mundillo como mucho más atractiva) en
un sinnúmero de ocasiones había ayudado a su amiga a ligarse a los

chavos. Valeria abría plaza y su amiga entraba, atrás de ella, como sparring y casi siempre, conseguía acción. Doris, además, era tímida y acomplejada así que, Valeria, en aquellas ocasiones, era la que hablaba e impresionaba a los chavos con su agresividad, su mirada, sus escotes y sus piernas. Valeria le había enseñado a Doris a vestirse, a arreglarse, a sacarse-partido, a caminar, a discernir a los hijos de la chingada de los chavos más maleables.

La morenita estaba en una disyuntiva: sus amigas la miraban como animal de zoológico (uno no muy agradable, como una víbora con veneno mortal) y seguramente habría semanas de burlas y pitorreos. Por el otro lado, Doris le debía mucho a su amiga: habían sido compañeras de antro; cómplices y, gracias a Valeria, Doris había perdido felizmente su virginidad.

—¿Qué vas a hacer? —Preguntó Doris, tratando de vencer a la música *dance* que se afanaba por trepanarles el cerebro a todos.

—¿Sabes si Sebastián tiene novia?

—¿Sebastián Hernández?

—Sí, buey, —asintió Valeria mirando a un chavo alto, no muy agraciado físicamente, de veintidós años. Tenía bastante acné, pero vestía la ropita más perfecta del orbe.

—No, creo que no tiene novia, —aclaró Doris, mirando a su amiga Valeria; dándose cuenta de que sus ojos habían cambiado, se habían oscurecido, se habían hundido. Doris pensó que era increíble que una persona pudiera cambiar en tan poco tiempo; obviamente, el dinero era una variable central en la vida de cualquiera, pero a Valeria —la ausencia de lana— la había vuelto siniestra, infausta, perversa, maligna como un demonio y con ojos de loca.

—Gracias, amiga, —le dijo Valeria a Doris, dándole un beso suave, casi erótico, a su amiga. —¡Cuántas cosas hicimos, ¿verdad?! —Exclamó Valeria a punto de llorar. Por el tono, Doris pensó que su amiga se iba a suicidar. Valeria la abrazó, ante los cuchicheos de las otras niñas y caminó, como modelo de Vogue, hacia Sebastián Hernández, que no tardó en descubrirla. Ella se acercaba, en cámara lenta, sonriendo y moviendo las caderas como una angelita de *Victoria's Secret*.

Sebastián pasó saliva ácida y la taquicardia era ya notable en las carótidas. La erección surgió, dolorosa, rapidísima y Sebastián tuvo que ponerse de perfil a Valeria, cuando ésta se acercó a pocos centímetros del muchacho.

—¿Qué onda, *uey*?

—¿Cómo estás? —Contestó, preguntando, el muchacho. Sebastián no podía creer que una chava como Valeria se le hubiera acercado y le dirigiera la palabra. Una joven como ella, no era para un flaquito-feíto como él: cuando mucho, la morena-caderona-chaparrita de Doris.

Obviamente, Sebastián conocía la historia de Santibáñez, pero, ante tal perfección de niña, las finanzas y los escándalos eran irrelevantes.

—Te ves… muy bien… —tartamudeó Sebastián con la seguridad de un niño maltratado de cinco años.

—¿Qué dijiste?

—¡Que te ves muy cuero! —Gritó Sebastián con la voz de un barítono de la Sinfónica Nacional. Valeria sonrió, pero no a plenitud: era una mezcla de *El Nacimiento de Venus* y Victoria Beckham.

—Gracias, —replicó Valeria, acercándose más: provocando que Sebastián percibiera su perfume y oliera su aliento a chicles *Clorets*. —¿Qué te has hecho, Sebastián?

—Nada-nada, —cacofoneó el muchacho sintiendo que la presión arterial quería salírsele por las sienes. —Ya sabes: la escuela y así y shalalá…

—¿Quieres bailar?

Pregunta tonta. Además, Valeria no dio tiempo de que el chavo contestara: lo tomó de la mano y se lo llevó a una atiborrada pista. Valeria sabía que la danza era el preludio al sexo; era el ritual antes del coito. Mirando a Sebastián con esa sonrisa misteriosa, Valeria se dio cuenta de que éste sería el primer candidato de su *nueva vida*; sería el *facilitador*, el experimento, la prueba de fuego, el paradigma, la puerta de entrada. Valeria, ahora sí sonrió feliz. "No voy a volver a ser pobre en mi pinche vida", pensó y se acercó a Sebastián para que él sintiera sus pechos pegados a su cuerpo. "Nunca más" —dijo inaudiblemente—.

Hernán sintió el rancio amargor de un café soluble que se había preparado, cuando escuchó la llegada de Billy, que parecía que había corrido dos maratones. Se encontraron en la estancia y Hernán, de inmediato, le dio a leer la patética carta de Carolyn. Billy se moría de frío y corrió por una chamarra a su recámara.

Billy olía a atleta senegalés y, después de un día *pletórico de vicisitudes* (o sea, lleno de mierda), no podía pensar claramente. Además, la culpa lo había tomado por asalto. Pensaba en Nadia, el instituto de salud mental (o sea *manicomio*) donde sería internada y se lamentaba por no haber podido ayudar a su madre Carolina Antonia. "Realmente —pensó—, ni siquiera me puedo ayudar a mí mismo." Pero, como en el caso de Vicky y Kate, este momento se convertiría en un parteaguas en la relación de Billy y Hernán Santibáñez.

Hernán le habló del peso de su propia culpa y de la tendencia natural a evadirse con esa anestesia permitida por la humanidad. El lubricante social y el primer causante de accidentes automovilísticos en el mundo: el alcohol.

Billy no podía negar que deseaba —más que nada en el mundo— una buena dosis de whisky (para quitarse el frío) pero, al escuchar a su padre hablar, la compulsión a beber se fue alejando. Hernán le comentó que Carolyn se había llevado toda la lana y no tenían ni para el *Pan Bimbo*. Pero también le dijo a su hijo que lucharían por salir del apestoso y oscuro pozo en el que se encontraban. Lo fácil, en esos instantes, era dejarse atropellar por los acontecimientos y en efecto, terminar aplastados como cucarachas invasoras. Lo difícil era ver como una oportunidad todo lo que había pasado desde la quiebra de *Invertrade*. Billy reconocía que las frases de su padre parecían extraídas de un libro de autoayuda, pero que no por eso eran menos válidas.

Nadia y Carolyn estaban fuera de órbita y, aunque ambos hombres no podían evitar los remordimientos generados por su responsabilidad en la debacle de esas mujeres, era necesario sacar la cabeza del agua; respirar, seguir nadando a pesar del intenso oleaje y de la lluvia incesante.

Billy le dijo a su padre que él podría buscar trabajo, pero Hernán le contestó que no, que su misión era estudiar y graduarse. Hernán tenía de su lado a Juan Piña y a Vicky que lo quería como el asesor (Hernán prefirió no mencionarle que le había sugerido a Vicky que Billy podría apoyarlos en el proyecto del SPA y las cremas). El mundo se iba a iluminar de nuevo. Ya cundía la luz y el optimismo en estos dos hombres, contagiados de energía, llenos de entusiasmo; aunque, obviamente, preocupados por el destino de Valeria —a la que percibían peor que nunca—.

Los papás de Sebastián Hernández —el chavo feo del acné— habían salido de viaje, de manera que la enorme casa de Las Lomas de Chapultepec, al poniente de la ciudad, estaba a la disposición de Valeria y el joven. Valeria ya había estado jugueteando eróticamente con Sebastián, mientras éste conducía su *BMW*, así que, cuando llegaron a la residencia, el muchacho ya estaba a punto de turrón. El acto en sí duró unos cuantos segundos. Sebastián pudo posar sus ojos en el cuerpo desnudo de Valeria y grabar esa deliciosa y perfecta imagen en su cerebro, por toda la eternidad.

Lo que no esperaba Sebastián jamás cuando, extasiado, miraba a Valeria desnuda, encendiéndose un cigarro, era lo que diría la hermosa hija de 16 años de Hernán Santibáñez.

—Quiero que me pagues.

Sebastián, viendo cómo Valeria se vestía rápidamente, no entendía lo que ésta había querido decir.

—¿Cómo que… "te pague"? ¿Qué cosa?

—Lo que acabamos de hacer, —informó Valeria abrochándose el brasier y buscando su blusa, mientras fumaba como locomotora de vapor. Los ojos de Valeria bailaban como chapulines en crack y Sebastián no los podía encontrar por ningún lado.

—¿Quieres que… te pague por…?

—Por el sexo. ¿Es muy difícil de entender?

—Pero...

—¿Te gustó?

—¡Claro que me gustó! —Exclamó Sebastián, irritándose por la pregunta. ¿Cómo no le iba a gustar haber hecho el amor con esa niña de cuerpo perfecto?

—Entonces, págame. —Dijo Valeria, como funcionario de la Receptoría de Rentas, al tiempo que trataba de meterse dentro de la entalladísima minifalda.

—¿Cuánto? —Preguntó Sebastián como si estuviera frente a una marchante que vendía aguacates.

—¿Cuánto crees que valgo, Sebastián? —Dijo Valeria acercándose a él.

—Es que... nunca pensé... que... —Tartamudeó Sebastián, tratando de buscar las palabras dentro de su confundido cerebro.

—Necesito lana, *uey*.

Nunca Sebastián había sido el protagonista de un acto sexual tan intenso y tan explosivo. Jamás había estado al lado de una joven tan hermosa; pero, pensar que Valeria Santibáñez se había convertido en una puta no-le-cabía-en-la-cabeza.

—¡Despierta, Sebastián!

—Estoy despierto, pero, pero... —Murmuró el joven, tratando de organizar su mente. —¿Por qué, Val?

—Primero: ¿a poco creías que te ibas a poder ligar a una chava como yo?

Sebastián supo que era verdad, que él no había hecho nada en ese cortejo; que las iniciativas habían sido de Valeria. Ahora, estaba al lado de una puta-juvenil que le había tendido una trampa. Sebastián no podía salir de su aturdimiento y Valeria se estaba impacientando. Quería salir de ahí lo antes posible y bañarse durante tres horas y olvidar y llorar.

—¿Cuánto dinero traes?

Sebastián, sintiéndose usado como trapo de cocina, sacó su cartera. Traía unos cinco mil pesos.

—Consigue más dinero.

—¡Son cinco mil pesos, Valeria!

—Yo valgo mucho más que eso.

—Pero no tengo más dinero.

—¡Busca en tu casa! Aquí te espero, —ordenó Valeria, poniéndose los zapatos.

Sebastián salió, titubeante, como caballo recién nacido que se quiere poner de pie. Valeria sacó otro cigarro que encendió con el anterior.

Éste era el primer día de Valeria Santibáñez como prostituta menor de edad.

El sol mortecino acarició la calle adoquinada de la privada de Patricio Sanz. Con brochazos amarillos, pintó los tejados de las casas de los Santibáñez y los Pérez.

Valeria había vomitado toda la noche y estaba totalmente despierta, cuando escuchó los despertadores de Billy y de Hernán, con una diferencia de tan solo unos minutos.

Vicky miraba el desparramado cuerpo de Pepe y escuchaba sus ronquidos como de león. Quería preguntarle sobre la bronca con Arcadio, pero no deseaba despertarlo. Kate se había cansado de llorar y había sucumbido, entrada la madrugada, aunque no dejaba de tener la misma pesadilla: ella con la cara sucia y andrajos pedía limosna en alguna calle del Centro Histórico y Fran le aventaba una moneda, poniendo cara de asco.

El primer pensamiento de Billy al regresar al mundo de la consciencia tuvo que ver con Aurelia; sus labios, su piel, su olor, sus ojos; la forma cómo se quitaba el pelo de la frente y sobre todo sus discursos sobre la equidad. Billy sonrió como idiota y recordó las palabras de su padre de la noche anterior.

Pepe despertó ahogando un grito de terror. Tardó varios segundos en ubicarse geográficamente y, por unos momentos, su sistema operativo no terminaba de funcionar como debía de ser. Escuchó la regadera y un cántico lejano de Vicky y volvió a entrar en pánico. De inmediato, su boca se llenó de un extraño sabor a óxido y plomo. Pepe repasó, en los segundos siguientes, lo que había

sucedido con el imbécil de su vecino: la extorsión y el acto pánico en
la calle Oro (el boquete en la pared, como si hubieran lanzado un
misil desde la Franja de Gaza). De inmediato se dio cuenta de que
el chantaje de Arcadio no terminaría con el pago convenido de un
millón de pesos. Conociendo a ese hijo de la chingada —pensó Pepe—
seguramente guardaría las fotografías que le había tomado con Olga.
Es más, como siempre había querido con su mujer, Arcadio, aún con
el millón de pesos, le mandaría las fotos a Vicky, para chingar a Pepe
y para aventarle el perro a la exvecina. Pepe sabía que era necesario
tomar una decisión definitiva. Había que bombardear a Libia con
todas las fuerzas de la Organización del Tratado del Atlántico Norte.

El sonido del agua cayendo había cesado y Pepe sabía que Vicky
se estaría vistiendo en el *walk-in* closet, para no hacerle ruido.

Para Pepe, el sueño de toda la vida; la ilusión de hacerse rico de un
día para otro, en esos momentos, se había convertido en una pesadilla
infernal, llena de violencia y culpa. La Hummer había sido declarada
por la aseguradora como pérdida total; Pepe desconfiaba de las
intenciones del nuevo vecino —al que había golpeado ferozmente—;
sabía que Aurelia estaba más lejos de él que nunca y se sentía más
perdido que un turista gringo sin mapa en el Primer Cuadro de la
ciudad de México. El dinero no era suyo y él no tenía el control de
un carajo. Desde la madriza del vecino y la acre discusión sobre
el dinero, Vicky, su amada Vicky —de la vida y del amor— había
cambiado (para mal, según José Pérez).

Pepe tenía que retomar el control de su vida. Sin embargo, las
ideas eran como los pasajeros de la estación del Metro Balderas a las
seis de la tarde: o sea, un desmadre.

El embotellamiento de imágenes dentro de su cerebro se agudizó,
cuando Vicky, saliendo vaporosa del vestidor, le preguntó sobre la
visita de Arcadio y la bronca que había testimoniado Billy en la
privada. Pepe le ofreció a Vicky una verdad a medias: le dijo que
lo único que quería el vecino era el dinero y que por eso lo había
perseguido en la privada mentando madres. Vicky no sabía que
Pepe había destrozado la Hummer en la puerta de los vecinos y por

supuesto ignoraba lo de las fotografías que tan diligentemente había tomado Arcadio.

Vicky le creyó a medias también. Al instante supo que Pepe escondía información como Gadafi. Pero ella no dijo nada. Pepe decidió que la mejor defensa era el ataque y le preguntó a Vicky sobre la razón por la que ella se había arreglado. Ella, también contestó con una verdad a medias: le dijo que estaba viendo lo del negocio que quería echar a andar: montaría un SPA en el que vendería sus cremas (el pedazo de verdad que le faltó decirle a Pepe era que ese *bisnes* lo haría con don Hernán Santibáñez).

Así que el matrimonio de Pepe y Vicky ya había tomado el rumbo de casi todos: el camino de las verdades a medias y de las mentiras por omisión. A pesar de que Vicky no había pensado siquiera en el hecho de tener una relación con don Hernán (aunque ese señor no le desagradaba ni tantito), la ex cocinera cargaba con una buena dosis de culpa que, en realidad, no sabía ni de dónde venía. No tenía razón de ser. O ¿sí? ¿Cuántas veces había especulado (en términos de absoluta ficción), sobre la posibilidad de besar a don Hernán? ¡No, no! ¡Úchala! ¡Hay que quitar ese pensamiento de la cabeza!

Con esas mentiras-verdades, Vicky bajó después de darle un rápido beso de piquito a su infiel marido. Pepe entonces se quedó pensando en una idea que empezaba a cobrar forma: asesinar a Arcadio.

Vicky y Aurelia se encontraron en el antecomedor. Mary había preparado unos huevitos a la mexicana y la cocina olía a café, chile, tortilla y fruta. Aurelia se dio cuenta de que su madre estaba inquieta y la interrogó. Vicky le dijo a su hija que Pepe no le había dicho toda la verdad en cuanto a Arcadio, las mentadas de madre y las amenazas de muerte ahí en la privada de Patricio Sanz.

—Yo sé cuándo tu papá me está diciendo mentiras, —dijo Vicky en actitud pensativa, mientras Mary le servía una generosa porción de huevo.

—Pero ¿qué crees que haya pasado, entonces?

—No lo sé, hija. Pero, tengo que averiguarlo, —dijo, definitiva, Vicky, como agente de *CSI* frente a un enigma criminal. —En cuanto pueda, voy a ir a hablar con nuestros exvecinos, —exclamó, mientras llenaba cuidadosamente una tortilla con el colorido huevo con la bandera de México.

Hernán esperó un momento recargado en su compacto, mirando a Casiano que saboreaba su cigarrito como si fuera el último. Las bocanadas de humo, impulsadas por un leve viento del sur, llegaban a la nariz de Hernán que pensó en petate quemado y mariguana de mala calidad.

La mujer que ocupaba sus sueños tardaba mucho en salir y Hernán tenía que ir a hablar con Juan Piña –a la brevedad–. Tocar en la casa de Vicky era peligroso; Hernán temía otro concurso de machismo con Pepe que terminaría, obligadamente, en sangre y huesos rotos (o peor).

Hernán se subió a su pequeño auto y salió de la privada, no sin comprobar obsesivamente por el espejo, si Victoria –la protagonista de sus fantasías íntimas– había salido de la casa. Nada.

En medio de la orquesta de lavadoras y secadoras, Hernán le pidió un adelanto, a cuenta de su sueldo, a Juan Piña, que no dudó un instante en dárselo. Hernán le explicó brevemente la situación económica en la que se encontraba, después de la sorpresiva desaparición de Carolyn –de la que no se sabía nada, por cierto–. Juan Piña, siempre respetuoso, se guardó los comentarios negativos que tenía para con Carolyn: mujer que, en decenas de ocasiones, lo había insultado y humillado como si fuera una vieja rata de alcantarilla con rabia. Hernán quiso hablar con Juan Piña de cuestiones puramente administrativas y de sus planes de expandir el negocio (y conseguir aires acondicionados para los locales); pero Juan lo cortó diciéndole que confiaba plenamente en él. Sacó un fajo de billetes de mil pesos y le dio a Hernán treinta. El ex millonario le recomendó no llevar tanto dinero en efectivo y Juan Piña le contestó que él no confiaba en los bancos. Hernán se rio, comentando que él tampoco; y mucho menos en las casas de bolsa. Ambos se rieron como buenos amigos, desafiando con sus carcajadas el gruñido de las lavadoras automáticas. Apaciguada la desbordante hilaridad, Hernán miró a Juan Piña y le dijo, con una sinceridad inédita, nuevecita, que su agradecimiento viviría en su corazón para siempre. "La vida da muchas vueltas –agregó Juan Piña, conmovido casi hasta las lágrimas–. Hoy, por usté', mañana por mí", remató, valiéndose de la siempre exacta sabiduría popular.

Juan Piña salía de la lavandería automática, cuando iba entrando Vicky como una ventisca fresca, taconeando, bamboleándose graciosamente, siguiendo el metrónomo de las máquinas. Hernán, sintió un golpe de emoción; como si fueran a reventar sus ojos en una explosión acuosa; sabía que su rostro se había enrojecido y que su corazón quería participar en el *Ironman.*

Juan Piña no pudo evitar mirar el orgulloso esternón de Vicky y saludarla con coquetería. Juan Piña y Vicky se habían visto muchas veces en la casa de Arrayanes y habían platicado brevemente en algunas ocasiones. Habían hablado del clima, del calor, del Gobierno, de futbol, de los patrones, de Carolyn, de Pepe. Pero ahora Vicky tenía otro porte, otra seguridad. Su mirada ya no era abyecta ni evasiva. Vicky miraba al mundo como el Papa a sus seguidores en la Plaza de San Pedro. Al pasar Vicky, Juan Piña torció el cuello como jirafa buscando hojas en un árbol gigante y divisó la cintura de guitarrón de esa luminosa mujer.

Hernán clavó sus ojos en los de Vicky. Ella le sonrió y él tenía que combatir su nerviosismo con pequeñas respiraciones de parturienta en psicoprofiláctico. Juan Piña, ya en la calle, notó que su ex patrón cascabeleaba como motor antiguo y supo de inmediato que Santibáñez estaba perdidamente enamorado de la mujer. Sonrió para sí y caminó hacia su coche, pensando en lo que le había dicho a Hernán minutos antes: "la vida da muchas vueltas".

En un impulso Hernán invitó a Vicky a un café que estaba cerca de ahí. Traía treinta mil pesos en la bolsa y ese día se sentía especialmente inspirado (quizá porque inconscientemente estaba feliz de que a Carolyn se la había tragado la tierra). Hernán no podía creer en su energía, en su optimismo. Caminando hacia el cafecito al lado de esa mujer, Hernán Santibáñez era un hombre curiosamente feliz.

Se colgó del brazo de Vicky, mientras entraban al local. Lo que no sabía Vicky era que Hernán Santibáñez había tomado una decisión.

Billy esperó a Aurelia para que fueran juntos a la estación del Metrobús. Tenía muchas cosas que contarle a la joven aspirante a periodista. Sin embargo, caminaron en silencio hasta la avenida de los Insurgentes. Era imposible contrarrestar el ruido de motos, escapes abiertos, cláxones y camiones humeantes que circulaban por el Circuito Bicentenario.

Ya instalados dentro del Metrobús —de pie—, Billy le contó a Aurelia lo que había pasado el día anterior: su entrevista con el papá de Nadia y su eterna caminata por la ciudad, hasta su casa.

Aurelia escuchaba cortésmente a un Billy que parecía pregonero. Él no disimuló su alivio, porque el problema de Nadia se había desvanecido mágicamente; sin embargo, estaba muy preocupado porque su madre se había ido, dejando una patética carta llena de errores ortográficos y las arcas familiares vacías.

El Metrobús se deslizaba dinámicamente sobre su carril y Billy le decía a Aurelia que nunca en su vida había tenido tan solo diez pesos, en monedas de a peso, en la bolsa de su pantalón.

Aurelia sonrió y su gesto expresaba una sensación de triunfo, como pensando, "lo tienes bien merecido" o "ya era hora" (aunque esa emoción se mezclaba con una irremediable atracción por el muchacho). Billy notó la gesticulación y adivinó el pensamiento de la joven.

—O sea que, ¿te da gusto que ayer haya tenido que recorrer a pie, no sé cuántos kilómetros, muerto de frío, porque no tenía un quinto para el transporte? —Con todo, Billy estaba sonriendo.

—Creo que es un gran aprendizaje para ti, Guillermo, —murmuró Aurelia, burlándose de Billy con la mirada y la boca.

—Necesitas darte cuenta de lo que tienen que sufrir cuarenta millones de mexicanos que viven en extrema pobreza. Claro, tú tienes un techo, ropa y comes tres veces al día.

—Últimamente, eso no aplica.

—… Hay niños que deben caminar tres kilómetros para llegar a su desvencijada escuela… Fíjate, mi mamá vivió toda su infancia en una casa con piso de tierra, en Ixmiquilpan, Hidalgo. No había baño, Guillermo.

Los discursos (idealistas) de Aurelia eran, para Billy Santibáñez, lo más apasionante del mundo. Billy miraba la boca de Aurelia y recordaba aquel beso centelleante del Metro. Sus oídos captaban el suave sonido de la voz de Aurelia, pero él ya no estaba poniendo atención; ya no entendía el mensaje rebelde, inteligente, exacto, de esa mujer. Él solo quería besar esos labios.

Aurelia se dio cuenta de la actitud (predisposición a la acción) de Billy y, para una mujer es fatal que un hombre no le haga caso.

—¿Me estás haciendo caso? —Preguntó Aurelia indignada (ya se estaba poniendo rojita).

—Por supuesto, —mintió Billy con sonrisa de hombre enamorado.

—¡Eres un imbécil! —Sentenció Aurelia, haciendo pucheros.

—No te enojes, Aurelia. En realidad, estaba pensando…

—¿Tú? ¿Pensando? ¡Esa sería una novedad! —Declamó Aurelia completamente roja de ira.

—Me pregunto, —empezó diciendo el joven Santibáñez haciendo alarde de una postura ceremoniosa completamente inédita. —¿Qué hay detrás de la máscara?

—¿De qué hablas? —Preguntó, temblando de coraje, Aurelia, clavando su odiosa mirada en los brillantes ojos celestes de este rico venido a menos. Su rostro ya era del color de una fogata.

—Me gustaría saber cómo eres.

—Si no me escuchas, 'ta cañón, —replicó Aurelia en modo-chantaje-iracundo-feminista.

—Te escucho, Aurelia y es muy interesante todo lo que dices. Es verdad que un poco menos de mezquindad y más amor no le vendría mal al mundo. Aunque yo diría que el problema de este país no solo tiene que ver con los millonarios, sino con muchos otros factores; como la idiosincrasia, la educación, la tradición, la ética, la moral, el valor del trabajo, la disciplina, la impunidad, el sistema de impartición y procuración de la justicia y la pereza.

Aurelia se le quedó viendo estupefacta.

—¿Qué? —Preguntó Billy con una sonrisa. —¿El ex hijo-de-papi nunca se ha preguntado qué carajos pasa en México?

—Bueno, bueno, ¿a dónde quieres llegar? —Preguntó, impaciente, Aurelia, mirando por la ventana para verificar cuántas estaciones faltaban.

—A que quisiera conocer a la mujer que hay detrás de la máscara.

—¡Dale con lo mismo! —Gritó Aurelia, llamando las miradas de los oficinistas, subgerentes, obreros y amas de casa que tripulaban, valiente, paciente y anónimamente, el Metrobús. —¿Qué no te das cuenta de que yo no tengo puesta ninguna máscara? ¡Al contrario! ¡Ésta soy yo! —Aurelia se señalaba a sí misma, manoteando como pulpo. Su rostro era ya lila y ultravioleta.

La indignación provocó que Aurelia se alejara un poco de Billy, acercándose a la puerta, como para prepararse para salir como tapa de sidra. Billy, pacientemente, la siguió y le dijo:

—¿Cómo eres como mujer, como ser humano? ¿Qué hay más allá de tus postulados, de tus invocaciones a la equidad y la justicia? —Preguntó Billy, acercándose aún más a Aurelia, que estaba de pie, tomada del tubo.

—Soy... soy una mujer como cualquier otra, —contestó, vagamente, Aurelia, desviando la mirada.

—¿Me dejas conocer a esa mujer-como-cualquier-otra?

—No entiendes nada.

—¿Cómo te diviertes? ¿Qué música te gusta? ¿Qué te hace reír? ¿Qué te hace llorar? ¿Cuál es tu director de cine favorito?

—¡P's te la regreso, Guillermo! —Ahora sí miró Aurelia al susodicho. —¿Quién es Guillermo Santibáñez sin dinero.

—El problema es que yo apenas estoy naciendo. En cambio tú, ya llevas un chorro de tiempo en este mundo.

—¡Guau! ¡Te azotaste, Guillermo!... Y ya llegamos...

El Metrobús se detuvo en la Estación C. U. Aurelia se convirtió en tapa de olla exprés, atribulada, inquieta por las preguntas de Billy. La cuestión sí la perturbó: ¿quién era Aurelia más allá de sus postulados de denuncia social?

Vicky le daba sorbitos a una extraña bebida que se supone era un café. En realidad, sabía a malteada de cajeta. Hernán, mientras tanto, se tomaba de un jalón, su café exprés.

—¿Cómo está, Vicky? —Abrió Hernán, mirando a su amada con profundidad. —¿Cómo se ha adaptado a su nueva vida?

—Yo estoy feliz. El que no se halla, es Pepe.

—¿Por qué?

—Creo que no le gusta que sea la *vieja* la que tenga la lana, la que mande, la que tenga el control.

Hernán prefirió callar, a pesar del impulso que tenía de decir que Pepe era un macho, egoísta, acomplejado, pendejo que no la merecía. Vicky le leyó el pensamiento.

—Sí, es un macho, don Hernán. Ya ve el tango que le hizo a usté' el otro día. Por cierto, ¿cómo sigue la nariz? —Preguntó, Vicky, tratando de aliviarle el dolor a Hernán con una sonrisa.

—En cuanto tenga dinero, voy a ir al cirujano plástico, —bromeó Hernán.

Ambos se miraron, en silencio. Se escuchaba a lo lejos la voz del empleado del café llamando a los cafetómanos por su nombre de pila y refiriéndose a ellos como *amigos*. Vicky sintió la pesada mirada de su ex patrón y quebró la tensión con su voz:

—Bueno y ¿cómo vamos con el bisnes, patrón?

—Ya tengo los cálculos y las proyecciones, Vicky; en cuanto esté todo listo, le digo cuánto dinero se necesita para echar a andar el *espá*. Claro, como le decía, urge que usted forme una empresa legalmente. Luego, debemos firmar un contrato usted y yo, para que no haya ningún malentendido.

—Ay, patrón, no creo que sea necesario.

—"Cuentas claras, amistades largas", —recitó Hernán.

—Como usté' diga.

Hernán sintió el corazón en el cuello y, en una inyección de cortisol, tomó las manos de Vicky, la miró y susurró con voz de niño de seis años:

—La amo, Vicky.

¿Cómo asesinar a alguien y salir impune? Se preguntaba Pepe, mientras sentía los rayos solares que caían sobre el jardín de su casa de *La Florida*. Seguramente no era tan difícil en un país en el que el 98 por ciento de los crímenes quedaban impunes.

Pepe traía en la mano una cerveza bien fría y trataba de poner en orden sus pensamientos. ¿Contratar a un sicario? Ésa era una buena posibilidad y mucho más barata –no le costaría un millón de pesos, por supuesto–. Pero ¿dónde se consiguen a los sicarios? En las noticias, a cada rato, podíamos ver las acciones de estos sujetos que rafagueaban a todo mundo con sus AK-47's. Había, incluso, un sicario de catorce años, que había sido detenido. Entonces, matones había a pasto. Incluso, a Pepe le sería muy conveniente contratar a alguien que, después, disolviera el cuerpo de Arcadio en ácido. Es más: a él le gustaría ver cómo el hijo de la chingada se desintegraba en ácido sulfúrico...

En esas cavilaciones cerveceras-asesinas-ácidas-vengativas andaba el Pepe, cuando sonó su celular. Pepe sintió que la sangre huía de sus piernas cuando vio la pantalla: era Olga, la dama de negro. Pepe se terminó la cerveza, imbuido en la duda. Decidió no tomar la llamada. Acto seguido, llegó en mensaje de parte de Olga: "te necesito" –decía–.

Pepe tragó saliva. Su corazón estaba instalado en la taquicardia; acto seguido sintió una mirada y levantó la vista. Desde la casa de los vecinos se asomaba Valeria, con el pelo revuelto y una cara con ojeras azules y lagañas en estado sólido. Valeria, al sentir la mirada de Pepe, se metió a su recámara como pajarito asustado.

Valeria volvió a contar los nueve mil pesos que le había dado finalmente Sebastián y decidió que tenía que ir a comprar un celular –que era un artículo de primera necesidad en el nuevo giro de su vida–.

Al tiempo, Kate manipulaba su *IPhone* hasta llegar a la fotografía que le había tomado a Fran Téllez. Kate acarició la foto y vio cómo una de sus lágrimas caía sobre la pantalla. Su fantasía se había terminado en muy poco tiempo. Porque, había sido eso –se repetía Kate– un sueño, solo un pinche sueño.

Kate sabía que su dizque amiga y vecina Valeria había sido quien le había dicho a Fran la verdad sobre su edad y sus orígenes, pero ni siquiera tenía la voluntad de ir a "romperle su mandarina en gajos" a esa nefasta, a esa puta, a esa víbora-venida-a-menos.

Kate se sentía más sola que nunca y decidió marcarle a su mamá. Vicky había retirado su mano, como si la de Hernán hubiera estado incandescente. Se había quedado perpleja ante la afirmación de Hernán, quien subrayaba sus palabras con una sinceridad total. Obviamente, hacía mucho tiempo había notado las *miraditas* del patrón, pero ¿decirle: "la amo, Vicky"?

Vicky no era tan ingenua como para no haberse dado cuenta de que le atraía a Hernán, pero de ahí a asimilar el hecho de que él la **amaba**, había más distancia que del Sol al planetoide Plutón.

Hernán se desvivía con palabras de amor y admiración, cuando Vicky fue salvada por la campana. Vio en la pantalla el nombre de Kate y contestó de inmediato. Kate, llorando como estalactita, le dijo que la necesitaba; Vicky se despidió veloz de Hernán y salió corriendo a buscar al chofer.

Para hacer honor a la verdad, Hernán había conocido a muchas mujeres en su vida; la mayoría, deslumbradas por el oropel, el dinero de Santibáñez que, en sus mejores momentos, podía darse el lujo de tener a varias amantes esperando en línea, ansiosas, con su turno en la mano.

Habían pasado actrices, damas de *sociedad* solitarias, ejecutivas ávidas de escalar los peldaños del mundo corporativo, jovencitas con pretensiones y, una que otra asistente buenísima. Reservaba una suite en el hotel *Four Season's* de avenida Reforma y retozaba alegremente con mujeres cuyos nombres había olvidado y que solo recordaba por su olor, su forma de hacer el amor (gritonas, apasionadas, mudas, tiesas, fogosas) o por la precisión, tamaño y textura de sus formas.

Carolyn intuía los devaneos de su marido, pero pocas veces lo encaraba, suplicándole, en silencio, que fuera discreto. No estaba dispuesta a perder todos sus privilegios por una *trepadora* o una *resbalosa* (como les llamaba), de poca importancia.

Hernán pensaba en el destino de Carolina Antonia y en sus mujeres: ninguna, claro, como Vicky; ninguna con la sencillez, la delicadeza, la transparencia, la belleza, la perspicacia, la nobleza de Vicky, su amada Vicky.

Claro, el encuentro y la bomba que Hernán le había soltado le provocaba al flamante CEO de *Limpiaclean* más desasosiego. Lo único que había podido leer el ex financiero en el rostro de Vicky era el signo de la sorpresa.

Vicky, por su parte, manteniendo el equilibrio sobre los asientos de cuero de la *Suburban*, estaba más inquieta que nunca. Le había pedido al chofer que "le metiera duro" al acelerador y obediente Casiano zigzagueaba por las congestionadas calles de la ciudad; desde la colonia Roma, hasta *La Florida*.

Cuando llegó a la casa, Pepe ya había salido; en taxi, supuso. Corrió a la recámara de Kate, aprovechando que, por primera vez en la vida, la joven se había abierto a su mamá; y, no solo eso, sino que le había pedido ayuda.

Kate ya no podía llorar más y corrió a abrazar a su mamá. Era un abrazo que acumulaba tantos años de necesidad de afecto, de apoyo, de amor maternal que no se habían podido proveer. Kate batió la blusa blanca de su madre con una solución indefinida, hasta que Vicky obligó suavemente a Kate, a que se calmara, se sentara y le platicara, no sin antes ofrecerle un té de flor de azahar y valeriana.

Después de un rato, Vicky le dijo a su hija que no todo estaba perdido y que había que tomar el toro por los cuernos: era necesario hablar con Fran con claridad. De ella dependía que aquel sueño no se quedara trunco. Las vehementes palabras de Vicky, quien trataba de ser fuerte a pesar del impacto que había vivido con Hernán momentos antes, fueron gasolina pura para Kate quien, teniendo a su madre como testigo, le habló a Fran y le pidió que se vieran.

Fran aceptó. Buena señal.

Valeria adquirió un celular en una de las llamadas *tiendas de conveniencia*, que le costó cuatrocientos pesos. Siendo feliz propietaria de un *Nokia* prácticamente desechable, pensó que, para ofrecer sus servicios carnales, era necesario promocionarse. La mercadotecnia es una de las bases de cualquier negocio. Pensó en buscar la ayuda de Chano, el amigo de Fran, que, aquella vez en el antro −entre faje y beso−, le había platicado que era experto en computadoras y que vendía sus servicios como creador de sitios de Internet. Valeria empezó a imaginar su página con un entusiasmo renovado. Harían falta fotos sugerentes, profesionales y una forma segura de cobrar.

Valeria salía de la tienda con un montón de ideas para echar a andar su negocio.

Vicky ayudó a Kate a elegir la ropa exacta para su encuentro con el joven Téllez, pero no dejaba de pensar en las palabras del patrón; en el "te amo" que saltaba obsesivamente como canguro sobre su córtex. Varias veces Kate se dio cuenta de la distracción de su mamá, por eso, animada por la disposición de Fran, quería saber qué le pasaba. Ella dijo que nada, pero Kate reviró:

—Yo te he dicho todo ma'. Ahora te toca a ti.

—Es una historia un poco larga, hija.

Mientras Kate se peinaba las cejas, miraba a Vicky a través del espejo y se daba cuenta de que nunca había visto a su madre tan preocupada.

—Te salvaste porque tengo prisa, ma'. Pero regresando me cuentas, —sentenció la joven, mientras se peinaba. Vicky, solo asintió. Necesitaba hablar con Aurelia urgentemente. Kate le pidió a su madre usar los servicios de Casiano, a lo que ella accedió con gusto. La joven adolescente se fue corriendo y Vicky se quedó sola, sentada en la cama de Kate. Luego, se dirigió a su recámara, donde Mary estaba tendiendo las camas.

—Y ¿el señor, Mary?

—¡Quién sabe! La última vez que lo vi se estaba echando una chela en el jardín. Como que alguien le mandó un mensaje a su celular, porque, nomás lo vio, salió como alma que lleva el diablo.

Vicky sabía que Pepe andaba metido en algún sórdido desmadre; aunque no podía imaginarse que su marido, su compañero de gran parte de su vida, estaba inmerso en la entropía absoluta; en un laberinto sin salida. Pepe era una rata de laboratorio; un mosquito revoloteando alrededor de un foco de 100 watts; una lombriz de tierra a punto de ser pisoteada por la suela de un zapato.

Pepe y Olga se quedaron de ver en el mismo centro comercial donde Pepe había hecho el amor con Lety. Olga estaba muy nerviosa. Había perdido el temple y la gracia que la caracterizó en el primer encuentro en el taller de hojalatería. Sentía que la espiaban, que la perseguían los guaruras de su marido, *El Valde*: zar de los téiboles, el descuartizador de Neza.

Olga le hizo una seña y se metió a una boutique. Discretamente, Pepe la siguió y fingió que estaba eligiendo un vestido para su mujer –por lo menos eso fue lo que le dijo a la aburrida dependienta–. Luego, Olga se metió a un vestidor con un vestido negro. Afortunadamente, la vendedora se distrajo con otra clienta y Pepe se pudo escabullir a los vestidores.

Cuando Olga le contaba a Pepe sobre la sospechas de su marido, el celular de éste emitió un sonido que significaba que Pepe había recibido un mensaje. Pepe miró la pantalla: "que paso con la lana?", decía el mensaje y Pepe tuvo el impulso, otra vez, de destrozar el celular contra el piso como lo había hecho antes (gracias a Dios, había sobrevivido). Olga se dio cuenta de la alteración de Pepe y lo interrogó. Pepe, desesperado, le contó lo de Arcadio, la extorsión y la intención de asesinar a su vecino.

Olga preocupó aún más a Pepe diciéndole que, si las fotografías de Arcadio llegaban a manos de su esposo, sería el fin de los dos: literalmente, dejarían de existir. Entonces, Pepe recordó una película.

Se llamaba *Extraños en un Tren*.[17] La propuesta argumental –repetida en versiones subsiguientes como "Bota a Mamá del Tren"[18]– era la siguiente: Dos personas, aparentemente desconocidas, hacían un pacto. Mientras uno de los hombres mataba a la esposa del otro; éste mataba al esposo de aquélla. En este caso, Olga mataría a Arcadio y Pepe al esposo de la dama de negro.

Claro –debatieron– matar a un gánster de Neza tenía un grado de dificultad mucho mayor, que el asesinato de Arcadio; quien, por cierto, era la única persona que conocía el *affaire* de Pepe y Olga (en esos momentos, Pepe había olvidado la complicidad de la esposa de Arcadio).

De lograr sus planes, dijeron, cada vez más felices Olga y Pepe, ella estaría libre de su marido para siempre –además de heredar su dinero–, Pepe evitaría que Arcadio lo siguiera chantajeando con las fotografías y ambos podrían huir a Australia o a algún país que no tuviera tratado de extradición con México.

Pepe, a pesar de sentirse contagiado por la alegría de la dama de negro, no había pensado en esa huida a Australia. Él amaba a Vicky y no querría separarse de ella jamás.

Con todo, ambos sellaron el pacto con un incómodo coito en el vestidor que dejó a Pepe más deprimido que nunca. Vistiéndose, Olga le dijo que ella le pasaría a Pepe toda la información necesaria para "dar el golpe". Luego, salió del vestidor, brincando de alegría y sin darse cuenta de que sus medias se habían desgarrado.

Pepe se sentó en la banquita del vestidor. Sin comprender la decisión que había tomado, trató de respirar para tranquilizarse. Pensó que lo único que lo podía curar de esta ansiedad, era una generosa dosis de tequila y salió de ahí, jalando la mirada de la

---

[17]   Película estadounidense de 1951 dirigida por Alfred Hitchcock. Está basada en la novela homónima de 1950, que fue escrita por Patricia Highsmith. *Wikipedia*.

[18]   (1988) Un estudiante (DeVito) le pide a su profesor (Cristal) que mate a su opresora madre (Ramsey); a cambio, él se encargará de asesinar a su odiada ex mujer (Kate Mulgrew). Danny DeVito se inspiró en *Extraños en un tren*, de Alfred Hitchcock, para rodar su ópera prima. *Wikipedia*.

vendedora que supo que Olga y ese hombre, se habían metido a los vestidores para tener una interacción sexual.

Aurelia parecía enferma mental, caminado de un lado al otro en el patio del manicomio; solamente que, en realidad, caminaba por los jardines de *Ceú*, jugando ajedrez en el tablero que formaba la cuadrícula de cemento y pasto, frente a la Torre de Rectoría.

La pregunta de Guillermo Santibáñez, esgrimida según ella irresponsablemente por el ex rico era el único concepto surfeando en las olas del cerebro de Aurelia en esos momentos, en los que era observada por Ricardo; él, tratando de leerle el pensamiento a su Dulcinea del Toboso.

Por supuesto, el joven-cuello de tortuga y piel de hule, no podía sospechar que la cuestión que Aurelia quería resolver era la respuesta a la pregunta que nos hacemos todos: "¿quién soy yo?" Hasta ese día, tenía muy claras sus ideas: quería cambiar el país usando la espada del periodismo. Necesitaba salvar a su amado México de la inequidad, la marginación y la corrupción de los empresarios, los gobernantes, los sindicatos y los partidos políticos; en otras palabras, de los poderosos. Sobre todas las cosas, Aurelia quería escuchar a México, como un médico que oye meticulosamente el corazón de su paciente con el estetoscopio. Quería llegar a la esencia de los problemas de un país muy importante: onceavo lugar en población y lugar número catorce en Producto Interno Bruto.

Casi dos millones de kilómetros cuadrados (en el puesto quince, mundialmente) y un PIB de un billón y pico de dólares. Un gran país, con una vida independiente de casi 200 años.

Su misión en la vida era clara; pero, de nuevo, ¿quién era ella más allá de su propósito *social*, de su ideología? Tenía razón Guillermo: ¿quién era Aurelia debajo de la máscara de *activista*? Hija de una mujer que migró del estado de Hidalgo siendo una niña y de un hombre que había nacido y crecido en la segunda ciudad más poblada del mundo. Usuaria de la cuestionable educación pública; estudiante de una universidad del tamaño de una ciudad, reconocida mundialmente, que gastaba 20 mil millones de pesos al año.

Aurelia se iba descomponiendo más, porque sus reflexiones volvían irremediablemente a esos datos, como si sus pensamientos tuvieran un resorte, que los regresaba a lo seguro, a las cifras duras, a la *realidad*. Pensaba en los cuarenta millones de pobres, en el PIB per cápita, en el hecho de que, en México, vivía el hombre más rico del mundo. Pero no podía pensar en sí misma. Su razón de ser no podía ser solamente la muy loable salvación de su Patria. Debía de haber algo más; algo esencial.

¿Dios? No, Aurelia no creía en *el opio del pueblo*. Creía en la libertad del ser humano: no en creencias y rituales preconstruidos o premasticados. Pero ¿qué libertad podía tener un obrero que ganaba 57 pesos al día —dinero que percibía Carlos Slim[19] cada milisegundo—? De nuevo, Aurelia, caminando cada vez con más vehemencia, se perdía en los indicadores sociodemográficos; en el desequilibrio, en las brechas sociales.

Libertad. Esa palabra sí tenía una significación para Aurelia. "Soy libre —se dijo—. Soy libre, luego existo" —agregó cartesianamente, sin que esto la acercara más al concepto del *Yo-Aureliano*—.

Sus cavilaciones terminaron con el sonido del timbre del celular. Era su mamá, quien sonaba mortificada. Le preguntó a qué hora saldría de clases y Aurelia le dijo que ese día no tenía ganas de ir a las clases que le faltaban. Colgó y caminó de regreso hacia avenida Insurgentes. El joven-robot solo la miró alejarse. Sabía que estaba afligida, pero decidió no intervenir.

Kate llegó reluciente, esperanzada, a un restaurante peruano en Polanco. Bajó de la *Suburban* (conducida por Casiano), llamando las miradas de los muchachos del valet. Quién iba a pensar, que, poco tiempo antes, esa adolescente tomaba cubas en vasos de plástico, recargada en autos abandonados en alguna oscura y siniestra calle de Neza.

---

[19] Carlos Slim Helú (Ciudad de México, 28 de enero de 1940) es un empresario e ingeniero mexicano. *Wikipedia*.

Kate le dijo al capitán que buscaba a Fran Téllez y éste la condujo a una de las mesas del fondo, donde el joven bebía una Coca-Cola y se mostraba impaciente. Kate le ofreció la mejor de sus sonrisas y Fran no sonrió. La adolescente sintió la aceleración de una caída libre en el *Sótano de las Golondrinas.* [20]

Kate pidió también una Coca y los chavos se miraron largamente. De inmediato, Kate aclaró que ella no le había mentido a Fran —más bien, omitido información— y que, con dicha mentira-por-omisión no había perseguido agenda oculta alguna. Fue al antro con Valeria Santibáñez y, al ver a Fran; al conocerlo, se había encantado. Kate, clavando sus ojos color miel en la centellante mirada de Fran, le dijo suavemente, como ronroneando:

—Te voy a decir la neta, Fran... Para que no haya ningún secreto entre nosotros. Si, después de esto, decides no volverme a hablar jamás, ni modo. Hasta hace poco, vivía en la calle Oro, colonia Quinto Sol 1 —ni has de saber dónde está eso, ¿verdad?–. Mi mamá se sacó el *Chispazo* y nos fuimos a vivir a *La Florida...* Bueno, ya sabes, donde vivo ahorita.

El silencio de Fran era aterrador. Kate, ya en ese momento en el tiempo, pensaba en lo peor: "obviamente, para a un chavo como Fran, lo más importante es andar con una chavita *bien*".

—Suena a choro, Fran, pero el día que te conocí, todo cambió... Ya sé, ya sé —aclaró Kate con una mueca, —la gente no cambia. Pero, neta, yo sí.

—Igual lo que te cambió fue el dinero, —decretó Fran seriamente, como si estuviera en un funeral.

Kate ya estaba con arritmia y respiración entrecortada.

—Sí, bueno. Me cambió por fuera... pero... —Kate hizo una pausa dramática, —lo que realmente me cambió fue el amor.

El momento fue interrumpido por el mesero, siempre imprudente, llevando la Coca a la mesa; pero, al instante siguiente, Fran quiso hablar. Abrió la boca, pero no emitió sonido alguno. Kate ya estaba

---

[20] El Sótano de Las Golondrinas es un abismo natural localizado en el poblado de Aquismón perteneciente al estado mexicano de San Luis Potosí. *Wikipedia.*

peor que en el clímax de una película de terror. Lo tomó de las manos. Fran las retiró.

—¡Habla, Fran! ¡Por el amor de Dios, di algo; lo que sea!

—Es que no sé qué decir.

—No sé: que... que me odias, que me amas; que...

—Francamente...

Kate ya estaba llorando. A Fran le costaba mucho trabajo hablar, porque no quería que esa jovencita que acababa de conocer; con la que se había besado maravillosamente en su casa, sufriera. Pero, en efecto, no sabía qué decir: había algo que causaba un ruido impresionante en Fran. Primero que nada, que tenía quince años. Además, aunque en ese momento no lo podía articular, las palabras: "Quinto Sol 1, ciudad Nezahualcóyotl", resonaban en su caja torácica en un juego de rebotes, de cacofonías, de estruendos que chocaban; que explotaban como fuegos artificiales.

—Es que... mira, Kate.

"Mira, Kate". Mal augurio. Pésimo.

—Es que, —repitió Fran como imbécil; —la verdad es que no te conozco realmente.

Desastre, ruina, calamidad, naufragio, cataclismo.

—Eh... eres muy guapa y... me gustas, pero...

—No estoy a *tu nivel.* —Interrumpió-sentenció Kate Pérez.

—No es eso.

—En tu casa, cuando nos dimos ese beso y pensabas que yo era una "chavita especial, diferente a las niñas que habías conocido", no sabías que yo viví en Neza.

—No es eso. ¡Te lo juro!

—Justo porque soy de Neza, es que tampoco soy idiota. Estás muy... sacado de onda.

—Eso es obvio. ¿Qué quieres que te diga?

—Nada, Fran. Perdóname. La pendeja soy yo que creí en el cuento de hadas, en *La Cenicienta,* en *Simplemente María.* Pero, como dicen... —Kate no pudo contener el llanto. —"El que nace pa'tamal, del cielo le caen las hojas".

Kate se puso de pie. Fran no entendió el dicho. Ella se dio cuenta del desconcierto del muchacho.

—Como quien dice: "la que nace *naca*, *naca* se queda". —Y, se fue corriendo, dejando un río de lágrimas.

Fran no sintió nada, más que la sensación de que un tornado de la máxima categoría, lo levantaba y le daba vueltas y lo dejaba suspendido en el aire.

No podía ser hipócrita: ¿consigo mismo? ¿De verdad, neta, seguro, afirmativo, sentía culpa por Nadia? ¿No era, más bien, una culpa *obligada socialmente*? Estaba forzado a tener remordimientos, porque Nadia *había hecho todo por él* y, de repente, fue desechada como botella de PET retorcida?

Billy estaba en los pasillos de la Facultad, buscando con la mirada a Aurelia, pensando en la más dura y recalcitrante verdad: lo de Nadia; el hecho de que su padre la hubiera llevado a Estados Unidos a una institución era lo mejor que le podría pasar. A la basura; fuera de aquí; adiós. Como una mosca que no te deja comer y la aplastas con la servilleta. Como desechos nucleares que entierras en el desierto; como un cadáver desconocido que es arrojado a la fosa común. Nadia ya estaba en manos de sus papás y de algún expertísimo loquero gringo que llenaría a la pobre loca de antidepresivos, antipsicóticos, ansiolíticos y benzodiacepinas. Nadia pasaría una buena parte de su vida, narcotizada, domesticada, lobotimizada. Y Billy se sentía como reo en el programa de libertad anticipada, saliendo del *Penal del Altiplano*, gozando del sol y el aire.

Con todo: ¿era *correcto* tratar de hablar con el papá de Nadia para saber cómo estaba; si él podía hacer algo?

No, él no podía hacer nada. Estrictamente, ya lo había hecho (todo). La había destruido, la había conducido al suicidio, la había mandado a una institución de salud mental. ¡Una mujer de veintiún años!

En ésas andaba el ojiazul Santibáñez, mirando las fisuras del piso, cuando vio unos zapatos de ante, con manchas de aceite (y materia desconocida) y percibió un olor a una loción como de viejito (¿era la famosa *Old Spice*?). Billy levantó la mirada y ahí estaba el organismo cibernético, Ricardo, con un rostro que pretendía ser agresivo. La suma de los músculos faciales del enamorado de Aurelia, sin embargo, daba como resultado algo patético; como si hubiera tenido diarrea por varios días y, en ese momento, se estuviera aguantando las ganas –con poco éxito–.

Billy lo saludó amablemente y decidió seguir su paso. Pero, Ricardo se movió hacia donde Guillermo Santibáñez quería huir, colocándosele enfrente. Billy intentó el otro lado. Tampoco pudo pasar. Parecía una danza de aves migratorias.

—¿Qué onda? —Preguntó Billy en un tono amable.

—Quiero que hablemos, —contestó Ricardo con voz nasal y tratando de alcanzar tonos de ópera de bajo-profundo.

—Híjoles, mano: tengo clase. —Billy miró el reloj de pulso sin verlo realmente. Luego, fijó su mirada en los ojos de Ricardo que parecían de látex. No tuvo otra más que aceptar y hablar con el *robot*. Ricardo, con paso marcial, se encaminó a la cafetería. Billy hizo una mueca de tedio y siguió a la Inteligencia Artificial. Pensó que, en lugar de agua, Ricardo seguramente tomaba aceite automotriz.

La revelación de Vicky dejó atónita a Aurelia. Pero, no tanto por la sorpresa de saber que Hernán amaba a su madre –sorpresa que no era tan *sorprendente*–, sino por el hecho de que el exfinanciero se lo hubiera dicho a Vicky así, a bocajarro y rajatabla.

—¿Qué le dijiste, ma'? —Había una sonrisa feliz en el rostro de Aurelia.

—P's, nada, hija, ¿qué querías que le dijera? Si me dejó de a seis. Lo único que ajusté a hacer es salir corriendo de la cafetería como alma que lleva el Diablo.

Aurelia no podía borrar su sonrisa, lo que le parecía injusto, indignante a su madre. Ella no le veía la gracia. Al contrario: se le hacía algo muy serio.

Ambas estaban sentadas frente a frente en *El Farolito* (restaurante de tacos y comida mexicana). Aunque Vicky había pedido unos tacos al pastor –con todo–, no se atrevía a tocarlos. Aurelia, por su parte, mordía un *volcán con carne*, copeteado con una salsa mexicana pasada por el comal.

—¿A poco no lo sospechabas, ma'?

—Si no quitas esa sonrisita, hija, me voy a enojar.

—Perdón, ma'. Está bien. Me voy a poner seria.

—¡En serio!

—¡Estoy tratando!

Vicky exprimió un limón dentro de uno de los taquitos, para hacer una pausa… ácida.

—El patrón era bien discreto, pero, desde hace mucho tiempo, yo sentía su mirada… Aunque, una cosa es que le gustes a alguien y otra, que, de sopetón, te digan: "la amo". O sea, no puede ser, hija. No puede ser, —repitió Vicky meneando la cabeza como reloj de péndulo. —¿Amarme? ¿De dónde?

—¿A poco no crees que eres merecedora del amor de un hombre como Hernán Santibáñez?

—De que lo merezco… no sé, hija. Lo que pasa es que me saca mucho de onda.

—Billy me dijo que la señora Carolyn se fue de la casa, —dijo Aurelia, como para complicar más las cosas.

—¡No marches! —Exclamó Victoria de Pérez, exagerando en las dosis de salsa verde para su taco previamente mojado con juguito de limón. —¿Cómo? ¿Por qué?

—Se llevó el dinero que les quedaba.

—¡Chúpale pichón! —Gritó Vicky, renunciando de plano al taco.

—Dejó una carta en la que decía que nadie la quería.

—Que Dios me perdone: ¡se lo ganó a pulso, hija!… Pero, no estábamos hablando de Carolyn, sino de Hernán; de lo que me dijo.

—Y que yo no sé por qué te preocupa tanto.

—Porque don Hernán y yo íbamos a trabajar juntos. Íbamos a poner un *espá* y… vender ahí mis cremas… Ahora ya no sé. Ya no sé nada… —Vicky le dio unos tragos a su agua de Horchata y miró a su hija. —Además, está lo que me dijiste de tu papá; lo de los compadres. Hablé con él y sé que me está mintiendo… Ya te lo había dicho ¿verdad? ¡Ya no sé ni lo que digo, hija!

—Cálmate, ma'… Y, mejor dime… Es algo que ya te había preguntado. ¿De plano no te gusta ni tantito el papá de Guillermo?

—¡No! —Vicky se apresuró a contestar, colocando torpemente el vaso de Horchata en la mesa (casi se cae). Luego, sintió la tibia mirada de Aurelia; vio sus labios esgrimiendo, de nuevo, una sonrisa: esta vez, de tipo pícaro.

—¡Mamá! Ese "no", me sonó demasiado vehemente.

—No sé qué quisiste decir, pero… a ti no te puedo mentir. Está guapo, ¿verdad? —Y puso una cara de niña inocente que le sorprendió a ella mima.

—Entonces, ¿sí?

—¿Qué quieres que te diga? Claro que es un hombre atractivo, pero, pa'empezar, el patrón y yo somos muy diferentes… Además, yo soy una mujer **casada**; tengo valores, hija. Y, amo a tu papá. —En esto último hubo menos convicción que otras veces.

—Eso es algo que nunca he entendido.

—¡Y vuelve la mula al trigo! ¿Otra vez con eso, hija? ¡Ya pareces disco rayado!... ¡Porque el amor es inexplicable! —Vociferó la hidalguense. A Vicky le dio pena haber tenido ese exabrupto desesperado y quiso taparse la cara con las servilletas de papel. Aurelia se daba cuenta de que su mamá estaba muy nerviosa, que sentía culpa, remordimiento, ansiedad; pero sobre todo confusión. Aurelia ya no quiso abrir más la llaga y se quedó callada, ocupándose en no romper la tostada con carne y queso.

—Igual y tienes razón hija, y el dinero es el culpable de todos los males. Desde que tenemos lana, la neta es que tu papá ha cambiado mucho. —Otra pausa; los ojos de Vicky que miraban la luz neón y a una pareja que entraba al restaurante. Luego, Vicky miró los ojos negros de su hija y dijo: —Ya no conozco a tu padre, Aurelia.

Valeria parecía periquito australiano en su jaula. Pensaba en lo miserable que era su vida: en lo absurdo que era la existencia. Dios le había dado dieciséis años de abundancia –en lo material– para, de pronto, arrebatarle todo. Antes no tenía el afecto y la atención de sus padres, pero tenía el dinero, el estatus y la posibilidad de acceder al ilimitado mundo burgués. Ahora estaba reventando de aborrecimiento. Su padre jamás le puso atención, aunque por lo menos hacía dinero a montones. Resultó que, además de ser un mal padre, era el peor imbécil en los negocios: un pendejo que había perdido todo en un chasquido.

Después del *éxito* de su primer *servicio* (el breve sexo con Sebastián Ramírez que le había dejado 9 mil pesos) Valeria concluyó que no se iba a quedar deprimida, esperando a que pasara la vida y viviendo en ese lugar asqueroso con personas que no quería. Sonó el timbre de la puerta de abajo: era insistente, constante, molesto. Finalmente, Valeria, decidió salir a decirle a la persona que estaba tocando que se fuera a la chingada.

Abrió la puerta y se topó con Kate en el umbral. Los ojos de Kate eran el cráter de un volcán activo. Valeria no alcanzó a ver el puño de Kate: solo sintió un dolor que le traspasaba el cráneo. Pensó que se le iba a caer la nariz. Valeria vio manchas negras y, estuvo a punto de caer, si no es porque Kate la tomó de la blusa –Valeria oyó cómo se rasgaba la ropa–. Escuchó, con eco, como lejos, como dentro de una caja de resonancia, una frase que le había oído a Vicky y que no entendía muy bien: "'ora sí vas a ver lo que es amar a Dios en tierra de indios".

Kate arrastró a Valeria hasta la sala y la aventó en un sillón. Valeria sentía que la nariz se le iba a despegar del rostro. Se la tocó y estaba como roca caliente.

—¡Eres una hija de tu chingada madre! —Kate quería estrangularla, cachetearla, sacarle uno a uno los dientes, quemarle la vagina con hierro caliente. Lo que no esperó es la carcajada de Valeria.

—Por lo visto… —La risa no la dejaba continuar, —¡Fran ya te mandó a la chingada! Y ¡no sabes el gusto que me da!

Kate, literalmente ciega de cólera, la tomó del cuello y lo apretó con todas sus fuerzas. Valeria no podía dejar de carcajearse. Le dijo –entre la risa y la falta de oxígeno– que, ante la mierda que era su vida (la de Valeria), por lo menos una cosa le había salido bien:

había una luz, una esperanza de que *algo* había tenido un resultado favorable.

Kate la soltó, lo que Valeria aprovechó. En un movimiento rápido, la ex rica tumbó a la ex pobre, con una patada certera detrás de las rodillas. Kate cayó hacia atrás, pegándose con la mesa del centro y sintiendo un dolor inmenso. La mesa se hizo añicos. Valeria se hincó junto a su enemiga. La risa cesó. La miró a los ojos. Kate sintió con la mano la sangre que salía de la nuca.

—La próxima vez que me toques, te mueres, —dijo Valeria con una convicción y una verdad que asustó a Kate. —Te mereces lo que te pasó con Fran, porque no eres más que una pinche *naca* con dinero.

Valeria caminó hacia la puerta que se había quedado abierta:

—Lárgate de mi casa, estúpida. No te quiero volver a ver.

Kate se levantó con trabajo. Veía borroso. Tenía la mano llena de sangre. Se acercó a Valeria y sus miradas ardientes se volvieron a conectar.

—Voy a luchar por Fran.

—¡'Uta! ¡Buena suerte, *naquita*!

—De lo que sí estoy segura es que nunca va a ser tuyo.

Kate amagó con darle un frentazo en la nariz a Valeria, que no se movió.

—Estoy en el peor momento de mi vida, Kate. Te recomiendo que no le busques, porque, neta, te puedes morir y me va a valer lo que pase después.

Kate se la creyó. Salió a la calle y Valeria azotó la puerta. La nariz le punzaba; pero sentía una gran satisfacción. Eso era lo más cercano a la felicidad que había sentido en mucho tiempo. Aunque no duró mucho.

Pepe iba en la parte de atrás de un taxi. Un Tsuru que era conducido por uno de esos taxistas platicadores. Pepe lo acalló con un gruñido. Estaba demasiado preocupado por lo que había pasado en los vestidores con Olga: el extraño pacto basado en una película de Hitchcock. Se dio cuenta de que su plan tenía una falla. Antes que matar a Arcadio, era necesario destruir las fotografías, porque éstas eran la prueba de que Pepe y Olga tenían una relación. La tesis de la película, sin embargo, era que ambos "extraños en el tren", se supone que **no** se conocían (eran *extraños*); de forma tal que, si uno mataba a la esposa del otro, nadie sospecharía. Éste no era el caso. Había testigos de que el hojalatero y la esposa del traficante de blancas se habían conocido (hasta se habían metido a la covacha de las pinturas). Los vieron los ayudantes de Pepe; Lety, la gente del hotel en el aeropuerto, en fin.

"¿En qué bronca me metí?" –Pensó Pepe–. O ¿lo dijo en voz baja? El taxista quiso hablar de la carrera presidencial y de la posible vuelta al poder del PRI[21], pero Pepe le dijo que no quería hablar con él, que tenía muchas broncas. El taxista, ofendido, siguió conduciendo por las calles de la esclerótica megalópolis.

Pepe pensó en la posibilidad de decirle toda la verdad a Vicky. De plano soltarle-la-sopa. ¿Será que su esposa lo amaba tanto que lo podía perdonar? Quién sabe. José Pérez nunca se había sentido así. Nunca había sido invadido por las metástasis de la culpa.

Rápidamente, desechó la idea (de confesarle todo a Vicky). La regla número uno de la infidelidad es negarla. Siempre negarla, aunque los hechos demuestren lo contrario. Por otro lado, tenía que hablar de nuevo con Olga, decirle que se debían cancelar los planes de matar a Arcadio y al gánster de Neza. Tendría que pagarle al imbécil de Arcadio su millón de pesos y obtener las fotos –con la esperanza de que no hubieran sido duplicadas–.

El taxista ofendido se amarró cuando una familia completa quiso cruzar la calle debajo del puente peatonal. Pepe casi sale volando, pero la frenada no pasó a mayores. El taxista mentó madres y siguió su camino. Pepe proseguía con su intensa meditación: "¿Cómo llegué a este momento?" –se decía a sí mismo–. Recordó el descontón al baboso de Santibáñez y la consiguiente bronca con Vicky. La culpa y el amor por esa mujer se mezclaban en sus intestinos como agua y aceite (y jugo biliar y pancreático). No quería, no podía perderla. Pero ella, con eso de la lana, había cam... no. Pepe se dio cuenta de

---

[21]   Partido Revolucionario Institucional.

que el que había cambiado era él, no ella. Lo de Olga no tenía nada qué ver con el *Chispazo*, porque lo de la covachita sucedió antes de que Vicky ganara el premio. Pepe vio una cantina y le pidió al taxista que se detuviera de inmediato. Sacó un billete de quinientos pesos y se lo dio al agradecido taxista. Pepe entró. Necesitaba dosis industriales de tequila. Intravenoso.

Mientras Vicky limpiaba la herida de Kate en la nuca con un algodón y alcohol, ésta sollozaba como una fuente descompuesta. Aurelia estaba bravísima, queriendo ir a la casa de la vecina a dejarle los dos ojos morados y a decirle que, con las mujeres-Pérez, nadie se metía. Kate, como hablando en telegrama, le dijo a su hermana que no tenía caso.

—¡Pero casi te desnuca! —Aclaró Aurelia indignada.

—Yo empecé, carnalita. Le puse un madrazo en la jeta. Casi la noqueo.

—No entiendo, hermana, ¿por qué tanta bronca?

—Valeria le dijo a Fran que yo vivía en ciudad Neza.

—¿A poco no sabía?

—No, Aurelia. Cuando nos conocimos en el antro… ¡Ay, me dolió! —Gritó Kate, cuando a Victoria se le pasó la mano con la herida. —Tampoco sabía que tengo quince.

—Ah, no, pues, en ese caso… —Aurelia perdió su bravura y se sentó.

—¡No tenía derecho!

—Esa niña está muy enfermita de sus emociones, hija, —diagnosticó Victoria.

—¡A ver, ma', pero ¿qué ganaba con hacerme la malobra?!

—Se muere de envidia, porque tú tienes lana y ella no tiene en qué caerse muerta.

—Pero tú ¿para qué le dices mentiras al galán, Kate? O sea, no nada más lo de ciudad Neza, sino lo de tu edad… ¿Qué edad tiene el tal Fran?

—Veinte… Pero yo ya casi cumplo dieciséis.

Vicky le puso una gasa en la nuca a su hija con el cariño de una mamá pájaro dándole de comer a sus críos.

—Yo no le dije mentiras. Bueno, lo de la edad... O sea: fue Valeria y yo le seguí el juego... Pero lo de... ciudad Neza y así, pues nunca salió al tema. Ni modo que cuando lo conocí y me sacó a bailar le diga: "cuidado, ¿eh? Porque soy una naca que fui pobre y ahora soy rica"...

—Pero ¿a poco el tal Fran de plano te dijo que te fueras... lejos... —Preguntó la hermana.

—Me dijo que... —Empezó a llorar, nuevamente y no pudo hablar por unos segundos. Aurelia y Vicky, con todo el peso de los otros temas en la minuta (las mentiras de Pepe; el amor de don Hernán) recibían la noticia:

—Me dijo que estaba confundido; que no sabía qué pensar. —Un llanto, que parecía un grito. Luego: —¡Lo perdí para siempre! —Kate se acurrucó entre los pechos de su madre. Aurelia le acarició la espalda a su hermana. Las tres mujeres, empezaron a llorar. Vicky y Aurelia en silencio: a Kate, parecía que la estaban despellejando viva.

CAPÍTULO 8

EXTRAÑOS EN EL TREN

¿Qué pretendes con Aurelia? —Preguntó Ricardo como suegro celoso. —¿La quieres? —Dijo ahora con voz de niño asustado en la oscuridad. Billy ni siquiera parpadeó.

—Sí, sí la quiero, Ricardo. La quiero mucho. Me parece una chava increíble.

Ricardo quería ponerse el disfraz de macho defendiendo a su hembra; recordando lo que la propia Aurelia le había dicho antes, cuando Billy había aparecido en los jardines de C. U. y él había reaccionado como un pelmazo. Pero no podía; no tenía el software (ni el hardware) necesario (s).

Fingió rudeza. Golpeó la mesa con fuerza y, al hacerlo, le dolió y tuvo un rictus. Billy imaginó que al organismo cibernético se le verían los cables.

—¡Es que no es justo! ¡No es justo! —Repitió como si se le hubiera rayado el disco duro. —¡Aurelia es mía! ¡Es mía! —De nuevo, la unidad de memoria estaba siendo redundante.

Billy no sabía qué decirle a ese pobre muchacho que parecía mujer histérica en un barco que se estaba hundiendo.

—Lo siento, Ricardo. De verdad. No sé qué decirte. Me enamoré de ella. De hecho… enloquecí por ella.

—¡Pero si la acabas de conocer y yo… yo llevo años…! —Parecía que saldría humo de su cabeza, como si el sistema se estuviera sobrecalentando. —¡No se vale! Yo he estado enamorado de ella desde hace mucho tiempo y... y, llegas tú y... me la quitas. En un instante.

Hubo una pausa larga. A Billy le dieron ganas de abrazarlo para que llorara en su esternón. En efecto, parecía que la tarjeta-madre estaba derritiéndose.

—Y... ¿ella?... ¿Qué siente ella por ti? —Su voz se quebró como la economía de E. U.

—No estoy muy seguro. Pero, creo que sí... hay... algo.

Ricardo dejó un litro de mocos en una servilleta de papel. Respiró.

Billy miró los húmedos ojos de Ricardo y se dio cuenta de que ese muchacho era humano y que no consumía aceite automotriz. Ricardo se puso de pie y solo dijo:

—¡Entonces no seas pendejo y lucha por ella!

Billy se quedó perplejo (rimaba con *pendejo*). Ricardo, antes de que emprendiera retirada, se volteó teatralmente hacia el ex millonario.

—Pero te juro que, si le rompes el corazón a Aurelia, te mato.

Dio otra vueltecita de ballet clásico y antes de salir del recinto se tropezó con una mesa, una silla y dos chavas que venían entrando, mirando las pantallas de sus dispositivos móviles.

Ricardo dejó una estela de lágrimas.

Vicky y Aurelia miraban, al mismo tiempo, abriendo los ojos como caricaturas japonesas, el boquete en la casa de los exvecinos. A través del agujero, se podía ver la estancia de Arcadio y ellas se preguntaron qué había pasado. El *Valiant* no estaba. Vicky iba a tocar la puerta de la casa –aunque el hoyo lo hacía innecesario– cuando La Yolis, otra vecina, se acercó a saludarlas –muy amable, ella–. Todos en la calle Oro sabían que Vicky se había sacado varios millones en el *Chispazo*. Todos, también, sabían lo que había pasado en la casa de Arcadio.

Pronto, Vicky y Aurelia se enteraron de que la *Hummer* nuevecita de Pepe había impactado en la casa de Arcadio abriendo un pasaje directo a la sala; que Pepe había entrado a ésta como energúmeno; que había llegado la policía; que se habían llevado a Pepe al Ministerio

Público. Vicky, muy desconcertada, preguntó por qué. La vecina no sabía. Lo único que podía decir es que Pepe quería matar a Arcadio, y por un pelo y lo logra.

El *Valiant* de Arcadio eructó dos veces y se detuvo, echando bocanadas de humo blanco. Con la inercia, sin embargo, Arcadio logró conducir el macaneado vehículo a una calle adyacente. Arcadio estaba desesperado porque su compadre no había *dado color* con lo de la lana (o sea que ni fu ni fa; en otras palabras, no había pagado su millón de pesos). No sabía qué hacer. Ya lo había pensado como mil veces: de hecho, si le enviaba las fotografías comprometedoras a Vicky, él perdería su millón de pesos. Encima esto: la chingada-carcacha-de-mierda de 1974 había perdido la vida. Arcadio abrió la puerta del *Valiant* y se escuchó un rechinido. Luego, pateó su coche y le mentó la madre varias veces. Al abrir el cofre, otra densa nube, ésta de vapor de agua, emergió del motor como fumarola en Islandia. Era evidente que su *Valiant* se había sobrecalentado como tantas otras veces. El pensamiento de tener el millón de pesos en la bolsa puso a Arcadio de buen humor. Se compraría un coche nuevo y tiraría al estúpido *Valiant* por una de las barrancas de Santa Fe. "Mhhh... ¿cuánto costará una *Hummer* como la que el compadre embarró en mi casa?" –Pensó Aurelio, sintiéndose cada vez mejor–.

Lo primero que sintió fue un golpe en la espalda. Luego, algo caliente como una brasa. En instantes, empezó a sentir un dolor que provenía de uno de sus costados; era el pulmón. No sabía qué estaba pasando, pero ya no podía respirar. Segundos después, otro fogonazo y otro. Quiso voltearse para descifrar qué estaba pasando y ya no tenía fuerza. Sintió que la camisa se mojaba en su espalda y las piernas ya no lo sostuvieron más. Las rodillas se doblaron y su cabeza se golpeó con el borde del cofre de la carcacha y rebotó como pelota de basquetbol. Arcadio sintió que se le caía un diente o varios o todos. Al final, su cabeza se fue para atrás y quedó como en cuclillas. En los últimos momentos de su vida se dio cuenta de la presencia de una mujer que lo miraba con un gesto neutro. Tenía un cuchillo en sus manos. Estaba lleno de sangre. La última palabra que pronunció Arcadio en su vida fue: "¿Usted?".

Arcadio murió confundido.

Olga había cumplido su parte del acuerdo. Faltaba Pepe.

Caía la tarde en el valle de Anáhuac, con un cielo azul inédito, que tenía mucho que agradecerle al viento crónico del occidente. Billy luchaba por recibir las últimas lengüetadas de irradiación solar, sentado en el jardín de su casa en dizque-flor de loto, pensando en lo que le había dicho a Aurelia en el Metrobús y en la brevísima conversación con el patético de Ricardo-Cuello-de-Tortuga. "No seas pendejo", –había recomendado el poeta de pacotilla–.

Billy había puesto a pensar a Aurelia con la pregunta "y ¿quién eres tú en realidad?", sin darse cuenta de la paradoja. ¿Cómo es que el joven Santibáñez estaba enamorado de Aurelia si ni ella misma sabía quién era? Lo había dicho el propio Ricardo: "se acaban de conocer". Billy sabía que la joven era mucho más que sus panfletos anticapitalistas; pero ¿no era justamente la pasión con la que Aurelia tiraba sus *rollos sociales*, lo que lo había enamorado como imbécil? ¿No había surgido su amor por ella del hecho de que era única, original, irrepetible, excepcional?

Billy estaba decidido a tomar en cuenta el consejo de Ricardo de "no ser pendejo".

Guillermo Santibáñez caminaba hacia la puerta corrediza que conducía a la estancia –desde el jardín–, cuando Hernán estaba por salir y contarle a su hijo la noticia de última hora: que le había dicho a Vicky que la amaba. Hacía mucho que Hernán no era tan feliz.

Ambos hombres se tumbaron en el pasto para hablar de sus amores y de las mujeres que habían dejado en el camino: Carolyn, cuyo destino era más o menos incierto (aunque, seguramente –debatieron ambos– se habría ido a vivir con su madre, en ciudad Satélite) y Nadia, que estaría tranquila (¿tranquila de verdad?), en una institución psiquiátrica carísima en los Estados Unidos de América.

Ya no sentían culpa por ellas; o, quizá, la culpa había sido opacada por la indomable fuerza del amor (¡uf, qué frase!). Lo curioso era —decían, siguiendo el lento ocultamiento del Astro Rey—el paralelismo de ambos: se habían relacionado con mujeres muy bellas (pero, *vacías*, huecas y locas, a las que no amaban) y, ahora, estaban enamorados de madre e hija.

Billy tenía una ventaja sobre su padre: Aurelia no era casada y, basándose en la fugaz escena que tuviera con Ricardo, ya no tendría compromisos románticos. Hernán, por su parte, tenía la gigantesca desventaja de que Vicky estaba casada y con un tipo que era capaz de convertirlo en ceviche.

Ya estaba apareciendo Venus en el firmamento, reflejando la luz del sol y posicionándose frente a ellos: orgullosa en el azul, anaranjado y rojo. Hernán entristeció. Su *valentía* de haberle dicho a Vicky que la amaba era opacada por un desconcierto: su hija Valeria. Billy miró a su padre, bañado en anaranjados rayos de luz, y le dijo que sinceramente no creía que su hermana tuviera remedio.

Hernán le dijo a Billy que no podía aceptar que Valeria "no tuviera remedio": ¡era su hija! Él la había engendrado; él había decidido que ella naciera y no podía, de buenas a primeras, abandonarla a su suerte.

El problema financiero de los Santibáñez había sido una sacudida para esa familia y había logrado una novísima, fresca e importante toma de consciencia en los varones. Es decir, el terremoto tenía que servir de algo. Era una frase hecha pero muy cierta: "hay que aprender de los errores". Sin ese aprendizaje, ¿qué sentido tenía la vida? —Reflexionó Hernán, sintiendo ya un poco del frío invernal que empezaba a pulular en ese pequeño jardín—.

Valeria era su responsabilidad, su culpa, su razón, su propósito. Tenía el cincuenta por ciento de su ADN, ¿cómo se podía atrever a abandonarla? Ahora lo veía con toda claridad: Hernán Santibáñez tenía la obligación, la necesidad, el compromiso de hacer todo lo posible por salvar a su hija.

—Bueno, pa', pero ¿qué es exactamente lo que pasa con mi hermana?

—La *huida* de su mamá le afectó más de lo que parece, —reflexionó Santibáñez, frotándose las manos. —Está más negativa que nunca. Está deprimida. Necesito ayudarla.

Como una chispa fugaz se albergó en la mente de Billy un pensamiento que lo hizo sonreír.

—¡No puedo creer que sea una bendición el hecho de que hayamos perdido todo, papá!

—Sí, ¿verdad? —Dijo Hernán llorando y riendo al mismo tiempo. —Antes, jamás hubiera dicho: "necesito ayudarla".

Billy estaba orgulloso de su padre y quería llorar también, cuando iban desapareciendo los rojos del cielo y emergían Sirio y Marte y el Cinturón de Orión.

—Creo que ese debe ser mi único propósito, hijo.

—Bueno: eso y… *Lavaclean*, ¿no?

Hernán enchuecó los labios.

—Sí, hay que seguir haciendo dinero, hijo. Ni hablar… Por lo pronto, Juan ya me adelantó 30 mil pesos de mi sueldo… ¿estás llorando, Billy?

—¡Tú ni digas, porque también estás llorando!

Se rieron y lloraron.

Valeria, con la nariz un poco enrojecida, pero sin manifestar falta de simetría, no hizo preámbulo: mirando a Chano a los ojos y acercándose a él como calamar gigante, le dijo que quería que le hiciera un sitio de internet, en el que se promocionaría ella misma, para ofrecer sus servicios sexuales. Le dijo que le podía pagar cinco mil pesos en ese momento, pero que si hacía falta más, ella podría liquidarle lo faltante en *especie*. A Chano le llevó tiempo entender a cabalidad que Valeria Santibáñez quisiera convertirse en prostituta. Hacía poco tiempo, esa chavita era como cualquier otra; iba a los antros, se fajaba con otros chavos, estudiaba en el Colegio Sierra Nevada. Chano dudó y dio un paso hacia atrás. El sensual calamar se acercó a él a dos centímetros. El muchacho sintió el vapor y el calorcito de su aliento. Chano estaba mudo.

Entonces, Valeria, con una sonrisa a medias, mirando desde abajo los ojos de Chano, hizo viajar su mano por sus piernas hasta que llegó al cierre de su pantalón. "¿Lo vas a hacer o no?" –Dijo Valeria, abriéndole la braguta–.

Pepe, entorpecido por la ingestión de una cantidad incierta de tequilas, al fin localizó a Olga en el teléfono. Entre caballito y caballito, le había estado marcando al celular, sin obtener respuesta. Pepe, a pesar de la intoxicación creciente, notó que la voz de Olga sonaba diferente, como extasiada, como arrebatada, como *viajando* con alguna droga. Le dijo que necesitaba hablar con ella con urgencia, a lo que Olga accedió de inmediato, respirando entrecortadamente. Se quedaron de ver en el *Parque México* y Pepe, entre bruma, tuvo tiempo de pedir un tequila más.

La *Suburban* salía, rauda y veloz, por los límites de ciudad Neza, rumbo al sur de la ciudad. Eran las ocho de la noche, hora de un tráfico inadmisible, imposible; como de ciencia ficción.

Vicky miraba por la ventana pensando en lo dicho por Lucy, la ex vecina de Neza, quien, a su vez, trataba de localizar desesperadamente a su marido Arcadio: necesitaba contarle que Vicky y Aurelia habían estado ahí y que habían visto el boquete que abrió Pepe con la *Hummer*. Pero Arcadio no contestaba: de hecho, había estado esperando, pacientemente muerto, tirado frente al cofre de su *Valiant*, a que el Ministerio Público hiciera el *levantamiento de cuerpo* –proceso que tardaría bastante, tomando en cuenta la eficiencia y celeridad con la que trabajaba el sistema de justicia de la megalópolis–. Total, los muertos ya no tienen prisa y no se pueden ir a ningún lado.

Arcadio tenía los ojos abiertos, pero ya no podía ver: algo muy distinto a los curiosos, que veían al muertito boquiabiertos; murmuraban, se codeaban y hasta se reían –quién sabe por qué la gente se ríe con los atropellados, asesinados, despanzurrados, decapitados–. Arcadio prácticamente nadaba en una laguna de sangre y varias patrullas del municipio de Nezahualcóyotl y del estado de México, estaban presentes. Los patrulleros, conociendo la velocidad de los *emepés* (Agentes del Ministerio Público), peritos y otros funcionarios, chateaban con sus celulares −unos−. Otros, comían tacos de canasta que les había vendido un hombre en bicicleta que estaba haciendo su agosto gracias al pobre Arcadio entrando en rigor mortis.

Vicky tampoco podía localizar a Pepe en el celular y marcaba una y otra vez. Aurelia veía a su madre preocupada y ella misma se preguntaba qué había motivado que su padre estrellara su camioneta nuevecita −y su sueño de muchos años− en la casa de los vecinos de la Calle Oro. ¿Por qué quería matar a Arcadio?

Entre intento de llamada e intento de llamada, Vicky trataba también de encontrarle la cuadratura al círculo: Pepe le había dicho que los vecinos querían lana; es decir, un pedazo del pastel del *Chispazo*. Sí, pero ¿era ese motivo suficiente para querer ejecutarlo? No. "Hay algo más".

Tendrían que llegar a la casa y preguntarle a Pepe directamente.

—Esto no me late nada de nada, —dijo Vicky mordiéndose las uñas, dándole más dramatismo a lo dicho con la repetición de la palabra *nada* y el uso de la negación al cubo.

Al tiempo, el joven Casiano conducía la camioneta a dos o tres kilómetros por hora, a punto de entrar en el síndrome de abstinencia por nicotina.

Con el dinero de su primer cliente −el feo Sebastián Hernández−, Valeria se compró un biquini que la hacía ver bien, pero era bastante corriente. Chano ambientó su recámara high-tec como un estudio fotográfico, usando como fondo un pánel verde para poder incrustar cualquier imagen. Él estaba listo, con su *Nikon* conectada a su *Mac* y luces que se sincronizarían con el obturador.

Lo que no esperaba realmente, es verse sometido a la imagen de Valeria en un biquini de hilo dental, que mostraba sus blancas y suavecitas nalgas.

Chano tragó saliva, pero parecía que se había tragado un estropajo.

—¿Dónde me pongo? —Preguntó, sonriente, Valeria, detectando perfectamente que Chano ya no podría articular palabra inteligible.

En momentos, Valeria parecía una niña de doce años que quería jugar, pero, instantes después, daba la impresión de ser una golfa colmilluda con años de experiencia. Entre Lolita y Femme Fatale; entre colegiala y actriz porno.

Valeria caminó hasta el ciclorama verde, mientras los ojos de Chano repasaban la perfección y conocían el éxtasis. Valeria puso los brazos en jarras y miró a la cámara con una sonrisa que mostraba justamente esa dualidad de ingenuidad y experiencia; de niña y mujer. Virgen y experimentada.

—¿Así estoy bien? —Cuestionó Valeria a Chano que tenía un solo pensamiento: desatar los tenues nuditos de ese biquini. —¿No vas a decir nada? ¿Charolita para la baba? —Ahora, Valeria estaba francamente divertida. Lo más curioso para ella era que se sentía cómoda semidesnuda. Pensó en la posibilidad de posar para una de esas llamadas *revistas para caballeros* (necesitaría falsificar su acta de nacimiento, claro).

—Ah, sí, sí, sí... —Tartamudeó Chano, colocándose detrás del visor de la cámara.

—Quiero que queden padrísimas, ¿eh? Que los hombres se mueran por estar conmigo.

Chano empezó a disparar y Valeria a posar.

Sonriente, sexi, infantil, seria, llamando a un amante imaginario: boca abierta, boca cerrada; la mano el vientre, como queriendo deslizarse hacia el triángulo de oro; las manos en las caderas, el índice en la boca. Y Chano, a punto de fundirse como quesillo de Oaxaca.

—Y ¿si me quito la parte de arriba? —Preguntó Valeria, sin esperar la respuesta y desatando los cordones del brasier, dejando ver sus pezones color de rosa, sus pechitos sin estrías; la maravilla de la creación. "Dios se pulió cañón" –pensó Chano, mientras veía como Valeria se tocaba los pechos intachables, inmaculados–.

Por un momento, Chano pensó en lo patético de la situación; en el hecho, pues, de que Valeria (una *niña-bien* de *Bosques*) se hubiera convertido en una prostituta; pero la razón dejó de operar como tal y el muchacho se convirtió en un manojo de testosterona; misma que se tragó entero a su cerebro, como *Pacman*. Chano tomaba las fotografías mecánicamente, pero sabía que su temperatura corporal ya no era normal, que necesitaba cobrarse, en especie, lo pactado con esa mujer: el prototipo de la exquisitez y la juventud. Sabía que la página de Valeria iba tener cientos de miles de visitas y que su carrera, con ese cuerpo y esa sensualidad-dualidad-ingenuidad, sería un éxito.

Ella vio la mirada de él y preguntó si ya había terminado la sesión de fotos y si deseaba ya que se realizara el convenido *pago en especie*. Chano sentía que el corazón había adelgazado y subía por la garganta y que no entraba suficiente oxígeno a sus pulmones.

Valeria lo desnudó y se lo llevó a la cama.

Chano hizo erupción con la misma rapidez que Sebastián: en unos cuantos segundos. Fue tan fugaz que ella tuvo que preguntarle, "¿ya terminaste?" mientras veía a Chano portando una mueca de arrepentimiento, placer, sufrimiento, éxtasis. Tenía los ojos en blanco, como si le estuviera dando un síncope epiléptico.

Valeria se encendió un cigarro y Chano, aliviado, descargado, como un cartucho vacío, quiso hacer conversación de sobrecama. Le confesó que nunca hubiera esperado eso de Valeria y que, su nuevo oficio, podía ser peligroso. Ella no dijo nada: solo miraba el humo blanco que se arremolinaba al frente. No había sentido nada realmente: ni un atisbo de placer. No hubo tiempo del crescendo, de esa acumulación previa al orgasmo.

Valeria no quería hablar: necesitaba esa página de internet para empezar a trabajar cuanto antes y tener todo lo que perdió por el idiota de su papá. Pero Chano se había puesto *filosófico*. En realidad −dijo− le daba tristeza que Valeria hubiera decidido tomar ese camino. Valeria se levantó de la cama, desnuda, para buscar su ropa, diciendo:

—No necesito tu lástima, Chano. Quiero esa página para mañana. El pago de los clientes debe ser por adelantado con *Paypal*. Yo escojo dónde vernos para coger. Acepto mujeres también. Valeria despareció en el baño. Todavía alcanzó a gritar: —Mi nombre artístico es *Vanessa*.

"La cabra jala al monte". Su mamá y su hermana se habían ido a quién sabe qué y Kate se había quedado dormida en uno de los sillones de la sala. Despertó al registrar el lejano ladrido de un perro. Todo estaba oscuro y silencioso.

De golpe, Kate recordó todo al mismo tiempo: el brevísimo sueño de felicidad que implicó esa vorágine de *El Palacio de Hierro*; el éxtasis de sus maravillosas compras: la ropa, los artilugios. La casa, la recámara nueva; el antro de *niños-bien*, el cortejo de Fran; esa danza en *La Cúpula* y el beso en su casa. Instantes, destellos, fantasías, quimeras, alucinaciones.

Un martillazo de realidad: la etiqueta de *naca* jamás se le desprendería a Kate Pérez. (Interesante lo que dice *Wikipedia* de la palabra *naco*: "…es una palabra peyorativa que se usa frecuentemente en el español mexicano para describir a las personas mal educadas o con mal gusto. Los equivalentes cercanos podrían incluir *bogan*, *tacky*, *gato*, *scanger* y *ghetto*. *Redneck* también puede estar cerca, aunque la palabra en español (de España) *palurdo* es más similar ya que se utiliza para la población rural. *Naco* también se usa para describir a alguien que se avergüenza de su propia cultura…")

En ese momento de nubes negras Kate sintió que, con dinero o sin dinero, nunca sería como Valeria. Porque no nació en *cuna de oro*; porque su apellido era *Pérez*; porque creció en la colonia *Quinto Sol 1*; porque su mamá, migró del estado de Hidalgo y vivía en una casa de piso de tierra, y fue la *gata* de los Santibáñez y su papá había sido un hojalatero en Neza.

"Hay cosas que el dinero no puede cambiar" —se dijo Kate así misma, recordando a Valeria, de nuevo—.

Kate salió corriendo de la casa. Mari alcanzó a escucharla.

En el *Circuito Bicentenario* pidió un taxi: "¡a la calle Oro, en Quinto Sol 1!"

El taxista hizo una mueca —no quería ir tan lejos—, pero necesitaba el dinero.

Kate moría por un churro (de mota) y sabía exactamente dónde conseguirlo.

Colgándose del Wi-Fi de un vecino, Billy, usando el *Facetime*, le llamó a Aurelia —que seguía en el asiento de atrás de la camioneta casi inmóvil—. Se dio cuenta de que Aurelia estaba preocupada y preguntó por qué. Ella le contó la historia del boquete en casa del exvecino; de las amenazas de muerte que profirió su papá. Billy —como ellas— no entendía por qué Pepe había destruido su *Hummer* en la casa de Arcadio y por qué lo quería matar.

Al mismo tiempo, sonó el timbre del celular de Vicky y ésta miró el identificador de pantalla. Decía, "don Hernán". Vicky se lo mostró a Aurelia y Billy se dio cuenta de la maniobra. Ése era el problema de usar el teléfono con video. Aurelia volteó el suyo y se dirigió en voz baja a su mamá:

—¿No vas a contestar, ma'?

—No sé, —dijo Vicky con cara como de quien está sufriendo los efectos de grandes fuerzas de gravedad. —No me siento bien, hija.

—¿Qué pasa? —La voz de Billy se escuchaba por el teléfono de Aurelia.

Vicky anuló la llamada. En casa, Hernán también colgó. Intuía que Vicky no le había querido tomar la llamada. Decidió entonces trabajar en los números de *Limpiaclean* y del *SPA* (todavía sin nombre definitivo, se llamaba provisionalmente: *Vicky*).

Aurelia retomó la llamada. Al tiempo, Vicky le hizo una seña que significaba que no le fuera a decir nada a Billy (en cuanto a la llamada de Hernán), aunque existía la posibilidad de que padre e hijo estuvieran juntos. Vicky pensó, también, en la idea de que era posible que Billy y Hernán ya hubieran hablado de lo que el administrador de las lavanderías de Juan Piña sentía por la ganadora del *Chispazo*.

—Nada. Mi mamá está un poco angustiada por lo de mi papá… Las dos estamos así. Además, el tránsito no se mueve y yo…

—Te extraño, —interrumpió Billy con esa sonrisa derretidora.

—Te está oyendo mi mamá, ¿eh? —advirtió Aurelia.

—¡Hola, Vicky!

—Hola, hijo, ¿cómo estás?

Aurelia movió la cámara para que se vieran.

—¿Ya sabes que me encanta tu hija? —Le preguntó Billy.

—¿De verdad? ¡No se nota! —Dijo, Vicky con alegre ironía.

Aurelia sentía que la Tierra temblaba con todo y *Circuito Bicentenario* y camioneta. No le gustaban las manifestaciones de afecto públicas. Inevitablemente ya estaba ruborizándose.

Hernán entró a la recámara de Billy, con su laptop y hablando.

—Oye, hijo, necesito que me ayudes con lo de la marca de…

Se interrumpió, porque vio a Vicky en la pantalla del celular de Billy. Hernán sintió un vahído y un martilleo del corazón.

—Hola. Le marqué hace unos minutos.

Hernán hizo aparición en la pantalla del celular de Aurelia. Ésta ya traía un gesto de burla total. La tecnología a veces confunde más las cosas.

—P-p-perdón, pa-patrón —tar-tar-tartamudeó Vicky.

Aurelia y Billy —en ese momento, fuera de cuadro— estaban ya con la risa en la faringe, a punto de salir por boca, nariz y ojos. Y es que Hernán, tomó en su mano el teléfono de su hijo, para mirar a Vicky; y Aurelia, se lo dejó *inocentemente* a su madre.

—Solo quería saludarla y saber cómo estaba.

—Estoy bien, señor.

Hubo una pausa. Se escuchaban unas risitas como de perro salchicha, pero parecía que no las escuchaban ni Vicky ni Hernán. De perro, las risas pasaron a ratón; menos mal que no evolucionaron a hiena.

—Se ve preocupada.

—Eh… es que… hay mucho tráfico y…

—¿A dónde fue?... Perdón, —se interrumpió a sí mismo Hernán.

—¡Qué me importa, ¿verdad?!

Otro silencio. Vicky miró a Aurelia que se tapaba la boca con la mano y, Hernán, a Billy, que mejor se fue a reír al pasillo.

—Ehhh… me gustaría que habláramos del *espá*, Vicky.

—¡Sí, cómo no! —Murmuró irónicamente, como masticando, Aurelia, topándose con una severa mirada reprobatoria de la mujer que la parió.

—¿Podemos vernos en cuanto llegue?

—Está bien, don Hernán. Aunque no sé cuándo va a ser eso.

—Gracias.

—Gracias a usted, que me está echando la mano con lo del *espá* a pesar de... —Vicky se contuvo. Iba a decir: "a pesar de que me ama".

Vicky, entonces, terminó la llamada y se quedó apretando puños, labios y dientes.

—Ma'...

—¡No empieces, hija!

—No, lo que pasa es que la llamada era mía y colgaste.

—¿Eh?

—Que Billy fue el que me llamó.

—Ay, bueno: ¡ahorita te habla de nuez!

Vicky decidió voltear hacia la ventana para ver las luces de la ciudad. Aurelia se dio cuenta de que, como decía su mamá, "el horno no estaba para bollos".

Todo indicaba que el papá de Aurelia había enloquecido.

Pepe quiso tirarse al lago de los patos del *Parque México*, cuando la mujer de negro le dijo que ella ya había cumplido su parte. El hojalatero traía varios tequilas encima y todo se veía como cuando los televisores antiguos tenían *fantasmas*. A veces, parecía un caleidoscopio; otras, era como cuando uno nadó con los ojos abiertos en una alberca con mucho cloro y sale del agua y es de noche.

—¿Cuál *parte*, Olga? ¿De qué hablas?

—Maté a tu amigo. Ahora te toca a ti cumplir lo que quedamos.

La *Mujer de Negro*, desde el punto de vista de Pepe, tenía varios contornos: como tres. Se movían como amiba fagocitando.

—Esteban, mi marido, tiene un guarura que está con él casi todo el tiempo. Menos en la noche, que se va a dormir al sótano. Hay dos guardias en la casa durante la noche, pero casi siempre se quedan dormidos. Además, la casa tiene una alarma. Yo te voy a dar la clave.

La idea es que parezca que uno de sus rivales de negocios mató a mi marido.

Pepe se sintió dentro de una película en blanco y negro; vieja, rayada.

—¿Me estás oyendo, mi vida?

—¿Neta mataste al compadre?

—Sí. Con esto.

Olga sacó el cuchillo de cocina con el que había matado a Arcadio. Ya estaba limpio de sangre. Pepe solo sintió que el metal del filo lo deslumbraba. Una farola se había empeñado en reflejarse justamente ahí.

—¿Oíste lo que te acabo de decir de la alarma?

—Sí... una clave.

—La mejor hora para entrar a la casa es... —obvio, te voy a dar llaves—... es como a las tres o cuatro de la mañana. Pero, para que parezca que fueron sus enemigos, necesitas un *A-Ka-Cuarenta y siete*... O sea, lo que llaman *Cuerno de Chivo*, y... ¡llenarlo de plomo!... Como con los narcos... Tracatacataca... —Olga imitó el movimiento de quien descarga un cuerno de chivo en la humanidad de algún pobre infeliz.

—Llenarlo de plomo... Eh... ¿dónde consigo un *A-Ka-Cuarenta y siete*?

—Sí, buena pregunta. —Olga se quedó reflexionando. —Pensándolo bien, puede ser tipo ejecución. Un disparo de veintidós en la sien.

—"Ejecución".

—Estás borracho ¿verdad, mi vida?... —Olga se acercó a él y sonrió.

—¿Por qué no nos vamos por ahí a que te *desahogues*?

Olga lo tomó de la mano. Ella ya se estaba excitando. Pepe, sin embargo, estaba adentro de un túnel con Eco, condenada a vivir en una cueva y repetir lo que decía la gente. Y todo por amar a Narciso.

—"Con una veintidós en la sien". —Repitió, mientras se dejaba llevar por la *Mujer de Negro* de la manita, como viejito.

—Cuando mates a mi marido, ¡vamos a ser libres, Pepe! —Gritó Olga, mientras Pepe era un perrito con correa.

Kate le pagó al taxista una fortuna y se bajó frente a una puerta con un extraño grafiti que parecía un víbora alada con unas orejas muy extrañas. Encima del grafiti había otro grafiti con letras de un alfabeto extraño.

Volteó a ver su antigua casa, casi con nostalgia y se dio cuenta del hoyo gigante que daba vista a la estancia de los exvecinos. Kate, antes de tocar la puerta grafiteada, se acercó. Desde la calle se podía ver a Lucy, en la sala, muy preocupada, al celular. Caminaba, con toda su humanidad, zangoloteando las varias lonjas con las que contaba, de un lado a otro, como juez de línea en partido de la tercera división.

Lucy sintió la mirada de Kate y volteó. Al verla, colgó el celular y corrió hacia afuera, saliendo por el hueco.

—¡¿Dónde está tu papá?! —Gritó la exvecina con dramatismo y sacudiendo a Kate como para provocarle *síndrome del bebé sacudido*.

—¡No tengo la menor idea, Lucy!

—¡Dime la verdad!

—¡Suéltame! ¿Qué te pasa? —Kate se zafó de la zarandeada de Lucy y dio dos pasos atrás, con cara de estar viendo a *La Llorona* (gorda).

—No puedo localizar a Arcadio, —aclaró la mujer que parecía que se había tragado una pelota de playa y, después, una sandía y al final una cámara de llanta de tractor. (Todas esas cosas todavía no le habían hecho digestión).

El rostro de Kate, ahora, decía: *A.* ¿Cómo voy a saber dónde está tu marido, *B.* ¿qué tiene que ver mi papá con todo? Y *C.* Me vale madre.

—Por lo visto no sabes que tu papá vino, destruyó mi casa y amenazó de muerte a mi marido.

Kate se sorprendió, pero su cara reflejaba en ese momento solo el inciso *C*: "me vale madre… Además, yo nada más vine a echarme un churro de mota con mi cuate *El Flaco*. Quiero divertirme, quiero reírme y pasarla bien. No quiero broncas ni pedos ni familia ni nada".

—Lo siento. —Es todo lo que alcanzó a decirle Kate a la pelota de playa, sin convicción. Kate se dirigió de nuevo a la puerta grafiteada, al tiempo que Lucy, rodó hacia su casa, que no tenía puerta ni ventanas. Le marcó a Arcadio, escuchando, una vez más, a la amable señorita que le decía que su marido no estaba disponible. Lucy, a punto de un ataque, le quería dejar una grabación más a su ahora difunto marido, pero la señorita le dijo que el buzón de voz estaba lleno.

Kate miró unos ojos que se asomaban por una pequeña ventanita.

—Soy Kate.

La ventanita se cerró y la puerta se abrió.

Hernán *cazó* a Valeria en la puerta. La había estado esperando para hablar con ella. Valeria venía feliz, porque su página había quedado de maravilla. No estaba de humor para hablar con su papá. Hernán tampoco estaba de humor para recibir una afrenta, una pataleta o una irreverencia de la niña.

Valeria hizo una mueca como si tuviera un cólico menstrual y se sentó frente a su padre, poniendo los pies en la mesa del centro e ingiriendo un verde chicle con clorofila. No miró a su papá.

—¿De dónde vienes? —Inició Hernán para abrir la pista de baile.

—Fui a ver a Chano… un amigo… de *antes*. —La parte izquierda de sus labios se había levantado como para señalar asco.

—¿Es tu novio?

—Ay, pa', ¿cómo voy a tener novio en estas circunstancias?

—¿Cuáles?

Valeria se puso de pie y señaló teatralmente su *miserable* casa.

—¡En éstas, papá!

—¿No puedes tener novio porque eres *pobre*? —Preguntó Hernán como para aclimatar el ejercicio dialéctico. La palabra *pobre* tenía unas cursivas virtuales.

—Mis amigos de antes me ven como si tuviera cáncer terminal. Y no voy a tener un novio *naco*.

—¿Chano es naco?

—No.

—¿Entonces?

—¿Qué quieres, papá?

—Hablar contigo. Es obvio, ¿no?

—Al fin, después de dieciséis años, te entró lo paternal y ¿quieres "hablar conmigo"? —Dijo Valeria con su acostumbrada insolencia.

—Así es, —contestó Hernán con paciencia y energía. —¡Siéntate!

Valeria no había escuchado ese tono nunca e hizo un gesto de desconcierto.

—Por favor, —suavizó Hernán.

Valeria sustrajo todo el saborcito posible del chicle y obedeció.

—¿De qué quieres que hablemos? —Balbuceó la adolescente, mirando una telaraña que se estaba haciendo en la lámpara de arriba.

—Quiero ayudarte, —sentenció Hernán, buscando la mirada de su hija, sin encontrarla.

—Y ¿quién te dijo que necesito ayuda?

—Nadie me necesita decir nada. Me puedo dar cuenta de que estás frustrada; enojada con la vida.

—¡Qué observador ¿eh?! —Ironizó la niña, levantándose de nuevo del sillón.

—Quizá hablando podrías poner en orden tus ideas. Piensa que soy un terapeuta.

— ¿Esperas que te diga lo que me pasa, justamente a ti, que no me has hecho caso en toda mi vida?

—Te estoy "haciendo caso" ahorita.

—¡Demasiado tarde! —Espetó Valeria, encaminándose a las escaleras. Pero Hernán se puso de pie con la velocidad de una ardillita huyendo de un dragón de Komodo e interceptó a Valeria, antes de que subiera a su recámara.

—¡Tú no vas a ningún lado hasta que hablemos, Valeria!

Valeria quiso esquivar a Hernán y salir corriendo hacia su cuarto, pero éste no se movió.

—¡Quítate, papá! —Dijo Valeria, empujándolo. Hernán, entonces, la tomó de las muñecas y la miró como ogro de cuento.

—¡Lo primero que vas a hacer es respetarme, niña!

—¿Por qué? —Desafió Valeria.

—¡Porque así van a ser las cosas si quieres vivir en esta casa!

—¿Me vas a correr de esta mierda-de-casa?

—¡Lo que sea necesario!

Valeria pensó rápidamente en las complicaciones que vendrían si su papá cumpliera su palabra. "Cuando tenga dinero, voy a mandar a la chingada a este señor", ‑se dijo‑.

En menos que un instante Valeria entendió lo que tenía que hacer. Comprendió que era inútil y contraproducente combatir a su papá. Era necesario cambiar de estrategia ‑por lo menos hasta que tuviera suficiente dinero‑. "Llevar la fiesta en paz ‑pensó Valeria‑, es la mejor estrategia". Hernán soltó las muñecas de su hija, pero no la dejó pasar.

—Está bien. ¿Qué quieres, papá? —Preguntó Valeria con suavidad, ensayando una pequeña sonrisa, no muy obvia.

Hernán respiró hondo.

—Vamos a la sala,—sugirió la niña, tratando de controlar su rabia intrínseca y esforzándose por dar la mejor actuación posible.

—A ver, ¿cómo piensas ayudarme, papá.

—Haría lo que fuera por ti. —Dijo Hernán con una sinceridad que estuvo a punto de conmover a Valeria. —He cometido muchos errores, hija, pero ya es tiempo de que haga las cosas como debe de ser. Sé que te abandoné; que nunca me preocupé por… entablar una relación contigo, pero eso se acabó. A partir de este momento, puedes contar conmigo.

La mente de Valeria empezó a trabajar como supercomputadora. Esta nueva disposición de Hernán le iba a servir sobremanera a la joven prostituta-empresaria.

—Sé que no va a ser fácil, pero estoy dispuesto a intentarlo. Te quiero, hija. De verdad.

—Está bien, pa'. Gracias.

Hernán se sorprendió mucho por la sonrisa de Valeria, que se acercó a él y lo abrazó. El ex financiero sintió que le crecían alas y que volaba al cielo, al lado de ángeles, arcángeles y demás socios de la Corte Celestial.

Hernán lloró de felicidad. Ese era maná cayendo; era como beber en las aguas de la vida eterna; como mirar a Dios a los ojos.

La casa de *El Valde* parecía un edificio, en medio de casas de tabicón gris, sin terminar, con varillas y techo de lámina. Se erguía como un monumento a la ostentación y el poder. Tenía balaustradas en todos los pisos; aluminio dorado en sus ventanas; antenas parabólicas en el techo y cortinajes de la realeza francesa del Siglo XVIII. Había varias camionetas negras, blindadas, con tumbaburros y algunos guaruras, recargados en éstas, fumando, chateando, picándose el ombligo o puliendo los espejos de los vehículos.

Desde un terreno baldío que estaba en frente de la residencia de *El Valde, La Mujer de Negro* y Pepe, observaban la mansión del zar de la trata de blancas en ciudad Nezahualcóyotl. Habían pasado por un pomo de *Bacardí* a una tienda de conveniencia y Pepe le estaba entrando durísimo, aunque parecía que el alcohol ya no le hacía nada.

Unos arbustos de zacate impedían que los guaruras se dieran cuenta de que la esposa del patrón y el ex hojalatero estaban *espiando*. La emoción de todo lo que había pasado ese día, tenía a Olga al filo del orgasmo y hablaba como si tuviera *EPOC* (Enfermedad Pulmonar Obstructiva Crónica).

—Ésta es mi casa, —dijo, jadeando, la asesina de Arcadio como si Pepe no lo supiera. —Toma, te voy a dar la llave. La clave de la alarma es cero-cinco-siete-ocho-dos… A ver, repítemela…

—Mejor me la apuntas, ¿no? —Dijo Pepe, débil, disminuido, derrotado, ebrio.

Olga encaró a Pepe y le tomó su mano, guiándola hasta su vagina. Al contacto con la pantaleta, *La Mujer de Negro* quiso gritar, pero se contuvo.

—Me muero de ganas de cogerte, aquí, frente a mi casa… Mira, ésa es la ventana de mi recámara. La luz está prendida, así que, seguro está el pendejo de Esteban.

Olga metió la mano de Pepe —que había perdido toda voluntad— dentro del calzón de seda. Su vagina era un manantial. El gritito casi se pasaba de decibeles.

—Sigo sin creer que hayas matado a mi compadre.

—Cállate y métemela, —ordenó la esposa de *El Valde*. Acto seguido, se bajó el calzón, se subió la falda y sacó el pene de Pepe de su escondite. Olga miraba la ventana de su casa y estaba de espaldas a Pepe.

Sucedió algo que nunca le había pasado a Pepe.

Olga se volteó hacia su amante, desconcertada, sorprendida. Aquello que jamás le había fallado en la vida a Pepe; que siempre estaba *listo* para la acción, era un hilito flácido.

—¿Qué pasa?

—Me tomé como un litro de tequila. Mataste a Arcadio. Quieres que asesine a tu esposo, el hombre más cabrón de Neza, estamos frente a su casa y quieres que "te la meta". ¿Qué chinga'os te pasa, Olga?

Olga no podía más y, frente a Pepe, empezó a tocarse. El fiel pene de Pepe se quedó ahí afuera, como dormido, como arrepentido, como deprimido.

El orgasmo de *La Mujer de Negro* llegó a los quince segundos. Pepe la miraba como quien observa un alienígena verde con antenas. Olga se contorsionaba, se torcía como gimnasta, con la otra mano en la boca para no gritar.

Casiano salió destapado como payaso de resorte: le iba a dar quién sabe qué por la abstinencia de nicotina. Alcanzó a abrirle la puerta a Vicky y Aurelia, que habían estado sentadas durante dos horas, en su viaje desde la colonia *Quinto Sol 1*, hasta *La Florida*.

—Ay, hija, creo que se me borró la raya, —dijo, en broma, Victoria, mientras se encaminaba hacia la puerta de su casa al lado de Aurelia y se sobaba el trasero.

—¿No vas a ver a don Hernán? —Preguntó, dizque casual, Aurelia Pérez.

—Primero quiero saber qué onda con tu papá, porque sigue sin contestarme el celular y yo necesito saber qué está pasando. —Vicky sacó sus llaves de la bolsa de mano; Casiano encendió un cigarro *Faritos* e inhaló como si fuera un adicto al opio: necesitaba restablecer el nivel *normal* de nicotina en su cuerpo. Ambas mujeres entraron y Casiano miró cómo la nube de humo de tabaco se quedó flotando un momento y luego, agarró vuelo, alejándose, bailando hacia la luminaria de la privada, desintegrándose graciosamente.

Vicky y Aurelia supieron en boca de Mari que el *señor* no había llegado. *Ni sus luces*, pues y que, además, se dio cuenta de que Kate había salido hacía como dos horas. La mucama no sabía a dónde y Kate no le dijo nada. Vicky, entonces, le marcó al celular a la adolescente.

Así como Casiano, Kate, sentada en un sillón deslavado y sin una pata, inhalaba una gigantesca bocanada de humo de Cannabis. Todo estaba bastante oscuro, porque no había luz eléctrica. La iluminación se lograba con velas. Había chavos y chavas drogándose; metiéndose todo tipo de cosas: desde inhalables, hasta heroína. *El Flaco* compartía el churro de mota con Kate. El piso estaba sucio, lleno de papeles y basura. Se escuchaban unos gemidos por ahí: quién sabe si de placer o de dolor. *El Flaco* se dio cuenta de la avidez con la que Kate quería sentir los efectos de la mariguana, porque le arrebató el cigarro e inhaló, de nuevo, hasta el fondo, sosteniendo durante un minuto el humo dentro de los pulmones.

—¡Chale, ñera! Pensé que, con eso de que se sacaron una lana, estarías feliz… ¡Tranquila, mi amor, que alcanza pa'los dos! —Dijo, *El Flaco* viendo como Kate casi se quería comer el churro.

El celular de Kate estaba sonando y la muchacha decidió apagarlo. *El Flaco* tomó en sus manos el carrujo e inhaló el humo tranquilamente.

Vicky preguntó si alguien tenía el número de Fran. Nada. Nomás eso faltaba. Ahora, ¿dónde estará la niña?

—P's, seguro está con el niño-guapo ése, señora.

—Quién sabe, Mari. Andaban de pleito.

—¡Santa Madre! ¿Tan rápido y ya están de la greña?

—¿Qué hacemos, hija? —Preguntó, temblando, Vicky.

—No te preocupes, ma', seguro mi hermana está bien, —dijo, suavemente, Aurelia.

—¿No la conoces?

—Sí, pero se supone que ya había cambiado ¿no?

—Ya con la lana y su ropita nueva, la Kate, como que cambió para bien, Vicky ¿qué no?

—Nadie cambia de un día para otro, Mari. Por más millones que tenga.

—¿Qué crees que esté pasando, mamá? —Vicky ya le había contagiado el nerviosismo a su hija.

—¡No tengo idea! —Vicky, caminaba hacia la pared y luego de regreso y así y viceversa y otra vez.

—Si no está con el galán, ¿no estará con sus cuates?

—¡Kate no tiene *cuates* aquí, Mari!

Atraído por el humo de los *Faritos* de Casiano, Hernán se asomó a la calle de la privada y vio al chofer de Vicky y la camioneta. Billy se había dado cuenta y, segundos después, hizo lo mismo.

—¿Vamos, papá?

—Sí, pero hay que traer la laptop para poder hablar de *negocios*.

—¡Negocios! —Repitió Billy con sonrisa burlona y entró a la casa.

En ese momento, como dicen, *arrastrando la cobija*, Hernán vio que Pepe caminaba hacia su casa desde la calle. Parecía una máscara mortuoria —de las que le hacían con yeso a las celebridades, como Dante Alighieri–. Hernán sufrió un sobresalto que aceleró su ritmo cardiaco. Amagó con meterse a su casa, para no recibir otro puñetazo en la nariz, pero decidió *plantarse* ahí y clavarle la mirada José Pérez. Se sintió en una película del medio-oeste, cuando los dos rivales se van a enfrentar en la calle del pueblo, listos para desenfundar su revólver Colt. Sonaba, en la mente de Hernán, un tema de Ennio Morricone (*El Bueno, el Malo y el Feo*).

Pepe tropezó con un adoquín mal puesto; logró, sin embargo, recuperar el paso. Siguió caminando, solo que mirando al piso para evitar dar un traspié con otro tabique.

A pesar de la postura de Hernán –brazos en jarras, mirada desafiante, una ceja arriba–, Pepe no volteó a verlo. Iba, directo hacia la casa de Vicky. Al pasar al lado de Hernán, el prospecto de asesino dejó una cauda de olores emparentados con la putrefacción. Pepe, a su vez, sintió en la bolsa del pantalón, la llave que le había dado la *Mujer de Negro* para entrar a casa de *El Valde*. Nada más faltaba la 22. En un papelito ya tenía escrita la clave de la alarma de la casona de Neza. 05782. Pensó en las palabras: "tipo-ejecución".

Pepe entró a su casa, al tiempo que Billy salía con la laptop.

—¿A qué huele, eh?

—A cadáver y tiradero clandestino.

—¿Vamos a ir a casa de Vicky?

—Creo que hay que esperar, porque acaba de entrar Pepe.

—¡Mierda!

—Exactamente… Pero, ven, vamos y te platico cómo me fue con tu hermana…

—Seguramente de la chingada. —Billy avanzó, de regreso a su casa.

—¡Todo lo contrario!

Todas lo miraron como seguidor de teatro y se dieron cuenta de que parecía un cadáver de varios días en el sol del desierto de Sonora; medio-comido por los zopilotes. Mari sintió la densidad del ambiente y corrió a la cocina a hacer café. Vicky miró a Pepe, sintió el tufo del tequila y la acidez de su aliento. Sabía que algo estaba profundamente podrido. Para colmo, estaba *muerta de preocupación* por lo de Kate.

—¿Por qué no me dijiste que habías estampado la *Hummer* en la casa de los vecinos? —Preguntó, Vicky, fijando su mirada en los sangrientos ojos del ex hojalatero y aprendiz de asesino de la mafia.

—Me hicieron encabronar, —contestó Pepe ofendiendo a Vicky con su hedor de dragón de Neza.

—Lucy me dijo que los querías matar; que tuvieron que llegar los policías. Por eso pasaste la noche en los separos, ¿no?

—Estoy muy cansado. Me voy a ir a mi cuarto, —evadió Pepe fingiendo un bostezo.

—Dime la verdad, José, —entonó Vicky contundente.

—¡Ésa es la neta, Vicky! Son unos lambiscones, unos lamehuevos y ya me tenían hasta la madre… ¿Ya me puedo ir a dormir? —Había, claro, una omisión importante en lo dicho por Pepe. Que Arcadio estaba muerto.

Pepe subió rápidamente las escaleras, dejando estupefactas a las mujeres de la casa. Vicky se sentó en su novísima sala de cuero y siguió mordiéndose las uñas. Aurelia jugó con su copete, preocupada.

—¿Qué pasa, mamá?

—No tengo idea, —murmuró Vicky haciendo buches con hiel, bilis y adrenalina.

Mari entró con los cafés.

—Y ¿el patrón?

—Huyó a su cueva… pero ¿saben qué? —Se puso de pie, otra vez. —Yo voy a ir a buscar a Kate.

—¿A dónde, ma'?

—Dicen que "la cabra jala al monte, hija". Kate no tiene amigos de la *jai*…

—¿Otra vez van a Neza? —Preguntó la flaquita con una mueca como de hartazgo, como si ella misma tuviera que ir.

—Mamá, —dijo Aurelia con calma, —creo no es muy… seguro que vayamos tú y yo a buscar a mi hermana por las calles de la colonia *Quinto Sol 1.*

—¡¿Entonces?! —Preguntó Vicky enojada.

—¿Te molestaría si les pedimos a Guillermo a y don Hernán que nos acompañen?

Vicky detuvo su paso. Se quedó congelada, como imagen en pausa. Mari apoyó a Aurelia, rápida:

—Es buena idea, Vicky. Van a dar las diez de la noche y es mejor que vayan acompañadas.

—¡Está Casiano! —Vicky ya no agregó nada más y salió. Aurelia miró a Mari, que se encogió de hombros y salió también.

Los tatuajes de *El Flaco*, a pesar de la pésima iluminación de velas, se veían con toda claridad, en alta definición; con más colores que los posibles. Una corona de espinas; una Virgen de Guadalupe, con su traje naranja, sus destellos de oro solar, el manto azul-cielo; las estrellas de cobre y su rostro tan apacible.

Los sonidos eran extraordinarios: alguien roncaba a distancia; voces de mujeres que murmuraban secretos ancestrales; los escapes de la carretera; los aviones; los grillos; los pabilos de las velas que hacían combustión y chispeaban en campanadas.

Kate sentía el corazón ligero y creía poder ver a través de las paredes, como si tuviera la visión de Supermán. Percibía, también las caricias de *El Flaco*, como si sus dedos fueran plumas de un ave exótica. Su pensamiento estaba lleno de estímulos: claros, nítidos, diáfanos.

El tacto de *El Flaco* le dio cosquillas y empezó a reírse de forma aguda, como si tocara el píccolo. El acompañante, también bajo los efectos de la cannabis, empezó a reírse, al mismo tiempo, pero con una risa de burro desesperado —desde la garganta—. Esto, le ocasionaba más risa a Kate, que trataba de hablar; de decirle a *El Flaco* que parecía burro en brama con algo atorado en el cogote.

Otros dos chavos, conocidos por Kate, se acercaron al *rebane*. Querían participar de la felicidad de la hija de Vicky y el chavo de los tatuajes. Uno, con los dientes amarillos de la heroína, se rio con ellos. Le faltaban los dos incisivos y tenía piquetes de agujas en el brazo y los pies —estaba descalzo—. Tenía ronchas en la cara y le faltaba el cabello. Parecía que le quedaban pocos días de vida. Pero el otro era un chavo que Kate conocía, porque robaba relojes de los automovilistas —como aquel incauto que pasó la noche con Pepe en el Ministerio Público de Ecatepec—.

Traía, en ese momento, en el brazo, *Rólex, Cartiers, Baum e Mercier* y *Omegas*. Él sí tenía la dentadura completa, aunque sus drogas favoritas eran la cocaína y el alcohol. Todos le decían *El Rólex*.

El Rólex se rio un poco de compromiso y le ofreció a Kate una botella de tequila de marca dudosa. Kate aceptó y le dio un trago que le supo a solvente y jabón de ropa. Sintió que se limpiaba el esófago como con sosa cáustica y que llegaba al estómago a producir un ardor rico, placentero. Con esto, *El Rólex* se acercó más a Kate, a la que alguna vez ya había manoseado en cierta fiesta de la colonia.

El pobre *Flaco* tuvo que alejarse, porque todos sabían que *El Rólex* siempre estaba armado con una escuadra 9 milímetros. *El Rólex* ya empezó a percibir el perfume de Kate. Una hora atrás, se había metido un gramo de cocaína y estaba *prendido*.

Kate no vio la 9 milímetros, porque estaba analizando el amarillo de los dientes del pobre heroinómano desahuciado.

Casiano, oliendo de punta a talón a tabaco, trataba de no quedarse dormido al volante. Llevaba en la *Suburban* a la patrona, Vicky, a Hernán y, en el asiento de más atrás, a Aurelia y Billy.

—Lo único que me dijo el pendejo… perdón, don Hernán… Pepe me dijo que los vecinos lo "hicieron enojar… que… ya lo tenían hasta la m…"… ¡Ay, patrón, tengo boca de carretonero!

—No se preocupe, Vicky, está nerviosa; lo entiendo… Y, por favor, no me diga *patrón*… ¿no habíamos quedado ya?

—No. Nunca hemos quedado en eso.

Billy y Aurelia se miraron y sonrieron y se tomaron de la mano, en silencio.

—Perdón. Ya no sé ni en qué quedamos, —murmuró Vicky.

Otro silencio denso como neblina en San Francisco.

—Entonces… "lo hicieron enojar"… e hizo un boquete en la casa de su exvecino. —El tono de Hernán era casi irónico.

—A veces hace pen… hace tonterías cuando está tomado. Hace rato, olía a cantina barata y escusado de gasolinería.

Hernán sonrió. Los muchachos observaban cada gesto; la dilatación o expansión de las pupilas; la pequeña sudoración en la frente, como perlitas; ojos húmedos y movimiento nervioso de piernas. Vicky le arrojó un visaje rápido a Aurelia, quien disimuló mirándose las uñas y los padrastros.

—El caso es que creemos que hay algo más, don Hernán, —dijo Aurelia mirándose la cutícula.

—"Algo más"… como ¿qué? —Preguntó Billy.

Ellas negaron, sincrónicamente, con la cabeza.

—Bueno y ¿qué fue exactamente lo que pasó con Kate, Victoria?

—"Exactamente"… eh… su hija, don Hernán, Valeria, le fue con el chisme a Fran, el galán. Le dijo que éramos de Neza y que me gané una lana y que Kate no tenía dieciocho, sino quince.

—…El galán se… sacó de onda. Le dijo a mi hermana que no sabía qué pensar. —Completó Aurelia.

—¡No puede ser! ¡¿Por qué?! —Preguntó, indignadísimo, Guillermo Santibáñez.

—Envidia, joven-Billy. De la mala. Como mi hija se ligó al principito ése, ps, Valeria no lo podía permitir, ¿ves? ¿Cómo iba a dejar que la *naca* de la colonia Quinto Sol 1 anduviera con el niño-rico ése?… Lo conocí la otra vez y es un chavo muy guapo, muy educado y…

—Es hijo de uno de los hombres más ricos del país.

—Por eso, don Hernán. El caso es que Valeria metió mano negra y… aguó la sopa.

—Y ¿de veras cree que Kate esté en Neza? —Hernán preguntó preocupado.

—Ustedes no conocen a Kate… *de verdad.* —Vicky hizo una pausa, con suspiro y lagrimita. —Antes del *Chispazo* era insufrible… con el perdón, don Hernán, igual o peor que la niña-Valeria… Voluntariosa, contestona, grosera… Se ponía unas falditas que ni yo… Se la pasaba día y noche en la calle. Era imposible controlarla y, ps, yo, ya ve: tenía que ir a chambear al otro lado de la ciudad… Claro, se quejaba todo el tiempo de la *pobreza*…

—Como ahora Valeria, —interrumpió Hernán, encontrando un campo común de experiencia con su amada Vicky —como aquella noche en la que el ama de llaves y la patrona platicaron de sus hijas adolescentes hasta tarde—.

—Así que lo más probable es que se haya ido con sus amigotes de antes, —dijo Vicky muy angustiada.

—Es lo que hacía siempre que se enojaba, —aclaró Aurelia. —Se iba a la calle y no regresaba hasta quién sabe qué hora.

—Me *suena*, —dijo Billy mirando, cómplice a su padre. —A mi hermana también le encantaba la fiesta.

—Nomás que hay una diferencia entre los antros de Neza y los de Las Lomas.

—Quizá, Vicky, pero el problema es el mismo: ¡la adolescencia!

—¡La edad de la punzada!

Valeria miraba su sitio –la página de *Vanessa*, pues–, cuando recibió una llamada de Chano. Le contestó de mala gana y se sorprendió cuando Chano le dijo que quería entrar en el negocio, asesorándola.

Valeria se rio y le dijo que ella no necesitaba *asesoría*; que sabía perfectamente cómo desempeñarse. Chano le dijo que, para él, lo más importante era saber con qué clase de clientes se iba a topar. Había gente muy mala en la vida; le podrían hacer daño.

Ella no entendía cómo podría garantizar Chano que los clientes de Valeria fueran no violentos. El muchacho dijo que, a través del cargo en *Paypal* él podría investigar al cliente (el cargo, por cierto, saldría a nombre de *Servicios Integrales de Asesoría*; o sea que los clientes potenciales no tenían nada que temer).

Chano le podría dar servicios de investigación, protección, promoción y administración. A Valeria le fue interesando el portafolio de productos de su amigo, porque, ella no tenía idea de nada de eso. Chano le ofreció proveerla también de servicios de publicidad y márquetin. Claro, discretos, pero efectivos.

Chano no pidió dinero. Solo el pago en especie.

Kate se dio cuenta de que la mano izquierda de *El Rólex* había anclado en su entrepierna. Con el efecto amplificador sensorial de la mariguana la joven sintió una punzada; como si su vagina quisiera repeler los dedos de ese intruso; como si los quisiera morder.

A pesar de los efectos de la cannabis y el alcohol de turbio origen, Kate brincó como si hubiera sentido el piquete de un alacrán.

—¡Óyeme, hijo de la chingada, ¿qué te pasa?!

El Flaco abrió los ojos al máximo de su capacidad y, algunos de los chemos, pasados, mariguanos, cocos y demás, voltearon a ver qué pasaba. *El Rólex* estaba semi-borracho-coco y muy excitado, y tomó a Kate de la cintura. Era mucho más fuerte que la niña-Pérez.

—No te hagas la santa, Kate: todos aquí en la colonia sabemos que eres bien facilota.

—Igual y sí, mano, pero no contigo.

—¡No mames! —*El Rólex* apretó más el cuerpo de Kate contra el suyo. La niña trató de zafarse, pero se sentía atrapada, como presa que va a ser devorada por un tigre.

El Rólex, le volvió a meter mano: esta vez, con violencia. Kate sintió que los dedos del ladrón de relojes la lastimaban. Él trató de besarla y Kate le mordió el labio: con eso, logró separarse del presunto violador y quiso correr, cuando oyó:

—¡No te muevas, golfa!

El Flaco dio un paso para atrás, cuando vio que *El Rólex* había sacado su 9 milímetros y apuntaba el cañón hacia Kate.

—¡Ven acá, pincha puta!

Kate solo enfocó el cañón del arma —como si no existiera nada más; como si el contexto se hubiera salido de foco—.

—Tranquilo, carnalito. No mames. Baja eso… —Al pobre *Flaco* le temblaban los carrujos que tenía por piernas.

—Encuérate, —ordenó *El Rólex;* —o te mato.

Hernán y Billy nunca habían estado en la Calle Oro; en la Colonia *Quinto Sol 1.* La Suburban se detuvo al lado del boquete de la casa de los vecinos. Ambas mujeres salieron volando de la camioneta, topándose casi de frente con Lucy. La gordita tenía cara de hoja bond (cuando, en realidad era morena). Los hombres, sintieron las inyecciones de adrenalina y cortisol, y sin pensarlo, actuando por instinto, se acercaron a la escena. Hernán se sorprendió mucho —claro— al ver el boquete en la casa.

—¿No has visto a mi'ja? —Preguntó Vicky sin preámbulo.

—La vi hace rato y se fue para allá. —Lucy señaló. Seguro se fue a drogar a la casa de los *chemos*.

Vicky sintió que le caía encima un piano desde la *Torre Mayor*. Al tiempo, Aurelia se dio cuenta de la cara-pálida de Lucy.

—¿Te sientes bien, Lucy?

—¡Estoy que me muero, Aurelia! ¡No aparece mi marido!

Pero Vicky ya iba corriendo hacia la puerta del grafiti, acompañada de su séquito de caballeros.

—Voy a ir a preguntar al Ministerio Público, porque no me quieren dar informes por teléfono, —balbuceó, agitadísima, Lucy, a la que le vibraban los mofletes como guajolote.

Kate decidió no desnudarse y enfrentar a *El Rólex* con una valentía que rayaba en negligencia y suicidio.

—Y ¿si no me quito la ropa? ¿A poco, neta, me vas a meter un plomazo?

—Neta, —remarcó *El Rólex*, cortando cartucho. —Te meto el plomazo y luego te encuero. ¿Cómo la ves, pinche puta?

—Aliviánate, mi buen, —suplicaba *El Flaco*.

Sonaron fuertes toquidos en la puerta de metal. *El Rólex* se desconcertó mucho.

—¡Chale! ¿Es la tira? ¿Le hablaste a la policía, *Flaco*?

—¿A qué horas, carnal? Y ¿con qué teléfono?

La paranoia del ladrón de relojes provocó que éste saliera corriendo, hacia el interior de la casa, para buscar una ventana por donde salir. Esto, mientras los toquidos de metal sonaban cada vez más fuertes. Una voz de mujer decía: "¡ábranme!" Kate respiró como si se fuera a terminar el oxígeno del planeta. *El Flaco* la miró, meneando la cabeza como diciendo: "estás loca".

Los efectos de la mariguana y del alcohol habían cesado repentinamente –gracias a la amenaza de segundos antes–. Kate reconoció la voz.

—Es mi mamá, *Flaco*. —Y corrió a abrir la puerta.

El abrazo de Kate y su mamá duró varios siglos.

Aurelia se quedó dormida en la cama de Billy. Había llorado suficiente para llenar el Mar Caspio. Lo extraño es que ella rara vez lloraba: era una mujer dura, de esas personas que "se hacen las fuertes". Aurelia sabía que culturalmente las mujeres tienen el derecho de expresar sus emociones sin pudor, pero, también, que dicha manifestación era señal de debilidad.

Quién sabe de dónde había heredado este estoicismo, porque Vicky era mucho más emotiva y sensible y, a Pepe, se le notaban las emociones a leguas, como si fuera de acrílico transparente. ¿Por qué Aurelia era tan reservada? ¿Por qué tenía la necesidad de mostrarse fuerte, inconmovible? ¿Era por sus aspiraciones profesionales (con eso de que los periodistas-intelectuales deben ser objetivos, imparciales, fríos, ecuánimes, neutrales) o tenía miedo de que le hicieran daño −al mostrarse frágil−?

Ya Guillermo Santibáñez le había preguntado, "¿quién eres debajo de todos tus *rollos*?" ¿Qué hay debajo de la coraza intelectualoide de Aurelia Pérez? ¿Qué hay más allá de sus peroratas sobre la Justicia y la Equidad? Una niña que no podía parar de llorar: una niña vulnerable que había acumulado la tensión del *Chispazo*, el cambio de casa, el enamoramiento de Billy, el brevísimo *noviazgo* con Ricardo, la explosión de su papá, la caída de su hermana al precipicio, el cortejo de don Hernán a su mamá.

Esa gélida noche, después de prácticamente haberle salvado la vida a Kate, Aurelia había entrado con Billy a su casa y, al hacerlo, sin poder controlarse, había empezado a sollozar como llorona de panteón. Fue el desahogo más grande de su vida, aunque nunca supo por qué justamente frente a Guillermo. Quizá sí. Confiaba en él y sabía que jamás la traicionaría.

El llanto había agotado (y deshidratado) a Aurelia. Se quedó dormida en el regazo de Billy y éste le quitó los zapatos, la acostó, la tapó, le dio un beso y se sentó a su lado para acariciarle el pelo eternamente, como si fuera un gatito abandonado en la calle.

Billy se acercó a su oreja y murmuró: "te amo, Aurelia". Ella habló en arameo y se acurrucó. Billy lloró también, pero en silencio.

También Kate había agotado sus reservas de lágrimas. Victoria la tapó con ese amor que es eterno e incondicional. Agradeció a Dios, en silencio, por el hecho de haber llegado a tiempo a salvar a su hija: le pidió *de pasadita*, como tantas otras veces antes, desde que Kate se había vuelto mujer, que le echara la mano con ella. "Por favor, Señor, te lo pido: no dejes que se me desbalague. Cuídamela: te lo ruego".

El timbre de un mensaje despertó a Valeria que estaba soñando que Fran le sonreía y la besaba. En el teléfono había un mensaje de Chano. Había caído el primer cliente, quien había pagado lo equivalente a mil dólares, por una hora de *amor*. Valeria se emocionó. A la vez se angustió. Era su primera vez (oficialmente hablando). Chano −quien ahora fungía como su *representante* (léase padrote)− le había conseguido un lugar en un hotel más o menos escondido (aunque, de lujo) para poder darle el servicio a su nuevo cliente. Éste no podía saber los nombres de Chano y Valeria ya que el cobro se había hecho a través de *Paypal* y era anónimo. Le propuso pasar por ella a *La Florida* y llevarla al hotel.

Valeria tenía que salir de la casa con sigilo, para que ni Hernán ni el idiota de su hermano se dieran cuenta y sospecharan que ahora ella tenía una forma de ganarse la vida. Eligió con cuidado su ropa interior −le quedaban prendas finísimas de su época de bonanza− y se puso una falda bastante conservadora. Se arregló de manera perfecta y se llevó los tacones en las manos para no hacer ruido. Para que los posibles clientes no se pusieran nerviosos −con la posibilidad de ser acusados de pederastia, estupro o como se llame−, Valeria mentiría diciendo que era mayor de edad. Por eso el arreglo más conservador. No se veía vulgar ni mucho menos: era una joven burguesa, mayor de edad, vestida para una cena en casa de los Limantour.

De puntitas, Valeria salió de la casa, tratando de imaginar cómo sería su primer cliente. Su mente cayó, en automático, en la imagen del cincuentón calvo, panzón, desagradable, de mal aliento; perverso y con la posibilidad de sufrir un infarto al miocardio durante el acto sexual.

Caminando por la privada la adolescente recordó los mil dólares que ya se habían cobrado y lo que se compraría con ese dinero.

En la puerta exterior, ya esperaba Chano, dentro de su auto. Salieron rumbo a la Colonia Condesa. Chano explicó que había un hotel cerca del *Parque España*: que la dejaría ahí, pero esperaría en el auto, con el celular en la mano.

Caía una madrugada polar en la ciudad de México y Vicky estaba sentada en la cama, vestida, apretando los dientes. El aliento de Pepe llegó primero que su cuerpo. Venía del baño. El olor iba más allá de la podredumbre: mezcla de estrés agudo, tequila fermentado, jugo pancreático y flatulencia de cochinita pibil. La boca de Pepe era el desierto de Atacama y Vicky notó unas vomitivas manchas blancas en las comisuras de su marido.

Las ojeras de Pepe eran cráteres azules; sus ojos, estaban hundidos como canicas flotando en mayonesa. Era el peor día de la vida de Pepe. Y eso que Olga todavía no le había dado la 22 y no le había dicho en qué momento tenía que entrar a matar a *El Valde*.

—¿Por qué querías matar a Arcadio, José?

—Ya te lo dije. Por la lana, mi amor.

Pepe trató de acercarse a Vicky quien, por primera vez en su vida, lo rechazó.

—No te me acerques que hueles a madres, —sentenció Vicky, poniéndose de pie y alejándose lo más posible de la descomposición.

—Ay, bueno, ¡puta madre! —Pepe exclamó enojado.

—Estrellaste tu camioneta nuevecita en la casa de los vecinos. Abriste un boquete en su sala. Quiero saber por qué.

—¿Sabes qué? —dijo Pepe con un insólito desdén. —¡No me estés chingando!

Pepe caminó hasta el baño, otra vez. Vicky contuvo la respiración para no oler la cloaca y se interpuso.

—Quiero la neta.

—¿No me crees?

—¿Que Arcadio quiera lana? Sí, te creo. Pero esa no es razón para quererlo matar.

Pepe hubiera querido decirle que Arcadio ya estaba muerto; que lo había matado la *Mujer de Negro*, con la que había engañado a Vicky y con la que había hecho un pacto basado en una película de Hitchcock (que a él se le ocurrió), y todo por culpa de la mezquindad del ahora difunto que quería sacarle un millón de pesos con tal de que no le mostrara las fotos a la susodicha.

—¡Te estoy hablando! —Gritó Victoria, acercándose a él a pesar de los hedores a alcantarilla de rastro de pueblo.

Pepe vio todo negro. Sintió una marejada de rabia incontrolable: una marea de ira que provenía de todo el estrés acumulado desde que el imbécil de su compadre había decidido extorsionarlo. Entonces, la tomó del cuello y apretó, gritando, invadido de irritación:

—¡Deja de estarme chingando, Victoria!

Vicky sintió que se moría en ese instante de un ataque: no por las manos de Pepe en su cuello, sino, por el tono en el que había dicho las palabras y la mirada; una de odio infinito.

Victoria pudo conjurar el paro cardiaco, porque ella también recibió una oleada de una ira que no había sentido nunca. Levantó la rodilla y golpeó a su marido en los testículos con toda la fuerza del mundo. Pepe soltó el cuello de su esposa y se llevó las manos a salva sea la parte; movimiento que era inútil, puesto que éstas no iban a poder mitigar el dolor. Pepe vio lucecitas, como si sucediera un espectáculo de fuegos artificiales frente a sus ojos. Se dobló como acróbata y, tanteando, se fue a la cama.

—Me vuelves a tocar y te mato, infeliz —Dijo Vicky y salió de la recámara, mientras Pepe se retorcía como caracol con sal.

Después de varias horas esperando, Lucy parecía más pequeña. Estaba hundida en una silla de plástico que luchaba por sostenerla, pero las eternidades que había estado sentada aguardando a que le dieran informes sobre su esposo, la habían desgastado. Lucy era una inmensa figura de arena erosionada por la brisa.

Para este momento, bien avanzada la congelante noche en el valle, ella pensaba lo peor. Había sido demasiado tiempo para una parranda de Arcadio. No es que el vecino de los Pérez haya sido tan fiestero. A veces, le daba por tomarse su copitas y llegaba tarde a la Calle Oro. Lucy lo esperaba despierta; lo regañaba un poco –aunque no tenía caso– y en castigo él tenía que dormir en el sillón de abajo.

Esta vez era diferente. Y, en cuanto vio al agente judicial que se acercaba, sabía que a Arcadio le había pasado algo grave.

—¿Su esposo tiene un Valiant 1974, placas...?

—¿No me diga que el pendejo de mi marido se dio en la madre? Iba pedo, ¿verdad?...

—Necesito que venga conmigo.

—¿A dónde?... Está bien, ¿verdad? ¡Arcadio está bien!

El agente avanzó un poco y Lucy, ya con las lágrimas estallando, lo siguió, agitadísima.

—¡¿A dónde vamos, oficial?! —Gritó la gordita a todo pulmón.

—Al Servicio Médico Forense, señorita, —contestó el policía sin voltear a verla. —Necesitamos que identifique un cadáver.

Lucy apretó los ojos como exprimiendo las lágrimas.

Aurelia despertó sobresaltada al escuchar el timbre de su celular. Sintió miedo y se preparó para una lucha contra un monstruo invisible. La luz estaba apagada y entre sombras, medio dormida, pensó que se le acercaba el hombre del portafolio vacío con una navaja en la mano.

Billy prendió la luz y Aurelia regresó a la realidad. Su sueño había sido profundísimo y le tomó varios segundos recordar todo; entender dónde estaba y, finalmente, contestar el teléfono.

—Es mi mamá, —dijo Aurelia, asustada, al ver el identificador.

Billy, miró el reloj: eran las cuatro de la mañana. Aurelia habló con su mamá y su rostro se transformó como si fuera de cera y hubiera 40 grados de temperatura. Le dijo a su madre que iba para allá de inmediato.

—¿Qué pasó? —Preguntó, preocupado Billy.

Aurelia, salió, diciendo:

—Mi papá trató de ahorcar a mi mamá.

Corría la madrugada —al parecer eterna— y el termómetro estaba llegando a los cero grados. Sobre el *Parque España* flotaba una neblina sutil. Chano detuvo el auto frente a un hotel boutique. Era un edificio art decó, pintado de verde y amarillo. Chano se dio cuenta de que Valeria movía obsesivamente la pierna derecha y puso su mano sobre la misma.

—Todo va a salir bien.

—Y ¿qué tal si es un viejo asqueroso?

Chano levantó las cejas como diciendo: "tú elegiste este oficio".

—¡Es la única manera para salir de la mierda!

—Te estoy ayudando, a cambio de sexo: ¿quién soy yo para juzgarte?

Valeria se calmó un poco.

—Igual y nos va bien y te empiezo a dar comisiones en efectivo, ¿no?

Chano recibió un mensaje en su celular. Era el cliente.

—Es hora. Voy a estar aquí abajo. Cualquier cosa, me mandas un mensaje o me marcas.

Valeria ya no dijo nada y salió el coche. Sintió el aire doloroso y cortante.

Paradójico: antes de entrar al hotel, Valeria se persignó, aunque estaba segura de que Dios la había abandonado.

Billy convenció a Vicky y Aurelia de que regresaran a casa del primero. Pepe se había vuelto loco y era muy peligroso —como lo demostraba el cuello morado de Vicky y su estado emocional—. No podía hablar, temblaba y sudaba y lloraba sin lágrimas. Ella se había resistido a ir a la casa del vecino, porque —se lo dijo a Billy— no quería involucrar a Hernán en la bronca (y menos en el contexto del ínclito "te amo" de la otra vez). Aurelia, sin embargo, estuvo de acuerdo. Estaba conmocionada porque su papá hubiera tratado de estrangular a su mamá y eso era, no solo inédito, sino indignante, terrorífico realmente. Billy le aseguró a Vicky que su papá y Valeria estaban dormidos en el piso de arriba y que, si hablaban en voz baja, no habría problema. Vicky le confesó su miedo de que, si se enteraba su papá, la conflagración crecería y ella no quería darle más problemas a don Hernán. Billy confesó que sabía que su papá estaba enamorado de ella y que, en automático, él querría protegerla de Pepe.

—Por eso, joven-Billy: mejor vámonos a otro lugar.

—Tarde o temprano se va a enterar don Hernán, —sentenció Aurelia, mirando a Billy.

—Nuestras familias están unidas, Vicky y creo que eso ya no tiene vuelta atrás.

Dentro del calorcito de la casa Santibáñez, Aurelia calentó agua y buscó alguna bolsita de té. La despensa era muy escasa, pero por ahí había un viejo paquete de té de manzanilla. Billy y Vicky siguieron hablando en voz muy baja.

—¿Estás bien, Vicky?

—No, joven-Billy. No estoy bien. Pepe se volvió loco. Nunca lo había visto así… ¡esos ojos!

—¿Por qué se puso así?

—Porque le pregunté, por segunda vez, qué había pasado realmente en casa de Arcadio. Me dijo las mismas jaladas. Le dije que no le creía y, p's, se… se… ¡N-nunca me había maltratado, joven-Billy! ¡Jamás! ¡Yo no sé qué está pasando!

Entró Aurelia con dos tazas de té humeantes.

—Cuando lo vi persiguiendo la carcacha ésa… mentando madres y diciendo que iba a matar al tipo ése, también estaba como loco.

—Algo muy grave está pasando con mi papá, Guillermo.

—¿Qué puede ser, hija?

—Algo le hizo Arcadio a mi papá.

—¿Le habrá robado dinero?

—P's, igual y sí, pero… ¿cómo?

—¿No dijiste que mi papá te había pedido que le depositaras?

—Le di un cheque de dos millones y abrió una cuenta. —Vicky le sopló al té y percibió el tranquilizante olor a manzanilla. Tenía frío y seguía temblando. Aurelia la abrazó para darle calor. —Pero, la verdad, —continuó Vicky, pensativa— si hubiera sido eso; si Arcadio le hubiera transado una lana, Pepe me lo hubiera dicho, no se hubiera puesto como loco.

—Tienes razón, mamá… —Aurelia le dio un traguito a su té, para tomarse un tiempo para reflexionar. —Mi papá está ocultando algo.

—Lo raro también es que… —Vicky frunció el ceño y suspiró: —Arcadio no había llegado a su casa. ¿Le habrá pasado algo?

Pues sí, sí "le pasó algo". La muerte. Estaba desnudo sobre una plancha de metal. Su piel era color agua de limón y tenía en el cuerpo las heridas sangrantes que le había hecho *La Mujer de Negro* y le habían provocado la muerte.

Arcadio ya no tenía frío ni dolor, ni sentía amor ni anhelaba nada. La avaricia lo había enviado ahí, al Servicio Médico Forense: quería dinero para comprarse un coche nuevo; para llevar a Lucy a un restaurante elegante; para comprarse un teléfono inteligente. En cambio, lo que obtuvo es la nada; la anulación de la vida; la fuga del alma; la pérdida de la consciencia y el movimiento. Ese cadáver en putrefacción ya no era Arcadio; éste había cesado de existir como un ser con el privilegio del libre albedrío y del acceso a los efímeros placeres de la vida humana.

Lo primero que pensó Lucy al ver los restos de su esposo fue: "¿cómo les voy a decir a mis hijos que su papá se murió?". Se acercó al cuerpo y vio las heridas. Iba con el policía judicial. Este era el segundo cadáver que Lucy veía en su vida. Cuando ella tenía doce años, había visto a su padre dentro de un ataúd; vestido de traje y maquillado con chapitas y lo que parecía lápiz de labios.

Pero Arcadio tenía un color verdoso y estaba lleno de sangre. Lucy se acercó más. La expresión de su rostro se había quedado congelada con ese último pensamiento de Arcadio; la sorpresa de ver a Olga empuñando el cuchillo: "¿Usted?" Lucy vio claramente que su extinto esposo tenía cara de extrañado, como cuando alguien no entiende lo que está pasando.

—¿Qué le pasó? —Preguntó, muy suave, Lucy, sin voltear a ver al judicial que mandaba mensajes a través de su celular. Ella hablaba quedito como para no despertar a Arcadio.

—Lo apuñalaron.

—Eso es obvio, —contestó Lucy… —Pero ¿quién lo hizo?

—No sabemos.

Lucy había compartido quince años de su vida con Arcadio: desde que era una esbelta y atractiva joven de veinte años, hasta ese momento, en el que había pasado la barrera de los ciento cincuenta kilos y tenía treinta tantos años. Arcadio había sido un mediocre y un perdedor, pero por lo menos la respetaba y la trataba bien.

Lucy sabía que Arcadio deseaba a su vecina Vicky, lo que no le daba realmente celos. Vicky era infinitamente más hermosa que ella y sabía que la vecina jamás le iba a hacer caso.

Lucy se dio cuenta de que no amaba a Arcadio, que se había acostumbrado a su compañía y que sería difícil vivir sin él.

Sus pensamientos fueron interrumpidos por el judicial que le preguntó dónde había estado en la tarde de ese día.

—¿Neta que ahora yo soy sospechosa de haber asesinado a mi marido? —A Lucy le dieron ganas de reírse.

—Es una pregunta.

—Estuve en mi casa todo el día, oficial… Ah, no: a las dos fui por mis hijos a la escuela. Comimos, hicimos las tareas y vi las dos comedias de la tarde.

—¿Sabe quién lo odiaba tanto como para meterle siete puñaladas? Lucy se quedó pensando. Luego, dijo:

—Sí. Yo sé quién lo mató.

El cliente era un cuarentón atlético, con la cabellera completa, sin panza, de raza blanca y realmente agradable a la vista. Valeria dio gracias a Dios (¿otra vez?) y el hombre, que estaba tomando una copa de champaña, mirando el parque, notó la sonrisa de la bellísima mujer. De hecho, pensó que la joven era mucho más bella en persona: estaba impresionado.

—Hola, soy Vanessa, —dijo Valeria con el personaje de niña-mujer, de Lolita, de inocente-mujer terrible, que había presentado en la página y que estaba reforzando a cada instante.

El problema eran los nervios. Valeria no quería que se notara su inexperiencia.

—Ricardo… ¿quieres champaña?

—Claro, —sonrió Valeria y se quitó la chamarra.

Valeria no podía creer que Ricardo era realmente encantador. Éste le señaló un sillón color naranja, al lado del ventanal.

—¡Qué frío, ¿no?! —Dijo Valeria mientras Ricardo le servía una copa.

En la mesa del centro había algunas botanas: quesos, jamón serrano. Valeria vio el reloj de oro de Ricardo. El saco colgado en el perchero era *Boss*. Los dos chocaron las copas y Valeria le dio un buen trago a la champaña. Era para ella un elíxir glorioso. Ricardo no le quitaba los ojos de encima.

—¿Pasó el pago?

—Eh… sí, sí… gracias. —Valeria se lamentó en sus adentros. Parecía una quinceañera estúpida cuando el galán la saca a bailar.

Ricardo no dejaba de auscultarla.

—¿Te gusta lo que ves? —Susurró Valeria, ahora ya en un tono francamente provocador.

Ricardo solo sonrió, se puso de pie, sacó su pene erecto y le pidió a Valeria que le hiciera sexo oral. El romance, la champaña, las botanas, el glamur, todo se había terminado en un instante, cuando Valeria vio, muy de cerca, un miembro blanco, venoso, muy grande. Valeria se desconcertó. Por un momento, había olvidado que era una puta, que tenía que meterse en la boca aquella cosa: que tenía que hacer lo que se le ordenara; que se le habían pagado mil dólares.

Ricardo miró al techo y gimió un poco. Valeria, sin embargo, sentía que se estaba ahogando. El pene de Ricardo llegaba hasta muy adentro y ella tuvo el reflejo de vomitar. Al tiempo, el hombre, tocaba los pequeños pechos de la niña, que no sentía nada (placentero). Solo algo demasiado grande que llegaba casi hasta la epiglotis.

Por fin, Ricardo se separó y le pidió que se quitara la ropa. Él mismo se quitó la camisa y mostró un cuerpo bastante armonioso y nada desagradable. Valeria, desnuda se acostó en la cama. Ricardo la admiró por un buen rato. Valeria, al ser observada, empezó a excitarse. De nuevo pensó que, quizá esa primera vez, no iba ser tan desagradable después de todo. Pero, Ricardo dijo:

—Ponte boca abajo.

—No te quiero en mi casa, —dijo, con seriedad, Victoria, manteniendo una distancia prudente de Pepe. —Empaca tus cosas y vete.

Pepe se le quedó mirando como si Vicky fuera un animal en extinción.

—No manches que me estás corriendo, —preguntó, Pepe, obviando. —Claro, como es *tu* casa.

—A mí no me vengas con esas mamadas, —exclamó, con claridad, Vicky. En ese momento, Aurelia entró de la cocina. Pepe y Vicky estaban en la estancia. Cundía una mañana fría, con rocío y los vidrios empañados –el vapor condensándose–. Aurelia se puso al lado de su mamá, en silencio, pero esperando cualquier exabrupto del progenitor.

—Ps, es que, desde el principio dejaste claro que era **tu** lana y que…

—¿Ya se te olvidó que ayer me querías ahorcar?

—¡Porque estás chingue y chingue, mujer!

—¡Es que no me quieres decir la verdad! ¡Me estás mintiendo, carajo! —Vicky se puso roja y a una vena gorda de la frente le dio por lucirse.

—Y ¡vuelve la mula al trigo! ¿No te digo?

—¿Por qué no nos dices la verdad y se acaba la bronca? —Dijo Aurelia en un tono ecuánime, casi conciliador.

—¡Porque ya se las dije! —Pepe amagó con regresar a su recámara.

—Es en serio, José. No te quiero aquí.

—¡Pinche vieja! ¡Ni que fueras la última mujer en el mundo!

Y Pepe subió, rápido, las escaleras. Vicky, se volteó hacia Aurelia.

—¿Ves, hija? Ya no es tu papá. Es otra persona. Me lo cambiaron.

Pepe entró a la recámara para empacar sus cosas. Tenía ganas de destruir la pantalla gigante; de cortar con una navaja la ropa de Vicky, pero sonó el teléfono.

—Olga, no estoy de humor para… —Pepe hablaba en voz baja, vigilando que no entrara Vicky.

—Hoy es el día, mi amor. —Susurró *La Mujer de Negro*, hablando como quien va a tener un orgasmo múltiple o como esas mujeres a las que les pagas para tener sexo por teléfono... O como Donna Summer en una de sus inolvidables canciones-orgasmo.

—Olga, yo no puedo; no puedo matar a tu marido. —Ahora, se acercó más a la puerta, para poder escuchar los pasos de alguien acercándose.

—No tengas miedo, mi vida: yo te voy a proteger. Acuérdate de nuestros planes. Tú y yo juntos en una playa o en Europa... libres...

Después del entripado que acababa de hacer con Vicky, la idea de huir con *La Mujer de Negro*, ya no le pareció tan jalada de los pelos.

—Mi esposa me acaba de correr de la casa.

—¿Por qué?

—Porque sabe que le he estado diciendo mentiras con lo del... boquete que hice con la camioneta en casa del vecino.

—¿Por qué no te quedas en el hotel de la otra vez; el del aeropuerto? Yo te lo pago.

—No hace falta. Yo tengo lana.

—Si quieres nos vemos allá y te explico los últimos detalles para lo de... lo de Esteban.

—No sé...

—Tú y yo juntos; con un chorro de lana... ¡Libres de nuestros esposos! ¡Felices!... ¿A poco quieres seguir aguantando a tu esposa?

—¡No! —Dijo Pepe sin pensarlo.

—Te veo en el hotel, —susurró Olga y colgó.

Valeria estaba esperando a que su papá se fuera a trabajar. Pensó que su hermano también estaría fuera. No tenía el menor ánimo de toparse con ninguno de los dos. Caminó hacia la casa realmente adolorida. Se sentía humillada; como si fuera un animal maltratado; un perro callejero que la gente patea o apedrea: herido, moribundo en un callejón que olía a orines y excremento. Se sentía un objeto en la basura; una lata de cerveza apachurrada. Se sentía miserable; hecha una mierda. "No valgo nada" –pensaba–.

Quería bañarse; tratar de quitarse el olor a loción y semen.

Pero se topó con Billy en la puerta.

—¿De dónde vienes?

—¡Del antro!

Valeria pasó a un lado de su hermano para subir las escaleras y evadir cualquier conversación con él.

—¿Con qué dinero?

—¡Aunque no lo creas, todavía tengo amigas!

Se oyó el azotón de la puerta, arriba. Billy se quedó pensando un momento. Luego, miró su reloj de pulso. Se le hacía tarde para llegar a la universidad. Sin embargo, él conocía muy bien a su hermana: sabía que estaba mintiendo (aunque la noche anterior, Hernán le había dicho a Billy que su hermana estaba mucho mejor).

Valeria se arrancó la ropa lo más rápido que pudo y corrió a la regadera. Cuando abrió la llave del agua, también se abrió la llave de sus lagrimales. Mientras el agua se calentaba y se evaporaba, Valeria, desnuda, dolorida, se sentó sobre la tapa del escusado a llorar con la más honda de las tristezas.

Se había convertido *oficialmente*, a los dieciséis años, en puta. El hombre del hotel en el Parque México había explotado como el Nevado de Colima; con un grito de apache y una tonelada de semen. Después del acto, había quedado noqueado y con un rostro de felicidad. Había alcanzado el Nirvana y eso era muy conveniente para Valeria. El cliente la recomendaría con sus amigos (y les diría que esa joven hacía-de-todo; además de que su cuerpo era lo más cercano a la perfección) y ella podría empezar a subir sus tarifas: quizá dos mil dólares por una hora. O, podría cobrar –pensaba en medio del llanto– por cada *servicio*: es decir, por el sexo oral, digamos, quinientos dólares más; por el anal, otros mil y así.

Dejó de llorar. Se dijo a sí misma que debía mantenerse *enfocada*. *Eyes on the Price.* Si Valeria conformaba una buena cartera de clientes, podía dar unos diez servicios al día (mínimo diez mil dólares). Así que, al mes, ganaría ¡300 mil dólares!

Se metió a la ducha calientita, ya con una sonrisa. Pasó una hora debajo de la cascada de agua potable. Pensó que, en todo caso, era importante tener cuidado con los metiches de su hermano y su papá.

Se portaría impecablemente. Es más, hasta podría fingir que iba a la escuela. Secándose y poniéndose unos pants, Valeria recuperó la esperanza.

"Si voy a ser puta: ¡tengo que ser la mejor puta del mundo!" —se dijo a sí misma, mirándose al espejo—.

—No se preocupe, don Hernán. Lo corrí de la casa.

Hernán estaba estupefacto, sentado en el comedor de la casa de su amada vecina, su ex ama de llaves, su cliente, su jefa y el personaje favorito de sus crónicas fantasías caribeñas.

Mari les estaba sirviendo de comer —a él y a Vicky— unas chuletitas ahumadas con puré de papa. Le parecía de locos que ahora su ex patrón, le estuviera echando los perros a Vicky —porque eso era muy evidente—. A don Hernán —según observaciones de la sirvienta—, "se le caía la baba" por Victoria.

—¿Por qué? —Preguntó Hernán tratando de disimular su éxtasis: ¡al fin tendría una oportunidad con Vicky!

—Anoche… —La voz de Vicky se volvió un zumbido; era el aleteo de una abeja. —Trató de ahorcarme.

La sangre de Hernán hervía, su corazón saltaba como conejo con miedo y su naturaleza de macho generó suficiente adrenalina como para cruzar el Mar de Cortez a nado.

—¡Pero ¿c-cómo es posible?! ¡Victoria, eso es muy grave!

—¡Como si no lo supiera! —Murmuró.

—¡¿Qué rayos pasa con ese hombre?!

—No me quiere decir la verdad de… lo que pasó en casa de mis exvecinos.

—Lo del boquete que hizo con su camioneta.

—Por ahí va la cosa, don Hernán.

Vicky bajó la mirada como para analizar la textura de las chuletas ahumadas. Hernán puso su mano sobre el antebrazo de Vicky y apretó un poquito. Se acercó y la miró.

—¿Puedo hacer algo por usted?

—Para colmo está lo de Kate.

—¿Cómo está?

—Trae una depresión marca Diablo. No se quiere levantar de la cama. Por eso lo cité aquí, don Hernán, porque no me le quiero despegar a esa niña ni un segundo.

—Entiendo.

—Por lo que veo, las dos niñas van a perder el año. Van a tener que repetir cuarto-prepa.

Vicky ya no miraba las chuletas. De hecho, tenía ganas de volver el estómago. La mano de Hernán seguía, necia, encaramada del brazo de la mujer, como una araña.

—¿Cómo se siente? —Preguntó, torpemente, el ex millonario.

—Pus, francamente, de la chingada... perdón por mi *francés*. Siento que el mundo se me viene encima; que mi vida se está haciendo pedazos.

—No diga eso, Vicky: su vida es mucho más que ese... —Hernán contuvo su deseo de decir una mala palabra con respecto a Pepe.

—Llevamos veintitrés años juntos, don Hernán.

—Yo también duré veintitantos años con...

—Usted no amaba a la señora Carolyn. Me lo dijo. De hecho, con todo respeto, ahora que se fue a... la Conchinchina, usted seguro sintió un alivio, ¿qué, no?

Hernán asintió y sonrió y quitó su mano de donde estaba, para poder cortar la rosita carne de cerdo.

—Entonces, ¿usted sigue amando a Pepe? —Preguntó, dizque *casualmente*, mientras rebanaba la carne y combinaba el cachito con puré de papa.

Vicky miró su brazo. Estaban desvaneciéndose las marquitas que habían dejado los dedos de Hernán, donde había fluido menos la sangre.

—¿Por qué no hablamos en plata, don Hernán?

Vicky conectó sus ojos con los del ex patrón y éste pensó que la epiglotis iba a cometer un error y el bolo alimenticio se iría a los pulmones. Tosió, pero no tanto porque la comida se había equivocado de vía e iba a bajar por la tráquea, sino como un tic nervioso; una carraspera con chuleta de cerdo ahumada.

—¿A qué se refiere, Vicky? —Otra pregunta estúpida.

—A lo que hablamos el otro día en el café.

Hernán tomó un poco de agua, para lubricar el esófago y también se conectó ocularmente con Vicky. Sonrío muy poco. La miró con sinceridad, sin pestañear.

—No *lo hablamos* precisamente. Yo le dije algo y usted salió corriendo.

—¡No salí corriendo! —Se defendió.

Hernán sonrió (ahora sí, a plenitud. Parecía una burla, pero no lo era).

—¿No dijo usted misma que íbamos a hablar *en plata*, Victoria?

—Tiene razón. Sí salí corriendo, porque usté' me... me dejó toda sacada de onda.

—"Sacada de onda" ¿bien o mal?

—Sacada de onda, sacada de onda... sorprendida... Mhhh... sin saber qué decir.

—Y prefirió salir corriendo...

—¡Eso es lo de menos! —Vicky subió algunos decibeles su tono de voz. Hernán se retrajo. Quería otro trago inmenso de agua de limón. —Perdón, Hernán. No quería gritarle. Perdón. Es que estoy con... muchas broncas encima.

—La entiendo, Vicky. No es necesario que me pida perdón... Quizá el que le tiene que pedir perdón soy yo.

—¿Por qué?

—Por haberle dicho... lo que le dije.

—Digamos las cosas como son: me dijo que me ama.

En ese momento, entraba María a preguntar si querían postre o café —pensando que ya se habrían acabado el guisado—. Casi se desvanece. Se dio una vuelta rápida, para no ser imprudente, pero casi choca con el marco de la puerta. Con todo, se quedó espiando desde la cocina. Vicky oyó algo y volteó rápidamente hacia la puerta abatible por ambos lados. Mari se escondió; luego, volvió a asomar la nariz.

—Y, usted no respondió.

—¡No sabía qué decir! Le estoy explicando que...

—Y ¿ahora? ¿Qué me dice ahora?

—Que… que no puedo… ¡no puedo!

—¿No puede qué?

—¡Tengo muchas broncas como para, encima, lidiar con esto!

Vicky se puso de pie. Iba a llorar.

—¿Ya va a volver a salir corriendo?

Ella apretó los puños. A Mari le dieron ganas de estornudar. Hernán se sintió mejor. Ese nerviosismo; esas huidas, significaban *algo* –aunque no estaba muy seguro de qué–. "Por lo menos no le soy indiferente" –pensó–.

Vicky se volvió a sentar.

—Perdón. Tiene razón. No hay esconderse de las broncas.

—¿Le parece que yo soy una *bronca*?

—¡En este momento, sí! —Vicky se arrepintió en el instante de lo que dijo. —Perdón…

—No me pida perdón a cada rato, Vicky. No es necesario.

—Es que… usted no es propiamente una *bronca-bronca*. ¿Me entendió?

—¿Entonces?

—¡Le estoy diciendo que…! —De nuevo, demasiado volumen.

—A ver, vamos a calmarnos…

Los dos respiraron hondo al mismo tiempo. Hernán quería decir que él estaba calmado, pero no era cierto: la cercanía de Vicky lo inquietaba mucho.

—Hablamos de la bronca de Pepe y la de Kate, ¿no? Y le dije que, en estos momentos… como dicen… "el horno no está para bollos". Necesito arreglar esas broncas primero, antes de… de siquiera pensar en que usted y yo… pues, ya sabe, ¿no?

—Pero ¿sí lo ha *pensado* alguna vez?

—Le estoy diciendo que *no puedo ni pensar* en eso.

—Hablo del pasado.

—¿Qué?

—Le estoy preguntando si… en algún momento desde que nos conocimos, usted ha… contemplado la idea de…

—Ninguna idea, —interrumpió Vicky. Usted era mi patrón; mi jefe.

—Hay casos en los que… empleada y jefe se enamoran.

—…Además, estaba usted casado. De hecho, los dos… seguimos casados… —Antes de que Hernán siguiera hurgando el asunto, Vicky decidió ser contundente y lo más precisa posible. —A ver, don Hernán. Primero que nada, están nuestras hijas, ¿qué, no?

—Absolutamente.

—Luego, está… mi marido; mi familia. Para bien o para mal, tengo que arreglar eso. ¿Estamos?

—Estamos, —contestó Hernán, asintiendo monótonamente, con la mirada en las partículas que flotaban en el agua de limón.

—Después… a mí me interesaba mucho nuestra relación profesional… De verdad, don Hernán, no quiero quemarme toda mi lana en tonterías. Quiero hacer un negocio y lo quiero hacer con usted… porque, además, le debo mucho y… quiero que usted también salga adelante.

—Entonces: primero, nuestras hijas; luego, Pepe… En tercer lugar el *espá* y las cremas... salir del hoyo… Y, en último lugar… Nosotros.

—No hay *nosotros*…

—¿Ni siquiera como posibilidad?

—No puedo prometerle nada. ¿No me está poniendo atención?

La cara de Mari significaba: "¡ay, Vicky, no seas pendeja, di que sí!".

—Quiero pedirle, don Hernán, que… que no mencionemos ahorita lo… p's, lo de *nosotros* y el amor y la manga del muerto.

—De acuerdo…

—Quiero que nos concentremos en eso que le dije: primero, segundo y tercer lugar.

—Ajá…

—Y… p's, si vamos a hacer negocios… yo no me quiero sentir incómoda, ¿me explico?

—No vuelvo a mencionar que la amo. —Hernán dijo esto con la descarada intención de dejarlo claro otra vez. —A mí también me interesa mucho el negocio y le veo mucho potencial. Le prometo que no se va a sentir incómoda, Vicky, pero sí quiero decirle que cuenta conmigo para lo que se le ofrezca.

—Gracias, don Hernán. —Pausa. —¡Chijos!, ya ni comimos nada, ¿verdad?

—¿Quiere que veamos los números? También tengo algunas propuestas para la marca; algunos locales para el *espá* y la fabriquita...
—Hernán sacó la laptop. Mari entró, rápida, a llevarse los platos. Estaba impactada.

Empezó la junta de trabajo.

Olga hizo circo-maroma-y-teatro para que el otrora eficientísimo órgano sexual de Pepe funcionara. Incluso, lo obligó a tomar doble dosis de *Viagra*. Mientras la *Mujer de Negro* gritaba como apache al ataque, le dijo al ex semental que la noche siguiente, era *La Noche*. La noche mil y uno.

—¿De qué hablas?

—Mañana vas a matar a mi esposo. —Un pasajero que iba con audífonos adentro de un avión despegando, escuchó el orgasmo.

Pepe estaba resignado. Si no hacía lo convenido, estaba seguro de que él moriría también.

Parecía que todo estaba perdido: ¡Había tratado de estrangular a Vicky, el amor de su vida!... ¿Qué carajo le estaba pasando? ¿Cómo es que estaba ahogándose en esa laguna de mierda? ¿Cómo habían llegado las cosas a ese punto? ¿Por qué Pepe lo había permitido?

Su vida había sido feliz justo hasta el momento en el que *La Mujer de Negro* y Arcadio −¡Dios lo tenga en su santa gloria!− habían chocado y ella se había apersonado en la hojalatería junto con el imbécil de su compadre. Bueno, su ex compadre.

Este cliente estaba muy nervioso. Además, Valeria de inmediato pensó que, si ese hombre se colocara encima de ella, moriría asfixiada... Tuvo esa fantasía trágica, mientras miraba a ese señor, de unos sesenta años, que sudaba como maratonista africano y que lucía una barriga de embarazo masculino. Estaba calvo y era todo lo que Valeria soñó: el clásico *ñor*.

Con todo era un hombre de dinero: destacaba el Rólex y los zapatos Gucci.

—E-es la primera vez que hago esto. ¿C-c-uántos años tienes?

—Dieciocho, —dijo Valeria, rápidamente, acercándose al panzón, con su sonrisa de Lolita.

Las gotas de sudor; la camisa empapada, la respiración, el aliento a whisky y aceitunas, le daban un asco tremendo a la niña Santibáñez. Pero, ni modo: era la chamba.

Chano ya le había informado a Valeria que el pago estaba ok. Valeria fue por una toallita del baño y le secó suavemente el sudor al gordito sesentón.

—Tranquilo, todo va a estar bien, —susurró Valeria amorosamente.

—S-soy casado.

—Sí, pero seguro con tu esposa ya no haces el amor desde hace años, ¿no?

El hombre asintió varias veces, como engrapadora.

—M-me recomendó un amigo. Me dijo que… eras… fabulosa y… ¡tenía toda la razón! Eres muy hermosa.

—Gracias, —dijo Valeria, con una sonrisa honesta y empezó a desnudar suavemente al nerviosísimo gordito. —Shhhh… yo voy a hacer que olvides todos tus problemas. Ven, acuéstate.

El ñor parecía un niño chiquito con su mamá: obediente y ansioso. Valeria lo dejó en la cama, sin ropa. La niña puso música suave, relajante y empezó a tocarlo, a besarlo en el cuello. Le susurraba palabras al oído, como, "me encantas", "relájate", "olvida todo" y hasta "te amo".

Capítulo 9

EL DEVENIR NO SE DETIENE

¿Una confesión? —Vicky miraba a don Hernán de soslayo, como no queriéndolo ver. Tenía miedo de que volviera el conflicto que, horas antes, ella había tratado de conjurar. Entonces, todo lo que ella le había dicho a él "le había entrado por una oreja y le había salido por la otra". Ella no quería que el *fantasma* del "te amo" se interpusiera entre ellos, justo ahora, que el negocio del Spa y de las cremas, gracias al genio de Hernán, estaba tomando forma.

—¡Ay, don Hernán! —Suplicó Victoria.

—No es nada *malo*.

—No, si enamorarse no es *malo*. —Vicky se llevó la mano a la boca. —El chango loco y le dan maracas, ¿verdad?

Hernán sonrió.

—Bueno, ya: ¡suelte la sopa, licenciado! —Vicky sonrió casi coquetamente.

—Quizá usted cree que somos vecinos por casualidad, ¿no?

Vicky aflojó el maxilar inferior.

—Y ¿no?

Hernán negó con la cabeza, sonriendo como niño espiando el baño de las niñas por un agujerito.

—¿Se acuerda del catálogo que le enseñé en la casa de Arrayanes?

Vicky asintió.

—Lo hice, porque yo ya estaba pensando en comprar la casa de junto.

—O sea que usted… ¡Ay, no! —Vicky se llevó las manos a la cara.

—Quería estar cerca de usted.

Hernán no resistió el pacto de no agresión y tomó las manos de Vicky, quien sintió como si tuviera fiebre.

Vicky veía borroso. Sentía que se le había descompuesto el marcapasos. Quería besarlo, cuando.

—¿Mamá?

Kate, sorprendida, veía a Hernán y a su mamá muy cerca uno del otro, con las manos entrelazadas. Quien no se diera cuenta de que el señor Santibáñez estaba loco por su ex ama de llaves, era un idiota o estaba ciego.

Vicky, culpable, quitó las manos y se puso de pie. Kate estaba sin maquillar, adormilada, despeinada, ojerosa.

—¿Cómo te sientes, mi amor?

—Estoy deprimida.

Hernán se puso de pie.

—Si quiere nos vemos después.

—Sí, gracias don Hernán, —dijo Vicky, ahora, muy oficiosa. Luego, se dirigió a Kate: —¿quieres comer algo, mi amor? ¡Mari!…

—Con permiso.

Hernán salió y Kate, con una mueca de extrañeza —como si hubiera visto un unicornio rosa—, miró a su madre. —¡No manches que tu ex patrón te está tirando la onda, ma'!

—No, no, no… ¡cómo crees! —Balbuceó Vicky.

—¡Se nota cañón que le gustas un buen!

Apareció Mari, sonriendo.

—¿Sabías que a don Hernán le gusta mi mamá? —Kate se había dirigido a Mari.

—¡No, para nada! —Mintió Mari, poniéndose roja como sol en el horizonte.

—¡Mentirosa! —Dijo Vicky, quien la había visto espiando desde la cocina.

—¡Es que no lo puedo creer! —Dijo la adolescente con cara de burla.

—Bueno, bueno: ¡ya! ¡Ni que yo tuviera quince años!

—No tienes quince años, ma', pero estás casada...

—¡Ya lo sé!... A ver, Mari: hazle unas chuletitas a la niña, que hace horas que no come nada. Y, tú, Kate, deja de mirarme con esos ojos como de cura en el confesionario.

Vicky se fue corriendo a quién sabe dónde.

Era tan extraño, tan repentino, tan exacto que parecía obra de Dios: algo planeado de manera exacta desde el Olimpo.

No había pasado mucho tiempo: el Metro y el Metrobús habían sido el escenario de algunos besos; de ciertas conversaciones sobre la realidad. Algunos eventos recientes los habían puesto a prueba. Él la había dejado vibrando cuando le preguntó quién era *realmente*.

Ahora, sus mentes se habían separado de todo: de la circunstancia de su amor, de su secuencia de hechos; la burbuja inmobiliaria en Estados Unidos, el Chispazo –literal–, la decisión de Hernán Santibáñez de comprar la casa que estaba junto a la de Victoria, la locura de Nadia, la compasión de Aurelia que, pese a su aversión en contra de los ricos, había decidido guiar a Guillermo Santibáñez por el mundo de los pobres y el transporte público, y *eso*... Lo extraño, lo inesperado, lo inexplicable. El amor.

Se sentían como dos marionetas sin voluntad. Manipulados por Eros; arrastrados por una corriente de agua sin poder salvarse; llevados por un viento que ellos no habían pedido ni esperado.

Estaban en el sillón de un café, abrazados con pegamento. El mundo exterior no existía, solo tus ojos y mis ojos; los latidos del corazón que se habían sincronizado y habían formado un dueto perfecto.

—¡Es que, ¿por qué?! —Murmuraba, desesperada, Aurelia.

—No tengo idea.

—¡No puedo evitarlo! —Ahora, gritando.

—¿Quieres evitarlo?

—¡No, pero...! ¡Es que no me gusta perder el control: quiero... ser...! Eh... ¡me choca que una fuerza extraña e inesperada y fortísima me maneje a su antojo!

—Así es el amor.

—¡También odio la cursilería!

—No hay otra palabra para amor... no hay otra combinación de sonidos: solo *te amo*... ¿Por qué odias la cursilería?

—¡Porque lo cursi está pre-masticado por alguien otro!

—Podemos inventar un lenguaje secreto, original, exclusivo.

—¡No seas payaso!

—No entiendo por qué estás tan enojada, —preguntó Billy con una sonrisa de idiota.

—¡Ya te lo dije! ¡Porque perdí el control! ¡¿Por qué te ríes?!

—Porque pienso que te deberías dejar ir.

—¿Neta, Guillermo? —Aurelia miró tan intensamente a Billy que éste casi se desintegra. —¡Ten cuidado con lo que pides!... Si me dejara ir, ya estarías con la ropa hecha pedazos y yo encima de ti.

Un hombre con su táblet y una bufanda escuchó esto último y aceleró el paso, pensando que ocurriría una explosión sexual en ese momento, en ese lugar. Billy se quedó catatónico, tartamudo y babeando.

—Perdón, —suplicó Aurelia.

—¿P-p-por qué?

—¡Porque ya no sé ni lo que digo!... Lo que pasa es que no puedo controlar lo que siento y no lo entiendo. ¡¿Por qué?!

—S-sí... ya lo preguntaste varias veces.

—¡Es que tú y yo no tenemos nada qué ver! ¡Nada! ¡Somos como el sol y la luna; el agua y el aceite...!

—Hablando de cursilerías...

—¡Cállate!

Billy se tragó la sonrisa, pero ahí estaba, dentro de su boca, con ganas de salir a los labios: ¡ah, cómo amaba a esa mujer!

—No entiendo lo que siento, Guillermo.

—¿Por qué quieres racionalizar todo?

—¡Te lo estoy diciendo: para poder manejarlo!

—Es que esto **no** se puede controlar.

—A ver, a ver… ¿cómo lo explicas? —Aurelia no dejó que Billy contestara, porque advirtió: —Si me sales con la jalada del *alma gemela* o… de que estamos predestinados o que… nos flechó Cupido, te dejo de hablar.

—Quizá no somos tan diferentes como piensas.

—Entre ciudad Neza y Bosques de las Lomas hay una brecha insondable.

—Bueno, ahora solo nos separa una pared.

—¡Sabes a lo que me refiero! ¡A la brecha social, económica, cultural! ¡A la zanja tremenda que hay entre el oriente y el poniente de la ciudad!

—Parece que no. Parece que somos compatibles. Parece que nuestras almas…

—¡No empieces…!

—Bueno… quizá sea como una llave y una cerradura… Quizá no importan las clases sociales… Embonamos como dos engranes… eh… No sé… en términos de biología, somos la sustancia y la encima…

—¿Qué?

—Creo que yo tampoco sé lo que digo. Era mejor la analogía de la llave y la cerradura… ¿no sientes que estamos conectados de forma metafísica; como si nos conociéramos desde siempre o en otra vida?

—¡Sí, sí, lo siento, maldita sea!

Billy la acarició.

—Entonces, ¿qué pasa?

—¡Tengo miedo!

Billy se sorprendió.

—¿Por qué?

—¡Porque no quiero dejar de sentir esto! ¡Porque me da miedo perderte! ¡Me da pavor que no funcione! ¡Me muero si te mueres!

Ella lo besó y el beso duró hasta el Siglo XXII; hasta que cerraron el café y… se fueron todos y la ciudad se vació y el Sol se convirtió en una enana blanca. Se besaron hasta que el universo volvió a implotar.

El homicidio de *El Valde* se había pospuesto debido a consideraciones técnicas. Mientras tanto, Pepe había tratado de hablar con Vicky, pero ésta no le había tomado la llamada. El otrora maestrazo de la pintura automotriz, se la pasaba en la suite del hotel —pagada por *La Mujer de Negro*— pidiendo servicio a cuartos; comiendo y bebiendo. Transcurría el día viendo el canal del futbol, aunque, dado el deterioro de su estado emocional, ya ni entendía quién estaba jugando ni en qué torneo ni en qué país. José Pérez estaba cerca de la extinción.

Olga —según fue informado Pepe— se había ido de viaje con su esposo, el señor Valdelamar, pero, le mandaba mensajes de amor y erotismo desde París, Madrid, Roma y Londres. Eso que llaman *sexting*.

Mientras tanto, los tórtolos ya no podían despegarse uno del otro: parecían siameses, conectados a través de un solo corazón.

—Jamás pensé que te fueras a adaptar a la vida de *pobre*, —le dijo Aurelia a Guillermo Santibáñez.

—Es un paréntesis —contestaba Billy, sabiendo que su *única* se iba a enojar, —porque, muy pronto, voy a hacer dinero… ¡mucho dinero!

—¡Es el colmo que lo único que te importe sea hacer dinero! —Gritaba, indignada, la periodista en potencia.

El ex junior, sonreía, acercándose a ella con esos ojos celestes y decía:

—Lo único que me importa eres tú.

—¡Sabes que odio la cursilería!

—Yo también, por eso, hagamos como dice Cyrano y déjame decirte un secreto a la boca.

—¡Te odio!

—¿Por qué?

—Porque te amo.

Los jóvenes enamorados se habían besado un millón de veces: se habían tocado intensamente, pero todavía no habían tenido relaciones sexuales. La razón: era extraordinariamente difícil encontrar un lugar para hacerlo —sobre todo, porque Billy no tenía-ni-en-qué-caerse-muerto y no la podía invitar a un hotel más o menos digno–. Las respectivas casas siempre estaban llenas de gente.

Ya lo habían hablado –a calzón quitado (metafóricamente)– y, aunque había cierta urgencia por abolir la distancia (y suprimir la ropa), se amaban tanto que sabían –quién sabe por qué– que estarían juntos para siempre (aunque Aurelia seguía sin comprender por qué se había enamorado de aquello que odiaba).

—Quizá, lo importante es no prejuzgar; no *asumir*, —decía Billy.

—Tienes razón, pero a veces sin prejuicios es difícil comprender el mundo. Necesitas... no sé, algo de qué asirte; estructuras preestablecidas, para no hundirte en el caos. No puedes ver el mundo sin referencias... No somos una *tábula rasa*. —Aurelia miraba el cielo y el bamboleo de los árboles y Billy la miraba a ella. Un hilo de saliva se le escurría por la comisura y, lo único que quería, era contemplarla por la eternidad.

Al tiempo, Hernán había cumplido su palabra y no le había dicho a Vicky que la amaba ni nada parecido. Era un profesional con el tema del SPA y las cremas antiarrugas. La empresa estaba tomando forma. Hernán, al mismo tiempo, trabajaba tesoneramente en *Limpiaclean* y Juan Piña era el hombre más feliz (y cada vez más rico). Tener a Hernán Santibáñez administrando sus lavanderías automáticas, era como si Bill Gates viniera a arreglarte la computadora.

Pero todo lo que no decía Hernán con la boca, lo decía con los ojos. Y como Billy, en ocasiones, escurría saliva y ponía ojos de borrego moribundo al observar a Vicky en acción.

A pesar de todo, el corazón de Vicky no se había recuperado. Tenía heridas abiertas y, muy en contra de su voluntad, extrañaba a su marido de tantos años. De hecho, después del periodo de llamadas intensivas de Pepe, cundió el silencio total. En realidad nadie sabía dónde estaba Pepe. Vicky y sus hijas se empezaron a preocupar: "y ¿si le pasó algo?"

En las noches, Vicky instintivamente abrazaba a la nada. No estaba ese hombre que, para bien o para mal, fue su compañero de viaje; el padre de las niñas; el jefe de familia. Chambeador, futbolero, guadalupano y cervecero. Semental amoroso, chistorete, alburero y alegre.

Hernán fingía abrazar a Vicky, (y solo encontraba moléculas de aire) y le hallaba nuevos giros a la historia de la playa desierta que había empezado a lucubrar cuando la bancarrota de su empresa.

Aquellos momentos parecían tan lejanos. Hernán no extrañaba a Carolyn quien, por cierto, había tenido dos o tres contactos con sus hijos. Estaba viviendo con la abuela y Billy se impactó de ver su ojeras y el color de piel de papel encerado.

Valeria, por otro lado, tenía un comportamiento ejemplar. Para extrañeza de Hernán y de Billy; la adolescente había perdido la amargura, la irreverencia y la insolencia. Parecía estar feliz con su vida. Ella salía frecuentemente, pero llamaba si iba a llegar tarde. Decía que había recuperado a sus amigas de antes y que por eso estaba feliz. Hernán le dijo que ya sería necesario ver lo de la prepa, a lo que ella contestaba que por supuesto.

Hernán estaba feliz, porque su hija había cambiado; había comprendido que el dinero no era todo en la vida; que tenía a su familia que la amaba y la apoyaba. Sin embargo, en el fondo, quién sabe por qué, Billy intuía que algo andaba mal: "nadie cambia así, de buenas a primeras"…

—Tú cambiaste, hijo, —decía Hernán. —Te adaptaste a una universidad pública, a viajar en transporte público; a vivir así.

—Sí, pa', pero, el cambio de Valeria es inexplicable y muy repentino.

Quizá, Hernán, como buen padre, *no quería ver* que, en efecto, algo estaba mal. Quizá, ni siquiera conocía a su hija. Era, tal vez, una idealización. Dicen los americanos: *wishful thinking*.

En algunas ocasiones, Billy le exigía la verdad a su hermana. Ella, con una sonrisa, le decía que le diera *el beneficio de la duda*. Valeria había comprendido que no tenía caso luchar contra lo imposible: se había dado cuenta que sí se podía hacer una vida sin dinero.

El negocio de Valeria iba creciendo exponencialmente y, sin duda, era la puta más cotizada de la ciudad. Había subido su cuota a tres mil dólares y, ahora, ella y Chano, se daban el lujo de elegir a los clientes; a los que escaneaban con precisión milimétrica.

Kate, gracias a Dios —como decía Vicky—, andaba todo el tiempo con su mamá y participaba en la nueva empresa: *Vicky-Bienestar*. Ella, como dueña de la firma, podía dedicarse de tiempo completo a su hija —lo que antes, en su trabajo de ama de llaves de los Santibáñez, era imposible—.

A veces, discutían; otras, Kate se deprimía y no salía de la cama (y del coma); otras más, la adolescente quería salir a gastarse el dinero: ¿no era ése el sentido del dinero? ¿Gozarlo?

Aunque Vicky concedía en algunas cosas; la mayoría de las veces trataba de explicarle a su hija que el dinero no les duraría para siempre y que era necesario trabajar; invertir la lana para que se reprodujera. De otra forma, ellos regresarían a ser pobres como antes —o, peor—. Kate se imaginaba volver a la colonia Quinto Sol 1 y entendía los argumentos de su mamá (casi siempre).

Una vez, Kate vio a Valeria llegar en el auto de Chano. Lo conocía de aquella vez del antro —la única vez que había ido a un antro *acá*, de alto nivel: la ocasión en la que conoció y se enamoró de Fran—. Aunque, quién sabe si realmente se había enamorado de él —le explicaba Vicky—. A la mejor nomás se había *deslumbrado*. Era guapísimo, educadísimo y venía de una familia de gente, de plano, de muy altas *esféricas*. Era, en toda la extensión de las palabras, un *príncipe azul*.

Kate lloraba muchas veces, repitiéndose la frase: "la que nace naca, naca se queda"… "Huelo a nixtamal, mamá: nunca voy a poder ligarme a un príncipe como Fran".

—Por eso, es importante que estudies.

—¿A poco de veras crees que nunca me voy a poder ligar a un tipo como Fran?

—Igual y sí, mi'ja, pero ésa no debe ser lo más importante en tu vida.

A veces entendía a veces no. A veces lloraba; otras, se agarraba a gritos con su madre y su hermana. Pero, estaba ahí, con ellas —no en la casa ésa dónde se drogaban— y eso era muy bueno.

Llegó la noche *D*. Pepe era tal piltrafa que ya ni *La Mujer de Negro*, que se excitaba viendo un documental del *National Geographic* (o cuando pasaba la mosca), se quería acercar a él. Pepe olía mal, tenía los dientes amarillos, se había dejado crecer la barba y tenía una panza gigantesca. El fiel órgano sexual del hojalatero era ya un moco de guajolote.

Pepe no había dejado de pensar en su Vicky y sus hijas ni un segundo. Su idea era matar a *El Valde* —para quitarse a Olga de encima—, e ir con Vicky rogando su perdón.

Eran las dos de la mañana de una noche de luna nueva sin estrellas y Pepe estaba en ciudad Neza, frente a la casa del zar de los téiboles. En efecto, los guaruras estaban dormidos dentro de un coche negro con tumbaburros. Pepe tuvo un escalofrío. Vio la señal convenida con Olga, quien prendió y apagó la luz de uno de los baños que daban a la calle.

Chano y Valeria fumaban, desnudos. Esa noche había estado floja y el muchacho había decidido cobrar su cuota. Aunque, de hecho, ellos ya habían hablado de un porcentaje (además del pago en especie). Lo cierto es que se llevaban bien.

—Estoy hasta la madre de mi papá y mi hermano.

—¿Por qué?

—¡Porque los odio y tengo que fingir todos los días que los amo y que soy feliz y así!

—Quedamos que era lo mejor, para poder seguir con el negocio. Obvi, si se enteran de que te dedicas a…

—¡Tengo mucho dinero: ¿por qué no me puedo ir a vivir sola?!... Puedo rentar un departamento en Polanco y así no necesito aguantarlos. Más a Billy, que todo el tiempo me está chingando.

Pepe usó la clave para desactivar la alarma. Cero-cinco-siete-ocho-dos.

Después de buscar hasta-por-debajo-de-las-piedras Billy encontró, escondidos, varios fajos de billetes de quinientos pesos en la recámara de su hermana. Era muchísimo dinero.

Pepe subió, sigiloso, hacia la recámara principal. En la cocina, el guarura en jefe, se había quedado dormido, también. Todo estaba como lo habían planeado. Pepe sacó la 22.

—El problema es que tienes dieciséis años, Vale. Nadie te va a rentar un departamento: no puedes sacar ni una tarjeta de crédito. Y, si te escapas, tu papá y tu hermano te van a buscar cañón. Seguro hasta le hablan a la policía o ponen una demanda y shalalá.

—¡¿O sea que me tengo que esperar casi dos años para poder independizarme?!

—Hay otra solución. —Chano sonrió, con picardía. —Aunque, igual, no te va a gustar.

Pepe se encontró con Olga en el piso de arriba. Ella le hizo la señal de silencio. Luego, se puso una pistola ficticia en la sien y dizque disparó, para confirmarle a Pepe lo que tenía que hacer. Pepe caminó hacia la recámara.

Billy decidió llamarle Doris, la amiga de Valeria.

—¡¿Cuál es la solución?!

—Puedes emanciparte de tus papás.

El Valde roncaba discretamente. La recámara tenía el tamaño de una cancha de futbol. Pepe miró a Olga, quien sonreía, triunfal. Pepe acercó la 22 a la sien del esposo de la *Mujer de Negro*. Cerró los ojos y pensó en volver con Victoria; en unificarse con su familia. Quería abrazar a sus hijas y decirle a su esposa que era el amor de su vida.

Doris le dijo a Billy que ella no había visto a Valeria desde el día de *La Cúpula*. Billy le preguntó si, entonces, sabía qué estaba pasando con su hermana. La amiga confesó: "Valeria es una prostituta de categoría".

—La única forma es que te cases conmigo. —Le dijo, en seco, Chano a Valeria, quien se carcajeó como si le hubieran contado un chiste buenísimo.

Pepe respiró hondo. Olió el perfume de Olga. Puso el dedo en el gatillo.

Billy le contó todo a Aurelia, quien no podía creer lo que estaba pasando con Valeria.

—Si te casas conmigo, que soy mayor de edad, como tienes entre dieciséis y dieciocho, puedes *emanciparte*. Ya lo investigué. Yo sé que no me amas, pero somos socios en el negocio, ¿no?... Te casas conmigo, te emancipas, rentamos ese departamento en Polanco y ya no tienes que volver a ver a tu papá y a tu hermano.

El cañón del arma en la sien. *El Valde* dormido profundamente. Soñaba con una rumana de catorce años que había conocido el día anterior. Olga, con aspavientos le indicaba a Pepe que disparara.

Billy decidió que, antes de decirle la verdad a Hernán, hablaría con su hermana.

Valeria aceptó la solicitud de matrimonio de Chano. Necesitaría su acta de nacimiento y su pasaporte, para empezar el trámite.

Pepe no pudo matar al esposo de Olga. Dejó la pistola sobre la cama y salió corriendo. Fue directamente a la *Colonia Florida*.

Billy estaba en la calle con Aurelia, cuando llegó el coche conducido por Chano. En el momento en el que se estacionó para que bajara Valeria y, a pesar de los gritos de Aurelia, Guillermo Santibáñez, sacudió a su hermana y le exigió que le dijera si era verdad que se dedicaba a la prostitución.
Valeria tuvo un rictus de dolor, porque su hermano no había medido sus fuerzas. Aurelia lo quiso quitar y Chano, se acercó, rápidamente a defender a su prometida.
—¡Suéltame, me lastimas!
—Dime la verdad.
—Si ya sabes, para qué preguntas.

—¡Guillermo, por favor, cálmate!

—Suéltala, —dijo, Chano, dándose cuenta, en ese momento, que estaba totalmente enamorado de Valeria.

Chano empujó a Billy y, pese a los gritos de ambas mujeres, los dos jóvenes se empezaron a golpear. Chano, con la fuerza de su recién descubierto amor y Billy, con todo el dolor de saber que su hermanita de dieciséis años era una puta.

Pepe corrió y corrió por media ciudad. Encontró un taxi.

Chano y Billy hacían lucha libre, karate, box y kick boxing. Valeria le informó a Billy que se iba a casar con Chano y así se emanciparía. Billy le contestó que sobre su cadáver.

Mientras Billy era curado por Aurelia con una gasa, alcohol y vendoletas, Valeria corrió por su pasaporte. Sacar su acta de nacimiento era fácil, porque se podría hacer por internet. Chano sangraba de nariz y boca y tenía el labio color mandarina. Valeria manejó el coche. Ella se dijo que nunca regresaría a esa pinche casa. Miró a Chano y le agradeció por defenderla.

Así estaban Aurelia y Billy cuando tocaron a la puerta. Pensaron que sería Valeria o el mismo Chano. Aurelia le dijo a su amado que tuviera calma, que no se volviera a pelear. Pero en el umbral apareció Pepe, quien, de inmediato, abrazó a su hija, le dijo que la amaba y corrió a la recámara, sin que Billy −malherido− o Aurelia −pasmada− pudieran hacer nada.

Pepe irrumpió a la recámara y corrió a sacudir a Vicky, que estaba profundamente dormida.

—¡Mi amor, mi vida! ¡Te amo! ¡Perdóname!

Vicky se asustó mucho. En un instante, no sabía si era un monstruo, un violador, un asesino o parte de una pesadilla. Además, la luz estaba apagada y, en esa noche sin luna y sin estrellas, Pepe, con la barba crecida y el aliento a dragón con indigestión, Vicky reaccionó como pudo, dándole manotazos a la criatura que la estaba atacando.

—¡Suéltame, déjame, infeliz! —Gritaba Vicky, dando puñetazos como quien quiere romper la piñata con los ojos vendados. "Dale, dale, dale, no pierdas el tino…"

—¡Soy yo, Victoria! ¡Soy Pepe! ¡Soy Pepe!

Pero ella no escuchaba: lo empujó con todas sus fuerzas y Pepe cayó sobre la pantalla plana, que se desplomó de la mesita con un estruendo. Vicky, rodó por la cama, hacia el otro lado, se puso de pie e, iba de salida, muerta de miedo, cuando Aurelia encendió la luz y ella y Billy entraron a la recámara. Vicky temblando como aguja de detector de mentiras, rebotó con Billy, quien la abrazó.

Aurelia vio a su papá, encima del televisor (roto), que se trataba de poner de pie.

—¡¿Qué pasa, papá?!

Aurelia se acercó a su padre para ayudarlo, mientras Vicky se separaba del pecho de su yerno para voltear y, ahora sí, reconocer a Pepe —a pesar de la barba y las ojeras—.

—Perdóname, hija… perdóname, vieja. Te lo ruego, perdóname. Te amo... las amo.

Se escuchó a lo lejos el timbre de la puerta. Vicky miró su reloj de pulso. Eran las tres de la mañana. ¿Quién podía ser a estas horas?

Vicky miró a Pepe o lo que quedaba de él. Todos se miraron. Pepe, con la ayuda de Aurelia, ya estaba de pie. Ante la insistencia del timbre, Vicky, Billy y Aurelia, corrieron al piso de abajo. Vicky Preguntó a través de la puerta.

—Policía Judicial. Abra la puerta.

—¿A quién busca? —Gritó Vicky, todavía sin abrir.

—A José Pérez.

—¡Soy Lucy, Vicky! ¡Abre la puerta!

Vicky y Aurelia se sorprendieron aún más. Pepe ya venía bajando de la recámara.

—¿Quién es? —Preguntó Pepe, agitado.

—¿Por qué te está buscando la judicial, José?

Pepe sintió que la adrenalina hacía explotar todos sus vasos capilares. Vicky abrió la puerta: Aurelia y Billy estaban atónitos (a Billy le dolían sus heridas). Vieron a dos hombres; ambos, con un traje mal combinado, mostrando sendas *charolas* de la Policía Judicial del D. F. Había otro judicial más y Lucy; la nueva viuda.

—Pepe logró lo que quería —dijo Lucy sin llorar. —Arcadio está muerto.

Vicky volteó a ver a Pepe, mientras los judiciales ya se abrían paso hacia el interior de la casa, empujando a Billy y a Aurelia. Pepe sabía que Arcadio había sido asesinado por Olga y empezó a transpirar como tenista en Miami.

—¡Y todo por las pinches fotos!

—¿Cuáles fotos?

—Éstas, —dijo uno de los judiciales, el del bigote, mostrándole a Vicky el celular de Arcadio con las fotografías de Pepe y Olga. Aurelia y Billy, también se acercaron a ver la pantalla del teléfono. Pero, antes de que cualquiera pudiera reaccionar, Pepe decidió salir de ahí a toda velocidad. Los judiciales ya estaban en la estancia. Pepe dio el salto en garrocha y salió corriendo de la casa, mientras Vicky, Aurelia y Guillermo Santibáñez trataban de entender las fotografías de Pepe besando y tocando a una mujer desconocida.

—¡Señor Pérez! —Alcanzó a decir el mostachón. Él ya corría por Patricio Sanz hacia Río Churubusco. Los judiciales se quedaron ahí. Era demasiado esfuerzo perseguir al *presunto*. Ya lo agarrarían después.

—A ver, a ver, a ver —repitió Vicky, con el celular en sus manos. —¿Cómo está… esto?

—Arcadio le tomó fotos a Pepe con esa golfa. Luego, le pidió un millón de pesos. Por eso Pepe embarró su *Hummer* contra la casa y le dijo que lo iba a matar. Y… y Arcadio apareció muerto… cerca de la casa. Pepe lo apuñaló.

Pepe ya no pudo más y se recargó en el muro de los *Viveros de Coyoacán*. Jadeaba, sudaba como marrano a punto de ser sacrificado y sentía los latidos de su corazón en las sienes: un martillito súper veloz que golpeaba su cabeza. Esto era demasiado para él. Sintió una opresión mayúscula en el tórax: como si un gordo de doscientos kilos estuviera sentado encima de él. Luego, tuvo ganas de llorar. Se sentó en el piso, recargado en el muro colonial y empezó a llorar como recién nacido. No había forma de aclarar los pensamientos. Pepe sollozaba ruidosamente y, no tanto por la acusación de homicidio; sino porque sabía que había perdido a Vicky para siempre.

Aurelia llevó unos cafecitos para los tres agentes, Lucy y Vicky. Billy estaba pensando en Valeria y en cómo Hernán tomaría la noticia. Aurelia miró a su madre, quien, a su vez, había fijado la vista en el jardín; aunque se superimponían las imágenes de Pepe con la mujer de negro: tercas, pegajosas. No era dolor el que sentía, sino una mezcla de ira y la peor desilusión de su vida.

Aurelia podía creer que su padre tuviera amantes, pero ¿asesinar a alguien? Uno de los judiciales la miró como si fuera una garnacha deliciosa (es decir, un bocadillo hecho de maíz y frijoles).

—Yo no creo que Pepe sea capaz de matar a nadie, —dijo Vicky, con voz de tuba.

—Sino fue él, entonces, ¿quién? —Preguntaba Lucy, mirando más bien a los judiciales, que no decían palabra. Aunque, uno de ellos, se puso de pie y sacó su *Nextel*, para hablar a la oficina. —O sea, yo creo que haría cualquier cosa con tal de que no vieras las fotos, Vicky, —argumentó la viudita de la Calle Oro.

—Me pidió dinero, Lucy. Pepe tiene dos millones de pesos en una cuenta a su nombre. ¿Por qué no le pagó a Arcadio y ya?

—Chido, Vicky, pero, entonces, ¿por qué ahorita salió corriendo como alma que lleva el Diablo? O sea, el que nada debe nada teme, ¿me explico?

Lucy no parecía triste realmente. Solo le había dolido hablar con sus hijos y decirles que su papá se "había ido al cielo con los ángeles".

Vicky ya no contestó. Miró a Aurelia. Recordó una de las conversaciones que tuvo con su hija, cuando ésta le preguntaba: "¿por qué sigues con mi papá?" Vicky supuestamente amaba a Pepe y creía que él la amaba a ella; entonces, ¿por qué la traicionó con esa mujer?

—Perdón, Vicky, —siguió Lucy, insidiosa. —Pero no es la primera vez que Pepe te pinta el cuerno. Arcadio, Dios lo tenga en su Santa Gloria, me dijo que le andaba tronando los huesitos a Lety, la secre de la hojalatería.

—¡No viene al caso eso ahorita, Lucy! —Dijo Aurelia, enojada.

—Perdón, nomás digo que, "caras vemos, corazones no sabemos". Vives años y años con un hombre y luego te das cuenta de que no lo conoces.

—Tienes toda la razón, Lucy, —exclamó Vicky hundiendo la cabeza en sus manos.

—¿Pero qué fue lo que pasó con Arcadio realmente? —Billy volvió a la realidad.

—¿Quién es usted? —Preguntó el mostachón.

—Guillermo Santibáñez. Novio de Aurelia.

—Lo apuñalaron varias veces... por la espalda, —aclaró, fríamente, Lucy, como quien narra un caso de CSI. —Aunque, cuando lo fui a ver al SEMEFO, mi viejo traía cara como de... extrañeza... como diciendo: "¿Cómo es posible que seas tú?"...

El judicial del *Nextel* regresó para informarles a sus colegas que ya había avisado en la oficina que el indiciado se había dado a la fuga. Le pidió a Vicky una fotografía reciente de Pepe.

—¿Quiere que le ayude a que agarren a mi marido? —Preguntó Vicky levantando las cejas.

—De todas maneras lo vamos a agarrar, señora.

Amaneció lloviendo en la megalópolis. Lluvia extraña para el invierno. Los volcanes se llenaban de betún e incluso algunas montañas del valle habían sido espolvoreadas por una nievecita pertinaz. Claro, no se podía ver nada desde el valle, porque estaba cayendo un terco chipichipi.

Vicky miraba caer las gotas desde la puerta corrediza que daba al jardín, con un café en la mano. No había dormido. A las cinco de la mañana había decidido meterse al jacuzzi, bañarse y arreglarse. Claro, no había dejado de pensar en las fotografías que le había enseñado Lucy la noche anterior, en la posibilidad de que Pepe se hubiera convertido en un homicida e incluso en el "te amo" de don Hernán —que ya parecía tan lejano como un sueño de infancia—. ¿Había sucedido en realidad? ¿Estaban pasando todas estas cosas? ¿De verdad Pepe era un prófugo de la justicia?

Kate se había enterado de todo y hablaba con Aurelia en voz baja: ambas, mirando a su madre, preocupada, soplándole al café y con los ojos enterrados, como arrepentidos, como no queriendo ver la realidad. Ellas también estaban muy afligidas por su padre.

Vicky escuchó el cuchicheo y se volvió para mirar a sus hijas.

—¿Podemos ayudarte en algo? —Preguntó, sutil, Kate, mientras se acercaba a su madre.

—Ya ni llorar es bueno, hija... Pero, gracias...

—¿Dormiste, mamá? —Cuestionó Aurelia, conociendo la respuesta (era una pregunta de cortesía). Vicky trató de sonreír para disimular que estaba herida; que el amor de su vida la había traicionado y que, para colmo, era un presunto asesino (¡con razón no le había querido decir la verdad aquella vez que él quiso estrangularla!)

Pepe se había quedado dormido en la calle, nadando en un lago de vómito, lágrimas y arrepentimiento.

—¿Quieren desayunar algo? —Preguntó Vicky tratando de reanimarse y mirando el reloj de pulso. —Chin, ya va a ser hora de que te vayas a *Ceú*, ¿no, mi amor?

—Sí, ma', pero no me voy a ir si estás así.

—Estoy bien, hija, —mintió Vicky.

—¿Neta crees que mi papá haya matado al vecino, ma'? —Preguntó Kate con timidez.

—Si fue capaz de embarrar su camioneta nuevecita contra la pared de la casa de Arcadio, Kate, ¿qué no podrá hacer? —Vicky hizo una pausa para mirar los bloques de mármol del piso de la estancia. —Pero ¿te digo la verdad? Conociendo a Pepe, si de verdad se hubiera querido escabechar a Arcadio, no lo hubiera hecho con un cuchillo. Lo hubiera matado a madrazos, ¿no?

—No, p's, eso sí, —replicó Aurelia sin convencimiento. —Pero si no fue él, ¿quién? ¿A poco Arcadio tenía muchos enemigos?

—Nel.

—Bueno y ¿ya sabes quién es la vieja de las fotos? —Preguntó Kate sin tacto. Aurelia le arrojó una mirada reprobatoria y Kate hizo una mueca de *retiro-lo-dicho*.

—Ni idea, —contestó Vicky re-viviendo la traición, el dolor, la ira, la indigestión, las ganas de llorar.

Hernán se quedó mucho tiempo en silencio. El dedo índice y el pulgar sostenían sus sienes y él tenía los ojos cerrados.

—¡Pero, si había estado tan amable, tan linda estos días…! Yo pensé que… ¡Ay, no, Dios mío!... ¿Estás seguro, hijo?

Billy solo asintió. El ojo derecho estaba hinchado y parecía un durazno podrido. El labio también se había inflamado.

—No entiendo, ¿quién es ese muchacho? ¿Cómo es que…? —Hernán no podía comprender que su hija de dieciséis años fuera una prostituta.

—¡Yo tengo la culpa! —Gritó, sin llorar.

—No tiene caso que te eches la culpa, papá.

—No me estoy *echando la culpa*, hijo: ¡la tengo! ¡Fueron años y años de negligencia, de desdén, de no saber qué le pasaba, de no abrazarla, de no decirle que la quería! ¡Mi hija es una puta y yo tengo la culpa!

—Es mejor que pensemos qué vamos a hacer.

—¿Cuándo te enteraste de todo esto?

—En la madrugada.

—¡¿Por qué no me dijiste nada?!

—Son las siete, papá: te lo estoy diciendo ahora. Además, estaba en otra bronca, en casa de Aurelia.

—¿Qué pasó?

—Luego te cuento. Te digo: tenemos que pensar en qué vamos a hacer.

—¡Ir a casa del infeliz ése! ¿Cómo se llama? —Hernán se puso de pie.

—Chano. Pero, no sé, si…

—¡Lo voy a matar, hijo!

Hernán amagó con salir de la casa.

—Antes de meternos en más problemas, yo creo que hay que ir al Ministerio Público, a levantar un acta.

—¿Diciendo qué?

—Que… Valeria es menor de edad y que… está perdida. Sí, sí: que la localicen y la detengan.

—¡Vamos! —Gritó Hernán con la voz temblando, y corriendo hacia la puerta.

—Aunque, Valeria me dijo algo anoche, papá.

—¿Qué? —Hernán parecía un niño a punto de llorar.

—Que se iba a casar con el pendejo ése que la está padroteando.

—¡¿Se va a casar?! Pero, no puede: ¡es menor de edad: necesita el permiso de sus papás, ¿no?!

—Me dijo: "me voy a casar con él y me voy a *emancipar*".

—¿Emancipar?

La realidad para Hernán había perdido toda congruencia.

Pepe había sido detenido por la policía del D. F. y había sido extraditado al Municipio de Ecatepec de Morelos, en el estado vecino: el estado de México. Volvía a los separos que ya había visitado cuando destruyó la casa de Arcadio y Lucy, y reconoció los mismos olores a orines, vómito, sudor y caca. Leyó los mismos grafitis y se sentó en la misma banca de cemento. Pero ahora no iba a ser procesado por daños en propiedad ajena ni por conducir bajo los efectos de bebidas embriagantes, sino por homicidio calificado; ("es la muerte causada a un individuo de la especie humana cuando se comete con premeditación, con ventaja, con alevosía o a traición"; por ejemplo: acuchillar a Arcadio por la espalda).

La mente de Pepe había perdido la consistencia sólida. Era un objeto coloide: inútil y a punto de convertirse en gas. Pepe recordó el momento en el que conoció a Vicky y la sedujo: ellos tenían veinte años. Recordó el nacimiento de Aurelia, y pensó en el amor, la confianza y la perfección de su esposa. Pepe sabía que lo había destruido todo y se encontraba más allá de la culpa.

En esa mañana lluviosa en el Altiplano, sabía que estaba solo y se sentía devastado, como un general después de perder una guerra;

como un niño en Nagasaki en 1945 o como un hombre reconociendo el cadáver de su hijo en el Servicio Médico Forense. No era nada. No tenía nada; solo una tristeza pesada, que le destruía las costillas, que licuaba-gasificaba su ser. Pepe pensó que estaría mejor muerto. Era la primera vez en su vida que deseaba su propia muerte.

Como una siniestra aparición, Pepe detectó la presencia de Olga. Vestía de negro, como siempre, pero, esta vez, parecía que había ido a un funeral. Pepe tuvo ganas de vomitar, pero ya no había nada en su estómago; ni siquiera jugos gástricos. El gesto de Olga denotaba compungimiento, pero a Pepe le parecía un cadáver viviente. Caminó hasta el rincón más alejado de la celda y leyó un grafiti que decía, "puto el que lo lea".

—Mi marido se enteró de todo, —susurró la mujer de negro, buscando la mirada de su (ex) semental.

—Nomás eso me faltaba, —contestó Pepe, sentándose en la esquina; sintiendo que se mojaban sus nalgas con alguna excreción humana del pasado. De pronto, tenía ganas de reírse, de atacarse de risa, de *morirse de la risa* (literalmente). —Ahora, va a venir a descuartizarme. —Dijo Pepe sin miedo.

—Yo no sé cómo lo supo.

—¿También se enteró que ensartaste por la espalda al pobre Arcadio con un cuchillo y que lo mataste?

—Sí.

—Ah, —exclamó Pepe levantando al fin la vista y encontrándose con los ojos de chocolate de la mujer de negro, que soltaba ya un par de lagrimitas juguetonas. —Bueno, pensándolo bien, no creo que la esposa del zar de Neza termine en el bote, ¿verdá'?... Aunque, mhhhh... ¿se enteró *El Valde* de nuestro *acuerdo*? ¿Sabe que me dejaste entrar a tu casa y que casi le reviento el cerebro con una veintidós?

—Pepe: me duele mucho verte así, —evadió Olga.

—Estoy metido en este hoyo por tu culpa... ¡No sabes cómo me arrepiento de ese maldito trato, Olga!... *Extraños en un Tren*... ¡mis huevos en un tren!

Ella se acercó a las barras de la celda y las tomó con fuerza, tratando de meter su rostro entre los barrotes.

—Te necesito, mi amor, —dijo, jadeante.

—Voy a decirle al Ministerio Público todo lo que pasó, Olga.

Olga no contestó. Suavemente, se desabotonó la blusa. No traía sostén y Pepe miró sus tetas que caían entre los barrotes.

—Ven, acércate. Tócame, Pepe.

—¡Estás loca, Olga!

Olga llevó su mano derecha entre las piernas, levantándose la larga falda negra. Tampoco traía pantaletas. Pepe no quería verla. Por esa vagina, por esos senos, había perdido todo lo valioso que había tenido en su vida: incluso, su libertad. Olga jadeaba y Pepe se dio cuenta de que nunca la había visto tan excitada (que ya era mucho decir). Ahí estaba, masturbándose con los barrotes de los separos del Ministerio Público de Ecatepec de Morelos, casi desnudo, el Demonio mismo: la razón de su debacle y posiblemente de su muerte.

Los gemidos de Olga ya habían alcanzado niveles épicos. Olga se tocaba sin dejar de mirar a Pepe; le suplicaba que se acercara, que entrara en ella. Pero, en un ataque brutal de ira, Pepe se acercó a los barrotes, pero para tomarla del cuello.

—¡Te voy a matar, pinche puta!

Al sentir las manos de Pepe en su cuello; el dolor, la falta de aire, Olga se excitó aún más. Gritaba de placer, no de dolor. Quizá ella, como Pepe, deseaba morir ahí, viviendo un orgasmo tan grande, tan intenso, que provocara que su corazón se detuviera; que explotara su cerebro, llenando ese inmundo lugar de masa encefálica, sangre y fluidos vaginales.

Los gritos, sin embargo, atrajeron a un policía desaliñado, chaparrito, que al ver el cuadro (Olga con las tetas de fuera; tocándose la vagina y Pepe estrangulándola), no comprendía la imagen. Inclinó la cabeza como para encontrar la simetría de la escena. De hecho, era muy excitante: Olga era una mujer atractivísima; sobre todo, comparada con la esposa del chaparrito: una mujer de corta estatura con barriga de pulquera.

El policía tenía que cumplir con su deber y se acercó con la macana para separar a Pepe, en el momento en el que Olga gemía, por causa del orgasmo más grande de su vida, a punto de quedar inconsciente. El policía usó su tolete para golpear a Pepe en la boca del estómago. Pepe se dobló y cayó al suelo, al tiempo que Olga también se contorsionaba; tenía espasmos y seguía gritando. En el suelo, Pepe trataba de recuperar el aire. El policía, pasmado, miraba los arqueamientos orgásmicos de la señora.

—¿Qué está pasando aquí? —Preguntó el chaparrito tratando, sin éxito, de que su voz se agravara.

El descomunal orgasmo de la *Mujer de Negro* iba cediendo terreno y Pepe se recuperaba del toletazo.

—Es mejor que se vaya, señorita, —dijo el policía intentando imprimir autoridad en su voz. —Esto es muy... m-muy poco apropiado. ¡Vístase!

Olga miró a Pepe; se cerró la blusa y, antes de salir, solo dijo:

—Si dices la verdad, te mueres, Pepe.

Olga salió rápidamente de ahí. El policía la miró. Luego, vio a Pepe que ya se incorporaba con lentitud.

—Me voy a morir de todas maneras, Olguita. ¡Ojalá!

Vicky salió a la calle privada a tomar el aire y miró su casa. Ahí estaba la *mansión* con la que siempre soñó, pero que en poco tiempo había sido escenario de batallas salvajes, de penosos momentos: más intensos que todos los que había vivido desde que se había casado con Pepe. "El dinero echó todo a perder" –pensó Victoria–. Pero rectificó. Sabía que esto no era necesariamente cierto: si Pepe le había pintado los cuernos con esa zorra, ¿cuántas veces más no la habría engañado? Es decir, desde antes del *Chispazo*. Hacía años que la tal Lety trabajaba en *La Central*. ¿Cuántas veces se la habría cogido?

Repasó todas aquellas situaciones *sospechosas* de su matrimonio; los olores extraños, las miradas de Lety, las salidas inexplicables, el pelo mojado, el olor a jabón de motel... Ahora, todo era tan claro. Pepe se había estado tirando a la flaquita del taller desde hacía quién sabe cuánto tiempo. Y ¿a cuántas más? Y, ¿por qué? Vicky jamás le había fallado; Victoria había estado dispuesta a hacerle el amor a su esposo siempre, siempre... ¡¿Por qué?!

No, no había sido el dinero. Había sido el desamor. Porque nadie engaña a la persona que ama. Tenía razón Aurelia, Vicky era mucha mujer para ese poco-hombre, ese hijo de la chingada, ese mentiroso, embustero, truhan. ¿Había desperdiciado todos esos años viviendo al lado de un mentiroso? ¿Por qué lo amó? ¿No estaba Vicky, más bien, enamorada de una idea, de una fabricación de sus anhelos?

Vicky apretó los ojos y, cuando los volvió a abrir, miró a Hernán; su rostro agudo, su congoja a flor de piel. Él también se dio cuenta del dolor en el rostro de Vicky —aunque no estaba enterado de la detención de Pepe la noche anterior—.

Hernán y Billy —visiblemente afectados— se iban a subir al *Nissan Platina*, cuando Vicky se acercó a ellos. Ambos se miraron en silencio por unos segundos.

—¿Se encuentra bien, señor?

—Realmente… no, Vicky. —Ahora, miró a Billy, como dándole la señal para que se metiera al auto. —Después hablamos, ¿sí?, —agregó con ternura, dándose la media vuelta, entrando en el auto y saliendo de ahí. Vicky no sabía qué estaba pasando y ella misma estaba cargando con una loza pesadísima. Aurelia, lista para ir a la UNAM, salió de la casa, con un termo con café en la mano y cara de "se me está haciendo tarde". Se acercó a su mamá, amorosa y la abrazó.

—¿Puedo hacer algo por ti, ma'?

—¿Sabes qué está pasando con los Santibáñez?

Aurelia respiró muy hondo. Ella había sido testigo de la violenta escena de la noche, con Chano y Valeria.

—Es algo con la niña-Valeria ¿verdad?

—Sí, ma'… pero, es mejor que te cuente don Hernán o Guillermo.

—O sea que sí está cañón.

—Muy *cañón*. —Aurelia le dio un beso en el cachete a su mamá y, antes de irse, preguntó: —¿de veras no necesitas nada?

—Ay, hija. No sé ni qué *necesito*.

—¿Puedo hacer algo por ti?

—Nada, hija. Ni Dios puede deshacer lo que pasó.

Aurelia asintió como dándole la razón a su mamá. Ni Dios tenía el poder de revivir a Arcadio; de evitar que Pepe fuera consignado por homicidio; de borrar las imágenes de *La Mujer de Negro* y Pepe; de evitar que Vicky se sintiera traicionada, vejada, usada, por el hombre al que amó tanto.

Chano y Valeria tenían que pensar rápido. Primero, era necesario sacar los papeles necesarios para celebrar la boda civil. Necesitaban un domicilio; Chano tenía que hacer el contrato para la renta del departamento (donde llevarían los jóvenes su *vida conyugal*). Sabían que ni Billy ni Hernán se quedarían con los brazos cruzados. Valeria estaba segura de que su padre y su hermano harían lo que fuera por encontrarla, de manera que ambos establecieron su cuartel general en un hotel chiquito en Tlalpan; de esos frecuentados, justamente, por las prostitutas y prostitutos que trabajaban en esa avenida. El hotel estaba horrible; con humedades y extraños olores.

Chano estaba seguro de que en ese hotelucho no los encontrarían jamás.

Por lo pronto, se frenarían las *actividades*.

—Pensé que no le importabas a tu papá, —dijo Chano, mirando los autos pasar.

—Desde que nos quedamos sin dinero resulta que, don Hernán, se quiere convertir en el *papá del año*.

—La culpa.

—Seguro. Como no me hizo caso durante toda mi vida, ahora que mi mamá se largó y que vivimos como pobres, quiere *recuperar* su relación conmigo.

—Y, ¿tú? ¿Quieres recuperar esa rela…?

—¡Claro que no, Chano! ¡Sabes que ese señor me caga, me revienta!... —Interrumpió, enojada, la adolescente. —¿Por qué me haces preguntas tan pendejas?

—Nada más estoy verificando.

—Mi papá me abandonó casi toda mi vida. —La niña se calmó un poco y abrió una botella de agua. —No es justo que, ahora, de buenas a primeras, quiera *arreglar* lo que me hizo… Lo que me hicieron los dos, Chano. ¡Mi mamá también!... ¡Los dos me dejaron sola!...

Valeria no quería llorar, pero tenía las emociones a punto de salir por los lagrimales, como esperando turno.

—¡No quiero llorar! ¡¿Por qué estamos hablando de esto?!

—Es que las cosas se van a poner difíciles, mi amor.

—¿Cómo?

—Si yo fuera tu papá, lo que haría, sería levantar un acta en el Ministerio Público. Diría que eres menor de edad y que te fuiste de la casa o algo por el estilo… Que te perdiste, no sé…

—¡Obvi!

—Pero, para este momento tu hermano ya le contó a tu papá de nuestro negocio.

—Y, ¿entonces?

—Tu papá debe estar muy afectado. Ya te dije, no se va a quedar sin hacer nada.

—¿Qué puede hacer? ¡Es un muerto de hambre!

—Es un señor que fue un ejecutivo muy importante, que sabe negociar; que se sabe mover.

—¡Ay, ya! ¡Dime qué crees que va a hacer!

—Acusarme a mí de secuestro.

—O sea que usted conoce al presunto secuestrador.

—¡Eso es lo que le estoy diciendo, oficial! Y, ¡no es *presunto*! Anoche, golpeó a mi hijo, aquí presente, y se llevó a mi hija menor de edad.

—Cálmate, pa', —le susurró Billy a su papá.

—Y, ¿cómo se llama?

—Solo sé que le dicen *Chano*.

—Y el tal Chano conoce a su hija, ¿no es así?

—Sí, oficial, —contestó calmadamente, Billy.

—¿Son pareja?

—¡Y eso, ¿qué tiene que ver?!

Billy trató de calmar a su papá una vez más. El agente del Ministerio Público había visto cientos de casos de niñas menores de edad que se iban con hombres mayores *voluntariamente* (generalmente por dinero o para escapar de su familia).

—El estupro sigue siendo un delito, ¿no?

—¿Le consta que el tal *Chano* abusó de su hija, señor Santibáñez?

—No me consta; pero, como le digo, eso es lo de menos. El caso es que mi hija es menor de edad y ese infeliz se la llevó.

—No se enoje, señor: solo estoy tratando de recabar información para poder encontrar a su hija.

Otra mirada de Billy y una larga inhalación del *CEO* de *Limpiaclean*. Era difícil mantener la calma. Chano tenía razón: en este punto del tiempo la culpa mordía las entrañas de don Hernán Santibáñez como piraña en el Amazonas a una vaca. Todo lo que estaba pasando: el nuevo *oficio* de Valeria y su *secuestro*, eran culpa de él, de su negligencia. Hernán ya no escuchó lo siguiente:

—Entonces no tienen el nombre real del tal *Chano* ni su dirección.

—Puedo tratar de conseguirle esa información, licenciado, —le dijo Billy al agente, mientras sacaba su celular para volver a hablarle a Doris. Ella no contestó y Billy le envió un mensaje.

—¿Nada? —Preguntó el oficial.

—Le mandé un mensaje a una amiga de Chano y de mi hermana.

—¡Ya me acordé! —Exclamó, triunfal, el Agente del Ministerio Público. Su rostro era la imagen misma de la felicidad (como quien reconoce a una celebridad en un restaurante). —Usted es el señor ése que salió en el periódico, ¿no? El que perdió todo su...

—¡¿Qué carajos importa eso ahora?! —Gritó Hernán golpeando en el escritorio y enrojeciendo como jitomate maduro. —¡En lugar de estar perdiendo al tiempo con pendejadas: salga a buscar a mi hija!

Billy ya no podía hacer nada para calmar a su padre.

—Mire, señor Santibáñez. Estoy de acuerdo: tenemos que encontrar a su hija... Pero créame que tengo mucha experiencia en esto y lo que yo creo es que aquí no hubo secuestro. Sospecho que ella se fue con el *novio* por su propia voluntad. Pasa muchísimas veces.

—Licenciado: no le eche más leña al fuego, ¿quiere? Está hablando de mi hermana... de la hija de mi papá, a la que queremos mucho. Ayúdenos, ¿sí?

A Kate le gustaba ese lugar, porque había gente rica. Las mesas estaban en la banqueta y desde ahí se podía ver el Parque Lincoln, en Polanco, una comunidad de pequeño burgueses. Vicky, aunque sin ganas −con el recurrente pensamiento del (los) engaño (s) de su ex amado José Pérez−, tenía que ver un local para su SPA, ubicado cerca de ahí (en la famosa calle de Masaryk) y aprovechó para llevarse a Kate a desayunar.

La adolescente y su madre exhibían todos los síntomas de depresión; bueno, más bien, el más importante: la desesperanza. Kate se comía mecánicamente un omelet de claras con champiñones y Vicky le daba sorbitos a un café con leche. Había dejado en el plato un chocolatín a medio morder.

—Estás muy callada, ma', —dijo Kate para hacer pedazos el silencio.

—No es para menos, hija. —Vicky sintió que su café ya se había enfriado.

—Igual es una pregunta tonta, ma', pero ¿cómo te sientes?

—Mejor dime tú, mi amor, —reviró.

Kate hizo una pausa y aprovechó para darle un traguito a un jugo de naranja y plátano.

—Me siento... no sé... —Otra pausa. Un bocado, mirada borrosa, semifija.

—Creo que la palabra es triste. Estoy muy triste...

—...No has podido olvidar al guapo.

—Peor, ma'. El... *guapo* ya tiene novia.

—¿Cómo sabes?

—Está en el *Facebook*.

—No sé qué fregaos es eso.

—Obvi es una güerita, acá, muy... finolis y... ¡está preciosa, mamá! —Kate lloraba y le gente la miraba con compasión. Vicky también quería llorar; también estaba muy triste; extraordinaria, inédita, catastróficamente triste.

Pero, como siempre, tenía que hacerse *la fuerte* a pesar de que su tradicional fuerza se le escapaba como gelatina entre las manos.

—Mi papá es un asesino. El dinero... ps... no sirvió de nada... No es lo que pensaba, y...

—Te traté de decir que...

—¡Déjame terminar, ma'! —Kate había levantado la voz y dos señoras con muchas joyas, voltearon hacia la mesa con gesto reprobatorio. Vicky calló al instante. Si algo había hecho el dinero o el premio o el cambio de casa era que, al fin Kate se estaba comunicando con ella. "Eso –pensó Vicky– vale más que el Chispazo. Éste era el verdadero premio."

Kate no se siguió comiendo el omelet y había dejado de llorar, aunque el agua estaba a flor de piel, como un manantial que está a punto de salir a la superficie.

—La neta es que yo pensé que el dinero iba a arreglar todas mis broncas.

Vicky resistió la tentación de replicar.

—Tengo todo lo que quería: mi cel, mi pantalla, mi táblet... ropa... en fin... Nada de eso me ha hecho feliz. Me siento igual de... de *encabronada* que antes. Igual y peor, porque ahora sé lo que es el amor... no correspondido.

Vicky siguió con los labios sellados.

—Mi papá... mató a... —El manantial volvió a ser expulsado como a través de una bomba de un caballo de fuerza. —Nunca me... llevé realmente con él... ni contigo, pero me duele, mamá... ¡No lo puedo creer!... —Kate, tenía que expulsar los mocos y Vicky le entregó, rápida, un *Kleenex* de una bolsita. La adolescente mandó a volar a la mucosidad y siguió: —Ni siquiera me puedo imaginar cómo... te has de sentir, ma'. Tu... esposo... tu compañero... te pintó el cuerno y mató a su compadre.

Vicky sacó otro pañuelo desechable para ella misma. De nuevo, quiso mantener la compostura para su hija pequeña. No lo logró. Soltó un sollozo que fue casi un grito y Kate corrió a abrazarla.

—Mami, ¡no llores! Perdóname...

—¿Por qué?

—¡Por haber sido tan mala contigo!

—No te apures, hijita... este abrazo lo cura todo.

Billy Santibáñez tuvo que sentarse. Aurelia lo miró como el veterinario mira a un becerro recién nacido. Tomó su mano para mostrar su apoyo, su compasión. Aunque ambos tenían motivos para compadecerse uno del otro. El papá de Aurelia iba a ser transferido al Penal de Barrientos acusado de homicidio en primer grado; su madre había descubierto las travesuras eróticas de Pepe y, para colmo, no dudaba de que él, en un arranque, hubiera cegado la vida de Arcadio.

El angulado sol, empezaba a bajar y ya refrescaba. El viento soplaba a unos doce kilómetros por hora, colándose entre la Torre de Rectoría y la Biblioteca, acariciando los maravillosos murales de Juan O'Gorman. Billy pensaba que, aunque nunca había sido cercano a su hermana, la idea de que se hubiera convertido en prostituta, le causaba un sufrimiento inmenso: pero, lo que le dolía más, era el estado emocional de su padre. El muchacho presentía que la culpa iba a matar a Hernán Santibáñez. Quizá eso era más preocupante que el futuro de la propia Valeria (Billy sabía que su hermana era una mujer dura, dominante y muy inteligente; Hernán, en cambio, era un hombre que había fracasado en la vida; era un *loser*, un perdedor que había hecho tan mal las cosas que su hija menor de edad era una puta).

Ahí estaban Billy y Aurelia sin decir palabra; solo pensando en lo que había provocado el dinero —o la falta de éste— en ellos, en sus papás; en sus hermanos.

Billy miró la mano de Aurelia sobre la suya. La mano de esa maravillosa niña era de una tersura incomprensible y, desde ahí, desde la mano, viajó un calorcito grato por todo el cuerpo de Guillermo, quien sintió una extraña paz. Aurelia no movió su mano y Billy subió su mirada para encontrar los ojos brillantes, pero oscuros de la revolucionaria y rebelde.

—¿Cómo… te sientes con lo de tu papá? —Preguntó, tímido, Billy; con una voz rascosa y quebrada.

—Lo que está pasando con él me duele mucho… por mi mamá y… porque es mi papá. —Esos ojos negros se volvieron brillante turmalina. —No me entra en la cabeza. ¿Te imaginas que… de repente te enteraras que tu papá es un asesino a sangre fría; capaz de matar a su amigo, apuñalándolo por la espalda por una extorsión? —Billy no contestó. Era una de esas preguntas terapéuticas. —No sé… El engaño a quien te ama es imperdonable, pero no tiene nada qué ver con el… el homicidio. Es el… el crimen más horrible… —Pausa y respiración. —¡Lo que el dinero le hizo a mi papá, Guillermo!

—Lo siento, —dijo, con enorme honestidad el niño-Santibáñez. Hubo una pausa: Billy sabía que Aurelia estaba pensando en esa gran mujer que se merecía algo mejor que un macho-patán-adúltero-asesino. Aurelia, sin poder controlarlo, vio una rápida selección de recuerdos de su padre: cuando le enseñó a andar en bicicleta; cuando se reían juntos; cuando él la miraba con amor. La contradicción de emociones era como una ola chocando con otra; ambas, levantándose, espumeantes, hacia el cielo. Su corazón era esa confluencia de poderosas corrientes opuestas. —No creas que no quiero a mi papá, —se apresuró a advertir Aurelia. —Lo que pasa es que nunca me identifiqué con él… Sí… sí lo quiero. Lo quiero mucho y… no puedo creer que haya matado a otro ser humano. ¡Me duele!

—Te entiendo. Yo tampoco puedo creerlo. ¿De veras tu papá sería capaz de matar a alguien?

—Mi papá estrelló su camioneta nuevecita, de quién sabe cuántos cientos de miles de pesos, en la pared de la casa de nuestros exvecinos. Hizo un boquete en la pared. Tú estuviste ahí. Según dicen, estaba muy borracho. Y… los vecinos cuentan que entró a la casa gritando: "te voy a matar, Arcadio…" Tú mismo me dijiste que así gritaba mientras corría detrás del coche del vecino. De ahí a… de veras acabar con su vida queda muy poco, ¿no?… Pero, ya no quiero hablar de eso, Guillermo, —Aurelia cambió su gesto. Se puso de pie. Se alejó un poco. Esa herida tardaría mucho en repararse.

Quién sabe por qué, pero Vicky tuvo un impulso irrefrenable de ir a ver cómo estaba su vecino. Quizá fue la mirada de Hernán; sus ojos apagados, que ella había visto en la mañana, cuando él y Billy se subieron al coche y se fueron a la agencia del Ministerio Público. Algo grave estaba pasando también allá con los Santibáñez.

Mientras salía de su casa para caminar los pasos hacia la de los Santibáñez, recorrió con la mente, las ocasiones en las que *el patrón* la había mirado de una forma diferente. Vio en su mente el "te amo"; repasó el momento cuando se enteró que don Hernán era su actual vecino porque él lo había planeado así.

Dudó un poco antes de tocar el timbre de la puerta. De hecho, se arrepintió plenamente, diciéndose a sí misma que su presencia solo alentaría a Hernán; le *daría alas* (es decir, provocaría que Hernán creyera que ella sí tenía un interés en él; cosa que no era cierta... o ¿sí?).

Vicky estaba confundida –por decir lo menos–. Pero al darse la media vuelta para regresar a su casa, escuchó un ruido dentro de la casa Santibáñez. Era el sonido de algo de cristal rompiéndose. De inmediato, Vicky regresó y tocó el timbre. Nada. Otro estruendo. Vicky, entonces, intentó mover la manija para abrir la puerta, dándose cuenta de que estaba abierta. Entró rápidamente.

En la estancia, Hernán estaba destruyendo todo. Vicky vio las botellas de tequila barato en la mesa del centro y se dio cuenta de que su ex patrón estaba borracho.

—¡Don Hernán! —Murmuró Vicky, tratando de evitar el tono maternal. Sin embargo, la voz fue muy baja y se mezcló con el sonido de un cenicero que era lanzado contra la pared. Vicky dio otro paso hacia su ex patrón, que parecía un robot destruido; un muñeco eléctrico fallando. —¡Señor!

Hernán había tomado una de las botellas vacías de tequila y estaba dispuesto a lanzarla contra el piso, cuando reparó en la presencia de Vicky: de su amada Vicky. La miró con vergüenza. Aflojó el cuerpo, como si fuera de hule. A pesar de su turbia mirada, se dio cuenta de que Vicky lo veía con cariño y compasión. No dijeron nada por varios minutos.

—Con esto no gana nada, —dijo Vicky, tomando la otra botella vacía de tequila. —Esto solo destruye, don Hernán.

Hernán siguió en silencio. Vicky, para romper la tensión, fue a la cocina por una escoba y un recogedor. Hernán se sentó. Estaba mareado y tenía granas crónicas de llorar.

—Es que usted no sabe lo que pasó, Vicky.

—Cualquier cosa que haya pasado, —dijo ella, mientras empujaba con la escoba los vidrios rotos del piso, —le repito: chupando no va a ganar nada. Al contrario. El alcohol nomás hace que su cerebro no piense claramente y que tome decisiones equivocadas.

—Valeria es prostituta.

Esto no se lo esperaba Vicky. Se quedó congelada.

—¡Válgame el cielo! —Exclamó instintivamente. —Pero... pero ¿cómo? ¿Está seguro de que...?

—Sí. Mi hija de dieciséis años... vende... vende su cuerpo. Es una puta y yo tengo la culpa, Vicky... ¿todavía cree que no debería emborracharme?

Vicky dejó la escoba y se sentó junto a él. Ella conoció a Valeria desde que tenía doce años. Sabía que era una niña *voluntariosa*, maleducada y tenía un novio diferente cada semana... pero ¡¿puta?!... ¡No manches!

—Sigo creyendo que el tequila no le va a traer nada bueno.

—Alivia mi dolor, Vicky: anestesia mi culpa.

—...Para que, al rato que pase el efecto usted sienta más dolor y más culpa. Y ¿entonces, qué? ¿Más tequila?... No, don Hernán. Yo sé cómo se siente. Sé que está muy cabrón. Hace unos días fuimos a rescatar a mi hija a una casa de drogos, en ciudad Neza. Estaba mota y un chavo la iba a violar.

Vicky tomó la mano derecha de Hernán con sus manos y lo miró como quien mira a un condenado a muerte. Hizo una pausa y cambió a tono más esperanzador.

—Y ¿no puede hacer nada? La niña-Valeria es menor de edad y...

—Ya fuimos al Ministerio Público, —interrumpió Hernán sin ganas. Ni siquiera la cálida mano de Vicky logró algún efecto. Hernán bajaba, rápidamente, por la espiral de la culpa y la desesperanza.

—Y, ¿qué le dijeron?

—Que, seguramente, Valeria se fue por su voluntad con el tal... Chano...

—Chano... Ah, es el amigo del ex de Kate, mi'ja.

—A poco su hija sabe quién es ese infeliz? —Hernán separó su espalda del sillón y miró a Vicky con ansiedad.

—No sé si lo conozca, don Hernán. Solo sé lo que me platicó Kate, cuando fue al antro con la niña-Valeria. Mi hija se ligó a un chavo que se llama Fran No-sé-qué, y a su hija como que le tocó bailar con el más feo… Bueno, eso me contó Kate… Pero ¿qué tiene que ver el tal Chano con…?

—Valeria se va a casar con él para poder emanciparse.

Hernán se puso de pie. Le dijo a Vicky que denunció al tal Chano por secuestro, pero que no sabía cómo se llamaba; que la amiga de Valeria ya no le tomó la llamada a Billy. Vicky vio que Hernán trastabillaba un poco y caminaba en zigzag, pero estaba decidido: quería hablar con Kate, a ver si ella tenía alguna información sobre el tal Chano.

Chano entró a la inmunda habitación del hotelucho-de-cuarta (como lo llamaba Valeria). Traía hamburguesas y cervezas. Valeria estaba muy ansiosa y no podía usar el celular, por miedo a que la localizaran por esa vía.

—¡Estoy desesperada, Chano!

—Te entiendo, hermosa, pero no queda otra más que esperar.

¿*Hermosa*? Chano se estaba comportando realmente como su pareja. Al tiempo que la miraba caminar de un lado a otro de su jaula, Chano destapó las cervezas y le ofreció su hamburguesa.

—Los trámites para el matrimonio van a tardar unos días… Y luego viene lo de la emancipación, mi amor… ¿Quieres hamburguesa?

Valeria obligó a su boca a perder la simetría y bajo las cejas. Miró a Chano que le ofrecía una jugosa hamburguesa –dicen– de proteína de soya.

—Oye, *uey*: lo de la boda no es en serio, ¿eh?

—Si no es *en serio*, no te…

—¡O sea, no voy a ser tu *esposa* en todo el sentido de la palabra!

—¿Por qué lo dices?

—Me dijiste *hermosa* y luego *mi amor*.

—¿Neta? —Fingió Chano, —no me di cuenta... Bueno, ¿vas a comer o no?

Valeria sabía que Chano estaba mintiendo. ¡Era tan obvio!

—¿Por qué te me quedaste viendo? —Preguntó Chano dizque casual, dándole un trago a la cerveza.

—No, por nada, —mintió, también Valeria, descubriendo, en ese instante, que Chano sentía algo por ella. Mientras la joven recibía su hamburguesa de manos del chavo, pensaba: "¿cómo es que alguien puede estar enamorado de mí? ¿De dónde? ¿Por qué?". Valeria sentía —como aquella vez en que dio el *servicio completo* al tal Ricardo (que se veía tan decente)— que era una mierda; algo realmente asqueroso, deleznable: un aborto de la sociedad, un monstruo, una basura.

—Me estás... poniendo nervioso con tu mirada.

—Perdón, —dijo Valeria sin verdad y se fue a la ventana. Se asomó, mientras comía mecánicamente. Chano sabía que algo andaba mal, pero calló por prudencia. Sin embargo, a contraluz, mostrando su perfil; reflejando una tristeza intravenosa, incurable, él la amó más. Quién sabe por qué.

A Valeria le dieron ganas de aventarse por la ventana. Sin embargo, concluyó que quizá no moriría: eran solo cuatro pisos. Con todo, le tentaba la idea de convertirse en un cadáver, dormido en la banqueta; sangrando del cráneo, soñando en la negrura.

Los muertos no sienten.

Kate, adormilada, no sabía gran cosa. Podía, si don Hernán lo quería, mandarle un mensaje a Fran, pidiéndole el nombre real y el apellido de Chano, pero no tendría mucho sentido. El Príncipe Azul hacía mucho que no le contestaba los mensajes. Hernán insistió; Vicky se lo pidió con la mirada y Kate mandó el mensaje. Lo que sí —dijo— se notaba que al tal *Chano* le latía mucho Valeria, aunque ella quería con Fran. Por eso, su *amiga* le había dicho al susodicho que ella era una "*naca* de ciudad Neza".

Kate mandó el mensaje. Hernán se sintió mal porque, gracias a su hija, Kate había terminado con Fran; porque Valeria se había comportado de manera horrible.

—Igual, de todas maneras ese galán no era para mí, —dijo Kate con ganas de llorar. —Pero ¿qué pasó con Valeria? ¿Por qué quieren el nombre de Chano?

Vicky miró a Hernán como buscando aprobación para que le contara a su hija *La Increíble y Triste Historia de Valeria Santibáñez y su Padre Culpable.*

Hernán había tomado demasiado tequila corrientísimo. Además de sentirse culpable, no tenía esperanza alguna de que el problema de Valeria se resolviera. Intuía que las autoridades no harían nada y que Fran jamás se comunicaría con Kate.

De pronto, se dio cuenta de que estaba en casa de Vicky y recordó al puño de Pepe. Se puso de pie, no pudo encontrar el equilibrio y cayó sentado en el sillón.

—¿Qué pasa, don Hernán? ¿Se siente bien?

—Es que… no quiero que tenga problemas con Pepe.

Vicky y Kate se miraron, como dos amigas.

—Pepe está detenido, don Hernán. Está acusado de homicidio.

—Me gusta el tema del destino —si es que existe—. Por ejemplo… ¿qué circunstancias tuvieron que… que *operar* para que nos conociéramos? ¿Qué fuerzas convergieron? ¿Qué sincronías?

—Tu mamá trabajando en mi casa… la ruina de mi familia; el *Chispazo* que ganó tu mamá. El que mi papá haya escogido que fuéramos vecinos.

Aurelia y Billy estaban paseando por un parque capitalino, aunque ya estaba calando el frío y él tuvo que poner su brazo sobre el hombro de aquélla. Caminaban despacio, haciendo pausas, mirándose con pupilas húmedas y emociones en la garganta y el pecho.

—Es el destino… pero, con un poco de *ayuda…* —siguió Guillermo Santibáñez. —Ahora, imagínate que no hubiera explotado la crisis inmobiliaria en Estados Unidos, tampoco estaríamos aquí, tú y yo, mirándonos…

—¡Muriéndonos de frío!…

—Y yo, maravillándome con tu hermoso rostro.

Aurelia hizo una mueca ante la empalagosa cursilería que acababa de decir Billy. Caminaron, titiritando, buscando un cafecito.

—¿Crees en el matrimonio? ¿Quisieras tener hijos? —Billy, soltó la piedra, como quien está jugando a la orilla de un lago.

—Depende. Aunque siempre he creído que no hay que traer más niños a este mundo de caos y maldad… Y de ciego capitalismo sin escrúpulos. —Billy abrió los ojos. Entonces, Aurelia corrigió: —pero, no vayas a creer que soy pesimista, ¿eh?

—No, —contestó Billy con ironía, —casi nada.

—Supongo que… no puedo negar mis instintos… maternales. Pero ahorita no. Tengo veinte años y quiero terminar la carrera y hacer posgrados… Trabajar en un periódico independiente… escribir… me gusta escribir…

—Nunca me has enseñado nada.

—Es que… no me gusta lo que escribo. Es decir, siempre quiero corregirlo… at-eternum. No sé… Escribo algo y mejor lo guardo, porque sé que no es perfecto, que necesita más profundidad, más perfección, más luz. Me frustro, porque no lo logro. Por más que lo corrija, que lo pula. Sigue faltando algo. Siempre está incompleto. Siempre es imperfecto. A veces pienso que, para escribir, se necesita talento y que yo no lo tengo.

Aurelia se detuvo y entristeció. Quizá, no por la posibilidad de que le faltara talento, si no por el recuerdo de la detención de su padre. Pensar en que éste fuera un asesino, era como tomar una purga.

—¿Estás bien, Aurelia?

—Prefiero cambiar de tema… A ver, eh… ¿qué quieres de la vida? ¿Qué quieres hacer? Y si me dices que lo que quieres es hacer dinero, me doy la media vuelta y adiós.

—Manejar una empresa adecuadamente; haciendo que gane dinero, que tenga plusvalía, que genere riqueza, es la base del desarrollo.

—¡Es el capitalismo!

—No vas a cambiar el capitalismo, Aurelia. Es la forma de vida del mundo. Aquí y en China… Todavía más en la China dizque-maoísta-comunista. No hay país más capitalista que China… Y peor ahí, porque el Estado es absoluto y no hay libertades. Mao debe estar retorciéndose en la tumba. La gente quiere tener cosas, benefactores; quiere comprar una casa, un coche.

—¡El capitalismo podría ser más humano, Guillermo!

—Estoy de acuerdo. Nada más quiero que coincidamos en que hacer dinero no es malo *per se*.

—Está bien, pero se vuelve perverso cuando se convierte en un objetivo en sí mismo.

—Otra vez estoy de acuerdo… Vamos a suponer que yo tengo un periódico. Los periódicos viven de la publicidad de las empresas privadas y del Gobierno. Si yo no hago negocio con el periódico, tú no puedes escribir, porque no hay dinero para el papel, para la tinta, para la distribución, para pagarle a los colaboradores.

—Yo sé, Guillermo, no soy tan ingenua y créeme que he estudiado el capitalismo, el socialismo, el comunismo, el trosquismo, el empirio-criticismo; las utopías marxistas y a Smith, Keynes y un largo etcétera. —Aurelia se detuvo al sentir que Billy se burlaba de ella con una mueca. —¡¿Qué?! —Preguntó con irritación.

—Que siempre terminamos hablando de economía, de política, de ideologías…

—¡Y ¿no te gusta?! —Aurelia seguía enfadada.

—Me encanta, Aurelia. Me gustó desde tu primer discurso marxista cuando íbamos al Metro. Pero… —Billy se volteó hacia ella y tomó ambas manos de Aurelia, —pero no soy buen juez en este caso.

—¿Por qué?

—Porque hay un sesgo.

—¿De qué hablas?

—De que estoy enamorado de ti. Que, cada palabra que sale de tu boca es como una sinfonía. Así hables de Eco, de Kant o de López Obrador. Me encantas. Nunca pensé que podría conocer a una chava como tú. Eres… estás más allá de lo que jamás pude imaginarme.

Una mujer preciosa, inteligente, con sangre en las venas; rebelde, sincera, buena...

—¡Bueno, ya ¿no?! —Interrumpió Aurelia, fingiendo ira, pero, en realidad, con una mueca medio-sexy.

Luego, Aurelia se convirtió en el ser más dulce y amoroso. —Yo tampoco... hubiera imaginado... que me fuera enamorar de un *pirrurris*.

Los ojos de Billy explotaron. Sintió que sus músculos se relajaban completamente, como después de una sesión de yoga. Aurelia no despegaba su ojos de los de él. Ambos estaban unidos químicamente, como una sola molécula. Aurelia acababa de decir que estaba enamorada de Billy y éste empezó a flotar en una de las nubes naranjas, volando por encima de la Sierra de Guadalupe.

—Me fascina en lo que te has convertido, Guillermo. Me parece increíble que tu papá tuviera que perder hasta el último centavo, para que tú pudieras encontrarte a ti mismo y... ser feliz. Para que... me volvieras loca; para que... me pasara por la mente querer estar contigo siempre, siempre... Pero, ya no hay que hablar —sentenció Aurelia, acercándose con gran rapidez a los labios de Billy y besándolo con todas las emociones posibles: ternura, pasión, amor, deseo.

La molécula no quiso degradarse en mucho tiempo. El sol había desaparecido y las almas de Guillermo Santibáñez y Aurelia Pérez se habían fundido; estaban soldadas, amalgamadas, unificadas.

Parecía increíble que la avaricia de los gringos y la casualidad de un juego de azar, eran las causas directas de ese beso eterno. Guillermo y Aurelia habían sido víctimas de la serendipia. Habían encontrado aquello que no estaban buscando.

Hernán se quedó dormido en la cama de Vicky.

Valeria, roncaba quedito, en el pecho de Chano.

CAPÍTULO 10

DESTINO INCIERTO

Había sido conocido ancestralmente como *El Penal de Barrientos*. Su título oficial era: *Centro Preventivo de Readaptación Social Lic. Juan Fernández Albarrán*. Estaba ubicado cerca del Bulevar Manuel Ávila Camacho y pegadito a una cementera que había dejado toda la flora circunvecina color cemento −árboles canosos−. Una *maravillosa* zona residencial del Valle de México: cerca de *Ciudad Labor*, de *La Quebrada* y otras *bellísimas* comunidades del cinturón norte (marginado) de la gran ciudad de México.

El rostro de Pepe era gris como si también hubiera sido bañado por los residuos de la apestosa fábrica de cemento. Parecía un pergamino del Mar Muerto, de miles de años de antigüedad y afectado por los ácidos de las fábricas de Tlalnepantla de Baz (municipio industrial al norte, también). Pepe iba en la *Julia* (vehículo que transporta reos) pensando en su vida pasada, porque sabía que iba a morir. El esposo de la zafada-ninfómana-cachonda-peligrosa *Mujer de Negro* seguramente tenía gente adentro de *Barrientos* y rápidamente le sacarían a Pepe las tripas con una de tantas *puntas* (puñales hechos con el material que estuviera disponible) que había dentro del penal y que entraban diariamente de contrabando, con la complicidad de todo el mundo.

Pepe parecía la momia de Lenin con la ropa de quién sabe cuándo que olía como a fluidos para embalsamar, rata muerta y fosa común.

Repasaba su vida, como quien está a la orilla de la existencia: como los que ven la luz y caminan por un túnel y en ese tránsito miran un resumen ejecutivo de su vida –como su *Aleph* personal–.

Lo único bueno de su paso por este mundo habían sido Vicky y sus hijas. "Quizá –pensó el ex hojalatero, ex habitante de la colonia *Quinto Sol 1*, ex vecino de *La Florida*– no sea tan malo pelarse de este mundo. Lo peor fue que Vicky se haya enterado de que le puse el cuerno. Ésa sí es la muerte y no chingaderas". El amor que Vicky tenía por él (ojo con el tiempo verbal), había sido el alma de su vida: la esencia y la razón. Sin ese amor y sin ella, Pepe se convertiría en un muerto-viviente, en una piltrafa, en una figura del museo de cera. Su existencia ya no tenía propósito; y lo peor todo había sido su culpa. Pensó en el cliché de que "cada uno es el *arquitecto* de su propio destino"; pero, al revés: él había sido el *terrorista* de su propio destino; el *demoledor* de su providencia. Y todo, ¿con qué fin? ¿Demostrar su capacidad de conquista? ¿Sentirse bien por lograr salirse con la suya? ¿Cómo puede la seducción hacer que engorde la autoestima, si ese cortejo implica engaño y sobre todo causarle dolor a otra persona? "Fue inevitable… me dejé llevar… ¡Es culpa de ellas, de su golfería!"

Mientras el aire hacía revolotear el cabello de Pepe, él se percató de que no era culpa de ellas ni de su propia potencia sexual (o el pretexto de que el macho puede reproducirse más de trescientas veces al año y la mujer solo una). Él había destruido su vida sin ayuda de nadie. Podía estar orgulloso de ser un maestro aniquilador: un suicida con una bomba en el chaleco. Se hizo añicos él mismo y todo lo que estaba cerca: su amada esposa y sus hijas. Ah, y Arcadio, Lucy y los hijos de ellos (ahora huérfanos de padre).

Pepe miraba hacia fuera a través de la reja de la *Julia* que estaba en movimiento. Avanzaba por la Vía Gustavo Baz. A vuelta de rueda. Pronto, Pepe sería ingresado al *Centro Preventivo de Readaptación Social*, que no tenía nada de *preventivo* (que no sea por algunos reclusos que llevaban tres años esperando juicio *preventivamente*) y, mucho menos, era facilitador de la readaptación social. Era la fábrica de las extorsiones, de la corrupción (todo costaba una lana en Barrientos:

hasta pasar al escusado y usar papel de baño) y de la muerte. La segura muerte de José Pérez: el fin de su brevísima e inútil existencia.

Vicky, enterada del traslado de su todavía marido a *Barrientos*, le confesó a Hernán que, aunque odiaba a su esposo más que a todos los seres vivos en este mundo, no lo podía dejar a su suerte. Ambos estaban en el nuevo local donde sería el SPA *Vicky-Bienestar* (*VB*), checando algunos detalles.

Como lo había previsto don Hernán Santibáñez el Ministerio Público no había movido un dedo para encontrar a su hija. Habían pasado varios días y, como se lo dijo claramente el licenciado Vázquez, "había cosas más importantes qué atender que buscar a una joven que se había largado con el galán". Hernán quiso romperle la mandíbula a Vázquez, pero Vicky estaba con él —de hecho pasaban bastante tiempo juntos— y una mirada lo detuvo.

A Hernán le sorprendió lo que dijo su amadísima —de no dejar a Pepe a su suerte—, aunque Vicky parecía estar pensando en voz alta. Los dos eran absolutamente conscientes del amor que él sentía por ella y de que ella, en ese momento en la historia de su vida, todavía no se recuperaba de su *herida de amor*, del engaño de su esposo. El fiel Hernán había tratado de hacer su trabajo (como Director General de *VB*) sin mencionar lo que sentía. Él, por su parte, también estaba herido: la culpa había carcomido sus entrañas como un parásito intestinal. Además, se sentía frustrado, porque no podía ayudar a su hija. Si lo hubiera reconocido se habría dado cuenta de que tenía síntomas —cada vez más graves—, como Kate, de depresión clínica (en ese momento de leve a moderada). Hernán se había vuelto pesimista. Estaba seguro de que Valeria *acabaría mal*; que él nunca saldría de su situación económica (aunque, al fin en esos días, ya estaba en la posibilidad de ahorrar) y sobre todo se había desanimado completamente en cuanto al chance de poder conquistar a Vicky.

En otras palabras nunca saldría de la pobreza, Valeria terminaría adicta a la heroína o asesinada por algún *cliente* y Vicky jamás le iba a ser caso. Su fantasía de la isla desierta se había vuelto una pesadilla recurrente, en la que Hernán, solo, con quemaduras de tercer grado (por el sol), buscaba a Vicky por todos lados —sin encontrarla—. La depresión de Hernán era una sombra constante; un manto pesado; un chaleco para rayos equis; un murmullo, un zumbido.

Vicky tenía casi irrefrenables impulsos por llorar y vomitar y dormir y gritar —todo al mismo tiempo—. En la profundidad de su alma, sí consideraba posible que su (ex) hombre hubiera matado a un imbécil como Arcadio. Borracho, envalentonado con la nueva posición económica y, con la perspectiva de que Arcadio pudiera mandarle las fotos comprometedoras a la *comadre*, era perfectamente factible que el ex hojalatero se convirtiera en homicida en primer grado.

Conforme avanzaba la tarde, los rostros de Vicky y Hernán iban perdiendo luz —como el día mismo—. El hecho de que la ex cocinera dijera que no podía abandonar a Pepe le indicaba a Hernán que seguía sintiendo algo por el *asesino* (para Hernán no había duda de que Pepe era totalmente capaz de insertar un cuchillo en la espalda de cualquier persona).

—Pepe necesita un abogado, don Hernán, ¡es el papá de las niñas! —Vicky levantó y aseguró la voz.

"¡Ese infeliz no merece nada!" —Gritó, pensando, Mr. Santibáñez, apretando los dientes—.

Todo lo que oyó Vicky fue silencio y rechinido de dientes.

—Seguro usted conoce a algún buen abogado.

—Lo que pasa es que como es un caso penal… —Dudó Hernán. Pero, segundos después, rectificó: —Con todo gusto le consigo al mejor abogado penalista, Vicky.

—¡Gracias, señor! —Dijo, conmovida, Vicky.

Hernán solo miró al piso, sintiendo un nudo de mecate en el esófago. Trató de sonreír, pero se sintió infinitamente triste: en ese momento confirmó que Vicky nunca lo amaría. Se quería ir a su casa y beber y ver la televisión.

—Gracias por todo, don Hernán. Si necesita algo con respecto a lo de la niña-Vale me avisa, por favor. Estoy a sus órdenes.

Hernán ya no podía decir nada. ¿Por qué esa princesa seguía amando al patán; ahora incluso acusado de homicidio calificado y preso en Barrientos? Hernán esperó con ansia a que Vicky se fuera, para poder abrir la llave del llanto. Los albañiles que se encontraban en el local lo vieron de reojo; a él no le importó. Necesitaba un trago para zozobrar; hundirse, bucear en la mierda del pesimismo y el infortunio.

Hernán Santibáñez, como Pepe Pérez, habían elegido sus propias pesadillas.

Los *LPM* (latidos-por-minuto) de Billy estaban en 120: el cuello y la piel debajo de los ojos burbujeaban como Alka Séltzer al contacto con agua. El joven emitía un suspiro por minuto: era como de perro de raza pequeña, feliz porque su amo llegaba a casa. Su pecho era un nido de pájaros hiperactivos que revoloteaban y gritaban; o una canasta de serpientes que habían consumido metanfetaminas.

El joven Santibáñez viajaba en un microbús que se movía como hamaca con varios amantes encima. Pero a Guillermo le importaba poco el zangoloteo:

Re-saboreaba la saliva de Aurelia; re-olía su perfume y re-percibía el excitante olor de su aliento; re-sentía su cuerpo, su pecho batiente. Avenida de los Insurgentes parecía, en los ojos de Billy, Campos Elíseos en París o la Rambla de Barcelona. Billy sentía el amor en cada milímetro cúbico de la caja de su cuerpo: en los dedos de los pies, en los testículos, en el lumbago, en el páncreas. Se sentía como si tuviera dextrocardia —o sea, el corazón del lado derecho—, porque también de ese lado algo latía. Era la felicidad total; como un éxtasis místico. No hay nada más gozoso que saberse amado: es el milagro de la correspondencia del amor; el prodigio de la sincronía.

Los pasajeros del mini-autobús con carrocería de fibra de vidrio y con un kamikaze al volante, adustos, dormidos, cansados, anónimos, volteaban a ver a Billy que se carcajeaba; luego, lloraba; luego sonreía con nostalgia; luego gemía, suave. Una recepcionista joven, que estaba sentada junto a él, prefirió alejarse —murmurando "¡pinche loco!"— y quedarse de pie, frente a un viejito inofensivo (quizá no tanto).

Billy veía las luces de la ciudad y todas las lámparas tenían una aureola, como si fueran santas. Hubiera querido seguir besando a

Aurelia hasta el final-de-los-tiempos (y eso que se habían besado ayer y el día anterior y el anterior) o hablar de cualquier cosa con ella, o ver su sonrisa o la forma cómo se acomodaba el cabello, pero tenía que regresar a casa y Aurelia se había quedado a una conferencia en la Facultad.

Media hora antes, Billy había hablado por teléfono con su papá y había notado su voz lenta y desanimada —ya algo borracho—. Sabía que era imposible aceptar, entender, colegir, comprender que una hija (de dieciséis años) se hubiera postulado para prostituta. Y —el colmo— que la mujer de su vida siguiera amando a un asesino.

La Luna miraba al mundo por una rendija del tamaño de una uña. Miraba la casa de Vicky; deseaba asomarse por la ventana de la estancia: tenía curiosidad de saber qué hablaban las tres mujeres. Aunque lo podía sospechar.

—Mañana voy a ver a un licenciado que me recomendó don Hernán.

Aurelia y Kate se miraron.

—¿A poco piensan que eso está mal? ¡Es su papá, hijas!

—¿Hablamos de la persona que te engañó; que se acostó con mínimo dos mujeres, mamá? ¿Del hombre que le pegó a don Hernán? ¿Del tipo que casi tira la casa de Arcadio —que en paz descanse—; del que le clavó un cuchillo en…?

—No estamos seguros de eso, hija —interrumpió Vicky con una voz grave, como cavernosa y sin creer mucho en lo que acababa de decir. Kate, por su parte, no podía decir nada. Es decir, sí era horrible que su papá estuviera en el bote y todo eso, pero la chava no sentía nada. Quizá solo culpa por no sentir algo; culpa por ser indiferente, impasible, cuando se trataba de su propio padre. En realidad, estaba pensando en Fran, como cada centésima de segundo desde que lo conoció.

—A ver, mamá: Lucy te enseñó las fotos; te dijo que el exvecino estaba extorsionando a mi papá. Eso explica lo que vio Billy aquí en la calle, cuando mi papá le gritaba a Arcadio que lo iba a matar y mi padrino, salía huyendo en su *Valiant*. Y, unos días después, el pobre señor aparece apuñalado en la calle.

—¡Yo no sé cómo puedes hablar de esto como si nada! —Vicky ya estaba llorando. Kate se le acercó para tomarla de las manos.

—¿"Como si nada"? —La voz de Aurelia se rompió como un vaso de vidrio. A Aurelia no le gustaba que las emociones le brotaran por todos lados. —¡¿De veras crees que no me importa saber que mi papá está en el Penal de Barrientos por homicidio calificado?! —Aurelia había gritado y también estaba llorando. Estaba desconsolada, no solo por su padre –quien había tomado sus propias decisiones y que, estaba segura, viviría en la cárcel por el resto de sus días–, sino por su madre, que lo había amado sin reservas, incondicional y abnegadamente; que había sido su compañera, su consejera, su amante, su amiga, su cocinera, su criada, su proveedora en los tiempos de crisis económica. Y Pepe Pérez, el responsable de la existencia de Aurelia, había traicionado a su madre y le había mentido y la había herido de muerte (como al pobre Arcadio). ¡Por eso, por haberle causado a su mamá esa herida de amor, Pepe merecía estar en una jaula de dos por dos, con otros doce reos! Ah, pero cómo dolía saber que su padre había sido capaz de matar a un hombre.

—Lo que más me duele —dijo Aurelia entre sollozos, —es que te hirió, mamá. A ti que… —Aurelia no podía más. —Lo amaste tanto, que jamás le fallaste.

Aurelia salió corriendo: parecía la imagen de una pintura deslavada y borrosa, cuando, llorando casi a gritos, subía las escaleras gritando.

Valeria despertó y todo estaba oscuro. A su lado, dormía como un bebé, Chano. Las luces y ruidos de la calzada de Tlalpan entraban, inmisericordes a la pequeña habitación. Valeria fue saliendo de la membrana viscosa de un sueño profundísimo y negro como la muerte (o peor que la muerte). Brotaba de un cascarón elástico; una cubierta de hule de llanta. Era, también, una capa de odio: un rencor adhesivo y espeso. Quería estar lejos de su papá y nunca verlo más: lo quería matar. Hernán Santibáñez que la creó; que fertilizó un óvulo, para luego olvidarlo, desdeñarlo. La acostumbró a no tener límites; a todo lo que podía comprar el dinero y luego se lo quitó todo.

Valeria, incapaz de pensar que alguien podía amarla sin condiciones (a pesar de las señales de su *prometido*) pensaba que seguramente su papá sentía –además de culpa– vergüenza: no podría vivir sabiendo que su hija era una prostituta. Para ella, sin embargo, era un trabajo relativamente fácil y muy remunerativo. De todas maneras antes el sexo no significaba mucho para la adolescente.

Que ahora, los hombres *compraran su afecto* no era muy diferente que antes. Al contrario: era mejor, porque la transacción era muy clara y sin malentendidos. Ahora, los hombres mayores pagaban realmente una fortuna por la oportunidad de tener sexo con una menor de edad tan bella y tan perfecta.

Sonrió: ese sería su nuevo mercado. Un poco *asqueroso*, pensó, pero un señor de la edad de su papá pagaría lo que fuera por coger con Lolita; con la imagen misma de la inocencia y la sexualidad; la fantasía de todo hombre maduro: acostarse con una niñamujer.

Valeria sonrió, mirando a Chano. De hecho, se dio cuenta de que le tenía cariño a ese muchacho. Muy pronto, ella sería su esposa y su papá ya no podría hacer nada. Se asomó por la ventana para ver la uñita luminosa y fue a ella a la que dirigió sus susurros: "¡que se pudra el pendejo! ¡Lo odio!", refiriéndose a su padre.

—¿Estás bien? —Preguntó, ronroneando, Chano.

—Muy bien, —contestó Valeria, regresando a la cama y acurrucándose como perrita.

El licenciado Núñez ya había repartido lana a diestra y siniestra: sobre todo, para lograr hablar con su novísimo cliente, José Pérez, acusado de homicidio calificado y, como otros mil doscientos cincuenta y tres internos de Barrientos, esperando fecha para el juicio. Cada etapa en el pase por las *aduanas* era de mínimo cincuenta pesos, pero Núñez ya estaba acostumbrado al *Juego que Todos Jugamos*. Esperó mientras le avisaban al interno que su abogado estaba ansioso de verlo. Los visitantes y los reos estaban separados entre sí por rejas que, en algún momento, habían sido blancas (o ¿amarillas?). Ahora, estaban descarapeladas y oxidadas; en algunas partes desgastadas por las manos de miles de personas que se aferraban a los barrotes o que los acariciaban o que los jalaban para querer arrancarlos −sin éxito, claro−. Núñez percibió un olor a guisado de suadero, sudor ancestral y drenaje. El aire estaba encerrado: parecía no haber circulado desde la fundación de La Gran Tenochtitlan. A veces, también olía a cemento y polvo y pobreza y ropa lavada.

Núñez siempre llevaba una botellita de desinfectante y se aplicó un poco en las manos. Sonrió pensando en su pareja: otro licenciado, más joven, especializado en derecho laboral, con unos pectorales que parecían esculpidos por Miguel Ángel. Núñez era un hombre de más de cuarenta y su amado licenciado Beteta −para colmo, se llamaba David−, acababa de salir de la Escuela Libre de Derecho y era una de las siete maravillas del mundo −a juicio del penalista−. ¿Por qué, entonces, estaba en Tlalnepantla de Baz, en el *Centro Provisional*, dándose cuenta de que las suelas de sus zapatos se habían adherido al piso −sus suelas impregnadas de una negrura chiclosa que ya formaba parte integral del suelo−? ¿Por qué se había dejado catear por un *salvaje* que le manipuló los testículos como si hubieran sido esferas chinas para el estrés? Por dinero, obviamente. A Núñez le iba muy bien defendiendo a criminales de alto perfil, acusados de lesiones, homicidio simple, homicidio calificado, homicidio imprudencial, homicidio en grado de tentativa, etcétera… La verdad es que podía cobrar lo que se le daba la gana (así era el derecho penal en México) y esta vez ya había recibido 500 mil pesos en efectivo de una muy guapa señora de nombre Victoria (no que a Núñez le interesara que esa mujer fuera atractiva ni mucho menos. Más bien, lo que le había sorprendido era que esa dama tenía una escolaridad como de segundo de secundaria. ¿De dónde había sacado tanto dinero? ¿El narco?)

Pepe tenía un derrame en el ojo −que parecía como una acuarela infantil−, restos de sangre en la nariz, una inflamación en el labio (que parecía un piquete de abeja africana) y caminaba arrastrando el pie izquierdo. Estaba confundido, aturdido: su caminar era como de un débil visual. Le preguntó a Núñez si él era el abogado *de oficio*, aunque el ex hojalatero pensó, de inmediato, que hubiera sido imposible pagar, con el sueldo del Gobierno, un traje tan fino como el que vestía el licenciado como-se-llamaba.

A Pepe le habían dado su *bienvenida* la noche anterior y le habían dicho una obviedad: dentro de Barrientos todo se movía con dinero. Si él pagaba, no tendría problemas; de lo contrario, el siguiente paso era violarlo tumultuariamente (aunque nadie podría garantizar que eso no sucediera en el futuro —a pesar del pago correspondiente—). "Quizá —pensó Pepe— merezco eso. Que alguien me desflore." Pepe se sentó frente a Núñez, quien se dio cuenta de que el interno se sobaba el hombro y que traía un rictus de dolor. Núñez sabía que le habían dado la madriza de su vida a su nuevo cliente. Como dicen fue "pasado por la báscula"; es decir, fue víctima del rito de iniciación.

—Quiero la verdad, la verdad y nada más que la verdad, —dijo, solemnemente, Núñez, al tiempo que sacaba una libretita y una *Montblanc* de punto de oro.

—¿Quién lo contrató, licenciado?

—Núñez. Me llamo Núñez.

—Por el traje, la corbata, la pluma y el maniquiur, se me hace que usté' cobra caro.

—Me contrató su esposa, don José: la señora Victoria.

Pepe se sorprendió mucho, pero, en ese momento, a pesar de sentir que uno de sus ojos se saldría de su órbita como canica, tuvo una *epifanía*; es decir, en buen español-mexicano: *le cayó el veinte* de algo que nada tenía que ver con Vicky. Lo dijo en voz alta, ante el ceño fruncido de Núñez:

—'Ta cabrón que su marido sepa que me la andaba cogiendo. El esposo le hubiera puesto un plomazo en la nuca y la hubiera disuelto en ácido (quién sabe en qué orden). Ya estaría en un tambo en la carretera libre a Acapulco.

—¿De qué habla, señor Pérez?

—… Si el mafioso ése se hubiera enterado de que su mujer le pintó los cuernos, se la hubiera escabechado con sus propias manos en caliente. —Pepe miraba al techo sin pintar, de manera que Núñez pudo detectar otro derrame en la parte de abajo del ojo de su cliente.

—¿Don José? —Insistió Núñez confundido.

—¡Que me lo dijo nomás pa' espantarme, pa' que yo no abriera el hocico!

—¿Quién dijo qué, señor Pérez? —Preguntó el abogado con ganas de picarle el ojo sano con la punta de oro de catorce quilates de su pluma fuente.

—Yo sé quién mató a mi compadre, licenciado. Yo sé quién asesinó a Arcadio. ¡Olga, licenciado! ¡Olga: la esposa de *El Valde*; de Esteban Valdelamar, de Neza!

Núñez apuntó el nombre *Olga Valdelamar* en su libretita nueva. Núñez tenía letra de calígrafo (de esos que escriben los nombres en los sobres de las invitaciones a las bodas). Preciosa letra con los finales de las palabras como moños de regalo.

—Me llamo Olga y quiero ver a Vicky, —dijo la *Mujer de Negro*, mientras miraba a Mari desde arriba, como quien mira un caracol pegado en el vidrio.

—¿De parte? —Preguntó, diligente, la mucama.

—Soy Olga. La amante de su marido.

A Mari casi se le revienta un aneurisma. Pero, un segundo después, sintió una ira incontenible y pensó en ir por el rodillo y reventárselo a la tal Olga en su maldita cabeza. Con todo, decidió hacer un chiste:

—Yo no soy casada.

—Ja, ja —rio Olga: —soy la amante del esposo de la señora Victoria. —Aclaró, articulando cada palabra, como quien toma clases de actuación.

—Ah, ya caigo, —se pitorreó Mari.

—¿Qué esperas? —Ordenó-preguntó la esposa del empresario-teibolero de Neza. Mari no la conocía, pero, si alguien la hubiera visto antes, se hubiera dado cuenta de que se veía más vieja, aunque, no había una sola cana en la perfectamente lacia y negra cabellera (después de destripar a Arcadio y tener el orgasmo apoteótico en los separos frente a Pepe, Olga había decidido ir al salón a teñirse y alaciarse el pelo).

Mari sintió una indigestión instantánea y la formación de gases en el colon. Sabía que esa vieja grosera y altanera era la culpable de la destrucción de ese hogar —aunque ignoraba que era una asesina a sangre fría (lo que hubiera sido importante saber antes de burlarse de ella)—, y es que Mari, en un impulso, le dijo a esa odiosa y nefasta *vieja*, "espere afuera" y le azotó la puerta principal en la cara. Al tiempo que Mari corrió a las recámaras, Olga tuvo un irrefrenable deseo de matar a la chacha con la 22 que traía en su bolsa de mano y que le había regalado su esposo, el zar de las encueradas, "pa' cualquier cosa" (que era otra 22: no la que le había dado a Pepe para reventarle los sesos a su marido). Olga metió la mano a la bolsa y sintió el frío metal de su revólver *Colt Diamondback*. Era un revólver fabricado en los ochenta, pero estaba impecable, bellísimo, cuidadísimo, brillante. Una obra de arte para matar. Una joya asesina.

Mari entró a la recámara principal sin tocar y como cebra en celo. Vicky estaba sentada en la cama, checando los muebles para el SPA en su táblet; pero, al mismo tiempo, escuchando la voz de Lucy, la voz de Pepe, la voz de Aurelia y la voz de don Hernán, diciéndole: "yo la amo" (todas las voces mezcladas, como un murmullo, como una multitud gritando, o una nube de insectos). Mari le informó, sin aire y sintiendo el corazón en el cráneo, que la tal Olga estaba en la puerta. La amante de Pepe. La maldita. Luego, siguieron majaderías más pasadas de tono. Toda una lista de sinónimos de *puta*: piruja, güila, resbalosa, zorra, lagartona, golfa, fácil, nalgapronta, alimaña y un largo etcétera. Vicky le pidió a Mari que se calmara y caminó hacia la salida.

Le abrió la puerta exterior a la *Mujer de Negro* que acariciaba eróticamente su *Colt Diamondback* (nada más, que si esa pistolita eyaculaba, lanzaría una bala a 340 metros por segundo). Vicky la miró y, de inmediato, se dio cuenta de que era una mujer atractiva y *fina* (no como la Lety). Mari se quedó espiando cerca de ahí. Seguía murmurando palabras relacionadas con *puta* y estaba lista para clavarle las uñas en las chichis de la tal Olga y arrancarle los pezones; luego, echarle limón y chile piquín. También realizó unos rounds de sombra.

Olga no se esperaba que Vicky fuera una mujer tan guapa. Ella se había imaginado una vieja gorda y fodonga, como de las que preparaban gorditas de guisado en algunos puestos en las calles de Neza: es decir, por eso Pepe le había pintado el cuerno, ¿no? Vicky vio el desconcierto en los ojos de la *Mujer de Negro* que seguía con la mano metida en la bolsa de mano, tentando el revólver.

—¿Pasa algo malo, Olga? —Preguntó Vicky tratando de intimidar a su rival con la voz.

—Me imaginé a una vieja fodonga, gorda, con cuerpo de tamal oaxaqueño. Con el cuerpo de Carmen Salinas.

—¿Qué se le ofrece, señora? O ¿señorita? No, claro, de señorita no tiene nada.

—Solo quería conocerte.

—Mucho gusto. Victoria. Me dicen Vicky. ¿Algo más? —Vicky habló con prisa y desafío. —¿Por qué tiene la mano metida ahí? ¿Qué trae en la bolsa?

—Un revólver calibre veintidós.

Chano y Valeria ya eran marido y mujer. Ella ya se había emancipado y estaba feliz. De hecho, ambos hicieron el ritual de los recién casados, y él entró con ella, cargándola a través del umbral. Era un departamento de doscientos metros, amueblado, bastante nuevo, que daba, justamente, al Parque Lincoln, en el centro de Polanco −donde Kate y Victoria se habían tomado el cafecito y cerca del SPA *Vicky-Bienestar*−.

Por un momento Valeria alucinó que se había casado con el *amor de su vida*, con un príncipe como Fran. Soñó que era la esposa de Fran, que estaba totalmente enamorada de su marido y que formarían una familia. Valeria rio como mujer histérica y Chano se desconcertó mucho, dejando a su amada esposa sobre la cama.

—¿Qué onda, *uey*?

—Nada. —Repentinamente, Valeria puso cara de doliente velando al ser amado. —Aluciné… eso es todo.

Chano, cada vez más enamorado de la adolescente, se sentó junto a ella y la miró, como quien mira a alguien que acaba de volver de viaje.

—¿Qué "alucinaste"?

—Que… no importa, Chano. —Valeria se puso de pie, respiró hondísimo y dijo: —¿ya podemos ponernos a trabajar?

—Claro… Aunque pensé que podíamos ir a… a cenar. Aquí abajo hay muy buenos restaurantes… para festejar que…

—¿Crees que hay algo que *festejar*? —Preguntó Valeria con su acostumbrada insolencia.

Chano bajó la mirada, pero Valeria estaba de muy mal genio.

—Ay sí, hay que festejar. ¡Vamos a festejar que soy una puta que me casé con mi padrote para poder emanciparme y que así no me estuvieran chingando mi papá y mi hermano para los que, durante más de quince años, no les importé una chingada!

—Valeria, —susurró Chano, poniéndose de pie, tratando de calmarla; acercándose con los brazos abiertos.

—¡No me toques! ¡¿Qué no ves que soy una mierda?!

—No es cierto…

—¡Soy una puta que hace de todo! ¿Quieres una mamada? ¿Sexo anal? ¿Un trío? ¡Sí, hay que hacer un trío! ¡Huy, podríamos cobrar un chingo de dinero, ¿no?!… ¿Qué te parece si cumplimos con la fantasía de una pareja de casados que cogen con una niña? ¡Y les cobramos diez mil dólares!… ¿Te gusta la idea, *jefe*?

—Valeria, yo te amo.

—¡Estás enfermo, buey!

—Es neta.

—¡No puedes amarme, *uey*! ¡Nadie puede amarme!… Y ¿sabes qué? ¡Déjate de pendejadas y echa a andar el negocio, ¿quieres?! ¡El dinero es lo que realmente me consuela, no tus pendejadas!

Valeria salió como huracán. Chano, entonces, decidió no dejarla sola nunca más.

Kate estaba con su Macbook abierta mostrándoles a Vicky y a Hernán el sitio que Valeria había activado. Se quedó pensando en lo que, hacía algunos días, Hernán le había pedido (cuando le mandó el mensaje a Fran para preguntarle por Chano; mensaje que nunca contestó el joven, claro). Sabía que Hernán andaba buscando a su hija y se le ocurrió un plan: contratarla.

El shock de don Hernán al ver el sitio de internet en el que su hija menor de edad ofrecía sus servicios, fue mayúsculo; la culpa del exempresario parecía un tumor maligno, gigante, que le crecía en la garganta y que le impedía respirar.

Mejor no quiso ver. Vicky lo miraba con compasión, como quien está junto a un venadito herido por un cazador furtivo.

Obviamente, Hernán no la podía *contratar*: se darían cuenta de que era él. Así que era necesario conseguir un prestanombres. Una persona que les ayudara a hacer la contratación de los servicios sexuales de Valeria con su cuenta de *Paypal*.

Aunque, pensándolo mejor y, a pesar del entusiasmo de Kate, la duda era, contratarla y luego ¿qué? Pues, llevar a las autoridades para que la regresaran a casa.

—No, Vicky, si las autoridades se enteran de que Valeria se dedica a… a eso, la van a detener. La prostitución está prohibida.

—¿"Prohibida"? ¡Mis polainas! Y ¿todas las putas que están en Calzada de Tlalpan o allá por Sullivan?

Vicky se arrepintió del tono que había sonado trivial, como si estuviera hablando de *equis* puta en una esquina. Tocó el brazo de Hernán quien, como dicen, "no lo calentaba ni el sol".

—Igual y usted la convence de… p's, de salirse de eso… Si habla con ella, don Hernán.

—Lo dudo mucho. Valeria me odia.

—Hay que intentarlo, ¿no? —Dijo Kate con mirada tierna. Hernán sonrió un poco y envidió a Vicky. Kate, a pesar de todo, se había convertido en otra clase de persona; por lo menos, no se había prostituido y ya se veía bastante equilibrada.

—Tienes razón, —dijo conmovido Hernán, —"hay que intentarlo". Gracias, Kate.

—De nada… pero, en realidad, yo no hice gran cosa.

—Lamento mucho que, por culpa de Valeria, Fran haya…

—Eso ya no importa, don Hernán. Igual y no era para mí y tengo que poner los pies en la tierra.

A Vicky le explotaba el pecho de orgullo. Hernán pensó en hablar con Juan Piña, para que éste, a su vez, consiguiera el famoso *prestanombres* para contratar los servicios de Valeria (el propio Juan Piña Soto, no podía serlo, puesto que ella sabía que había sido el chofer de su papá).

Vicky le deseó suerte a Hernán y éste salió caminando lentamente, como un anciano corcovado. Kate miró a su mamá.

—¡Qué mala onda, ¿no?!

—P's, sí, hija, pero con toda la pena del mundo, la neta es que don Hernán está pagando el precio de no haber pelado a su hija; de no haberla procurado... Además, nosotras tenemos nuestras propias broncas, ¿no?

—Sí, —Kate apretó los labios y, por compromiso, preguntó, —¿cómo va lo de mi papá?

—Ya le contraté un abogado bien picudo, hija.

Pero Vicky estaba pensando en la *Mujer de Negro*, en su visita, en su amenaza. Prefirió no revelarle a Kate la verdad, pero sí estaba realmente preocupada: "¿con qué clase de vieja se metió José?", —pensó.

—¿Estás bien, ma'? —Preguntó Kate.

Vicky evadió la mirada y caminó a la cocina:

—¿Quieres un café? —Y, desapareció. Kate frunció el ceño.

Aurelia había tenido clases en la mañana y ahora estaba en casa de Billy. Escribía en su laptop sobre la cultura de la corrupción y el hecho de que, en México, la mordida era culturalmente aceptada y hasta aplaudida. Es decir, en la sociedad, se premiaba al *gandaya*, al que era suficientemente astuto para burlarse de las reglas, reglamentos, leyes, artículos, etcétera... La astucia era el valor fundamental para la comunidad. Incluso, en caso de los hombres infieles —que eran la mayoría—, los demás (machos) admiraban a aquél que era capaz de tener el mayor número de mujeres sin que la esposa se diera cuenta.

Una sociedad en la que se retribuye la sagacidad para mentir y delinquir. ¿Por qué?

Aurelia no podía evitar pensar en su padre y cada vez que lo hacía sentía un tristeza poderosa, incapacitante.

En la joven, subsistían varios niveles de consciencia: la ira por José Pérez —adúltero y asesino—; el dolor porque era su padre y estaba sufriendo en la cárcel; el desbordante amor por Billy, la preocupación por su querida Patria; la angustia por su madre, la idea de que el papá de Billy tenía el corazón destrozado porque su hija era una puta, y el pavor de siempre: el miedo al fracaso. La incertidumbre de la vida futura, el temor al azar y sobre todo el pánico de que se desmoronara la ilusión del amor.

Aurelia nunca se había sentido así: con esa mezcla entre la esperanza de un amor hondo, intenso, profundo, inédito, luminoso y el terror de perderlo todo en un instante (como su mamá). Había bajado todas las defensas y había abierto las puertas y las ventanas para que Billy entrara hasta la cocina de su esencia. Los prejuicios y trabas y barreras habían desaparecido.

Un pensamiento gélido recorrió su cuerpo: un céfiro que bañaba sus órganos, como si se hubiera metido a un refrigerador o como si una piedra de CO_2 congelado, se estuviera evaporando desde el esófago hasta las rodillas. "Y ¿si me rompe el corazón?"

Aurelia tuvo ganas de llorar pensando en la fantasía trágica de perder a Guillermo o de que él le dijera que ya no la quería; que la desechara, que la tirara a la basura como a Nadia. Pensó en todas las posibilidades, aunque la mayor parte de esas cogniciones eran negativas. Claro, en el contexto de la desintegración del espejismo del supuesto amor de sus papás —quimera en la que ella creyó durante toda su vida—, era bastante obvio que la aspirante a periodista tuviera ese tan negativo sesgo epistemológico.

Pensándolo bien, no había razones para ser optimista: su padre estaba en la cárcel y le había hecho añicos su corazón. La hermana de Billy de 16 años era prostituta. Si don Hernán, en algún momento, lograra conquistar a su mamá, se convertiría en una combinación de suegro y padrastro. Todo era confuso como el interior de un hoyo

negro: la luz era atraída por la fuerza de gravedad. Sin embargo, el
loco y repentino amor por el ex pequeñoburgués, estaba ahí, vibrando
como un cuarzo; latiendo, girando como un motor; explotando como
un pastel en el horno. Era una sensación deliciosa, inédita, espléndida
que formaba un dique contra toda la mierda que había pasado desde
el *Chispazo*.

Pensó en Ricardo y se sintió mal. Ella criticando mentalmente a
Billy de haber desechado a Nadia e hizo exactamente lo mismo con
Ricardo. Le dio alas; prácticamente lo sedujo y luego lo olvidó. Se
sintió culpable por haberlo olvidado.

Pero, cuando Aurelia movió su pelo hacia atrás, con ese gracioso
y sexy juego de siempre y sintió la mirada de Billy y volteó y vio su
sonrisa, todas las distorsiones malignas desaparecieron.

—Me encanta cuando haces eso con tu pelo.

Aurelia, ruborizada, se levantó de la silla a su máxima velocidad
y abrazó a Guillermo Santibáñez como si hubiera estado de viaje
en Kazakstán seis años y medio. Billy se sorprendió. En ese abrazo
Aurelia le comunicó su miedo, sus idealizaciones, su amor, su pánico,
su deseo.

—No me dejes nunca, nunca, —suplicó Aurelia sin soltarlo.

Núñez apuntaba caligráficamente asuntos que tenía que checar:
¿se revisaron las huellas dactilares del arma homicida? ¿Se habló con
testigos? La conversación entre Olga y su cliente con respecto al tema
de *Extraños en el Tren:* ¿era relevante? ¿Era indicativo de una actitud
criminal? ¿Qué tan peligroso era meterse con la tal Olga y su marido
El Valde? Según su cliente, ella estaría muerta si su marido se hubiera
enterado de que sostenía relaciones adúlteras con el ex hojalatero
de Neza. Luego-entonces –apuntaba el licenciado Núñez–, si ella es
la autora material del homicidio, difícilmente el mafioso del téibol,
metería las manos al fuego por ella. "Averiguar quién es el gánster
Esteban Valdelamar" –escribió con tinta azul y dándole un garigoleo
churrigueresco a la ere de gánster–. Checar cámaras", asentó Núñez
con la *Montblanc Meisterstück*.

Núñez viajaba en la parte trasera de un *Mercedes Benz Clase E*, blindado. Benito, su chofer, era también su guarura y tenía autorización para usar una *Barreta* nueve milímetros que llevaba en un arnés de cuero, en el pecho. Benito era muy discreto y conducía el *Mercedes* por la autopista Chamapa-Lechería, hacia Vallescondido, el club de golf, donde vivía Núñez con su pareja en una casa junto al *fairway* del hoyo seis.

La única complicación del caso sería el tema del esposo de Olga. Núñez sacó su *I-Phone* para buscar en el directorio uno de sus contactos en ciudad Neza –que era, por cierto, un ex judicial que ahora era escolta de otro personaje importante del oriente del Valle de México–.

—¿Quién maneja los téiboles en Neza, compadre? Tiene una esposa que se llama Olga, que, según un cliente, está buenísima.

—Se llama Esteban Valdelamar. Se ha metido toda la lana del mundo, contratando chavas desesperadas e, incluso, haciendo "lo que es"[22], la trata de blancas. Está muy bien parado con las autoridades del Edomex.

—Bueno, claro.

—Ahora hasta se trae viejas de Europa Oriental. Su vieja es súper famosa: Olga Fuerte.

—¿Fuerte? —Preguntó y apuntó el abogado.

—Así se apellida. Claro, le dicen *La Primera Dama…* ¿Qué onda, eh, Núñez? ¿A poco va a defender a *El Valde*?

—No, ¿por qué?

—Porque es meterse en camisa de once varas. Esteban está conectado con mafias y policías. Está pesado… ¡Tenga cuidado, licenciado! —Dijo, rimando sin intención.

Núñez colgó y se quedó pensando que le pediría otro medio millón a la señora guapa.

---

22 "Lo que es", es una muletilla usada por muchos. Como toda muletilla es innecesaria. En un restaurante, el mesero puede decir: "tenemos *lo que es* la carne al carbón", en lugar de: "tenemos carne al carbón". Mi sospecha es que es una forma de ser vehementes, pero su uso ya es indiscriminado en el centro de México.

Valeria estaba maquillándose después de pasar un buen rato en el jacuzzi del hotel-boutique del parque España. Olía perfectamente y estaba vestida a la moda. No parecía una prostituta, sino una mujer joven, de buen nivel económico, espléndido gusto y educación. Probablemente por eso ⁻y por el hecho de tener dieciséis años⁻, Valeria Santibáñez, mejor conocida como *Vanessa*, tenía tanto éxito. En el transcurso de algunas semanas, Chano y Vanessa habían construido una impresionante cartera de clientes (ricos) y, en algunas ocasiones, la joven tenía hasta diez clientes al día (10 clientes a 2000 dólares; eran 20 mil dólares al día, libres de polvo y paja). La empresa estaba creciendo rápidamente y Valeria, incluso, empezó a vislumbrar un posible retiro en un par de años. Retirarse a los veinte años y ser millonaria en dólares. ¡Vaya!

Tocaron a la puerta. Valeria, todavía mirándose al espejo, le indicó al cliente que pasara. La joven Santibáñez, no volteó: seguía afinando algunos detalles de su perfecto arreglo.

—Siéntate, mi amor, ¿te sirvo algo?

El cliente no contestó. A Valeria no le pareció raro. Algunos clientes eran muy callados.

—¿Algo de tomar?

Nada.

¿Quién era ese hombre? ¿Un *viejito*? ¿Le gustaba el sexo rudo? ¿Era tímido? Valeria estaba preparada para todo.

Se dio la media vuelta con una coreografía de *El Lago de los Cisnes* para toparse con su papá, sentado, en la cama, a punto de llorar.

El primer instinto de ella fue salir corriendo de la habitación. Hernán, sin embargo, anticipó el movimiento y corrió hacia la puerta principal, para impedir el paso de su hija.

—¡Quítate! —Exigió Valeria, roja de ira.

—Por favor, hija. Solo quiero hablar contigo.

Valeria respiraba como bisonte a punto de atacar. Mentalmente, insultaba a Chano, por haber permitido esto: ¿cómo es que su papá estaba adentro de la habitación en ese momento? ¡Se supone que Chano debería de escanear a cada cliente!

—Te lo ruego, —suplicó Hernán, sin conmover a Valeria en absoluto. Había demasiado resentimiento como para que la joven se compadeciera de esa cara de osito recién nacido.

Valeria desistió de salir y se sentó en un sillón.

—Está bien. Habla.

Hernán había preparado su discurso un millón de veces, pero, en ese momento, las palabras se habían convertido en una sopa.

—Habla, —repitió, Valeria moviendo obsesivamente su pierna.

—Perdóname. —De la sopa de letras fue lo único que Hernán pudo componer. —Perdóname por haberte abandonado… por favor. —Se acercó a Valeria, quien volteó su cabeza hacia la ventana. Miraba las copas de los árboles del parque. —Dame una segunda oportunidad, hijita. Te lo ruego. Te amo.

Valeria seguía inconmovible, mirando al vacío.

—Regresa a la casa… conmigo y con tu hermano. Te prometo que…

—No, papá, —interrumpió Valeria, poniéndose de pie y alejándose lo más posible de su padre. Hernán buscaba su mirada, pero ésta era como un colibrí.

—No quiero regresar con ustedes.

Hernán tragó saliva y se controló lo más que pudo.

—Sé que cometí muchos errores, pero…

—Papá: no quiero hablar de eso. Ya pasó.

—Entonces… ¿me perdonas?

—Entiéndelo: ya estoy más allá de eso.

—No entiendo.

—Que… sí, te perdono. No te guardo rencor.

Hernán sonrió, esperanzado y se volvió a acercar a Valeria. Quería sellar el Perdón con un abrazo.

—Pero no voy a regresar con ustedes. Yo ya tengo una vida. —Valeria evadió el abrazo y se dirigió a la puerta: —vete, por favor. No quiero volver a verte.

—Hija… lo que tú haces…

—Hace un instante estaba pensando que hay días en los que gano veinte mil dólares.

—El dinero…

—¡El dinero es lo único… bueno que tengo! El dinero es la posibilidad de *poseer* cualquier cosa.

—Pero… como está demostrado, es efímero. Lo único que es permanente es el amor, la familia.

—¿La familia, papá? ¿Cuál?

—Me tienes a mí y a tu hermano… te amamos, Valeria.

—¿De repente me aman? ¿De la noche a la mañana ya somos una familia maravillosa?

—Podemos intentarlo.

—No, papá, no quiero intentarlo… De verdad, —ahora, Valeria habló suavemente—, vete y olvídame.

—¡No puedo! —Gritó Hernán con voz de tenor.

—Entonces, neta: lo siento. Yo voy a seguir haciendo lo que hago.

—¡Es que… me duele tanto que seas… una prostituta! ¡Tienes dieciséis años!

—¿Te duele o te avergüenzas de mí?

—Jamás me voy a avergonzar de ti, hijita…

—¿No será que te duele porque te sientes culpable?

—¡Por supuesto que me siento culpable!… Pero, me duele que… hayas perdido la dignidad, hija; que tengas que acostarte con… señores que te pagan por…

—¡Por eso: el señor Santibáñez se avergüenza de que su hija sea puta!

—No. Me duele porque tienes un gran potencial. Porque eres brillante y bellísima; porque podrías estudiar una carrera y…

—Ésta es mi *carrera*, papá. Y créeme que, en unos años, voy a ser millonaria… De hecho, me he propuesto ser la mejor.

—… Además, tengo miedo de que te pase algo…

—No te preocupes por eso. De verdad. Voy a estar bien.

—Quisiera poder ayudarte a ser feliz.

—Ésta es la máxima felicidad que voy a poder alcanzar en mi vida.

Hernán hizo una pausa. Había agotado sus argumentos.

—Denuncié a Chano por secuestro. Voy a informarle al Ministerio Público para que te detenga y te lleve a mi lado.

—Lo siento, papá: no sé si te dijo Billy … Estoy casada con Chano y me emancipé de mi mamá y de ti. La policía no puede detenerme y Chano ya está arreglando el tema del *secuestro*.

Ahora sí Valeria lo miró. Ahora sí se acercó a él.

—Ahora soy yo la que te ruego que me dejes en paz; que me olvides.

—¡Ya te lo dije! ¡No puedo! —Hernán ya estaba llorando.

—No voy a dejar de hacer esto, papá. Hagas lo que hagas.

Hernán deseó morir. Sabía que no podía hacer nada. Salió rápidamente. En el pasillo, sus piernas no lo detuvieron y tuvo que sentarse. Lloraba incontrolablemente, con las palmas en la cara. Del otro lado de la puerta, Valeria escuchaba los sollozos. Para evitarlo, se puso sus audífonos y los enchufó a su IPod.

"Voy a ser la mejor puta del mundo", —repitió como un mantra—.

Algunas de las heridas de Pepe ya habían cicatrizado. A través del licenciado Núñez, Vicky le había mandado al presunto asesino, suficiente dinero como para evitar que lo siguieran golpeando.

Él llegó antes al lugar de visitas y sentía que su corazón se expandía y abarcaba todo el tórax. No podía dejar de mover las manos y tuvo que controlar el maxilar inferior, que empezó a temblar como si tuviera frío.

Cuando él escuchó el ruido de los tacones y de las suelas, pegándose a lo chicloso del piso, levantó la vista. Era Vicky, el amor de su vida —que se había vestido conservadoramente, pero que ya había repartido propinas por todos lados y había sido revisada por una mujer con bigote, un metro treinta y músculos híper-desarrollados—. Vicky pensó que era un hombre disfrazado de mujer (quizá sí lo era).

Miró a Pepe, detrás del óxido y el desgaste de los barrotes; vio sus cicatrices y descubrió su temblor y sintió que se estaba ahogando en un lago de aceite negro. Pepe quiso tocarla a través de las desgastadas rejas. Vicky, esforzándose como nunca para no llorar, hizo todo el cuerpo para atrás.

—¡Vicky, mi amor! —Lloró Pepe incontenibleimente.

—Dime la verdad, José, —dijo Vicky en voz baja y con cara de funeral. Pepe oyó el *José* y el golpeteo de sus dientes se escuchaba hasta el zócalo de Tlalnepantla de Baz. —¿Mataste a Arcadio?

—¡Claro que no! ¡¿Cómo puedes pensar eso, mi amor?! —Pepe aplicó fuerza con sus manos queriendo romper los barrotes.

—Lo amenazaste de muerte y rompiste...

—¡Fue por lo de las fotos, Vicky! —Interrumpió Pepe, desesperado. Vicky pensó que su esposo se veía viejo y feo. Quizá era el rencor.

—Por eso. Él tenía las fotos de... —Vicky no quería llorar de coraje. —Que el compadre te sacó con la tal Olga. Las que me enseñó la comadre. Por eso lo mataste.

—¡Te juro que no soy un asesino, mi amor!

—No soy *tu amor* ni lo voy a ser nunca más. —Vicky no reconoció su propia voz.

Pepe sintió una contractura en el cuello: como si alguien le hubiera jalado la cabeza hacia atrás. Sintió la nuca rígida, sólida como un pedazo de madera.

—Perdóname, Vicky. Perdóname, por favor. Te amo. —Pepe sintió ganas de vomitar. Sus lágrimas eran auténticas. —Yo no maté a Arcadio, —Pepe se calmó un poco. Se llevó la mano a las cervicales, para sobarse un poco. —Fue Olga.

—Y ¡yo me chupo el dedo!

—Créeme, por lo que más quieras.

—¿Por qué querría Olga matar a Arcadio?

—Porque le dije de las fotos y... su marido es un mafioso que maneja *teibols* en Neza. Si Arcadio hubiera, no sé, *publicado* las fotos, el... tipo ése... se llama Esteban Valdelamar... le hubiera cortado el cuello a Olga. —Pepe omitió decirle a Vicky sobre la conversación en aquel probador: en el pacto *hitchcockneano* entre ellos: "yo mato a tu marido y tú matas a Arcadio".

—Así que el teibolero todavía no se entera de nada.

—Si supiera algo, Olga estaría muerta.

—Pero lo malo es que está *vivita y coleando*.

—Mi amor... Vicky, lo de Olga y yo, no fue nada.

—No fue nada, —repitió, mecánicamente Vicky. —Tampoco lo de Lety, supongo, ni las otras.

—¡¿Cuáles otras?!

—¿Ahora me vas a decir que no hubo un chingo de otras viejas a lo largo de todo nuestro matrimonio? ¡No me digas!

—¡Te juro que…!

—¡No jures en vano, infeliz! —Vicky gritó, amarga, grave y todos voltearon a verla.

Pepe sintió la palabra *infeliz* en las paredes del duodeno.

—¡Me engañaste: me has engañado quién sabe cuántas veces!

—¡Pero, te amo, te amo! ¡Te ju…! ¡Te amo como a nada! ¡Eres el amor de mi vida!

—No, Pepe, no me amas. Porque me mentiste, me viste la cara, me… heriste de muerte. Y yo no lo merecía, porque te fui fiel, leal; porque jamás te fallé.

—Perdóname, por favor, Victoria. Te lo ruego. Por el amor de Dios. Perdóname.

—No te voy a perdonar, Pepe y… en realidad, nomás venía a decirte una cosa: Olga, tu amante, fue a la casa. Llevaba una veintidós.

Pepe manifestó un tic en uno de sus ojos. Estaba muy asustado: en ese punto de su vida, era mucho más importante lo que pudiera pasarle a Vicky o a sus hijas que a él mismo.

—¡No mames! ¡Pinche vieja! ¡¿Te amenazó?!

—Me dijo que me quería conocer. Que ella creía que yo era una vieja fodonga.

—¡Dios mío!... Y, ¿luego?...

—Se fue…

—Vicky: esa mujer es de armas tomar… ¡hay que hacer algo!... Eh… Contratar unos guaruras para que te cuiden a ti y a las niñas. ¡Te digo que ella mató al compadre!

—Y ¿ya se lo dijiste a la policía?

—¡Claro que no! Y, ahora menos… —Pepe cayó en la cuenta de algo vital.

—¿Por qué?

—¡Porque sabe dónde vives! ¡Porque si la denuncio, te mata, mi amor!

—¡Nomás eso me faltaba! ¡Una loca-asesina, amenazando a mi familia!

—Yo no puedo hacer nada aquí en el tambo, pero tú sí puedes contratar a unos...

—Ya veré qué hago, —interrumpió Vicky.

Hubo un silencio. Pepe estaba llorando y buscando la mirada de Vicky.

—Sí me crees, ¿verdad?

—Mira, Pepe: estoy muy herida. Y se supone que la gente que te ama no debería hacerte daño.

—¡Te amo! ¡Perdóname! ¡Puedo cambiar!

—...Encima de todo, me sigues mintiendo.

—¿De qué hablas?

—¡Te tus viejas!

Pepe bajó la mirada. Claro que hubo más; muchas más.

—Pero ya no importa.

Vicky se puso de pie.

—Espero no volverte a ver nunca.

—Una noche, Olga me dio una veintidós.

Vicky sintió una descarga de 222 mil voltios.

—Es que hicimos un... un *pacto*... del que luego me quería zafar. Lo peor del caso es que ese dichoso pacto fue idea mía.

Vicky creyó estar en medio de una pesadilla.

—Quedamos en que, si ella mataba a Arcadio, yo mataba a su marido.

—¡¿Qué?!

—¡Pero, no lo maté, Vicky, porque no soy un asesino!

—Híjoles, mano, p's, ya te jodiste, ¿no?

Silencio. Las miradas coincidieron. Vicky sonrió. Era una sonrisa trágica:

—No vas a decirle a nadie que tu amante mató al compadre, ¿verdad?

—¡No puedo! ¡Por ustedes!... ¡Esa maldita vieja es capaz de matarlas!

—Entonces te van a dar cadena perpetua.

—Sí...

—Muy bien. Creo que sí hay justicia en este mundo. Te mereces que te encierren en este agujero por el resto de tus días.

Vicky, ahora sí, se dispuso a salir. Pepe se encontraba en el peor momento de su vida. Peor que la muerte: el momento en el que se daba cabal cuenta de que no vería a Vicky nunca más.

—¡A ver si pueden venir mis hijas a verme, Vicky! ¡Aunque sea una sola vez!

Vicky no volteó. Pepe sintió, en carne propia, lo que era estar muerto en vida.

Valeria estaba viendo ropa en el Centro Comercial de Santa Fe, cuando escuchó una voz que la llamaba por su nombre. Cuando volteó, vio a una mujer que se parecía mucho a su mamá, pero que ya estaba llegando a los setenta. Era una mujer más o menos bien vestida, aunque despedía un aire vulgar (por lo menos, eso pensó Valeria).

—¿Quién es usted? ¿Cómo sabe mi nombre?

A la *viejita* se le llenaron los ojos de rocío y venitas.

—¡Estás muy hermosa! —Exclamó con una voz ronquita y cansada.

Valeria, incrédula y desconfiada, dio un paso hacia atrás, checando ansiosamente las rutas de evacuación. Sobre todo, cuando la anciana se acercó para querer abrazarla.

—¡No se me acerque!

—¡Soy tu abuela!

A Valeria se le dislocó el maxilar inferior.

—Obviamente, tu mamá nunca te enseñó una foto mía. Yo sí he visto fotos y videos tuyos... desde que eras un bebé.

Valeria seguía dudando; Ernestina, entonces, sacó su pequeño álbum donde tenía fotos de sus nietos, Valeria y Guillermo, desde que acababan de nacer, hasta el tiempo actual. El álbum se iba desdoblando como acordeón.

—¿Me crees?... Soy Ernestina, la mamá de Antonia.

—¿Quién es Antonia?

—Antonia-Carolina, —sonrió la abuela. —Carolain.

—¿Mi mamá se llama *Antonia-Carolina*?

—Antonia por tu abuelo, que nos dejó hace mucho tiempo, y Carolina por Carolina de Mónaco; que era nuestro ejemplo a seguir. Valeria no entendía nada.

—¿A poco ya le va mejor a tu papá?

—¿Por qué?

—Porque esta butic es carísima.

—Eh... sí, sí... Le ha ido muy bien con las... lavanderías de Juan Piña.

Hubo una pausa. Ernestina no le creyó ni un veinte por ciento. La tomó del brazo y dijo:

—Creo que tenemos mucho de qué hablar, hija, —le dijo Ernestina a su nieta Valeria; su única nieta-mujer, llevándola hacia afuera... —¿Nos tomamos un café? Valeria se dejó llevar.

—¿Neta, mi mamá se llama *Antonia-Carolina*? —Preguntó Vale en medio de una carcajada.

—Sí y yo preparé a tu mamá con un solo propósito —exclamó, casi orgullosa, la abuela. —Que tu mamá se casara con un ricachón.

Valeria, que era una chava inconmovible y apática, se sorprendió.

—Tu abuelo nos abandonó cuando Antonia Carolina tenía cuatro meses y no teníamos ni en qué caernos muertas. Entonces, me dediqué a estudiar.

Ambas mujeres llegaron a la cola del café.

—Estudié y estudié todo lo relacionado con las cosas de la *jai*. O sea, la *etiqueta*, la ropa, las palabras. Tuve una gran ventaja: tu mamá se convirtió en una señorita muy hermosa. Era una muñeca, Valeria. Como tú.

—Es que no... no lo puedo creer. ¿Entrenaste a mi mamá para que se casara con mi papá? —Valeria hablaba en voz bajísima, volteando a todas partes. No quería que la oyeran.

Pidieron sus cafés y se sentaron. Valeria buscó un lugar alejado.

—Es lo que te digo en pocas palabras. Pasamos muchos años viendo revistas, películas, suplementos, internet. Y también hablando con gente rica, porque yo trabajaba en un banco de recepcionista. Ahí iba puro ricachón. Hasta que le eché el ojo a don Hernán, antes de que hiciera su casa de bolsa (la que se vino abajo).

—Todo estaba… premeditado. O sea que mi mamá nunca amó a mi papá.

—Al principio, no. Lo *cazamos*, con zeta. Yo lo vi, lo observé; hablé con gente que lo conocía para saber cuáles eran sus gustos, sus preferencias de mujeres y de todo lo demás. Claro, como te estaba diciendo, tu mamá era preciosa, así que tu papá, la primera vez que la vio, casi se desmaya.

—¿Por qué me estás contando todo esto, abuela? —Valeria se sentía indispuesta; los gases movían el intestino como plastilina.

—Tú preguntaste cuando supiste que tu mamá se llamaba Antonia-Carolina. Y de todas maneras, ahora que tu papá se quedó en la calle, me parece que ya era tiempo que supieras la verdad.

—*La verdad* es que todo les salió mal.

—Sí, hija. Fue un error gravísimo que tu mamá no se casara por amor. —El rostro de Ernestina se ensombreció. Valeria se dio cuenta de que su abuela estaba a punto de llorar. —Cuando tu mamá llegó a… la casa, hace unas semanas…

—… Cuando se fue y se llevó el poco dinero que teníamos…

—… Me dijo que nadie la quería; que a tu papá ella le causaba repulsión. Que sus hijos no la querían.

—Abuela: ¡no puede ser que la defiendas! ¡Mi mamá jamás me hizo el más mínimo caso!

—No la defiendo, Valeria… aunque, ni siquiera has preguntado por ella.

—Me da igual.

—No te creo. Es tu mamá.

—No, abuela: ella solo me dio a luz, pero jamás fue mi mamá.

Ernestina sintió algo de alegría, porque Valeria le dijo *abuela*.

—Tu mamá está deprimida. No sale de la casa; ve la tele todo el día y envejeció veinte años en unas semanas. Deberías…

—No quiero verla, —interrumpió Valeria.

—El rencor solo te afecta a ti, hija; el odio te carcome las entrañas.

—No la odio, abuela. Simplemente, no la quiero ver nunca más en mi vida. Tampoco a mi papá.

Ernestina reaccionó. La joven había entrado en contradicción. Hacía un momento, Valeria había dicho que a Hernán le iba mejor: ahora, que no quería volver a verlo. Algo no cuadraba.

—Entonces… mi mamá está en tu casa, deprimida y tú… la aguantas.

—Es mi hija y tengo que ayudarla. Porque, además, yo lo provoqué todo. Cuando llegó a mi casa, estaba muy mal: anémica; desnutrida, sin ganas de vivir y con la pierna morada, como gangrenándose. La tuve que internar en un hospital. Como comprenderás, no la iba a dejar morir.

—Y tú, ¿dónde vives?

—Tengo una casita muy mona en Satélite. Desde que tu mamá se casó, cada mes, me mandaba una cantidad de dinero. Durante los veintitantos años de matrimonio de tus papás, Antonia-Carolina me enviaba, religiosamente, una cantidad. Y yo, lo que hice es ahorrar: meter el dinero al banco, que me diera intereses; compré mi casita y jamás me di un lujo. Lo que te quiero decir es que logré ahorrar bastante dinero… Que en realidad no sirve para nada. Siento que Antonia-Carolina jamás va a salir de su depresión.

Una noche nublada. Aurelia miraba a Vicky como quien mira a un enfermo incurable. Lo paradójico, en esta noche sin luna, es que Aurelia estaba feliz. Vicky se tomaba una tocaya (una *Cerveza Victoria*) del pico de la botella y Aurelia decidió acompañar a su madre. Se sentó junto a su mamá y pasó su brazo sobre el hombro de ésta, como si fueran viejas amigas.

—¡Lo que no daría por saber qué está pasando dentro de esta cabeza! —Aurelia, dulce, maternal, acarició el cabello de Vicky, que miró la botella de su cerveza, calculando cuánto le faltaba; si tenía que ir a la cocina por otra.

—¡Cuántas imágenes no estarán creando las miles de millones de neuronas haciendo sinapsis entre sí!

Vicky sonrió de *ladito*, con la boca chueca.

—No entiendo nada, hija.

—¿De qué hablas, ma'?

—De lo que acabas de decir.

—Ah, es que, dentro de tu cabeza hay unas células que se llaman neuronas. Miles de millones. O sea, un número con nueve ceros. Cuando ellas se conectan una con otra, se dice que están haciendo sinapsis. Un ser humano, puede hacer decenas de miles de millones de conexiones a cada segundo, ma'.

—Ay, hija. Entiendo lo de la *sinopsis*...

—*Sinapsis*, —corrigió Aurelia.

—Eso... O sea, la bronca no es que se conecten entre sí, sino que se enchufen con tu cuerpo; con tu corazón, con tus tripas, con tu panza.

—¿Qué sientes, ma'?

—En el fondo me siento culpable.

—¿Por qué? —Preguntó Aurelia, sintiendo que su corazón aceleraba el ritmo: de balada a reguetón.

—Por haberme sacado el *Chispazo*.

Aurelia se puso de pie dejando ver la indignación que la invadía siempre que salía a la luz una mentira, una falsedad. Al parecer en ese momento, después de todo lo que había pasado, ¡Vicky se estaba echando la culpa!

—Ya lo hablamos, —murmuró Aurelia, mordiéndose el labio y buscando la Luna Nueva en el cielo. —José Pérez ha sido un adúltero toda su vida. Con-o-sin *Chispazo*... Mi papá te engañó **antes** del dinero... Yo conocí a Lety, mamá. Es una chava de mi edad. Un poquito más. Es una chavita. —A Aurelia le dolía el corazón, como si una mano invisible estuviera apretándolo como gelatina de cereza.

Vicky decidió terminarse el contenido de su tocaya de un solo jalón. Se tapó la boca para eructar elegantemente.

—Y, si hizo eso y te engañó con la señora ésa, la tal Olga, es muy probable que te haya pintado el cuerno toda-la-vida. Eso quiere decir que no te amaba realmente.

—Cada quien ama de manera diferente, hija.

—Tú fuiste una esposa fiel, amorosa, noble, cariñosa. Fuiste por más de veinte años, la gran mujer que sigues siendo —con o sin millones de pesos—. Mi papá te traicionó y... —Aurelia titubeó, se quebró. —Es u-un asesino.

—Hizo un pacto con la golfa ésa, hija.

Aurelia no entendió.

—¿De qué hablas?

—Según él, la tal Olga es la que mató a Arcadio... a cambio de que tu papá matara al esposo... a *El Valde*.

Aurelia no sabía qué decir. Le recordó al argumento de una película de Alfred Hitchcock.

—Entonces... mi... papá... mató a...

—No mató a nadie. Ya averigüé. *El Valde* está vivo.

—Mamá: no entiendo nada.

—... O sea, independientemente de que tu padre haya sido un asesino o no...

—¡Eso es muy importante!

—Sí y la verdad es que va a pagar por un crimen que no cometió. Pero, la bronca es que... si... si tu papá hizo ese pacto con la vieja ésa... la relación entre ellos era...

—... Mucho más seria, —completó Aurelia. —No era nada más su amante ocasional.

Vicky fue por otra *Vicky* bien helada al refrigerador.

—¿Por qué no le cuenta la historia del pacto ése a las autoridades? Vicky regresó destapando su cerveza.

—No lo va a hacer, hija.

—¡Pero lo van a condenar a cadena perpetua y si él no mató al vecino...!

—Le conté a tu papá que la tal Olga estuvo aquí. —Vicky lo dijo como si nada, dándole un tragote a la cerveza. El trago fue tan largo que le dolieron las sienes. Aurelia quiso hacer lo mismo pero gotitas de la cerveza se fueron a la tráquea y empezó a toser. —Básicamente me amenazó con una pistola calibre veintidós.

—¡Mamá! —Gritó Aurelia tosiendo.

—Si tu papá les dice a las autoridades que fue Olga la que acuchilló al Aurelio… esa vieja viene aquí y nos mata a todas, incluyendo a Mari y si tuviéramos perro, al perro también.

—O sea que, para colmo, ¡las pendejadas de mi papá nos están afectando a nosotras! —Aurelia quería romper algo. Se había puesto de pie y amenazó con lanzar la botella de cerveza contra la pared. Usaba las manos para expresar toda su indignación e impotencia.

—Por eso tu papá va a pasar el resto de su vida en el Penal de Barrientos, hija… —Vicky no quería llorar. —Yo ya le dije que no lo voy a volver a ir a visitar al bote.

Aurelia se sentó de nuevo junto a su madre y le acarició el cabello. Se preguntó si ella iría a visitar a su padre alguna vez.

—Te amo, mamá.

—Yo también, hija. Y tienes razón. El dinero no tuvo la culpa de la traición de tu papá. No lo voy a perdonar nunca. —Vicky abrió la llave de las lágrimas y tomó las manos de su hija. —Además, pensándolo bien, gracias al dinero, conociste al joven-Guillermo. —Vicky se rio, a pesar de que caía una cascada de agua salada por sus pómulos. —Pensar que odiabas a los *niños-ricos*.

—Guillermo es diferente, —dijo la aspirante a periodista, orgullosa; la voz nadando en medio de un suspiro.

—Te lo dije, —susurró Vicky mirando a su hija entre el torrente de lágrimas.

—Con el dinero estás poniendo tu *espá* y como eres tan trabajadora, vas a tener mucho éxito. Gracias al dinero, Kate cambió. O sea que no está tan mal, ¿o, sí?

—Tenías miedo de que la lana nos fuera a separar, mi amor. —Vicky se sonó con una servilleta de papel.

—Nada nos puede separar, mamá.

—¡Gracias a Dios que me dio una hija como tú!

Aurelia sintió una emoción incontrolable, indomable. A pesar de lo de su papá, Aurelia Pérez sentía que flotaba en el espacio, viendo colores que giraban; volando, sin gravedad, tocando las estrellas y las nubes. "Ésta —pensó Aurelia, abrazando a Vicky, ambas sollozando y emitiendo ruidos extraterrestres— es la definición de felicidad".

—¿Qué piensan esas *sinapsis*, hija?

Aurelia sonrió. —Que eres una bendición de Dios; que soy la envidia del mundo con una mamá así. Que, gracias al cielo te tengo a ti y a mi hermana y a Guillermo. Soy feliz, mamá...

Se abrazaron. Aurelia ya estaba llorando.

—¿Por qué lloras, hija?

—Es que siento la muerte de saber que mi padre está en el Penal de Barrientos acusado de homicidio. Me duele... me duele mucho...

Vicky inhaló. La pausa se llenó de grillos; una patrulla y una moto con el escape roto. Por ahí, alguien tenía una fiesta y se escuchaba el bajo. Chuntata.

Vicky, con el tiempo, curaría su herida de amor y se ocuparía de sus cosas, tomando el trabajo como terapia.

Aurelia no pudo resistir preguntarle a su mamá por don Hernán. Vicky le dijo que no era oportuno hablar de eso. Porque el pobre don Hernán también estaba sufriendo el infierno de Dante con el tema de Valeria. Lo último que pasó fue que, por sugerencia de Kate, él iba a fingir que era un cliente para hablar con su hija. Vicky no sabía lo que había pasado en ese sentido.

Como dicen: "el comal le dijo a la olla". O sea, ¿quién estaba más amolado: la mujer enterándose de los engaños de su marido que pasaría su vida en Barrientos por homicidio, o el hombre cuya hija era una prostituta de dieciséis años?

Finalmente, el plan de Ernestina fracasó y su hija se había convertido en un ser sin vida: en una criatura a la que se le había sustraído la energía, como si le hubieran hecho una endodoncia del alma. Ambas —madre e hija— vivieron para cumplir un solo propósito; en la debacle, en el fracaso, el sentido de su existencia —en especial de Antonia-Carolina—, había desaparecido. Ernestina viviría con ese error como su eterno compañero. Su obligación moral era cuidar de su hija como su enfermera, como su sirvienta. El único camino de Ernestina era el sacrificio: aunque ni con eso alcanzaría la redención.

—Hay algo que no entiendo, hija… una… contradicción.

—¿De qué, abuela?

—Dijiste que a tu papá le iba a mejor y luego que…

—…No lo quiero ver, —se anticipó Valeria, mientras sorbía los últimos mililitros de su grande-late-descafeinado-desclactosado. —¿Qué quieres saber?

—La verdad.

Valeria no pausó. Solo bajó un poco la voz para no llamar la atención.

—Soy una *escort* de lujo.

—Eh… ¿cómo?

—Antes te mentí, porque no quería que te diera un infarto; porque era… innecesario hacerte sufrir… Pero ahora que ya sé lo que pasó; ahora que sé que tú entrenaste a mi mamá y la empujaste a casarse sin amor con mi papá, p's, neta que ya me da igual. —Valeria dejó el vaso en el basurero, como para respirar. Era verdad, le importaba poco cómo se sintiera Ernestina. —Soy una puta de categoría.

—¡Pero ¿cómo?! ¡Eres menor de edad!

—Ya me casé y me emancipé… Mi esposo me ayuda con el negocio y la verdad es que nos va muy bien. —Valeria sonrió, más porque —ahora lo entendía— le quería dar en la madre a su abuela, que era la culpable de todo. —Hay días que gano veinte mil dólares, libres de impuestos.

—Pero, pero… —La abuela no sabía qué decía. Sentía calosfríos y algo que le punzaba en la garganta. Valeria se puso de pie.

—No hagas esa cara, Ernestina. ¿Qué no entrenaste tú misma a mi mamá para que fuera puta de categoría, como yo?

—¡Es diferente!

—Bueno: la diferencia es que es un solo hombre con el que tienes que coger; pero, es lo mismo: **coger por dinero**. ¿A poco ahora resulta que lo mío es un pecado y lo de mi mamá no?

Hubo un silencio frío y húmedo.

—La vida es una mierda y, sin dinero, es peor que una mierda; es tóxica, es virulenta, venenosa. Si voy a seguir viviendo, va a ser con mucho dinero. Como le dije a mi papá: voy a ser la mejor puta del mundo. ¡La puta más cara del universo, abuela! —Gritó. Luego, repitió: —¡la puta-más-cara-del-universo!

Valeria estaba totalmente eufórica. Ernestina empezó a llorar y ya no pudo ver cómo se iba su nieta.

—¿Por qué quieres verlo?

Habían pasado varios días y ni Aurelia entendía por qué *necesitaba* ver a su papá. No sabía si era para tratar de entenderlo, para insultarlo por lo que le había hecho a su mamá o para decirle que lo quería o que chingara a su madre o…

—*Necesito* verlo, —repitió Aurelia. Estaba llena de odio y rencor y miedo y amor e instinto. Billy no había visto nunca a Aurelia en una situación así, en la que estuviera fuera de control, como un auto sin frenos en una bajada empinadísima. —¡No me veas así, Guillermo, no estoy loca!

—Perdóname, pero no te comprendo.

—¡¿Nunca has sentido que *tienes* que hacer algo?!

—No le veo la lógica, —dijo, calmadamente Billy. Pero, antes de que Aurelia estallara, prefirió aclarar: —pero si es algo que necesitas hacer, yo te apoyo.

Aurelia hizo una pausa. Miró a su alrededor. Ambos estaban en la entrada del *Centro Preventivo de Readaptación Social Lic. Juan Fernández Albarrán*. Era un lugar que hacía palidecer a Mogadiscio (Somalia) en cuanto a los niveles de fealdad, riesgo y subdesarrollo. Olía como a asbesto quemado y los alrededores del Penal de Barrientos estaban llenos de puestos de comida, o sea que también había olores a grasa requemada y gordita de guisado. El cemento de la fábrica caía sobre la comida como condimento. Aurelia tenía los puños apretados y sentía sus uñas clavándose en las palmas de sus manos.

—Te amo. Aquí te espero. —Se dieron un beso en la boca.

Aurelia también lo amaba, pero no dijo nada y entró. Era como atravesar la boca del Infierno.

Vicky estaba experimentando con nuevas fórmulas para sus cremas, cuando Mari anunció la visita de don Hernán que, francamente, parecía —a juicio de la mucama— algo así como protagonista en una película de vampiros.

Instintivamente, Vicky tanteó su cabello, como para verificar si no había pelos parados o algo fuera de lugar. Luego, se preguntó: "¿por qué estoy haciendo esto?" De hecho, se enojó consigo misma, porque sintió un golpeteo en el pecho, como caballos trotando o un bombo de pie crónico. Mari había fijado su mirada todo ese tiempo en ella así que, cuando Vicky se dio cuenta y frunció la boca, dijo:

—¿Qué? —La pregunta era, más bien, un reclamo.

—Sí le mueve el tapete el señor Santibáñez, ¿verdad?

—¡Ahorita el horno no está para bollos, niña!

—Yo diría que el *horno* está…

—Chot-op, —ordenó Vicky en dizque-inglés y salió, rápida. Mari se quedó con una sonrisa de *esto va viento en popa.*

Don Hernán con cara de estar gravemente enfermo del páncreas, no sonrió. Quería hablar con Vicky en cuanto a algunas decisiones del SPA —que estaba ya en la fase de las instalaciones hidráulicas y eléctricas—.

A pesar de la ilusión que le causaba a Vicky el tema del SPA —que podía ser inaugurado pronto—, le preocupaba más la cara de don Hernán y su piel como de vampiro insolado. Era de intuirse que la entrevista con la niña Valeria había sido un fiasco mayúsculo.

Vicky le dijo a Hernán que dejaba todo en sus manos, pero que le preocupaba él-él. Hernán le contestó que no se preocupara, que tendría que salir adelante a pesar de que Valeria le había dicho que se había casado, se había emancipado, que no dejaría de *trabajar* y que se convertiría en una gran prostituta… la mejor.

Vicky le preguntó si ella podía ayudar en algo. Hernán le contestó que se lo agradecía, pero no había nada qué hacer. Hacía muchos años él había tomado la decisión de hacer dinero y de ignorar el hecho de que tenía dos hijos. Él era culpable de lo que le estaba pasando a su hija de dieciséis años; él tendría que vivir con esa carga; como si la culpa fuera una placa de acero gigante en su espalda.

—Yo sé que es difícil, don Hernán, pero la vida sigue, ¿qué no?

—Por eso estoy aquí, Vicky. Por eso sigo haciendo lo mejor que puedo con mis dos trabajos; con la lavandería y con *Vicky-Bienestar*.

Vicky vio esos ojos enterrados en la arena de su piel y quería decirle que lo quería, pero se arrepintió. Quién sabe cómo lo interpretaría don Hernán.

Pero los ojos no mienten y Hernán vio una chispita en uno ellos: una luz tenue, como la de una vela. Sin embargo, el señor Santibáñez, acto seguido, decidió ponerse de pie y desviar la mirada. Pensó que, seguramente, se estaba haciendo falsas ilusiones (como siempre): "esa chispa no existe", se dijo y se dispuso a salir.

—Perdón, Vicky: yo, aquí con mis penas y no le pregunté cómo va el problema de… de su esposo.

—Ya no va a ser mi *esposo*, don Hernán: voy a hablar con otro abogado para que empiece los trámites. Supongo que, cuando condenen a Pepe, no va a haber bronca para que me divorcie, ¿no?

—¿Lo van a condenar?

—Es una larga historia. Lo van a condenar a pesar de que no mató a nadie.

Hernán puso cara de confundido y entonces Vicky, quién sabe por qué, tomó una decisión. O quizá sí sabía por qué. ¿Por compasión? ¿Porque no quería dejar solo a su ex patrón? En ese punto del tiempo, Vicky jamás hubiera admitido a sí misma que ese martillero en el corazón era por causa de la cercanía a don Hernán; del olor que siempre tuvo desde que lo conoció.

—Lo invito a cenar, —dijo Victoria, como quien arroja la piedra y esconde la mano. Pero, decían los romanos: "la suerte estaba echada".

Aurelia parecía no reconocer a su padre: a ese hombre que le enseñó a andar en bici, a irle al *Club América* y a pintar con pistola de aire. Ese hombre al que quiso a pesar de todo.

Pepe ya no tenía moretones (ya se habían pagado las cuotas correspondientes), pero, al sonreír —al ver a su hija—, ella notó unos dientes que parecía que se estaban cayendo a pedazos porque estaban podridos. Tenían un color casi negro y algunos estaban astillados. Además, parecía que Pepe había bajado como veinte kilos. Sus ojos apenas se asomaban de sus cuencas. Su color de piel era blanco (cosa extraña de un morenazo como José Pérez).

—¡Me da tanto gusto verte, hija!

Aurelia no sabía qué decir y en ese momento pensó en que debió hacerle caso a Billy cuando le dijo que no comprendía que hacía ahí, en el Penal de Barrientos, mirando a su padre —lo que quedaba de su padre— a través de una reja despostillada.

—Ya me contó mi mamá lo que pasó.

—¡Le dije al abogado que contrate a gente para que... les echen un ojo a ustedes tres, hijita!... ¿Te contó tu mamá que Olga...?

—¿Por qué te metiste con esa vieja, papá? —Interrumpió Aurelia, buscando los ojos minúsculos de su padre; ojos que parecían pequeñas luciérnagas al final de un túnel. —¡Para colmo es la esposa de un gánster, papá!

—No sé por qué, hija. Por pendejo, pues... Ahorita eso es lo de menos.

—¡No es lo de menos, papá! ¡Le rompiste el corazón a mi mamá!

—Lo más importante es su seguridad-de-ustedes, hija.

Aurelia miró el piso y trató de adivinar su color.

—Me dijo mi mamá que, si... confiesas que mataste a... Arcadio...

—No les va a pasar nada a ustedes, Aurelia. Y eso es justamente lo que voy a hacer... Confesar que yo maté a mi compadre. Pero... —Pepe se acercó a la reja para mirar a su hija con orgullo. —Mejor cuéntame, ¿cómo estás tú? ¿Cómo vas con eso de...? —Pepe se rio mostrando esos dientes de confeti. —...¿Eso de querer cambiar al mundo con la escribidera? —El papá estaba orgulloso de su hija.

—Bueno, por lo menos lo voy a intentar, papá.

—¡Ésa es mi niña y no jaladas! ¡Claro que lo vas a lograr!... Y, bueno... ¿cómo va Kate, hijita?

—Bien, papá.

—¿De verdad? ¿No sigue con la locura de querer comprarse todo?

—Creo que ya tiene todo lo habido y por haber —dijo Aurelia sonriendo… ¡Sonriendo!

—Entonces, todo bien con ustedes, ¿no?

—Salvo el hecho de que nuestro padre está en la cárcel acusado de homicidio en primer grado, todo bien, —ironizó Aurelia. Ahora, su sonrisa se había vuelto macabra.

—Tú sabes que yo no maté a Arcadio, —dijo en voz bajita, volteando para checar que nadie lo haya escuchado.

Aurelia no podía creer que, en relativamente poco tiempo, su papá se había convertido en eso que estaba frente a ella: en una criatura decadente que se había perdido en un laberinto después de coger con la esposa de un traficante de blancas. Aquel macho-hojalatero; aquel padre bonachón y pelado y vulgar; ahora, era un excremento, un tumor.

—Te quiero mucho, hijita. —Dijo Pepe con una voz irreconocible, como si estuviera hablando con un bebé. Aurelia no sabía qué contestarle. No podía decirle "yo también", porque no estaba segura.

—Gracias por venir, mi niña,

—Pepe ya estaba balbuceando entre lágrimas copiosas como piedritas y mocos y una voz de canicas rebotando en la faringe.

—Perdóname. Me di cuenta muy tarde de lo que era importante en mi vida. Tu mamá y ustedes. Ahora, ya no puedo hacer nada. Nada —repitió con voz de ratoncito agonizante.

Afuera del penal fluía un río, una cascada, un torrente, una ola de lágrimas. Aurelia no podía detenerse. Billy la tenía abrazada y estaba consternado: jamás había visto a Aurelia así: ni siquiera había pensado en la posibilidad de que su amada pudiera llorar tan ruidosa, húmeda e interminablemente.

Ahora, ella sentía una franca y pesada lástima por su padre. En ese llanto que la puso a temblar como palapa de playa en huracán, Aurelia solo pensaba en esa criatura que había visto hacía un momento entre la reja sin pintura. "¡Pobrecito, pobrecito!", repetía Aurelia mientras fluía ese mar de compasión y la más infinita tristeza.

—¿Qué te pasa, mamá?

Antonia Carolina, mejor conocida como Carolyn, vestía una batita rosa como de viejita del siglo pasado. Sin maquillar y, debido a su casi-anorexia, la exesposa trofeo del ex dueño de *Invertrade*, se veía de ochenta años (más vieja que Ernestina, incluso).

Como le contó la abuela a Valeria, Antonia Carolina padecía de depresión clínica y se dedicaba todo el día a ver las telenovelas y series como *Dinastía* y *Dallas*, en las que podía disfrutar vicariamente de la vida de los ricos y famosos.

Pero, cuando entró a la estancia, con un plato vacío (que antes había contenido helado de dulce de leche), vio a su mamá sentada en la sala, respirando entrecortadamente y con la mano en el pecho ‒como si le fuera a dar un infarto‒.

Claro que, en medio de su depresión endógena, a Antonia-Carolina no le importaba más que acostarse de nuevo en la cama y poner un capítulo de *Revenge* (una serie que tenía como marco de acción los *Hamptons* ‒lugar que frecuentaban los ricos de Nueva York en verano‒). La depresión era egoísta y te arrastraba a un hoyo de desesperanza y, en caso de Carolyn, de cinismo.

—¿A poco te está dando un infarto? —Preguntó con una mueca de *qué inoportuno*.

—Estoy bien, —chifló Ernestina entre sístole y diástole.

—¡¿Qué pasa, Ernestina?! —Ahora, Carolyn estaba enojada. Quería que su madre dejara de representar ese deleznable espectáculo como de asmática.

—Me encontré con Valeria.

—¡No me digas!... ¡Ingrata! —Gritó Antonia Carolina, caminando hacia la cocina para dejar el plato del helado y tomar una *Coca-Cola* bien fría.

—¿Sabes a qué se dedica?

—¿A llorar porque el imbécil de su papá perdió todo el dinero?

—¡No!

—Ay, mamá, me chocan las adivinanzas. —Carolyn con un dejo de diva cansada entró a la cocina.

El problema respiratorio de Ernestina no era un chantaje –la abuela de Valeria era incapaz de hacer esas cosas–. Es decir, podría haber sido psicosomático, mas no fingido. Ernestina decidió caminar hacia la ventana para recibir más aire, cuando ya salía Carolyn de la cocina con una *Coca-Cola* y una bolsa de frituras. Cuando vio a su madre respirando frente a la ventana, decidió seguirse de largo a la recámara. Ernestina escuchó los pasos y dijo, a voz en cuello, como réferi de box:

—Valeria se dedica a vender su cuerpo. Es prostituta.

Carolyn, quien estaba dándole un trago a la *Coca*, empezó a toser.

—¿Qué dices?

—Tu hija es puta, —resumió Ernestina.

—Nada más eso me faltaba!... Pero ¿cómo es posible? ¡¿Y el pendejo de Hernán?! ¡¿Qué está haciendo?! ¡La niña tiene dieciséis años!

—Valeria se casó y se emancipó. La niña no quiere volver a ver a su papá.

—Y ¿tú? ¡¿Qué hiciste?! ¡¿Qué le dijiste?!

—Nada. Le conté tu historia.

—¡*Nuestra* historia!

—Hija, no puedo respirar.

—¡Y, ¿qué quieres que haga?!

—Llévame al hospital.

—Tú tienes la culpa de todo. Tú me capacitaste para también ser una puta. Quizá de más categoría: pero, puta al fin y al cabo.

—Antes gozabas mucho tu vida, hija. —La voz de Ernestina casi no se escuchaba.

—Ahora, ¡tu nieta es una pinche-puta!

—Me estoy m... muriendo, hija.

—Quizá eso es lo mejor, madre. Que te mueras... Y que también yo me muera. Nuestra existencia es inútil: es una broma de Dios; un error, una estupidez.

—Por favor, —suplicó la abuela de Valeria. —¡Por favor!

Carolyn hizo una mueca y caminó hacia la recámara para ver el capítulo 3 de *Revenge*, dejando a Ernestina agonizando.

La abuela ya no tenía aire para gritar.

Hernán se había puesto el traje *Zegna* negro que antes usaba en cenas y cocteles. Después de la debacle, conservó algunos trajes y zapatos. Los zapatos no estaban relucientes —como antes—, pero, tampoco se veían desgastados —hacía mucho que no los usaba—. Optó por una corbata azul, *Versace*, quizá un tanto fuera de moda. Se vio al espejo. Amaba a Vicky, pero no tenía energía.

Billy se asomó por el umbral de la puerta de la recámara principal. Venía de cruzar la ciudad de México, a las siete de la noche: eso era, prácticamente, como caminar de Tlalnepantla a *La Florida* (casi la misma velocidad promedio: unos cuatro kilómetros por hora).

Además, Aurelia se había terminado todas sus reservas de agua llorando. La había dejado en su casa. Ella solo quería dormir. Se sentía con el cuerpo cortado, como si le fuera a dar gripe.

Con esa emoción Billy vio a su papá vestido como en los *buenos tiempos*, pero con una mueca que decía: "quisiera quedarme aquí y beber una botella de ese tequila que venden en la esquina que amenaza con provocarme ceguera".

Billy sonrió. Parecía que ese día era el de dar ánimo a los demás.

—¡Qué galán, papá!

Billy, agradable, suave, se acercó, mostrándole a su padre los dientes y acomodándole su corbata.

—Aunque la corbata es como de los ochenta.

—No hay mucho de dónde escoger.

—Te voy a prestar una mía.

Hernán se la quitó.

—¿A dónde vas tan guapo?

—Vicky me invitó a cenar.

—¡Guauuuuu! —Gritó Guillermo Santibáñez, realmente emocionado (es decir, no solo para animar a su papá, sino honestamente feliz).

Pero Hernán solo sonrió a medias.

—¿Qué onda, pa'? ¿No era eso lo que querías? ¡Deberás de estar feliz!

—No puedo, hijo… lo de Valeria…

—Te entiendo, —interrumpió, —pero ya hiciste todo lo posible, ¿no?

—Yo le arruiné la vida, hijo.

—Y, entonces, ¿piensas arruinártela a ti también?

—Por si fuera poco, yo creo que en el fondo Vicky sigue amando a su esposo. Porque todavía es su esposo… La verdad es que no tengo ánimos para…

—¡Papá, por favor!... Sé cómo te sientes, pero ya no hay nada qué hacer. De nada le va a servir a Valeria que tú te deprimas o que te eches la culpa. Perdóname, pero ella ya eligió su vida.

—¡Tiene dieciséis años!

—Como si no la conocieras. Ella es perfectamente capaz de tomar sus propias decisiones... Pero, mira: yo estoy aquí, luchando, a pesar de todo: echándole ganas a la carrera…

—Hijo, gracias por darme ánimos, pero…

—Lo que te quiero decir es que tú también *tienes la culpa* de lo que está pasando conmigo. Yo soy feliz, papá. No me hace falta mi Mercedes ni la casa de Coronado. Todo lo que necesito es…

—A Aurelia, —completó Hernán, con una sonrisa mejor.

—Y a ti, papá. Te necesito mucho. Me haces falta… Quiero que rehagas tu vida −con o sin Vicky−; que te rediseñes, te reconstruyas… Y si necesitas ayuda, puedes contar conmigo; puedes hablar conmigo. Yo no te voy a juzgar. De hecho, no tengo más que agradecimiento para contigo: incluso, porque perdimos todo. Va a sonar súper cursi, —Billy sonrió, acordándose de Aurelia, —pero gracias a que perdiste el dinero yo conocí al amor de mi vida y pude valorar lo que realmente importa… Ahora, voy por una corbata más moderna. Mientras, dale una pulidita a tus zapatos… Y sonríe que todo va a salir bien.

Billy le dio un beso en el cachete a su padre y salió corriendo.

Hernán entraba a un restaurante del sur de la Ciudad. A su lado, la mujer más hermosa del universo: Victoria. Tacón de aguja, charol brillante, como un espejo; falda debajo de la rodilla −la de siempre, la que tenía una abertura sensual− y una blusa blanca, con un escote discreto, misterioso. Victoria –pensó Hernán– parecía una actriz del cine italiano de los años cincuenta: era una película de Federico Fellini. Al caminar, su musculosa pantorrilla se contraía con gracia y simetría (hubo rima involuntaria... otra vez). Vicky dominaba su liviano caminar a pesar de los quince centímetros de tacón. Ambos habían llegado con el capitán, que estaba atendiendo a una pareja. Hernán miró a Vicky, sonriendo, como para que tuviera paciencia. Vicky le respondió con una sonrisa que le pareció a Hernán oxígeno puro.

La pareja que estaba antes que ellos había recibido la noticia de que el restaurante estaba lleno y que, sin reservación, tendrían que esperar unos minutos en el bar. Cuando se dieron la vuelta, se toparon con Hernán y Vicky, de frente. Hernán reconoció a Malena y a Otto de la Colina; amigos de los Santibáñez (Otto tuvo la desventura de invertir en *Invertrade* y perder parte de su capital por culpa de Hernán). Pero, antes de la catástrofe-Santibáñez, Malena y Otto, y Hernán y Carolyn, eran *grandes amigos* y se reunían frecuentemente en la casa de Arrayanes: ellas, para criticar a las otras amigas y ellos, para hablar de golf, autos importados y política.

A Malena casi se le cae la dentadura cuando miró a esa mujer que acompañaba a Hernán. La vio como quien revisa una res despellejada colgada en un gancho, desangrándose.

—Tú, —dijo con asco y exaltación. —¡Eras la cocinera de los Santibáñez! —Gritó como si Vicky fuera la Reina del Sur o la esposa de Chapo Guzmán. Luego, miró a Hernán. —¿No me digas que te estás metiendo con la servidumbre?

La sangre de Vicky llegó a su punto de ebullición en medio segundo y vio una cueva oscura, un túnel de negrura impenetrable y chispas como de luces de bengala. Preparó el puño. Desde hacía mucho que hubiera querido tumbarle las cubiertas de porcelana de sus incisivos y caninos a esa riquilla insolente que jamás pudo decir "por favor" ni saludar. Hernán hizo un gesto con la mano para calmar a Vicky. Luego, tomó su mano para avanzar hacia el capitán.

—No tiene caso, Vicky. —Luego, se dirigió al capitán.
—Reservación para Hernán Santibáñez. Dos personas.

Pero Malena no iba a desperdiciar la oportunidad, a pesar de que Otto se la quería llevar al bar. El capitán revisó la reservación y estaba a punto de encaminarlos a su mesa, cuando:

—¡Qué bajo caíste, Hernán Santibáñez! —Ahora sí, Malena habló de forma que todos pudieran oír. En efecto, todo mundo volteó a ver a Malena. —Primero, nos haces perder no sé cuántos millones de dólares y ahora, ¿te atreves a andar con tu cocinera? ¡Siempre pensé que Carolyn y tú...!

Hernán no la dejó terminar. Soltó a Vicky y dio unos pasos para encarar a Malena: su nariz mal operada, su piel de Bótox: sus ojos sin vida.

—¿Sabes de dónde sacó el dinero tu marido? —Otto se escabulló, rápidamente, hacia al bar. Ya sabía que esto vendría...

—¡Eso no importa! ¡Tú lo perdiste! ¡Por idiota!

—Tu marido robó lo que quiso cuando fue gobernador. —Ahora, Hernán parecía que estaba hablando en una conferencia. Todo mundo atento. —¡Porque Otto de la Colina es un ladrón y un corrupto, y tú fuiste su cómplice! ¡Tú lo ayudaste a desviar fondos del erario, poniendo propiedades a nombre de tu familia! ¡Yo seré lo que tú quieras, pero no soy un ladrón, como ustedes! ¡Y por lo que toca a Vicky, créeme que es infinitamente más mujer, más decente, más honesta, más educada y, por supuesto, mucho más hermosa que tú, porque ni todo el dinero del mundo ni el mejor cirujano plástico te pudieron arreglar!

Ya toda la concurrencia murmuraba y algunos hasta aplaudían. Todo mundo sabía que Otto y Malena de la Colina habían robado hasta hartaste: se habían apropiado del dinero de nuestros impuestos. Así que, estrictamente, Hernán perdió *nuestro* dinero. Malena salió corriendo del restaurante —mientras Otto ya se acababa su primera dosis de *Chivas*—.

Hernán miró a Vicky, quien le sonrió, orgullosa. El capitán los llevó a su mesa mientras los hombres del restaurante admiraban el cuerpo de la *cocinera* —deseando tener una así en sus casas (y sus camas)—. Hernán se sentía como pajarito tropical hinchándose y pavoneándose para que la hembra viera su hermosura. Se sentaron frente a frente y Hernán, al ver la sonrisa de Vicky, sintió que lo estaban tratando de revivir con un desfibrilador.

Pepe dormía en el piso, sobre un periódico viejo que tenía una noticia del Chapo Guzmán. En su celda había otras seis personas; una de ellas era un joven con tatuajes de víboras y alacranes, que estaba de pie, con las manos en la reja, esperando algo que nunca llegaría. Pepe estaba cansado, pero tenía miedo de quedarse dormido, porque las pesadillas que tenía eran aterradoras. Un gordo que estaba preso por matar a su esposa a golpes roncaba como marsopa: su ronquido era como un rebuzno burbujeante. Había otro muchacho que se había robado cincuenta pesos de la caja de una *tienda de conveniencia* y que llevaba dos años esperando juicio. Ese pobre flaquito había sido violado tantas veces que ya no ajustaba a dormir. Jamás. Solo tenía sus ojos abiertos como muerto. Quizá sí estaba muerto.

Aurelia despertó y se dio cuenta de que estaba completamente oscuro. Escuchó una voz dulce, viajando en el éter del amor.
—Hola, —dijo Billy, acariciándola como buscando piojos.
Aurelia tenía los ojos hinchados y la poca pintura facial que usaba había pintado un lienzo como de Kandinsky en el rostro de la hija de Vicky y José.
—¿Cuánto tiempo me dormí?
—Más bien: *te moriste*, —dijo Billy en broma mirando su reloj y diciéndole a su amada que había dormido cuatro horas.
—Y ¿mi mamá?
—Se fue a cenar con mi papá.
—¡No!, —exclamó sonriendo pícara, Aurelia. —Me estás cotorreando, ¿verdad?
—De hecho fue tu mamá la que invitó a mi papá a cenar.
—¡Uf!
—… Aunque mi papá anda bastante depre.
—… Por lo de tu hermana, ¿verdad?
—No logró nada, como era de esperarse y Valeria no nos quiere volver a ver. Ya se casó; está emancipada y… le dijo a mi papá que…

—Billy no quería quebrarse. Tragó como un litro de saliva y fue a la ventana para ver la oscuridad.

—Ven, Guillermo. —La voz de Aurelia era suave como muñeco de peluche con la batería baja. Billy no quería que ella viera sus lágrimas, pero esa voz era tan tersa que no pudo resistirse. Billy se acercó a ella.

—Perdón…

—Ay, Guillermo, hace rato, en Tlalnepantla y todo el camino para acá te lloré como Magdalena: ahora te toca a ti. Aurelia tomó su mano; se acercó a él.

—Mi hermana le dijo a mi papá que iba a ser la mejor… la mejor puta del mundo.

Aurelia entendió su dolor; pero, antes de que éste tomara plena posesión del cuerpo del muchacho, ella lo besó en la boca.

Luego, ella se paró y fue a ponerle el seguro a la puerta.

—Por si las moscas, —susurró, coqueta.

¿Cuántas veces se habían imaginado este momento?

Vicky sintió una tristeza pesada como una loza cuando Hernán brindó diciendo: "por nosotros". Ahora pensó que había sido un error citar, con pompa y circunstancia, al Sr. Santibáñez en un restaurante –ella arregladísima; él, muy apuesto–. Lo de Pepe estaba muy fresco. Pero, por otro lado, don Hernán *merecía* que Vicky pusiera *los puntos sobre las íes*. Era justo que don Hernán –a juicio de Vicky– supiera exactamente qué emoción vivía en su corazón.

De pronto, ella se dio cuenta de que no lo sabía: que su radar interno no podía discernir el sentimiento; el sondeo no era capaz de distinguirlo, de definirlo (porque, además, las emociones nadaban en el caudaloso río del rencor contra Pepe).

Así que el ex patrón y la ex ama de llaves estaban ahí, oyendo a un pianista tocar acordes indefinidos, brindando y dispuestos a cenar algún platillo con nombre en francés y artículo. Vicky percibió con claridad la sonrisa, la emoción, la impaciencia de Hernán (aunque, también, se dio cuenta de que sus ojos estaban opacos, tristes). Ella estaba muy confundida. Su cerebro era un nudo marinero: un torbellino de fuego.

La luz de los ojos de Hernán se opacó aún más al ver el gesto de Vicky que, como sabemos, siempre fue incapaz de mentir (aunque en ese momento, no se trataba de una mentira propiamente; más bien, era la verdad la que se escapaba como vapor de agua).

—¿Qué pasa, Vicky? —Preguntó como niño aterrorizado con un fantasma. Hernán tomó las manos de Vicky. Vicky no las quitó.

—Perdóneme, don Hernán, —susurró, ya con lágrimas, la ex cocinera.

Hernán sintió que se rompían las patas de su silla; que estaba temblando, que alguien había detonado una bomba de humo. Y es que cuando Vicky lo invitó a cenar, a pesar de todo, Hernán se había esperanzado; se había formado expectativas.

—¿De qué la perdono?

—Eh... bueno, primero, por... ser tan directa... Eh... pues, es que, hay que hablar en plata, ¿no cree? Como la otra vez, en mi casa...

—Que conste que respeté el pacto que hicimos en ese entonces.

—Yo lo sé...

—Pero, bueno, si... si "vamos a hablar en plata", quiero decirle que hace unas horas que usted mi invitó a cenar, me hice ilusiones. Estoy muy triste por lo de Valeria, claro, pero tuve la esperanza de que usted me dijera que también siente algo por mí.

—La neta, es que... ¡Es que todavía estoy muy hecha bolas! ¡No sé qué siento!

—La entiendo perfectamente, Vicky.

—¿De verdad? —Vicky hizo una mueca obvia de incredulidad.

—Yo la amo. Ya se lo dije. Y, pase lo que pase, la voy a seguir amando. Eso no tiene remedio. Sin embargo, estoy muy consciente de que ambos estamos en medio de una o más tormentas.

—Lo de Pepe, la verdad, es que me trae por la calle de la amargura es muy-muy doloroso para mí haberme dado cuenta de que el hombre con el que viví tantos años es un... bueno, no es lo que yo pensaba. Estoy desilusionada...

—Y yo no puedo quitarme la culpa de encima… Si me hubiera dedicado a mis hijos más tiempo; si hubiera previsto la crisis financiera mundial; si no me hubiera casado con Carolyn…

—Como decía un pariente, don Hernán: el *hubiera* es el *pluscuanpendejo* de *no fue*. Hay que ir para adelante.

—Usted que está sufriendo lo de Pepe; que padeció lo de Kate, sabe que eso no es cierto. La culpa es un monstruo que te devora desde adentro.

—Sí, lo sé… A veces, pienso mucho en lo pen… en lo tonta que fui; que no me di cuenta de que mi esposo me estaba engañando.

—Usted no tiene la culpa de nada, Vicky. Usted es una mujer hermosa, con un alma buena.

Vicky sintió el calorcito de la mano de Hernán y le dieron ganas de llorar.

—Gracias, don Hernán… pero…

—No me diga nada, Vicky. Como le acabo de decir, los dos estamos caminando en una vereda muy accidentada y… todo está lleno de neblina. Quizá, con el tiempo, cuando se disipe la niebla… Lo único que quiero es que me permita estar cerca de usted.

—Concedido, —dijo, Vicky, de inmediato, sin pensarlo.

Había ropa limpia, secándose, colgada en todos lados. En los barandales; arriba, en la estructura, en varios tendederos hechizos a la mitad del patio. Era el día de lavar la ropa. Todos estaban en esos menesteres, menos José Pérez, que estaba sentado en el piso, con las manos en la cara, muy ansioso, moviendo el pie obsesivamente llevando el ritmo de su angustia. Había solicitado urgentemente la presencia de Núñez, su abogado estrella, para decirle que detuviera todo; que suspendiera las investigaciones, las mociones, recursos, presentación de pruebas y demás, porque la vida de su amada Vicky y sus hijas, lo único que le daba sentido a su existencia (debió haber pensado en eso antes), estaban en peligro, puesto que la loca-demente de la *Mujer de Negro* había ido a amenazarla.

Hacía calor, pero no estaba claro si estaba nublado o si era la cementera y su gris excremento aéreo el que bañaba el ambiente, o la neblina-humo de la ciudad. Pepe no sentía ni calor ni frío. El olor a mierda y jabón-*Zote* y un tufo ácido de alguna fábrica cercana de Tlalnepantla no era percibido por el interno-Pérez, quien, sorprendentemente, estaba rezando —como no lo hacía desde que tenía ocho años y se enfermó su mamá—. Le pedía a Dios, murmurando como beata en la iglesia, que no permitiera que Vicky muriera de un balazo calibre veintidós en la frente. "Por favor, por favor, por favor, Señor, no permitas que le pase nada malo a mi amorcito, a mi Victoria, al amor de mi vida. Te lo ruego, te lo suplico, no dejes que esa loca me la mate… o mate a mis hijitas…"

Cuando el custodio le dijo a Pepe que tenía visita, éste brincó como conejo detrás de una coneja y corrió al lugar de las visitas. Le diría a Núñez que ya no le moviera, que él confesaría plenamente la autoría material del homicidio en primer grado, con premeditación, alevosía y ventaja, de Arcadio; que, prefería pasar cincuenta años más en Barrientos a que, por su culpa, Vicky y/o sus hijas perdieran la vida.

Pero, al llegar a la reja, no era Núñez el que estaba del otro lado, sonriendo. Era Lucy. Lucy, la comadre, la gordita pegajosa, la esposa del muertito Arcadio. Lucy había bajado como cuarenta kilos —o más, Pepe no podía calcularlo— y parecía un grabado de José Guadalupe Posada. Los dientes como que se le habían salido y se veían las encías huesudas y moradas; los cachetes habían desaparecido, dejando ver unos pómulos que sobresalían, cuadrados, picudos, que Pepe jamás hubiera imaginado que existieran (antes, Lucy tenía unos cachetes que invitaban al pellizco). El cuerpo no se veía muy bien. Con todo, el interno podía adivinar que los senos de Lucy se habían vuelto como canica en calcetín y en la panza no había más que varios pliegues de piel de hule, uno sobre otro.

—Hola, Pepe, —saludó, coqueta, como siempre, Lucy. —Te ves de la chingada. —Con estas palabras, la sonrisa de la ex gordita se convirtió en una mueca de zopilote muerto.

—Chale, comadre: el comal le dijo a la olla. ¿Qué te hiciste, eh? —Pepe puso cara como si hubiera pisado, descalzo, caca fresca de vaca indigesta.

—Enflaqué.

—¿Te cai? Más bien parece como si te hubieran sacado el aire; te ves como un globo desinflado.

—¡Qué bueno que ya no te voy a tener que ver nunca más, porque, de aquí, no vas a salir vivo! —Los ojos de Lucy eran los ojos del Odio (mayúsculo). Pepe se dio cuenta de que, además de perder peso, había extraviado parte de la cabellera. Miró algunas lagunas en el cráneo de la comadre. Parecía bruja de cuento de los hermanos Grimm.

—¿Estás enferma, comadre?

—Pues, después de que mataste a Arcadio, tuve que…

—¡Yo no maté al compadre, Lucy! ¡Te lo juro!

Lucy mostró sus dientes. Las encías, francamente, parecían podridas por la placa dento-bacteriana. Pepe sabía que la comadre tenía peor aliento que él que no se había lavado los dientes desde que había entrado al penal.

—¿Sabes a qué vine, compadre?

—Ni idea. ¿A presumirme tu dieta?… ¿Qué vas a hacer con tanto pellejo, eh? ¿Menudo?

—Vine a decirte que me voy a vengar de ti.

Pepe tomó los barrotes y acercó su cara a la de Lucy. Asomó la nariz y bajó las cejas. Lucy se acercó a Pepe y le dijo:

—Pensar que antes me moría porque me hicieras el amor.

Entonces, Lucy sacó la lengua y lamió la nariz sobresaliente de Pepe. Pepe se echó para atrás con asco.

—Huy, comadrita, —Pepe se limpió la baba de la vecina con la manga de la camisa. —Primero muerto. Estabas muy feíta y sebosa; y ahora pareces muerte fresca.

Lucy tenía su discurso bien planeado. Lo había repasado en el camino de Neza a Barrientos.

—Me voy a vengar.

—Ya lo dijiste, comadre. Además del peso, ¿perdiste más neuronas?

Pepe se puso de pie. Hizo una mueca de hartazgo.

—¿Sabes lo que va a pasar cuando publique las fotos de la vieja de Esteban Valdelamar y tú; cuando Esteban vea tu manota asquerosa en las nalgas de Ol-ga?

—¿Qué dijiste? —Pepe tuvo que sentarse de nuevo. Se sintió lejano, como espíritu chocarrero, mirándose a sí mismo.

Ahora, Lucy, se puso de pie y Pepe pudo observar todos los pellejos que colgaban del cuerpo de la comadre como faldones. Parecía leprosa o una figura de barro hecha por un niño autista de dos años.

—Te vas a morir, —dijo, cantando, Lucy. —¡Hasta nunca, asesino!

Lucy desapareció. Pepe dio la orden a sus piernas de que se movieran, pero, éstas no obedecieron.

Esteban Valdelamar le había hecho el amor a Olga de manera vigorosa, mecánica y ruda, pero impersonal –como si se hubiera cogido a una muñeca de hule–. Para el zar del téibol de Neza, mujeres como Olga abundaban, le caían del cielo, salían del piso como plantas, nada más que eran mucho más jóvenes. Había niñas de catorce o quince que no tenían problema en quitarse la ropa y hacerle al jefe lo que él pidiera.

Esa noche, pues, fue el sexo rutinario de una pareja de casados. Olga sintió como si le hubiera pasado encima un autobús articulado. Orgasmos como el de la covacha de la hojalatería o el del hotel del aeropuerto o, incluso, el de afuera de esa casa o en los separos, ya no se repetirían jamás. Tocaron a la puerta y Esteban gritó que se fueran a la chingada. Alguien dijo que era importante. Desnudo, se puso de pie y entreabrió la puerta. Olga se quedó tirada en la cama con las piernas abiertas, sin ropa, pensando en que era muy raro que interrumpieran a su esposo de esa manera; que, en efecto, tenía que ser algo realmente importante. Le dio mala espina. Cerró las piernas y se puso de pie, sintiendo una roca en el pecho y un trapo con gasolina blanca en el cuello (como una Molotov humana). Corrió por su bata. La angustia, el presentimiento, el miedo iban en aumento, como si estuviera bajando en la Montaña Rusa.

En el umbral de la puerta, el ayudante de Esteban le mostraba a su jefe las famosas fotos de Pepe con Olga. Traía una *táblet* en una mano y el celular en otra. Esteban vio, con claridad, en alta definición, la mano de un desconocido en la nalga de **su** mujer; los besos en la boca. Le preguntó quién era ese hijo de la chingada. Olga escuchó esto. El chalán de la *táblet* ya había investigado al *hijo-de-la-chingada*, al amante de su mujer. Pepe Pérez. Estaba interno en Barrientos por homicidio calificado. Esteban le dijo a su lugarteniente que hiciera lo conducente y tomó la escuadra nueve milímetros de su asistente que éste guardaba en su cintura y así, desnudo, se dio la vuelta. El capataz del mafioso cerró la *táblet* y se preparó para marcar un número desde su celular.

Olga sabía que Esteban guardaba una Mágnum .357 en el clóset, en el cajón de los calcetines (su bolsa de mano, con la 22 estaba fuera de su alcance). Se metió al clóset rápidamente. Esteban la llamó. Olga reconoció la voz de odio, celos, traición y ganas de matar de su marido. Sintió un mareo y que la cabeza le punzaba como una ampolla. Olga, con una voz suave y sexy le dijo que estaba en el baño, que iría en un segundo. "¿Todo bien, mi amor?"... "Sí, todo bien" –contestó el mafioso de las encueradas, desnudo, checando el magazine de la nueve milímetros–. Olga encontró la Mágnum, checó el cilindro y se dio cuenta que sí tenía balas. Le quitó el seguro. Se había puesto una bata, así que no podía esconder la Mágnum. Levantó el revólver y empezó a caminar de regreso a la recámara, donde su marido ya había cortado cartucho.

Esteban sintió como una punzada, fortísima, en el esófago, como si se le hubiera reventado una úlcera –que ya le había pasado antes–. Luego, se dio cuenta de que su boca olía a metal oxidado y solo entonces escuchó un estallido: un tronido que le dejó el oído zumbando. Antes de que comprendiera qué estaba pasando, sintió que algo le salía por la espalda, a la altura de los riñones. Algo líquido y caliente. Sintió que la piel se le abría –le pareció escuchar un sonido como cuando uno destapa una cerveza–. Era la segunda bala .357 que penetraba por su hígado y salía por su riñón derecho. Esteban, todavía muy confundido, trató de levantar la nueve milímetros.

Entonces, sintió un dolor realmente insoportable en los testículos.
Olga le había disparado a su esposo —que estaba completamente
desnudo— en el miembro. La bala .357 era expansiva así que todo
aquello explotó como fuegos artificiales del Día de la Independencia.
Esteban cayó al piso y quiso decirle algo a Olga, pero, empezó a
soñar. Soñaba que estaba en un desierto y que tres serpientes de
cascabel clavaban sus colmillos en el esófago, el riñón y los huevos.
Oyó otros dos estallidos. Lo único que pudo percibir es el olor a
pólvora quemada. Estaba en el suelo, en medio de un mar de sangre
y alcanzó a ver la vagina de Olga, desde abajo. Su mujer, quien
estaba corriendo hacia la puerta de salida, le estaba disparando al
lugarteniente. Éste estaba hablando por el celular para dar la orden
de lo de Barrientos, cuando una bala le atravesó el cráneo y parte
del cerebro, el cráneo y las meninges se dispersaron en la pared del
pasillo: el otro tiro había pegado en la pared. Olga tropezó con el
cadáver del fiel amigo y chalán de Esteban, quien tuvo la fortuna de
morir en menos de un segundo. La *Mujer de Negro*, tomó la *táblet* de
la manos del muerto. Vio las fotos, destrozó el dispositivo contra la
pared y siguió corriendo, descalza, en una bata de seda de *Saks Fifth
Avenue*, sin ropa interior y con una Mágnum .357 en la mano. La bata
con chorros de sangre y pedazos de humanidad. Olga pensó en los
cinco tiros que ya había hecho y corrió y corrió.

El último pensamiento de Esteban fue una imagen de aquella
niña de la República Checa con las tetas perfectas, chiquitas, rositas y
ojos verdes. Era alta, de piernas largas y un rostro que… Todo negro.
Fade out. La nada. Silencio total.

Olga nunca supo que la orden de Barrientos sí había alcanzado
a darse: la ejecución de Pepe era inminente. En su ira y locura y
adrenalina, la *Mujer de Negro* pensó que Vicky había publicado las
fotos en venganza por haberla amenazado en su casa.

Sin zapatos, Olga se subió a su *Lincoln* (el famoso que arregló
Pepe). Pensó que estaba en un mal sueño. Empezó a escuchar voces.
Éstas, decían: "¡Vicky! ¡Vicky!" Puso la pistola entre sus piernas. Salió
de la cochera, en reversa, sin abrir la puerta. "¡Vicky!" —escuchó de

nuevo–, mientras destruía las puertas eléctricas de la casa de *El Valde* en Neza.

Olga sintió el frío metal de la Mágnum .357 entre sus piernas y en la vulva. Ella sabía que el revólver tenía seis tiros en el barril y que había disparado cinco veces. El movimiento del coche y del arma en su vagina empezó a excitarla. Iba a toda velocidad por el Circuito Bicentenario rumbo a la colonia *La Florida*. Abrió la ventanilla y gritó. La bata ensangrentada ya estaba abierta. Un burócrata noctámbulo que venía de cuadrar un presupuesto vio a Olga: las tetas de fuera, los gritos orgásmicos. Olga aceleró a ciento ochenta kilómetros por hora.

Pechos, Mágnum, Lincoln, velocidad, Río Churubusco, orgasmo, sangre y venganza.

La ventana estaba abierta y entraba una grata brisa veraniega. La casa estaba sola salvo por los amantes: unidad de dos, fusión, incorporación, concierto, pacto, afinidad y la perfecta desnudez de Aurelia, que Billy quería leer con su tacto; escuchar la piel impecable, seguir los contornos del cuerpo, de los huesos; todo en una magnífica proporción.

A contraluz, ahora, Guillermo Santibáñez, era observado por dos avivados ojos; dos pulgas saltarinas, revisando los pectorales, los músculos del abdomen –el trabajo que había hecho antes el muchacho en el gimnasio–; el pene, duro y hermoso: las piernas confirmando la proporción áurea.

—Te amo, —dijo, desde todos los rincones del alma, Aurelia conectando sus ojos con el mar rodeando la pupila de Billy. —Eres perfecto, Guillermo. —Aurelia estaba sentada en la orilla de la cama, sin ropa y estiró su mano para tocar la de Billy. Miraba el mármol de su piel, las venas, los tendones, las falanges, los nudillos.

El pene de Billy se estiró más cuando las manos se unieron. Quería llegar hasta Aurelia, como trompa de oso hormiguero. El cuerpo de Billy parecía querer estallar.

—Eres el amor de mi vida, —dijo Billy, jalando la mano, el brazo de Aurelia y obligándola a ponerse de pie.

—Eso no lo sabes, porque no ha terminado tu vida, —corrigió Aurelia con una pequeña sonrisa, tan sexy, que Billy apretó a la joven con sus brazos. Su miembro, absolutamente firme, se apretujaba contra el vientre de Aurelia que soltó un gemidito que no pudo controlar: era una gatita ronroneando. Hacía unos días había dicho que era feliz. No, corrección, aquí y ahora, era la felicidad, mientras las cortinas danzaban como fantasmas locos.

—Es que lo sé, mi amor. Sé que nunca he amado así. Sé que nunca voy a amar así.

Los labios de ambos vibraban; las lenguas querían secretearse.

—No te vayas jamás, Aurelia.

—Nunca, Guillermo.

Ya las lenguas se toparon frente a frente y los cuerpos cayeron, vibrantes, ansiosos, calientes, perfectos, a la cama. El sentido de la vista fue suprimido por el tacto y el olfato −más primarios− y otros sentidos por conocer. Ya no se dijeron palabras con la voz. Solo pronunciaron letras con la piel y los órganos.

Al gritar los dos, al mismo tiempo; el grito del sudor, el placer y el amor supieron que no se separarían jamás.

Serían una sola energía, un solo ADN, una vida; dos engranes moviendo el reloj del tiempo, al unísono, lubricados y sincronizados.

Firmaron su unión para siempre.

Pepe vio una sombra y escuchó cuchicheos entre la sombra y el muchacho de los barrotes. Creyó ver un reflejo; un destello.

—Es un mensaje de Estaban Valdelamar —dijo el custodio en penumbra. La reja estaba abierta. El gordo seguía roncando y el muerto miraba al techo.

Pepe estaba contra la pared, sostenido por el chavo que estaba en la reja hacía horas. Solo hablaba el custodio.

—¿Sabes quién es?

—El de los teibols, —dijo Pepe entre dientes.

—¿Sabes a quién te cogiste, hijo de la chingada?

—No, —contestó con ironía y empezó a reírse.

El joven, el custodio y la sombra se miraron.

—¿Sí o no está buenísima la esposa del jefe? —Preguntó, entre carcajadas histéricas, Pepe, recordando la covachita de la hojalatería. —Me la cogí en un cuartito de pinturas y tíner y una compresora. Y fue una mega-cogida. O sea, esa cogida no se la quita Olga ni aunque vuelva a nacer.

—¿Sí sabes que te vas a morir, Pepe?

—¡"Yes, sor"! —Dijo en mal inglés Pepe. —Y, ya que de todas maneras me voy a morir... no es que me importe, ¿verdá'?... de una vez les digo que fue la esposa de Esteban Valdelamar, Olga, la que mató a mi compadre Arcadio. Digo, pa' que sepan.

—Nos vale madre, Pepe.

—Sí, ¿verdad? A mí también me vale madre, porque yo ya voy a salir de aquí... —Miró el techo. —¡Por arriba! O, por abajo, si me voy al Infierno. —Y se volvió a reír como loco-histérico. —Me vas a enterrar esa cosa, —le dijo a la sombra, —y yo voy a estar pensando en las tetas de la esposa del pendejo que ni se las olía. Muy zar de los teibols y ni enterado que un don Nadie como yo se andaba atornillando a su vieja. —Y más carcajadas de loco.

Sintió el fierro en la panza. No le dolió. Tampoco las otras nueve puñaladas: en el pecho, en el cuello. Hubo una que sí le dolió, porque rebotó contra una costilla que se partió en dos.

Entre la sangre que salía por su boca, Pepe pudo decir, burbujeante, líquido: "¡Vicky! ¡Mi amor!"

Kate quería saber por qué su mamá estaba llorando.

—¡Mamá!

Vicky lloraba, ahora, por otras razones. Tomó el hermosísimo rostro de Kate con las manos y apretó un poco.

—¡Nada importa, mi amor, más que verte feliz! ¡Nada importa más que verte bien, cambiada!

Kate se contagió y abrazó a su mamá y le dijo que la amaba. Se fundieron las lágrimas de ambas.

En ese momento, se escuchó un ruido a lo lejos; un tronido, un golpe entre metal y metal: un estruendo muy fuerte. Kate y Vicky se separaron, asustadas.

En la casa de junto, Aurelia y Billy también escucharon el ruido. Era como si hubiera explotado un transformador o como si hubiera caído un rayo a dos metros de ahí.

Kate y Vicky fueron, rápidamente, hacia el exterior. Billy y Aurelia se empezaron a vestir rápidamente.

En la privada, ellas vieron cómo se acercaba un auto. La puerta de la privada era de metal; *había sido* de metal, porque, ahora, estaba despedazada. El Lincoln estaba hecho pedazos del frente y de atrás. Las fascias estaban rotas y un pedazo de la puerta de la entrada de la privada se deslizaba por el cofre. Vicky no reconoció a la persona que conducía erráticamente el coche, hasta que éste se detuvo, rechinando. Se abrió la puerta y Kate y Vicky trataron de comprender lo que estaban viendo. Bajaba del coche una mujer que vestía una bata ensangrentada de seda; la bata estaba completamente abierta y se veía su cuerpo desnudo, también lleno de sangre. La mujer estaba enloquecida y el sudor bajaba entre dos pechos enormes como un alud en los Alpes suizos. Entonces, Vicky se dio cuenta de que era Olga. Lo que ambas mujeres vieron al final fue la Mágnum .357.

Olga levantó la pesada Mágnum y Vicky vio el cañón frente a sus ojos. Le gritó a Kate que no se moviera, que no hiciera nada, que mantuviera la calma, y se puso frente a su hija, cubriéndola, protegiéndola. Ya no tenía caso hablar —pensó Olga—. La última bala hablaría, atravesando el hueso frontal de Vicky; luego, el cerebro y saldría por la nuca. Olga pensó que Vicky seguramente merecía una muerte lenta y dolorosa, pero ya no había de otra: la estúpida cabeza de la pendeja esposa de Pepe, explotaría como sandía que cae de un séptimo piso. Vicky pensó en sus hijas y cerró los ojos…

Repentinamente, escuchó un estallido y se extrañó de estar consciente y poder ver lo que estaba pasando.

—¡Mamá! ¡¿Estás bien?! —Preguntó, temblando, Aurelia.

Vicky bajó la vista. Billy estaba encima de Olga. La había tacleado; la había tirado al piso, después de tomar, con una mano, su antebrazo y bajarlo con fuerza. Olga apretó el gatillo instintivamente, pero el último disparo de la Mágnum dio en el piso. Olga se retorcía y gritaba como loca de patio. Billy la tenía contra el piso, con la rodilla en la espalda, la mano derecha en el antebrazo y la otra mano en el cuello.

Billy le pidió a Aurelia que le hablara a la policía. Vicky abrazó a Kate, mientras Aurelia sacaba su celular.

Billy y Aurelia se miraron un instante. Aurelia dijo "gracias" sin hablar. Olga se dio por vencida.

Capítulo 11

(MINI) EPÍLOGO

"La clave para el éxito de un negocio, –decía Vicky– es la atención personal"… Ah, y cómo se desvivía Vicky por su SPA y *VB* (*Vicky-Bienestar*). La mismísima dueña trataba a cada señora que llegaba (en su mayoría eran, sí, mujeres de mediana edad), como visitante distinguida, era recibida por la maravillosa sonrisa de Victoria y sus recomendaciones para masajes, tratamientos, alimentación, tipo de crema, etcétera… Ella misma producía sus cremitas para las arrugas, la hidratación, la exfoliación, las manchitas, el paño, las ojeras y el cuello. Con ese trato, las señoras (de buen nivel económico, por cierto), salían encantadas, relajadas, maravilladas y con una bolsita muy cuca con sus cremas *Vicky-Bienestar*. Todas regresaban y el negocio iba tan bien que don Hernán –CEO de la empresa– y Vicky empezaron a pensar en poner una sucursal más al norte de la ciudad.

La moraleja, claro, es que, si te ganas el Chispazo, lo mejor que puedes hacer es reinvertir el dinero.

Hernán siguió esperando a que Vicky le hiciera caso. No había noche que no pensaba en Valeria.

Había sido difícil para la familia recuperarse de la muerte de Pepe (y pensar que por unos segundos, *El Valde* no hubiera podido dar la orden de matarlo dentro del Penal de Barrientos). Momentos después de que el chalán ordenara la muerte de José Pérez, una bala calibre 45, expansiva, atravesó su cerebro. Pero, a pesar de la muerte del *Valde* y su mano derecha, el mensaje llegó al penal y Pepe dejó de existir.

Aquí, la moraleja era: "no te cojas a la esposa de un mafioso o, si lo haces, que no te cachen".

Kate se adaptó rápidamente al *Colegio Sierra Nevada* y jamás volvió a ver a Fran.

Moraleja: "la mona, aunque se vista de seda…"

Olga fue a dar al penal de Tepepan (Centro Femenil de Readaptación Social), acusada de homicidio calificado (por doble cuenta) y homicidio en grado de tentativa. No saldría nunca de la cárcel y no tendría nunca más un orgasmo como los que tuvo con el ahora difunto, Pepe Pérez. Supo que Pepe había muerto en Barrientos. A veces, repasaba mentalmente, las imágenes en su cerebro, desde la covachita, hasta el hotel del aeropuerto y se excitaba, pero hacerlo era peligroso en ese lugar.

Moraleja: "no pierdas la cabeza por un orgasmo".

Valeria, en efecto, fue una de las escorts más cotizadas del orbe. A veces, no se daba abasto con tanto trabajo. En poco tiempo, ella y su esposo, Chano –que amaba a Valeria cada día más– se volvieron millonarios. Frecuentemente se iban de vacaciones a Las Vegas. Valeria quiso revisitar su casa de Coronado, en la calle de Monterey. Chano le prometió que, pronto, podrían comprar una casa como ésa. Curiosamente, Valeria y Chano, jamás tenían problemas. Valeria se cuidaba muchísimo: hacía ejercicio, controlaba la ingesta de azúcar y carbohidratos, compraba ropa increíble y cuidaba su piel como si fuera una pieza del Louvre.

Moraleja: "hazle caso a tus hijos".

Billy y Aurelia no podían estar separados más de dos segundos y sabían que así estarían hasta el fin de la existencia. Su verdadero éxito no era el periodismo o terminar la carrera de Finanzas. Lo mejor de su vida fue haberse conocido: y, todo, gracias a la avaricia de los gringos y la torpeza financiera de Hernán.

Moraleja: "no hay mal que por bien no venga".

FIN.

Lightning Source UK Ltd.
Milton Keynes UK
UKHW022217240520
363742UK00015B/782